폴 사르트르(1905~1980)

계약 결혼 자유를 추구했던 사르트르와 보부아르는 루브르 박물관 앞 벤치에서 서로의 영역을 존중하고 애정으로 함께하기로 약속하며 2년간의 계약 결혼을 한다. 그 뒤로도 결혼은 하지 않고 평생의 반려자로 지내며 따로 살았다.

카페 레 되 마고 파리의 생제르맹 데 프레에 있는 카페로 근처의 카페 드 플로르와 함께 19세기 말~20세기 프랑스의 지성과 문화 중심지 역할을 해온 곳이다. 수많은 유명 문인과 예술가, 정치인들의 단골 카페로 사르트르와 보부아르가 만나 집필하며 대화하던 장소이다.

인 친구들 피카소가 쓴 소극 〈꼬리 잡힌 욕망〉을 함께 읽기 위해 모인 친구들로 뒷줄 가운데에 피카소, 보부아르, 줄 왼쪽부터 사르트르, 카뮈, 미셸 레리스. 레리스는 잡지 〈현대〉를 발간하는 데 협력했다.

르트르와 카뮈 현대 철학자 사르트르와 알베르 카뮈는 레지스탕스 활동을 하며 알게 되어 우정을 쌓아갔지만 공산 의 사상에 대한 이념 차이로 서로 멀어졌다.

노벨문학상 수상 거부 1964년 사르트르는 노벨문학상 수상 소식을 길거리에서 기자들에게 듣고 그 자리에서 수상 거부 인터뷰를 했다. 이유는 노벨위원회의 서구문학에 편중된 평가 기준을 인정할 수 없고, 문학적 우수성을 등급 매기는 것도 잘못이며, 그러한 방식은 부르주아 사회의 습성이라는 이유였다.

엘렌 드 보부아르의 집 사르트르는 노벨문학상을 거부한 뒤 언론을 피해 곡스윌러에 있는 엘렌 보부아르(시몬 드 보부아르의 여동생)의 집에 은둔했다.

〈성 마르코의 기적〉 틴토레토. 1548. 베네치아 아카데미 미술관

르트르는 여행을 무척 좋아하여 세계 각지를 돌아다녔는데 특히 유럽에서는 이탈리아를 좋아해 자주 찾았다.
50년대부터는 해마다 로마나 베네치아에서 여름을 보내며 이탈리아를 주제로 한 작품을 구상했지만, 모두 미완성
그쳤다.

〈황제 카를 5세의 기마상〉 티치아노. 1548. 마드리드, 프라도미술관
사르트르는 '쇠퇴한 베네치아공화국은 위엄에 굶주려 있고, 한 명의 예술가로 의기양양해 있었다. 티치아노는 황제에
게 존경받은 화가로 화가들의 왕이었고 국가의 재산이었다'라고 말했다.

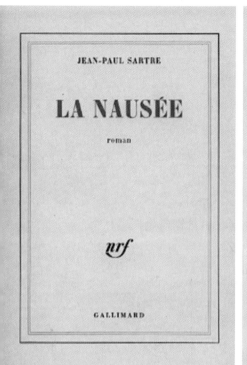

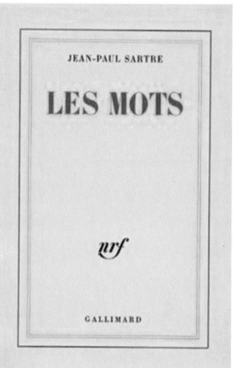

《구토》(초판, 1938) 표지   《말》(초판, 1963) 표지

쿠바 혁명의 아버지 체 게바라 쿠바에서 체 게바라와 사르트르, 보부아르의 만남(1960). 사르트르는 체 게바라를 가리켜 '20세기 가장 완벽한 인간'이라 칭송했다.

르아브르 사우샘프턴 사르트르가 교사로 지냈던 항구마을로 《구토》의 배경인 부빌이다.

마로니에 《구토》에서 로캉탱은 6년만에 옛 연인 안니와 재회하지만, 생기발랄한 모습을 잃은 안니를 보고 완벽한 순간이 인생을 구원하지는 않는다는 사실을 깨닫고 떠나기로 결심한다. 떠나기 전 카페에 들렀다가 재즈음악의 감동에 소설을 쓰는 것이 구원을 주지 않을까 희망한다.

세계문학전집092
Jean Paul Sartre
LA NAUSÉE/LES MOTS

구토/말

사르트르/이희영 옮김

동서문화사

디자인 : 동서랑 미술팀

구토/말
차례

La Nausée

구토

카스토르[1]에게 바침

---

1) 카스토르는 학생시절에 친구들이 시몬 드 보부아르에게 붙여준 별명. 보부아르Beauvoir라는 성의 철자가 영어의 비버beaver와 비슷한 데서, 비버를 가리키는 프랑스어 카스토르castor가 그녀의 애칭이 되었다.

"사회구성원으로서 전혀 중요인물이
아닌, 고작 개인에 불과한 사내."
루이 페르디낭 셀린,
《교회》[2]

2) 루이 페르디낭 셀린(1894~1961)은 프랑스 작가. 소설 《밤의 끝으로의 여행》(1932)으로 문
학계에 강렬한 충격을 주었다. 극단적인 아나키스트적 감각과 반사회적인 자세를 고수하며,
특히 제2차 세계대전 이전의 정치 팸플릿에 전개된 극단적인 반유대주의와 반자본주의 주장
때문에, 전후에는 오랫동안 망명생활을 해야 했다. 특사를 받아 귀국이 허락되었지만, 문학
적 평가가 높아진 것은 그가 죽은 뒤의 일이다. 《교회》는 1926년부터 27년 사이에 쓰인 희
곡으로, 처음에는 간행을 거절당했지만, 《밤의 끝으로의 여행》의 성공 덕분에 1933년에 출
판되었다. 인용되어 있는 말은, 극 중의 국제연맹 타협국 국장인 유대인 유덴츠베크가 주인
공 바르다뮈를 평가한 대사다. 사르트르는 《구토》를 출판할 때, 셀린의 반유대주의를 모르
고 이 문구를 인용했다고 한다.

발행인의 일러두기[1]

이 노트는 앙투안 로캉탱의 서류 속에서 발견되었다. 우리는 아무것도 손대지 않고 이것을 간행한다.

첫 페이지에는 날짜가 없지만, 일기체로 쓰인 글머리보다 몇 주일 앞서 쓰인 것으로 여길 만한 충분한 이유가 있다. 아마도 이것은 아무리 늦어도 1932년 1월 첫무렵에는 쓰였을 것이다.

그 무렵에 앙투안 로캉탱은 중부 유럽, 북아프리카, 극동 등을 여행한 뒤, 3년 전부터는 부빌[2]에 정착하여, 롤르봉 후작에 관한 역사 연구 완성을 향해 매진하고 있었다.

발행인

---

1) 18세기부터 가끔 사용된 수법으로, 실재한 인물이 쓴 작품인 것처럼 가장하는 속임수다. 이를테면 다니엘 디포의 《로빈슨 크루소》는 처음에 작자의 이름을 발표하지 않고 이 수법으로 이야기를 실화처럼 보이게 했는데, 이윽고 많은 작가들이 이런 형식을 이용하게 되어, 어느새 18, 19세기의 소설에 흔히 쓰이는 진부한 형식이 되고 말았다. 물론 사르트르는 독자들에게 그것을 믿게 할 생각은 전혀 없었고, 이것은 종래의 틀에 박힌 형식의 소설을 야유하는 패러디일 것이다.

2) 가공의 도시지만 사르트르가 1931년부터 몇 년 동안 고등학교 교사로 지낸 노르망디의 항구 도시 르아브르가 중요한 모델이 되었다는 주장이 일찍부터 제기되어 왔다. 또 그가 중학 시절을 보낸 라로셸, 나아가서는 보부아르가 교편을 잡았던 루앙 등도 발상원으로 꼽는 사람이 있다. 부빌Bouville라는 이름이 '진흙boue'의 '도시ville', 또는 '끝bout'의 '도시ville'를 연상시킨다는 점도 이따금 지적되었다.

날짜 없는 페이지[1]

가장 좋은 방법은 그날그날 일어나는 일들을 적어두는 것이다. 그런 일들을 명확하게 보기 위해 일기를 쓸 것. 아무리 하찮게 보이는 일이라도, 느낌들과 자잘한 사실들을 놓치지 않을 것. 특히 그것을 분류할 것. 내 눈에 이 테이블, 거리, 사람들, 내 담뱃갑이 어떻게 보이는지 이야기해야 한다. 왜냐하면 변한 것은 '그것'이기 때문이다. 그 변화의 범위와 성질을 정확하게 밝혀낼 필요가 있다.

여기에 내 잉크병이 든 종이상자가 있다고 치자. 이럴 때 말하려고 애써야 할 것은, '전에'는 나한테 그것이 어떻게 보였는데, 지금은 어떻게   *ᵃ다는 것.

좋다, 그것은 직육면체이고, 그것이 두드러지고 있는 배경은—바보 같다, 할 이야기도 없다. 바로 이런 것을 피해야 한다. 아무것도 아닌 것을 이상한 것으로 만들어 버리면 안 된다. 일기를 쓴다고 하면 위험은 바로 그런 것이라고 생각한다. 즉 모든 것을 과장하며, 감시하는 사람 같은 자세로 끊임없이 진실을 왜곡해 버리는 것이다. 한편 확실한 것은, 다른 순간에—그것도 아주 가까운 시일 안에, 그 상자에 대해서건, 다른 어떤 대상에 관해서건— 나는 그저께 받았던 그런 인상을 다시 받을 수 있다는 것이다. 나는 늘 마음

---

1) 이 부분에는 공백과 해독할 수 없는 문자, 중단된 말미 등이 있는데, 다른 사람의 문장에 일체 손을 대지 않는 체재를 지킨 것이다. 그러나 이것도 '발행인의 일러두기'와 마찬가지로, 물론 사르트르에게는 이 짧은 문장의 실재를 믿게 할 의도 따윈 전혀 없었다. 오히려 그렇게 자필원고를 존중하여 한 점 한 획까지 소홀히 하지 않는 태도는, 그 무렵 학계를 풍미하고 있었던 귀스타브 랑송(1857~1934)식 실증주의를 연상시킨다고 하여 이 부분에서 그러한 연구태도를 조롱하려는 의도를 읽는 사람도 있다. 참고로 랑송은 사르트르가 고등사범학교 학생이었을 때 그 학교의 교장이었으며, 사르트르는 학교축제 때 풍자극에서 우스꽝스러운 분장으로 랑송의 캐리커처를 연기했다.

*ᵃ 한 단어가 비어 있다.

의 준비를 하고 있어야 한다. 그렇지 않으면 인상이 또다시 손가락 사이로 빠져나가 버릴 것이다. 아무것도   *b 하지 않되, 일어나는 모든 것을 정성스럽게, 아주 사소한 점까지 기록해야 한다.

물론 나는 토요일과 그저께의 일에 대해서는 아무것도 명확하게 쓸 수가 없다. 이미 너무나 멀어져 버렸다. 다만 말할 수 있는 것은, 어느 경우에도 흔히 사건이라고 할 만한 일은 전혀 없었다는 사실이다. 토요일에는 개구쟁이들이 물수제비를 뜨며 놀기에, 나도 아이들을 흉내내어 바다에 조약돌 하나를 던지려고 했다. 그 순간, 나는 동작을 멈추고 돌을 그대로 떨어뜨린 뒤 그 자리를 떠났다. 등 뒤에서 아이들이 웃는 것으로 짐작건대, 아마도 정신 나간 사람처럼 보였던 모양이다.

겉으로 드러난 것은 이런 것이다. 내 안에서 일어난 것은 뚜렷한 흔적이 남아 있지 않다. 나는 무언가를 보고 기분이 나빠졌는데, 내가 보고 있었던 것이 바다였는지, 아니면 조약돌이었는지 확실하지 않다. 돌은 납작했고, 한쪽은 완전히 말라 있었으며 반대쪽은 젖어서 진흙이 묻어 있었다. 나는 손을 더럽히지 않기 위해 손가락을 쫙 벌려 돌의 양 끝을 잡았었다.

그저께는 그보다 훨씬 복잡했다. 그날도 나로서는 뭐가 뭔지 알 수 없는 일련의 일들이 우연히 동시에 일어나 설명할 수가 없다. 그러나 재미삼아 그 모든 일을 종이 위에 늘어놓는 짓은 하지 않겠다. 어쨌든 내가 공포나 그것과 비슷한 감정을 느낀 것만은 확실하다. 만약 무엇에 공포를 느낀 것인지 알 수만 있다면 이미 큰 걸음을 내딛은 셈이 되겠지만.

이상하게도 내가 미쳤다는 생각은 전혀 들지 않는다. 오히려 미치지 않았다는 것을 확신할 수 있다. 이러한 모든 변화는 사물과 관련 있다. 적어도 그 점만은 확실하게 하고 싶다.

10시 30분*c
결국 그것은 아마도 작은 광기의 발작이었을 것이다. 지금 그 감정은 남아

---

*b 한 단어가 삭제되고(아마 '왜곡'이나 '날조'), 그 위에 다른 말이 덧씌워져 있는데 판독 불가능하다.

*c 물론 밤 10시 30분. 이제부터 나오는 글은 앞선 부분보다 훨씬 뒤에 쓴 것이다. 아무리 빨라도 이튿날에 쓴 것으로 추정된다.

있지 않다. 지난주에 느꼈던 이상야릇한 기분이 오늘은 참 우습게 보인다. 다시는 그런 일이 일어나지 않을 것이다. 오늘 밤 나는 이 세계 안에서 부르주아적 안락을 완벽하게 즐기고 있다. 이곳은 내 방, 북동쪽을 향한 방이다. 저 아래는 뮈틸레 거리와 새로 들어설 역사(驛舍) 공사장이다. 창문으로는 빅토르누아르 거리 한 모퉁이에 '철도인 만남의 장소'의 빨갛고 하얀 불빛이 보인다. 파리에서 출발한 기차가 방금 도착한 것이다. 사람들은 기존 역사에서 나와 거리로 흩어진다. 그 발소리와 목소리가 들린다. 많은 사람들이 마지막 전차를 기다리고 있다. 그들은 내 방 창문 바로 밑에 있는 가스등 주위에 조그맣고 쓸쓸하게 무리지어 있을 것이 분명하다. 하지만 아직 몇 분은 더 기다려야 할 것이다. 전차는 10시 45분 전에는 지나가지 않을 테니까. 오늘 밤에는 장사꾼들이 오지 않았으면 좋겠다. 나는 무척 자고 싶고, 이제라도 밀린 잠을 자고 싶어 견딜 수가 없다. 하룻밤, 단 하룻밤만이라도 푹 자면 그 온갖 일이 깨끗이 사라질 것이다.

11시 15분 전이다. 이제는 아무것도 두려워할 필요가 없다. 그들은 이미 도착했을 테니까. 다만 루앙의 사내가 오는 날이 아니라면 말이다. 루앙의 사내는 일주일마다 한 번씩 온다. 그에게는 2층 2호실, 비데가 있는 방이 예약되어 있다. 그가 벌써 왔을지도 모른다. 그는 자기 전에 '철도인 만남의 장소'에서 맥주를 한 잔 마신다. 그래도 그다지 시끄럽게 구는 사내는 아니다. 그는 키가 무척 작고 매우 단정한 사람으로, 까만 콧수염에 왁스를 발라 모양을 잡고 가발을 쓴다. 저기 온다.

그런데 계단을 올라오는 그의 발소리가 들려오자 마음이 약간 편안하다. 그만큼 그것은 안도감을 주었다. 저토록 규칙적인 세계를 어찌 두려워하겠는가! 기분이 좀 나아진 것 같은 생각이 든다.

그리고 이번에는 '도살장―거대한 도가니' 호인 7호 전차다. 시끄러운 쇠붙이 소리와 함께 왔다가는 다시 떠난다. 지금 그 전차는 여행 가방과 잠든 아이들을 가득 싣고 '거대한 도가니'를 향해, '공장'을 향해, 어두운 '동부'를 향해 달려가고 있다. 이것은 막차 바로 앞차다. 막차는 한 시간 뒤 이곳을 지날 것이다.

자야겠다. 나는 괜찮아졌다. 깨끗한 새 공책에 여자애들처럼 그날그날의 인상을 쓰는 것은 그만두자.

다만 어떤 경우만큼은 일기를 쓰는 것이 흥미로운 일일지도 모른다. 그건
정말*d

---

*d 날짜가 없는 페이지의 문장은 여기서 끝난다.

일기

1932년 1월 25일 월요일[1]

그 무엇이 나에게 일어났다. 더 이상 의심할 여지가 없다. 그것은 늘 있는 어떤 확신이나 뻔한 일과는 달리, 마치 질병에 걸리듯 닥쳐왔다. 그리고 알지 못하는 사이 조금씩 내 안에 자리 잡았다. 나는 기분이 좀 이상하고 거북한 느낌이 들었다. 그뿐이다. 그것이 일단 자리를 잡고는 꼼짝하지 않고 얌전히 있었기에, 나는 나 자신을 이렇게 이해시킬 수 있었다. 아무 일도 없었던 것이고 쓸데없는 걱정이었다고. 그런데 이제는 그것이 기지개를 켜는 것이다.

역사가라는 직업은 심리분석에는 알맞지 않은 것 같다. 우리 분야에서는 다양한 감정을 전체로서만 다루면서, 그것을 통틀어서 '야심'이니 '사리사욕'이니 하는 포괄적인 이름으로 부르고 있다. 그러나 만약 내가 나 자신이 가지고 있는 모호한 면을 알고 있다면, 지금이야말로 그것을 활용해야 할 것이다.

이를테면 내 손안에 뭔가 새로운 것이 있다. 담배 파이프나 포크 따위를 잡는 방법 같은 것이다. 아니 지금으로서는 오히려 그 포크가 어떤 잡는 방법을 갖고 있다고 해야 할지, 난 모르겠다. 방금 내 방으로 들어가려고 하다가 나는 문득 걸음을 멈추었다. 왜냐하면 내 손안에 차가운 것이 느껴졌는데, 그것이 마치 뭔가 특별한 개성처럼 주의를 끌었기 때문이었다. 나는 손을 펴고 보았다. 단지 문고리를 잡고 있었을 뿐이었다. 오늘 아침에는, 도서관에서 '독학자'*[f]가 다가와서 인사했을 때 그를 알아보는 데 10초나 걸렸다.

---

1) 그전까지의 판(版)에서는 이 날짜가 '1932년 1월 29일 월요일'로 되어 있었다. 이것은 단순한 착각으로, 플레이아드 판 교정자는 사르트르의 양해를 얻어 이렇게 고쳤다.

*[f] 오지에 p…. 이 사람에 대해서는 이 일기 속에서 자주 문제가 될 것이다. 그는 집행관의 대행서기로, 로캉탱은 1930년 부빌의 도서관에서 그와 알게 되었다.

나는 모르는 얼굴을, 거의 얼굴이라고도 할 수 없는 것을 보고 있었다. 그리고 다음 순간 내 손에는 통통하고 하얀 애벌레 같은 그의 손이 있었다. 내가 곧바로 그것을 놓자 팔은 힘없이 떨어졌다.

거리에도 이상한 소리들이 수없이 떠다니고 있다.

그러니까 지난 몇 주일 동안 무슨 변화가 일어난 것이다. 그러나 어디에? 그것은 아무것과도 연관 지을 수 없는 추상적인 변화다. 변한 것은 나일까? 내가 아니라면 이 방, 이 도시, 이 자연이 변한 것이다. 어느 것인지 가려내야 한다.

*

변한 것은 나인 것 같다. 그것이 가장 간단한 해답이다. 또 가장 불쾌한 해답이기도 하다. 그러나 결국은 내가 그렇게 급격하게 변하기 쉬운 주체라고 인정해야 한다. 사실 나는 그리 많이 생각하는 사람이 아니기 때문이다. 그래서 많은 작은 변모들이 내 안에 쌓였다가, 신경 쓰지 않는 사이에 어느 날 진정한 혁명이 일어난다. 그로 말미암아 내 인생에는 부자연스럽고 이치에 닿지 않는 양상이 생긴다. 예를 들어 내가 프랑스를 떠났을 때 많은 사람들은 내가 충동적으로 떠났다고 말했다. 또 6년의 여행을 마치고 갑자기 돌아왔다 해도, 역시 그들은 충동적이라고 말했으리라. 지금도 메르시에와 함께 그의 사무실에 있던 내 모습이 눈에 선하다. 작년에 페트루 사건이 있은 다음 사직한 그 프랑스인 관리 말이다.[2] 메르시에는 고고학 조사단과 함께 벵골에 가려던 참이었다. 나는 늘 벵골에 가고 싶어했었는데, 그가 마침 함께 가자고 계속 졸라댄 것이다. 지금 생각해 보면 그가 왜 그랬는지 모르겠다. 아마 그는 포르탈을 믿지 못해서 내가 포르탈을 감시해 주기를 기대했던 것이리라. 거절할 이유가 없었다. 설령 그때 내가 포르탈에 관한 그 사소한

---

2) 페트루 사건이나 메르시에, 그리고 다음에 나오는 포르탈에 대해서도 로캉탱은 아무 설명이 없다. 그러나 직후에 그것이 인도차이나 사무실에서의 대화이고, 거기에 크메르의 조각상이 장식되어 있다고 적혀 있는 것으로 보아 이내 연상할 수 있는 것은, 앙드레 말로(1901~76)가 젊은 시절에 일으킨 사건이다. 말로는 1923년에 크메르의 문화유적인 조각상과 돋을새김을 프랑스에 가져가려 하다가 체포되어, 지인들의 석방운동 덕분에 집행유예가 된 적이 있었다. 또한 젊은 시절의 사르트르가 말로식의 '모험'에 깊은 관심을 갖고 있었던 것도 이 작품 속에 나타나 있다.

계략을 눈치 채고 있었다 하더라도, 그것은 오히려 그 제안을 더욱 열광적으로 받아들일 이유가 될 뿐이었다. 그런데 나는 마치 마비되어 버린 것처럼 한마디도 말할 수 없었다. 나는 전화기 옆, 초록색 천 위에 놓인 크메르의 작은 조각상을 뚫어지게 바라보고 있었다. 마치 내 몸이 림프액이나 미지근한 우유로 가득 차 있는 것 같았다. 메르시에는 얼마쯤의 짜증을 훌륭한 인내심으로 숨기면서 나에게 이렇게 말했다.

"그렇습니다. 정식으로 결정해 주셨으면 합니다만, 결국은 승낙하실 거라고 생각합니다. 그러니 어서 받아들이시는 게 어떨까요."

그는 약간 붉은 기가 도는 검은 턱수염에 짙은 향수를 뿌리고 있었다. 그가 얼굴을 움직일 때마다 향수 냄새가 코를 찔렀다. 그리고 불현듯 나는 6년 동안의 잠에서 깨어났다.

조각상이 불쾌하고 바보스럽게 보였다. 그리고 나 자신이 깊은 권태에 빠져 있다는 것을 느꼈다. 내가 왜 인도차이나 같은 곳에 와 있는지 도무지 알 수 없었다. 도대체 여기서 무엇을 하고 있는 것인가? 왜 이런 작자들과 이야기하고 있는 것인가? 왜 이런 괴상한 옷을 입고 있는 것인가? 내 정열은 죽어 있었다. 그 정열이 몇 년이나 나를 압도하며 나를 이리저리 끌고 다녔건만, 이제는 나 자신이 텅 비어버린 것 같았다. 그러나 그보다 더 끔찍한 것이 있었다. 내 앞에는 축 처진 모습의, 커다랗고 무미건조한 하나의 관념이 놓여 있었다. 그것이 무엇인지는 몰라도, 나는 그것을 차마 바라볼 수가 없었다. 그만큼 그 관념은 심한 욕지기를 불러일으켰다. 그러한 모든 것이 나에게는 메르시에의 턱수염에서 나는 향수 냄새와 뒤범벅되어 있었다.

그에 대한 노여움으로 속이 부글부글 끓어오른 나는 기분을 가다듬고 차갑게 대답했다.

"고맙소. 하지만 여행은 이미 실컷 했습니다. 이젠 프랑스로 돌아가야겠소."

이틀 뒤, 나는 마르세유로 향하는 배에 올랐다.

만약 내 생각이 옳다면, 또 차곡차곡 쌓여가는 모든 징후가 내 삶의 새로운 변화의 전조라면 나는 정말 두렵다. 그건 내 삶이 풍요로워서가 아니다. 또 무거워서도, 귀중해서도 아니다. 나는 그저 두려울 뿐이다. 이제부터 무슨 일이 일어나고, 무엇이 나를 사로잡을 것이며—그리고 그것들이 나를 어디로 데려갈 것인가? 연구와 써야 할 책, 모든 것을 미완성인 상태로 내팽 개치고, 나는 또다시 떠나야만 하는 것인가? 몇 달 뒤, 몇 년 뒤, 지치고 실 망한 모습으로 새로운 폐허 속에서 깨어나게 될 것인가? 너무 늦기 전에 나 의 내면을 똑똑히 봐두고 싶다.

1월 26일 화요일[3]

새로운 일이라곤 아무것도 없다.

9시부터 1시까지 도서관에서 작업했다. 제12장과 파벨 1세[4]의 죽음에 이 르기까지 롤르봉의 러시아 체류에 관한 모든 기술을 정리했다. 이것으로 일 단락된 셈이다. 정리해서 옮겨 적는 것만 남았을 뿐, 이 부분은 다시 문제될 게 없을 것 같다.

1시 30분이다. 나는 카페 마블리에서 샌드위치를 먹고 있다. 모든 것이 거의 정상이다. 하기야 카페라는 곳은 언제나 모든 것이 정상이지만, 특히 카페 마블리가 그런 것은 지배인 파스켈 씨 덕분이다. 그의 얼굴에 감도는 싸구려 분위기는 정말이지 사람을 편안하게 만든다. 곧 낮잠 잘 시간이라 그 는 벌써부터 눈이 충혈되어 있지만, 동작은 민첩하고 확고하다. 그는 테이블 사이를 돌아다니다가 손님에게 다가가서 무슨 비밀 이야기나 하는 것처럼 말을 건넨다.

"괜찮으시죠, 손님?"

이렇게 활달한 그를 보고 있으면 절로 미소가 떠오른다. 가게가 비는 시간 이 오면 그의 머리도 텅 비어버리기 때문이다. 2시부터 4시까지 이 카페에 는 손님이 없다. 그러면 파스켈 씨는 멍한 표정으로 몇 걸음 걷는다. 종업원 들이 전등을 끈다. 그리고 그는 무의식 속에 빠져든다. 이 사내는 혼자 있을 때는 잠을 잔다.

지금은 아직 20명 정도의 손님이 있다. 독신남들, 하급 기술자들, 어딘가 의 고용인들이다. 그들은 그들이 장교식당이라고 부르는 각자의 하숙집에서 점심을 먹고, 약간의 사치를 부리고 싶어 여기 온다. 그러고는 주사위 놀이 나 포커를 하며 커피를 마신다. 그들은 좀 시끄럽게 떠들지만, 나는 그 어수

---

3) 이것도 그전까지는 '1월 30일 화요일'로 되어 있었다. 플레이아드 판 교정자의 교정에 따른다.

4) 실재한 러시아 로마노프 왕조의 황제(1754~1801). 쿠데타로 살해되었다.

선한 소리가 그다지 거슬리지 않는다. 그들도 살아가려면 여럿이 어울릴 필요가 있다.

나는 혼자 생활하고 있다. 철저히 혼자다. 절대로 누구하고 얘기하는 법이 없다. 아무것도 받지 않고 아무것도 주지 않는다. 독학자는 문제가 안 된다. 물론 '철도인 만남의 장소' 여주인인 프랑수아즈가 있기는 하다. 하지만 내가 그 여자와 얘기를 한다고 할 수 있을까? 어쩌다가 한 번씩 저녁을 먹고 나면, 나는 작은 잔에 맥주를 내오는 그녀에게 묻는다.

"오늘 밤 시간 있어요?"

그 여자는 절대로 없다고 하지 않는다. 나는 그 여자를 따라 2층에 있는 커다란 침실로 올라간다. 그녀가 시간이나 날짜로 계산하여 빌린 방이다. 나는 돈을 치르지 않는다. 내 방값 대신으로 우리는 사랑을 나누는 것이다.[5] 그 여자는 쾌락을 맛본다(그 여자는 날마다 남자가 필요하고 나 말고도 많은 남자가 있다). 나는 그런 식으로 원인이 뻔한 우울증[6] 비슷한 것을 털어 버린다. 그러나 우리는 겨우 한두 마디 주고받을 뿐이다. 이야기한들 무슨 소용인가? 서로가 자신을 위해서 하는 짓이다. 게다가 그 여자가 볼 때 나는 자기 카페에 오는 손님일 뿐이다. 그 여자는 옷을 벗으면서 말한다.

"식전에 마시는 술 중에 브리코라고 알아요? 이번 주에 그것을 찾는 손님이 두 사람이나 있었어요. 일하는 애가 뭔지 몰라서 내게 묻더라고요. 그 치들 뜨내기들이었으니 아마 파리에서 마셔봤나 보죠. 하지만 모르는 건 사기 싫더군요. 괜찮다면 스타킹은 안 벗을래요."

전에는—안니가 내 곁을 떠난 지 한참 뒤에도—나는 안니를 생각했다. 지금은 누구도 생각하지 않는다. 할 말을 찾으려고도 하지 않는다. 말은 내 안에서 나름대로 빠르게 흘러가 버린다. 나는 아무것도 붙잡으려 하지 않고 가만히 놓아둔다. 내 생각은 대부분 말과 결부되지 않기 때문에 안개처럼 몽롱하다. 그것은 애매하고 이상한 형상(形象)을 그렸다가는 사라져간다. 나는 곧 그런 것들을 잊는다.

---

5) 원문의 au pair라는 표현은, 더부살이를 하면서 방값과 밥값을 면제받는 대신, 얼마간의 노동을 제공할 때 사용된다. 그것을 성행위에 적용한, 매우 냉소적이고 익살스러운 표현이다.

6) 사르트르는 한때 이 소설의 제목으로 '멜랑콜리아(우울증)'를 생각했다. 그런 생각을 하게 만든 것은 알브레히트 뒤러(1471~1528)의 같은 제목의 작품이다.

저 젊은이들은 놀랍다. 그들은 커피를 마시면서 확실한, 너무나 사실 같은 이야기를 하고 있다. 어제 무슨 일을 했느냐고 물으면, 그들은 당황하지 않고 단 두 마디로 알려준다. 나 같으면 우물쭈물했을 텐데. 오래전부터 내가 어떻게 생활하고 있는지 아무도 신경 쓰지 않는 것이 사실이다. 혼자 살고 있으면 이야기를 한다는 것이 어떤 것인지조차 모르게 된다. 사실처럼 보이던 것은 친구들이 사라지는 동시에 사라져 버리니까. 사건도 마찬가지로 흘러가 버린다. 갑자기 사람들이 나타나서 말을 걸고 가버리면, 남은 사람은 밑도 끝도 없는 줄거리 속으로 깊이 빠져든다. 그런 사람이 증언이라도 하게 되면 형편없을 것이다. 그러나 카페에서는 그 대신 사실 같지 않은 모든 것, 아무도 믿을 것 같지 않은 일이 얼마든지 일어난다. 예를 들어 지난 토요일 오후 4시쯤엔, 역사 신축 공사장 옆 널빤지를 깐 보도 끝에서 하늘색 옷을 입은 키 작은 여자가 손수건을 흔들며 웃으면서 종종걸음으로 뒷걸음질하고 있었다. 동시에 크림색 레인코트를 입고, 노란 구두를 신고, 초록색 모자를 쓴 흑인이 휘파람을 불며 길모퉁이를 돌았다. 그러자 계속 뒷걸음질치던 여자가, 밤마다 누군가가 널빤지 울타리에 매달려 불을 켜러 오는 가로등 밑에서 그 흑인과 부딪쳤다. 그러니까 거기에, 노을 타오르는 하늘과 그 아래 축축한 나무 냄새가 코를 찌르는 그 널빤지 울타리, 그 가로등, 흑인의 품에 안긴 그 자그마하고 착한 금발 여인이 동시에 있었던 셈이다. 너덧 사람 정도는 아마 그 충돌, 그 모든 부드러운 색채의 조합, 마치 깃털이불 같은 예쁜 파란색 망토, 밝은색 레인코트, 빨간 가로등의 붉은 유리를 보았을 것이다. 그리고 그 두 사람의 얼굴에 나타난 놀란 어린아이 같은 표정을 보고 웃었을 것이다.

외톨이 사내에게는 웃고 싶은 일이 드물다. 그 정경 전체는 나에게는 매우 강렬하고 잔인하기까지 하면서도 순수한 의미를 지닌 것이었다. 그것은 분해되어 가로등과 울타리와 하늘로만 남았지만, 그래도 퍽 아름다웠다. 한 시간 뒤에 가로등이 켜졌고, 바람이 불고 하늘은 어두웠다. 거기에는 이미 아무것도 남아 있지 않았다.

이런 것은 특별히 새로운 일은 아니다. 이러한 무해한 감동을 나는 한 번도 거부한 적 없다. 오히려 그 반대다. 그런 감동을 느끼려면 아주 잠깐 동안만 혼자 있으면 된다. 적절한 순간에 진짜 같은 것을 떨쳐버릴 수 있을 정도의 고립이다. 그러나 나는 사람들과 아주 가까이 있으면서 고독의 표면에 머물러 있다가, 급하면 그들 사이로 피할 작정이었다. 요컨대 지금까지 나는 단순히 고독 애호가에 지나지 않았던 것이다.

지금 곳곳에 물건이 있다. 이 테이블 위, 이 맥주잔처럼. 그것을 보면 나는 말을 하고 싶어진다. "그만, 이제 장난을 그만 해야겠다." 나는 너무 깊이 들어와 버렸다는 것을 잘 알고 있다. 아마 고독에 '한계를 짓는' 건 불가능할 것이다. 그렇다고 해서 그것이 자기 전에 침대 밑을 들여다본다는 의미는 아니고, 한밤중에 갑자기 방문이 열릴까 봐 두려워하는 것도 아니다. 다만 그래도 나는 불안하다. 벌써 30분 전부터 이 맥주잔을 '바라보지' 않으려고 노력 중이다. 나는 그 위를, 아래를, 오른쪽을, 왼쪽을 바라본다. 그러나 '그것'만은 보고 싶지 않다. 더군다나 나는 주위의 모든 독신자가 아무 도움도 되지 않는다는 것을 잘 알고 있다. 이젠 늦었다. 나는 그들 속으로 피할 수 없다. 그들은 내 어깨를 가볍게 두드린 뒤 이렇게 말할 것이다.

"대관절 이 맥주잔이 어쨌다는 거요? 다른 맥주잔과 매한가진데. 모가 나 있고 손잡이가 달려 있고, 삽이 그려져 있는 작은 라벨이 붙어 있고, 그 위에는 '슈파텐브로이'라고 썼어 있잖소."[7]

그건 나도 잘 알고 있다. 그러나 나는 거기에 다른 것도 있다는 것을 알고 있다. 거의 아무것도 아닌 그것. 하지만 나는 내가 무엇을 보고 있는지 설명할 수 없다. 그 누구에게도. 자, 이제 나는 천천히 물속 밑바닥으로, 공포를 향해 미끄러져 들어간다.

제법 이해심이 많은 주위 사람들의 즐거운 목소리 속에서도 나는 혼자다. 그들은 서로 이야기를 나누며, 기쁘게도 자기들 의견이 일치한다는 것을 확인하느라 시간을 보내고 있다. 모두가 함께 같은 생각을 한다는 것이 저리도 중요할까. 물고기 같은 눈으로, 자신들 마음속을 훤히 들여다보고 있는 것 같은 남자, 의견이 일치한다는 건 절대로 불가능한 남자가 그들 사이를 지나가면 과연 어떻게 행동할까. 그걸 알고 싶으면 그들의 얼굴을 보기만 하면 된다.

---

7) 슈파텐은 삽 모양의 가래, 브로이는 양조를 가리키며, 슈파텐브로이는 독일의 커다란 맥주 양조회사의 이름이다. 독일에는 이 회사에서 직영하는 맥주홀도 많은데, 거기서는 독자적인 맥주잔을 사용한다.

내가 8살 때 뤽상부르 공원에서 놀고 있으면, 한 사내가 오귀스트콩트 거리를 따라 이어지는 철책 옆의 초소(哨所)에 와서 주저앉고는 했었다. 그는 말이 없었으나, 때때로 다리를 뻗고 겁먹은 표정으로 자기 발끝을 바라보았다. 그 발에는 반장화를 신고 있었지만, 다른 한 발에는 슬리퍼를 신고 있었다. 공원 관리인이 우리 작은아버지한테 해준 이야기에 따르면, 그는 예전에 고등학교 교무주임이었다. 그런데 아카데미 회원 복장으로 교실에 들어와 학기별 성적을 불렀다가 면직당했다고 했다. 우리는 그를 몹시 무서워했는데, 그것은 그가 외롭다는 것이 느껴졌기 때문이었다. 어느 날 그가 멀리서 로베르를 향해 손을 내밀며 미소 지었다. 로베르는 하마터면 기절할 뻔했다. 우리를 무섭게 만든 것은 그 사람의 초라한 겉모습도 아니고, 자꾸만 옷깃에 닿는 목덜미의 종기도 아니었다. 단지 우리는 느꼈을 뿐이다. 그가 머릿속에서 게나 바닷가재[8] 같은 생각을 하고 있다는 것을. 우리를 전율시킨 것은 그것이었다. 초소와, 우리가 가지고 노는 굴렁쇠 테와, 덤불 등에 대해 바닷가재처럼 생각할 수 있다니.

그러고 보니 나를 기다리고 있는 것은 그런 것인가? 처음으로 나는 혼자라는 사실이 불편했다. 너무 늦기 전에, 아이들에게 공포감을 주기 전에, 내 신상에 일어난 일에 대해 누군가에게 얘기하고 싶다. 안니가 옆에 있었으면 좋겠다.

기묘한 일이다. 10페이지를 썼는데도 나는 진실을 말하지 않았다—적어도 진실의 전부를 말하지는 않았다. 내가 날짜 다음에 '새로운 일이라곤 아무것도 없다'고 썼을 때, 나는 떳떳치 못하다는 것을 느끼고 있었다. 사실은 수치스럽지도 않고 비정상도 아닌 그 짧은 이야기가 나오는 것을 거부하고 있었던 것이다. '새로운 일이라곤 아무것도 없다'니. 사람이 제멋대로 핑계를 대며 얼마나 많은 거짓말을 하는지 생각하면 감탄하지 않을 수가 없다.

---

8) 사르트르가 게나 새우 같은 갑각류와 갈거미 같은 수생동물에 대해 과잉반응을 보이는 것은 잘 알려져 있으며, 작품에도 그 이미지가 가끔 나타난다(이를테면 희곡 《알토나의 유폐자들》). 이러한 경향은 1930년대 중반에 환각체험을 위해 메스칼린을 주사한 뒤부터 특히 뚜렷이 드러나는 것 같다. 《구토》에서는 일반인과의 소통이 단절된 고독한 인간의 이미지로서 뒤에도 게가 등장한다.

물론 새로운 일이 아무것도 일어나지 않았다고 할 수도 있겠다. 다시 말해 오늘 아침 8시 15분, 도서관에 가려고 프랭타니아 호텔[9]을 나왔을 때, 나는 땅에 떨어져 있는 종이를 주우려다가 줍지 못했다. 사건이라곤 그것뿐, 그리고 그런 건 사건이라고 할 수도 없다. 그렇다. 그러나 진실을 전부 말하자면, 그 일이 내 마음속 깊이 남았다. 자유롭지 않다고 생각했기 때문이었다. 도서관에서 나는 그 생각을 떨쳐버리려고 애썼으나 헛일이었다. 나는 거기서 달아나기 위해 카페 마블리에 갔다. 밝은 데로 가면 그 생각이 사라져 버릴 거라고 기대했다. 그러나 그것은 여기, 내 안에 여전히 무겁고 괴로운 것으로 남아 있다. 위의 글을 쓰게 만든 것은 바로 그런 생각이다.

나는 어째서 그것을 얘기하지 않았을까? 틀림없이 자존심 때문이었으리라. 그리고 어느 정도는 내가 서투르기 때문이기도 할 것이다. 나는 내 신상에 일어나는 일을 나 스스로에게 얘기하는 습관이 없다. 그래서 나는 사건이 어떤 순서로 일어났는지도 잘 기억나지 않고, 어떤 것이 중요한지도 잘 구별하지 못한다. 그러나 이제는 그것도 다 끝났다. 나는 카페 마블리에서 쓴 것을 다시 읽고 부끄러워졌다. 나는 비밀도, 감상도, 한마디로 표현하기 힘든 어떤 것도, 죄다 집어치우고 싶다. 나는 내면생활 놀이를 할 만큼 깨끗한 동정녀도, 수도사도 아니다.

그리 대단한 이야기는 아니다. 나는 종이를 줍지 못했다. 그뿐이다.

나는 알밤이나 헌 헝겊조각, 특히 종잇조각을 줍는 것을 무척 좋아한다. 그런 것을 주워 손에 쥐고 있으면 기분이 좋다. 아이들이 하듯이 그것을 얼른 입에 가져가고 싶을 정도다. 내가 무겁고 질이 좋은 종이, 그러나 어쩌면 똥이 묻었을지도 모르는 종이 한 귀퉁이를 집어들면, 안니는 화가 나서 얼굴빛이 변하곤 했다. 여름이나 초가을에 공원 같은 데서 볼 수 있는 햇볕에 익은 신문지 조각은, 낙엽처럼 바삭하게 말라서 누렇게 퇴색한 것이 마치 피크린 산(酸)을 뿌린 것 같다. 겨울에는 또 다른 종이들이 짓밟히고 찢어지고 더럽혀진 채 흙으로 돌아가려 한다. 그 밖에 아주 반질반질하고 새하얗고 감동을 주기까지 하는 새 종이가, 마치 백조처럼 놓여 있곤 하지만, 그 밑에서 이미 대지가 그것을 끈끈이처럼 붙들고 있다. 종잇조각은 몸부림치며 진흙

---

9) 사르트르는 1931년 르 아브르의 고등학교에 부임했을 때, 처음 몇 달 동안 '프랭타니아'라는 이름의 호텔에서 살았다.

에서 빠져나가지만 결국 얼마 못 가서 다시 땅에 찰싹 붙어버린다. 그런 것을 모두 손에 쥐는 게 즐겁다. 가끔 나는 그것들을 뚫어지게 쳐다보면서 그저 손으로 만져볼 뿐이지만, 또 그것을 찢으며 어떤 소리가 나는지 천천히 들어볼 때도 있다. 또는 종이가 너무 축축할 때는 불을 붙여보기도 하는데, 그건 좀처럼 쉬운 일이 아니다. 그러고는 흙투성이가 된 손바닥을 벽이나 나무둥치에 문지른다.

그런데 오늘, 나는 군부대에서 나오는 한 기병 장교의 황갈색 장화를 바라보고 있었다. 그 장화를 눈으로 따라가다가 웅덩이 옆에 떨어져 있는 종이 한 장을 발견했다. 나는 장교가 뒤꿈치로 그것을 진흙 속에 짓밟고 가리라고 생각했다. 그런데 아니었다. 그는 종이와 웅덩이를 훌쩍 뛰어넘는 것이다. 나는 가까이 가보았다. 줄이 쳐진 것이 분명히 학교 공책에서 한 장 찢어낸 것이었다. 비에 젖어 뒤틀어진 종이는 화상을 입은 손처럼 주름과 물집투성이였다. 여백의 붉은 선은 변색하여, 장밋빛 안개처럼 흐릿해져 있었다. 군데군데 잉크가 번져 있고, 종이 아래쪽은 진흙에 묻혀 가려져 있었다. 나는 허리를 구부렸다. 부드럽고 신선한 그 반죽 같은 것이 내 손가락 밑에서 작은 회색공이 되어 구를 감촉을 미리 즐기면서…… 그런데 나는 할 수 없었다.

나는 한순간 몸을 구부린 채 그대로 있었다. '받아쓰기 : 흰 부엉이'라는 글씨가 눈에 들어왔다. 나는 아무것도 줍지 않고 일어났다. 나는 이미 자유롭지 않았다. 내가 하고 싶은 행동을 더 이상 할 수 없었다.

사물, 그것이 사람을 '만지는' 일은 있을 수가 없다. 왜냐하면 그것은 살아 있지 않기 때문이다. 사람은 그것을 사용하고, 그것을 다시 제자리에 둔다. 사람은 사물에 에워싸여 살고 있다. 그것은 유용하다. 그 이상은 아니다. 그런데 내가 볼 때는 그것들이 나를 만지는 것이다. 그것은 견딜 수 없는 일이다. 나는 사물과 접촉하는 것을 두려워하고 있다. 마치 그것들이 살아 있는 동물인 것처럼.

이제 생각났다. 얼마 전 바닷가에서 그 조약돌을 손에 들고 있었을 때 느꼈던 것이 더욱 선명하게 떠올랐다. 그것은 어떤 들쩍지근하고 메슥거리는 기분이었다. 얼마나 불쾌한 기분이던지! 그것은 그 조약돌 때문이었다. 틀림없다. 그 불쾌함은 조약돌에서 내 손으로 옮겨온 것이다. 그래, 그거다,

바로 그거야. 손안에서 느끼는 어떠한 구토증.

목요일 아침, 도서관

바로 조금 전에 호텔 계단을 내려오는데 뤼시의 목소리가 들렸다. 그녀는 계단에 왁스를 칠하면서 또다시 주인여자에게 푸념을 늘어놓고 있었다. 주인여자는 아직 틀니를 끼지 않기 때문에 겨우 몇 마디를 토막토막 대꾸했다. 그녀는 거의 발가벗은 거나 다름없이, 알몸에 분홍색 잠옷만 걸치고 실내화를 신고 있었다. 뤼시는 늘 그렇듯 꾀죄죄한 모습이었다. 가끔 일손을 멈추고 무릎을 짚고 몸을 일으켜 주인여자를 쳐다본다. 그리고 할 만한 이야기라는 표정으로 쉴 새 없이 지껄였다.

"바람이라도 피우는 편이 훨씬 낫겠어요. 몸에 해롭지 않다면야 아무러면 어때요."

그녀는 자기 남편 이야기를 하고 있었다. 마흔이 다 된 검붉은 피부의 이 작은 여자는 푼푼이 돈을 모아 르쿠앵트 공장 조립공인 매력적인 청년을 꿰찼다. 결혼생활은 불행했다. 남편은 때리지도 않고 속이지도 않았지만, 매일 밤 술을 마시고 잔뜩 취해 돌아왔다. 그는 건강이 나빠졌다. 석 달 사이에 피부가 누레지고 몸이 여위어 갔다. 뤼시는 술 때문이라고 생각하지만 나는 폐결핵 때문일 거라고 생각한다.

"정신을 차려야 할 텐데." 뤼시가 말한다.

그 여자의 속이 썩어가고 있는 게 분명하다. 그러나 천천히, 야금야금 썩어가고 있다. 그 여자는 그것에 지지 않으려 기를 쓴다. 포기할 수도 없고 불행에 몸을 내맡길 수도 없다. 그 여자는 자기의 불행을 그저 조금, 아주 조금 생각한다. 여기저기 가서 불행에 대해 푸념한다. 특히 사람들과 함께 있을 때 그렇다. 사람들이 그 여자를 위로해 주기도 하지만, 조용한 목소리로 마치 조언이라도 하듯 자기 불행을 얘기하면 마음이 좀 후련해지기 때문이다. 혼자 객실을 정리하고 있을 때는 생각을 안 하려고 그러는지 콧노래부르는 소리가 들린다. 그러나 그 여자는 온종일 음울한 얼굴이고, 금방 피곤에 지쳐 얼굴이 굳는다.

"여기구나," 그 여자는 목을 만지면서 말한다. "여기가 안 좋아."

그 여자는 괴로움을 드러내는 데 인색하다. 자신의 쾌락에 대해서도 역시 인색할 것이다. 그 단조로운 고뇌, 콧노래가 끝나면 이내 되살아나는 그 푸념, 과연 그 여자는 가끔 거기서 해방되고 싶어하지는 않을까, 과감하게 고통과 절망에 아예 빠져버리기를 원하는 것은 아닐까. 그러나 그것은 모두 불가능하다. 그 여자는 꼼짝달싹 못하고 있는 것이다.

목요일 오후

"롤르봉 씨는 몹시 추남이었다. 마리 앙투아네트 왕비는 그를 자신의 '소중한 원숭이'라고 즐겨 불렀다. 그럼에도 그는 궁정의 모든 여자를 소유했다. 그것은 추남 부아즈농[10]처럼 어릿광대짓을 해서가 아니라 강렬한 자력(磁力)으로 그녀들을 끌어당겼기 때문에, 정복당한 미녀들은 그의 불같은 정열에 몸을 태우게 되었다. 책략에 능한 그는 목걸이 사건[11]에서 얼마쯤 수상한 역할을 했으며, 술통 미라보 및 네르시아[12]와 교류를 계속한 뒤 1790년에 홀연히 자취를 감췄다. 그 뒤 러시아에 나타나 파벨 1세의 암살 사건에 어느 정도 가담했다. 그런 다음 아득히 먼 나라 인도, 중국, 투르키스탄 등지를 여행했다. 밀매를 하거나 음모에 가담하고, 스파이 노릇도 했다. 1813년에 파리로 돌아온 그는 1816년에 절대적인 권력을 거머쥔다. 앙굴렘 공작부인[13]의 유일무이한 심복이 된 것이다. 줄곧 소녀시절의 무서운 추억에 집

---

10) 아베 드 부아즈농(1708~75). 문필가로 성직에 있었는데, 외설적인 콩트나 여성의 마음을 끄는 시의 작자로도 알려져 추남임에도 다채로운 여성편력으로 유명했다.

11) 1785~86년에 일어난 사기사건. 발루아 왕조의 후손인 라 모트 부인(1756~91)이 마리 앙투아네트 왕비의 환심을 사고 싶어하던 대주교 드 로앙(1734~1803)을 속이고 160만 리브르의 다이아몬드 목걸이를 사게 한 뒤, 그것을 왕비에게 바치는 것처럼 하고 중간에서 횡령한 사건. 어둠을 이용하여 대주교를 가짜 왕비와 만나게 하는 등, 치밀하게 꾸민 미스터리 소설 같은 사건이었다. 왕비는 이용만 당했을 뿐이지만, 톡톡히 망신을 당하고 국민의 반감을 키우는 결과가 되었다.

12) 술통 미라보는 프랑스 혁명 무렵의 유명한 혁명정치가 미라보 백작(1749~91)의 동생 미라보 자작을 가리킨다(1754~92). 그도 정치가였지만 왕당파였고, 뚱뚱한 몸집 때문에 '술통 미라보'라는 별명을 얻었다. 또 네르시아는 플레이아드 판 주석자에 의하면, 외설스럽고 부도덕한 작품으로 평가되는 많은 소설의 저자인 앙드레 로베르 앙드레아 드 네르시아(1739~1801)를 가리킨다.

13) 앙굴렘 공작부인(1778~1851). 루이 16세의 딸. 소녀시절에는 혁명정권에 의해 탕플 감옥에 3년 동안 유폐되었다. 부모가 처형된 뒤에 출옥하여, 아르투아 백작(훗날의 프랑스 국왕 샤를10세)의 맏아들이자 자신의 사촌오빠인 앙굴렘 공작(1775~1844)과 결혼. 왕정복

착해 온 이 변덕스러운 노부인도 그의 모습을 보면 마음이 가라앉아 미소를 짓곤 했다. 그녀를 통해, 그는 궁정에서 절대적인 영향력을 행사한다. 1820년 3월에, 그는 로클로르 양과 결혼한다. 그녀는 18살의 매우 아름다운 처녀였고, 롤르봉 씨는 그때 70살이었다. 그는 권세의 절정에서 생애 최고의 순간을 누리고 있었다. 7개월 뒤에 반역죄로 고발당하여 체포된 뒤, 감옥에 갇혀 재판도 받지 못한 채 5년 동안 감옥살이를 하다가 죽었다."

나는 우울한 기분으로 제르맹 베르제의 이 주(註)*g를 다시 읽었다.[14] 내가 처음으로 롤르봉 씨를 알게 된 것은 그 몇 줄의 문장을 통해서다. 그때 그가 얼마나 매력적인 인물로 보였던지! 그 몇 줄로 인해 나는 그를 얼마나 좋아하게 되었던가! 내가 지금 이곳에 있는 것도 바로 그 남자 때문이다. 여행에서 돌아왔을 때, 나는 파리나 마르세유에 자리를 잡을 수도 있었을 것이다. 그러나 롤르봉 후작의 오랜 프랑스 생활에 관한 자료는 대부분 부빌의 시립 도서관에 있었다. 롤르봉은 마롬[15]의 성주였다. 전쟁 전에는 이 마을에 그의 후손이 1명 있었다. 롤르봉 캉퓌레라는 건축가로, 1912년에 이 사람이 죽으면서 부빌의 도서관에 중요한 것들을 기증했다. 후작의 편지와 일기의 단편, 갖가지 서류 등이었다. 나는 아직 그걸 다 조사해 보지는 못했다.

이 메모를 발견해서 기쁘다. 한 번도 그걸 다시 읽어본 적 없는 채로 벌써 10년이나 지났다. 내 필적이 변한 것 같다. 전에는 지금보다 글을 촘촘하게 썼군. 그해 내가 롤르봉 씨를 얼마나 좋아했던가! 지금도 어느 날 저녁의 일이 생각난다―화요일 저녁이었다. 나는 온종일 마자린 도서관[16]에서 조사

고기에는 남편과 자신의 작은아버지인 국왕 루이18세에게도 절대적인 영향력을 행사하여 '마담 루아얄'이라고 불렀다.

*g 제르맹 베르제 저 《술통 미라보와 그 친구들》 406페이지, 주2. 샹피옹 판, 1906년.

14) 물론 위에 인용된 메모와 원주는 글머리의 '발행인의 일러두기'와 마찬가지로 사르트르가 만든 것이지만, 플레이아드 판 주석자는 외젠 베르제라는 인물이 쓴 《미라보 자작 술통 미라보, 1754~1792》(아셰트 판, 1904년)라는 책이 존재하고 있고, 사르트르는 아마 거기서 암시를 얻었을 거라고 지적했다.

15) 철자는 다르지만, 프랑스 북부 노르망디의 루앙 근처에 마롬Maromme이라는 작은 도시가 있다.

16) 파리의 센 강 왼쪽 콩티 강변에 있는 유명한 공립 도서관. 본디 17세기의 재상 마자랭 추기경의 개인장서를 일반에게 공개한 것이 시초였으므로 그 이름이 붙어 있다.

한 결과, 1789년에서 1790년까지 쓴 그의 편지로 그가 네르시아를 골탕 먹인 기막힌 수법을 알아낸 참이었다. 밖은 이미 어두워져 있었고, 나는 멘 거리를 걸어 내려가면서 게테 거리 모퉁이에서 알밤을 샀다. 얼마나 들떠 있었는지 모른다. 독일에서 돌아온 네르시아가 틀림없이 씁쓸한 표정을 지었을 거라고 생각하니 혼자 웃음이 나왔다. 후작의 얼굴색은 꼭 이 메모의 잉크 같다. 내가 이 일을 시작한 뒤로 색이 몹시 바랬다는 점에서.

먼저 1801년 이후의 그의 행동을 도무지 알 수 없다. 자료가 부족해서가 아니다. 편지, 단편적인 회상록, 비밀보고, 경찰 기록 등, 오히려 지나치게 많은 것이 문제이다. 다만 그 모든 증언에는 확실성과 일관성이 부족하다. 증언이 서로 모순되는 것은 아니지만 그렇다고 서로 일치하는 것도 아니다. 도대체 동일 인물에 관한 것이 아닌 것 같다. 그런데 다른 역사가들은 같은 종류의 정보를 토대로 연구하고 있다. 그들은 어떻게 하고 있는 것일까, 내가 그들보다 면밀한 것일까? 아니면 그들보다 머리가 나쁜 것일까? 하기야 이런 문제는 어떻게 되든 나와 상관없는 것이다. 결국 나는 무엇을 찾고 있는 것인가? 그것조차 도무지 알 수 없다. 오랫동안 인간 롤르봉은 책 쓰는 일보다 더욱 내 흥미를 끌었었다. 그러나 이제 인간이…… 인간 롤르봉이 나를 지루하게 만들고 있다. 내가 집착하고 있는 것은 책이다. 그것을 쓰고 싶은 욕구가 점점 강해지는 것을 느낀다—나이를 먹어가기 때문이라고 할 수 있으려나.

물론 롤르봉이 파벨 1세 암살에 적극적으로 가담한 것, 그 뒤 러시아 황제를 위해 동방에서 중요한 스파이 활동의 사명을 맡으면서, 나폴레옹을 위해 줄곧 알렉산드르[17]를 배반한 사실은 인정할 수 있다. 동시에 그는 아르투아 백작[18]과 적극적으로 연락을 취하고, 자신의 충성심을 믿게 하려고 별로 중요하지도 않은 정보를 계속 제공했다. 그 모든 것은 사실인 것 같다. 같은 시대에 푸셰[19]는 훨씬 더 복잡하고 위험한 연극을 하고 있었다. 아마도 후작

---

17) 파벨 1세의 맏아들로 아버지가 죽은 뒤 러시아 황제가 되어 나폴레옹과 싸웠다.

18) 아르투아 백작(1757~1836). 루이15세의 손자이자 루이16세와 루이18세의 동생. 대혁명 때 샤를10세를 자처하며 반동적인 정치를 펼쳤다. 1830년 7월 혁명 뒤에는 영국에 망명했다.

19) 조세프 푸셰(1757~1820). 대혁명 때는 자코뱅당이었지만, 뒤에 테르미도르 쿠데타에 참여하여 자코뱅당을 쓰러뜨렸고, 나폴레옹1세 시대에는 경시총감 등을 지냈다. 오트랑트 공

은 자기 주머니를 불리기 위해 아시아의 여러 왕국과 소총(小銃) 거래도 했을 것이다.

그래, 정말 그랬을 것이다. 그는 그 모든 것을 했을 가능성이 있다. 그러나 증명된 것은 아니다. 아무것도 증명될 수 없다는 생각마저 들기 시작한다. 이러한 것은 나름대로 타당한 가설이며 사실을 설명해 줄 것이다. 그러나 확실히 느끼는 바이지만, 그것들은 내가 제시한 가설이고, 단순히 내 지식을 어떤 방법으로 통합한 것에 지나지 않는다. 정작 롤르봉 쪽에서는 한 가닥의 빛조차 비치지 않는다. 온갖 사실은 느리고 게으르고 불쾌하며, 내가 부여하고자 하는 엄밀한 순서에 따라 나란히 나아간다. 그러나 롤르봉은 그것들 바깥에 남겨진 채 있다. 나는 순수하게 상상력만으로 연구하고 있는 것 같은 기분이다. 아직도 소설 속 인물이 더욱 진실하게 보이고, 적어도 더 재미있을 거라고 생각된다.

금요일

오후 3시. 이 3시라는 시간은 무엇을 하려고 마음먹어도 늘 너무 늦거나 너무 이른 시간이다. 오후의 어정쩡한 시간. 오늘은 견디기 힘들다.

식은 태양이 유리창 먼지를 뿌옇게 비춘다. 창백한 우윳빛 하늘. 오늘 아침에는 배수구 물이 얼어 있었다.

나는 난로 옆에서 착잡한 기분으로 먹은 것을 소화하고 있다. 오늘 하루가 헛되이 가버리리라는 것을 이미 알고 있다. 해가 지면 다를지 몰라도, 그때까지 흡족한 일은 아무것도 못할 것이다. 태양 때문이다. 태양은 공사현장 공중에 떠다니는 뿌옇고 더러운 안개를 어슴푸레한 황금빛으로 물들인 뒤, 완전히 희미해진 금발 색깔이 되어 내 방에 흘러 들어온다. 그리고 탁자 위에 둔하고 부자연스러운 4개의 빛줄기를 늘어놓는다.

내 파이프는 황금색으로 칠해져 있는데, 그것은 처음에는 밝게 보이며 눈에 들어왔다. 그런데 바라보는 동안 황금색이 녹기 시작하더니, 이제는 나뭇조각 위에 긴 띠 모양으로 퇴색한 흔적밖에 남지 않았다. 모든 것이 그렇다. 모든 것이, 내 손안에 들어올 때까지 그런 식이다. 오늘 같은 햇빛이 비치기

작에 서임되었으며, 왕정복고 때는 부르봉왕조와 화해하고 루이18세를 위해 진력하는 등, 격동의 시대를 끈질기게 살아남은 인물. 권모술수에 능한 정치가로 유명하다.

시작하면, 가서 눕는 게 최고다. 그러나 간밤에 실컷 자버려서 지금은 졸리지도 않다.

어제의 하늘은 무척 마음에 들었었다. 비 때문에 어둡게 닫힌 하늘은, 연민을 불러일으키는 우스꽝스러운 얼굴이 유리창에 눌어붙은 것 같았다. 그런데 오늘의 태양은 우스꽝스럽기는커녕 오히려 정반대다. 내가 사랑하는 모든 것, 공사현장의 녹과, 울타리의 썩은 널빤지 같은 것들 위로 인색하고도 적당한 빛이 떨어져 내린다. 그것은 마치 잠 못 이룬 밤이 지나고 다음 날 아침이 되어, 전날 밤 열광적인 기분으로 결심한 일이나, 지우지 않고 단숨에 써내려간 글에 던지는 시선 같다. 빅토르누아르 거리의 4개의 카페는 밤이 되면 나란히 찬란하게 빛나며 카페 이상의 것—수족관, 선박, 별, 또는 커다란 흰 눈동자들—이 되는데, 그것도 지금은 그 수수께끼 같은 멋을 잃고 있다.

자신을 돌아보기에 완벽한 하루다. 피조물 위에 태양이 던지는, 가차 없는 심판 같은 차가운 빛—그것이 눈을 통해 내 안에 들어온다. 사람을 초라하게 만드는 그 빛이 나의 내면을 비춘다. 15분만 지나면 더없는 자기혐오에 다다를 것이 확실하다. 그건 싫다, 그런 것은 사양하고 싶다. 롤르봉의 상트페테르부르크 체류에 대해 쓴 글도 다시는 읽는 일 없을 것이다. 나는 두 팔을 늘어뜨리고 의자에 앉아 있다. 그렇지 않으면 내키지 않는 몇 줄의 글을 쓴다. 하품이 나온다. 그리고 밤이 되기를 기다린다. 어두워지면 사물도 나도 이 위태로운 상태에서 벗어날 것이다.

롤르봉은 과연 파벨 1세의 암살에 가담했는가 안 했는가? 그것이 오늘의 과제이다. 조사는 여기까지 되었지만, 그것을 결정하지 않고는 더 계속할 수 없다.

체르코프[20]에 의하면 그는 팔렌 백작[21]에게 매수되었다고 한다. 음모 가담자의 대부분은 파벨 1세를 황제의 자리에서 끌어내려 가두는 것으로 만족했으리라(사실 알렉산드르는 이 의견에 찬성했다고 한다). 그러나 팔렌은 파벨 1세를 완전히 없애버리고 싶었던 모양이다. 그래서 롤르봉 씨가 음모 가담자를 개별적으로 만나 암살하는 쪽으로 설득하는 소임을 맡았으리라는 것

---

20) 아마도 가공의 전기작가일 것이다.
21) 팔렌 백작(1745~1826). 상트페테르부르크 총독. 파벨 1세 암살 주모자의 한 사람.

이다.

그는 그들을 한 사람씩 방문하고, 비할 데 없는 박력으로 앞으로 일어날 정경을 몸짓으로 표현했다. 그리하여 그들의 마음에 살인이라는 광적인 생각이 싹트거나 발전되었던 것이다.

그러나 나는 체르코프를 믿지 않는다. 그는 이성적인 증인이 아니라 가학적인 마술사이고 반미치광이다. 그는 모든 것을 악마적인 것으로 만들어 버린다. 롤르봉 씨가 그런 멜로드라마적 역할을 했으리라고는 도저히 생각할수 없다. 그가 암살 장면을 몸짓으로 보여주었다고? 천만에! 그는 냉정한 성격이고, 보통은 타인을 부추기는 법이 없다. 그는 과시하지 않고 암시만 한다. 그의 은근하고 눈에 띄지 않는 방법은 같은 생각을 가진 인물, 이치를 분별할 줄 아는 음모가나 정치가가 아니면 통하지 않는다. 샤리에르 부인[22] 은 이렇게 쓰고 있다.

아데마르 드 롤르봉은 얘기를 할 때 전혀 묘사를 하지 않고, 몸짓도 하지 않으며, 억양을 바꾸는 일도 전혀 없었다. 두 눈을 반쯤 감고 있어서, 속눈썹 사이로 회색 눈동자의 일부가 보일락 말락 할 정도였다. 솔직히 말하면 바로 얼마 전까지 나는 그와 이야기를 하는 게 매우 답답했다. 그의 말투는 어느 정도 마블리 신부[23]의 문장 같았다.

이런데도 그 사람이 그런 몸짓연기의 재주를 발휘했다는 말인가…… 하지만 그는 어떻게 여자들을 유혹했을까? 세귀르[24]가 전하는 이런 기묘한 이야

---

22) 아마 가공의 전기작가일 것이다. 또한 보부아르의 자전적 작품 《처녀시절》에는 스콧이 쓴 샤리에르 부인Mme de Charrière의 전기를 사르트르와 함께 읽었다는 서술이 있는데, 이름의 철자가 약간 다르다.
23) 역사가이자 철학자인 가브리엘 보노 드 마블리(1709~85)를 가리키는 것인지 분명하지 않다.
24) 나폴레옹 시대의 장군이자 극작가이며, 회상록을 남긴 인물 중에 세귀르 백작(1753~1830)이 있었다. 또 그의 동생 세귀르 자작(1756~1805)도 군인으로, 역시 수필과 소설을 남겼다.

기가 또 하나 있는데, 내가 볼 땐 정말 있었던 일로 보인다.

1787년, 물랭[25] 근처의 어느 선술집에서 노인이 죽어가고 있었다. 디드로[26]의 친구로, 계몽철학자들에 의해 사상이 형성된 인물이다. 그 마을의 신부들은 모두 지쳐 있었다. 그들이 온갖 수단을 다 썼지만 노인은 끝내 병자성사를 거부했다. 그는 범신론자였던 것이다. 마침 롤르봉 씨가 그곳을 지나갔는데, 그는 신앙을 갖고 있지 않았다. 그는 물랭의 신부들과 내기를 하고, 두 시간 안에 병자로부터 기독교 신자의 감정을 이끌어내겠다고 장담했다. 신부들은 내기에 응했다가 졌다. 새벽 3시부터 대화를 시작한 병자는 5시에 고해를 하고, 7시에 숨을 거둔 것이다. "토론술이 뛰어나시군요. 우리는 어림도 없었습니다!" 신부가 말하자 롤르봉 씨는 이렇게 대답했다. "나는 토론하지 않았소, 단지 지옥이 무섭다는 것을 말해 주었을 뿐이오."

지금 문제가 되는 것은 그가 실제로 암살에 가담했느냐 하는 것이다. 그날 밤 8시 무렵, 친구인 어느 장교가 그를 집 앞까지 바래다주었다. 만약 다시 외출했다면 상트페테르부르크를 어떻게 검문당하지 않고 통과할 수 있었단 말인가? 반미치광이가 된 파벨은 밤 9시 이후에는 산파와 의사를 제외한 모든 통행인을 체포하라는 명령을 내려놓았다. 롤르봉이 궁전에 가기 위해 산파로 변장했을 거라는 그 바보 같은 구전설화를 믿어야 한단 말인가? 그러나 생각해 보면, 그는 충분히 그럴 수 있었다. 어쨌든 암살이 있던 날 밤 그는 집에 있지 않았고, 그것은 증명된 것 같다. 알렉산드르 왕은 그에게 깊은 혐의를 두고 있었음이 틀림없다. 왜냐하면 그가 왕위에 오르자 맨 먼저 한 조치는 극동으로 파견한다는 애매한 핑계를 달아 후작을 멀리하는 일이었으니까.

이제 롤르봉 씨에 대해서는 넌더리가 난다. 나는 일어나서 희미한 빛 속에서 몸을 움직인다. 빛이 내 손 위에서, 또 웃옷소매 위에서 변화하는 것을

---

25) 프랑스 중앙부 알리에 주의 수도.
26) 드니 디드로(1713~84). 프랑스의 작가, 철학자. 달랑베르와 공동편집으로 《백과전서》를 간행했다. 18세기의 계몽사상을 추진한 중심인물의 한 사람.

본다. 그 빛이 불러일으키는 불쾌감은 아무리 강조해도 부족하다. 하품이 나온다. 탁자 위의 램프를 켠다. 어쩌면 그 빛이 햇빛을 물리칠지도 모른다. 하지만 아니다. 램프는 제 밑으로 초라해 보이는 빛 웅덩이를 가까스로 만들 뿐이다. 램프를 끈다. 일어선다. 벽에 하얀 구멍이 있다. 거울이다. 이것은 함정이다. 나는 그것에 걸려들게 될 것을 알고 있다. 걸려들었다. 회색물체가 금방 거울 속에 나타난다. 가까이 가서 그것을 응시한다. 이제는 여기서 떠날 수 없다.

내 얼굴이 비친다. 이렇게 헛되이 하루를 보낸 뒤에는, 나는 가끔 오랫동안 그것을 바라보곤 한다. 나는 이 얼굴을 도무지 이해할 수 없다. 다른 사람 얼굴은 어떤 의미를 가지고 있지만 내 얼굴은 그렇지 않다. 그것이 아름다운지 추한지조차 판단할 수 없다. 아마 추할 것이다. 그런 말을 들은 적 있으니까. 하지만 그것도 내게 전혀 경종을 울리지 않는다. 그런 특성을 저 얼굴에 부여한다는 것에 충격을 느낄 정도다. 마치 흙덩어리나 바윗덩어리를 아름답다거나 추하다고 말하는 것처럼.

그래도 뺨의 굴곡 위쪽과 이마 위에, 즐거운 기분으로 바라볼 수 있는 것이 하나 있다. 내 머리를 장식해 주는 붉고 아름다운 불꽃. 나의 머리카락이다. 그것은 기분 좋게 바라볼 수 있다. 적어도 그것은 산뜻한 빛깔이다. 내가 빨강머리여서 다행이라고 생각한다. 그것은 저기 있다, 거울 속에. 금방 눈에 띄고, 빛을 발한다. 이만하면 나는 운이 좋은 편이다. 만약 내 이마 쪽 머리카락이 밤색도 아니고 금발도 아닌 어중간한 색깔이었다면, 내 얼굴이 흐리멍덩한 것으로 에워싸였다는 것 때문에 현기증이 났을 것이다.

내 시선은 천천히, 우울하게, 저 이마, 저 뺨을 훑어간다. 나의 시선은 머물 만한 아무것도 만나지 못하고 좌초한다. 물론 거기에는 코가 있고 눈이 있고 입이 있지만 그런 것은 아무런 의미가 없고, 인간적인 표정마저 없다. 그래도 안니와 벨린은 내가 생기 있게 생겼다고 했다. 나는 내 얼굴에 너무 익숙해져 버린 건지도 모른다. 비주아 작은어머니는 내가 어렸을 때 이렇게 말했다. "거울을 너무 오래 들여다보면 원숭이처럼 보인단다." 나는 틀림없이 작은어머니가 말했던 것보다 훨씬 더 오래 나를 들여다보고 있었나 보다. 지금 내 눈에 보이는 것은 원숭이보다 훨씬 뒤떨어지고, 거의 식물계에 가까운 자포동물 같은 수준의 것이기 때문이다. 그것은 살아 있다. 그건 부정할 수 없다. 하지만 안니가 말한 것은 저런 생기가 아닐 것이다. 희미한 떨림이 보인다. 무미건조한 살덩이가 활기를 얻어 아무렇게나 꿈틀거리는 것이 보인다. 특히 눈은 이렇게 가까이 보니 소름끼친다. 그것은 유리알처럼 맑고, 말랑말랑해서 아무것도 보일 것 같지 않고, 눈시울은 붉다. 마치 생선 비늘 같다.

나는 온몸을 세면기에 기대고 얼굴을 거울에 닿을 만큼 가까이 갖다 댄다. 그러자 눈, 코, 입이 보이지 않았다. 인간적인 것이라곤 이제 아무것도 없다. 열기를 띠며 부푼 입술 양끝에 있는 갈색 주름, 균열, 두더지 집 둔덕 같다. 뺨의 넓은 비탈 위로 윤기 나는 흰 수염 하나가 길게 뻗어 있고, 2개의 코털이 콧구멍에서 나와 있다. 입체감 있는 지도 같다. 그 모든 것에도 불구하고 이 황량한 세계는 친근하다. 그 세부를 '분간'한다고 할 수는 없지만, 전체는 이미 본 것이라는 인상을 주면서 어쩐지 나른한 기분이 들게 한다. 나는 서서히 잠에 빠져든다.

되도록 나는 자신을 되찾고 싶다. 생생하고 강한 감각이 있으면 해방될 텐데. 나는 왼손을 뺨에 대고 피부를 당겨본다. 얼굴을 찡그려 본다. 얼굴의 절반이 그것에 반응하여, 입의 왼쪽 반이 비뚤어지면서 부풀어 오르고, 이 하나가 드러난다. 눈구멍 속에는 흰 눈알이 있고, 피가 배어날 듯한 분홍빛 살이 있다. 그러나 내가 찾던 것은 이런 것이 아니다. 거기에는 강하고 새로운 것이라곤 아무것도 없다. 부드럽고 불분명한, 이미 본 것들뿐이다! 나는 눈을 뜬 채 잠이 든다. 벌써 얼굴이 거울 속에서 커진다, 커져간다. 그것은 커다랗고 희뿌연 후광이 되어 빛 속으로 스며든다……

내가 갑자기 깨어난 것은 몸의 균형을 잃었기 때문이다. 정신이 들자 나는 의자에 걸터앉아 계속 어리둥절해하고 있다. 다른 사람들도 자신의 얼굴을 판단하기 위해 나처럼 고생을 할까? 나는 어렴풋하고 통일된 감각으로 내 몸을 느끼듯 내 얼굴을 보는 것 같다. 그렇다면 다른 사람들은? 예를 들어 롤르봉은 어떨까? 장리 부인[27]이 다음과 같이 쓴 것을 거울 속에서 볼 때, 그도 졸음이 왔을까?

---

27) 많은 회상록을 쓴 장리 백작부인(1746~1830)이라는 인물이 있었다.

주름 잡힌, 깨끗하고 뚜렷한 그의 작은 얼굴은 천연두 자국으로 뒤덮여 있고, 거기에는 독특한 심술이 나타나 있어서 아무리 감추려 해도 이내 사람들 눈에 띄었다.

부인은 다시 이렇게 덧붙였다.

그는 머리를 빗는 데 세심한 주의를 기울였다. 나는 그가 가발을 쓰지 않은 모습을 한 번도 본 적 없다. 그러나 그의 뺨은 검푸른 빛을 띠고 있었다. 그것은 짙은 수염을 직접 면도했기 때문인데, 뿐만 아니라 아주 서툴게 깎았기 때문이다. 그는 그림[28]이 하는 식으로 뺨에 하얀 분을 덕지덕지 바르는 습관이 있었다. 당주빌 씨[29]는 그 짙은 분과 피부의 파란색 때문에 그를 로크포르 치즈 같다고 말하곤 했다.

아무래도 그는 꽤나 재미있는 인물이었던 모양이다. 그러나 결국 샤리에르 부인에게는 그렇게 보이지 않았다. 내 생각에 아마도 부인은 롤르봉을 차라리 그림자가 희미한 사람으로 보았을 것 같다. 어쩌면 사람이 자기의 얼굴을 이해한다는 것은 불가능한 일 아닐까? 아니면 내가 고독한 사람이기 때문에 그런 것일까? 남들과 어울리는 사람들은 친구들 눈에 보이는 것과 똑같이, 거울 속에 비치는 자기 모습을 바라보는 법을 배운다. 그런데 나는 친구가 없다. 내 육체가 이토록 적나라한 것은 그 때문일까? 이건 마치—그래, 마치 인간 없는 자연이라고나 할까.

이제는 연구하기 싫다. 밤을 기다리는 것 말고는 할 수 있는 것이 아무것도 없다.

---

28) 그림동화의 작가 야코프(1785~1863)와 빌헬름(1786~1859) 그림 형제를 가리키는 것인지 분명하지 않다.

29) 플레이아드 판 주석자에 의하면, 코메디프랑세즈의 배우 가운데 당주빌이라고 불린 샤를 에티엔 보토라는 인물이 있는데(1707~87), 사르드르가 그를 마음속에 두고 썼을 가능성도 있다.

5시 30분

이건 아니다! 이건 전혀 제대로 되어가는 게 아니다. 나는 그것을 느끼고 있다. 고약한 것, '구토'를. 게다가 이번에는 다르다. 그것이 카페에서 나를 사로잡은 것이다. 지금까지 카페는 나의 유일한 피난처였다. 언제나 사람들이 많고 휘황하게 밝기 때문이다. 이제부터는 그것마저 잃을 것이다. 방에서 궁지에 몰렸을 때, 난 이제 어디로 달아나야 할지 모를 것이다.

나는 성욕을 채우려고 온 것이었다. 그런데 문을 연 순간, 웨이트리스 마들렌이 나에게 큰 소리로 말했다.

"주인아주머닌 안 계세요. 장 보러 갔어요."

나는 성기에 강한 실망을, 오랫동안 계속되는 불쾌한 근질거림을 느꼈다. 동시에 셔츠가 젖꼭지를 스치는 것을 느끼고 있었다. 다채로운 회오리바람 같은 것이 천천히 빙글빙글 돌며 나를 에워싸고 붙들었다. 자욱한 연기 속에서, 또 거울 속에서 안개 같은 것과 빛이 돌고 있고, 안쪽으로 안락의자가 빛나고 있는데, 나는 왜 그것이 거기에 있는지, 왜 그런 모양을 하고 있는지조차 몰랐다. 나는 문 앞에 있었고, 망설였다. 이어서 하나의 소용돌이가 생기더니, 그림자 하나가 천장을 가로지르고, 나는 앞쪽으로 떼밀리는 느낌이 들었다. 나는 둥둥 떠다니며, 곳곳에서 동시에 내 안으로 들어오는 빛나는 안개 때문에 현기증이 났다. 마들렌이 둥실둥실 뜬 채 다가와서 내 외투를 벗겨주었다. 그 여자가 머리를 뒤로 모아서 땋고 귀걸이를 달고 있다는 것은 인식했지만, 나에게는 모르는 여자였다. 난 그녀의 넓은 뺨이 귀 쪽으로 한없이 뻗어 있는 것을 바라보았다. 광대뼈 밑의 움푹한 곳에는, 그 가련한 살덩이 위에서 지루해하는 것처럼 보이는 2개의 장밋빛 점이 서로 상당한 거리를 두고 찍혀 있었다. 뺨은 귀 쪽으로 뻗어간다, 뻗어간다. 그리고 마들렌은 웃고 있었다.

"뭘 드시겠어요, 앙투안 씨?"

그때 '구토'가 치밀었다. 나는 무너지듯 의자에 주저앉았다. 이젠 내가 어디에 있는지조차 알 수 없었다. 내 주위에 온갖 색채가 천천히 돌고 있는 것이 보이고, 나는 토하고 싶어서 참을 수 없었다. 그때부터 '구토'는 나한테서 떠나지 않고 지금 나를 사로잡고 있다.

나는 돈을 치렀다. 마들렌이 컵받침을 가져갔다. 내 컵은 대리석 위에서,

노란 맥주 웅덩이를 뭉개고 있다. 거기엔 거품이 떠 있다. 긴 의자는 내가 앉아 있는 부분이 부서져 있었기에, 난 미끄러지지 않으려고 구두 밑창으로 바닥을 세게 누르며 부자연스럽게 앉아 있다. 춥다. 오른쪽에 있는 사람들은 모직 천 위에서 카드놀이를 하고 있다. 내가 들어섰을 때는 그들이 보이지 않았다. 다만 미지근한 덩어리들이 반은 의자 위에, 반은 안쪽의 탁자 위에 있고, 몇 개의 팔이 움직이고 있다는 것을 느꼈을 뿐이었다. 그러다가 마들렌이 그들에게 트럼프와 모직 천과 나무 그릇에 든 칩을 갖다 주었다. 3명인지 5명인지 모르겠다. 나는 그들을 바라볼 기운이 없다. 내 안의 용수철 하나가 망가져, 눈은 움직일 수 있지만 머리는 옴짝달싹할 수가 없다. 머리는 고무처럼 완전히 물렁해져 가까스로 목 위에 얹혀 있는 것 같다. 만약 고개를 돌리면 바닥에 떨어져 버릴지도 모른다. 그래도 이따금 짧은 호흡소리가 들리고, 흰 털로 뒤덮인 불그스레한 빛이 곁눈으로 보인다. 손이다.

주인여자가 장을 보러 갈 때는 대신 그녀의 사촌이 카운터에 앉는다. 그 사람 이름은 아돌프다. 나는 의자에 앉으면서부터 그를 바라보기 시작했는데, 고개를 돌릴 수 없으니 계속 바라보고 있었다. 그는 와이셔츠 차림에 연보라색 멜빵을 하고 있다. 소매는 팔꿈치까지 걷어 올렸다. 멜빵은 푸른 셔츠 위로 겨우 알아볼 수 있을 정도다. 푸른빛 속에 묻혀서 사라져 가고 있지만, 그것은 거짓 겸손이다. 사실 그 멜빵은 자신을 잊게끔 내버려두지 않는다. 그것은 양 같은 고집으로 나를 화나게 한다. 마치 보라색이 되려다가 그것을 포기하지 못한 채 중간에서 연보라색으로 멈춘 것처럼 보인다. 그래서 멜빵에게 이렇게 말해 주고 싶다. "자, 이제 보라색으로 '되어'버려, 더 이상 이런 말 안 나오도록." 그러나 천만에. 멜빵은 옷에 달린 채 언제까지나 그 미완의 노력을 계속하고 있다. 가끔 주위를 에워싸는 와이셔츠의 푸른빛이 멜빵 위에 스며들어 멜빵 색깔을 완전히 뒤덮어 버린다. 한순간 멜빵이 보이지 않게 된다. 그러나 그것은 하나의 물결에 지나지 않고, 이윽고 푸른색이 군데군데 엷어지면서 보랏빛의 작은 섬들이 쭈뼛거리며 모습을 드러낸다. 그것들은 서서히 커지고 이어져 다시 멜빵을 만들어 낸다. 주인여자의 사촌동생 아돌프의 눈은 눈이라고 할 수도 없다. 부풀어 오른 눈꺼풀 아래 흰자위가 아주 조금 열려 있을 뿐이다. 그는 잠자는 모습으로 엷은 미소를 짓고 있다. 가끔 몸을 부르르 떨고는, 기묘한 소리를 내면서 몸을 꿈틀거린다. 꿈꾸고 있는 개 같은 모습이다.

그의 푸른 면셔츠는 초콜릿색 벽을 배경으로 밝게 돋보인다. 그것 역시 '구토'를 유발한다. 아니, 차라리 '그것'이 바로 '구토'다. '구토'는 내 안에 있지 않다. 나는 그것을 '저쪽에서' 느낀다. 벽에서, 멜빵에서, 내 주위의 곳곳에서. '구토'는 카페와 하나를 이루고 있고, 그 속에 내가 있는 것이다.

내 오른쪽에서 미지근한 덩어리가 소리를 내며 팔을 움직인다.

"어? 그거였나, 자네의 으뜸패." "으뜸패라니, 뭔가?" 커다란 검은 등이 게임판 위로 허리를 구부린다. "하하하!" "뭐라고? 그게 으뜸패야. 녀석이 지금 내놨잖아?" "난 모르겠는데, 못 봤어……" "봤잖아, 지금 내가 냈다니깐." "좋아, 그렇다면 나는 하트 에이스." 그는 콧노래를 부른다. "하트 에이스, 하트 에이스라. 모두 하트로구먼." 얘기하는 투로 변했다. "이게 뭔가, 이 사람아, 이게 뭐냔 말이야. 내가 먹어야지!"

다시 침묵─내 목구멍엔 설탕 같은 공기의 맛. 온갖 냄새. 멜빵.

사촌 아돌프는 일어나서 몇 걸음 걷다가 두 손을 뒷짐진다. 그리고 엷은 미소를 지으며 고개를 쳐들더니, 몸을 뒤로 젖히고 발뒤꿈치에 체중을 싣는다. 그 자세로 잔다. 그는 그 자리에서 몸을 흔들면서 여전히 엷은 미소를 짓고 있다. 뺨이 실룩거린다. 금방이라도 쓰러질 것 같다. 고개가 뒤로 넘어간다, 넘어간다, 넘어간다, 이제 얼굴이 완전히 천장을 향하고 있다. 이어서 막 넘어지려는 순간, 절묘하게 카운터를 붙들어 균형을 잡는다. 그리고 다시 시작한다. 지겹다. 나는 웨이트리스를 부른다.

"마들렌, 레코드 좀 틀어줘. 부탁해, 내가 좋아하는 곡으로. 그거 알지, 〈섬 오브 디즈 데이즈(Some of these days)〉[30]."

"네. 그렇지만 저 손님들이 싫어하지 않을까요? 트럼프 할 때는 음악 트는 걸 안 좋아해서요. 한번 물어볼게요."

나는 안간힘을 써서 고개를 돌린다. 4명이군. 마들렌은 코끝에 검은 테 코

---

30) 이 곡 〈Some of these days(머지않아)〉는 실제로 존재했으며, 작자 사르트르의 젊은 시절에는 레코드로 널리 보급되어 있었다. 이 가사와 멜로디는 캐나다 출신의 흑인 셸턴 브룩스가 1910년에 만들고, 러시아 출신의 유대인 여성가수 소피 터커가 불렀다. 사르트르는 뒤에 이 곡을 유대인 작곡가가 만들고, 흑인 여성가수가 불렀다고 썼는데, 소피 터커는 데뷔 무렵에 얼굴을 검게 화장하고 무대에 올랐던 것 같다. 그 때문에 유럽에서는 가끔 흑인가수로 알려졌다.

안경을 걸치고 있는 노인 쪽으로 몸을 굽힌다. 노인은 자기 카드를 가슴 쪽으로 숨기면서 눈을 치뜨고 나에게 시선을 던진다.

"그렇게 하시우."

미소. 그의 이는 썩었다. 불그스레한 손은 그 노인의 것이 아니고 그 옆에 있는 검은 콧수염을 기른 남자의 손이었다. 그 수염 난 친구는 콧구멍이 어지간히 커서 한 가족 전체의 공기를 들이마실 수도 있을 것처럼 얼굴의 거의 반을 차지하고 있다. 그러면서도 그는 약간 헐떡거리면서 입으로 숨 쉬고 있다. 그들과 함께, 얼굴이 강아지처럼 생긴 젊은 남자도 있다. 네 번째 남자는 잘 보이지 않는다.

카드가 빙글빙글 돌며 모직 천 위에 떨어진다. 그러면 반지를 낀 손이 뻗어와서 손톱으로 천을 긁어 카드를 모은다. 손은 천 위에 하얀 자국을 낸다. 부어오른, 때가 낀 듯한 손이다. 끊임없이 다른 카드가 던져지고 손들이 왔다 갔다 한다. 저 무슨 해괴한 노동인가. 게임 같지도 않고, 의식이나 습관처럼 보이지도 않는다. 내가 보기에는 오직 시간을 채우기 위해서 그러고 있는 것 같다. 그러나 시간은 너무 크고 넓어서 채울 수가 없다. 시간 속에 던져지는 모든 것은 물렁해져 늘어나 버린다. 이를테면 더듬더듬 카드를 모으는 그 불그스레한 손의 움직임이야말로 무기력하다. 솔기를 뜯어서 속을 잘라내야 할 것 같다.

마들렌이 축음기 손잡이를 돌린다. 그 여자가 실수하지 않으면 좋겠다. 요전처럼 〈카발레리아 루스티카나〉[31] 같은 거창한 노래를 걸지 않으면 좋으련만. 그래, 바로 이거다. 첫 소절만 들어도 알겠다. 후렴 있는 옛날 '래그타임'[32]이다. 나는 1917년에 라로셸[33] 거리에서 미군 병사가 그 노래로 휘파람 부는 것을 들은 적 있다. 틀림없이 전쟁 전에 만들어진 곡일 것이다. 그러나 녹음된 것은 아주 최근의 일이다. 그렇다 해도 이 집의 레코드 중에는 가장 오래된 것이다. 사파이어 바늘로 거는 파테사(社)[34]의 레코드.

---

31) 이탈리아 작곡가 마스카니(1863~1945)의 1막 오페라.

32) 19세기 끝무렵 미국에서 시작된 싱커페이션을 구사한 피아노 연주형식, 재즈의 한 요소가 되어 흑인 피아니스트와 가수들에게 널리 퍼졌다.

33) 프랑스의 대서양 쪽에 있는 항구도시. 사르트르는 1917년부터 20년까지, 즉 12살부터 15살까지 양아버지 및 어머니와 함께 이곳에서 살았다.

34) 에밀과 샤를 파테 형제가 설립한 레코드 회사.

곧 후렴이 나올 차례다. 내가 특히 좋아하는 이 후렴은 마치 바다로 줄달음치는 절벽처럼 느닷없이 앞으로 튀어나오는 저 거친 박자가 있어서 좋다. 지금은 아직 재즈가 연주되고 있다. 멜로디는 없고, 오직 음과 짧은 진동의 끊임없는 연속이 있을 뿐이다. 그 진동은 쉴 줄을 모른다. 하나의 엄격한 질서가 그러한 진동을 만들어 내고는, 잠시 숨을 돌리거나 자기 자신을 위해 존재할 여유도 주지 않고 그것을 파괴한다. 그것은 숨 가쁘게 서로 밀치고 달려나가며 나를 재빨리 한 대 후려치고 사라진다. 나는 할 수만 있다면 그것을 멈추게 하고 싶지만, 설령 그 진동 중에 하나를 붙잡는다 해도 내 손가락 사이에 힘없이 늘어진 소리만 남을 뿐이라는 것을 안다. 나는 그것들의 죽음을 받아들여야 한다. 아니 오히려 '바라기'까지 해야 한다. 지금까지 그 진동만큼 격렬하고 강렬한 인상을 주는 것을 경험해 보지 못했다.

나는 다시 활기를 되찾고 행복을 느끼기 시작한다. 하지만 아직 특별히 멋진 것은 아니며 이것은 '구토'가 가진 사소한 행복에 지나지 않는다. 이 행복은 끈적끈적한 웅덩이 바닥에, '우리의' 시간—즉 연보라색 멜빵과 부서진 의자의 시간—밑바닥에 펼쳐져 있다. 그 행복은 넓고 부드러운 순간, 기름이 번지듯 가장자리부터 서서히 확대되는 순간으로 이루어져 있다. 그 행복은 태어나자마자 늙어버린다. 나는 20년 전부터 그 행복을 알고 있었던 것 같은 느낌이다.

그런데 또 다른 행복이 있다. 외부적으로 이 강철 띠, 곧 음악의 엄격한 지속성이 있어, 그것이 우리의 시간을 끝에서 끝까지 관장하는 것이다. 그리고 우리의 시간이 연장되는 것을 거부하여 작고 거친 수많은 칼끝으로 그것을 갈가리 찢는다. 거기에 또 하나의 다른 시간이 있는 것이다.

"랑뒤 씨가 하트를 낼 게 분명하니까 자네는 에이스를 던져."

목소리가 미끄러져 나와 사라진다. 문이 열려도, 내 무릎 위에 차가운 공기가 흘러 들어와도, 수의사가 어린 딸을 데리고 들어와도, 그 어느 것도 이 강철 같은 음악의 띠를 풀어버릴 수 없다. 음악은 그러한 것들의 애매한 형태에 찔려가면서 그것들을 통과한다. 자리에 앉자마자 소녀는 음악에 사로잡혔다. 소녀는 긴장하여 눈을 크게 뜬 채 주먹으로 탁자를 문지르면서 듣고 있다.

몇 초 뒤면 흑인 여가수가 노래를 시작할 것이다. 그것은 피할 수 없는 일인 것 같다. 그만큼 이 음악은 강력한 필연성을 지니고 있다. 일상의 세계가 빠져버린 그 시간으로부터 오는 것은, 그 어느 것도 음악을 중단시킬 수 없다. 음악은 질서에 따라 스스로 끝날 것이다. 내가 그 아름다운 목소리를 좋아하는 것은 특히 그 때문이다. 그 목소리의 풍부한 성량 때문도 아니고 구슬픈 곡조 때문도 아니다. 그 소리는 오래전부터 수많은 음에 의해 준비되어 온 사건이고, 게다가 음은 이 사건이 태어나기 위해 죽어가기 때문이다. 그런데도 나는 불안하다. 아주 사소한 일로, 용수철이 하나 망가지거나 아돌프가 변덕을 부리기만 하면 레코드는 멈춰버릴 것이다. 그 엄격함이 이렇게도 약하다는 것은 얼마나 기묘하고 감동적인 일인가! 어떤 것도 그것을 중단시킬 수 없지만, 무엇이든 그것을 파괴할 수 있다.

마지막 화음이 사라졌다. 다음에 이어지는 짧은 정적 속에서 나는 강하게 느낀다. '무슨 일인가 일어났다'는 것을.

정적.

Some of these days
You'll miss me honey
(머지않아 그대는
날 그리워하리 내 사랑)

도대체 무슨 일이 일어난 것일까. '구토'가 사라졌다. 침묵 속에서 가수의 목소리가 다시 끓어 올라왔을 때, 나는 몸이 굳어지는 것을 느꼈는데, 그때 '구토'가 사라졌다. 그렇게 몸이 완전히 굳고 붉게 달아오르는 것은 거의 고통이었다. 그와 동시에 음악의 지속이 확대되어 회오리바람처럼 부풀었다. 그것은 우리의 비참한 시간을 벽에다 짓이기며 금속 같은 투명함으로 카페를 채웠다. 나는 지금 음악 '속'에 있다. 거울 속에서 불덩어리가 굴러다닌다. 연기로 된 고리가 그것을 에워싸고 힘겨운 빛의 미소를 보였다 감추었다 하면서 돈다. 내 맥주잔은 작아져 탁자 위에 오그라져 있다. 그것은 압축되어 있었는데, 그렇게 될 수밖에 없었던 것 같다. 그것을 집어 들어 무게를 달아보고 싶다. 나는 손을 뻗는다…… 이럴 수가! 변한 것은 바로 그것이다, 나의 동작이다. 내 팔의 이 움직임이 마치 장중한 주선율처럼 전개되었다. 그것은 흑인 여자의 노래를 타고 미끄러졌다. 난 춤추고 있는 것 같았다.

아돌프의 얼굴이 저기, 초콜릿색 벽에 기대어 있다. 그것이 바로 옆에 있는 것처럼 보인다. 손을 다시 거두는 순간, 나는 그의 얼굴을 보았다. 그 얼굴은 하나의 결론이 가진 뚜렷함, 필연성을 갖추고 있었다. 나는 손가락을 잔에 갖다 댄다. 아돌프를 바라본다. 나는 행복하다.

"자!"

소란한 가운데 어떤 목소리가 튀어나온다. 말을 한 사람은 내 바로 옆에 있는 햇볕에 얼굴이 탄 노인이다. 그의 뺨은 의자의 갈색 가죽 위에 자줏빛 얼룩을 만들고 있다. 그는 카드 한 장을 거칠게 탁자 위에 내리친다. 다이아몬드 10.

그러나 강아지 얼굴의 청년이 히죽 웃는다. 붉은 얼굴의 사내는 탁자 위로 몸을 굽힌 채 금방이라도 덤벼들 듯한 자세로 눈을 치뜨고 상대를 탐색한다.

"그렇다면 이건 어때!"

청년의 손이 어두운 곳에서 나타나, 한순간 나른한 흰색으로 공중에 떠오르더니, 별안간 솔개가 습격하는 것처럼 한 장의 카드를 모직 천 위로 던진다. 살찐 붉은 얼굴이 벌떡 일어선다.

"제기랄! 떼었어."

하트 킹의 모습이 긴장된 손가락 사이로 나타난다. 사내가 카드를 뒤집어 보여주자 게임은 계속된다. 아름다운 왕, 그토록 많은 조합과 그토록 많은 사라진 동작으로 준비되어, 그토록 멀리서 찾아왔건만. 이번에는 네가 사라질 차례. 다른 조합, 다른 동작이 태어나기 위해, 공격과 반격, 운명의 역전이나 여러 가지 작은 모험들이 태어나기 위해.

나는 감동했다. 내 몸이 휴식 중인 정밀기계처럼 느껴진다. 나야말로 진짜 모험을 체험했다. 자세한 건 아무것도 생각나지 않지만, 여러 상황의 빈틈없는 연쇄가 떠오른다. 나는 여러 바다를 건너고 여러 도시로 떠났다. 다양한 강을 거슬러 올라가고 온갖 숲을 헤치고 들어갔다. 그리고 계속 다른 도시로 나아갔다. 여러 명의 여자들을 차지하고 여러 남자들과 싸웠다. 그런데 한 번도 뒤로 물러날 수 없었다. 그것은 레코드가 거꾸로 돌지 못하는 것과 같다. 그 모든 것이 나를 데리고 간 곳은 과연 '어디'인가? 그것은 지금 이 순간, 이 긴 의자 위, 음악이 울려 퍼지는 이 빛의 거품 속이다.

And when you leave me
(그대가 내 곁을 떠날 때)

그렇다, 로마에서는 테베레 강변에 앉아 있는 것을 그렇게도 좋아했고, 바르셀로나에서는 저녁때 람블라 거리를 수백 번씩 오르내렸으며, 앙코르 유적 근처에서는 프라칸의 바레이 섬에서 한 그루의 뱅골보리수가 나가스 사원 둘레에 뿌리를 감고 있는 것을 보았었다. [35] 그런 내가 지금 이곳에서, 트럼프로 마닐 게임[36]에 열중해 있는 사람들과 같은 순간에 살면서 흑인 여자의 노래에 귀를 기울이고 있고, 그러는 동안 밖에서는 땅거미가 서성이고 있다.

레코드가 멈췄다.

밤이 서서히 주춤거리며 들어왔다. 모습은 보이지 않지만 그래도 밤은 그곳에 있고, 불빛을 덮어버린다. 호흡하는 공기 속에 짙은 무언가가 감돈다. 그것은 밤이다. 추워졌다. 트럼프를 하던 한 사람이 뒤섞인 카드를 다른 사람 쪽으로 밀어주자 상대는 그것을 긁어모은다. 한 장이 남았다. 저들에게는 보이지 않나? 하트 9인데. 결국엔 누군가 집더니, 그 카드는 강아지 얼굴의 청년에게 간다.

"아! 하트 9다!"

좋다, 나는 나가련다. 피부에 자줏빛이 감도는 노인은 연필 끝을 핥으며 종이를 들여다보고 있다. 마들렌은 밝으면서도 공허한 시선으로 그 노인을

---

35) '나가'는 물의 신인 뱀. 나가 신앙은 동남아시아에 널리 보급되어 있지만, 크메르의 조각에는 이따금 7개의 머리를 가진 커다란 뱀이 표현되어 있다. 프라칸은 보통 프리아칸이라 불리며, 앙코르 유적의 중요부분으로, '성스러운 칼'이라는 뜻이라고 한다. 여기에는 큰 나무 뿌리가 친친 감고 있는 교회가 있고, 가끔 사진으로 소개되고 있다. 또 바라이는 커다란 저수지로, 이곳에 물을 가져오는 것도 나가라고 알려져 있다.

36) 트럼프 게임의 하나. 다양한 규칙이 있는데, 보통 넷이서 하며, 두 사람씩 짝을 이루어 32장의 카드를 사용한다. 10은 최강의 패로 '마닐'이라고 불리며 5점, 에이스는 '마니용'이라 불리고 4점, 킹은 3점, 퀸은 2점, 잭은 1점으로 되어 있다. 처음에는 8장씩 카드를 가지며 32장째 카드가 으뜸패가 된다. 마지막으로 양 팀의 점수로 승부가 결정된다.

바라본다. 청년은 손가락 사이에서 하트 9를 계속 뒤집고 있다. 저런! ……

나는 가까스로 일어선다. 거울 속에 수의사 머리 바로 위를 미끄러지듯이 지나가는 비인간적인 얼굴 하나가 보인다.

잠시 뒤 영화나 보러 가야겠다.

바깥공기는 한결 상쾌하다. 설탕 맛도 안 나고, 베르무트 같은 알코올 냄새도 없다. 그나저나 너무 춥다.

7시 30분이다. 배도 고프지 않고, 영화는 9시가 되어야 시작한다. 무엇을 하지? 몸을 덥히려면 빨리 걸어야 한다. 나는 망설인다. 내 뒤의 거리는 도시의 중심지서, 번화가를 장식하는 야단스러운 네온광고 쪽으로, 파라마운트 극장, 앵페리알 극장, 자한 백화점으로 통하고 있다. 그런 것들엔 조금도 관심 없다. 아페리티프를 마실 시간이다. 살아 있는 것들, 개들, 인간들, 자발적으로 움직이는 모든 물컹한 것들은 이미 지겹도록 보았다.

나는 왼쪽으로 방향을 바꾼다. 가스등이 줄지어 이어진, 저 끝에 보이는 구멍 속으로 들어가야겠다. 누아르 대로를 따라 갈바니 거리까지 가야지. 얼어붙는 듯한 바람이 그 구멍에서 불고 있다. 거기에는 흙과 돌밖에 없다. 돌, 그것은 단단하고 움직이지 않는다.

한동안 지루한 길이 이어진다. 오른쪽 보도 위에 잿빛으로 가스 같은 덩어리가 있고, 거기 점점이 켜진 불빛은 조개껍질에서 나는 소리를 내고 있다. 기존 역이다. 이 역의 존재가 누아르 대로의 처음 백 미터 정도—르두트 대로에서 파라디 거리까지—의 부분을 수태시켜, 여남은 개의 가로등과 나란히 선 4개의 카페를 낳게 만들었다. 그것은 '철도인 만남의 장소'와 다른 3개의 카페로, 낮에는 조용하지만 밤이 되면 불이 밝게 켜져 도로에 네모난 모양의 빛을 던진다. 나는 다시 세 번에 걸쳐 노란 빛으로 몸을 적신다. 식료품과 수예품을 파는 가게 라뱌슈에서 한 노파가 나와, 목도리를 머리까지 뒤집어쓰고 뛰는 것이 보인다. 지금은 그것도 끝났다. 나는 파라디 거리 보도가 끝나는 곳 마지막 가로등 옆에 서 있다. 테이프처럼 이어지던 아스팔트는 거기서 뚝 끊겨 있다. 파라디 거리 저쪽은 어둠과 진흙탕이다. 파라디 거리를 건너간다. 오른발이 웅덩이에 빠져 양말이 젖었다. 산책이 시작된다.

누아르 대로의 이 일대는 '사람 살 곳이 아니'다. 이곳에 터를 잡고 발전해 나가기에는 기후가 너무 좋지 않고, 땅도 너무 메마르다. '태양' 형제 상사(이 상사는 생트세실들라메르 성당 천장에 내장공사를 했는데, 10만 프랑짜리였다)가 거느리는 제재소 3개의 문과 창문은 모두, 살기 좋은 잔베르트쾨루아 거리를 향해 서쪽으로 나 있다. 그 거리는 공장의 기계 소리로 가득하다. 빅토르누아르 거리에 벽으로 이어져 있는 건물의 뒷면 세 개가 보인다. 그 제재소 건물은 왼쪽 보도를 따라 4백 미터나 계속되는데, 그 사이에 작은 창문은 물론 천창 하나 없다.

이번에는 두 발 모두 도랑에 빠졌다. 차도를 가로지른다. 건너편 보도에 가스등 하나가 육지 끝에 있는 유일한 등대처럼 서서, 군데군데 무너지고 부서진 울타리를 비춘다.

포스터 조각이 아직 널빤지에 붙어 있다. 방사형으로 찢어진 초록색 바탕 위에서 아름다운 얼굴이 잔뜩 찡그리고 있다. 누군가가 연필로 코밑에 카이저수염을 그려 넣었다. 다른 포스터에 흰색으로 쓰인 '순수함직한'이라는 글자는 아직 읽을 수 있다. 거기서 붉은 액체가 방울져 떨어지고 있는데 아마도 핏방울인 듯하다. 이 얼굴과 글자는 같은 포스터의 일부분이었는지도 모른다. 지금은 포스터가 찢어져서 그것들을 의도적으로 연결하고 있던 단순한 관계는 사라졌지만, 그 대신 일그러진 입매와 핏방울, 흰 글씨, '―ㅁ직한'[37]이라는 어미 사이에 저절로 다른 통일이 성립되어 있다. 마치 지칠 줄 모르는 범죄의 열의가 그 불가사의한 표시로 스스로를 표현하고자 애쓰는 것 같다. 널빤지 사이로 철로를 따라 반짝거리는 불빛이 보인다. 긴 벽이 울타리를 따라 뻗어 있다. 구멍도 없고, 문도 없고, 창도 없는 벽은 2백 미터 지점에서 어떤 집을 만나면서 끝난다. 나는 이미 가로등 불빛이 비치는 범위를 벗어났다. 지금은 검은 구멍 속으로 들어가고 있다. 발밑의 내 그림자가 암흑 속으로 녹아 사라지는 것을 보니, 얼음물 속에 잠기는 것 같은 기분이다. 내 앞, 저 안쪽에, 짙은 암흑을 통과하여 희미한 장밋빛이 보인다. 갈바니 거리다. 나는 뒤를 돌아본다. 가스등 뒤쪽, 저 멀리 희미한 불빛이 있다.

---

37) 형용사, 명사의 어미에 âtre를 붙이면, '……와 비슷한 성질을 가진'이라는 뜻이 된다. 이를테면 blanchâtre라고 하면 '흰빛을 띤'이라는 의미인 것처럼. 또 거기에 부정적, 모욕적인 느낌이 들어가는 경우가 많다. purâtre라는 말은 흔히 쓰이지는 않지만, 굳이 말한다면 완전히 pur(순수, 순결)하지는 않다는 의미가 된다.

역과 4개의 카페다. 내 뒤에도, 그리고 내 앞에도 사람들은 카페에서 술을 마시고 트럼프를 하고 있다. 이곳엔 어둠만이 존재한다. 이따금 멀리서 가냘프고 고적한 종소리 같은 것이 바람결에 들려온다. 집 안에서 들려오는 소리, 자동차가 내는 소음, 사람들의 아우성 소리와 개 짖는 소리는 밝게 비춰진 거리에서 거의 떠나지 않는다. 그런 것들은 따뜻한 장소에 머물러 있다. 반면, 바람이 내는 이 소리는 어둠을 뚫고 여기까지 들려온다. 그것은 다른 소리보다 엄격하며, 다른 소리처럼 인간적이지 않다.

나는 멈춰 서서 귀를 기울인다. 춥고 귀가 아프다. 귀는 틀림없이 새빨개졌을 것이다. 그러나 나는 이제 더 이상 감각이 없다. 나를 둘러싸고 있는 것의 순수성에 지배당하고 있다. 아무것도 살아 있지 않다. 바람은 소리 내며 불고 있고, 몇 개의 견고한 선이 어둠 속에서 달아난다. 누아르 대로는 통행인을 상대로 애교부리는 부르주아 거리 같은 경박한 모습이 없다. 아무도 이 거리를 장식하려고 애쓰지 않는다. 기껏 있어봤자 뒷골목이다. 잔베르트퀴루아 거리 뒷골목, 갈바니 거리 뒷골목 같은. 그래도 역 근처는 부빌 사람들도 약간 신경 쓴다. 여행자들 때문에 가끔 청소도 한다. 그러나 역에서 조금만 떨어지면 당장 이 거리를 내팽개치고, 누아르 대로는 곧장 줄달음질쳐서 갈바니 거리와 합류한다. 도시는 이 거리를 잊었다. 이따금 흙색 화물자동차가 전속력으로 천둥 같은 소리를 내며 지나간다. 여기서는 살인 사건조차 일어나지 않는다. 살인자도 희생자도 없기 때문이다. 누아르 대로는 비인간적이다. 광물 같다. 삼각형 같다. 부빌에 이런 거리가 있는 것은 다행한 일이다. 이런 거리는 보통 수도에만 있다. 베를린이라면 노이쾰른 쪽이나 프리드리히스하인 근처, 런던이라면 그리니치[38] 뒤쪽처럼. 그것은 바람이 잘 부는 곧고 더러운 통로로, 보도는 넓지만 가로수는 없다. 그리고 거의 어김없이 도심부를 에워싸는 성벽 밖의 기묘한 지역에 있으며, 그곳에는 화물역이나 전차 차고, 도축장, 가스탱크 근처에 시가지가 형성되어 있다. 소나기가 내린 이틀 뒤, 온 도시에서 아직 축축하지만 따뜻한 습기가 햇볕 아래 증발할 때에도, 이곳만은 여전히 몹시 춥고, 진흙탕이나 웅덩이가 남아 있다.

---

38) 노이쾰른은 베를린 남부, 프리드리히스하인은 동부에 해당한다. 그리니치는 런던 남동부, 템스 강 남쪽 기슭에 있으며, 경도 0도의 자오선이 통과하는 곳으로 유명하다. 1946년까지 그리니치 천문대가 있었다.

1년 중 한 달, 8월을 제외하고는 결코 마르지 않는 웅덩이도 있다.

'구토'는 저기, 노란 불빛 속에 머물러 있다. 나는 행복하다. 이 추위는 참으로 순수하고, 이 어둠도 참으로 순수하다. 나 자신이 이 얼어붙은 공기의 물결 중 하나가 아닐까? 피도, 림프액도, 육체도 갖지 않고, 저편에 보이는 저 어렴풋한 빛을 향해 이 긴 운하 속을 흘러가는 것은 아닐까? 나 자신이 추위에 불과한 것은 아닐까?

사람이 있다. 2개의 그림자. 무슨 일로 이런 곳에 왔을까?

왜소한 여자가 사내의 소매를 붙들고 애원한다. 여자는 목소리를 낮춰 빠르게 말한다. 바람 때문에 무슨 이야기를 하는지 알아들을 수 없다.

"좀 닥치지 못해?" 사내가 말한다.

여자는 그래도 말을 계속한다. 갑자기 사내가 여자를 떼민다. 그들은 어찌할 바를 모르는 듯 서로를 응시한다. 그러다가 사내는 두 손을 호주머니에 찔러 넣고 뒤도 돌아보지 않고 가버린다.

사내의 모습이 사라졌다. 여자와 나는 이제 3미터도 떨어져 있지 않다. 문득 침통하게 갈라진 목소리가 여자를 갈기갈기 찢으며 여자의 몸을 떠나 이상한 강렬함으로 그 일대에 가득 찬다.

"부탁이야, 샤를. 내 말 알지? 샤를, 돌아와. 그만하면 됐어. 나 너무 불행해!"

나는 여자의 몸에 닿을 만큼 아슬아슬하게 그 옆을 지난다. 하지만…… 과연 믿을 수 있을까, 저 불덩이 같은 육체, 저 고뇌로 빛나는 얼굴을? …… 그러나 나는 알고 있다. 삼각형 숄, 외투, 오른손의 커다란 적자색 반점, 그 여자다. 가정부 뤼시다. 내 쪽에서 그녀를 도와주겠다고 말할 수는 없다. 필요하다면 그쪽에서 내게 부탁하겠지. 나는 그 여자를 쳐다보며 천천히 그 앞을 지난다. 그 여자의 눈길은 나를 향해 있지만, 나를 보고 있는 것 같지는 않다. 고통 때문에 정신을 차리지 못하는 모양이다. 나는 몇 걸음 걷는다. 돌아본다……

그래, 그 여자군. 뤼시다. 그러나 모습이 변해서 완전히 넋이 나갔고, 미친 듯이 자신을 희생시키며 괴로워하고 있다. 그녀가 부럽다. 그 여자는 그곳에 몸을 꼿꼿이 세우고 두 팔을 벌린다. 마치 그리스도의 성흔(聖痕)을 기다리는 신자처럼. 그 여자는 입을 벌리고 숨을 헐떡거린다. 길 양쪽의 건물 외벽이 커지며 가까이 다가와서, 그녀가 우물 밑바닥에 남겨진 것 같은 인상을 준다. 나는 잠시 기다린다. 그 여자가 덜컥 쓰러질까 봐 두렵다. 이 엄청난 고통을 견디기에 그녀는 너무나 허약해 보인다. 그러나 그녀는 미동도 하지 않고 주위에 있는 모든 것과 마찬가지로 광물화(鑛物化)된 것처럼 보인다. 한순간 나는 생각한다. 이 여자에 관해 잘못 생각하고 있었던 것은 아닌지, 불시에 내 앞에 폭로된 이런 모습이야말로 이 여자의 진짜 성격이 아닌지……

뤼시가 어렴풋한 신음소리를 낸다. 그녀는 놀란 것처럼 두 눈을 크게 뜨며 손을 목으로 가져간다. 아니다, 그녀가 이렇게까지 스스로를 괴롭힐 수 있는 힘은 자기 내부에서 나오는 게 아니다. 그것은 외부에서 오는 것이다…… 바로 이 거리에서. 그 여자의 어깨를 감싸 안고 빛 쪽으로, 부드러운 장밋빛 거리에 사는 사람들 사이로 데리고 가야 할 것 같다. 거기서는 사람이 이토록 맹렬하게 괴로워할 수 없다. 그 여자도 감정이 누그러져 긍정적인 태도와 평범한 수준의 고통을 다시 찾을 것이다.

나는 그녀에게서 등을 돌린다. 결국 그녀는 운이 좋은 것이다. 나는 지난 3년 동안 너무도 평온했다. 그러므로 이 비극적인 고독으로부터 약간의 공허한 순수성 말고는 아무것도 얻을 수가 없다. 떠나야겠다.

목요일 11시 30분

열람실에서 두 시간 동안 작업했다. 그리고 파이프를 피우기 위하여 등기소 마당으로 내려갔다. 붉은 벽돌이 깔린 광장, 18세기에 세워졌기 때문에 부빌 사람들이 자랑으로 여기고 있는 광장이다. 샤마드 거리와 쉬스페다르 거리 입구에 낡은 쇠사슬이 차량의 진입을 막고 있다. 개를 산책시키러 온 검은 옷의 여자들이 건물 외벽을 따라가며 아치형 통로를 미끄러지듯 빠져나간다. 햇빛이 비치는 곳까지 나오는 일은 거의 없지만, 그래도 그 여자들은 어린 소녀처럼 곁눈질로 만족스러운 시선을 재빨리 귀스타브 앵페트라즈[39]의 동상에 던진다. 그들이 그 청동 거인의 이름을 알 리 없지만, 거인의 프록코트와 실크해트로 상류 사회에 속하는 인물이었다는 것은 알고 있다.

---

39) 아마 허구의 인물일 것이다.

그는 왼손에 모자를 들고, 오른손은 이절판(二折版) 책더미 위에 올려놓고 있다. 어떻게 생각하면 그녀들의 할아버지가 거기, 동상 받침대 위에 청동으로 주조되어 서 있는 것 같다. 그녀들은 그 동상을 오래 바라볼 필요도 없이, 이 인물이 모든 문제에 대해 자기네들처럼, 정말 자기네들과 똑같이 생각하고 있었다고 이해한다. 그 여자들이 가진 편협하면서도 요지부동한 빈약한 사고를 상대하기 위해 그 인물은 자신의 권위와 그 무거운 손이 누르고 있는 이절판 책의 해박한 지식을 활용한 것이다. 이제 그 검은 옷을 입은 부인들은 부담을 던 기분으로 편안하게 살림을 돌보고 개를 산책시킬 수 있다. 그녀들은 더 이상 자기들 아버지로부터 물려받은 신성한 관념과 선량한 생각을 지킬 책임을 지지 않아도 되었다. 한 청동 인물이 그런 관념에 파수꾼 노릇을 해주기 때문이다.

《대백과사전》은 그 인물에 대해 몇 줄 정도 내어주고 있다. 작년에 그것을 읽었다. 나는 그 책을 창문턱에 올려놓았고, 유리창을 통해 앵페트라즈 동상의 녹색 머리를 볼 수 있었다. 나는 그가 1890년 무렵에 전성기를 누렸다는 것을 알았다. 그는 아카데미의 장학관이었다. 그는 보잘것없는 주제를 세련되게 다듬어 세 권의 책을 썼다. 《고대 그리스인의 명성에 대하여》(1887)와 《롤랑의 교육학》[40](1891), 1899년에 출간된 《유언시》이다. 그는 1902년에 관계자들과 애호가들의 애도 속에 세상을 떠났다.

나는 도서관 정문 벽에 기대어 꺼져가는 파이프를 빤다. 어떤 노파가 아치형 통로 회랑에서 조심스럽게 나와, 앵페트라즈 상에 신경을 쓰며 자꾸 쳐다보고 있는 것이 보인다. 그 여자는 갑자기 대담해졌는지 종종걸음으로 마당을 가로지르더니 아래턱을 흔들며 동상 앞에 잠시 걸음을 멈춘다. 그리고 다음 순간, 분홍색 돌바닥 위의 그 검은 형상은 순식간에 물러나 벽 틈으로 사라진다.

아마 1800년 전후의 이 광장은 분홍색 벽돌과 주위의 집들 때문에 즐거움을 주는 장소였을 것이다. 지금은 메마르고 고약한 무엇, 약간 미묘한 혐오감을 주는 뭔가를 지니고 있다. 그것은 눈앞의 높은 받침대 위에 있는 저 사내한테서 오고 있다. 저 학자가 동상으로 세워지면서 마법사처럼 만들어진

---

40) 콜레주드프랑스의 교수로 파리 대학 총장을 역임한 샤를 롤랭(1661~1741)이라는 인물이 있는데, 교육학에 관해 중요한 저술을 남겼다. 이 사람을 마음속에 둔 것인지도 모른다.

것이다.

나는 앵페트라즈를 정면에서 바라본다. 그에게는 눈이 없다. 코는 보일락 말락 하고, 수염은 한 구역의 모든 동상에 이따금 전염병처럼 덮치는 그 이상한 문둥병에 걸린 듯 부식되어 있다. 그는 인사를 하고 있다. 조끼의 심장 근처에 밝은 녹색의 얼룩이 보인다. 그는 괴롭고 불쾌해 보인다. 그는 살아 있지 않다. 그렇다. 하지만 생명이 없다고도 할 수 없다. 그에게서 어떤 둔한 힘이 발산되고 있다. 마치 나를 떠미는 바람 같다. 앵페트라즈가 나를 등기소 마당에서 쫓아내고 싶은가보군. 하지만 이 파이프를 다 피우기 전에는 여길 떠나지 않겠어.

마르고 긴 형상이 문득 내 뒤에 나타났다. 나는 소스라치게 놀란다.

"실례했습니다. 방해를 할 생각은 없지만, 실은 선생 입술이 움직이는 것을 봤습니다. 선생이 쓰시는 책의 구절을 되뇌고 계셨지요?" 그리고 웃는다. "12음절 율격으로 하시던데요."

나는 아연해서 그 독학자를 보았다. 그러나 그는 내가 놀란 것이 도리어 놀라운 모양이다.

"산문에서는 12음절 율격을 주의 깊게 피해야 하지 않을까요?"

그는 아무렇지도 않게 나를 평가절하 했다. 난 그에게 이런 시간에 여기서 무엇을 하고 있는지 묻는다. 그는 고용주가 휴가를 주어서 곧장 도서관으로 왔다고 설명한다. 이제부터 점심도 거르고, 그대로 폐관 시간까지 책을 읽을 작정이라고 한다. 난 이미 그가 하는 말을 듣지 않고 있다. 그러나 그동안 그의 이야기가 처음의 화제에서 벗어난 게 분명하다. 왜냐하면 갑자기 이렇게 말하는 것이 들렸기 때문이다.

"……선생처럼 책을 쓰는 행복을 가지신 분은……"

나도 뭔가 말해야 한다.

"행복이라……" 나는 회의적인 표정으로 말한다.

그는 내 대답의 뜻을 오해하고 재빨리 수정한다.

"죄송합니다. 재능이라고 말하려고 했죠."

우리는 계단을 올라간다. 나는 작업할 마음이 내키지 않는다. 누군가가 책상 위에 《외제니 그랑데》[41]를 두고 갔다. 27쪽이 펼쳐져 있다. 나는 기계적으로 그것을 손에 들고 27쪽을 읽기 시작한다. 그 다음엔 28쪽. 처음부터 읽을 기력은 없다. 독학자는 힘찬 걸음으로 벽의 서가 쪽으로 갔다. 그는 책 두 권을 가지고 와서 뼈다귀를 주운 개처럼 서둘러 책상 위에 놓는다.

"무엇을 읽으십니까?"

그는 말하고 싶지 않은 눈치다. 약간 머뭇거리더니 당황한 듯 큰 눈을 이리저리 굴린다. 그리고 어쩔 수 없다는 듯 책을 내민다. 그것은 라르발레트리에의 《이탄(泥炭)과 이탄층(層)》,[42] 또 하나는 라스텍스의 《히토파데샤, 이름하여 유익한 가르침》[43]이다. 이게 어때서? 난 그가 머뭇거리는 것을 도저히 이해할 수 없다. 그런 독서는 지극히 점잖은 것이니 말이다. 나는 체면상 《히토파데샤》를 대충 넘겨보지만 거기에는 학구적인 이야기들뿐이었다.

3시

나는 《외제니 그랑데》를 내던졌다. 작업을 시작했으나 기운이 나지 않는다. 독학자는 존경이 담긴 부러운 표정을 띠며, 글 쓰는 나를 관찰하고 있다. 이따금 내가 고개를 약간 들면 커다란 스탠드칼라에서 어린 닭 같은 그의 모가지가 나와 있는 것이 보인다. 입고 있는 옷은 낡은 것이지만 그의 셔츠는 눈부실 만큼 하얗다. 방금 같은 서가에서 다른 책 한 권을 가지고 왔다. 나는 그만 그 제목을 거꾸로 읽어버렸다. 줄리 라베르뉴 양이 쓴 노르망디 연대기 《코드베크의 화살》.[44] 독학자가 읽는 책은 나를 계속 당황하게 한다.

문득 그가 최근에 열람한 책의 저자 이름이 머리에 떠올랐다. 랑베르, 랑글루아, 라르발레트리에, 라스텍스, 라베르뉴. 영감이 퍼뜩 떠오른다. 독학자의 방법을 알겠다. 그는 알파벳순으로 지식을 얻고 있는 것이다.

---

41) 발자크의 작품으로 '시골생활의 정경'을 그린 장편. 소뮈르에 땅을 가진 그랑데는 수전노로 유명한 대지주이고, 외제니는 그의 외동딸이다. 그 재산을 노리는 혼담과 사촌오빠 샤를에 대한 외제니의 사랑 등이 주제.

42) 라르발레트리에는 실재하는 인물로 농업에 관계된 저서가 많고, 이 책은 1901년 매송사 (社)에서 간행되었다.

43) 《히토파데샤》는 10세기 무렵에 벵골에서 제작되었다고 하는데, 산스크리트어로 운문과 산문을 섞어서 쓴 설화집이다. '히토파데샤'는 '유익한 가르침'이라는 뜻으로, 전체가 교훈적인 우화 형식을 취하고 있다. 작자는 나라야나라고 보는 설이 우세하다. 또 19세기에 간행된 라루스의 《세계대백과사전》에 의하면, 1855년에 뛰어난 산스크리트 학자 란슬로에 의해 프랑스어 번역판이 나왔다. 또한 라스텍스는 가공의 이름인 듯하다.

44) 1880년에 이 제목의 작은 책이 간행되었다고 한다.

나는 어떤 감탄을 느끼면서 그를 응시했다. 그렇게도 방대한 규모의 계획을 천천히 끈기 있게 실현하기 위해서는 어느 정도의 의지가 필요할까? 7년 전 어느 날(그는 7년 전부터 공부하고 있다고 나에게 말한 적 있다) 그는 의기양양하게 이 열람실에 들어와서, 벽마다 가득 차 있는 수많은 책을 둘러보고는 마치 라스티냐크[45]처럼 중얼거렸을 것이 틀림없다. "인류의 학문이여, 자, 이제부터 너와 나의 대결이다." 그는 맨 오른쪽의 첫 번째 서가에 꽂힌 첫 번째 책을 가지러 갔을 것이다. 그리고 흔들리지 않는 결심과 아울러 존경과 두려움의 감정을 느끼면서 첫 페이지를 펼쳤을 것이다. 현재 그는 L까지 와 있다. J 다음은 K, K 다음은 L이다. 그는 갑충목(甲蟲目) 연구에서 단숨에 양자론(量子論)으로 건너뛰기도 하고, 티무르(Timur)에 관한 저서에서 다윈론을 공격하는 가톨릭 소책자로 옮겨가기도 했을 것이다. 그는 잠시도 머뭇거리지 않았다. 그는 모든 것을 읽었다. 단성생식(單性生殖)에 관해 알려져 있는 것의 반을 머릿속에 축적하고 인체 해부를 비난하는 논거의 반을 저장했다. 그의 뒤에도 앞에도 하나의 우주가 있다. 그가 맨 왼쪽 마지막 서가에 있는 마지막 책을 덮으면서 "이제 무엇을 한다?" 중얼거릴 날이 가까워지고 있다.

지금은 간식 시간이다. 그는 천진난만한 태도로 빵과 갈라 피터스[46] 판형 초콜릿 하나를 먹는다. 그의 눈꺼풀이 아래로 향해 있어서, 나는 말려 올라간 그의 아름다운 속눈썹을 마음껏 바라볼 수 있다―여자 속눈썹 같다. 그는 퀴퀴한 담배 냄새를 풍기지만, 숨을 쉴 때는 달콤한 초콜릿 향기가 섞여 난다.

금요일 3시

하마터면 나는 거울의 함정에 빠질 뻔했다. 거울은 피하지만, 이번에는 유리창의 함정에 빠지고 있다. 나는 할 일이 없어서 두 팔을 축 늘어뜨리고 창

---

45) 발자크 작 《인간희극》의 등장인물. 그 속의 한 편인 《고리오 영감》의 맨 끝에서 그가 페르 라셰즈 묘지의 전망대에서 파리 거리를 내려다보며 "자, 이제부터 너와 나의 대결이다"라고 중얼거리는 유명한 장면이 있다.
46) 19세기 스위스의 초콜릿 회사인 다니엘 피터스가 처음으로 밀크초콜릿을 발명하여, 그리스어의 '젖'이라는 말을 따서 그것을 '갈라 피터스'라고 이름 붙였다. 그때부터 초콜릿이 비약적으로 전파되었다고 한다.

문에 다가간다. '공사현장' '울타리' '기존 역사'—'기존 역사' '울타리' '공사현장'. 어찌나 하품을 크게 했는지 눈물이 난다. 나는 오른손에 파이프를 쥐고, 왼손에는 담배쌈지를 들고 있다. 파이프에 담배를 채워야 한다. 그러나 의욕이 없다. 팔을 늘어뜨리고 유리창에 이마를 대고 서 있다. 저 노파가 신경에 거슬린다. 노파는 공허한 눈을 하고 고집스럽게 종종걸음치고 있다. 이따금 보이지 않는 위험이라도 스쳐갔다는 듯 겁먹은 기색으로 멈춰 선다. 이제 내 방 창 밑에 왔다. 바람이 불어 노파의 치마가 무릎에 찰싹 들러붙는다. 노파는 멈춰 서서 목도리를 매만진다. 손이 떨리고 있다. 다시 걷기 시작한다. 지금은 등이 보인다. 늙어빠진 쥐며느리 같으니! 그녀는 오른쪽으로 꺾어서 누아르 대로로 들어갈 것이다. 그러려면 백 미터는 더 가야 하는데, 저 걸음걸이라면 10분은 족히 걸릴 것이다. 나는 10분 동안 여기서 이렇게 저 노파를 보며 유리창에 이마를 대고 서 있을 테지. 노파는 스무 번은 더 멈춰 설 것이고, 그러다가는 걷고 또 서고……

나는 미래를 '본다'. 미래는 저기, 길 위에 놓여 있고, 현재보다 약간만 더 희미해 보일 뿐이다. 미래가 실현되어야 할 필요가 있을까? 그것이 무엇을 더 보태준단 말인가? 노파는 발을 끌면서 멀어져 간다. 멈춰 선다. 목도리에서 비죽 빠져나온 잿빛 머리카락을 쓸어올린다. 노파는 걷는다. 노파는 저쪽에 있었지만, 지금은 여기 있다…… 나는 내가 어떤 상태인지 알 수 없다. 그 노파의 동작을 '보고' 있는 것일까, '예측하고' 있는 것일까? 이제 미래와 현재를 구별할 수가 없다. 그럼에도 그것은 계속되고, 조금씩 실현되어 간다. 노파가 인적 없는 거리를 나아간다. 커다란 남자 신발을 옮기며 간다. 그것은 시간이다. 완전히 노출된 시간이다. 그것은 서서히 존재에 다다른다. 그것은 기다리게 만들지만 막상 그것이 오면 지겨워진다. 그것이 오래전부터 이미 거기에 있었다는 것을 알기 때문이다. 노파가 길모퉁이에 다가간다. 작고 검은 헝겊 뭉치에 불과하다. 아, 그래, 새롭다는 건 장담한다. 조금 전까지도 노파는 거기 없었으니까. 하지만 그건 퇴색되고 신선미를 잃은 새로움이고, 그래서 전혀 놀랍지 않다. 노파는 길모퉁이를 돌 것이고, 지금 돌고 있다—영원이라는 시간 동안.

나는 창문에서 떠나 휘청거리며 방 안을 걷는다. 끈끈이에 걸린 것처럼 거울의 함정에 걸려든다. 나를 바라본다. 그러는 내가 혐오스럽다. 여기에도 또 하나의 영원이 있다. 마침내 나는 나의 모습에서 달아나 침대에 쓰러진다. 천장을 바라본다. 잠이 온다.

정적. 정적. 지금은 시간이 미끄러지는 소리도, 스치는 소리도 들리지 않는다. 천장에 온갖 이미지들이 보인다. 처음에는 빛으로 된 고리들, 다음에는 십자가들, 그것들이 팔랑팔랑 날아다닌다. 그러고는 다른 이미지가 형성된다. 이번의 이미지는 내 눈 속에 나타난다. 무릎을 꿇고 있는 커다란 동물이다. 앞다리와 안장이 보인다. 나머지는 희미하다. 그렇지만 나는 그것을 본 적 있다. 내가 마라케시[47]에서 보았던, 돌에 매어 있던 낙타다. 그 낙타는 여섯 번이나 계속해서 앉았다 일어섰다 했다. 장난꾸러기들이 웃고 소리 지르며 낙타를 집적거리고 있었다.

2년 전 그때 참 환상적이었다. 눈만 감으면 이내 머리에서 벌집처럼 왱왱 소리가 나면서, 수많은 얼굴과 나무와 집이 떠올랐다. 통 속에서 알몸을 씻고 있던 일본 가마이시 지방 여자,[48] 입을 벌린 커다란 상처 때문에 온몸의 피를 모두 흘리며 자신의 피 웅덩이 옆에 죽어 있던 러시아 남자. 나는 쿠스쿠스의 맛과 정오에 부르고스[49] 거리에 넘쳐나던 기름 냄새, 테투안[50] 거리에 감도는 회향풀 냄새, 그리스 양치기의 휘파람 소리를 다시 발견해 내고는 감격했었다. 이제는 그런 기쁨이 닳아 없어진 지 아주 오랜 시간이 흘렀다. 과연 오늘은 그런 기쁨을 다시 맛볼 수 있을까?

머릿속에서, 뜨겁게 달궈진 태양이 환등기(幻燈機) 슬라이드처럼 떨걱거리며 지나간다. 태양 다음에 한 조각 푸른 하늘이 나온다. 서너 번 흔들리던 태양은 안정을 찾는다. 나는 그 속에서 온통 황금색이 된다. 모로코(아니면 알제리? 아니면 시리아?)의 어느 날로부터 갑자기 이 빛이 넘쳐흘러 여기로 온 것일까? 나는 과거 속으로 흘러들어간다.

메크네스.[51] 베르다인 이슬람사원과 뽕나무 한 그루가 그늘을 만들고 있던, 그 매력적인 광장 옆 좁은 골목에서 우리를 위협한 산사나이는 어떻게

---

47) 모로코의 도시.
48) 로캉탱은 일본 이와테 현 가마이시까지 오게 되는데, 작가 사르트르도 24살 때 프랑스어 교사로 일본에 가기 위해, 어느 자리에 지원했다가 실패한 경험이 있다.
49) 스페인 북부에 있는 도시. 마드리드 북쪽 약 340킬로미터.
50) 모로코의 도시.
51) 모로코의 도시. 베르다인 이슬람사원은 메크네스에 있는 유명한 사원이다.

생겼더라? 그가 우리 쪽으로 왔고, 안니는 내 오른쪽에 있었지. 아니 왼쪽이었던가?

이 태양과 하늘은 속임수에 지나지 않는다. 내가 그것에 속은 것이 벌써백 번쯤 된다. 나의 추억은 악마의 지갑에 들어 있는 금화 같다. 지갑을 열면 낙엽밖에 없으니.

산사나이에 대해서는, 찌그러지고 탁한 커다란 애꾸눈밖에 생각나지 않는다. 그 눈은 정말 그의 것일까? 바쿠[52]에서 국영 낙태시설 규정을 설명해준 의사도 애꾸였다. 그 의사의 얼굴을 생각해 내려 할 때마다 머리에 떠오르는 것도 역시 그 탁한 눈알이다. 노르넨[53]들처럼 눈이 하나밖에 없어서 그런지, 이 두 사내가 번갈아가며 내 기억 속에 떠오른다.

메크네스의 그 광장에 대해서는, 매일 가다시피 했는데도 기억이 훨씬 더단순하다. 전혀 기억나지 않는다. 그 광장이 좋았다는 막연한 느낌과 '메크네스의 매력적인 광장'이라는 서로 떼어놓을 수 없는 세 마디가 기억에 있을뿐이다. 아마 내가 눈을 감거나 천장을 뚫어지게 쳐다보면 그 장면이 다시생각날지도 모르겠다. 저 멀리 나무가 한 그루 서 있고, 시커멓고 작달막한형상이 내게 달려온다. 그러나 이 모든 것은 동기가 필요해서 내가 상상해내는 것들이다. 사실 그 모로코 사람은 키가 크고 말랐었다. 게다가 그가 나에게 손을 댔을 때 비로소 그를 보았을 뿐이다. 그래서 나는 지금도 그가 크고 말랐다는 것을 '알고' 있다. 요약된 몇 가지 지식이 내 기억 속에 남아 있기 때문이다. 그러나 머릿속에서는 아무것도 '보이지' 않는다. 아무리 과거를 파보아도 이미지의 편린들뿐이다. 그리고 그 이미지가 무엇을 나타내고있는지, 그것이 기억인지 허구인지조차 잘 모르겠다.

물론 그러한 토막 난 기억 자체가 사라져 버린 경우도 많다. 그러면 말밖에 남는 것이 없다. 나는 지금도 많은 이야기를, 그것도 교묘할 정도로 잘애기할 수 있다(경험담이라면 해군장교와 직업적인 만담가를 제외하고 누구에게도 뒤지지 않는다). 그러나 그런 것은 잔해에 불과하다. 그 이야기에 나오는 것은 이런저런 일을 한 남자이지만, 그건 내가 아니다. 나는 그 사람과아무 공통점이 없다. 그 사람은 여러 나라를 돌아다니지만, 현재의 나는 그

---

52) 아제르바이잔의 수도.
53) 북구 신화의 세 여신. 과거, 현재, 미래를 지배한다.

런 나라에 대해 한 번도 가본 적이 없는 사람처럼 어떤 정보도 가지고 있지 않다. 때로는 이야기 속에서, 세계지도에서 볼 수 있는 아랑후에스나 캔터베리[54) 같은 아름다운 지명을 발음하는 일이 있다. 그러면 그 이름이 내 마음에 아주 새로운 이미지를 만들어낸다. 그것은 여행해 본 적 없는 사람이 독서를 통해 상상하는 것과 비슷하다. 나는 말을 좇아가며 꿈을 꾸는 것이다. 그뿐이다.

죽어버린 수많은 이야기에 비하면, 그래도 한두 가지는 살아 있는 이야기가 있다. 그 살아 있는 이야기가 줄어들 것이 두려워, 자주는 아니고 가끔 조심스레 그것을 떠올릴 때가 있다. 나는 그중 하나를 건져 올려 배경, 등장인물, 등장인물의 태도 등을 되살린다. 그러다 갑자기 중단한다. 그것이 닳아 없어지는 것을 느끼기 때문이다. 내게 감각의 그물구조 아래 단어 하나가 두드러지는 것이 보인다. 그 단어가 결국엔 내가 좋아하는 여러 가지 이미지를 대신할 것이 틀림없다. 나는 즉시 멈추고 얼른 다른 것을 생각하기 시작한다. 나의 기억을 변형시키고 싶지 않아서다. 그러나 헛수고다. 다음에 떠올릴 때는, 분명 많은 부분이 굳어 있을 것이다.

나는 막연한 동작을 한다. 일어나서 메크네스에서 찍은 사진을 찾아볼까. 상자 속에 넣어 테이블 밑에 밀어두었었지. 그러나 무슨 소용이람? 이러한 최음제(催淫劑)도 내 기억력에는 이미 거의 효과가 없다. 얼마 전 희미해진 작은 사진 한 장이 압지에 덮여 있는 것을 발견한 적 있었다. 한 여인이 강가에 서서 웃고 있었다. 나는 누군지 생각나지 않아 잠시 그것을 들여다보았다. 그러다가 뒤집어보니 '안니, 포츠머스에서, 1927년 4월 7일'이라고 적혀 있었다.

오늘만큼 강렬한 감정을 느껴본 적 없다. 이것은 자잘한 비밀도 없고, 내 몸과 거기서 거품처럼 떠오르는 가벼운 생각에만 한정되어 있는 감정이다. 나는 나의 현재를 가지고 갖가지 추억을 만들어낸다. 나는 현재 속에 내동댕이쳐져 버려진 채로 있다. 과거에 아무리 합류하려 해도 헛일이다. 나는 나 자신으로부터 달아날 수 없는 것이다.

누가 노크한다. 독학자다. 까맣게 잊고 있었다. 여행하다 찍은 사진을 보

---

54) 아랑후에스는 스페인 마드리드 남쪽에 있는 도시. 캔터베리는 영국 런던 남동쪽 켄트 주(州)에 있는 대성당으로 유명한 도시.

여주겠다고 그에게 약속했었지. 이런 녀석은 귀신이 좀 안 데려가나.

그가 의자에 앉고 있다. 뒤로 내민 엉덩이가 의자 등받이에 닿고, 꼿꼿한 상반신이 앞으로 기울어진다. 나는 침대에서 뛰어내려 불을 켠다.

"아니 선생, 왜 그러십니까? 아주 좋은데요."

"사진을 보기에는 어두워서……"

나는 어떻게 행동해야 할지 우물쭈물하는 그에게서 모자를 받아 든다.

"정말이세요? 정말 사진을 보여주시겠습니까?"

"물론이죠."

이것은 계산에서 나온 말이다. 사진을 보는 동안은 그가 입을 열지 않을 테니까. 나는 탁자 밑으로 기어 들어가, 그의 에나멜 구두 쪽으로 상자를 민다. 그리고 그의 무릎 위에 엽서와 사진을 한 아름 놓는다. 스페인과 스페인령 모로코에서 찍은 것들이다.

그러나 웃어가며 흉허물 없는 듯 대하는 그의 태도에서, 그의 입을 다물게 하려던 것은 큰 오산이었음을 깨닫는다. 그는 이겔도 산에서 찍은 산세바스티안[55]의 전경을 흘깃 보고는 그것을 다시 탁자 위에 조심스레 놓고 잠시 입을 다문다. 그런 다음 한숨을 내쉰다.

"아! 선생은 정말 운이 좋은 분이십니다. 사람들이 하는 말이 진실이라면, 여행은 가장 좋은 공부입니다. 선생도 그렇게 생각하시나요?"

나는 어정쩡한 몸짓을 한다. 다행히 그의 말은 아직 계속되고 있다.

"정말이지, 세상이 뒤바뀌는 것 같은 놀라움을 느끼겠지요. 언제고 만약 내가 여행을 하게 되면, 출발하기 전에 내 성격을 가장 세세한 부분까지 기록해 두고 싶습니다. 돌아왔을 때, 전에는 내가 어땠는데 그 뒤에 어떻게 변했는지 비교할 수 있을 테니까요. 책에서 읽은 이야기지만, 어떤 여행자들은 여행에서 돌아왔을 때, 정신은 물론 육체도 몹시 변해 버려 가장 가까운 친척도 알아보지 못했답니다."

그는 두터운 사진 다발을 건성으로 만지작거린다. 그 속에서 하나를 빼더니 보지도 않고 탁자 위에 놓는다. 그런 뒤 그 다음 사진을 열심히 들여다본

---

55) 스페인 북부의 콘차 만(灣) 연안에 있는 항구도시. 해수욕장, 사교장으로 유명하며, 스페인 왕실의 피서지이기도 하다. 이겔도 산은 콘차 만 왼쪽 끝에서 산세바스티안을 내려다보는 해발 300미터 정도의 산이다.

다. 그것은 부르고스 대성당의 설교단에 조각된 성 히에로니무스[56]의 사진이다.

"부르고스에 있는, 짐승 가죽으로 만든 그리스도상 보셨습니까? 참 기묘한 책도 있더라고요. 그렇게 짐승 가죽이나 인간 가죽으로까지 만든 조각상에 관해 쓰여 있지요. 그리고 '검은 성모(聖母)' 보셨나요? 그건 부르고스가 아니라 사라고사[57]인가요? 하지만 부르고스에도 하나 있지 않습니까? 순례자들이 거기에 입을 맞추지요? 사라고사의 성모한테 말입니다. 그런데 포석 위에 성모 발자국이 찍혀 있던가요? 어머니들이 자기 아이들을 밀어넣는 굴도 있고, 그 속에 누가 있다고 하던데요?"

독학자는 완전히 몸을 긴장시켜서, 두 손으로 상상 속의 아이를 밀어넣는 시늉을 한다. 아르타크세르크세스의 선물을 거절하는 동작 같다.[58]

"아! 관습이라는 건…… 정말 이상해요."

약간 숨이 찬지, 그는 당나귀같이 커다란 턱을 내 쪽으로 돌린다. 담배와 시궁창 냄새가 난다. 아름다운 눈은 불덩이처럼 번들거리며 빛나고, 듬성한 머리카락이 그의 머리에 수증기 같은 후광을 두르고 있다. 그의 두개골 속에서는 참으로 다양한 일이 일어나고 있다. 사모예드인, 냥냥족, 마다가스카르인이나 푸에고 섬의 토인[59]들이 야릇하기 짝이 없는 의식을 집행하고, 늙은 아비와 어린 자식을 잡아먹거나, 탐탐북 소리에 맞춰 정신을 잃을 때까지 한곳을 빙글빙글 돌며, 흥분상태에서 살인을 저지르는 아모크[60] 광기에 몸을 내맡기고, 주검을 태워 지붕 위에 늘어놓거나, 그것을 횃불 밝힌 조각배에

---

56) 347무렵~420무렵의 가톨릭 교부. 흔히 황야에서 고행하는 사람으로 그려진다.

57) 스페인 북동부에 있는 도시.

58) 아르타크세르크세스는 기원전 5세기부터 4세기에 걸친 페르시아 왕. 그의 군대에 전염병이 퍼졌을 때, '의학의 아버지'라 일컬어진 그리스의 히포크라테스(기원전 460무렵~337무렵)에게 금품을 산처럼 쌓아놓고 치료를 의뢰했지만, 히포크라테스는 그리스의 적에 대한 협력을 거부하고 그 선물을 받지 않았다고 한다. 프랑스의 화가 지로데 트리오종(1767~1824)의 작품 중에 〈아르타크세르크세스의 선물을 거절하는 히포크라테스〉가 있다.

59) 모두 독학자가 읽은 책의 내용을 가리킨다. 사모예드인은 시베리아 일부에 사는 민족들의 총칭. 냥냥족은 수단의 어느 흑인 부족. 푸에고 섬은 남아메리카의 최남단에 있고, 칠레와 아르헨티나로 양분되어 있는데, 아마 그 섬의 거의 없어진 원주민을 가리켜 푸에고 섬 토인이라고 하는 듯하다.

60) 흥분상태에 빠져 살인을 저지르는 어떤 정신착란. 말레이어에서 왔다.

태워 강물에 띄워 보내며, 어머니와 아들, 아버지와 딸, 오빠와 누이가 닥치는 대로 근친상간을 하고, 자신의 팔다리를 자해하거나 거세하며, 입술을 널빤지에 끼워 앞으로 튀어나오게 만들고, 허리에는 괴물 같은 동물을 문신으로 새겨넣는다.

"파스칼이 말하듯 관습은 제2의 천성이라고 할 수 있을까요?"

그는 검은 눈으로 내 눈을 똑바로 응시한다. 대답을 구하는 것이리라.

"경우에 따라 다르겠지요." 내가 대답한다.

그는 숨을 내쉰다.

"내 생각도 그렇습니다. 하지만 도무지 자신이 없습니다. 전부 다 읽어야겠습니다."

그 다음 사진을 보고 독학자는 열광하며 기쁨의 소리를 질렀다.

"세고비아[61]군요! 세고비아! 내가 세고비아에 대한 책을 읽었거든요."

그는 어떤 오만함을 드러내면서 덧붙였다.

"그런데 그 저자의 이름이 생각나지 않는군요. 가끔 정신이 없어요. 나…… 노…… 노드……"

"그럴 리가요." 나는 분명하게 말한다. "댁은 아직 라베르뉴까지밖에 안 갔으니까……"

나는 말해 놓고 곧 후회했다. 생각해 보니 그가 자신의 그러한 독서법을 얘기한 적이 한 번도 없었고, 그것은 그가 남몰래 품고 있었던 망상이 틀림없었다. 아니나 다를까, 그는 어쩔 줄 몰라 하며 울 것처럼 두꺼운 입술을 앞으로 내민다. 그러고는 고개를 숙이고 말없이 그림엽서를 열 장쯤 보았다.

그러나 30초도 채 되기 전에 강렬한 환희가 그의 내부를 가득 채워, 말을 하지 않으면 금방이라도 폭발할 것 같은 모습이 되었다.

"공부가 끝나면(그러자면 아직 6년쯤 더 걸리겠지만), 가능하면 학생과 교수들이 해마다 하고 있는 근동 각국 순례여행에 참가할 생각입니다. 그래서 적은 지식이나마 명확한 것으로 만들고 싶습니다." 그는 진지한 어조로 말한다. "그리고 예상하지 못한 일, 새로운 일, 한마디로 말해 여러 가지 모험을 경험하고 싶군요."

---

61) 마드리드 북쪽에 있는 도시. 로마 시대의 수도교와 카스티야 왕국의 왕궁으로 유명하다.

그는 목소리를 낮추더니 장난스러운 표정을 지었다.

"어떤 종류의 모험 말이죠?"

나는 놀라서 그에게 물었다.

"모든 종류의 모험이지요. 기차를 잘못 탄다든지, 낯선 도시에 내린다든지, 지갑을 잃어버린다든지, 잘못 붙들려 유치장에서 하룻밤을 지새운다든지 하는 일들이죠. 나는 모험을 이렇게 정의할 수 있다고 생각해 왔습니다. 정상에서 일탈하는 사건이면서, 그렇다고 반드시 엄청난 일은 아닌 사건이라고요. 모험의 마법이라는 말도 있지요. 그런 표현이 적절하다고 생각하십니까? 질문을 하나 드리고 싶습니다, 선생……"

"뭡니까?"

그는 얼굴을 붉히며 웃는다.

"혹 실례가 안 될지……"

"계속해 보시죠."

그는 내 쪽으로 몸을 기울이며 눈을 반쯤 감는다.

"선생은 모험을 많이 해보셨죠?"

나는 기계적으로 대답한다.

"뭐 어느 정도."

그의 퀴퀴한 숨결을 피하기 위해 나는 몸을 뒤로 빼며 대꾸한다. 그래, 나는 생각해 보지도 않고 기계적으로 그렇게 말한 것이다. 사실 평소에는, 나는 내가 그렇게 많은 모험을 했다는 것이 오히려 자랑스러웠다. 그러나 오늘은 그 말을 하는 동시에, 나 스스로에게 강한 분노가 치솟는다. 거짓말을 하는 것 같고, 지금까지 인생에서 아주 작은 모험조차 경험한 적 없었던 것 같다. 아니 오히려 모험이라는 말의 의미조차 모르겠다는 기분이 든다. 그와 동시에, 하노이에서 4년 전쯤, 메르시에가 자꾸만 나에게 같이 가자고 했을 때, 내가 말없이 크메르의 작은 불상을 노려보고 있었던 때와 똑같은 실망감이 어깨를 무겁게 내리누른다. 그 '관념', 그때 그토록 나에게 혐오감을 준 그 커다랗고 흰 덩어리가 지금 여기 있다. 4년간 그것과 재회한 적이 없었는데.

"부탁 좀 드려도 되겠습니까……?" 독학자가 말한다.

그럴 줄 알았어! 그 모험 가운데 하나 얘기해 달라는 말일 테지. 하지만 난 그런 주제로 한마디도 하고 싶지 않거든.

"여기," 나는 그의 여윈 어깨 너머로 몸을 굽히고 한 장의 사진을 손가락으로 짚으며 말한다. "여기가 산틸라나입니다, 스페인에서 가장 아름다운 마을이지요."

"질 블라스의 산틸라나[62] 말입니까? 그것이 실제로 있는 마을인 줄은 몰랐습니다. 아! 선생님 말씀은 참 많은 도움이 됩니다. 여러 곳을 여행하셨다는 것이 드러나는군요."

나는 독학자의 주머니에 그림엽서며, 판화며, 사진을 가득 채워 돌려보냈다. 그가 아주 기뻐하며 돌아가자 전등을 껐다. 이제 나는 혼자다. 물론 완전히 혼자는 아니다. 아직도 내 앞에는 그 관념이 있고, 그것이 나를 기다리고 있기 때문이다. 그것은 둥글게 웅크린 채 마치 커다란 고양이처럼 그곳에 가만히 있다. 그것은 아무것도 설명하지 않는다. 그리고 움직이지 않는다. 다만 아니라고 말할 뿐이다. 아니, 나는 모험의 순간을 체험한 적 없어.

파이프에 담배를 다져넣고 불을 붙인다. 다리를 외투로 덮고 침대 위에 눕는다. 내가 매우 비참하고 피곤하게 느껴진다는 것이 놀랍다. 설령 한 번도 모험의 순간을 체념해 본 적 없는 것이 사실이라 해도 그것이 뭐 어쨌다는 건가? 무엇보다 그것은 순수하게 표현의 문제인 것 같다. 조금 전에 생각하고 있었던 메크네스에서의 사건을 예로 들 수 있다. 어떤 모로코 사람이 나를 습격하여 커다란 칼을 휘둘렀다. 그래서 그에게 주먹 한 대를 날렸는데 그의 관자놀이 아래에 맞았다…… 그러자 그 사내는 아랍어로 소리 지르기 시작했고, 거지꼴을 한 사람들이 들끓는 이처럼 나타나더니 아타랭 시장까지 우리를 쫓아왔다. 이 일에 어떤 이름이라도 붙일 수 있겠지만, 어쨌든 그것은 '내게 일어났던' 사건이다.

날은 완전히 깜깜해졌고, 내 파이프에는 불이 붙어 있는지 아닌지 잘 모르겠다. 전차 한 대가 지나간다. 붉은빛이 천장에 비친다. 다음 순간 무거운 대형차 한 대가 건물을 진동시킨다. 6시쯤 됐으려나.

---

62) 《질 블라스 드 산틸라나》는 프랑스의 작가 르사주(1668~1747)의 대표작. 스페인 산틸라나 출신의 질 블라스가 주인공. 현실 속의 산틸라나는 스페인 북부 산탄데르 주에 있는 시골마을이다.

나는 모험의 순간을 체험한 적 없다. 나에게 여러 가지 문제와 사건들, 분쟁 같은 별의별 일들이 일어났었지만, 모험의 순간은 일어나지 않았다. 이것은 표현의 문제가 아니다. 그것을 깨닫기 시작했다. 나에게는—스스로도 확실하게 모르지만—다른 무엇보다 집착하고 있었던 뭔가가 있었다. 사랑은 아니었다. 명예도 아니고 재산도 아니었다. 그것은…… 요컨대 내가 상상했던 것은, 내 생활에서 드물고도 소중한 특질을 갖는 어떤 순간들을 체험할 수 있다는 생각이었다. 그것은 특별한 상황을 필요로 하는 것은 아니었다. 나는 다만 약간의 엄밀성을 요구했을 뿐이다. 현재의 내 생활에 대단한 것이라곤 아무것도 없다. 하지만 가끔은, 예를 들어 카페에서 음악이 흐르고 있으면, 나는 과거로 거슬러 올라가며 이렇게 생각하는 것이다. 예전에 런던, 메크네스, 도쿄에서 멋진 순간들이 있었고, 모험적 순간을 체험했었다고. 지금 내게서 제거되려고 하는 것은 바로 그런 생각이다. 나는 뚜렷한 이유도 없이 10년 동안이나 나 자신에게 거짓말을 해왔다는 것을 깨달았다. 모험적 순간이란 책 속에나 있는 것이다. 물론 책 속에 나오는 모든 이야기가 실제로 일어날 수도 있지만, 책과 같은 방식으로 일어나는 것은 아니다. 내가 그토록 강하게 집착하고 있었던 것은 바로 모험적 순간이 일어나는 방식이었다.

무엇보다도 발단은 실제로 일어난 발단이어야 했을 것이다. 아! 내가 원했던 것을 지금이야말로 분명히 알 수 있다. 트럼펫 소리처럼, 재즈의 첫 울림처럼 느닷없이 나타나서, 단숨에 권태에 마침표를 찍고 지속을 안정시키는 그런 것이다. 많고 많은 밤 중에서도 뒷날, "나는 산책하고 있었다. 그것은 5월의 어느 날 밤이었다" 하고 말할 수 있는 밤이다. 산책을 한다. 이제 막 달이 떴다. 할 일도 없고 한가하고 좀 공허한 상태다. 그러다가 문득 생각한다. '무슨 일인가 일어났구나.' 무엇이라도 좋다. 어둠 속에서 어렴풋이 들려오는 삐거덕 소리라도 좋고, 길을 건너는 희미한 형체라도 좋다. 그러나 이런 하찮은 사건은 다른 사건들과 다르다. 곧 그것이 안개에 싸인 듯 형체가 보이지 않는 커다란 무언가의 전조임을 알게 되는 것이다. 그래서 역시 속으로 말한다. '무언가가 시작되고 있구나.'

무언가가 시작되는 것은 끝내기 위해서다. 모험적 순간은 계속되지 않는다. 모험적 순간은 그 자체가 죽어버릴 때만 의미를 가진다. 그것은 아마 나의 죽음이기도 할 것이며, 나는 돌아오지도 못하고 그 죽음을 향해 끌려간다. 각각의 순간은, 그 다음 순간을 끌어내기 위해서만 나타난다. 나는 정말이지 그 각각의 순간에 집착한다. 그것은 유일한 것이고, 대치될 수 없다는 것을 안다—그럼에도 나는 그 소멸을 방지하는 어떤 행동도 취하지 않을 것이다. 내가 베를린, 런던에서의 순간, 그저께 만난 그 여자 품 안에서 보내는 이 마지막 순간, 내가 열렬히 사랑하는 순간, 내가 거의 사랑한다고 말할 수 있는 여자가 있는 이 순간이 마지막을 맞이할 것이라는 것, 나는 그것을 안다. 나는 곧 다른 나라로 떠날 것이다. 이 여자를 다시 만날 일은 없을 테고, 결코 이 밤을 다시 맞을 수도 없을 것이다. 나는 매 순간 위로 몸을 굽혀 그 순간을 다 퍼올리려 한다. 지나치는 모든 것을 붙잡아 마음속에 영원히 아로새기려 한다. 아름다운 눈에 나타나는 순간적인 다정함도, 거리의 소란도, 새벽의 희미한 빛도. 그런데도 시간은 흐르고, 나는 그것을 붙잡지 않는다. 나는 시간이 흘러가는 것이 좋다.

그러다가 무언가가 한꺼번에 무너진다. 모험적 순간이 끝난다. 시간은 물컹거리는 일상을 되찾는다. 나는 돌아본다. 내 뒤에서 선율 같은 저 아름다운 형태가 과거 속으로 완전히 처박혀 버린다. 그것은 서서히 작아지고, 일그러지며 수축한다. 이제 종말과 발단이 하나가 된다. 그 황금 같은 점을 눈으로 쫓으며 나는 생각한다. 똑같은 상황에서—죽을 뻔하든, 재산과 친구를 잃든—처음부터 끝까지 전 생애를 다시 사는 것을 받아들이겠다고. 그러나 모험적 순간은 다시 시작되지도, 계속되지도 않는다.

그래, 내가 원했던 건 그런 것이다—그런데 슬프게도, 난 아직도 원하고 있다. 흑인 여가수가 노래를 부를 때 나는 정말 행복하다. 만약 멜로디의 소재가 '나 자신의 삶'이었다면 얼마나 더 짜릿할까.

'관념'은 여전히 뭐라 이름 붙일 수 없는 것으로 저기 있다. 그것은 평온하게 기다리고 있다. 지금은 이렇게 말하는 것 같다.

"그래? '그것'이 바로 네가 원하던 것이냐? 그렇다면 그것이야말로 네가 지금까지 한 번도 경험하지 못한 것이다(생각해 봐, 너는 말과 순간적 체험을 혼동하고 있었다. 여행에서 얻은 조악한 장식품, 매춘부들과의 정사, 주먹다짐, 유리 세공품을 넌 모험이라는 말로 부르고 있었던 거야). 그뿐 아니라 앞으로도 너는 절대로 그것을 경험할 수 없을 것이다. 이건 너만 그런 것이 아니고 다른 누구라도 마찬가지다."

그러나 왜? 왜 일 까?

토요일 정오

독학자는 내가 열람실에 들어오는 것을 보지 못했다. 그는 안쪽 책상 맨 끝에 앉아 있었다. 앞에 책 한 권을 놓고 있었지만 읽지는 않았다. 그는 엷은 미소를 지으며, 오른쪽 옆자리에 앉은 도서관에 자주 오는 지저분한 중학생을 바라보고 있었다. 중학생은 한동안 그대로 가만히 있다가 갑자기 그에게 무섭게 얼굴을 찡그리며 혀를 날름 내밀었다. 독학자는 당황해하며 급히 자기 책에 코를 박고 책 읽기에 열중했다.

나는 어제의 생각으로 다시 돌아갔다. 내 마음은 완전히 차갑게 식어 있었기 때문에, 모험적 순간 따위를 체험하지 않았다는 것은 눈곱만큼도 상관없었다. 단지 모험적 순간을 체험하는 것이 '불가능한지' 알고 싶었다.

내 생각은 이렇다. 지극히 평범한 일이 모험적 순간이 되기 위해서는, 그것을 '이야기하기' 시작해야 하며 그것만으로 충분하다. 그런데 바로 그런 것에 속아 넘어가는 것이다. 한 인간은 늘 이야기하는 사람이고, 자신의 이야기와 타인의 이야기에 에워싸여 살고 있으며, 자신에게 일어나는 모든 것을 그런 이야기를 통해 보고 있기 때문이다. 그리고 그러기 위해 자신의 삶을 마치 이야기하듯 살려고 하기 때문이다.

그러나 선택하지 않으면 안 된다. 살 것인지, 이야기할 것인지를. 이를테면 내가 함부르크에서 에르나라고 하는 믿을 수 없는 여자, 그쪽에서도 나를 두려워하고 있던 여자와 동거하던 시절, 나는 정말 기묘한 생활을 하고 있었다. 그러나 나는 그 생활 속에 있었기에 그것에 대해 생각하지 않고 살았다. 그러던 어느 날 밤, 장크트 파울리[63]에 있는 작은 카페에서, 그녀가 화장실에 가기 위해 내 곁을 떠난 일이 있다. 나는 혼자 자리에 남아 있었고, 축음기에서는 〈블루 스카이〉가 흘러나오고 있었다. 그때 나는 함부르크 항에 내린 뒤에 있었던 일을 생각하기 시작했다. 나는 이렇게 중얼거렸다. '사흘째 되던 날 밤, '푸른 동굴'이라는 댄스홀에 들어갔을 때, 술에 반쯤 취한 키 큰

---

63) 유명한 환락가가 있는, 함부르크의 장크트 파울리 지구를 가리킨다.

여자를 보았지. 그녀가 바로 지금 내가 〈블루 스카이〉를 들으면서 기다리는 여자고, 좀 있으면 돌아와서 내 오른쪽에 앉아 내 목을 끌어안을 여자지.' 나는 그때 내가 모험적 순간을 체험하고 있음을 강렬하게 느꼈다. 그러나 에르나가 돌아와서 옆에 앉아 내 목을 끌어안자, 왜 그런지 몰라도 그녀가 불쾌하게 느껴졌다. 지금은 그 이유를 이해할 수 있다. 그것은 일상을 다시 시작해야 하며, 모험적 순간의 인상이 사라져 버렸기 때문이다.

일상을 살아가는 동안에는 아무 일도 일어나지 않는다. 무대장치가 바뀌며 여러 사람들이 들어가기도 하고 나가기도 하지만, 그뿐이다. 결코 발단이 일어나는 적이 없다. 하루하루는 아무 이유 없이 하루하루에 덧붙여진다. 그것은 영원히 끝나지 않는 단순한 덧셈이다. 이따금 중간 합산을 하고는 중얼거린다. 여행을 시작한 지 3년이군, 혹은 부빌에 온 지 3년 되었네 하고. 결말도 없다. 한 여자, 한 친구, 한 도시와 한 번 만에 결별하는 일은 절대로 없다. 게다가 모든 것이 다 비슷하다. 상하이, 모스크바, 알제는 2주일만 있으면 모든 것이 같아진다. 어쩌다가 한 번씩—그것도 매우 드물게—현재의 위치를 확인하고, 자신은 한 여자와 동거하고 있다거나, 성가신 일에 휘말려 버렸다는 걸 깨닫는 일이 있다. 그것도 아주 잠깐이다. 그 뒤에는 다시 행렬이 시작되고, 몇 시간이니 며칠이니 하는 덧셈이 다시 시작된다. 월요일, 화요일, 수요일. 4월, 5월, 6월. 1924년, 1925년, 1926년.

이것이 산다는 것이다. 그러나 삶을 이야기할 때는 모든 것이 변한다. 다만 아무도 깨닫지 못할 뿐이다. 사람들이 '진짜' 이야기를 한다는 것이 그 증거다. 마치 진짜 이야기라는 것이 있을 수 있다는 것처럼 말이다. 사건은 어떤 방향을 향해 일어나고, 우리는 반대 방향을 향해 이야기할 뿐인데. 분명히 발단부터 시작하는 것처럼 보이기는 한다. "그것은 1922년 가을, 어느 아름다운 저녁의 일이었지. 나는 마롬에서 공증인의 서기로 일하고 있었어" 하는 식으로. 그러나 실은 결말부터 시작하는 것이다. 결말은 거기에 있고, 눈에 보이지는 않지만 실재하고 있다. 저런 몇 마디의 말로 발단에 엄밀함과 가치를 부여하는 것은 결말이다. 예를 들어 "나는 산책하고 있었다. 나도 모르는 사이 이미 마을을 벗어나 있었다. 나는 돈 문제로 고민하고 있었다." 이 문장을 있는 그대로 단순히 받아들이면, 우울한 기분에 빠진 남자가 모험과는 동떨어진 곳에서, 자세하게 말하자면 사건이 생긴다 해도 보지도 않고 지나쳐갈 그런 기분에 있다는 것을 의미한다. 그러나 결말은 이미 거기에 있고 모든 것을 변모시키고 있다. 우리에게 남자는 이미 이야기의 주인공이다. 그의 침울한 기분과 금전적 고민은, 우리의 근심 걱정보다 훨씬 더 소중한 것이고, 미래의 빛나는 정열에 의해 온통 황금빛으로 물들어 있다. 따라서 이야기는 반대 방향으로 나아간다. 순간순간이 서로 아무렇게나 되는대로 쌓여가는 것이 아니라, 그것들을 끌어당기는 이야기의 결말에 의해 끌려간다. 그리고 각각의 순간은 차례대로 그 전의 순간을 끌어당긴다. 말하자면 "밤이었다. 거리에는 아무도 없었다."와 같은 순간을. 이 문장은 아무렇게나 버려져 있고 쓸데없는 것처럼 보인다. 그러나 우리는 그것에 속지 않고, 그 문장을 옆으로 밀어둔다. 그것은 나중에야 그 가치를 이해할 수 있는 정보다. 그리고 우리는 주인공이 이 밤의 모든 세세한 일들을 마치 모험적 순간의 예고나 약속처럼 경험했다고 느낀다. 또는 오히려, 주인공은 모험적 순간이 약속된 순간만을 경험하고, 모험적 순간을 예고하지 않은 모든 것은 눈에 보이지도 않고 귀에 들리지도 않는 것 같다는 느낌조차 가진다. 우리는 미래가 아직 거기 없다는 것을 잊고 있다. 사실 남자는 아무 예고도 없는 밤거리를 산책하고 있고, 밤이 그 단조로움의 사치를 무질서하게 제공하고 있으며, 그는 아무것도 선택하지 않는 것이다.

나는 삶의 각 순간이, 회상할 때의 삶처럼 질서정연하게 잇따라 일어나기를 바랐다. 그건 시간의 꼬리를 붙잡으려는 것이나 마찬가지일 것이다.

일요일

오늘 아침, 나는 오늘이 일요일이라는 것을 잊고 있었다. 집을 나와서 습관대로 거리로 나갔다. 《외제니 그랑데》를 가지고 나왔다. 그러다가 공원의 철책을 밀었을 때, 갑자기 그 무엇이 나에게 신호를 한 것 같은 느낌이 들었다. 공원은 인기척 없이 텅 비어 있었다. 그러나…… 어떻게 말하면 좋을까? 공원은 여느 때와는 달리 내게 미소 짓고 있는 듯했다. 나는 잠시 동안 울타리에 기대어 있다가 문득 오늘이 일요일이라는 것을 깨달았다. 눈앞의 나무와 잔디 위에 가벼운 미소 같은 것이 떠 있었다. 그것은 도저히 묘사할 수 없는 것이지만, 적어도 아주 빠르게 이렇게 소리 내어 말했어야 했다. '여기는 공원이다, 겨울, 일요일 아침'이라고.

나는 철책에서 손을 뗐다. 시민들이 사는 집과 거리를 돌아보고, 낮은 소리로 말했다. "일요일이군."

　일요일이다. 부두 뒤에도, 바닷가에도, 화물역 근처에도, 거리 주변의 어디에 가도 창고는 텅 비어 있고 기계는 어둠 속에서 움직이지 않는다. 모든 집에서는 남자들이 창문 뒤에서 수염을 깎고 있다. 그들은 머리를 뒤로 젖히고, 때로는 거울을 들여다보는가 하면, 때로는 날씨가 좋은지 확인하기 위해 냉랭한 하늘로 시선을 옮긴다. 사창가는 그들의 첫 손님들, 즉 시골 사람이나 군인을 위해 문을 연다. 성당에서는 제대의 촛불이 빛을 발하는 가운데 한 남자가 무릎 꿇은 부인들 앞에서 포도주를 마신다. 주변 지역에는 곳곳에서 끝없이 이어지는 공장 벽들 사이에서 시커멓고 기다란 행렬이 도시 중심가를 향해 천천히 나아간다. 그들을 맞이하기 위해 거리는 온통 폭동이 일어난 날 같은 모습을 보인다. 투른브리드 거리를 제외한 모든 곳의 상점들은 철제 셔터를 내렸다. 곧 검은 대열이 죽은 듯 있던 이 거리를 조용히 침입해 올 것이다. 맨 먼저 투르빌의 철도종사자들과 생생포렝의 비누 공장에서 일하는 그들의 아내들, 이어서 죽스트부빌의 소시민들, 피노 방적공장의 노동자들, 그리고 생막상스 구역의 모든 잡화상들이 나타날 것이다. 티에라슈의 남자들은 10시 전차로 맨 나중에야 도착할 것이다. 머지않아 빗장을 건 상점과 닫힌 문들 사이로 일요일의 군중이 넘쳐날 것이다.

　어딘가에서 시계가 10시 30분을 친다. 나는 걷기 시작한다. 일요일의 이 시간에는 부빌에서 수준 높은 구경거리를 볼 수 있다. 단, 대미사가 끝나버린 뒤에는 너무 늦다.

　좁은 조세핀술라리 거리는 죽은 듯하다. 이 거리에서는 지하창고 냄새가 난다. 그러나 여느 일요일과 마찬가지로 장엄한 음향이 이 거리를 가득 채우고 있다. 그것은 조수가 밀려오고 빠지는 소리다. 나는 프레지당샤마르 거리로 접어든다. 그곳의 집들은 4층 건물인데 하얀색의 긴 셔터가 있다. 공중인들이 사는 이 거리는 일요일의 터질 듯한 소란에 완전히 점령되었다. 질레 골목에서는 소음이 훨씬 더 커진다. 나는 알고 있다. 그것은 사람들이 내는 소리다. 그러자 갑자기 왼쪽에서 빛과 소리의 폭발 같은 것이 일어난다. 이제 다 왔다. 이곳이 투른브리드 거리다. 나는 나와 비슷비슷한 사람들 사이에 끼어들기만 하면 된다. 그러면 훌륭한 신사들이 서로 모자를 벗고 인사를 나누는 모습을 보게 되겠지.

현재의 투른브리드 거리는, 부빌 주민들로부터 작은 프라도[64]라고 불리고 있는데, 60년 전만 하더라도 누구도 그렇게 기적에 가까운 일이 일어나리라고 예견하지 못했을 것이다. 1847년에 발행된 지도를 보면 이 거리가 아예 그려져 있지도 않다. 그 무렵에는 컴컴하고 악취를 풍기는 통로였을 뿐, 포석 사이로 난 도랑에서는 생선 대가리나 내장이 떠내려가고 있었을 것이다. 1873년 끝무렵, 국민의회가 공익을 위해 파리의 몽마르트르 언덕에 성당을 짓겠다고 선언했다. [65] 그리고 몇 달 지나지 않아 부빌 시장 부인이 환각을 보았다. 그녀의 수호신인 성녀 세실이 나타나 충고한 것이다. 고위층 명사들이 일요일마다 진흙투성이가 되어 생르네나 생클로디앵 성당까지 장사치들과 함께 미사드리러 가는 것이 과연 합당한 일이겠느냐? 국민의화가 좋은 본보기가 아니더냐? 부빌 시는 하느님의 가호로 최고의 경제적 지위를 누리고 있으니 신께 감사를 바치기 위해 너희도 성당을 짓는 것이 바람직하지 않겠느냐? 등의 계시였다.

이 환각이 인정되었다. 시의회는 역사적인 회의를 열었고 주교도 기부금 모금을 승인했다. 장소 선정만 남았다. 도매상인들과 선주(船主)들은 '예수 성심(聖心) 사원(파리 몽마르트르 성당)이 파리를 수호하듯, 성녀 세실이 부빌을 보호해 주도록' 그들이 살고 있는 '녹지언덕' 꼭대기에 성당을 짓자는 의견을 냈다. 그런데 해안대로에 사는 신흥부자들이 이 의견을 쉽게 받아들이지 않았다. 수는 아직 얼마 안 되었으나 돈이 엄청나게 많은 그들은 필요한 비용을 댈 테니 마리냥 광장에 짓자고 주장했다. 자기들이 그 성당에 돈을 들이고 그것을 이용하려고 생각한 것이다. 자기들을 벼락부자로 취급하는 거만한 시민들에게 자기들의 힘을 과시하는 것도 괜찮은 일이었다. 주교가 타협안을 제시했다. 성당은 '녹지언덕'과 해안대로의 중간인 대구 시장 광장에 건설되었고, 그 광장은 생트세실들라메르(바다의 성녀 세실) 광장으로 이름이 바

---

64) 스페인의 유명한 미술관. 또 산책로라는 의미도 있다. 마르세유의 3킬로미터나 되는 거리도 프라도라 불리고 있다.

65) 사크레쾨르 대성당 건립 때의 일화. 1870년의 보불전쟁 참패와 이듬해인 1871년 파리 코뮌에 대한 기억이 생생했던 1873년에, 마치 보수파와 가톨릭교회의 희망을 상징하듯이 '공익'이라는 이름 아래 이 성당 건설이 결정되었다.

꿰었다. 이 어마어마한 건물은 1887년에 완성되었는데 비용은 1천4백만 프랑이 넘게 들었다.

넓지만 더러워서 악명이 높았던 투른브리드 거리는 전면적으로 개조될 수밖에 없었고, 주민들은 강제로 세실 광장 뒤로 쫓겨났다. 작은 프라도는 이제—특히 일요일 아침에는—상류층 인사 또는 저명인사들의 집회장이 되었다. 하나둘, 깨끗한 상점들이 고위층 명사들이 지나다니는 길에 문을 열었다. 그 상점들은 부활절 월요일에도 문을 열었고, 크리스마스이브에는 밤새도록 영업했으며, 일요일에는 정오까지 열었다. 따뜻한 고기파이로 유명한 소시지 상인 쥘리앵의 집 옆에는 과자가게를 하는 풀롱이 자기 이름을 달고 특제품을 진열했다. 그것은 연보라색 버터로 만든 원뿔형 팬케이크 위에 제비꽃 모양 설탕장식을 한 것이었다. 뒤파티 서점의 진열장에서는 플롱 사(社)의 신간 서적, 선박이론이나 범선론 같은 몇 권의 기술서, 삽화가 든 부빌의 커다란 역사서, 세련되게 진열된 몇 점의 호화양장본, 이를테면 푸른 가죽으로 장정한 《쾨니히스마르크》,[66] 붉은 꽃을 수놓은 베이지색 가죽으로 장정한 폴 두메르[67]의 《아들에게 주는 책》 같은 것을 볼 수 있게 되었다. 피에주아의 꽃집과 파캥 골동품 가게 사이에는 '파리 스타일 고급 재단사'라는 간판을 단 길렌의 집이 있다. 4명의 손톱미용사를 두고 있는 이발사 귀스타브는 노란 칠을 한 새 아파트의 2층을 차지하고 있다.

2년 전까지만 해도, 물랭제모 골목과 투른브리드 거리 한구석에 작은 가게가 그때까지 주눅 들지 않고 '튀퓌네'라는 살충제 광고를 내걸고 있었다. 이 가게는 생트세실 광장에서 대구 장수가 "대구 사려!" 소리치고 있었을 때가 가장 전성기였는데, 개업한 지 백 년은 되었을 것이다. 전면 유리를 청소하는 일은 매우 드물었다. 먼지투성이의 흐릿한 유리를 통해 진열되어 있는 것을 분간하려면 상당한 노력이 필요했다. 들여다보면, 작은 납 인형으로 만들어 새빨간 조끼를 입힌 쥐와 생쥐 같은 동물들이 진열되어 있었는데, 그 동물들은 지팡이를 짚고 원양어선에서 육지로 내려온다. 그것들이 육지에

---

66) 피에르 브누아(1886~1962)가 쓴 소설. 처음에는 1917년부터 1919년까지 잡지 〈메르퀴르 드 프랑스〉에 연재되어 화제가 되었다.

67) 폴 두메르(1857~1932). 프랑스의 정치가. 1931년에 공화국 대통령으로 선출되었지만, 이듬해에 암살당한다. 《아들에게 주는 책》은 1906년에 간행, 1923년에 재간되었다.

발을 딛자마자, 맵시 있는 차림새이긴 하지만 때가 껴서 얼굴은 얼룩덜룩한 농촌 여자가 '뒤퓌네'를 뿌려 쫓아버린다. 나는 그 가게를 무척 좋아했다. 그 가게가 냉소적이고 고집스럽게 보였으며, 프랑스에서 가장 비싸게 지은 성당 바로 옆에서 기생충과 더러움의 당위성을 무례하게 부르짖고 있었기 때문이었다.

약초 파는 노파가 작년에 죽자 노파의 조카가 그 집을 팔았다. 벽을 몇 군데 헐기만 하면 되었다. 지금은 '사탕통'[68]이라는 작은 강당이 되었다. 작년에 앙리 보르도[69]가 여기서 등산에 관한 강연을 했다.

투른브리드 거리에서는 서두르면 안 된다. 가족끼리 나온 사람들이 천천히 걸어다니기 때문이다. 가끔 앞쪽이 빌 수 있는데, 그것은 한 가족이 풀롱네 상점이나 피에주아의 가게로 들어가기 때문이다. 그런데 어떤 때는 멈춰서서 제자리걸음을 해야 한다. 왜냐하면 오가는 가족행렬이 서로 마주쳐서 악수하고 있어서다. 나는 잰걸음으로 걷는다. 나는 그 두 행렬보다 머리 하나 정도 튀어나와 있기 때문에 모자들이 보인다, 모자의 바다다. 대부분 검고 단단한 모자다. 가끔 그중의 하나가 손끝으로 들려 허공에 뜨면, 은은하게 빛나는 대머리가 보이기도 한다. 모자는 잠시 무겁게 공중을 돈 뒤 제자리로 돌아간다. 투른브리드 거리 16번지에는 군인 모자 전문점인 위르뱅 모자 가게가 있다. 그 집에 간판 대신 엄청난 크기로 만들어져 허공에서 움직이게끔 해놓은 것은 대주교가 쓰는 붉은 추기경 모자로, 거기 달린 금술이 땅에서 2미터 정도 높이에 늘어져 있다.

사람들이 멈춰 선다. 마침 금술 밑에 한 떼의 인파가 몰렸다. 내 옆 사람은 짜증도 내지 않고 팔을 늘어뜨린 채 기다린다. 얼굴이 창백하고 몸이 약한 이 작은 노인은 아무래도 상공회의소 소장 코피에인 것 같다. 그가 위엄 있게 보이는 것은 절대로 말을 안 하기 때문이다. 그는 '녹지언덕' 꼭대기의 커다란 벽돌집에 살고 있는데, 그 집 창문은 언제나 활짝 열려 있다. 이제 끝났군. 사람들 무리가 흩어지고 인파의 행렬이 다시 시작된다. 다른 무리가 생겼지만 특별히 방해되지는 않는다. 무리지은 사람들이 길렌의 가게 앞으

---

68) 사탕 통이라는 뜻과, 아담하고 작은 방이라는 뜻이 있다. 작다는 것에 약간 냉소적인 느낌이 있는 말.
69) 앙리 보르도(1870~1963). 프랑스의 소설가.

로 비켜주었기 때문이다. 늘어선 줄이 끊이지 않는다. 약간 틈이 벌어졌을
뿐이다. 우리는 6명 앞으로 걸어가고, 그들은 서로 악수한다. "안녕하십니
까? 안녕하세요? 어떻게 지내십니까? 모자를 도로 쓰시지요, 감기 들면 어
떡하시려고. 고맙습니다, 부인. 날씨가 전혀 따뜻하지 않군요. 여보, 이분이
르프랑수아 선생님이셔. 의사 선생님, 만나서 반갑습니다. 남편이 늘 병을
잘 봐주신다고 얘기하고 있답니다. 아니, 모자 도로 쓰세요, 선생님. 날씨가
추워서 병나시겠어요. 하긴 의사 선생님은 병이 금세 나으시겠죠. 천만에요,
부인. 의사가 병들면 제일 힘듭답니다. 선생님은 유명한 음악가셔. 저런 선
생님, 저는 전혀 몰랐군요. 바이올린을 하시나요? 선생님은 재주도 많으시
네요."

내 옆에 있는 키 작은 노인은 틀림없이 코피에다. 줄을 선 부인들 가운데
갈색 머리 여인이 의사를 보고 얼굴 가득 미소를 지으면서 코피에를 뚫어지
게 본다. 그 여자는 이렇게 생각하고 있는 것 같다. '저 분이 상공회의소 소
장 코피에 씨구나. 정말 무서워 보이는 분이야. 무척 쌀쌀한 사람 같군.' 그
러나 코피에 씨는 누구도 거들떠보려 하지 않는다. 저들은 해안대로에 사는
사람들일 뿐이지 사교계 사람들이 아니기 때문이다. 일요일의 모자 인사를
보러 이 거리에 오기 시작한 뒤부터, 나는 대로에 사는 사람들과 언덕에 사
는 사람들을 구별할 수 있게 되었다. 새 외투를 입고, 펠트 중절모를 쓰고,
눈부신 와이셔츠를 입고 바람을 일으키며 다니면 그 사람은 틀림없이 해안
대로에 사는 아무개다. 그에 비해 '녹지언덕' 사람들은 어딘지 모르게 초라
하고 피곤해 보인다. 그들은 어깨가 좁고, 여윈 얼굴에 거만한 표정을 띠고
있다. 어린아이의 손을 잡고 있는 저 뚱뚱한 신사는, 내기를 해도 좋은데,
틀림없이 '언덕'에 사는 사람이다. 그의 얼굴은 온통 잿빛인 데다 넥타이는
노끈처럼 비비 꼬여 있다.

뚱뚱한 신사가 우리에게 다가왔다. 코피에 씨를 뚫어지게 쳐다본다. 그러
나 그와 눈이 마주치기 바로 전 뚱뚱한 신사가 고개를 돌리더니, 자기 아들
한테 아버지다운 애정이 엿보이는 장난을 치기 시작한다. 그는 몇 걸음 걷는
동안, 아들에게 몸을 기울이고 아이 눈을 들여다보며 아버지 노릇에 열중한
다. 그러다가 갑자기 이쪽으로 고개를 돌리더니, 이 키 작은 노인을 흘끗 보
고, 한 팔로 천천히 원을 그리면서 냉담한 인사를 던진다. 소년은 당황해서

모자를 벗지 않았다. 그것은 어른들 사이의 문제인 것이다.

바스드비에유 거리 모퉁이에서, 우리 행렬은 미사를 끝내고 나온 신자들 행렬과 마주쳤다. 10명쯤 되는 사람들이 서로 맞닥뜨리고는 빙글빙글 소용돌이를 이루면서 인사를 나눈다. 그러나 모자들의 놀림은 굉장한 속도로 움직이고 있어서 도저히 하나하나 설명할 수 없다. 이 기름지고 허여멀건 군중 위로 생트세실 성당이 어마어마한 흰색 덩어리로 솟아 있다. 찌푸린 하늘 배경에 분필 같은 흰색. 그 환한 벽 뒤, 작은 요새 모양의 벽 속에 밤의 어둠이 약간 간직되어 있다. 행렬은 다시 걷기 시작하는데, 순서는 얼마쯤 달라져 있다. 코피에 씨는 밀려나서 내 뒤로 갔다. 남색 옷을 입은 부인이 내 왼쪽 옆에 바싹 붙어 있다. 성당에서 방금 나온 것이다. 그 여자는 아침 햇살이 눈부신지 눈을 깜박거린다. 그 여자 앞에서 걷고 있는 목덜미가 무척 마른 신사가 그 여자 남편이다.

건너편 보도에서는 자기 아내와 팔짱을 낀 신사가 아내의 귀에 뭔가 소곤거리며 미소를 띠고 있다. 아내는 곧, 크림을 바른 듯 번들번들한 얼굴에 모든 표정을 주의 깊게 지우고 얼른 몇 걸음 걷는다. 이런 신호는 틀릴 리가 없다. 이제 그들은 누군가에게 인사를 할 것이다. 아니나 다를까, 잠시 뒤 신사가 손을 허공으로 쳐든다. 그의 손가락이 펠트 모자 가까이 와서 약간 망설이며 모자 안감을 살짝 집는다. 그가 모자를 천천히 들어올리며 모자가 잘 벗어지게 하기 위해 머리를 약간 숙이는 동안, 그의 아내는 얼굴 가득 생기 있는 미소를 지으며 제자리에서 폴짝 뛴다. 누군가 고개를 숙이며 그림자처럼 그들을 스쳐간다. 그러나 부부의 쌍둥이 같은 미소는 금방 사라지지 않는다. 그것은 어떤 잔상처럼 한동안 두 사람의 입가에 남는다. 나와 스쳐 지나갈 때 보니, 신사와 부인은 이미 평정을 되찾았지만 그래도 입 언저리에는 여전히 들뜬 기색이 남아 있다.

이제 끝이다. 군중은 줄어들고 모자 인사도 드물어졌다. 상점의 진열장에도 이제 눈길을 끄는 물건이 줄어들었다. 나는 투른브리드 거리 끝에 와 있다. 길을 건너서 저쪽 보도를 거슬러 올라가 볼까? 이젠 그것도 시들한 생각이 든다. 분홍색 대머리와 조그마한 얼굴, 고상한 얼굴, 빛바랜 얼굴들은 실컷 보았다. 마리낭 광장을 건너가야겠다. 내가 조심스럽게 행렬에서 빠져나오려 할 때, 내 바로 옆 검은 모자 밑에서 진정한 신사의 얼굴이 나타난다. 그 남색 옷을 입은 여자의 남편이다. 아! 앞뒤 길이가 긴 두상(頭狀) 특유의 아름다운 얼굴에 짧고 억센 머리카락을 가지런히 기르고, 멋진 미국식 수염에는 희끗희끗 은색이 섞여 있다. 그리고 특히 그 미소, 교양 있고 보기 좋은 미소다. 코 위에는 코안경도 걸치고 있다.

그는 아내를 돌아보며 이렇게 말한다.

"저 친구가 이번에 공장에서 새로 채용한 디자이너요. 도대체 뭐 하러 이런 곳에 왔는지 모르겠어. 사람은 좋지만 겁이 많지. 재미있는 사람이야."

돼지고기 집인 쥘리앵네 가게 유리창 앞에서 모자를 고쳐 쓴 젊은 디자이너는 눈을 내리깔고 생각에 잠겨 있어 그 모습이 강렬한 관능에 취해 있는 것처럼 보인다. 일요일에 투른브리드 거리로 산책을 나온 것은 오늘이 처음인 모양이다. 그는 첫 영성체를 하는 어린아이 같다. 뒷짐을 지고 수줍은 태도로 얼굴을 쇼윈도 쪽으로 돌리고 있는 것이 참 인상적이다. 그는 파슬리 장식을 깔고 꽃처럼 펼쳐놓은, 젤리처럼 빛나는 4개의 소시지를 물끄러미 바라보고 있다.

그 가게에서 한 여자가 나와 그의 팔을 낀다. 그의 아내다. 피부는 거칠지만 매우 젊다. 그 여자가 투른브리드 거리 근처를 아무리 걸어다녀 봤자 아무도 그 여자를 귀부인으로 보지 않는다. 그 눈의 비웃음 섞인 광채와 빈틈없고 약아 보이는 태도가 그 여자의 정체를 드러낸다. 진짜 귀부인들은 물건값 같은 건 알지도 못한 채, 눈이 번쩍 뜨일 만큼 아름다운 것을 좋아한다. 그런 여자들의 눈은 천진난만한 아름다운 꽃, 온실의 꽃이다.

나는 1시 정각에 베즐리즈 맥줏집에 도착한다. 늘 그렇듯 노인들이 와 있다. 그들 중 두 사람은 이미 식사를 시작했다. 네 사람은 아페리티프를 마시며 트럼프를 한다. 다른 사람들은 서서 그들 식탁이 차려지는 동안 카드놀이를 구경한다. 가장 키가 크고 긴 수염을 기른 사람은 주식중개인이다. 또 한 사람은 퇴역한 해병 등록소의 전 임원이다. 그들은 20살 때처럼 잘 먹고 잘 마신다. 일요일에는 슈크루트를 먹는다. 마지막에 온 사람들이 이미 먹고 있는 그들에게 말한다.

"아니, 오늘도 일요일 메뉴 슈크루트야?"

그들은 의자에 앉아서 만족스러운 듯이 숨을 토해 낸다.

"마리에트 아가씨, 생맥주 한 잔, 거품 없이. 그리고 슈크루트!"

마리에트는 여간내기가 아니다. 내가 안쪽 테이블에 앉으려고 할 때, 그녀는 어느 노인에게 베르무트를 따르던 중이었는데, 상대는 얼굴이 시뻘게지도록 기침을 하며 화를 낸다.

"이봐, 좀더 따라." 그는 기침을 하면서 말한다. 그러자 이번에는 마리에트가 화를 낸다. 그녀는 아직도 따르는 중이다.

"다 따르고 나면 말씀하세요. 누가 뭐라고 했어요? 누가 시비도 걸기 전에 화내는 사람 같군요."

다른 손님들이 웃기 시작한다.

"한 방 먹었군!"

주식중개인이 자리에 앉으러 가면서 마리에트의 어깨를 잡고 말한다.

"일요일인데, 마리에트. 오후에 좋은 사람하고 영화 구경 안 가?"

"말도 마세요! 오늘 비번은 앙투아네트라고요. 좋은 사람이고 뭐고, 난 온종일 일해야 해요."

주식중개인은, 수염을 완전히 밀어버린, 어딘지 불행해 보이는 노인 앞에 앉는다. 수염 없는 노인이 활기차게 이야기를 시작한다. 주식중개인은 듣지 않는다. 얼굴을 찌푸리고 자기 수염만 쓰다듬는다. 그들은 서로 상대방 이야기를 전혀 듣지 않는다.

옆 자리의 두 사람을 알겠다. 근처의 구멍가게 주인 부부다. 일요일에는 그 집 가정부가 '방학'을 한다. 그래서 그들은 이곳에 와서 늘 같은 탁자에 앉는다. 남편은 분홍빛의 먹음직스러운 소갈비를 뜯고 있다. 그는 가끔 얼굴을 가까이 가져가 갈비를 바라보고 냄새를 맡는다. 아내는 접시 위의 요리를 맛없다는 듯 깨작거린다. 40살의 건강한 금발 여자로, 솜털로 뒤덮인 붉은 얼굴을 하고 있다. 새틴 블라우스 밑에는 탄탄하고 풍만한 젖가슴이 있다. 그녀는 남자처럼 식사 때마다 보르도 한 병을 마신다.

《외제니 그랑데》나 읽어야겠다. 재미있어서가 아니라 무엇이든 해야 하니까. 아무 데나 책갈피를 편다. 싹트기 시작한 외제니의 사랑에 대해 어머니와 딸이 얘기하는 대목이다.

외제니는 어머니의 손에 입을 맞추면서 말했다.
"어머니는 정말 좋은 분이세요!"

이 말에 오랜 고생으로 생기를 잃은 어머니의 늙은 얼굴이 빛났다.

"어머니 보기에도 그이가 괜찮은 거죠?" 외제니가 물었다.

그랑데 부인은 대답 대신 그저 미소만 지었다. 좀 있다가 그녀는 낮은 목소리로 말했다.

"그럼 벌써 너는 그 사람을 사랑하는구나? 그건 나빠."

"나쁘다고요? 왜요? 어머니도 그이를 마음에 들어 하시고, 나농도 좋아해요. 그런데 왜 저는 좋아하면 안 돼요? 자, 어머니, 그이 점심을 준비해요." 외제니가 대답했다.

그녀는 뜨개질하던 것을 내던졌다. 어머니도 바늘을 놓으면서 딸에게 말한다.

"너 완전히 빠졌구나!"

그러나 그녀는 딸과 그 바보짓을 같이하며 그것을 정당화해 주는 것이 즐거웠다.

외제니는 나농을 불렀다.

"무슨 일이세요, 아가씨?"

"나농, 점심때 크림 내놓을 수 있겠지?"

"점심때요? 네." 늙은 하녀가 대답했다.

"그럼 그이한테 아주 진한 커피를 해드려요. 데 그라생 씨한테 들었는데, 파리에서는 아주 진한 커피를 먹는대요. 많이 넣으세요."

"하지만 어디서 크림을 가져와요?"

"좀 사 와요."

"그러다가 나리를 만나면요?"

"지금 목장에 계시니까 괜찮아……"

내가 왔을 때부터 옆에 앉은 그들은 말이 없었다. 그런데 남편의 느닷없는 목소리가 나의 독서를 중단시킨다. 그 남편은 재미나다는 듯 수수께끼 같은 말을 한다.

"여보, 봤어?"

아내는 깜짝 놀라며 몽상에서 깨어나 남편을 쳐다본다. 남편은 먹고 마시면서 다시 짓궂은 얼굴로 입을 연다.

"하하하!"

침묵. 아내는 다시 몽상에 잠긴다.

갑자기 여자는 움찔하면서 묻는다.

"뭐라고 했어요?"

"어저께, 수잔 말이야."

"아, 그거요! 빅토르를 만나러 간 거예요."

"누가 뭐랬어?"

아내는 짜증난다는 듯이 접시를 밀어놓는다.

"이건 맛이 없군요."

접시 가장자리에 그 여자가 뱉어낸 잿빛 고기가 작은 경단처럼 놓여 있다. 남편은 제 생각을 늘어놓는다.

"그 여자가 말이야……"

그는 입을 다물고 애매한 미소를 짓는다. 우리 정면에서는 늙은 주식중개인이 숨을 약간 몰아쉬면서 마리에트의 팔을 쓰다듬고 있다. 잠시 뒤 남편이 말을 이었다.

"요전에 내가 말했잖아?"

"무슨 말이요?"

"빅토르 말이야. 수잔이 그를 만나러 가는 거라며. 아니, 왜 그래?" 갑자기 그는 의아한 듯이 아내에게 묻는다. "당신, 그 음식이 싫어?"

"맛이 없어요."

"확실히 전 같지는 않네," 남편은 짐짓 의젓하게 말한다. "에카르가 주방장이었을 때는 이렇지 않았는데. 에카르가 어디로 갔는지 알아?"

"동레미[70]에 가 있지 않나요?"

"그래, 맞아. 누구한테 들었어?"

"당신한테서요. 일요일에 얘기했잖아요."

그녀는 종이 식탁보 위에 떨어진 빵 부스러기를 주워 먹는다. 그러다가 손으로 식탁 가장자리의 종이를 펴면서 머뭇머뭇 말한다.

"여보, 그건 당신이 잘못 생각한 거예요. 수잔은 오히려……"

---

70) 보주 지방의 지명. 잔다르크가 태어난 곳으로 유명하다.

"그럴 수도 있지, 여보. 충분히 그럴 수 있어." 그는 건성으로 대답한다. 눈은 마리에트를 찾아서 그녀에게 손짓을 한다.

"덥군."

마리에트가 와서 친근하게 식탁에 몸을 기댄다.

"그래요! 너무 덥네요." 아내가 신음하듯이 말한다. "숨이 막힐 지경이라고요. 고기도 맛이 없고. 주인한테 얘기하겠어요. 맛이 전 같지 않다고. 창문 좀 열어줄래요, 아가씨."

남편은 다시 유쾌해진다.

"이봐, 그 여자 눈 봤어?"

"아니, 언제요, 여보?"

그는 답답한 듯 아내의 말을 흉내 낸다.

"아니, 언제요, 여보? 정말이지 당신답군. 여름에 눈 올 때라고 하지 왜."

"어제 말예요? 아! 그래요!"

그는 웃는다. 먼 곳을 바라보고는 뭔가 흥분해서 빠르게 읊조린다.

"바람난 고양이 같은 눈."

남편은 완전히 흡족해져서 하려고 했던 말도 잊어버린 것처럼 보인다. 아내도 덩달아 유쾌해진다.

"하하, 나쁜 사람 같으니!"

아내가 남편의 어깨를 몇 차례 살짝 때리며 말한다.

"나쁜 사람, 나쁜 사람!"

그는 더욱 자신 있게 되풀이한다.

"바람난 고양이."

그러나 그녀는 더 이상 웃지 않는다.

"이제 그만하세요. 그 앤 심각해요."

그는 몸을 굽히고 아내의 귀에다 오랫동안 소곤거린다. 여자는 한순간 입을 딱 벌리고, 금방 웃음이 터지려는 사람처럼 약간 긴장하면서 재미있다는 얼굴을 하다가, 갑자기 몸을 뒤로 젖히더니 남편의 손을 할퀸다.

"그렇지 않아요, 그건 아니라니까."

그는 침착하고 이성적인 어조로 말한다.

"내 말 들어봐, 여보. 직접 들었다니까. 그게 아니면 그 사람이 왜 그런 말을 하겠어?"

"아녜요, 아녜요."

"그래도, 그가 그랬다니까. 생각 좀 해봐……"

그녀는 웃기 시작한다.

"르네 생각을 하면 웃음이 나와요."

"그렇겠지."

그도 웃는다. 아내가 목소리를 낮춰 자못 중요한 듯이 다시 말한다.

"그럼, 그 사람이 그걸 안 건 화요일이군요."

"목요일이지."

"아니, 화요일이에요. 당신도 알잖아요, 그……"

그녀는 허공에 타원형 비슷한 것을 그린다.

오랜 침묵. 남편은 소스에 빵 조각을 적신다. 마리에트가 접시를 바꿔, 과일 파이를 가지고 온다. 조금 있다가 나도 과일 파이를 먹어야지. 생각에 잠겨 있던 아내가 갑자기 약간 의기양양하게 심술궂은 미소를 짓더니, 천천히 끄는 목소리로 말한다.

"아니야, 아니에요, 당신도 알면서!"

그 목소리가 몹시 관능적이어서 그는 약간 자극되어 두툼한 손으로 아내의 목덜미를 쓰다듬는다.

"샤를, 그만해요. 그러니까 흥분되잖아요, 여보." 여자는 입안 가득 음식을 넣은 채 웃으면서 속삭인다.

나는 다시 책을 읽기 시작한다.

"하지만 어디서 크림을 가져와요?"

"좀 사 와요."

"그러다가 나리를 만나면요?"

그러나 내 귀에는 여전히 여자의 목소리가 들려온다.

"봐요, 마르트를 웃겨줄 테야. 마르트한테 얘기해야지……"

옆에 있는 두 사람은 입을 다물었다. 과일 파이 다음에, 마리에트는 그들에게 말린 자두를 갖다주었고, 여자는 스푼에 맵시 있게 씨를 뱉느라고 정신이 없다. 남편은 천장을 보면서 행진곡 박자로 식탁을 가볍게 두드리고 있다. 그들의 정상적인 상태는 침묵이고, 말은 이따금 그들을 사로잡는 가벼운 열병이라고 해야 할 것 같다.

"하지만 어디서 크림을 가져와요?"
"좀 사 와요."

나는 책을 덮는다. 산책이나 해야겠다.

베즐리즈 맥줏집에서 나왔을 때는 3시 무렵이었다. 나는 나른한 온몸으로 오후를 느끼고 있었다. 나의 오후는 아니었다. 그들의 오후, 10만 명의 부빌 시민이 함께 보내려는 오후였다. 바로 이맘때면, 사람들은 오랜 시간 들여 준비한 일요일의 풍성한 점심식사를 마치고 식탁에서 일어선다. 그러나 그들에게는 무언가가 죽어 있다. 일요일은 그들의 경쾌한 청춘을 닳아 없어지게 했다. 닭고기와 타르트를 소화시켜야 했고, 외출을 위해 옷을 갈아입어야 했다.

엘도라도 영화관의 벨소리가 맑은 공기를 뚫고 울려왔다. 그 대낮의 벨소리는 일요일의 익숙한 소리다. 백 명도 넘는 사람들이 녹색 외벽을 따라 줄지어 있었다. 어둠 속에서의 즐거운 시간, 휴식과 방심의 시간, 영화관 스크린이 물속의 하얀 조약돌처럼 반짝이며 말을 걸고 자신들을 꿈꾸게 할 시간을 하염없이 기다리고 있었다. 그것은 헛된 욕망이었다. 실은 자신들 마음속에 무언가가 딱딱하게 굳어 남겨질지도 모르고, 지나치게 걱정한 나머지 멋진 일요일이 망쳐질지도 모른다. 일요일마다 늘 그랬듯, 그들은 잠시 뒤 실망할 운명이었다. 영화가 시시할지도 모르고, 옆자리 손님이 파이프를 피우거나 다리 사이로 가래침을 뱉을지도 모른다. 그렇지 않으면 뤼시앵의 기분이 아주 불쾌해서 친절한 말은 한마디도 속삭이지 않을 수도 있다. 또는 하필이면 오늘 모처럼 영화를 보러 왔는데 늑간신경통이 도질지도 모른다. 그리하여 여느 일요일과 마찬가지로, 내부에 쌓인 조그마한 분노가 어두운 영화관 속에서 폭발할지도 모르는 일이었다.

나는 고요한 브레상 거리를 따라 걸었다. 태양이 구름을 몰아내 날씨가 좋았다. '파도'라는 이름의 전원주택에서 한 가족이 막 나오고 있었다. 딸은 길에서 장갑 단추를 채우고 있었다. 30살쯤 돼 보였다. 어머니는 현관 앞 계단 맨 위에 서서 크게 숨을 내쉬며 자신 있는 태도로 똑바로 앞을 보고 있었다. 아버지는 넓은 등만 보였다. 그는 몸을 구부리고 문에 자물쇠를 채우고 있었다. 집은 그들이 돌아올 때까지 텅 빈 채 어둠에 싸여 있을 것이다. 이미 자물쇠가 채워진 인기척 없는 이웃집들에서 가구와 널빤지가 조용히 삐걱거렸다. 외출하기에 앞서 식당 안 벽난로 불은 꺼놓았다. 아버지는 두 여자를 따라가고, 가족은 아무 말 없이 걷기 시작했다. 어디로 가는 것이었을까? 일요일에는 추모공원에 가거나 친척을 방문한다. 아니면, 더 한가한 사람은 산책하러 방파제에 간다. 나는 한가했다. 그래서 방파제 산책로에 통하는 브레상 거리를 따라 걸었다.

하늘은 엷은 파란색이었다. 몇 가닥의 연기와 솔로 가볍게 쓴 듯한 구름. 이따금 혼자 뚝 떨어져 있는 구름이 태양 앞을 지나갔다. 저 멀리 방파제 위 산책로에 흰 시멘트 난간이 보였다. 난간 틈새로 바다가 반짝이고 있었다. 그 가족은 오른쪽으로 구부러져서 오모니에 일레르 거리로 접어들었다. 거긴 '녹지언덕'으로 올라가는 길이었다. 그들이 느린 걸음으로 그곳을 올라가는 것이 보였다. 그들은 번쩍이는 아스팔트 위에 3개의 검은 점을 만들고 있었다. 나는 왼쪽으로 돌아, 바닷가를 따라 행렬을 이룬 군중 속으로 들어갔다.

사람들은 아침과 달리 여러 계층이 섞여 있었다. 이제는 그들 모두 그 훌륭한 사회적 서열을 유지할 기력이 없는 것 같았다. 점심을 안 먹어서 그런가, 그토록 자랑스러워하더니. 상인과 관리가 나란히 걸었다. 그들은 궁상스러운 얼굴의 하급 종업원들과 팔꿈치가 닿기도 하고, 부딪치기도 하고, 떠밀리기도 했다. 특권계급도, 고위층 인사들도, 전문직 집단도 이 미지근한 군중 속에 녹아들었다. 그들은 더 이상 아무것도 대표하지 않을 만큼 고립된 인간들이 되었다.

멀리 보이는 빛의 물결은 썰물 지는 바다였다. 수면 가까이 있는 암초들이 머리를 내밀어 밝은 물 표면에 구멍을 뚫고 있었다. 모래 위에 고기잡이배 한 척이 가로누워 있고, 거기서 멀지 않은 곳에는 방파제 밑에 파도를 막는 용도로 커다란 돌이 서로 밀착하여 아무렇게나 내던져져 있고, 그 돌들 사이사이로 바다가 쉴 새 없이 신음하는 소리가 들려왔다. 외항(外港) 입구에는 태양 때문에 흰색이 된 하늘을 배경으로 저인망어선 한 척이 검은 윤곽을 그리고 있었다. 매일 밤 그 기계는 한밤중까지 으르렁대고 신음하며 도깨비춤을 춘다. 그러나 일요일에는 인부들이 육지로 나오기 때문에 경비원 한 사람만 남아 있고, 배는 쥐 죽은 듯이 고요하다.

태양은 밝고 투명했다. 순한 백포도처럼. 그 빛은 사람 몸에 닿을락 말락 스칠 뿐이고, 그림자도 양감(量感)도 생기게 하지 않았다. 얼굴과 손은 그저 연한 황금빛 얼룩이 되었다. 외투를 입은 그 사람들은 모두 땅 위에서 10센티미터쯤 허공에 떠 있는 것 같았다. 가끔 바람이 물처럼 흔들리는 그림자들을 우리 쪽으로 떠밀었다. 그러면 사람들 얼굴이 한순간 사라지며 희뿌연 빛이 되었다.

일요일이었다. 군중은 산책로 난간과 바닷가 빌라들의 울타리 샛길로 작은 물결을 만들어 흐르더니 대서양횡단회사의 커다란 사저 뒤로 수많은 실개천이 되어 사라졌다. 아이들이 얼마나 많던지! 유모차 탄 아이, 부모 품에 안긴 아이, 어른 손을 잡고 가는 아이, 둘씩 셋씩 무리지어 부모 앞에 얌전히 걸어가는 아이들. 불과 몇 시간 전에 보았던 그 사람들은, 그 상쾌한 일요일 아침을 맞아 거의 모두 의기양양한 모습이었다. 그러나 이제 그들에게서는 쏟아지는 햇살 속에 그저 안정과 평안과 어떤 완고함 말고는 아무것도 볼 수 없었다.

움직임도 굼떴다. 아직 이따금 모자 인사를 나누지만 아침과 같은 과장도, 신경을 곤두세운 쾌활함도 없었다. 사람들은 모두 고개를 쳐들고 먼 곳을 바라보며, 그들의 외투를 부풀리며 불어오는 바람에 몸을 맡기고 약간 뒷걸음질쳤다. 이따금 들려오다 이내 사라지는 무미건조한 웃음소리. 한 어머니가 아이를 부르는 소리. 자노, 자노, 옳지, 그래. 그러고는 적막. 희미한 잎담배 냄새. 점원들이 피우는 것이다. 살람보, 아이샤,[71] 휴일용 담배. 더욱 자유스러운 몇몇 사람의 얼굴에서 나는 약간의 비애를 읽었다고 느꼈다. 그러나 아니었다. 그들은 슬프지도 유쾌하지도 않았다. 그들은 쉬고 있었다. 크게 뜬 그들 눈에는 자신의 의사와 무관하게 바다와 하늘이 반사되었다. 그들은 곧 집으로 돌아가, 식탁에서 가족과 함께 차를 마실 것이 분명했다. 그러

---

71) 둘 다 담배 상표.

나 그 순간만큼은 가능하면 돈을 들이지 않고 시간을 보내고, 동작과 말과 생각을 아끼며 누워 있고 싶은 것이다. 일주일의 노동으로 생긴 주름과 눈가의 잔주름을 없애고, 보기 싫게 늘어진 피부의 탄력을 되살리는 데, 그들은 단 하루밖에 여유가 없었다. 단 하루. 그들은 시간이 손가락 사이로 새나간다고 느끼고 있다. 과연 월요일 9시에 새 기분으로 출발하는 데 필요한 활력을 충분히 비축할 수 있는 시간이 될까? 바다의 공기가 기운을 주기에 그들은 흠뻑 숨을 들이마셨다. 잠든 사람들의 호흡처럼 규칙적이고 깊은 숨소리만이 그들의 생존을 증명했다. 나는 발소리를 죽이고 걸었다. 휴식을 취하고 있는 그 비통한 군중 한가운데서 나의 강인하고 원기 왕성한 육체는 아무 필요도 없었다.

바다는 이제 슬레이트 색이 되었다. 그리고 서서히 밀물이 밀려왔다. 밤이 되면 만조가 될 것이다. 그러면 오늘 밤 방파제 산책로는 빅토르누아르 대로보다 한적할 테지. 앞쪽과 왼쪽으로 빨간 불빛이 수로 속에서 반짝일 것이고.

태양이 천천히 바다로 떨어졌다. 빛줄기가 잠시 동안 노르망디식 빌라 유리창을 붉게 물들였다. 눈이 부신 한 여인이 기력 없는 동작으로 한 손을 눈에 대고 고개를 흔들었다.

"가스통, 눈이 부셔요." 그녀는 억지로 미소를 떠올리며 말했다.

"뭐라고? 보기 좋은 태양이구만." 남편이 말했다. "따뜻하지는 않아도 기분은 참 좋군."

그녀는 바다 쪽을 보며 다시 말했다.

"볼 수 있을 줄 알았는데."

"그건 무리야, 역광이니까." 남자가 말했다.

카유보트 섬[72]에 대한 이야기가 틀림없었다. 저인망어선과 외항 방파제 사이로 그 섬의 남단이 보였을 테니 말이다.

빛이 부드러워졌다. 시시각각으로 변하는 그 시간, 그 무언가가 밤을 알리고 있었다. 이미 이 일요일은 하나의 과거를 가졌다. 늘어선 바닷가 별장과

---

72) 이 이름은 프랑스 인상파의 원조자였던 화가 귀스타브 카유보트(1848~94)를 연상시킨다. 아름다운 '모험'처럼 지나간 일요일의 마지막을 장식하는 장면으로서, 미적인 연상을 불러 일으키는 이름을 선택한 것이라고도 생각할 수 있다.

방파제의 잿빛 난간이 아주 최근에 생긴 추억처럼 보였다. 한 사람씩 얼굴에 여유를 잃고, 몇몇은 거의 감상적인 표정이 되었다.

임신한 여자가 무뚝뚝한 모습의 금발 청년에 몸을 기대었다.

"저기, 저기, 저기 좀 봐." 여자가 말한다.

"뭐 말이야?"

"저기, 저기, 갈매기들."

그는 어깨를 으쓱 올렸다. 갈매기 같은 건 없다. 하늘은 거의 순수할 정도로 맑고, 수평선은 아련한 장밋빛으로 물들어 있었다.

"소리가 들렸어. 저 봐, 갈매기가 울고 있잖아."

그가 대답했다.

"뭐가 삐걱거리는 소리야."

가스등 하나가 반짝였다. 나는 가로등 켜는 사람이 다녀갔다고 생각했다. 아이들은 그가 오기를 기다린다. 그가 오는 것은 집으로 돌아가라는 신호이기 때문이다. 그러나 내가 본 것은 태양의 마지막 반사광이었다. 하늘은 아직 밝았지만 땅에는 땅거미가 잦아들고 있었다. 모여 있던 사람들은 흩어지고, 바다가 술렁이는 소리가 똑똑히 들렸다. 두 손으로 난간을 짚고 있던 젊은 여자가 하늘을 향해 고개를 쳐들었다. 푸르스름한 얼굴에 립스틱으로 검게 그어놓은 두 줄의 입술. 나는 잠깐 동안, 내가 인간들을 사랑하려는 게 아닌지 생각해 보았다. 그러나 어쨌든 오늘은 그들의 일요일이지 나의 일요일은 아니었다.

처음 불이 켜진 곳은 카유보트 섬의 등대였다. 어떤 소년이 내 옆에 서서 황홀한 표정으로 중얼거렸다. "아, 등대다!"

그때 나는 모험적 순간의 느낌을 벅찬 감정으로 받아들이며, 마음이 부풀어 오르는 것을 느꼈다.

*

나는 왼쪽으로 돌아, 부알리에 거리를 지나 작은 프라도로 접어든다. 쇼윈도에는 철제 셔터가 내려져 있다. 투른브리드 거리는 밝지만 한적하고, 아침의 짧은 영광은 이미 사라지고 없다. 이 시간이 되면 주위의 거리와 이 거리를 구별할 수 있는 것은 아무것도 없다. 제법 센 바람이 분다. 철판으로 만든 대주교 모자가 삐걱대는 소리가 들린다.

나는 혼자다. 대부분의 사람들은 저마다의 보금자리로 돌아가 TSF라디오를 들으며 석간신문을 읽는다. 지나간 일요일은 그들에게 씁쓸한 맛을 남겼지만, 그들의 마음은 이미 월요일에 가 있다. 그러나 나에게는 월요일도 없고 일요일도 없다. 있는 것이라곤 무질서하게 밀려오는 나날과, 거기에 갑자기 찾아오는 이러한 섬광뿐이다.

변한 것은 아무것도 없지만, 모든 것이 평소와 다른 형태로 존재하고 있다. 그것을 묘사할 수는 없다. 그것은 '구토' 같지만, 그것과는 또 전혀 다르다. 요컨대 어떤 모험적 순간이 내게 일어나고 있는데, 스스로에게 물어보고 나서야 그것이 무엇인지 알았다. '내게 일어나고 있는 것은, 내가 나라는 것과 내가 여기에 있다는 것'이라는 사실을. 어둠을 헤치며 나아가고 있는 것이 '나'이다. 나는 소설의 주인공처럼 행복하다.

무슨 일이 일어나려고 한다. 바스드비에유 거리의 어둠 속에 나를 기다리는 무언가가 있다. 저기 저 고요한 거리의 바로 한 모퉁이에서, 나의 삶이 시작되려 한다. 나는 운명 같은 것을 느끼며 앞으로 나아가는 나 자신을 본다. 그 길모퉁이에 어떤 하얀 표식이 있다. 멀리서는 그것이 새까맣게 보였지만, 한 걸음씩 가까이 갈 때마다 흰색으로 변해 간다. 조금씩 밝아지는 이 어두운색 물체는 나에게 이상한 인상을 준다. 그것이 완전히 밝아져서 하얗게 되면, 나는 그 옆에 멈춰 서 있을 것이다. 그리고 그때 모험적 순간이 시작될 것이다. 이제 대단히 가까워졌다. 어둠 속에서 떠오르는 저 하얀 등대, 그것이 지금 바로 앞까지 다가오자 나는 거의 공포에 가까운 감정을 느낀다. 문득 도로 돌아갈까 생각한다. 그러나 이 마법을 푸는 것은 불가능하다. 나는 앞으로 나아가 손을 뻗고 표식을 만진다.

이제 바스드비에유 거리에 왔다. 생트세실 성당의 커다란 몸체는 어둠 속에 잠긴 채, 성당의 스테인드글라스가 반짝인다. 대주교의 철판모자가 삐걱댄다. 도무지 알 수 없다, 세계가 갑자기 오그라든 것인지, 아니면 내가 소리와 형상 사이에 이토록 강력한 통일을 준 것인지. 나를 에워싸고 있는 모든 것이 원래는 지금의 상태와 다를 수도 있다는 것을 생각할 수조차 없다.

순간, 나는 걸음을 멈춘다. 그리고 기다린다. 심장의 고동을 느낀다. 인기척 없는 광장에 눈을 돌려 훑어본다. 아무것도 보이지 않는다. 제법 강한 바람이 인다. 착각했다. 바스드비에유 거리는 중간지점이었을 뿐이다. 나를 기다리고 있는 '무엇'은 뒤코통 광장 안쪽에 있다.

나는 서두르지 않고 다시 걷기 시작한다. 행복의 절정에 이른 것만 같다. 마르세유에서, 상하이에서, 메크네스에서, 이토록 충만한 감정에 다다르기 위하여 얼마나 노력을 했던가? 오늘 나는 더 이상 아무것도 기대하는 것이 없고, 공허한 일요일 끝에 집에 돌아가고 있다. 충만감은 바로 거기에 있다.

나는 다시 걷기 시작한다. 바람이 사이렌 소리를 실어온다. 나는 완전히 혼자다. 하지만 나는 도시를 쳐들어가는 군대처럼 행진한다. 그 순간 바다 위의 배들이 음악을 울린다. 유럽의 모든 도시에 불이 켜지고, 공산주의자들과 나치주의자들이 베를린의 거리에서 총을 쏘며 싸운다. 실업자들이 뉴욕 보도를 점령하고, 여자들은 따뜻한 방 안 화장대 앞에서 속눈썹에 마스카라를 칠한다. 그리고 나는 여기, 이 인정 없는 거리에 있다. 그리고 노이쾰른의 어느 창문에서 쏘는 총탄 한 발 한 발, 운반되어 가는 부상자가 피 흘리며 토해 내는 헐떡임 한 마디 한 마디, 화장하는 여자들의 정확하고 섬세한 동작 하나하나가 내가 내딛는 한 걸음 한 걸음에, 내 심장 고동의 하나하나에 응답한다.

질레 골목 앞에 와서 나는 어찌할 바 모른다. 뭔가가 이 골목 안에서 나를 기다리는 것 아닐까? 그러나 투른브리드 거리 끝 뒤코통 광장에서도 그 무언가가 움트기 위해 나를 원하고 있다. 나는 고뇌에 휩싸인다. 아무리 사소한 동작도 나를 구속한다. 나를 원하는 것이 어느 것인지 짐작할 수 없다. 그렇지만 선택해야 한다. 나는 질레 골목을 포기한다. 이 골목이 나를 위해 무엇을 마련해 놓았는지 영원히 모를 것이다.

뒤코통 광장은 비어 있다. 내가 착각했나? 그렇다면 견딜 수 없을 것 같다. 정말로 아무 일도 일어나지 않을까? 나는 카페 마블리의 불빛에 다가간다. 나는 어쩔 줄 모르겠다. 들어갈까 말까 망설여진다. 김이 서린 커다란 유리창을 힐끔 들여다본다.

카페는 사람들로 북적댄다. 담배 연기와 축축한 옷에서 발산되는 수증기 때문에 실내 공기가 푸르스름하다. 계산원이 카운터에 앉아 있다. 나는 그녀를 잘 안다. 그녀도 나처럼 머리카락이 붉다. 그녀는 속병이 있다. 자신의 치마 밑에서 서서히 썩어가는 그녀가 짓는 우울한 미소, 그것은 마치 부패하는 시체에서 가끔 풍기는 제비꽃 냄새 같다. 머리에서 발끝까지 전율이 흐른다. 바로…… 나를 기다리고 있던 것은 바로 그 여자다. 저 여자다. 그녀는 카운터 너머로 상반신을 세운 채 움직이지 않고 미소 짓고 있었다. 카페 안쪽에서 무언가가 이 일요일의 분산된 순간들을 향해 거슬러 돌아와, 그 순간들을 서로 결속시키고 하나의 의미를 부여한다. 내가 오늘 하루를 보낸 것은 이곳에 도달하기 위해서였다. 이마를 유리창에 대고, 석류 빛 커튼을 배경으로 피어 있는 그 섬세한 얼굴을 응시하기 위해서였다. 모든 것이 정지했다. 내 삶이 정지했다. 이 커다란 유리창과 무겁고 물처럼 파란 이 공기, 그 물속에 있는 저 하얀 지방질 식물, 나, 이렇게 우리는 견고하고 충실한 하나의 전체를 형성하고 있다. 나는 행복하다.

르두트 거리로 다시 나왔을 때, 내게는 쓰디쓴 회한밖에 남아 있지 않았다. 나는 속으로 말했다. '이 모험적 순간의 느낌, 내가 세상에서 이만큼 집착하는 것은 아마 없을 것이다. 하지만 그것은 제 스스로 오고 싶을 때 찾아온다. 그리고 너무 빨리 떠나버린다. 그것이 가버렸을 때의 허무함이란! 그것은 내가 인생에 실패했음을 보여주려고 그토록 잠깐 동안 그 얄궂은 방문을 하는 것일까?'

내 뒤로, 도시 속에서, 곧게 뻗은 널찍한 거리들 속에서, 가로등의 싸늘한 조명 아래, 엄청난 규모의 사교 행사가 숨을 거두고 있었다. 그것은 일요일의 종말이었다.

월요일

어떻게 이런 어처구니없고 거창한 글을 쓸 수 있었을까? '나는 완전히 혼자다. 하지만 나는 도시를 쳐들어가는 군대처럼 행진한다.'

미사여구는 쓸 필요 없는 것이다. 어떤 상황을 분명하게 끌어내기 위해 써야 한다. 문학을 경계할 것. 말을 이것저것 고르지 말고 펜 가는 대로 써야 한다.

사실 혐오스러운 것은 간밤에 내가 한껏 도취했다는 사실이다. 나는 20살 무렵, 술에 취하면 나 자신을 데카르트 같은 유형이라고 말하곤 했다. 내가 영웅심리로 가득 차 있다는 것이 분명히 느껴졌지만 그냥 내버려 두었다. 그것이 마음에 들었다. 그러나 그때도 이튿날에는, 내가 토해 낸 것으로 가득

한 침대에서 깨는 것만큼이나 구역질 났다. 나는 술에 취해도 토하지 않는다. 그러나 토하기라도 하는 편이 더 낫겠다. 어제는 취했기 때문이라고 변명할 수도 없다. 나는 바보처럼 흥분해 있었던 것이다. 추상적인 사고, 물처럼 투명한 사고로 나를 씻어낼 필요가 있겠다.

그 모험적 순간을 느끼는 감정은 확실히 사건에서 오는 것이 아니다. 그게 증명되었다. 그것은 차라리 다양한 순간들이 연계되는 방식에서 생겨난다. 그러니까 내 생각에, 그것은 발생하는 것이다. 즉 갑자기 느껴지는 것이다. 시간이 흐르고 있고, 각 순간이 다른 순간에 인도되며, 그 다른 순간은 또 다른 순간으로 인도되면서 영원히 그렇게 계속된다는 것, 하나하나의 순간은 사라지지만, 그것을 붙잡아 두려고 애쓸 필요도 없다는 것 등이. 그때 그러한 순간들 '속에서' 나타나는 사건에 그러한 특성이 있다. 그리하여 양상에 속하는 그것이 내용으로 옮겨가는 것이다. 요컨대 그 지독한 시간의 흐름에 대해 말들은 많이 하지만 실제로 주목해서 보는 사람은 거의 없다. 어떤 여자를 보면 그 여자도 늙을 거라고 생각한다. 하지만 그 여자가 늙어가는 것을 '보지' 않는다. 그러나 가끔은 그 여자가 늙는 것이 '보이는' 것 같고, 그 여자와 마찬가지로 자신도 늙는 것이 느껴지는 것 같다. 이것이 모험적 순간의 감정이다.

내 기억이 틀림없다면, 이것은 시간의 비가역성(非可逆性)이라는 것이다. 모험적 순간의 느낌도 바로 시간의 비가역성의 느낌일 것이다. 그러나 왜 이 느낌을 항상 느끼지 못하는 것일까? 시간이 늘 비가역성을 가지는 것은 아니라는 말일까? 가끔 사람은 자기가 하고 싶은 일은 뭐든지 할 수 있다고 여긴다. 앞으로 나아가는 것도 뒤로 돌아가는 것도 자유자재이며, 그것이 그리 대단한 일이 아니라고 느끼는 것이다. 그러나 한편으로는, 연쇄 고리들이 뭉쳐버린 느낌이 들 때도 있다. 그럴 때는 한 코 빼먹는 게 문제가 아니다. 더 이상은 다시 시작할 수 없기 때문이다.

안니는 시간이 최대한의 효과를 내게끔 했다. 그녀는 지브티에 있고 나는 아덴[73]에 있었을 때, 내가 24시간 동안 시간이 나서 만나러 갈 때가 있다.

---

73) 지브티와 아덴은 아덴만을 사이에 둔 도시다. 아프리카 대륙 동쪽 끝에 있는 지브티는 이 이야기 무렵에는 프랑스령이었지만 지금은 지브티 공화국에 속해 있다. 아라비아반도 남서쪽 끝에 있는 아덴은 그때에는 영국령, 지금은 예멘 공화국에 속한다.

그러면 그녀는 떠날 시간을 정확하게 60분만 남겨놓고, 우리 사이에 헤아릴 수 없는 불화를 만들어냈다. 60분, 그것은 바로 시간이 1초 1초 지나가는 것을 느끼는 데 필요한 시간이다. 그 잔인했던 어느 날 밤이 생각난다. 나는 자정에 그곳을 떠날 예정이었다. 우리는 노천극장에 영화를 보러 갔다. 그녀도 나도 절망해 있었다. 그러나 일을 그렇게 만든 것은 그녀였다. 11시에 긴 영화가 시작되자, 그녀는 내 손을 잡다가 아무 말 없이 두 손으로 꼭 쥐었다. 짜릿한 기쁨을 느낀 나는 시계를 볼 것도 없이 11시라는 것을 안다. 그 순간부터 우리는 시간이 흐르는 것을 느끼기 시작한다. 그때부터는 석 달 동안 만나지 못할 터였다. 한순간, 스크린에 새하얀 화면이 나타나서 어둠이 옅어졌고, 나는 안니가 울고 있는 것을 보았다. 그 다음, 자정이 되자 안니는 내 손을 꼭 쥐었다가 놓았다. 나는 일어나서 그녀에게 한마디 말도 없이 그곳을 떠났다. 그것은 아주 멋진 방식이었다.

저녁 7시

작업이 좀 되는 날. 그럭저럭 진척이 있었다. 나는 제법 즐거운 마음으로 여섯 페이지를 썼다. 파벨 1세의 통치에 관한 추상적인 고찰이었으니 더 말할 것도 없었다. 어제는 감상에 빠져 있었기 때문에 오늘은 온종일 정신을 바짝 차렸다. 내 양심에 호소할 것까진 없었지만! 그러나 러시아 전제정치의 구조를 분석하면서 마음이 많이 편해지는 느낌이 들었다.

다만 이 롤르봉이 내 심사를 뒤집어 놓는다. 그는 아주 사소한 일에서도 신비롭게 군다. 1804년 8월 우크라이나에서 그는 도대체 무엇을 했을까? 그는 그 여행에 대해 이렇게 에둘러서 말한다.

"내 노력이 성공으로 열매 맺지는 못했어도, 후세 사람들은 그것이 과연 내가 그렇게 혹독한 반대와 굴욕을 당할 만한 일이었는지 심판해 줄 것이다. 나는 나를 조롱하는 자들을 입 다물게 하고, 모욕을 준 자들을 공포의 도가니로 몰아넣을 수 있는 어떤 것을 가슴에 품고 있었지만, 말없이 그런 일을 견뎌내야 했다."

한번은 제대로 걸려들었다. 그가 1790년 부빌에 잠깐 여행한 일에 대해

거드름을 피우며 말을 아끼는 부분이 있었다. 그 사실관계와 행적을 조사하는 데 나는 꼬박 한 달을 썼다. 결국 나온 결과를 보니 소작농의 딸을 임신시킨 것이 전부였다. 그는 단순히 서툰 광대에 불과한 것 아닐까?

온통 거짓말뿐인 이 거들먹거리는 양반 때문에 기분이 너무 나쁘다. 그건 아마도 분한 마음일 것이다. 나는 그가 다른 사람들을 헷갈리게 한 것은 기뻤지만 나에게만은 예외이기를 바랐다. 그와 내가 단둘이 그 모든 죽은 자들의 머리 너머로 서로를 이해하고, 언젠가는 그가 나에게, 나에게만은 진실을 말해 주리라고 믿었던 것이다! 그러나 그는 아무 말도 하지 않았다. 단 한 마디도 하지 않았다. 그가 감쪽같이 속였던 알렉산드르와 루이 18세에게 말한 것 말고는 아무것도 말해 주지 않았다. 롤르봉이 훌륭한 인간이었을 거라는 사실은 내게 매우 중요하다. 어쩌면 악당이었을 수도 있겠지만, 악당 아닌 사람이 있을까? 그렇다면 큰 악당인가 작은 악당인가? 나는 역사적 연구라는 것을 그렇게 대단하게 평가하지 않기 때문에, 만약 살아 있다면 손도 대고 싶지 않은 사람을 위해 시간 낭비할 마음은 없다. 그에 대해 나는 무엇을 알고 있을까? 그의 일생보다 더 훌륭한 생애는 이제 떠올릴 수도 없다. 하지만, 과연 그가 그런 생애를 이룩하기는 했던 걸까? 적어도 그의 편지가 그토록 과장되지만 않았더라도…… 아! 그가 어떤 눈빛이었는지 알아야 하는데. 어쩌면 그는 매력적인 몸짓으로 고개를 갸웃거리거나 빈틈없는 표정으로 기다란 집게손가락을 코 옆에 갖다 세웠을지도 모르지. 또 때로는 약삭빠른 거짓말 사이사이 얼핏 위협적인 표정을 보였다가 곧바로 숨겼을 수도 있고. 그러나 그는 죽고 말았다. 그가 남긴 것은 《전략론》과 《미덕에 관한 고찰》뿐이다.

만약 상상력이 미치는 대로 내버려두면 나에게는 이런 그가 선명하게 떠오를 것이다. 즉 속아 넘어간 희생자들을 그토록 많이 만들어 낸 그의 화려한 반어법 이면에, 거의 순수하다고까지 할 수 있는 한 단순한 사람. 그는 거의 생각을 하지 않는다. 그러나 모든 방면에서, 해야 할 일을 그 천부적인 재능으로 정확하게 해낸다. 그의 악한 모습은 순진하고 자연스러우며 매우 관대하고, 미덕에 대한 애정과 마찬가지로 진지하다. 은인과 친구를 배신한 건 틀림없지만, 그런 때도 엄숙하게 사건을 돌아보고 거기서 교훈을 이끌어 낸다. 그는 자기가 타인에 대해 조금이라도 권한이 있다거나, 또 타인이 자기에게 권한이 있다고 생각한 적은 한 번도 없다. 인생이 그에게 준 선물을, 그는 정당화되지 않은 것, 근거가 없는 것으로 간주하고 있다. 그는 모든 것에 집중하지만, 또 쉽게 거기서 자유로워진다. 그리고 그는 편지나 작품도 절대 자기 손으로 쓰지 않았다. 그런 것은 대필자를 시켜서 쓰게 했다.

이럴 줄 알았더라면 차라리 드 롤르봉 후작에 대한 소설이나 쓸걸.

저녁 11시

'철도인 만남의 장소'에서 저녁을 먹었다. 주인 여자가 있었기 때문에 그녀와 자야만 했는데, 그것은 아주 의례적인 것이었다. 그 여자는 약간 혐오감을 불러일으킨다. 살결이 너무 흰데다가 젖비린내가 난다. 그녀는 흥분한 나머지 내 머리를 자기 젖가슴에 꼭 껴안았다. 제 딴엔 능숙한 행동이라고 생각한 것이다. 나는 이불 속에서 아무 생각 없이 그녀의 음부를 오래도록 희롱했다. 팔이 저려왔다. 나는 드 롤르봉 씨를 생각하고 있었다. 그러니까, 내가 그 사람 생애에 관해 한 편의 소설을 쓰겠다는데 누가 말리겠어? 주인 여자의 옆구리를 따라 내 손이 가는 대로 내버려두었다. 그러는데 문득 작은 정원이 보였다. 가지가 옆으로 퍼진 키 작은 나무들이 자라고 있고, 거기서 털로 뒤덮인 커다란 잎사귀들이 뻗어나와 늘어져 있었다. 곳곳에 개미와 노래기와 모기가 기어다니고 있다. 더 무서운 짐승도 있었다. 그 몸체는 비둘기 고기를 얹은 카나페 같은 토스트 빵으로 되어 있고, 게의 다리로 옆으로 걸어다녔다. 커다란 잎사귀에 그런 짐승들이 새카맣게 붙어 있었다. 온갖 선인장 뒤로 공원의 벨레다[74] 조각상은 손가락으로 자신의 음부를 가리키고 있었다. "이 공원에서 토사물 냄새가 나!" 나는 소리쳤다.

"깨우려고 했던 건 아니에요……" 주인 여자가 말한다. "그런데 엉덩이에 눌려 시트가 구겨졌네. 저는 파리에서 기차로 오는 손님들 때문에 아래층으로 내려가 봐야겠어요."

---

74) 로마의 베스파시아누스 황제 시대(서기 1세기)에 라인 강 동쪽 게르마니아의 여자 예언자. 드루이드교의 여제사장으로, 로마의 침략에 저항했다.

사육제의 화요일[75]

내가 모리스 바레스[76]의 볼기를 때렸다. 우리는 세 사람의 병사였고, 그중 한 사람은 얼굴 한가운데 구멍이 뚫려 있었다. 모리스 바레스가 가까이 와서 우리에게 말했다. "잘했어!" 그러고는 우리들 각자에게 제비꽃다발을 주었다. "이걸 어디에 두면 좋을지 모르겠군." 얼굴 뚫린 병사가 말했다. 그러자 모리스 바레스가 말했다. "당신 얼굴에 있는 구멍 속에 넣어야지요." 병사가 대답했다. "네 항문에나 집어넣어 주지." 그래서 우리는 모리스 바레스를 돌려 세우고 바지를 벗겼다. 그는 바지 속에 추기경의 붉은 가운을 입고 있었다. 우리가 그것을 걷어 올리자 모리스 바레스가 소리치기 시작했다. "조심해! 내 바지에는 발에 거는 끈이 달려 있다고." 그러나 우리는 피가 날 때까지 그의 볼기짝을 때리고, 그 위에 제비꽃잎으로 데룰레드[77]의 얼굴을 그렸다.

얼마 전부터 꿈이 자주 떠오른다. 게다가 매일 아침 담요가 바닥에 떨어져 있는 것을 보니, 자는 동안 몸부림을 많이 치는 모양이다. 오늘은 사육제의 마지막 날인 화요일이지만 부빌에서는 특별할 것도 없다. 온 거리에서 백 명쯤 되는 사람들이 가장행렬을 하는 것이 고작이다.

계단을 내려가고 있는데 카페 주인 여자가 나를 불러세웠다.

"편지가 와 있어요."

한 통의 편지. 내가 마지막으로 편지를 받은 것은 작년 5월. 그건 루앙 도서관의 상급사서한테서 온 것이었다. 주인 여자는 나를 사무실로 데려가서 노란 색깔의 두툼하고 기다란 봉투를 내민다. 안니가 보낸 것이다. 소식이 끊긴 지가 벌써 5년째였다. 편지는 파리의 내 옛날주소에서 전송된 것으로

---

75) 부활제에 앞선 40일 동안을 '사순절'이라고 하는데, 고대와 중세에는 전 기간 동안 신자들은 고기를 먹지 않고 거친 음식으로 그리스도의 고난을 기렸다. 그 사순절에 들어가기 전 3일 또는 1주일을 '사육제(카니발)'라고 하며, 맘껏 먹고 춤추는 풍습이 있었다. 지방에 따라서는 가장행렬도 열렸다. '사육제'의 마지막 날이 '사육제의 화요일'이다.

76) 모리스 바레스(1862~1923). 프랑스의 작가. 세기말에서 제1차 세계대전에 걸친 프랑스 국가주의를 고취한 논객이기도 하다. 소설에는 초기의 3부작 《자아예찬》, 중기의 3부작 《국민 정력의 소설》 등이 있다. 살아 있는 동안 바레스는 동시대인에게 지대한 영향력을 가지고 있었지만, 사르트르는 이 우파 논객에게 체질적인 혐오감을 품고 있었다.

77) 폴 데룰레드(1846~1914). 시인, 극작가, 정치가. 애국자 동맹의 사령관으로서 제1차 세계대전까지 프랑스 국가주의를 고취하여 독일에 대한 증오심을 부추겼다.

2월 1일자 소인이 찍혀 있다.

나는 밖으로 나간다. 손가락 사이에 봉투를 쥐고 있지만 감히 뜯을 용기가
나지 않는다. 안니는 편지지를 바꾸지 않았다. 여전히 피커딜리의 작은 문방
구에서 사는 것일까. 어쩌면 머리 모양도 변하지 않았을 것 같다. 그 풍성한
금발을 자르고 싶어하지 않았으니까. 틀림없이 지금도 거울 앞에서 얼굴을
보전하기 위해 참을성 있게 분투하고 있겠지. 그녀가 그러는 것은 멋 부리는
것도 아니고, 늙는 것을 두려워하는 것도 아니다. 있는 그대로의 자신, 그저
있는 그대로의 자신이기를 바라는 것일 뿐이다. 그녀가 가진 것 중에서 내가
좋아하는 것은, 아마도 그렇게 자기 이미지의 사소한 특징에도 철저히 엄밀
하고 충실하려는 점일 것이다.

주소를 보니 또박또박한 글씨가 보라색 잉크로(안니는 잉크도 바꾸지 않
았다) 적혀 아직도 약간 반짝이고 있다.

'앙투안 로캉탱 귀하'

이런 봉투에서 내 이름을 읽는다는 건 정말 좋군. 어렴풋이 안니의 미소가
다시 떠올랐다. 그녀의 눈길과 갸우뚱한 머리를 그려보았다. 내가 앉아 있으
면 안니는 웃으면서 내 앞에 와서 섰다. 그리고 가슴 아래로 내려다보며 팔
을 쭉 펴서 내 어깨를 잡고 흔들었다.

봉투가 무거운 것이 적어도 여섯 장은 될 것 같다. 예전 집의 관리인 여자
의 깨알 같은 악필이 안니의 예쁜 글씨에 겹쳐져 있다.

'프랭타니아 호텔—부빌'

그 작은 글씨들은 반짝이지 않는다.
편지를 뜯자, 나는 6년 전[78] 기분으로 되돌아간다.
"어떻게 안니는 봉투를 이렇게 부풀려 놓을 수 있지? 알맹이는 아무것도

---

78) 플레이아드 판의 주석은, 바로 뒤에 '1924년'이라는 글자가 있고, 또 작품 첫머리의 기술
에서, 이 일기가 1932년에 쓰인 것으로 보아 여기는 '8년 전'이라고 해야 한다고 지적했
다.

없으면서."

이 말을 1924년 봄에도 백 번은 했을 것이다. 꼭 오늘처럼 이중 봉투에서 모눈종이에 쓴 편지를 꺼내려고 악전고투하면서. 이중 봉투의 속지는 아주 멋진 것이긴 하다. 짙은 초록색 바탕에 황금색 별이 흩어져 있는데, 무슨 풀 먹여놓은 무거운 천 같다. 그것만으로도 봉투 무게의 4분의 3은 된다.

안니는 연필로 썼다.

"며칠 뒤 파리에 가요. 2월 20일 에스파냐 호텔로 날 보러 와요! 부탁해요(이 '부탁해요'라는 말을 바로 윗줄에 써놓고 '날 보러 와요'라는 말과 괴상한 나선으로 이어놓았다). 당신을 꼭 만나야 해요. 안니."

메크네스와 탕제르[79]에 있을 때, 저녁에 집으로 돌아가면 가끔, '지금 당장 당신을 만나고 싶어'라고 적힌 쪽지가 침대 위에 있는 것을 발견하곤 했다. 내가 뛰어가면 안니는 놀란 듯 눈썹을 치켜올리며 문을 열어주었다. 그때는 이미 내게 할 말이 없어진 상태였고, 내가 온 것이 별로 달갑지 않았던 것이다. 그래도 나는 파리에 갈 것이다. 어쩌면 나를 방에 들이지 않을지도 모른다. 그렇지 않으면 호텔 프런트 직원이 "그런 분은 이곳에 안 계십니다" 하고 말할 수도 있다. 설마 그런 짓은 하지 않겠지만, 생각이 변했으니 만나는 건 다음 기회로 미루자고 일주일 뒤 편지를 보내올 가능성은 있다.

사람들이 일을 한다. 지극히 무미건조한 사육제 화요일이 예상된다. 비가 올 때는 늘 그렇지만, 뮈틸레 거리에서 축축한 목재 냄새가 강하게 풍긴다. 이런 이상야릇한 날이 싫다. 영화관이 오후 일찍부터 상영하질 않나, 학교 가는 아이들이 쉬질 않나. 거리에는 애매한 축제 분위기가 떠다니며 끊임없이 주의를 끌지만, 그것에 집중해서 보면 어느새 사라지고 없다.

어쩌면 안니와 다시 만나게 될지도 모르지만, 그렇게 생각한다 해도 기쁨이 솟아오른다고는 말할 수 없다. 그녀의 편지를 받은 뒤부터 뭔가 무료한 느낌이 든다. 다행히도 정오다. 배는 고프지 않지만 시간을 보내려면 식사를 해야겠다. 나는 오를로제 거리의 '카미유 레스토랑'[80]에 들어간다.

---

79) 모두 모로코의 도시.

80) 사르트르가 안니라는 인물을 창조하는 데 유력한 모델이 된 인물은 시몬 졸리베라는 여성으로, 사르트르와 보부아르는 그녀를 '카미유'라고 불렀다.

이 식당은 마치 뚜껑 닫힌 상자 같다. 이곳은 밤새도록 슈크루트며 카술레[81]가 나온다. 사람들은 연극이 끝난 뒤 여기 와서 밤참을 먹기도 하고, 경찰들은 밤에 배고픈 여행자가 도착하면 이곳에 가라고 일러준다. 대리석 식탁 8개. 가죽을 덮은 긴 의자가 벽을 따라 놓여 있다. 붉은 갈색 녹이 슨 거울 2개. 2개의 창문과 문에는 불투명 유리가 끼워져 있다. 카운터는 움푹 들어간 곳에 있다. 옆에 방이 하나 있지만 나는 들어가 본 적 없다. 거기는 커플 손님 전용 방이다.

"햄 오믈렛 하나 주시오."

웨이트리스는 볼이 발그스레하고 몸집이 큰 처녀로, 남자와 말할 때 웃음을 자제하지 못한다.

"그건 제 능력으로 안 되는데요. 감자 오믈렛은 어떠세요? 햄이 들어 있는 찬장이 잠겨 있어서요. 주인아저씨 말고는 자를 수가 없거든요."

나는 카술레를 주문한다. 주인은 카미유라고 하는데 무뚝뚝한 녀석이다.

웨이트리스는 가버린다. 나는 이 어두컴컴하고 낡은 곳에 혼자 있다. 내 지갑 속에는 안니의 편지가 있다. 왠지 부끄러워 그것을 다시 읽을 수가 없다. 나는 글귀를 하나하나 떠올려 되씹어보려 한다.

'친애하는 앙투안'

나는 쓴웃음을 짓는다. 그럴 리 없지, 안니는 이 편지에 결코 '친애하는 앙투안'이라고는 쓰지 않았어.

6년 전—우리가 합의하에 막 헤어졌을 때—나는 도쿄에 가기로 결정했다. 나는 안니에게 짧은 편지를 보냈다. 더 이상 그녀를 '사랑하는 그대'라고 부를 수 없었다. 그래서 담담하게 '친애하는 안니'라고 편지를 시작했다.

안니가 답장을 보내왔다.

"당신의 뻔뻔스러움에 놀라고 있어요. 나는 결코 당신의 '친애하는 안니'가 아니었어요. 지금도 그렇고. 당신도 나의 친애하는 앙투안이 아니라는 것

---

81) '슈크루트'는 양배추 초절임. '카술레'는 베이컨과 흰 강낭콩, 양파 등을 끓인 스튜.

을 알아주세요. 나를 어떻게 불러야 할지 모르겠으면 차라리 부르지 마세요. 그게 더 나을 거예요."

나는 가방에서 그녀의 편지를 꺼낸다. 그녀는 '친애하는 앙투안'이라고 쓰지 않았다. 편지 끝에도 예의를 갖춘 인사말은 없다. '당신을 꼭 만나야 해요. 안니.' 이것뿐이다. 그녀의 감정을 알려주는 말은 한 마디도 없다. 나는 불평할 수 없다. 이러한 것에서도 완벽함에 대한 안니의 애정을 볼 수 있기 때문이다. 안니는 늘 '완벽한 순간'을 실현하고 싶어했다. 만약 순간이 그것과 꼭 들어맞지 않으면 안니는 모든 것에 흥미를 잃고 눈에 생기를 잃었다. 그리고 키 큰 사춘기 소녀처럼 잔뜩 늘어진 모습으로 다녔다. 그렇지 않으면 트집을 잡아 나에게 성질을 부렸다.

"당신은 부르주아처럼 엄숙하게 코를 풀어요. 그리고 자못 만족스러운 듯 손수건으로 가린 채 잔기침을 하고요."

대답해서는 안 되었다. 기다려야 했다. 그러다가 그녀는 나로서는 알 수 없는 어떤 계기로 갑자기 몸을 떤 뒤, 애잔하고 아름다운 얼굴에 긴장감을 띠고는, 끈기가 필요한 섬세한 일을 시작하곤 했다. 그녀에게는 고압적이면서도 매력을 잃지 않는 마법이 있었다. 그녀가 사방을 둘러보며 작은 소리로 뭔가 흥얼거린다. 그 다음 일어나 웃으면서 내게 다가와 어깨를 흔든다. 그러면 얼마 동안 안니가 자신을 에워싸고 있는 사물에 명령을 내리고 있는 것처럼 보이는 것이다. 그녀는 낮고 빠른 목소리로 나에게 무엇을 기대하고 있는지 설명했다.

"당신도 좀 노력해 봐요, 응? 요전번에는 당신 참 바보 같았어요. 이 순간이 얼마나 아름다워질 수 있는지 당신도 알잖아요? 하늘을 봐요. 이 양탄자 위에 떨어진 태양의 빛깔을 보라고요. 마침 나는 초록색 옷을 입은 데다 화장을 하지 않아서 얼굴에 생기가 없어요. 이제 뒤로 가서 그늘에 앉아요. 당신이 어떻게 해야 하는지 알죠? 아이 참, 당신은 정말 바보라니까! 무슨 말 좀 해봐요."

나는 그 일의 성패가 내 손에 달려 있다는 것을 느끼고 있었다. 순간은 애매한 의미를 간직하고 있었으며, 그것을 풀어서 완벽하게 만들어야 했다. 어떤 동작이 더해져야 하고 어떤 말이 나와야만 했다. 나는 책임의 무게에 짓눌리고 있었다. 눈을 부릅떠보지만 아무것도 보이지 않았다. 안니가 만들어 낸 순간을 위한 의식(儀式)에 포위된 나는 몸부림치면서 거미줄을 치우듯 두 팔을 휘저어 그 의식을 마구 찢어버리곤 했다. 그럴 때마다 안니는 나를 증오했다.

틀림없이 나는 안니를 만나러 갈 것이다. 나는 안니를 높이 평가하고 있고 아직도 진심으로 사랑하고 있다. 가능하면 다른 남자가 나보다 운이 좋아서 완벽한 순간의 게임을 능숙하게 해내고 있기를 바란다.

"당신의 끔찍한 머리카락이 모든 걸 망치고 있다니까. 붉은 머리의 남자를 어디다 쓰겠어요?"

그녀는 웃고 있었다. 처음에는 그녀의 눈이 떠오르지 않았다. 그 다음에는 늘씬한 몸도. 가장 오래 기억하고 있었던 것은 그녀의 미소였지만, 그것도 3년 전에 잊어버렸다. 그런데 조금 아까 주인 여자한테서 편지를 받았을 때, 문득 그것이 되살아난 것이다. 웃고 있는 안니를 본 것 같았다. 한 번 더 그 미소를 생각해 내려고 애쓰고 있다. 안니가 내 마음속에 일으켰던 모든 애정을 느끼고 싶다. 그 애정은 여기 있다. 바로 옆에. 금방이라도 싹틀 것 같은 상태이다. 그러나 미소는 전혀 되돌아오지 않는다. 끝났다. 공허하고 메마른 기분이다.

어떤 남자가 추워 보이는 모습으로 들어왔다.

"안녕들 하시오?"

그는 낡고 색 바랜 외투를 벗지도 않는다. 기다란 손가락을 서로 얽으며 비빈다.

"뭘 드시겠어요?"

그는 소스라치게 놀라면서 불안한 눈을 한다.

"아, 비르[82]에 물 좀 타서 주시오."

웨이트리스는 꼼짝도 하지 않는다. 거울 속에 보이는 그녀의 얼굴은 마치 잠든 것 같다. 그녀가 눈을 뜨고는 있지만 그것은 벌어진 틈에 불과하다. 그녀는 늘 그렇다. 손님이 주문한 것을 얼른 내놓지 않는다. 반드시 잠시 시간을 들여 주문에 대해 생각한다. 틀림없이 가벼운 상상의 쾌락에 잠기고 있는

---

82) 아페리티프의 하나.

것이겠지. 카운터 위에 있는 병, 그러니까 붉은 글씨의 하얀 상표가 붙은, 진하고 검은 시럽을 가져와 컵에 따라야겠다고 생각하는가보다. 어떻게 보면 꼭 자기가 마시려고 그러는 것 같다.

　나는 안니의 편지를 지갑에 넣는다. 그 편지가 내게 해줄 수 있는 것은 이제 없기 때문이다. 이 편지를 손에 들고 접은 다음 봉투에 넣었던 여자가 있는 데까지 거슬러 올라갈 수가 없다. 적어도 과거에 있었던 사람이라고 생각하는 것 정도는 가능할까? 서로 사랑하고 있었을 때의 우리는, 둘이서 보내는 아무리 짧은 순간도, 또 아주 보잘것없는 걱정거리도, 그것이 우리에게서 떨어져 나와 뒤에 남겨지는 것을 허락하지 않았다. 소리도, 냄새도, 미묘한 햇빛도, 서로가 마음속으로 생각하고 있는 것도 우리는 남김없이 가지고 갔으며, 모든 것은 생생하게 드러나 있었다. 우리는 끊임없이 현재의 순간에 그 모든 것을 즐기고, 또 그 때문에 괴로워했다. 추억이라곤 하나도 없었다. 다만 우리가 가진 것은 그늘도 없고, 후회도 없고, 피할 곳도 없는, 강렬하게 불타는 사랑뿐이었다. 3년이라는 세월이 같은 순간에 존재하고 있었다. 그래서 우리는 헤어졌다. 우리는 더 이상 그 짐을 버텨낼 힘이 없었다. 그러다가 안니가 훌쩍 떠났을 때, 3년의 세월이 과거 속으로 무너져 들어갔다. 나는 괴로워하지 않았다. 다만 나 자신이 텅 비어버린 것 같은 느낌이 들었다. 그러자 시간이 다시 흐르기 시작하고, 공허감이 더해 갔다. 게다가 사이공[83]에서 프랑스로 돌아갈 결심을 하자, 내 기억에 남아 있던 모든 것, 외국인의 얼굴과 광장, 강가의 기다란 포구 등이 깡그리 사라져 버렸다. 그리하여 내 과거는 하나의 커다란 구멍 말고는 아무것도 아닌 것이 되었다. 나의 현재, 그것은 카운터 옆에서 몽상에 잠겨 있는, 검은 블라우스의 이 웨이트리스와 이 키 작은 사내다. 내 인생에 대해 알고 있는 모든 것이 마치 책에서 배운 것처럼 생각된다. 바라나시의 궁전, 라이왕의 테라스,[84] 무너진 커다란 돌계단이 있는 자바 사원 등이 한순간 눈에 비치지만, 그대로 같은 장소에 머물러 있다. 밤에 프랭타니아 호텔 앞을 지나는

---

83) 앞의 기술에서는 로캉탱이 프랑스로 돌아올 결심을 굳힌 것은 하노이의 사무소라고 되어 있다.

84) 바라나시는 베나레스라고도 불리는 인도 북부의 도시로, 힌두교 최대의 성지. 라이왕의 테라스는 캄보디아의 앙코르 유적지에 있는 유명한 테라스. 나병으로 죽었다고 전해지는 왕의 좌상이 있으며 그래서 이런 이름이 붙었다고 하는데, 다른 의견도 있다.

전차가, 유리창에 반사되는 간판의 네온사인을 가져가 버리는 것은 아니다. 전차는 잠깐 동안 번쩍인 뒤, 어두운 유리창 그대로 멀어져 간다.

사내는 계속 나를 응시하고 있다. 그자에게 넌더리가 난다. 그는 작은 체격에 비해 의젓하게 보이려고 잔뜩 힘을 주고 있다. 웨이트리스가 드디어 그가 주문한 것을 주기로 한 모양이다. 그녀는 검은 소매 속 굵은 팔을 나른하게 들어 올려 병을 집더니, 컵과 함께 가져온다.

"여기 있어요, 손님."

"손님이 아니고 아쉴 씨." 그는 점잔빼는 태도로 말한다.

웨이트리스는 대답하지 않고 컵에 따른다. 사내는 재빨리 코에서 손가락을 떼고, 양 손바닥을 펴서 식탁 위에 놓는다. 고개를 뒤로 젖히고 눈을 번득인다. 그는 냉정한 목소리로 말한다.

"불쌍한 아가씨."

웨이트리스도 깜짝 놀라고 나도 깜짝 놀란다. 사내는 뭐라 형용할 수 없는 표정을 짓는다. 아마 스스로도 놀란 모양이다. 마치 방금 말한 사람은 다른 사람이기라도 한 것처럼. 우리 셋 모두 어색함을 느낀다.

맨 먼저 정신 차린 사람은 큰 몸집의 웨이트리스다. 그녀는 창의력이 부족하다. 위에서 눈을 내리깔며 아쉴 씨를 노려본다. 그를 자리에서 끌어내는 것쯤은 한 팔로도 충분하다는 것을 그녀는 잘 알고 있다.

"대체 내가 왜 불쌍하다는 거예요?"

상대는 머뭇거린다. 당황해서 그녀를 쳐다보더니 웃는다. 얼굴에 수많은 주름이 잡힌다. 그는 손목을 가볍게 건들거린다.

"골이 났군. 왜 다들 그렇게 말하잖아. 불쌍한 아가씨라고. 별 뜻 없이 한 말이야."

그러나 그녀는 홱 돌아서서 카운터 쪽으로 가버린다. 진심으로 화를 내고 있다. 그는 아직도 웃고 있다.

"하하! 어쩌다가 그렇게 나와버렸네. 골이 났나? 골이 났군." 은근히 나에게 말하는 듯한 투다.

나는 고개를 돌린다. 그는 컵을 조금 들어 올렸지만 마실 생각이 없다. 놀라고 겁먹은 모습으로 눈을 깜박거린다. 마치 뭔가 생각해 내려는 것 같다. 웨이트리스는 카운터 의자에 앉는다. 그리고 바느질감을 든다. 모든 것이 처음의 고요함으로 돌아갔다. 그러나 그것은 이미 아까와 같은 고요함은 아니다. 비가 온다. 비가 불투명한 유리창을 가볍게 때린다. 거리에 아직 가장을 하고 있는 아이들이 있다면 마분지로 만든 가면이 비에 젖겠군.

웨이트리스가 전등을 켠다. 이제 겨우 2시밖에 안 되었는데도 하늘이 캄캄해서 바느질하는 손끝이 잘 보이지 않는다. 온화한 빛. 사람들은 집에 있다. 그들도 아마 전등을 켰겠지. 그들은 책을 읽다가 창문 너머 하늘을 바라본다. 그들이 느끼는 것은…… 다른 것이다. 그들은 다른 방법으로 나이를 먹었다. 유산과 선물에 둘러싸여 살아가며, 하나하나의 가구는 추억이다. 작은 추가 달린 시계, 메달, 초상화, 조개껍질, 문진(文鎭), 병풍, 숄. 장식장에는 유리병과 천들, 낡은 옷, 신문 등이 빼곡하게 들어 있다. 그들은 모든 것을 보존하고 있다. 과거, 그것은 소유자가 부리는 사치다.

도대체 내 과거는 어디에 간직하지? 과거는 호주머니 속에 들어가지 않으니 과거를 넣어두기 위해서는 집이 한 채 있어야 되는데. 나는 내 육체밖에 가진 것이 없다. 자신의 육체만 가지고 있는 아주 고독한 사람은 추억을 간직할 수 없다. 추억은 그를 거쳐 지나가 버린다. 그런 것을 슬퍼하면 안 되겠지. 나는 그저 자유만을 원했으니까.

키 작은 사내가 조급하게 몸을 움직이면서 한숨을 내쉰다. 그는 외투 속에 몸을 웅크리고 있다가 때때로 상체를 펴고 거만한 표정을 짓는다. 그도 역시 과거를 가지고 있지 않은 것이다. 잘 찾아보면, 이제는 왕래가 끊어진 사촌 결혼식 때 찍은 사진이 남아 있을지도 모른다. 접는 깃에 풀을 먹인 셔츠를 입고, 청년답게 콧수염을 빳빳하게 기른 모습으로. 나로 말하면 그런 것조차 남아 있지 않다는 건 확실하다.

그가 또 나를 바라본다. 이번에는 나에게 말을 걸 것 같아 긴장된다. 우리 사이에 공감대가 형성된 것은 아니다. 우리는 서로 비슷할 뿐이다. 그 사내도 나처럼 혼자지만 나보다 더한 고독 속에 잠겨 있다. 그도 '구토'를, 또는 그것과 비슷한 무엇을 기다리고 있는 것이 분명하다. 다시 말해 지금 나를 '알아보고' 얼굴을 힐끔힐끔 쳐다본 뒤 이렇게 생각하는 사람들이 있는 것이다. '저자도 우리 같은 사람이군. 그래서? 그는 내게 무엇을 바라는 것일까? 서로 아무것도 해줄 수 없다는 것쯤은 저쪽도 잘 알고 있을 것이다. 가족이 있는 사람들은 추억에 에워싸여 각자의 집에 있다. 그리고 우리는 이곳에 있다. 추억을 갖고 있지 않은 두 사람의 낙오자다. 만약 그가 갑자기 일어서서 나에게 말을 걸었다면 놀라서 펄쩍 뛰었을 것이다.

요란한 소리가 나며 문이 열린다. 의사인 로제 선생이다.

"모두 안녕들 하십니까?"

그는 의심 많은 눈초리로 몸을 약간 휘청거리며 거칠게 들어온다. 그의 긴 다리는 간신히 상반신을 받치고 있는 것에 지나지 않는다. 일요일이면 맥줏집 베즐리즈에서 자주 보곤 하는데도, 그는 나를 기억하지 못한다. 그는 마치 옛날 주앵빌[85]의 교관 같은 체격을 하고 있다. 넓적다리만큼 굵은 팔, 110센티미터나 되는 가슴, 그러니 똑바로 서 있을 수가 없다.

"잔, 이봐 잔."

그는 잰걸음으로 옷걸이까지 가서 커다란 실크해트를 걸려고 한다. 웨이트리스는 의사의 레인코트를 벗겨주기 위해 바느질하던 것을 내려놓고 몽유병자처럼 느릿느릿 다가간다.

"뭘 드시겠어요, 선생님?"

의사는 정중한 태도로 그녀를 응시한다. 그것이 바로 내가 훌륭한 남자의 얼굴이라고 부르는 것이다. 인생과 정열에 닳고 패인 얼굴이다. 의사는 인생을 이해하고 정열을 극복했다.

"뭘 마셔야 할지 도무지 모르겠는걸." 그는 깊이 있는 목소리로 말한다.

그는 내 앞쪽에 있는 의자에 털썩 주저앉더니 이마를 닦는다. 다리로 서 있는 것을 그만두자 그는 완전히 편안해진다. 그의 눈은 사람을 위협한다. 크고 고압적인 검은 눈이다.

"가만 있자…… 그게 그러니까…… 오래된 칼바를 줘요, 아가씨."

웨이트리스는 꼼짝도 하지 않고 주름진 그 커다란 얼굴을 바라본다. 그녀는 멍하니 생각에 잠긴 표정이다. 키 작은 사내는 부담에서 해방된 미소를 지으며 고개를 들었다. 사실이 그렇다. 이 거인이 우리를 해방시켜 주었다. 조금 전까지만 해도 여기에 무서운 무언가가 있어서 우리를 사로잡으려 하고 있었다. 나는 있는 힘껏 안도의 숨을 내쉰다. 이제는 인간들끼리 있는 것이다.

---

85) 파리 동쪽 교외의 도시로 르 퐁에 국립체육고등사범학교가 있다.

"그래, 칼바도스는 언제 갖다줄 거지?"

웨이트리스는 화들짝 놀라 저쪽으로 간다. 그는 커다란 팔을 벌려 식탁을 안듯이 잡는다. 아쉴 씨는 완전히 들떠 있다. 그는 의사의 관심을 끌고 싶어서 어쩔 줄 모른다. 그러나 아무리 다리를 건들거리고 의자 위에서 몸을 들썩거려도 헛일이다. 그는 하도 자그마해서 움직이는 소리도 나지 않는다.

웨이트리스가 칼바도스를 가져온다. 그녀는 눈짓으로 의사에게 옆 손님을 가리킨다. 로제 선생은 천천히 상반신을 돌린다. 목이 돌아가지 않는 것이다.

"저런, 영감쟁이, 자네였군." 그가 큰 소리를 지른다. "그래, 아직도 죽지 않고 살아 있나?"

그는 웨이트리스에게 말한다.

"이런 녀석도 들인단 말이야?"

그는 무서운 눈초리로 키 작은 사내를 쳐다본다. 모든 것을 제자리로 돌아가게 하는 직선적인 시선이다. 그는 설명을 덧붙인다.

"머리가 돈 늙은이다 이거지."

그는 그게 농담이라는 표시도 하지 않는다. 의사는 그 미친 늙은이가 화를 내기는커녕 웃으리라는 것을 알고 있다. 아니나 다를까, 키 작은 사내는 비굴한 웃음을 띠고 있다. 머리가 돈 늙은이. 당사자는 그 말에 마음이 편해지고, 자기 자신으로부터 보호받고 있다고 느낀다. 이제 오늘은 그에게 아무 일도 일어나지 않을 것이다. 가장 놀라운 것은 나까지 안심했다는 사실이다. 머리가 돈 늙은이. 요컨대 그것이었다. 그뿐이었다.

의사는 웃는다. 나에게 동의를 구하는 것처럼 공범자 같은 눈짓을 보낸다. 아무래도 내 체격 때문에—게다가 깨끗한 와이셔츠까지 입고 있으니—자기 농담에 나를 끌어들이고 싶은 것 같다.

나는 웃지 않는다. 그의 유도에 응하지 않는다. 그러자 그는 여전히 웃는 얼굴로, 나를 향해 눈동자를 무섭게 희번덕거린다. 몇 초 동안 우리는 잠자코 서로를 노려본다. 의사는 근시처럼 눈을 모아 쩨려보며 나를 평가한다. 미친 사람 부류인가? 불량배 부류인가?

결국 고개를 돌리는 것은 그 친구다. 고독한 남자, 사회적으로 보잘것없는 남자 앞에서 약간 겁을 먹은 것이다. 이야깃거리로 삼을 것도 없다. 금방 잊힐 테니까. 그는 담배를 말아 불을 붙인다. 그리고 노인들이 곧잘 하는 험악한 시선으로 줄곧 한곳을 응시한 채 움직이지 않는다.

멋진 주름이다. 괜찮은 주름은 모두 가지고 있다. 이마의 가로 주름, 눈초리의 잔주름, 입 양쪽에는 냉소적인 주름, 그리고 두말할 것도 없이 턱 아래로는 누런 피부가 여러 가닥의 밧줄처럼 늘어져 있다. 이만하면 정말 운이 좋은 사람이다. 아무리 멀리서 보더라도 누구나 이렇게 생각할 것이 틀림없다. 이 사람은 고생도 많이 하고, 인생 경험도 풍부한 사람일 거라고. 게다가 그는 그 얼굴에 어울리는 사람이다. 왜냐하면 자신의 과거를 어떻게 보존하고 어떻게 이용할지에 대해 한순간도 소홀하지 않기 때문이다. 그는 단순히 과거를 박제하여, 여성들과 청년들이 참고할 만한 경험을 만들어냈다.

아쉴 씨는 행복하다. 이러한 행복을 오랫동안 느낀 적 없었던 것 같다. 그는 감동한 나머지 입을 쩍 벌린다. 그리고 볼때기를 부풀리면서 자기가 주문한 비르를 홀짝홀짝 마신다. 그래! 의사는 이 사내를 다룰 줄 알았던 거야! 금방이라도 발작을 할 정도로 돈 그 늙은이 따위에게 휘둘릴 의사가 아니지. 날카로운 질책과 촌철살인 같은 몇 마디의 독설, 필요한 건 바로 그것이다. 의사에게는 경험이 있다. 그는 경험의 전문가다. 의사, 신부, 법관, 그리고 장교들은 마치 자기가 인간을 만들기나 한 것처럼 인간을 잘 알고 있다.

나는 아쉴 씨 때문에 부끄럽다. 우리는 같은 세계에 속한 인간이니까 놈들과 대항하기 위해 힘을 모아야 한다. 그러나 아쉴 씨는 나를 버리고 저쪽으로 가버렸다. 그는 정직하게도 그것을, '경험'이라는 것을 믿고 있다. 자기 경험도 아니고 내 경험도 아닌 것을. 의사선생 로제의 경험을. 조금 전 아쉴 씨는 묘한 기분을 느꼈다. 자기가 완전히 혼자인 듯한 인상을 느끼고 있었는데, 지금은 자기와 비슷한 부류의 인간이 있고, 그것도 많이 있다는 것을 알고 있다. 왜냐하면 로제 선생은 그런 사람들을 만났기 때문이다. 의사는 아쉴 씨에게 그 사람들 개개인의 이야기를 하고, 그 이야기가 어떻게 끝났는지도 알려줄 수 있으리라. 아쉴 씨 자신도 단순히 그러한 경우의 하나에 지나지 않으며, 몇 가지 공통개념으로 쉽게 바꿔 생각할 수 있을 것이다.

얼마나 그에게 말해 주고 싶은지 모른다. 당신은 속고 있으며, 잘난 체하는 놈들에게 농락당하고 있다고. 경험의 전문가라고? 그들은 무기력하게 반은 잠자고 있는 것처럼 살면서, 기다림을 이기지 못해 서둘러 결혼하고, 되는 대로 자식을 만든 사람들이지. 그들은 카페에서, 결혼식에서, 장례식에서 많은 사람들을 만났지. 이따금 소용돌이에 휩쓸려 뭐가 어떻게 되어가는지도 모르는 채 몸부림쳤지. 그들 주위에서 일어난 모든 일은 그들의 눈길이 닿지 않는 곳에서 시작되고 끝났지. 오랫동안 형태도 일정하지 않은 다양한 사건들이 멀리서 찾아와 그들을 순식간에 스쳐 지나갔고, 보려고 하면 모든 것이 이미 끝난 뒤였지. 그러다가 40대쯤 그들은 사소한 집착이나 몇 가지 모토에 경험이라는 이름으로 세례를 주고, 그것들이 나오는 자동판매기를 만들기 시작하지. 왼쪽 투입구에 2수를 넣으면 은종이에 싸인 삽화가 나온다. 오른쪽 투입구에 2수를 넣으면 말랑말랑한 캐러멜같이 이에 달라붙는 귀중한 충고가 나온다. 나도 그런 조건에서라면 여러 사람에게 초빙될 수도 있고, 그들은 내가 '영원' 앞에 선 위대한 여행자라고 서로 소곤댈걸. 그렇습니다. 이슬람교도는 남자가 웅크리고 앉아서 소변을 봅니다. 힌두교 산파는 에르고틴[86] 대신 유리를 빻아 암소 똥에 넣어서 사용하지요. 보르네오에서는 처녀가 월경을 시작하면 꼬박 사흘을 지붕 위에서 보낸답니다. 베니스에서 저는 곤돌라에서 하는 장례식을 보았습니다. 세비야에서는 성주간(聖週間) 축제를 보았어요. 오베람메르가우의 수난극[87]도 보았습니다. 물론 이러한 것은 내 지식의 알맹이 없는 예시에 불과하다. 의자 등받이에 느긋하게 기대앉아 농담 삼아 이런 얘기를 꺼낼 수도 있겠지.

"이흘라바를 아십니까, 부인? 모라비아 지방[88]의 작고 기묘한 도시인데, 1924년에 그곳에 머문 적이 있었지요……"

그러면 수많은 사건을 접해 온 재판소장이 내 말이 끝나기가 무섭게 입을 열 것이다.

"정말 그렇습니다, 선생. 인간적이지요. 나도 처음 법조계에 몸을 담았을 때 비슷한 사건을 만났어요. 1902년의 일이었지요. 나는 리모주[89]에서 대리

---

86) 벼과식물의 씨방에 기생하는 맥각균으로 만드는 약. 자궁수축제와 자궁지혈제로 쓰인다.
87) 오베람메르가우는 독일 뮌헨 남서쪽에 알프스 산맥으로 에워싸인 작은 도시. 10년에 한 번 상연되는 그리스도 수난극이 유명하다. 이것은 1634년에 시작되었는데, 사르트르가 보부아르와 함께 자주 이 도시를 방문했던 1934년에는 50년 만의 대축제에 해당되어, 두 사람은 이 상연을 감명 깊게 보았다. 보부아르의 회상기 《처녀시절》에 그 얘기가 나온다.
88) 현재 체코 동부지역. 이흘라바는 그 주요 도시의 하나.
89) 프랑스 중앙부에 있는 도시.

판사로 일했는데……"

그런데 생각해 보면, 나는 젊었을 때 그런 이야기를 귀에 못이 박히도록 들었다. 그렇다고 내가 그런 전문 직업군에 속해 있었던 것은 아니다. 그렇지만 이야기라면 사족을 못 쓰는 사람들이 있다. 비서나 봉급생활자, 장사치들, 카페에서 남의 이야기에 귀를 기울이는 자들이다. 그들은 마흔에 가까워지면 밖으로는 내보낼 수 없는 경험으로 자신들이 부풀어 오르는 것처럼 느낀다. 다행히 그들은 자식을 만들었기 때문에, 꼼짝없이 자식들이 그 경험을 소화하게끔 한다. 그들은 자신들의 과거가 사라지지 않았고, 추억이 응축되어 말랑하게 '지혜'로 바뀌었다는 것을 믿도록 하고 싶은 것이다. 정말 편리한 과거가 아닌가! 포켓판 과거, 멋진 잠언이 가득한 금장본 소책자가 된 과거다. "그렇소, 나는 경험에 대해 얘기하고 있어요. 나의 지식은 모두 인생에서 얻은 것이라오." '인생'이 그들 대신 생각하는 일을 떠맡아 주었단 말인가? 그들은 새로운 것을 옛것으로 설명한다—그리고 옛것은 더 옛것으로 설명한다. 마치 역사가가 레닌을 러시아의 로베스피에르라고 하고, 로베스피에르를 프랑스의 크롬웰이라고 말하듯이. 결국 그들은 전혀 이해하지 못했던 것이다…… 잘난 체하는 그들의 태도 뒤에 서글픈 게으름을 엿볼 수 있다. 그들은 실체 없는 허상이 차례차례 지나가는 것을 본다. 그리고 하품을 하며 생각한다. 이 세상에 새로운 것은 아무것도 없다고. '머리가 돈 늙은이'—이렇게 말했을 때 로제 선생은 막연하게, 머리가 돈 다른 늙은이들을 생각했겠지만 그 가운데 특별히 어느 한 사람의 이름을 떠올린 것은 아니다. 이제 아쉴 씨가 무슨 짓을 해도 우리는 놀라지 않을 것이다. '언급되었다시피' 머리가 돈 늙은이니까 말이다!

머리 돈 늙은이가 아니다. 그는 두려워하는 것이다. 무엇을 두려워하고 있을까? 어떤 것을 이해하려고 할 때, 사람은 오직 혼자서, 아무 도움 없이 그것과 마주한다. 세상의 모든 과거는 도움이 안 된다. 더구나 마주하고 있었던 것은 사라지고, 이해했다는 사실도 그것과 함께 사라진다.

일반적 개념은 더욱 솔깃하다. 게다가 경험의 전문가뿐 아니라 비전문가들도 결국엔 언제나 정당해진다. 그들의 지혜가 권장하는 것은 되도록 소리 없이, 되도록 겸손하게 살 것, 그리고 사람들로부터 잊힐 것 등이다. 그들이 가장 좋아하는 이야기는 분별없는 자나 별종인 자가 응징당하는 이야기다.

그렇다. 모든 것은 그런 식으로 지나가고, 아무도 그것에 이의를 제기하지 않을 것이다. 아마도 아쉴 씨는 마음이 그리 편치 않으리라. 그는 만약 아버지나 누나의 충고를 들었더라면 자기가 이렇게 되지는 않았을 거라고 생각할지도 모른다. 로제 선생이라면 이렇게 말할 권리가 있다. 그는 자기의 삶을 망치지 않았고, 유용한 인간이 될 수 있었다고. 그는 이 초라한 낙오자 위에 당당하고 힘차게 군림한다. 그는 커다란 바위다.

로제 선생은 칼바도스를 마셨다. 그의 큰 몸집이 앞으로 기울어지고 눈꺼풀이 무겁게 내려간다. 나는 처음으로 눈이 없는 그의 얼굴을 보았다. 그것은 오늘 곳곳의 상점에서 팔고 있던 마분지 가면 같다. 그의 얼굴은 소름끼치는 분홍색이다…… 갑자기 내 눈에 진실이 보인다. 이 사람이 곧 죽을 것이라는. 그도 그것을 알고 있는 것이 분명하다. 거울에 비치는 얼굴만 보아도 충분히 알 수 있다. 매일매일 그는 조금씩, 언젠가 그렇게 될 시체의 모습을 닮아간다. 그것이 그들의 경험이라는 것이고, 그래서 나는 경험에서는 죽음의 냄새가 난다고 자주 생각한 것이다. 그것은 그들의 마지막 요새다. 로제 선생은 틀림없이 경험을 믿고 싶을 것이다. 도저히 견딜 수 없어서 눈을 가리고 싶은 현실, 거기서 자신은 혼자이고, 아무런 성과도 과거도 없이 지식은 점점 비대해지지만, 육체는 무너져간다. 그래서 그는 보정을 위해 거기에 자신의 보잘것없는 망상을 훌륭히 세우고 잘 정비하여 감쪽같이 덧대 놓았다. 그리고 이제는 자신이 진보한 것으로 생각하는 것이다. 그런데도 그의 사유방식에 구멍이 뚫려, 머리가 헛도는 순간이 있는 걸까? 자신의 판단력이 이제는 젊을 때처럼 재빠르지 않은 것이다. 책에서 읽은 것을 이제는 잘 이해하지 못하는 걸까? 지금 그는 책 같은 것과는 멀리 떨어져 있는 것이다. 이제는 섹스도 못하는 걸까? 그러나 전에는 했다. 전에 했다는 것은 아직 한다는 것보다 훨씬 낫다. 멀찍이 물러설 수 있어야 판단도 할 수 있고, 비교도 반성도 할 수 있으니까. 그리고 거울 속, 끔찍한 시체 같은 얼굴을 꾹 참고 보기 위해, 그는 경험에서 얻은 교훈이 얼굴에 새겨져 있다고 믿으려 애쓴다.

의사가 고개를 약간 움직인다. 눈을 반쯤 뜨고, 졸음으로 충혈된 눈으로 나를 쳐다본다. 나는 그에게 미소를 짓는다. 나의 미소가, 그가 자신에게 감추려고 애쓰는 모든 것을 폭로해 주면 좋겠다. 만약 그가, '내가 죽을 것을

'아는' 놈이 여기 하나 있다!'고 생각할 수 있다면, 자신도 그것을 깨달을 것이다. 그러나 그의 눈꺼풀이 다시 감긴다. 잠이 들었다. 나가야겠다. 그의 잠은 아쉴 씨가 지키도록 놔두고.

비가 멎었다. 공기는 상쾌하고, 하늘이 아름답고 검은 구름 그림자를 천천히 밀고 간다. 완벽한 순간의 배경으로는 더할 나위 없이 좋다. 안니 같으면, 이러한 그림자를 반영하기 위해 우리 둘의 가슴속에 어두운 잔물결을 일으켰을 것이다. 그런데 나는 이런 기회를 만끽할 줄 모른다. 그래서 공허한 기분을 그대로 안고 조용히, 이 폐허의 하늘 아래를 정처 없이 갈 뿐이다.

수요일
'두려워해서는 안 된다.'

목요일
4페이지를 씀. 그리고 긴 행복의 순간. '역사'의 중요성에 너무 골몰하지 말 것. '역사'가 사람을 질리게 할 위험이 있다. 지금으로서는 롤르봉 씨야 말로 내 존재를 정당화해 주는 유일한 존재임을 잊지 말 것.

일주일 뒤 오늘 나는 안니를 만나러 갈 것이다.

금요일
르두트 대로에 안개가 하도 짙어서 나는 군부대 담벼락에 바싹 붙어서 걷는 것이 조심성 있는 행동이라고 생각했다. 오른쪽에는 자동차 헤드라이트가 앞에 보이는 습기 머금은 불빛을 쫓고 있고, 어디까지가 보도인지조차 짐작이 가지 않았다. 주위에 사람이 많았다. 그들의 발소리와 이따금 소곤소곤 얘기하는 목소리가 들려왔다. 그러나 그들의 모습은 전혀 보이지 않았다. 한번은 어떤 여자의 얼굴이 내 어깨 높이에서 나타났다가 곧 안개 속으로 사라졌다. 또 한 번은 누군가가 급히 숨을 몰아쉬며 내 바로 옆을 스치고 지나갔다. 나 자신도 내가 어디로 가는지 모르고 있었다. 너무나 정신을 집중하고 있었기 때문이다. 신중하게 나아가야 했고, 발끝으로 땅바닥을 더듬거나 팔을 앞으로 내밀어야 했다. 원래 이런 노력에는 조금도 흥미가 없다. 그런데도 돌아갈 생각이 없었다. 나는 완전히 몰두해 있었다. 30분이 지나자 마침

내 먼 곳에 푸르스름한 안개 같은 것이 보였다. 그쪽으로 가서, 곧 희미하고 커다란 빛의 가장자리에 다다랐다. 그 한가운데에, 안개 속을 뚫고 카페 마블리의 불빛이 보였다.

카페 마블리에는 12개의 전등이 있다. 그러나 지금은 카운터 위와 천장에 있는 전등 2개만 켜져 있을 뿐이다. 그곳의 유일한 웨이터가 어두운 구석으로 나를 밀어냈다.

"이쪽으로 오지 마세요, 손님. 청소 중입니다."

그는 조끼도 깃도 없이, 보라색 줄무늬가 있는 하얀 셔츠만 입고 있었다. 하품을 하고 머리카락을 손가락으로 긁으며 무뚝뚝하게 나를 바라보았다.

"블랙커피하고 크루아상을 주게."

그는 대답도 없이 눈을 비비면서 가버렸다. 그림자가 내 눈 속까지 비쳐들었다. 얼어붙은 듯한 더러운 그림자다. 분명히 스팀이 들어오지 않는 것이다.

손님은 나 혼자만이 아니었다. 밀랍같이 누런 낯빛의 여인이 내 맞은편에 앉아 있었다. 여자는 블라우스를 매만지고 검은 모자를 똑바로 고쳐 쓰느라고 쉴 새 없이 손을 움직이고 있었다. 그녀 곁에는 키 큰 금발의 남자가 말은 한 마디도 하지 않고 브리오슈를 먹고 있었다. 침묵이 무겁게 느껴졌다. 파이프에 불을 붙이고 싶었지만, 성냥 긋는 소리가 그들의 주의를 끌까봐 불편했다.

전화 벨소리. 손의 움직임이 멎었다. 그녀의 손은 블라우스를 잡은 채로 있다. 웨이터는 서두르지 않는다. 유유히 청소를 한 뒤, 천천히 전화를 받으러 간다.

"여보세요. 조르주 씨? 안녕하세요? 예, 조르주 씨…… 주인은 안 계세요…… 예, 곧 내려오실 때가 됐습니다…… 그렇죠! 이렇게 안개가 짙은 날엔…… 보통 8시에는 내려오십니다. 예, 조르주 씨, 주인께 전해 드리겠습니다. 안녕히 계십시오, 조르주 씨."

안개는 잿빛의 두꺼운 벨벳 커튼처럼 유리창을 무겁게 덮고 있었다. 누군가의 얼굴이 한순간 유리창에 달라 붙었다가 이내 사라졌다. 여자가 가련한 목소리로 말했다.

"내 구두끈 좀 묶어줘."

"풀어지지 않았어." 남자는 보지도 않고 말한다. 그녀는 짜증이 났다. 그녀의 손이 커다란 거미처럼 블라우스를 타고 목덜미까지 기어간다.

"아니, 풀렸어, 좀 묶어줘."

그는 넌더리가 난다는 듯한 태도로 허리를 굽히고 식탁 밑에서 여자의 발을 가볍게 건드렸다.

"됐지."

여자는 만족한 듯이 미소 지었다. 남자가 웨이터를 부른다.

"이봐, 여기 얼마요?"

"브리오슈 몇 개 드셨죠?"

웨이터가 묻는다.

나는 너무 빨리 바라보고 있는 것처럼 보이지 않기 위해 눈을 내리깔았다. 잠시 뒤 또각또각 소리가 나고, 치맛자락과 진흙이 말라붙어 있는 반장화가 나타나는 것이 보였다. 끝이 뾰족한 남자용 에나멜 구두가 그 뒤를 따랐다. 그것은 나에게 와서 멈춰서더니 빙글 방향을 바꿨다. 남자는 외투를 입으려하고 있었다. 그 순간 치마를 따라 뻣뻣한 팔과, 그 끝에 달린 손이 내려왔다. 손은 잠시 망설인 뒤 치마를 만졌다.

"다 됐어?" 남자가 물었다.

손이 펼쳐지고, 오른쪽 부츠 위에 커다란 별 모양으로 붙어 있던 진흙을 만졌다. 그리고 시야에서 사라졌다.

"으차!" 사내가 말했다.

그는 옷걸이 옆에 있던 여행용 가방을 들었다. 두 사람은 나갔다. 그들이 안개 속으로 걸어 들어가는 것이 보였다.

"저 사람들은 배우죠." 커피를 내온 웨이터가 말한다. "팔라스 영화관에서 막간 공연을 했던 사람들입니다. 여자가 눈가리개를 하고 관객들의 이름과 나이를 맞추는 거지요. 오늘은 다른 곳으로 출발하는 겁니다. 금요일이어서 프로그램이 바뀌니까요."

웨이터는 배우들이 막 떠난 테이블에 있는 크루아상 접시를 가지러 갔다.

"그럴 필요 없어."

그 크루아상은 먹고 싶지 않았다.

"전등을 꺼야겠어요. 아침 9시에 손님 한 분 때문에 전등을 2개나 켜놓으면 주인이 잔소리를 하거든요."

어슴푸레한 빛이 카페를 뒤덮었다. 지금 회갈색의 지저분하고 약한 빛이 위쪽 유리창에서 떨어지고 있다.

"파스켈 씨를 뵙고 싶어요."

그 노파가 들어오는 것을 나는 보지 못했다. 얼어붙는 듯한 바람이 홱 불어와서 몸이 오싹했다.

"파스켈 씨는 아직 안 내려오셨어요."

"플로랑 부인이 보내서 왔어요." 노파가 말을 이었다. "몸이 시원치 않아서 오늘은 못 나오겠다는구려."

플로랑 부인이란 카운터를 담당하는 빨강 머리 여자를 말한다.

"날씨가 이럴 땐 속이 좋지 않나 봐." 노파가 말한다.

웨이터는 심각한 표정으로 대답했다.

"안개 탓이죠. 파스켈 씨도 그래요. 아직도 내려오시지 않아서 이상해하던 참이에요. 전화 온 것도 있고. 여느 때 같으면 8시에는 내려오시는데."

노파는 기계적으로 천장을 올려다보았다.

"위층에 계신가?"

"예, 거기가 침실이에요."

노파는 마치 혼잣말처럼 나직하게 중얼거리는 목소리로 말한다.

"혹시 죽은 건……"

"뭐라고요!" 웨이터의 얼굴에 심한 분노가 떠올랐다. "무슨 말이에요, 재수 없게!"

혹시 죽은 건 아닐까…… 나도 그 생각이 머리를 스치고 지나갔다. 오늘 같이 안개가 짙은 날이면 사람들은 그런 생각을 하게 된다.

노파가 나갔다. 나도 나갔어야 했다. 이곳은 춥고 어둡다. 안개가 문 밑으로 흘러들어 왔다. 그것은 천천히 퍼져서 모든 것을 뒤덮어 버릴 것이다. 시립 도서관에 가면 불빛도 있고 따뜻할 텐데.

다시 얼굴 하나가 유리창에 나타났다. 인상 쓴 얼굴이다.

"좀 기다려!" 웨이터가 화난 목소리로 소리치고는 뛰어나갔다.

얼굴은 사라졌다. 나는 홀로 남겨졌다. 내 방에서 나온 것을 후회했다. 지금 안개가 내 방을 뒤덮었을 테지. 그러니 돌아가는 것도 어쩐지 으스스하다.

카운터 뒤 어둠 속에서 무엇이 삐걱거린다. 내실용 계단에서 들려오는 소리였다. 드디어 주인이 내려오는 것일까? 아니다. 아무도 나타나지 않았다. 계단이 혼자 삐걱거린 것이다. 파스켈 씨는 아직도 자고 있다. 어쩌면 내 머리 위에서 죽어 있을지도 모른다. 안개 낀 날 아침, 침대에서 시체로 발견되다—부제로는, 카페에 온 손님들은 아무것도 모르고 차를 마시고 있었다……

그는 아직도 침대 속에 누워 있는 것일까? 시트째 굴러 떨어져서 마룻바닥에 머리를 부딪치고 나동그라져 있는 것은 아닐까? 나는 파스켈 씨를 잘 안다. 그는 가끔 나에게 건강 상태를 물어보곤 했다. 늘 턱수염을 단정하게 손질하는, 뚱뚱하고 쾌활한 사람이다. 만약 그가 죽었다면 뇌졸중 때문일 것이다. 얼굴이 가지색이 되어 혀를 빼물고 있겠지. 수염은 하늘을 향하고, 곱슬머리 아래에서 목덜미는 보랏빛이 되어 있을 것이다.

내실용 계단은 어두워서 보이지 않았다. 난간의 사과 모양 장식이 겨우 보일 정도였다. 그 암흑을 지나가야만 할 것이다. 계단이 삐걱거릴 테고, 그 위에 침실 문이 보일 것이다……

시체는 그곳에 있다. 바로 내 머리 위. 나는 스위치를 돌릴 것이다. 그리고 확인하기 위해 미지근한 피부에 손을 대볼 것이다—더 이상 참을 수 없어서 나는 일어선다. 만약 웨이터가 계단에 있는 나를 본다면 무슨 소리를 들었다고 말해야지.

느닷없이 웨이터가 숨을 헐떡이며 돌아왔다.

"예, 손님." 그가 큰 소리로 말한다.

바보 같은 녀석! 그가 내 쪽으로 왔다.

"2프랑입니다."

"저 위에서 무슨 소리가 들렸네." 그에게 말한다.

"이제 일어날 때도 됐으니까요!"

"그렇지만 심상치가 않아. 마치 숨이 막힌 듯한 소리가 들렸어. 게다가 둔한 소리도."

유리창 저편에 짙은 안개가 낀 그 침침한 카페 안에서 내 말은 아주 자연스럽게 울렸다. 그때의 그의 눈빛을 나는 잊지 못할 것이다.

"올라가 보는 게 어때." 나는 슬쩍 덧붙였다.

"싫어요! 야단맞을까 봐 무서워요. 지금 몇 시죠?"

"10시."

"10시 반에 가볼래요. 그때까지 안 내려오면."

나는 문 쪽으로 한 걸음 내딛었다.

"가세요? 더 안 계시고요?"

"아니, 가야겠어."

"정말 숨이 막히는 것 같은 소리였나요?"

"글쎄," 나는 나오면서 그에게 말했다. "어쩌면 생각 탓인지도 모르지."

안개가 약간 걷혔다. 나는 투른브리드 거리로 가려고 걸음을 서둘렀다. 그 거리의 밝은 빛이 필요했으니까. 실망이었다. 물론 빛이 있기는 했다. 그 빛은 상점 유리창에 넘쳐났다. 그러나 그것은 밝은 빛은 아니었다. 안개 때문에 새하앴다. 그리고 마치 샤워기 물처럼 어깨 위로 떨어졌다.

많은 사람들, 특히 여자들. 하인, 가정부, 부인들도 있다. "내가 직접 사러 가겠어요. 그게 더 확실해요" 라고 말하는 여자들이다. 그녀들은 가게 앞에서 냄새를 약간 맡아보더니 결국 가게 안으로 들어갔다.

나는 쥘리앵의 소시지 가게 앞에서 걸음을 멈췄다. 이따금 어떤 손이 송로버섯을 넣은 돼지 다리와 송아지 고기로 만든 소시지를 가리키는 것이 유리창 너머로 보였다. 그러면 뚱뚱한 금발 아가씨가 가슴이 보이도록 허리를 숙이고, 죽은 고깃덩이를 손가락으로 집어 올렸다. 거기서부터 5분 정도 떨어진 곳에서는 파스켈 씨가 침실에서 죽어 있는 것이다.

나는 주위를 둘러보고 내 잡념으로부터 나를 보호해 줄 수 있는 견고한 방어물을 찾았지만, 그런 건 아무것도 없었다. 안개는 조금씩 걷혀가고 있었으나, 불안을 부추기는 뭔가가 언제까지나 거리에 감돌고 있었다. 아마도 이것이 진짜 위협은 아닐 것이다. 빛깔이 옅어지고 투명한 것이 되었으니까. 그러나 바로 그것이 나에게 공포를 주고 말았다. 나는 유리창에 이마를 댔다. 러시아식 달걀 요리의 마요네즈 위에 검붉은 방울이 떨어져 있는 것이 보였다. 피였다. 그 노란색 위에 묻은 그 붉은색이 나를 오싹하게 했다.

문득 하나의 광경이 떠올랐다. 누군가가 앞으로 고꾸라져 머리를 박고 있고, 요리 위에는 피가 묻어 있었다. 달걀이 피 속에서 뒹굴었다. 장식으로 곁들인 토마토의 둥근 조각이 달걀에 떨어져, 붉은색 위에 붉은색이 겹쳐졌다. 마요네즈가 약간 흘렀다. 피의 도랑을 두 갈래로 가르는 노란 크림의 늪.

"너무 바보 같군. 기분을 바꿔야지 안 되겠어. 도서관에 가서 일이나 하자."

일을 한다고? 나는 내가 한 줄도 쓰지 않으리라는 것을 잘 알고 있었다. 또 하루를 버렸다. 공원을 가로지르며, 내가 늘 앉는 벤치에 커다란 푸른 망토를 걸친 남자가 가만히 앉아 있는 것을 보았다. 추위를 아랑곳하지 않는 사람도 다 있군.

열람실에 들어갔을 때 마침 독학자가 나오는 중이었다. 그가 내 쪽으로 달려왔다.

"감사드려야겠습니다. 저한테 주신 사진 덕분에 감명 깊은 시간을 보낼 수 있었어요."

그를 보고 나는 잠시 희망을 가졌다. 그와 함께라면 어쩌면 오늘 하루를 보내기가 좀 쉬울지도 모른다. 하지만 독학자와 같이 있는 것은 겉보기에만 같이 있는 것이지 절대로 둘이 있는 것이 아니다.

그는 손에 든 4절판 책을 가볍게 두드렸다. 그것은 《종교사》였다.

"이런 방대한 종합연구를 완성할 능력을 가진 사람이 누사피에[90] 말고는 아무도 없다는 게 과연 사실일까요?"

그의 얼굴은 지쳐보였고 손은 떨리고 있었다.

"얼굴색이 좋지 않군요." 나는 그에게 말했다.

"아, 그럴 겁니다! 불쾌한 일이 생겼거든요." 경비원이 우리에게 다가왔다. 키가 작고, 화를 잘 내는 코르시카 사람[91]으로, 고적대 대장 같은 콧수염을 기르고 있다. 그는 발뒤꿈치로 구두 뒷굽 소리를 내며 책상들 사이를 몇 시간이고 돌아다닌다. 겨울에는 손수건에 가래침을 뱉어서 난로에 말린다.

---

90) 아마 가공의 저자인 듯하다.

91) 지중해에 있는 코르시카 섬은 18세기 후반부터 프랑스령이 되었다. 나폴레옹의 출생지로 유명하지만, 지금도 섬 주민들 중에는 분리주의를 주장하는 사람이 많고, 중앙권력과는 이질적인 비밀결사적 분위기도 여전히 뿌리 깊다. 혈연관계를 중시하는 전통적인 문화도 이 섬의 특징이다. 프로스페르 메리메(1803~70)의 작품 가운데 《마테오 팔코네》와 《콜롱바》처럼 코르시카를 무대로 한 소설이 있는 것은 잘 알려져 있는 사실이다.

독학자는 얼굴에 침이 튈 정도로 가까이 다가왔다.

"저 사람 앞에서는 아무 말도 하지 않겠습니다." 그는 마치 비밀 이야기라도 하는 것처럼 말했다. "괜찮으시다면……"

"뭔데요?"

그가 얼굴을 붉혔다. 그의 엉덩이가 웃기지도 않게 실룩거렸다.

"아! 선생, 용기를 내서 말씀드려야겠군요. 수요일에 저와 함께 점심을 드시지 않겠습니까?"

"그러시죠."

나는 목매다는 셈 치고 그와 점심을 하고 싶었다.

"정말 영광입니다." 독학자가 말한다. 그리고 재빨리 덧붙였다. "괜찮으시다면 댁으로 모시러 가겠습니다." 그러고는 바로 사라졌다. 아마 나에게 여유를 주면 내가 딴소리를 할까 봐 두려웠던 모양이었다.

11시 30분이었다. 나는 1시 45분까지 일했다. 결과는 신통찮았다. 나는 눈 아래 책을 한 권 펼쳐놓고 있었으나, 생각은 줄곧 카페 마블리로 돌아가곤 했다. 파스켈 씨는 지금쯤 내려왔을까? 사실은, 그가 죽었다는 것을 그렇게 믿었던 것은 아니다. 정확하게 말하자면 그 일이 나의 신경을 건드리고 있었다. 그것은 둥둥 떠다니는 관념이었고, 나는 그것을 믿을 수도 지워버릴 수도 없었다. 코르시카 사람의 구두가 마룻바닥 위에서 달그락거리고 있었다. 몇 번이나 내 앞에서 걸음을 멈추는 것이 내게 말을 걸고 싶은 눈치다. 그러나 그는 생각을 바꾸고 가버리곤 했다.

1시쯤 마지막 열람자도 가버렸다. 나는 배가 고프지 않았고, 무엇보다 자리를 뜨고 싶지 않았다. 나는 한동안 일을 더 했다. 그러다가 퍼뜩 정신이 들었다. 내가 침묵 속에 파묻힌 것 같은 느낌이 들었던 것이다.

고개를 들어보니 나 혼자였다. 코르시카 사람은 도서관 출입구에서 일하는 자기 아내한테 내려간 모양이었다. 나는 그의 발소리를 듣고 싶었다. 난로 속에서 석탄이 떨어지는 소리가 희미하게 들려올 뿐이었다. 안개는 이미 실내로 침입하고 있었다. 진짜 안개는 아니다. 진짜는 벌써 걷히고 없었다─이건 또 하나의 안개, 건물 외벽과 포석에서 스며 나와 아직도 거리에 꽉 차 있는 안개다. 사물이 가진 연성 같은 것이다. 물론 책은 여전히 거기에 있고, 알파벳순으로 선반 위에 진열되어 있다. 검거나 갈색인 책등에는 UP lf. 7996(일반서Usage public—불문학Littérature française) 아니면 UP sn. (일반서Usage public—자연과학Sciences naturelles) 등으로 기록된 라벨이 붙어 있다. 그러나…… 뭐라고 할까, 여느 때는 힘이 있고 묵직한 이 책들은 난로나 녹색 램프, 커다란 창문, 사다리와 더불어 미래를 막는 둑을 쌓고 있었다. 이 벽으로 에워싸여 있는 한, 미래에 일어날 일은 반드시 난로 오른쪽이나 왼쪽에서 일어날 것이다. 이를테면 생 드니[92] 본인이 자기 목을 손에 들고 들어온다고 해도, 그는 오른쪽으로 들어와서, 프랑스 문학에 할당된 서가와 여성 열람자 전용 책상 사이를 걸어 다녀야 할 것이다. 그리고 만약 그가 땅에 발을 대지 않고 지상 20센티미터 위를 떠다닌다면 피투성이 그의 목덜미는 서가의 위에서 세 번째 칸에 닿을 것이다. 이처럼 이런 대상들은 적어도 정말처럼 보이는 것의 한계를 고정시키는 데 매우 중요하다.

그런데 오늘은, 그것들이 아무것도 고정하지 않았다. 그 존재 자체도 의문스러워, 한 순간에서 다른 순간으로 이행하는 것이 몹시 힘들어 보였다. 나는 읽고 있던 책을 두 손으로 꼭 잡았다. 그러나 아무리 강한 감각도 무디게만 느껴졌다. 진실해 보이는 것은 아무것도 없었다. 마치 느닷없이 없애버릴 수도 있는, 마분지에 그린 배경그림에 에워싸여 있는 듯한 느낌이었다. 세계는 숨을 죽이고 몸을 작게 웅크린 채 기다리고 있었다—세계는 발작을, '구토'를 기다리고 있었다, 지난번의 아쉴 씨처럼.

일어섰다. 그 약화된 사물들 속에 더 이상 있을 수가 없었다. 나는 창문 너머로 앵페트라즈의 정수리를 힐끔 보았다. 나는 중얼거렸다. '무슨 일이든' 발생할 수 있고, '무슨 일이든' 일어날 수 있다고. 물론 사람들이 거짓으로 꾸며낸 종류의 무서운 일이 일어난다는 의미는 아니다. 앵페트라즈가 동상 받침대 위에서 춤을 추기 시작한다는 뜻이 아니다. 그것은 또 다른 얘기일 것이다.

그 불안정한 존재들, 아마 한 시간 뒤, 1분 뒤에는 무너질 존재들을, 나는

---

92) 파리 최초의 주교이자 순교자. 3세기 사람. 성인이라는 뜻의 '생'을 붙여서 생 드니라고 불린다. 이 인물에 대해서는 여러 가지 전설이 있는데, 특히 파리의 몽마르트르 언덕에서 이교도에게 참수당한 뒤, 자기 목을 들고 파리 북쪽에 있는 시골마을까지 걸어갔다는 전설이 유명하다. 그 시골마을이 현재의 생드니라고도 한다. 그래서 손에 자기 목을 든 그의 모습이 성당 조각 등에 자주 표현되었다.

오싹한 기분으로 바라보았다. 그렇다, 나는 거기에 있었다. 나는 지식이 가득 들어 있는 그 책들 한가운데에 살고 있었다. 어떤 책은 온갖 종류의 동물의 불변하는 형태를 묘사하고 있었고, 또 어떤 책은 에너지의 양이 우주에서는 동일하게 보존된다는 것을 설명하고 있었다. 나는 창문 앞에 서 있고, 유리는 일정한 굴절률을 가지고 있었다. 하지만 장벽이라는 것이 참 약해빠졌기도 하지! 세계가 날마다 비슷한 모습을 하고 있는 것은 생각건대 게으름 탓인 것 같다. 오늘, 세계는 변하고 싶어 하는 것처럼 보였다. 그렇다면 '무슨 일이든', '무슨 일이든' 일어날 수 있을 것이다.

낭비할 시간이 없다. 이 불안의 발단은 카페 마블리에 있다. 그곳으로 돌아가서 파스켈 씨가 살아 있는 것을 보고, 그의 수염이나 손을 만져봐야만 한다. 그러면 아마 나는 해방될 것이다.

급히 외투를 집어들어 팔도 안 끼고 어깨에 걸쳤다. 그리고 도망쳤다. 공원을 지나가다 망토를 두른 남자가 아까와 같은 자리에 있는 것을 보았다. 그의 두 귀는 새빨갛게 얼어 있었고, 그 사이에 있는 커다란 얼굴은 파랗게 질려 있었다.

카페 마블리가 멀리서 반짝였다. 이번에는 전등 12개를 다 켠 모양이다. 걸음을 서둘렀다. 해결을 보아야만 한다. 나는 먼저 커다란 유리문 너머로 시선을 던졌다. 안에는 인적이 없었다. 카운터의 여자가 없었다. 웨이터도 —파스켈 씨도.

안에 들어가는 데는 대단한 용기가 필요했다. 나는 의자에 앉지도 않고 큰 소리로 웨이터를 불렀다. "여기요!" 아무 대답도 없다. 테이블 위에 빈 찻잔이 하나 놓여 있었다. 받침접시 위에는 각설탕 한 조각.

"아무도 없소?"

외투 한 벌이 옷걸이에 걸려 있었다. 둥근 탁자 위 검은 상자 속에 화보잡지가 빽빽이 들어 있었다. 나는 숨을 죽이고 아무리 작은 소리라도 들으려고 귀를 기울였다. 내실용 계단이 약간 삐걱거렸다. 밖에서는 어디선가 뱃고동 소리가 들려왔다. 나는 계단에서 시선을 떼지 않은 채 뒷걸음질로 카페를 나왔다.

나는 잘 알고 있다. 오후 2시에는 손님이 드물다는 걸. 파스켈 씨는 독감에 걸린 거야. 그래서 웨이터를 심부름 보냈겠지—어쩌면 의사를 부르러 갔을지도 모른다. 그렇다. 그러나 나는 파스켈 씨의 얼굴을 볼 '필요'가 있었다. 투른브리드 거리 어귀에서 다시 돌아섰다. 그리고 아무도 없는데 불을 밝히고 있는 카페를 혐오감을 가지고 바라보았다. 이층의 덧문은 닫혀 있었다.

난 진정한 공포에 사로잡혔다. 이젠 내가 어디로 가고 있는지도 알 수 없었다. 나는 부두를 따라 뛰어갔다. 그러고는 보부아지 지구의 인적 없는 거리로 돌아갔다. 집들이 도망치는 나를 음침한 눈으로 바라보았다. 어디로 가야 하나? 어디로 가야 하나? 나는 심한 불안에 사로잡혀 되풀이해서 뇌까렸다. '무슨 일이든' 일어날 수 있다. 이따금 나는 두근거리는 가슴으로 재빨리 뒤를 돌아보았다. 내 뒤에서 무슨 일이 일어나고 있을까? 아마도 그것은 내 뒤에서 시작될 것이고, 갑자기 돌아보아도 때는 이미 늦을 것이다. 그러나 내가 사물을 가만히 노려볼 수 있는 한 아무 일도 일어나지 않을 것이다. 그래서 나는 되도록 많은 사물을 바라보았다. 포석을, 집들을, 가스등을. 내 눈은 변신 중인 그것들을 급습하여 변신을 정지시키려고, 하나의 사물에서 다른 사물로 재빨리 옮겨다녔다. 그것들이 아주 자연스럽게 보이지는 않았지만, 나는 힘주어 혼잣말했다. 이건 가스등이야, 저건 수도꼭지야. 그리고 내 시선의 힘을 모아 그 사물들을 일상적인 모습으로 되돌리려고 애썼다. 도중에 나는 서너 번 술집들과 눈이 마주쳤다. '브르타뉴 카페'며, '해변의 바' 같은 것이다. 나는 걸음을 멈췄다. 장밋빛 커튼 앞에서 망설였다. 아마도 이렇게 꼭 닫힌 술집은 화를 면했을 것이다. 아마 그곳에는 고립되고 망각된 어제 세계의 한 조각이 숨겨져 있을 것이다. 문을 밀고 안에 들어가야 했지만, 그럴 수가 없었다. 나는 다시 그곳을 떠났다. 집집마다 있는 문이 특히 공포를 불러일으켰다. 그 문들이 저절로 열릴까 봐 겁이 났다. 마침내 나는 차도 한복판을 걷기 시작했다.

갑자기 북쪽 부두의 나루가 나왔다. 소형 어선과 작은 요트들이 몇 척 보였다. 나는 돌에 고정시켜 놓은 쇠고리에 한 발을 올려놓았다. 여기라면 집과 문에서 멀리 떨어져 있어서 잠시 휴식을 맛볼 수 있을 것이다. 검은 반점들이 보이는 고요한 물 위에 코르크 마개 하나가 떠 있었다.

"그러면 물 '밑'은 어떨 것 같아? 너는 물 '밑'에 있을지도 모르는 것에 대해서는 생각해 보지 않았겠지?"

짐승이 있을까? 커다란 갑충류가 진흙 속에 반쯤 몸을 묻고 있을까? 12 쌍의 다리가 천천히 진흙을 파헤친다. 짐승은 이따금 몸을 조금씩 들어올린다. 물속에서. 나는 작은 소용돌이와 잔물결이 일기를 기다리며 다가갔다. 코르크 마개는 검은 입자들 사이에 가만히 떠 있다.

그때 사람 소리가 들려왔다. 때가 되었다. 나는 빙글 한 바퀴 돌아서 다시 빠른 걸음으로 걷기 시작했다.

카스티글리온 거리에 서서 이야기하고 있는 두 남자를 쫓아갔다. 내 발소리를 듣고 그들은 흠칫 놀라며 똑같이 돌아보았다. 그들의 불안한 눈길이 먼저 나를 쳐다본 다음, 뭔가 다른 것이 오지 않나 하고 내 뒤를 살피는 것을 보았다. 그렇다면 그들도 나처럼 겁을 먹고 있는 건가? 내가 그들을 앞지를 때, 우리는 서로 눈이 마주쳤다. 하마터면 우리는 서로 얘기를 나눌 뻔했다. 그러나 서로의 시선이 갑자기 불신을 드러냈다. 오늘 같은 날에는 아무하고나 말을 하지 않는 법이다.

숨을 몰아쉬면서 나는 다시 불리베 거리로 나갔다. 그렇다면 운명은 결정된 것이다. 도서관으로 돌아가 소설이나 한 권 잡고 읽어보련다. 공원 철책을 따라 걸어가면서 나는 망토 걸친 남자를 보았다. 그는 여전히 그곳에 있었다, 인적 없는 공원에. 그의 코는 귀만큼 붉어져 있었다.

철책을 밀려고 했지만, 남자의 얼굴 표정이 나를 꼼짝 못하게 했다. 그는 눈을 가늘게 뜨고, 바보 같으면서도 상냥한 듯한 표정으로 살짝 웃고 있었다. 그리고 동시에 눈앞에 있는 뭔가를 가만히 노려보고 있었다. 내 쪽에서는 그것이 보이지 않았는데, 그 눈빛이 어찌나 강렬하고 험악한지 나는 얼른 눈을 돌렸다.

그의 정면에는 10살쯤 된 소녀가, 그때 막 한 발을 땅에서 떼고 입은 반쯤 벌린 채 정신없이 그를 주시하며 자기 머리에 쓴 삼각 숄을 신경질적으로 잡아당겨 뾰족한 얼굴을 앞으로 내밀고 있었다.

그 남자는 마치 장난을 치려는 사람처럼 혼자 히죽거리고 있었다. 그가 갑자기 일어섰다. 두 손을 호주머니에 집어넣었는데, 망토가 발까지 내려왔다. 그는 두어 걸음 내딛다가 휘청거렸다. 나는 그가 쓰러질 거라고 생각했다. 그러나 그는 여전히 꿈꾸는 듯한 표정으로 미소 짓고 있었다.

나는 문득 깨달았다. 그 망토의 역할을! 나는 그 짓을 방해하고 싶었다. 기침을 하거나 철책을 밀기만 하면 충분했을 것이었다. 그런데 이번에는 내가 소녀의 얼굴에 정신을 빼앗기고 말았다. 소녀의 얼굴은 공포로 얼어붙어 있었다. 심장이 무섭게 뛰고 있었을 것이다. 그러나 나는 동시에, 그 쥐를 연상시키는 얼굴에 억세고 사악한 그 무엇이 떠오르는 것을 읽었다. 그것은 호기심이라기보다 어떤 확고한 기대감이었다. 나는 내 자신이 무력한 것을 느꼈다. 나는 바깥에, 공원 가장자리에, 그들의 작은 드라마 가장자리에 있었다. 한편 그 두 사람은 욕망의 어두운 힘으로 서로에게 사로잡혀 한 쌍을 이루고 있었다. 나는 숨을 죽였다. 내 뒤에 있는 남자가 망토 자락을 좌우로 펼쳐 보일 때, 소녀의 늙은이 같은 얼굴에 어떤 표정이 그려지는지 보고 싶었다.

그러나 소녀는 갑자기 풀려나 고개를 흔들며 뛰기 시작했다. 망토를 걸친 남자가 나를 본 것이다. 그래서 그가 멈춰선 것이다. 한순간 그는 오솔길 한가운데 서 있더니 등을 동그랗게 움츠리고 가버렸다. 그의 망토가 그의 종아리를 펄럭펄럭 때리고 있었다.

나는 철책을 밀고 단숨에 그를 쫓아갔다.

"이봐요, 이보시오!" 나는 큰 소리로 불렀다.

그는 부들부들 떨기 시작했다.

"커다란 위협이 이 도시를 짓누르고 있소." 나는 지나가면서 그에게 정중하게 말했다.

열람실에 들어가서 책상 위에 있는 《파르마 수도원》을 집어들었다. 책 읽기에 열중함으로써 스탕달의 밝은 이탈리아에서 도피처를 찾으려 했다. 그것은 잠깐은 성공했지만 환상은 오래 지속되지 않았고, 곧 또다시 위협을 품고 있는 이 오늘 속에 빠져들었다. 내 앞 자리에서는 왜소한 노인이 쉴 새 없이 기침을 해대고 있고, 한 청년이 의자에 거의 눕다시피 기대앉아 몽상에 빠져 있었다.

시간이 흘러 유리창이 완전히 깜깜해졌다. 자신의 사무용 책상에 앉아 도서관이 최근에 구입한 책에 스탬프를 찍고 있는 코르시카 사람을 제외하면 모두 네 사람이었다. 그 키 작은 노인과 금발 청년, 학사학위를 준비하고 있는 여대생—그리고 나. 가끔 그중 누군가가 고개를 들고 마치 두려움을 느끼는 것처럼 나머지 세 사람을 의심스러운 눈으로 힐끗 쳐다보았다. 그러다가 키 작은 노인이 갑자기 웃기 시작했다. 젊은 여자가 머리끝부터 발끝까지 깜짝 놀라는 것이 보였다. 그러나 나는 이미 그가 읽고 있던 책의 제목을 읽은 뒤였기 때문에 왜 그런지 알고 있었다. 그것은 유머소설이었다.

7시 10분 전이다. 문득 도서관이 7시에 문을 닫는다는 것이 생각났다. 나는 다시 한 번 거리 속으로 쫓겨날 것이다. 어디로 가지? 무엇을 하지?

노인은 소설을 다 읽었다. 그러나 그는 가지 않았다. 그는 손가락 끝으로 책상을 규칙적으로 두드리고 있었다.

"여러분, 곧 문을 닫습니다." 코르시카 사람이 말했다.

청년은 흠칫 놀라더니 나를 힐끔 보았다. 젊은 여자는 코르시카 사람을 돌아보더니 다시 책에 몰두하는 것 같았다.

"문을 닫습니다." 코르시카 사람이 5분 뒤에 말했다.

노인은 망설이는 태도로 고개를 저었다. 젊은 여자는 책을 밀어놓았지만 일어서지는 않았다.

코르시카 사람은 어이가 없다는 듯한 표정이다. 그는 머뭇거리며 몇 걸음 걸어가더니 스위치를 돌렸다. 독서용 책상의 램프가 꺼졌다. 방 한가운데의 전등만 켜져 있었다.

"나가야 하는 건가요?" 노인이 조용한 목소리로 물었다.

청년은 미련이 남는 듯이 느릿느릿 일어섰다. 누가 더 느린지 경쟁이라도 하듯, 모두 되도록 천천히 외투에 팔을 끼고 있었다. 내가 열람실에서 나왔을 때, 여자는 여전히 앉아서 책 위에 한 손을 올려놓고 있었다.

아래층에는 출입문이 어둠을 향해 활짝 열려 있었다. 맨 앞에 걸어가던 청년은 한번 뒤돌아보고 천천히 계단을 내려간 뒤 현관을 가로질러 갔다. 그리고 입구에서 잠깐 머뭇거리더니 몸을 돌려 어둠 속으로 사라졌다.

나는 계단 밑에 내려가서 고개를 들었다. 잠시 뒤, 키 작은 노인이 외투 단추를 끼우며 열람실에서 나왔다. 그가 계단을 3개쯤 내려왔을 때, 나는 눈을 감고 어둠 속으로 훌쩍 뛰어들었다.

신선한 공기가 가볍게 얼굴을 어루만지는 것이 느껴졌다. 멀리서 누군가 휘파람을 불었다. 나는 다시 눈을 들었다. 비가 내리고 있었다. 조용하고 부드러운 비. 4개의 가로등이 광장을 평온하게 비추었다. 비 내리는 지방도시의 광장. 청년은 성큼성큼 멀어져 갔다. 휘파람을 분 사람은 그였다. 아직 모르고 남아 있는 두 사람에게 나는 소리쳐 알리고 싶었다. 밖으로 나와도 괜찮다고, 위협은 사라졌다고.

키 작은 노인이 입구에 나타났다. 그는 난처한 듯 얼굴을 긁더니 천천히 미소 지으며 우산을 폈다.

토요일 아침

기분 좋은 태양이다. 희미한 안개도 오늘 하루의 좋은 날씨를 예고하고 있다. 카페 마블리에서 아침을 먹었다.

카운터의 플로랑 부인이 나를 보고 상냥하게 웃었다. 나는 식탁에서 큰 소리로 물었다.

"파스켈 씨는 편찮으신가요?"

"네, 심한 독감에 걸렸어요. 며칠 쉬어야 할 것 같아요. 오늘 아침에 그의 따님이 됭케르크에서 왔어요. 환자를 돌보려고 며칠 묵을 거래요."

안니의 편지를 받은 이래, 나는 처음으로 그녀를 다시 만난다는 사실이 기쁘게 생각되었다. 6년 동안 안니는 어떻게 지냈을까? 우리가 재회할 때는 서로 어색한 기분이 들까? 안니는 어색하다는 것이 어떤 것인지 모르는 사람이다. 따라서 틀림없이 바로 어제 헤어진 것처럼 나를 맞이할 것이다. 제발 내가 어리석은 짓을 하거나 처음부터 그녀의 감정을 해치지 말아야 할 텐데. 도착했을 때 그녀에게 손을 내밀어서는 안 된다는 것을 잊지 말아야지. 그녀는 그것을 아주 싫어하니까.

우리는 며칠이나 함께 지낼까? 어쩌면 그녀를 데리고 부빌로 돌아올지도 모른다. 몇 시간만이라도 그녀가 여기 있어주면 된다. 그녀가 프랭타니아 호텔에 하룻밤 머무는 것만으로 충분하다. 그렇게 되면 이미 이전 같지는 않을 것이다. 나는 더 이상 두려워하지 않아도 될지 모른다.

오후

작년에 처음으로 부빌 미술관에 갔을 때, 나는 올리비에 블레비뉴의 초상화에 충격을 받았었다. 균형이 나쁜 건인가? 원근법이 잘못되었나? 뭐라고 말해야 할지 잘 모르겠지만 나를 당황시키는 무엇이 있었다. 그림 속에서 그

국회의원이 아무래도 안정을 잃은 것처럼 보였던 것이다.

그때부터 나는 그 초상화를 보러 여러 번 미술관에 갔다. 그러나 당혹감은 사라지지 않았다. 로마상(賞) 수상자로 여섯 번이나 메달을 받은 보르뒤랭이 데생을 잘못했을 리 없다고 생각했다.

그런데 오늘 오후, 《부빌의 풍자작가》라는 오래된 신문철, 전쟁 중에 사주가 반역죄로 고발당한 그 공갈전문 신문을 뒤적거리다가 나는 진실을 알게 되었다. 그래서 당장 도서관을 나와 미술관을 둘러보러 갔다.

입구의 어두컴컴한 방을 나는 빠른 걸음으로 지나갔다. 흑백의 타일 위를 걷는데도 발소리가 전혀 나지 않았다. 주위에는 수많은 석고상들이 팔을 꼬고 있었다. 지나가면서 2개의 커다란 통로에서 금이 간 항아리와 여러 개의 접시, 받침돌 위에 얹혀 있는 파란색과 노란색의 사티로스[93]상이 얼핏 보였다. 그것은 도예와 장식미술로 꾸며진 베르나르 팔리시의 전시실[94]이었다. 그러나 도예는 나의 관심사가 아니다. 상복을 입은 신사와 부인이 감탄하며 도자기를 들여다보고 있었다.

대전시실—또는 보르뒤랭 르노다 전시실—입구 위에, 최근에 걸은 것인지 몰라도 못 보던 큰 그림이 한 폭 걸려 있었다. 리샤르 세브랑의 서명이 되어 있고 제목은 〈독신자의 죽음〉이었다. 그것은 국가에서 기증한 것이었다.

허리까지 알몸인, 죽은 사람에게 어울릴 만한 초록빛이 감도는 상반신, 그 독신자는 어질러진 침대 위에 누워 있었다. 구겨진 시트와 담요가 오랜 임종의 고통을 보여주고 있다. 나는 파스켈 씨를 생각하며 미소 지었다. 그는 혼자가 아니다. 딸이 간호하고 있으니까. 그림 속에서는 교활한 표정의 하녀가 벌써 장롱 서랍을 열고 돈을 세고 있었는데, 아마도 정부 중에 한 사람일 것이다. 열린 문 저편의 어둠침침한 그늘 속에 경관 모자를 쓴 남자가 입에 담배를 물고 기다리는 것이 보였다. 벽 옆에서는 고양이 한 마리가 무심하게

---

93) 그리스 신화에 나오는 숲의 요정. 흔히 산양의 모습으로 표현된다. 긴 꼬리와 커다란 남근을 가지고 있고, 술과 쾌락을 좋아하는 성년남자의 정령이다. 로마신화의 파우누스와 동일시된다.

94) 베르나르 팔리시(1510무렵~89무렵)는 프랑스의 도공. 왕실어용 도공의 칭호를 받고 튈르리 궁전의 공방을 맡았다. 신교도였지만 왕실의 비호로 처음에는 박해를 면했다. 그러나 끝까지 신앙을 버리지 않아서 나중에는 위그노로 체포되어 옥사했다.

우유를 핥고 있었다.

그 독신남은 자기 자신을 위해서만 살았다. 그에 대한 준엄하고 마땅한 벌로, 임종의 자리에 그의 눈을 감겨주러 오는 자는 아무도 없었다. 이 그림은 내게 마지막 경고를 하고 있었다. '아직은 시간이 있다, 이제라도 돌아갈 수 있다, 그러나 만약 이 경고를 무시한다면 다음에 올 일을 잘 알고 있어야 한다. 즉 이제부터 네가 들어갈 대전시실에는 150점이 넘는 초상화가 벽에 걸려 있는데, 너무 일찍 가족의 품을 떠난 몇몇 젊은이와 고아원 원장수녀를 제외하면, 거기에 그려진 사람들 가운데 독신으로 죽은 사람은 아무도 없고, 자식도 없고 유언도 하지 않고 죽은 사람도 하나도 없으며, 마지막 병자성사를 받지 않고 죽은 사람도 아무도 없다'고. 그들은 다른 날과 마찬가지로 그날도 신과 세상의 관습에 따라, 자신들의 권리인 영원한 생명의 몫을 요구하기 위해 조용히 죽음 속으로 미끄러져 들어간 것이다.

왜냐하면 그들은 모든 것에 권리를 가지고 있었기 때문이다. 인생에 대해, 일에 대해, 부귀에 대해, 지휘를 하는 것에 대해, 존경을 얻는 것에 대해, 그리고 마지막에는 영생에 대해서도.

나는 잠시 마음을 집중한 뒤 대전시실 안으로 들어섰다. 경비원이 창문 옆에서 자고 있었다. 창문에서 비쳐드는 엷은 금빛 광선이 그림에 얼룩을 만들고 있었다. 내가 들어서자 놀라 도망친 고양이 말고는, 이 네모나고 커다란 방 안에 생명이 있는 것은 아무도, 아무것도 없었다. 그러나 나는 150쌍의 눈이 나를 보고 있는 것을 느꼈다.

1875년부터 1910년까지 부빌에서 명사로 행세했던 모든 사람이 거기에 있었다. 그 남자와 여자들은 모두 르노다와 보르뒤랭이 심혈을 기울여 그린 것이었다.

남자들은 생트세실들라메르 성당을 건설했다. 그들은 1882년에 '모든 선의를 하나의 강력한 힘으로 뭉쳐 국가재건사업에 이바지하고, 질서를 어지럽히는 모든 정당을 꺾기 위해……' 부빌의 해운무역협회를 설립했다. 그들은 부빌을, 석탄과 목재 하역설비로는 프랑스에서 최고 수준으로 갖춘 상업항구로 만들었다. 그들은 부두를 연장하고 확대하는 사업을 이룩했다. 부두를 대담하게 확장하고 끊임없이 준설한 결과, 썰물 때 정박지점의 수심이 10미터 70센티에 이르렀다. 그들 덕분에 1869년에 총 5천 톤이었던 어선이

20년 사이에 1만 8천 톤으로 불어났다. 노동 계급의 우수한 대표자들에게 발전의 길을 터주기 위해 어떠한 희생도 마다하지 않고, 그들의 주도하에 기술적이고 직업적인 여러 교육기관을 창설했다. 학교는 그들의 절대적인 보호 아래 번영했다. 그들은 1898년의 유명한 부두 노동자 파업을 봉쇄했고, 1914년에는 그들의 자식을 국가에 바쳤다.

이렇게 투쟁하는 사람들에게 걸맞은 반려였던 아내들은 대부분의 '청소년 클럽', '탁아소', '작업장' 등을 설립했다. 그러나 그녀들은 무엇보다 먼저 아내이자 어머니였다. 그녀들은 훌륭한 자식들을 길렀고, 그들에게 의무와 권리를, 종교와 프랑스를 만든 전통에 대한 존중을 가르쳤다.

초상화의 일반적인 색조는 어두운 갈색을 띠고 있었다. 겸손함에서 우러나오는 배려로 화려한 색은 배제되었다. 반면 노인들을 즐겨 그렸던 르노다의 초상화에서는 눈처럼 하얀 머리카락과 구레나룻이 검은 바탕 위에 뚜렷이 나타나 있었다. 그는 손을 잘 그렸다. 보르뒤랭은 그다지 기교를 부리지 않아서 손은 얼마쯤 성의 없이 표현되어 있으나, 셔츠 깃만큼은 하얀 대리석처럼 빛났다.

날씨가 매우 더웠다. 경비원은 조용히 코를 골고 있었다. 나는 사방의 벽을 한 바퀴 둘러보았다. 많은 손과 눈이 보였다. 군데군데 빛으로 생긴 얼룩이 한 얼굴을 가리고 있었다. 올리비에 블레비뉴의 초상화를 향해 걸음을 옮기기 시작했을 때, 무언가가 발길을 잡았다. 눈높이 상단에 걸려 있는 그림 속에서 도매상 파콤이 나를 빤히 내려다보고 있었다.

그는 고개를 약간 뒤로 젖히고 서 있었다. 한 손에는 실크해트와 장갑을 들고, 그 손을 옅은 회색 바지 옆에 늘어뜨렸다. 나는 찬탄을 금할 수가 없었다. 그에게는 평범한 점도, 비판받을 만한 점도 전혀 찾아볼 수 없었다. 작은 발, 섬세한 손, 레슬러처럼 탄탄한 어깨, 소박한 우아함과 더불어 약간 몽상적인 데도 있었다. 그는 자신의 주름 없는 깨끗한 얼굴로 정중하게 관람객들을 대하고 있었다. 입술에는 미소마저 감돌았다. 그러나 잿빛 눈은 웃지 않았다. 50살쯤 되었을까. 그러나 30대처럼 젊고 발랄했다. 그는 미남이었다.

나는 그에게서 결점을 찾는 것을 단념했다. 그러나 그는 나를 놓아주지 않았다. 나는 그의 눈 속에서 온화하지만 인정사정 봐주지 않는 판단력을 읽을 수 있었다.

그때 나는 우리 사이를 가로막고 있는 모든 것을 이해했다. 그에 대해 내가 무슨 생각을 해도 그는 꿈쩍하지 않았다. 그것은 고작해야 소설 속에서 지어내는 통찰력 같은 것이다. 그런데 그의 판단력은 양날검처럼 나를 꿰찌르며, 내가 존재할 권리에까지 의문을 던졌다. 그리고 그것은 사실이었다. 나는 오래전부터 그것을 알고 있었다. 나는 존재할 권리를 가지고 있지 않았다. 나는 우연히 이 세계에 나타나서 돌처럼, 식물처럼, 세균처럼 존재하고 있었다. 나의 생명력은 닥치는 대로 모든 방향으로 뻗어갔다. 이따금 그것은 나에게 어렴풋한 신호를 보내지만, 어떤 때는 아무 의미 없는 소음밖에 느껴지지 않았다.

그러나 이 흠 없는 미남자, 국방군으로 이름을 떨쳤던 파콤의 아들, 지금은 죽고 없는 장 파콤에게는 사정이 전혀 달랐다. 그의 심장과 여러 기관에서 나는 둔한 소음은, 보잘것없지만 즉각적이고도 순수한 권리의 형태로 그에게 이르렀다. 60년 동안 그는 완벽하게 살아 있는 권리를 행사했다. 너무도 멋진 회색 눈! 누구나 최소한의 의혹도 가지지 않고 그 눈을 지나쳤다. 파콤은 한 번도 실수한 적이 없었다.

그는 언제나 자기의 의무를 다했다. 모든 의무, 아들로서, 남편으로서, 아버지로서, 사령관으로서의 의무를. 또한 물러서지 않고 자신의 권리를 요구했다. 어릴 때는 화목한 가정에서 훌륭한 교육을 받을 권리를, 오점 없는 집안과 번영하는 사업의 후계자가 될 권리를, 남편으로서 다정한 애정 속에서 섬김 받을 권리를, 아버지로서 존경받을 권리를, 사령관으로서는 불평 없는 복종을 받을 권리를. 왜냐하면 하나의 권리란 의무의 또 다른 모습에 지나지 않기 때문이었다. 그는 자신의 특별한 성공에(파콤 집안은 오늘날 부빌에서 가장 부유한 집안이다) 조금도 놀라지 않았을 것이다. 그는 한 번도 자기가 행복하다고 생각한 적이 없고, 기쁨을 느낄 때도 '이건 좀 쉬는 것'이라고 말하면서 절도를 가지고 기쁨에 잠겼음이 틀림없다. 이처럼 기쁨도 그에게는 권리나 마찬가지의 등급이었기에 요란한 경박함은 자취를 감추었다. 그림 왼쪽, 푸른 기가 도는 그의 잿빛 머리 약간 위쪽에, 책이 진열되어 있는 책장이 그려져 있었다. 아름답게 장정된 책들이었다. 고전이 분명했다. 아마 파콤은 매일 밤 잠들기 전에 '오랜 친구 몽테뉴'의 서너 페이지나, 라틴어로 된 호라티우스의 서정시를 반복해서 읽었을 것이다. 가끔은 시대에 뒤떨어지지 않으려고 현대작가의 작품도 읽었을 테고, 그렇게 해서 바레스를 알고 부르제[95]도 알았을 것이다. 결국엔 책을 놓고 미소 지었겠지. 그의 시선은 빈틈없는 경계심을 풀고 거의 꿈꾸는 눈빛이 된다. 그리고 이렇게 중얼거렸으리라.

"자기 의무를 다한다는 것은 참으로 간단하면서도 어려운 일이군!"

그는 이런 것 말고는, 결코 자기를 돌아보지 않았다. 그는 사령관이었던 것이다.

다른 사령관들의 초상화도 벽에 걸려 있었다. 거의 모두가 사령관들이었다. 안락의자에 앉아 있던 그 거구의 녹청색 노인도 사령관 중에 한 사람이었다. 노인의 흰 조끼는 은발과 아주 잘 어울렸다. (이러한 초상화들은 특히 도덕교육을 목적으로 그린 것이어서 세심한 주의를 기울여 정확함을 추구했지만, 그렇다고 예술적인 배려가 배제된 것은 아니었다.) 그의 길고 가느다란 손은 어린 소년의 머리 위에 얹혀 있었다. 담요가 덮인 무릎 위에는 책이 펼쳐져 있었다. 그러나 그의 시선은 먼 곳을 보고 있었다. 그는 젊은이에게는 보이지 않는 모든 것을 보고 있는 것이다. 그의 초상화 위에 있는 금색의 마름모꼴 나무판에 그의 이름이 적혀 있었다. 파콤 또는 파로탱, 아니면 셰뇨라고 불렸던 모양이다. 그것을 가까이 가서 볼 생각은 없었다. 그의 일가에 있어서, 그 소년에게 있어서, 그 자신에게 있어서 그는 단지 할아버지일 뿐이었다. 언젠가 손자에게 광범한 미래의 의무에 대해 알려주어야 할 때가 왔다고 판단하면, 그는 자신을 3인칭으로 칭하며 이렇게 얘기할 것이다.

"네 할아버지가 하는 말을 잘 듣고 내년에는 공부를 열심히 하겠다고 약속하렴, 아가. 어쩌면 내년에는 할아버지가 이 세상에 없을지도 모르니까."

인생의 황혼에 다다른 그는 한 사람 한 사람에게 아낌없는 호의를 베푼다. 나도 만약 그와 만났다면 그의 마음에 들었을지도 모른다. 물론 그의 시선은 나의 모든 것을 꿰뚫어보겠지만—아마 내게도 전에는 조부모가 있었을 거라고, 그는 아무것도 요구하지 않는다. 그 나이가 되면 욕망이 사라진다. 단지 자기가 방에 들어가면 목소리를 약간 낮춰 줬으면 하는 것과, 지나갈 때 사

---

95) 폴 브르제(1852~1935)는 프랑스의 작가이자 비평가. 소설로는 그 무렵 실증주의적 풍토를 그린 대표작 《제자》(1889년) 등이 있다.

람들의 미소 속에 애정과 존경의 빛이 떠오르기를 바라는 정도일 것이다. 또는 그저 며느리가 가끔씩, "아버님은 정말 이상하세요. 우리들 중 누구보다도 젊으시니 말예요." 하고 말해 주면 된다. 또 자기만이 심통 난 손자의 머리에 손을 얹고 마음을 달래주면서, "네 큰 슬픔은 이 할아버지만이 위로해 줄 수 있단다." 하고 말할 수 있으면 된다. 단지 손자가 1년에 서너 번 미묘한 문제를 상의하러 찾아와 주면 되고, 자기 마음이 고요하게 안정되어 있고 스스로 더없이 현명하다고 느낄 수 있으면 된다. 노신사의 손은 손자의 곱슬머리 위에 아주 가볍게 놓여 있었다. 그것은 마치 축복을 내리는 듯 보였다. 그는 무슨 생각을 하고 있는 것일까? 자신의 명예로운 과거를 생각하는 거겠지. 바로 그 생각이 그에게 모든 것에 대해서 말할 수 있는 권리, 모든 것에 대해 최종적인 결정을 내릴 수 있는 권리를 주었다. 지난번에는 이렇게까지 생각하지 못했었다. 곧 '경험'은 죽음에 대한 방어물 이상의 것이며 하나의 권리, 노인들의 권리라는 것을.

눈높이의 좋은 자리에 걸려 있는, 긴 칼을 찬 오브리 장군도 사령관이었다. 그리고 또 한 사람 있었다. 세련된 문학자이자 앵페트라즈의 친구인 에베르 회장이었다. 좌우가 균형 잡힌 긴 얼굴에 턱이 길고, 입술 바로 밑의 뾰족한 턱수염이 인상적이었다. 마치 가벼운 트림을 하는 것처럼, 재미있다는 듯이 이의를 제기하며 원칙적인 반론을 생각하는 듯한 모습으로 아래턱을 약간 앞으로 내밀고 있었다. 그는 깃털 펜을 손에 쥐고 몽상에 잠겨 있었다. 역시나 그도 휴식을 취하고 있었던 것이다. 그것도 시를 지으면서 말이다. 그러나 사령관들에게서 보이는 독수리 같은 눈매를 하고 있었다.

그렇다면 병사들은? 나는 방 한복판에 있었고, 이러한 모든 근엄한 눈빛들이 겨냥하는 조준점이 되었다. 나는 할아버지도 아니며, 아버지도 아니고, 남편도 아니었다. 나는 투표도 하지 않고, 세금도 거의 내지 않는 정도다. 납세자의 권리도, 선거인의 권리도, 20년 동안 충성한 회사원이 받는 조그마한 신용조차도 자부할 수 없었다. 나라는 존재가 스스로 몹시 생경해 보이기 시작했다. 나는 실체도 없는 단순한 허상 아니었을까?

"아하!" 나는 불현듯 생각했다. "병사는 바로 나로군!" 우스웠지만 유감은 없었다.

50대의 뚱뚱한 남자가 정중하고도 멋진 미소를 보내왔다. 르노다는 애정을 담아 그 인물을 그렸다. 두둑하고 뚜렷한 작은 귀, 특히 손가락이 긴 그 예민한 손에 너무 부드러운 터치는 하지 않았다. 그야말로 학자나 예술가의 손이다. 나는 그 인물의 얼굴이 낯설었다. 아마 내가 얼굴은 보지도 않고 그 그림 앞을 자주 지나갔던 모양이다. 가까이 다가가서 읽어보았다. '레미 파로탱. 1849년 부빌 출생. 파리 의과대학 교수'.

파로탱. 나는 웨이크필드 박사한테서 그에 대해 들은 적 있다. "나는 살면서 꼭 한 번 위대한 사람을 만난 적 있지요. 바로 레미 파로탱입니다. 1904년 겨울에 그의 강의를 들었습니다(아시다시피 전 산과학(産科學)을 공부하려고 파리에 2년 있었지요). 그는 나에게 사령관이란 어떤 것인가를 가르쳐주었습니다. 그 사람에게는 분명히 불가사의한 힘이 있었습니다. 그는 우리를 열광시켰어요. 그 사람이라면 우리를 세상 끝까지도 데리고 갈 수 있었을 겁니다. 또한 그는 신사였죠. 막대한 재산을 가지고 있었는데 그 상당한 부분을 가난한 학생들을 돕는 데 썼지요."

이처럼 그 과학의 제왕은 맨 처음 그의 이름을 들었을 때부터 강렬한 감정을 불러일으켰다. 나는 그 앞에 서 있고, 그는 내게 미소 짓고 있었다. 그 미소 속에 얼마나 풍부한 지성과 친절한 마음이 들어 있던지! 그의 다부진 몸이 커다란 가죽 안락의자 속에 깊숙이 앉아 있었다. 가식 없는 이 학자가 사람을 이내 편안하게 해주었다. 그 시선에 깃든 정신력이 없었다면, 사람들은 그를 단순한 호인이라고 생각했을 것이다.

그에게서 뿜어져 나오는 위엄의 원인을 알아내는 데는 그리 긴 시간이 걸리지 않았다. 사람들이 그를 좋아한 것은 그가 모든 것을 이해하고 있었기 때문이었다. 사람들은 그에게 온갖 이야기를 다 할 수 있었다. 결론적으로 말하면 르낭[96]을 약간 닮았지만, 그보다는 좀더 기품이 있었다. 그는 이런 식으로 말하는 사람들 부류였다. "사회주의자라고요? 아시겠습니까, 난 그들보다 앞서가고 있어요!" 그를 따라 그 위험한 길을 가는 사람들은 곧 몸서리를 치며 가족과 조국, 소유권, 가장 신성한 가치까지 포기하게 된다. 어느

---

96) 에르네스트 르낭(1823~92)은 텐과 더불어 19세기 프랑스 실증주의를 대표하는 사상가이자 언어학자, 종교사가이기도 하다. 주저 《그리스도교 기원사》에 유명한 《예수전》이 들어 있는데, 그 과학적인 예수 해석은 대단한 반향을 불러일으켰다. 그 밖에 《이스라엘 민족사》도 있다.

순간, 부르주아 지도층의 명령할 권리까지 의심스러워진다. 그러나 한 걸음 더 나아가면, 순식간에 모든 것이 재건되어 옛날처럼 견고한 논거 위에 훌륭하게 서게 된다. 뒤를 돌아보면 아득하게 멀어진 저편에서, 콩알만큼 작아진 사회주의자들이 "좀 기다려 주시오!" 큰 소리를 지르며 손수건을 흔들고 있는 모습이 보인다.

역시 웨이크필드한테서 들은 이야기지만, 나는 이 '대가'가 스스로 웃으면서 말한 것처럼, '영혼의 산파'[97] 역할을 좋아한 것을 알고 있었다. 늘 젊었던 그는 청년들에게 에워싸여 있었다. 그는 가끔, 의학을 지망하는 양가의 자제들을 자기 집에 초대했다. 웨이크필드도 그의 집에서 열린 점심모임에 여러 번 참석했었다. 식사가 끝나면 모두 흡연실로 자리를 옮긴다. 지도교수는 담배를 피기 시작한 지 얼마 안 된 그 젊은이들을 어엿한 어른으로 대했다. 다시 말해 그들에게 여송연을 권하는 것이다. 그는 긴 의자에 앉아 제자들에게 둘러싸인 채, 가볍게 눈을 감고 오랫동안 이야기한다. 추억을 불러일으키고 일화를 얘기하며, 거기서 자극적이고 심원한 교훈을 이끌어 낸다. 그리고 얌전한 젊은이들 중에 좀 반항적인 청년이 섞여 있으면, 파로탱은 특별히 그에게 관심을 기울였다. 그는 그 젊은이에게 말을 시키고 그의 말을 주의 깊게 들은 뒤, 여러 가지 관념과 깊이 생각해야 할 주제를 제시한다. 그러면 그 고결한 사상을 흡수한 청년은, 자신이 가진 적의에 흥분하고 모든 이를 상대로 홀로 대항하며 생각하는 데 지쳐, 어느 날 단둘이 만나달라고 지도교수에게 간청한다. 그리고 그는 소심하게 말을 더듬으며 마음속 깊이 간직한 생각과 분개와 희망을 털어놓는다. 파로탱은 그를 가슴에 안고 이렇게 말한다. "무슨 말인지 알겠네. 첫날부터 난 자네를 이해하고 있었어." 그들은 대화를 나눈다. 파로탱은 더욱더 앞으로 나아가는데, 결국 너무 멀리 가버려서 젊은이는 쉽게 좋아갈 수가 없다. 그래도 이런 대화가 몇 번 되풀이되면 젊은 반항자가 눈에 띄게 개선되는 것을 볼 수 있다. 젊은이는 자기의 내면을 똑똑히 들여다보고, 자신을 가족과 주위에 옭아매고 있는 깊은 관

---

97) 이 표현은 소크라테스를 마음속에 둔 것이리라. 어머니가 산파였던 소크라테스는 자신의 대화법을 '산파'에 비유하여, 뭔가 새롭게 만들어 내고자 하는 자를 도와서 그 '정신의 출산을 돕는' 것이 자신이 할 일이라고 말했다. 플라톤의 《테아이테토스》에 그러한 소크라테스의 말이 나와 있다.

계를 인식하게 된다. 그는 결국 사회 지도층의 놀랄 만한 역할을 이해한 것이다. 마치 마법에 걸린 것처럼 파로탱을 한 걸음 한 걸음 따라간 길 잃은 어린양은, 결국 완전히 미망에서 깨어나 뉘우치며 우리로 돌아간다. '그는 내가 치유한 육체보다 훨씬 많은 영혼을 치유했다'고 웨이크필드는 결론 지었다.

레미 파로탱은 나에게 다정한 미소를 던지고 있었다. 그는 망설이더니, 내 처지를 이해하고, 서서히 방향을 잡아 나를 우리로 데려가려 했다. 그러나 나는 그를 두려워하지 않는다. 나는 어린양이 아니다. 나는 주름 없는 그의 온화하고 아름다운 이마를, 작은 배를, 무릎 위에 올려둔 손을 바라보았다. 나는 그에게 미소로 대답한 뒤 그곳을 떠났다.

그의 아우이자, 부빌 S.A.B.[98]의 사장이었던 장 파로탱은 서류가 쌓여 있는 탁자 끝에 두 손을 짚고 앉아 있었다. 그는 그 태도 전체로 방문자에게 면회가 이미 끝났음을 나타내고 있었다. 그의 시선은 심상치 않았다. 마치 추상적인 시선처럼 순수한 권리로 빛나고 있었다. 그의 번쩍이는 눈이 얼굴 전체를 뒤덮고 있었다. 나는 그 형형한 눈빛 아래, 광신도 같은 얇은 입술이 굳게 닫혀 있는 것을 보았다. 그리고 혼잣말했다. "재미있군. 레미 파로탱과 닮았네." 나는 '위대한 교수'를 돌아보았다. 그렇게 두 사람의 닮은 모습을 보고 있으려니, 문득 레미 파로탱의 온화한 얼굴에 뭐라 형언할 수 없는 메마르고 황량한 무엇, 자기 가족의 모습이 떠올랐다. 나는 다시 장 파로탱을 들여다보았다.

그 사람에게는 하나의 관념 같은 단순함이 있었다. 그의 내부에 남아 있는 것은 뼈와 죽은 살과 순수한 권리뿐이었다. 그것이야말로 진정한 소유의 실례인 것 같다고 나는 생각했다. '권리'가 한번 인간을 점령했다 하면, 구마 의식을 벌여도 그것을 쫓아낼 수 없는 것이다. 장 파로탱은 일생을 그의 '권리'에 대한 생각, 단지 그것에만 바쳤다. 미술관에 가면 늘 그렇듯 나는 가벼운 두통을 느끼기 시작했다. 그였다면 아마도 양쪽 관자놀이에 치료받을 권리를 아프도록 느꼈을 것이다. 그를 너무 많은 생각에 잠기게 하면 안 되었다. 불쾌한 현실과 자신의 죽음 가능성, 타인의 고통 등에 대해 정신을 너

---

98) 플레이아드 판의 주에는 '부빌 해운회사Société des Armateurs bouvillois'의 약자로 추정되어 있다.

무 많이 빼앗기게 해서는 안 되었다. 아마도 임종의 머리맡에서, 소크라테스 이후 죽는 사람이 고귀한 말을 하도록 합의된 그 순간이 왔을 때, 마치 내 작은아버지가 작은어머니에게 말한 것처럼 그는 열이틀이나 밤새워 자기를 간호해 준 아내를 향해 말했을 것이다. "테레즈, 고맙다는 말은 하지 않겠소. 당신은 의무를 다했을 뿐이니 말이오." 한 남자가 그런 경지에 오르면 모자를 벗지 않을 수 없다.

멍하니 응시하고 있던 그의 눈이 나에게 돌아가라고 말하고 있었다. 그러나 나는 돌아서지 않았다. 단호하게 불손한 태도를 고수했다. 엘에스코리알 궁전[99] 도서관에서 펠리페 2세의 어떤 초상화를 오래 들여다본 경험 덕분에, 권세로 빛나는 얼굴을 정면에서 보고 있으면, 나중엔 그 광채가 사라지고 재 같은 찌꺼기만 남는다는 것을 알고 있었기 때문이었다. 내 흥미를 끈 것은 그 찌꺼기였다.

파로탱은 훌륭하게 저항했다. 하지만 갑자기 그의 시선이 꺼지며 그림이 퇴색했다. 무엇이 남았냐고? 앞을 볼 수 없는 눈, 죽은 뱀처럼 얇은 입, 그리고 뺨이었다. 창백하고 동그랗게 부푼 어린아이 같은 얼굴. 그것이 화폭 위에 퍼져 있었다. S.A.B.의 직원들은 사장이 이런 얼굴을 하고 있으리라고는 꿈에도 생각하지 않았을 것이다. 그들은 파로탱의 집무실에 그리 오래 머무른 적이 없었기 때문이다. 그곳에 들어가면, 그들은 벽처럼 가로막는 그 무서운 시선과 마주쳤다. 하얗고 푸석푸석한 뺨은 아마도 그 이면에 숨어 있었을 것이다. 그의 아내는 몇 년 뒤에나 그것을 알아보았을까? 2년 뒤? 5년 뒤? 상상하건대 어느 날 옆에서 자고 있는 남편의 코에 달빛이 어른거릴 때, 아니면 어느 무더운 날 눈을 반쯤 감고 안락의자에 기대앉아 먹은 것을 소화시키고 있는 남편의 턱에 약간의 햇살이 비칠 때, 그녀는 대담하게 그의 얼굴을 직시했을 것이다. 그러자 부은 얼굴에 침을 흘리고 있는, 혐오스럽기까지 한 살갗의 모든 것이 무방비 상태로 나타났을 것이다. 어쩌면 그날부터 파로탱 부인은 남편을 마음대로 휘두르게 되었을지도 모른다.

나는 몇 걸음 뒤로 물러나 그 모든 위대한 인물들을 한눈에 바라보았다. 파콤, 에베르 회장, 파로탱 형제, 오브리 장군. 그들은 모두 실크해트를 쓰

99) 40여 년 동안 스페인왕으로 군림했던 펠리페 2세(1527~98)가 건설한 대건조물. 그 훌륭한 도서관이 유명하다.

고 다녔다. 일요일에 그들은 투른브리드 거리에서 꿈에 성녀 세실을 봤다는 그라티앵 시장 부인을 만났을 것이다. 그들은 그 여자에게 점잔을 부리면서 과장스럽게 인사를 했겠지만, 그 인사의 비밀은 사라져 버렸다.

화가는 그들을 매우 정확하게 그려냈다. 그러나 붓으로 그린 것이기에 그들의 얼굴은 인간의 얼굴이 가지고 있는 신비한 약점이 없었다. 그들의 얼굴은 가장 생기 없는 사람도 도자기처럼 매끈했다. 나는 거기서 나무나 동물을 닮은 것, 또 흙이나 물에 대한 생각과 비슷한 것을 찾아보았으나 헛일이었다. 분명히 살아 있는 동안의 그들은, 이렇게 필연적인 것은 가지고 있지 않았으리라. 그러나 후세에 이름을 남기게 될 때, 자신들이 부빌 주변 전체를 준설하고 땅을 파고 관개함으로써 바다와 밭을 개조한 것처럼, 자신들의 얼굴에도 은밀하게 그와 같은 일을 해달라고 저명한 화가에게 의뢰한 것이다. 그리하여 르노다와 보르뒤랭의 도움을 받은 그들은 '모든 자연'을 굴복시켰다. 그들의 외부는 물론 그들 자신의 내부까지도. 그 어두운 화폭들이 내 시선에 드러내고 있는 것은 인간에 의해 재고된 인간이며, 그 유일한 장식은 인간의 가장 아름다운 성취물, 즉 '인간과 시민의 권리'[100]라는 꽃다발이었다. 나는 아무런 사심 없이 인간계에 감탄했다.

한 신사와 부인이 들어와 있었다. 그들은 검은색 옷을 입고 있었고, 행동을 조심하려 애썼다. 입구에서부터 그들은 감동해서 걸음을 멈췄다. 남자는 기계적으로 모자를 벗었다.

"어머, 놀라워요!" 몹시 감동한 부인이 말했다.

남자가 먼저 냉정을 되찾았다. 그는 공손한 목소리로 말했다.

"이건 한 시대 전체로군!"

"그래요, 우리 할머니의 시대죠." 부인이 말했다.

그들은 몇 걸음 앞으로 나아가서 장 파로탱의 시선과 마주쳤다. 부인은 입을 딱 벌린 채 다물지 못했고, 남자는 압도당한 기색이었다. 겸손해져서 그 위압적인 시선과 약식 알현에 대해 잘 인식하게 된 것이다. 그는 가만히 아내의 팔을 끌어당겼다.

"이쪽을 좀 봐."

---

100) 프랑스 대혁명 때인 1789년에 공포된 '인권선언'. 정식 명칭은 '인간과 시민의 권리선언'이다.

레미 파로탱의 미소는 언제나 비천한 사람들의 마음을 편하게 해주었다. 부인은 가까이 다가가 설명을 열심히 읽었다.

"레미 파로탱의 초상. 1849년 부빌 출생. 파리 의과대학 교수. 르노다 작."

"과학원의 파로탱을 학사원의 르노다가 그렸군. 그게 바로 '역사'지!" 남편이 말했다.

부인은 고개를 끄덕인 뒤 그 '위대한 지도교수'를 바라보았다.

"참 훌륭하군요! 머리가 무척 좋아 보여요!"

남편은 느긋한 몸짓을 하며 별것 아니라는 듯이 말했다.

"이 사람들이 모두 부빌을 만들었지."

"이런 분들을 모두 한자리에 모아둔 건 참 잘한 일이에요."

감동받은 아내가 말했다.

우리는 그 넓은 전시실에서 훈련하는 3명의 병사였다. 남편은 존경심으로 조용히 미소를 짓고 있다가, 불안한 눈초리를 나에게 던지더니 갑자기 웃음을 멈추었다. 나는 돌아서서 올리비에 블레비뉴의 초상화 앞에 가서 섰다. 유쾌한 만족감이 나를 사로잡았다. 그래, 내 짐작이 맞았어. 정말이지 너무 우스웠다!

부인이 내 쪽으로 다가왔다.

"가스통, 이리 와요!" 갑자기 대담해진 그녀가 말했다.

남편이 우리 쪽으로 왔다.

"여보," 그녀가 말을 이었다. "이 사람은 자기 이름으로 된 거리가 있네요. 이 올리비에 블레비뉴라는 사람 말이에요. 당신도 알죠, 그 왜 '녹지언덕'으로 올라가는 좁은 길 있잖아요, 죽스트빌로 가기 바로 전에."

잠시 뒤 그녀가 덧붙였다.

"편한 인상은 아니군요."

"그렇지! 불평 많은 사람들에게 이야깃거리를 제공하는 얼굴이지."

그 말은 나에게 던진 것이었다. 그러더니 신사는 곁눈질로 나를 보며 약간 소리 내어 웃었다. 우쭐하는 모양새가 자기가 올리비에 블레비뉴라도 되는 것 같았다.

올리비에 블레비뉴는 웃고 있지 않았다. 그는 우리 쪽으로 단단한 턱을 내

밀고 있었다. 목울대가 튀어나와 있었다.

침묵과 도취의 한순간이 흘렀다.

"꼭 지금이라도 움직일 것 같아요." 부인이 말했다.

남편은 친절하게 설명해 주었다.

"이 사람은 면을 거래하는 큰 무역상이었다는구려. 나중에는 정치에 발을 들여 놓아 국회의원까지 되었지."

나는 그 사실을 알고 있었다. 2년 전에 그에 대해 모렐레 신부[101]가 쓴 《부빌 위인 소사전》을 찾아본 적 있다. 난 그 항목을 베껴두었었다.

"블레비뉴, 올리비에 마르시알. 전항에 나온 인물의 아들. 부빌에서 태어나고 죽음(1849~1908). 파리에서 법률을 전공하고 1872년에 학사학위를 받았다. 코뮌 봉기 때 깊은 충격을 받고, 대부분의 파리 시민과 마찬가지로 국민 의회의 보호 아래 베르사유로 피난을 가야 했던 그는 다른 청년들이 쾌락밖에 생각하지 않을 젊은 나이에 '생애를 질서당 재건에 바치겠다'고 맹세했다. 그는 그 맹세를 지켰다. 다시 우리의 도시로 돌아온 그는 곧 저 유명한 '질서당 결사'를 창설했다. 그 모임 덕에 여러 해 동안 매일 밤 부빌의 주요 무역상과 해운사업가들이 한자리에 모였다. 농담조로 경마 클럽보다 더 폐쇄적이라는 말을 들었던 이 귀족 모임은, 1809년까지 우리의 대무역항의 운명에 유익한 영향을 끼쳤다. 올리비에 블레비뉴는 1880년에 유명한 무역상 샤를 파콤(이 이름의 항목 참조)의 막내딸 마리루이즈 파콤과 결혼한 뒤, 장인이 죽자 파콤-블레비뉴 부자(父子) 상사를 설립했다. 얼마 뒤 그는 정계에 진출해 국회의원에 입후보했다.

그는 한 연설에서 이렇게 말한 것으로 유명하다.

'이 나라는 매우 심각한 병에 걸려 있습니다. 지도계급이 더 이상 지휘를 하려 하지 않습니다. 여러분, 만약 자질과 교육, 경험에 의해 권력을 행사하는 데 가장 적합한 사람들이 권태나 포기로 말미암아 권력에 등을 돌린다면 도대체 누가 지휘를 하겠습니까! 나는 여러 번 말해 왔습니다. 지휘를 하는 것은 사회지도층의 권리가 아니라 중요한 의무입니다. 여러분, 나는 여러분

---

101) 플레이아드 판은, 주에서 《백과전서》에도 협조한 앙리 모렐레(1727~1810) (앙드레 모렐레?)라는 이름을 들었지만, 시대를 따져보면 의문의 여지가 있다.

에게 간곡하게 부탁합니다. 권위의 원칙을 회복합시다!"

1885년 10월 4일 제1차 투표에서 당선된 뒤, 그는 계속해서 재선되었다. 그는 정력적이고 엄격한 웅변을 구사하여 화려한 연설을 수없이 남겼다. 1898년에 그 무서운 파업이 일어났을 때 그는 파리에 있었다. 그는 급히 부빌에 돌아와서 파업 저항 운동의 선봉이 되었다. 그는 파업 참가자들과의 협상에서 주도권을 잡았다. 광범위한 협조 정신에 입각한 그 협상은 죽스트부빌에서 일어난 총격전 때문에 중단되었다. 군대의 은근한 개입이 인심을 안정시켰다는 것은 잘 알려져 있다.

어린 나이에 이공대학에 입학한 아들 옥타브를 '지도자로 키울' 작정이었던 올리비에 블레비뉴는 이 아들이 뜻밖에 요절하자 극심한 타격을 입었다. 그는 거기서 다시 일어서지 못하고, 2년 뒤인 1908년 2월에 세상을 떠나고 만다.

연설집으로는 다음과 같은 것이 있다. 《도덕의 힘》(1894년 간행. 절판), 《처벌할 의무》(1900년 간행. 이 책에 수록된 연설은 모두 드레퓌스 사건에 대한 것이다. 절판), [102] 《의지》(1902년 간행. 절판). 그가 죽은 뒤 사람들은, 그의 만년의 강연과 그가 가까운 사람들에게 보낸 편지를 모아서 《불굴의 노동(Labor improbus)》[103](1910년 플롱 사 출간)이라는 제목으로 출판했다. 보르뒤랭이 그린 훌륭한 그의 초상화가 부빌 미술관에 소장되어 있다."

훌륭한 초상화, 그럴지도 모른다. 올리비에 블레비뉴는 검고 짧은 수염을 기르고 있고, 올리브색이 감도는 그 얼굴은 어딘지 모리스 바레스와 닮았다. 그 두 사람은 분명히 서로 아는 사이였다. 의석의 같은 줄에 앉는 사람들이었기 때문이다. 그러나 부빌에서 선출된 의원에게는 애국자동맹 회장[104]처럼

---

102) 이 부분은 폴리오 판에 의한 것이다. 플레이아드 판은 초고에 충실했지만 오히려 뜻이 통하지 않았다. 드레퓌스 사건은 유대인 대위 드레퓌스(1859~1935)가 1894년에 스파이 누명을 쓰고 체포되어 종신형을 받은 사건. 사실은 완전한 날조여서, 작가 에밀 졸라(1840~1902)를 비롯한 지식인들이 당국을 탄핵했고, 군부와 우익이 이에 반론하면서 프랑스가 양분되는 대사건으로 발전했다. 드레퓌스는 1906년에 무죄가 확정되었다.

103) 베르길리우스의 《농경시》 제1권에 '불굴의 노동이 모든 것을 극복했다Labor omnia vincit improbus'는 말이 나오는데, 거기서 따온 것이다.

104) 바레스는 애국자동맹의 지도자 데룰레드가 죽은 뒤, 1914년에 이 동맹의 회장이 되었다.

대범한 데가 없었다. 그는 말뚝처럼 딱딱해서, 마치 상자에 들어 있는 악마처럼 지금이라도 그림에서 튀어나올 것 같았다. 그의 두 눈은 활활 타오르고 있었다. 눈동자는 검고, 각막에는 붉은빛이 감돌았다. 작고 두툼한 입술을 꼭 다물고, 오른손을 가슴에 꼭 대고 있었다.

그 초상화가 얼마나 나를 괴롭혔던지! 블레비뉴는 어떤 때는 너무 크게 보였고, 어떤 때는 너무 작게 보였다. 그러나 지금은 왜 그렇게 보였는지 안다.

나는 《부빌의 풍자작가》를 뒤적거리다가 진실을 알게 되었다. 1905년 11월 6일 호는 전 지면이 블레비뉴 특집이었다. 표지에는 콩브 영감[105]의 머리털에 매달려 있는 블레비뉴의 모습이 아주 조그맣게 그려져 있고, '사자 털의 이〔蟲〕'라는 제목이 붙어 있었다. 첫 페이지를 열면 모든 것이 해명되어 있다. 올리비에 블레비뉴는 키가 153센티미터였다. 그는 작은 키와 회의장 전체를 자주 포복절도케 한 맹꽁이 같은 목소리로 사람들의 웃음거리가 되곤 했다. 부츠 바닥에 고무 깔창을 넣은 것도 놀림감이 되었다. 그와 반대로 파콤 집안 출신의 블레비뉴 부인은 덩치가 말만했다. 연대기 작자는 이렇게 덧붙이고 있다. "이것이 바로, 나의 반쪽이어야 할 사람이 두 배인 경우다."[106]

153센티미터! 그렇다. 그래서 보르뒤랭은 세심한 주의를 기울여 그를 작아 보이게 할 우려가 없는 물건들을 그의 주위에 배치한 것이다. 즉 원통형 쿠션의자, 낮은 안락의자, 12절판 책이 서너 권 들어 있는 책장, 페르시아풍 작은 원탁. 그렇게 해서 나란히 옆에 걸려 있는 그림 속의 장 파로탱과 같은 키로 만들었고, 두 초상화는 크기가 같았다. 그 결과 한쪽 그림의 작은 원탁은 다른 그림의 커다란 테이블과 크기가 거의 같았고, 블레비뉴의 쿠션의자는 파로탱한테는 어깨까지 오는 지경이 되었다. 이 두 초상화를 보는 눈은 본능적으로 그것을 비교하게 된다. 나의 불편한 기분은 거기서 온 것이었다.

이제 나는 웃고 싶었다. 153센티미터라니! 내가 블레비뉴에게 말을 걸려면, 허리를 굽히거나 무릎을 꿇어야 했을 것이다. 그가 그토록 거만하게 코

---

105) 에밀 콩브(1835~1921)는 프랑스 정치가. 1902년부터 1905년까지 수상을 지냈다. 투철한 반교권주의자로, 그의 정책이 결과적으로 1905년의 정교분리를 가져왔다.

106) '나의 반쪽'이라고 하면 아내라는 뜻도 된다. 두 배와 반이 엇갈린 조롱이다.

를 높게 치켜들고 있는 것이 더 이상 놀랍지 않았다. 키가 그만한 사람들의 운명은 늘 그들의 머리보다 몇 인치 위에서 결정되기 때문이다.

예술의 힘이 놀랍다. 후세에는 새된 목소리를 가진 그 작은 남자에 관해 다만 위협적인 얼굴과 거만한 몸짓, 황소처럼 핏발 선 눈만이 남게 될 것이다. 코뮌에 공포를 느낀 학생, 작달막하고 골을 잘 내는 국회의원. 이것이 죽음이 데려가 버린 바로 그 사람이다. 그러나 보르뒤랭 덕분에 '질서당 결사'의 회장이고 '도덕의 힘'을 연설한 사람이었던 그는 불멸의 존재가 되었다.

"어머나! 가엾은 파리 공대생!"

부인이 숨막히는 듯한 소리를 질렀다. '앞 인물의 아들'인 옥타브 블레비뉴의 초상화 밑에 경건한 필치로 다음과 같은 말이 적혀 있었다.

'1904년,[107] 파리 이공대학 재학 중 사망.'

"죽었대요! 아롱델의 아들처럼요. 참 영리해 보이는 얼굴인데. 어머니가 얼마나 슬펐을까! 그런 좋은 학교에서는 공부를 너무 많이 한다더군요! 자고 있는 동안에도 뇌를 움직인대요. 난 저 이각모(二角帽)가 참 좋아요. 정말 멋지잖아요. 저걸 화식조(火食鳥)[108]라고 하던가요?"

"아니야. 화식조 깃털장식은 생시르 육군사관 생도들이 하는 거지."

나도 그 요절한 이공대 학생을 쳐다보았다. 그의 밀랍 같은 얼굴색과, 너무나 틀에 맞춘 듯한 얌전한 콧수염만 봐도 죽음이 멀지 않았다는 인상을 주기에 충분했다. 게다가 그도 자신의 운명을 예상하고 있었던 것 같다. 먼 곳을 바라보는 그 맑은 눈에서 어떤 체념 같은 것을 읽을 수 있었기 때문이다. 그러나 그러면서도 그는 고개를 높이 치켜들고 있었다. 제복 입은 그는 프랑스군을 상징하고 있었다.

Tu Marcellus eris! Manibus date lilia plenis……
(그대야말로 마르켈루스가 되리라. 이 손 가득 백합꽃을 다오……[109])

---

107) 올리비에 블레비뉴는 아들이 죽은 지 2년 뒤인 1908년에 타계했으므로, 이것은 1906년으로 해야 할 것이다.
108) 이각모는 나폴레옹의 초상화에서 흔히 볼 수 있는 모자로, 테가 좌우로 뿔처럼 솟아나 있다. 화식조 깃털 장식은 모자 앞쪽에 홍백의 깃털장식이 달려 있는 것을 가리킨다.

꺾인 장미, 파리 대학 공대생의 죽음, 이보다 더 슬픈 일이 어디 있겠는가?

나는 긴 화랑을 중간에 발길을 멈추지도 않고 천천히 걸어가며, 어두컴컴한 데서 하나씩 떠오르는 훌륭한 얼굴들에게 인사를 보냈다. 상업재판소장인 보수아르 씨, 부빌 시 항구자치운영위원회 회장 파비 씨, 가족과 함께 서 있는 무역상 불랑주 씨, 부빌 시장 란느캥 씨, 부빌 출신의 주미 프랑스 대사이자 시인인 드 뤼시앵 씨, 지사의 옷을 입은 모르는 사람, 큰 고아원 원장이었던 생트마리루이즈 수녀, 테레종 부부, 노동재판소 심판관 티브구롱 씨, 선원등록소 이사장 보보 씨, 브리옹, 미네트, 그를로, 르페브르 씨들, 팽 박사와 그 부인, 아들인 피에르 보르뒤랭이 그린 보르뒤랭 씨 본인도 있다. 수많은 맑고 차가운 시선, 섬세한 윤곽, 얇은 입술. 불랑주 씨는 절약가이자 참을성이 있었고, 생트마리루이즈 수녀는 실무감각도 뛰어난 신앙가였다. 티브구롱 씨는 타인에 대해서처럼 자기 자신에게도 엄격했다. 테레종 부인은 심각한 불행에도 굴하지 않고 싸웠다. 한없이 피곤해 보이는 그녀의 입은 그녀의 고뇌를 얘기하고도 남았지만 신앙심이 철저한 그녀는 결코 '괴롭다'는 말을 한 적이 없었다. 그녀는 꿋꿋했다. 집안에서는 식단을 짜고 밖에서는 자선단체를 이끌었다. 가끔 뭔가 말하려다가 조용히 눈을 감을 때가 있는데 그때는 얼굴에서 생기가 사라졌다. 그러나 그러한 기력감퇴는 거의 1초 만에 끝난다. 테레종 부인은 곧 다시 눈을 뜨고 하려던 말을 계속한다. 작업장에서 사람들이 수군거리곤 했다.

---

109) 베르길리우스의 《아이네이스》 제6가에 있는 한 구절. 명계에 내려간 아이네아스에게 죽은 아버지 안키세스가 미래의 로마를 건설할 공로자들을 보여주는 대목이다. 맨 처음 안키세스는 용장 마르켈루스(기원전 268~208)의 모습을 보여준다. 그때 아이네아스는 그 용사와 함께 걷고 있는 사람이 늠름한 모습인데도 고개를 숙이고 있어서 누구냐고 묻자, 아버지는 아우구스투스 황제(기원전 63~서기 14)의 조카이자 황제의 후계자로 지명되고, 딸율리아를 아내로 얻는 등 장래를 촉망받던 가운데 불과 열아홉 나이에 요절하는 또 한 사람의 마르켈루스(기원전 42~23)라고 대답한다. 그 마르켈루스의 어머니는 황제의 누이옥타비아(기원전 69무렵~11)인데, 베르길리우스가 그녀와 아우구스투스 앞에서 이 대목을 낭독했을 때 옥타비아는 슬퍼하다가 끝내 실신했다고 한다. 이해를 돕기 위해 이 앞뒤의 구절(안키세스의 말)을 인용해 둔다.

"오, 애처로운 아들이여, 가혹한 운명을 조금이라도 물리칠 수 있으면 좋으련만. 그대야말로 마르켈루스가 되리라. 이 손 가득 백합꽃을 다오. 붉은 자줏빛 꽃을 뿌릴 테니."

"가엾은 테레종 부인! 절대로 불평이라는 걸 안 한다니까."

나는 보르뒤랭 르노다 전시실을 끝에서 끝까지 걸어갔다. 그리고 뒤를 돌아보았다. 영원히 안녕, 각자의 작은 신전 속에 정교하게 그려진 아름다운 백합이여. 안녕, 아름다운 백합, 우리의 자긍심, 우리의 존재 이유여. 안녕, 비열한 자들이여.

월요일

나는 더 이상 롤르봉에 대한 책을 쓰지 않고 있다. 끝이다. 더 이상은 쓸 '수가' 없다. 이제부터 뭘 하면서 살아야 하지?

3시였다. 나는 책상 앞에 앉아 있었다. 옆에는 모스크바에서 훔친 편지 다발을 두고 있었다. 그리고 이렇게 썼다.

"매우 불길한 소문이 조심스럽게 번져갔다. 그가 조카 앞으로 보내는 9월 13일자 편지에서 이제 막 유언장을 썼다고 쓴 것으로 보아, 롤르봉 씨는 이 책략에 걸려든 것이 분명하다."

후작은 그 순간 실재했다. 그가 역사적 존재 속에 결정적으로 자리하게 될 때까지, 나는 그에게 내 삶을 빌려주고 있었던 것이다. 나는 빈 위장에 감지되는 가벼운 열을 통해 그를 느꼈다.

나는 문득, 사람들이 나에게 분명 반론을 제기하리라는 것을 알아챘다. 롤르봉이 조카에게 솔직하게 털어놓기는커녕, 암살계획이 실패했을 때를 대비해, 조카를 파벨 1세에 대한 피고인 측 증인으로 이용할 계획이었을 거라는 반론이다. 분명히 그가 어수룩한 인간임을 가장하기 위해 유언 이야기를 날조하는 것은 충분히 있을 수 있는 일이다.

그것은 하잘것없는 반론으로, 대수로운 것이 아니었다. 그러나 그것은 나로 하여금 우울한 공상에 잠기게 하기에 충분했다. 갑자기 카미유 레스토랑의 뚱뚱한 웨이트리스와 아쉴 씨의 겁먹은 얼굴, 그리고 그 가게의 모습이 떠올랐다. 나는 그곳에서 나 자신을 잊었고, 내가 현재라는 시간 속에 내버려져 있다는 것을 똑똑히 느꼈던 것이다. 나는 몸서리를 치며 혼잣말했다.

"나 자신의 과거를 붙잡을 힘도 없었던 내가, 어떻게 타인의 과거를 구제한다는 거지?"

펜을 들고 다시 작업을 시작하려고 했다. 그러나 과거, 현재, 그리고 세계에 대한 그러한 성찰이 짜증나서 견딜 수 없었다. 나는 오직 한 가지밖에 원하지 않았다. 그것은 무엇에도 방해받지 않고 내 책을 완성하는 것이었다.

그러나 하얀 종이 더미 위에 시선이 떨어졌을 때 그 광경에 흠칫 놀랐다. 그리고 펜을 허공에 든 채 눈부신 그 종이를 응시했다. 그 종이가 얼마나 무자비하게 눈길을 끌고, 얼마나 강렬하게 실재하고 있었는지 모른다. 종이에 현재 말고는 아무것도 없었다. 방금 전 내가 종이 위에 쓴 글씨가 아직 마르지도 않았건만, 이미 그것은 내 것이 아니었다.

"매우 불길한 소문이 조심스럽게 번져갔다……"

이 문장은 내가 생각한 것이고, 처음에는 어느 정도 나 자신이었다. 지금 그것은 종이 위에 각인되어 있으며 일체를 이루어 나에게 대항하고 있다. 나에게는 이미 기억도 사라졌다. 이제는 그것을 다시 생각하는 것도 불가능했다. 문장은 거기, 눈앞에 있었다. 그 유래를 보여주는 흔적을 찾는다는 것은 헛일이었을 것이다. 내가 아니라도 누구든지 그것을 쓸 수 있었을 테니. 그러나 나에게는, '나에게는' 그것을 내가 썼다는 확신이 없었다. 그 순간은 글씨도 더 이상 잉크가 반짝이지 않고 말라 있었다. 그것 역시 사라진 것이다. 순간적인 글씨의 빛은 이제 아무것도 남아 있지 않았다.

나는 주위에 불안한 시선을 던졌다. 현재, 현재 말고는 아무것도 없었다. 가볍고 튼튼한 가구들도 현재에 갇혀 있었다. 테이블도, 침대도, 거울 달린 장롱도—그리고 나 자신도. 현재의 진정한 성질이 베일을 벗었다. 그것은 존재한다는 것이었고, 현재가 아닌 모든 것은 존재하지 않았다. 과거는 존재하지 않았다. 전혀 존재하지 않았다. 사물 속에도, 또 나의 생각 속에조차 존재하지 않았다. 물론 오래전부터 나는 내 과거가 달아나 버린 것을 알고 있었다. 그러나 그때까지 나는 과거가 단순히 손이 닿지 않는 곳으로 물러났을 뿐이라고 생각했었다. 나에게 있어서 과거는 단지 은퇴 같은 것이었다. 즉 그것은 또 하나의 존재 양식이며 휴가, 활동의 정지 상태였다. 하나하나의 사건은 제 역할을 마치면, 스스로 물러나 얌전하게 상자 속에 들어가 명예로운 사건이라는 칭호를 얻는다. 그만큼 무(無)를 상상하는 건 어려운 일이다. 지금 나는 알고 있다. 사물은 모조리 겉으로 보는 그대로이고…… 그리고 '사물의 뒤에는' …… 아무것도 없다는 것을.

그 생각이 몇 분쯤 더 나를 사로잡고 놓아주지 않았다. 나는 거기서 풀려나려고 어깨를 거칠게 움직였다. 그리고 종이 더미를 내 앞에 끌어당겼다.

"……그는 이제 막 유언장을 썼다……"

갑자기 나는 심하게 속이 울렁거리는 기분에 사로잡혔다. 펜이 내 손에서 떨어져 잉크를 튀겼다. 무슨 일이 일어난 것일까? '구토'를 느낀 것인가? 아니, 그건 아니었다. 방은 여느 때처럼 아늑한 모습을 유지하고 있었다. 테이블이 좀더 무겁고 두꺼우며, 만년필이 좀더 축소된 것 같은 느낌이 드는 정도였다. 다만 방금 롤르봉 씨가 한 번 더 죽은 것이다.

조금 전까지도 그는 아직 그곳에 있었다. 조용하고 뜨겁게 내 안에 있었고, 가끔 그가 움직이는 것이 느껴졌었다. 그는 무척 생기 있었다. 내게는 독학자보다 더욱, 또는 '철도인 만남의 장소'의 여주인보다 더욱 생기 있었다. 물론 그는 변덕스러워서, 때로는 며칠씩 나타나지 않는 일도 있었다. 그렇지만 신기하게도 날씨가 좋으면 습도를 표시하는 습도계 인형[110]처럼 가끔 밖으로 코를 내밀기 때문에, 나는 그 창백한 얼굴과 파리한 뺨을 볼 수 있었다. 비록 모습은 보여주지 않지만, 그는 내 마음을 무겁게 짓눌러 내 안이 그로 가득 차 있다고 느끼게 만들었다.

지금은 이미 그의 것은 아무것도 없었다. 말라버린 잉크 자국 위에 신선한 광채의 추억이 남아 있지 않은 것과 마찬가지다. 그것은 내 탓이다. 해서는 안 될 말을 내가 해버렸기 때문이다. 과거는 존재하지 않는다고 말해 버린 것이다. 그러자 롤르봉 씨는 소리도 없이 대번에 무로 돌아가고 말았다.

나는 그의 편지를 손에 들고 어떤 절망적인 기분에 사로잡혀 그것을 손가락으로 더듬었다.

"이것은 그 사람이야." 나는 속으로 중얼거렸다, "어쨌든 그가 이것을 한 자 한 자 쓴 것이지. 그 사람이 이 종이 위에 몸을 구부리고 펜 밑에서 종이가 움직이지 않도록 손가락으로 누른 거라고."

이미 늦었다. 그러한 말에는 이제 아무 의미가 없었다. 더 이상은 내가 손 안에 쥐고 있는 누렇게 바랜 한 다발의 종이 말고는 아무것도 존재하지 않았

---

110) 고깔 쓴 사람 모양을 한 습도계. 습도가 높으면 고깔을 쓰고, 낮으면 고깔을 벗는 장치로 되어 있다.

다. 분명히 다음과 같은 복잡한 이야기가 있었다. 롤르봉의 조카가 1810년에 러시아 황제의 경찰에게 암살되었고, 몰수되어 비밀 서고에 옮겨졌던 그에 대한 서류는 110년 뒤에 정권을 장악한 소비에트에 의해 국립도서관에 보관되었는데, 그것을 내가 1923년에 그 도서관에서 훔쳐냈다. 그러나 그 이야기는 사실 같지 않았고, 나 스스로가 저지른 그 도둑질에 대해서도 전혀 기억이 없었다. 그 서류가 실제로 내 방에 있다는 것을 설명하기 위해, 여러 가지 그럴듯한 이야기를 지어내는 것은 어려운 일이 아니었을 것이다. 그러나 그것도 모두, 그 거칠거칠한 종이 앞에서는 마치 거품처럼 헛되고 가벼운 것으로 보이는 것 같았다. 롤르봉에게 물어보기 위해서는, 이런 서류에 의지하기보다 차라리 당장 심령술 원탁[111]의 도움을 받는 것이 낫지 않을까. 롤르봉은 이미 존재하지 않았다. 전혀. 만약 그의 뼈가 조금 남아 있다 해도, 그것은 뼈 자체로 완전히 독립적으로 존재하는 것일 뿐이며, 이미 염분과 수분을 함유한 인산염과 탄산석회에 지나지 않는 것이었다.

나는 마지막 시험을 했다. 후작이 떠오르도록—보통은 그랬다—장리스 부인이 쓴 구절을 마음속으로 되풀이했다. '주름살이 잡힌 청결하고 뚜렷한 그의 작은 얼굴은, 마마 자국으로 얽어 있지만, 거기에는 독특한 심술이 있어서 아무리 감추려고 해도 밖으로 드러나곤 했다.'

그러자 그의 얼굴이 순순히 내 앞에 나타났다. 그의 뾰족한 코, 파리한 뺨, 그 미소. 나는 전보다 훨씬 쉽게 그의 윤곽을 마음대로 그려낼 수 있었다. 다만 그 모습은 내 마음속의 이미지, 하나의 허구에 불과했다. 나는 한숨을 짓고 몸을 젖혀 의자 등받이에 기대며, 참을 수 없는 결핍을 느꼈다.

시계가 4시를 친다. 내가 팔을 늘어뜨린 채 의자에 앉아 있은 지 한 시간쯤 됐다. 어두워지기 시작했다. 그것 말고는 이 방에 아무런 변화도 없다. 흰 종이가 여전히 탁자 위, 만년필과 잉크병 옆에 있다…… 그러나 내가 쓰

---

111) 죽은 자의 영혼과 살아 있는 사람을 소통하게 하는 심령술의 하나이다. 삼각다리의 원탁 위에 여러 명의 사람들이 손을 얹고 영혼을 불러낸다고 한다. 19세기 중엽부터 20세기까지, 미국과 유럽 일부에서 커다란 주목을 받았다. 이를테면 빅토르 위고(1802~85)도 한때 이 문제에 심취했고, 앙리 베르그송(1859~1941)한테서도 심령문제에 대한 심상치 않은 관심을 엿볼 수 있다.

던 이 종이에 다시는 아무것도 쓰지 않을 것이다. 다시는 기록들을 조사하기 위해 뮈틸레 거리와 르두트 대로를 지나 도서관에 가는 일도 없을 것이다.

의자에서 일어나 밖으로 나가서, 무엇이든 기분전환이 될 만한 일을 하고 싶었다. 그러나 손가락 하나만 쳐들어도, 즉 완전히 꼼짝하지 않고 있지 않으면 무슨 일이 일어날지 나는 잘 알고 있다. 나는 그 일이 또 일어나는 것을 '원하지 않는다'. 그 일은 늘 너무 빨리 일어난다. 나는 움직이지 않는다. 그리고 기계적으로 연습장을 읽어 내려간다. 내가 쓰다 만 구절이다.

"매우 불길한 소문이 조심스럽게 번져갔다. 그가 조카 앞으로 보내는 9월 13일자 편지에서 이제 막 유언장을 썼다고 쓴 것으로 보아, 롤르봉 씨는 이 책략에 걸려든 것이 분명하다."

롤르봉 대사건은 끝났다, 마치 열렬한 연애가 끝나듯이.[112] 다른 것을 찾을 필요가 있다. 몇 년 전에 상하이에 있는 메르시에의 사무실[113]에서 나는 문득 꿈에서 깨어나 눈을 떴다. 그 다음에 다른 꿈을 꾸었는데, 내가 러시아 황제의 궁정에서 살고 있었다. 겨울에는 문 위에 고드름이 달릴 만큼 춥고 낡은 궁전이었다. 오늘은 흰 종이 묶음을 앞에 두고 깨어났다. 촛대들, 얼어붙는 것처럼 추웠던 파티, 제복들, 떨고 있던 아름다운 어깨들은 사라지고 없다. 그 대신 이 훈훈한 방에 '무엇인가' 남아 있다. 보고 싶지 않은 무언가가.

롤르봉 씨는 나의 협력자였다. 그는 존재하기 위해 나를 필요로 했고, 나는 내 존재를 느끼지 않기 위해 그가 필요했다. 나는 원료를 제공하고 있었다. 내가 많이 가지고 있으면서도 무엇에 써야 할지 몰랐던 원료, 즉 존재, '나의' 존재를 제공하고 있었던 것이다. 한편 그의 역할은 나를 대신하는 것이었다. 그는 나와 대면하며 자기 삶이 내 삶을 '대신'한다고 여겼고, 또 그래서 내 삶을 점령했다. 나는 내가 존재하고 있다는 것을 알지 못했다. 나는

---

112) 플레이아드 판 주석자는, 여기서 사르트르가 프루스트의 《잃어버린 시간을 찾아서》 제1편 제2부 '스완의 사랑'을 떠올렸다고 상상한 것 같다. 이 연애극의 마지막에, 고급 창녀 오데트와의 사랑에서 깨어난 스완이, 자기 취향이 아닌 여자를 위해 몇 년을 허비했다고 중얼거리는 장면이 있는데, 사르트르는 이 대목을 즐겨 인용했다고 한다. 그렇게 생각한다면, 앞 주의 심령술 원탁과 그 앞의 습도계 인형도 프루스트의 소설에 사용된 중요한 소도구라는 점이 흥미를 끈다.

113) 소설 첫머리와 앞의 기술에서 보아, 여기는 상하이가 아니라 하노이라고 해야 할 것이다.

그때 내 안에 존재한 것이 아니라 그 안에 존재했다. 내가 먹은 것은 그를 위한 것이고, 숨을 쉰 것도 그를 위한 것이었다. 나의 동작 하나하나가 외부에서, 즉 나와 마주하고 있는 그의 내부에서 의미를 가졌다. 나는 종이에 글씨를 쓰는 내 손도, 내가 쓴 글도 보고 있지 않았다—다만 그 뒤, 종이 저편에 있는 후작을 보고 있었다. 후작이 그 동작을 요구했고, 그 동작은 그의 존재를 연장하며 더욱 견고하게 만들었다. 나는 그를 살게 하는 수단에 지나지 않았고, 그는 나의 존재 이유였다. 그는 나를, 나 자신으로부터 해방시켜 주었다. 그런데 이제부터는 무엇을 한다?

무엇보다도 움직이지 않을 것, '움직이지 않을 것' ……아!

이 어깨의 움직임, 나는 그것을 자제할 수 없었다……

경계태세를 갖추고 기다리고 있던 무엇, 그것은 내게 달려들더니 내 안에 흘러 들고, 나는 그것으로 채워진다—그것은 아무것도 아니다. '그 무엇', 그것이 나다. 존재가 자유롭게 해방되어 내 위로 역류해 온다. 나는 존재한다.

나는 존재한다. 부드럽다, 참으로 부드럽다, 참으로 느긋하다. 그리고 가볍다. 공중에 혼자 떠 있는 느낌이다. 그것이 움직인다. 곳곳에서 스치다가, 녹아서 사라져 버린다. 부드럽다, 너무도 부드럽다. 입안에 거품으로 된 물이 있다. 나는 그것을 삼킨다. 그것이 내 목구멍을 미끄러지며 나를 애무한다—그리고 그것은 또다시 입안에 생겨난다. 내 입속의, 영원히 하야스름한 물이 나오는—눈에 보이지 않는—작은 샘, 그것이 혀에 닿는다. 그 샘, 그것 역시 나다. 그리고 혀도. 그리고 목구멍도, 그것도 나다.

테이블 위에 펼치고 있는 내 손을 본다. 손은 살아 있다—나다. 손바닥을 벌리니 손가락들이 활짝 펴진다. 기름진 손바닥이 나타난다. 마치 발랑 드러누운 동물 같다. 손가락이 동물의 다리다. 나는 그것을 시험 삼아 움직여 본다. 아주 빠르게, 등껍질을 아래로 하고 뒤집힌 게의 다리처럼. 게가 죽었다. 다리가 오그라들어 손바닥 위에 모인다. 손톱들이 보인다—내게서 살아 있지 않은 유일한 것. 그리고 다시 손은 몸을 뒤집어 엎드린 자세를 취하더니, 이제는 등을 보여준다. 약간 반짝이는 은빛의 손등—손가락 뼈가 솟아난 곳에 붉은 털이 나 있지 않다면 물고기처럼 보일 수도 있겠다. 나는 내 손을 느낀다. 내 팔 끝에서 움직이고 있는 두 마리의 동물, 그것은 나다. 내 손이 한쪽 발로 다른 발을 긁는다. 나는 테이블 위에서 손의 무게를 느끼지만, 그 테이블은 내가 아니다. 이 무게의 감각, 그것은 오래, 오래, 사라지지 않는다. 사라질 이유가 없다. 더는, 참기 힘들다…… 나는 손을 끌어당겨 호주머니 속에 넣는다. 그러나 곧 옷감을 통해서 넓적다리의 체온을 느낀다. 즉시 호주머니에서 손을 거칠게 꺼내 의자 등받이에 걸쳐놓는다. 그랬더니 이젠 손의 무게를 팔 끝에서 느낀다. 조금, 아주 조금 당겨지고 있다. 살며시, 부드럽게, 손은 존재한다. 더 이상 고집부리지 않으련다, 내가 손을 어디에 두든 손은 계속 존재할 테고, 나는 손이 존재하는 것을 계속 느낄 것이다. 손을 없앨 수 없고, 내 몸의 나머지 부분도 없앨 수 없다. 내 셔츠를 더럽히는 축축한 체온도, 마치 스푼으로 휘젓는 것처럼 천천히 몸속을 돌고 있는 따뜻한 지방도, 나의 내부에서 유유자적 오가는 모든 감각, 옆구리에서 겨드랑이 밑으로 올라가거나, 아침부터 저녁까지 정해진 한구석에서 얌전하게 숨어 있는 감각들도 모두 없애버릴 수가 없다.

벌떡 일어선다. 생각하는 것만 그만둘 수 있어도 낫겠다. 생각하는 것보다 무미건조한 것은 없다. 육체보다 더 무미건조하다. 그것은 끝없이 계속되며 묘한 맛을 남긴다. 게다가 생각의 내부에는 말이 있다. 끝내지 못한 말, 끊임없이 다시 나타나는 불완전한 문장이 있다.

"나는 끝내야만…… 나는 존재…… 죽음은…… 롤르봉 씨가 죽었다…… 나는 오히려…… 나는 존……" 됐다, 됐어…… 이런 식으로는 절대로 끝나지 않는다. 이것이 다른 것보다 더욱 난감한 것은, 책임이 나한테 있고 내가 공범자라고 느끼기 때문이다. 예를 들어 '나는 존재한다'는 괴로운 고찰도, 그 생각을 품고 있는 것은 나다. 바로 나. 육체는, 일단 시작되면 혼자 힘으로 살아간다. 그러나 생각은, 그것을 계속해서 펼쳐나가는 것이 바로 '나'다. 나는 존재한다. 나는 존재한다고 생각한다. 아! 끝없이 구불구불 이어지는 이 존재한다는 느낌—그것을 나는 전개시킨다, 천천히…… 생각하는 것을 그만둘 수만 있다면! 노력해 본다. 성공한다. 머릿속이 연기로 가득 찬 것 같다…… 그런데 이것 봐, 또 시작되는군. "연기…… 생각하지 말자…… 생각하고 싶지 않다…… 생각하고 싶지 않다고 생각한다. 생각하고 싶지 않다는 생각까지 할 필요는 없다. 그것도 하나의 생각이니까." 이러니 절대로 끝이 안 나겠지?

나의 생각, 그것은 '나'다. 그래서 나는 멈출 수 없는 것이다. 내가 생각하기 때문에 내가 존재하는 것이다…… 그러므로 나는 생각하는 것을 그만둘 수 없다. 지금 이 순간조차도—무서운 일이다—내가 존재한다면, '그 이유는' 존재하는 것을 끔찍해하기 때문이다. 나다, 그 누구도 아닌 '바로 나'인 것이다, 내가 그렇게도 동경하는 무(無)에서 나를 끌어낸 것은. 존재하는 것에 대한 증오, 존재하는 것에 대한 혐오, 그것 또한 나를 존재하게 '만들고' 존재 속에 나를 밀어넣는 방법이다. 생각은 내 뒤에서 현기증처럼 생겨난다. 나는 생각이 머리 뒤에서 생겨나는 것을 느낀다…… 내가 양보하면 생각은 앞쪽으로, 두 눈 사이로 올 것이다—결국 나는 언제나 양보한다. 생각은 커지고 커져서, 이윽고 거대한 것이 되어, 나를 완전히 채우고 나의 존재를 새롭게 한다.

　내 침은 달콤하고 내 육체는 미지근하다. 나는 나 자신이 역겹게 느껴진다. 내 주머니칼이 테이블 위에 있다. 접혀 있던 날을 편다. 안 될 게 뭐 있나? 어쨌든 조금은 변화할 것이다. 나는 왼손을 메모지 위에 놓고, 내 손바닥을 주머니칼로 쿡 찌른다. 동작에 너무 신경을 많이 썼는지 칼날이 미끄러졌지만 상처는 그리 깊지 않다. 피가 흐른다. 그래서? 변한 것이 뭐가 있지? 그래도 나는 하얀 종이 위 아까 내가 써놓은 글씨 옆, 끝내 나 자신에게서 떨어져 나간 약간의 핏방울을 만족스럽게 바라본다. 흰 종이 위에 있는 네 줄의 글씨와 피의 얼룩, 그것이 바로 아름다운 기억을 만들어 주는 것이다. 그 밑에 이렇게 써야겠다. "이날, 나는 롤르봉 후작에 대해 책 쓰기를 포기했다."

　손을 치료할까? 망설인다. 피가 조금씩 배어나오는 것을 바라본다. 이제 막 응고하기 시작했다. 끝났군. 상처 주위의 피부가 녹슨 것처럼 보인다. 피부 밑에는 다른 감각과 비슷한 희미한 감각밖에 남아 있지 않지만, 그것은 아마도 훨씬 무미건조한 것이리라.

　5시 30분을 친다. 일어선다. 차가운 셔츠가 살에 달라붙는다. 나는 외출한다. 왜냐고? 그렇게 하지 않을 이유도 없기 때문이다. 아무리 방에 있어봐야, 또 아무리 말없이 구석에 웅크리고 있어봐야 나를 잊을 수는 없을 것이다. 나는 그곳에 있으면서, 바닥에 몸무게를 싣고만 있을 것이다. 내가 존재하고 있으니.

길을 가다 신문을 산다. 자극적인 기사. 어린 뤼시엔의 시체가 발견되었다! 잉크 냄새,[114] 종이가 손가락 사이에서 구겨진다. 파렴치한은 달아났다. 아이는 강간당했다. 시체가 진흙 속에서 발견되었다. 손가락들이 오그라진 채. 신문을 공처럼 뭉치니, 신문 위로 오그라진 내 손가락. 잉크 냄새, 세상에, 오늘은 사물들이 정말 강렬하게 존재하는군. 어린 뤼시엔은 강간당했다. 목이 졸려 죽었다. 그 아이의 육체가 아직 존재하고 있다, 손상된 육체가. '그 아이'는 이제 존재하지 않는다. 그 아이의 손. 그녀는 이제 존재하지 않는다. 집들. 나는 집들 사이를 걷는다, 나는 집들 사이에 있고, 똑바로 보도 위를 걸어간다. 보도는 내 발밑에 존재한다, 집들이 나를 뒤덮는다, 물이 내 위로, 백조의 산을 이룬 종이 위로, 밀려오듯, 나는 존재한다. 나는 존재한다, 나는 실재한다, 나는 생각한다, 고로 존재한다. 나는 존재한다, 왜냐하면 나는 생각하기 때문이다, 왜 나는 생각할까? 나는 이제 생각하고 싶지 않다, 나는 존재한다, 왜냐하면 나는 더 이상 존재하고 싶지 않다고 생각하기 때문이다, 나는 생각한다…… 왜냐하면…… 흥! 나는 달아난다, 파렴치한은 도주했다. 그 아이의 강간당한 육체. 그 아이는 자기의 육체에 다른 육체가 들어오는 것을 느꼈다. 나는…… 지금 나는…… 강간당한 소녀. 강간이라는 피비린내 나는 감미로운 욕망이 나를 뒤에서 붙잡는다. 매우 부드럽게, 귀 뒤에서, 귀가 내 뒤로 흐른다, 붉은 머리, 머리 위쪽은 적갈색이다, 젖은 풀, 적갈색 풀, 그것도 나일까? 그리고 이 신문은, 그것도 나일까? 신문을 쥔다, 존재 대(對) 존재, 사물은 서로 꼭 붙어서 존재한다, 나는 신문을 놓는다. 집이 튀어나온다, 집이 존재한다, 내 앞으로 건물 외벽을 따라 나는 나아간다, 긴 벽을 따라 나는 존재한다, 벽 앞으로 한 걸음, 벽이 내 앞에 존재한다, 한 채, 두 채, 내 뒤에, 벽은 내 뒤에 존재한다, 손가락 하나가 내 바지 속을 할퀴고 있다. 할퀴고, 할퀴고, 진흙 묻은 소녀의 손가락을 잡아당긴다, 내 손가락에 흙이 묻는다, 진흙탕 도랑에서 꺼냈으니, 조용조용 다시 떨어져 나간다, 힘도 없어지고 할퀴는 것도 약해졌다. 파렴치한 놈, 목이 졸려 살해당한 소녀의 손가락은 흙을 할퀴고 있는데. 흙을 할퀴는 힘도 약해졌다, 손가락은 조용히 미끄러져, 머리를 아래로 하고 떨어지고,

---

114) 그 다음에 오는 문장은 어떤 내적 고백이며, 의식이 차례차례 인식한 것을 그대로 언어화하는 방법이 사용되었다. 문장이 불완전한 부분이 많은 것은 그 때문이다.

따뜻하게 뭉쳐져 내 넓적다리를 애무한다. 존재는 부드러우며, 구르고, 요동친다, 나는 집들 사이에서 요동친다, 나는 존재한다, 나는 실재한다, 나는 생각한다 고로 요동친다, 나는 존재한다, 존재는 추락이다, 떨어진다, 떨어지지 않을 것이다, 떨어질 것이다, 손가락이 창구멍을 긁는다, 존재는 불완전하다. 신사. 멋진 신사가 존재한다. 신사는 자기가 존재하는 것을 느낀다. 아니, 나팔꽃처럼 자랑스러운 듯 기분 좋게 지나가는 이 멋쟁이 신사는 자기가 존재하고 있다는 것을 느끼지 못한다. 피어난다. 베인 손이 아프다, 존재한다, 존재한다, 존재한다. 그 멋쟁이 신사는 레지옹도뇌르 훈장이 존재하고, 콧수염이 존재한다,[115) 그뿐이다. 레지옹도뇌르 훈장과 콧수염만 가진 자는 정말 행복하겠군, 아무도 그것들을 제외한 나머지는 보지 않으니, 그에게서 코 양쪽으로 뻗어 있는 콧수염의 양 끝이 보인다. 나는 생각하지 않는다, 고로 나는 콧수염이다. 그 여윈 몸도, 커다란 발도 그의 눈에는 보이지 않고, 바지 속을 뒤지면 틀림없이 잿빛의 작은 고무 한 쌍이 나올 것이다. 그는 레지옹도뇌르 훈장을 가지고, '비열한 놈들'은 존재할 권리를 가진다. "나는 존재한다, 왜냐하면 그것이 내 권리니까." 나는 존재할 권리를 가진다, 고로 나는 생각하지 않을 권리를 가진다. 손가락이 선다. 이제 해볼까……? 꽃처럼 펼쳐진 하얀 시트 속에서,[116) 꽃피우자마자 다시 조용히 스러지는 하얀 육체를 애무하고, 촉촉한 잎겨드랑이를 만지고, 묘약과 술과 육체의

---

115) 문법적으로 매우 부자연스러운 표현이지만, '존재한다exister'라는 말을 타동사처럼 사용한 것이다. 사르트르는 나중에 《존재와 무》(1943)에서 신체의 문제에 대해 언급했을 때, 타자의 신체는 의식의 초월적인 대상이 될 수 있지만, 자기 자신의 신체는 초월적인 것도 인식되는 대상도 아니라 하며 이렇게 쓰고 있다. "자발적, 비반성적인 의식은 이미 신체 '에 대한' 의식이 아니다. 오히려 '존재한다'라는 동사를 타동사로 사용하여 이렇게 말해야 할 것이다. '의식은 그 신체를 존재한다elle existe son corps'" 이것은 《존재와 무》 제3부 '대타존재(對他存在)'의 제2장 '신체' 속의 '대자존재(對自存在)로서의 신체 사실성'의 한 구절이다. 《구토》의 멋쟁이 신사에게 있어서는, 콧수염은 물론이고 몸에 부착한 레지옹도뇌르 훈장도 자기 신체의 일부로 의식되고 있기 때문에, 그에게 있어서의 세계는 그런 것을 통해 나타난다고 로캉탱은 상상했을 것이다. 따라서 이 구절은 로캉탱의 의식기술이라는 형태로, 나중에 대작(大作) 속에서 전개될 고찰을 앞지르는 것이라고 할 수 있다.

116) 플레이아드 판에는 이 문장의 끝까지 구두점이 하나도 없다. 또 '나의 몸은'으로 시작되는 다음 문장도 마찬가지다. 아마 초고도 그렇게 되어 있을 것이다. 이에 비해 폴리오 판에는 플레이아드 판이 간행된 뒤의 판도 포함하여, 상당히 많은 구두점이 붙어 있다. 여기에서는 쉽게 읽히도록 폴리오 판을 참조하여 구두점을 넣었다.

개화를 접하고, 타인의 존재 속, 그 무겁고 다디단 존재의 냄새가 나는 붉은 점막 속으로 들어가, 부드럽고 촉촉한 입술, 맑은 피로 빨갛게 물든 입술, 실룩실룩 움직이는 입술이 반쯤 벌어져, 존재에 흠뻑 젖어, 맑은 고름에 흠뻑 젖어, 마치 눈처럼 눈물짓는 달콤하고 젖은 그 입술 사이에서, 내가 존재하는 것을 느껴볼까? 나의 몸은 살아 있는 살로 이루어져, 살은 꿈틀거리며 조용하게 술을 휘젓고, 크림을 휘젓는다, 육체는 휘젓고, 휘젓고, 휘젓는다, 나의 육체에서 나온 부드럽고 달콤한 물, 내 손의 피, 나는 휘저어 상처 입은 내 육체에 기분 좋은 통증을 느끼고, 걷는다, 나는 걷고, 나는 달아난다, 나는 상처 입은, 이 벽에서 존재로 인해 상처 입은 육체를 가진 파렴치한이다. 춥다, 나는 한 걸음 나아간다, 춥다, 한 걸음, 나는 왼쪽으로 돈다, 그는 왼쪽으로 돈다, 그는 자기가 왼쪽으로 돈다고 생각한다. [117] 미친놈, 나는 미친놈일까? 그는 미친놈이 되는 것이 무섭다고 한다, 존재, 이봐, 봤어? 존재 속에서 그는 멈춰 선다. 육체가 멈춰 선다, 그가 멈춰 선다고 생각한다, 그는 어디에서 왔지? 그는 뭘 하는 거지? 그는 다시 걷기 시작한다, 그는 두렵다, 매우 두렵다, 파렴치한, 안개 같은 욕망, 욕망, 혐오, 그는 존재하는 것이 역겹다고 말한다, 역겹다고? 존재하는 것을 역겨워하는 것에 지친 것이다. 그는 달린다. 뭘 하려고? 뛰어 달아나서 부두에 몸을 던지려고? 그는 달린다, 심장, 심장이 두근거린다, 축제다. 심장이 존재한다, 다리가 존재한다. 호흡이 존재한다, 그것들 모두 존재한다, 달리고, 숨을 헐떡이고, 두근거리며, 더할 나위 없이 부드럽게, 달콤하게, 헐떡인다. 나는 숨 가쁘다, 그는 숨 가쁘다고 말한다. 존재가 내 생각을 뒤에서 붙잡아, 천천히 그것을 '뒤에서 몰래' 피어나게 한다. 나는 뒤에서 붙잡혀, 뒤에서 생각하도록 강요당하고, 다시 말해 무엇이기를 강요당하고, 존재의 가벼운 거품이 되어 숨을 헐떡이는 내 뒤에서, 그는 욕망이라는 안개 거품이 되어, 죽은 사람처럼 거울 속에서 창백하다, 롤르봉은 죽었다, 앙투안 로캉탱은 죽지 않았다, 나는 정신을 잃는다. 그는 정신을 잃고 싶다고 말한다, 그는 달린다, 달린다, 족제비를 쫓는다 (뒤에서) [118] 뒤에서, '뒤에서', 어린 뤼시엔은 뒤에서

---

117) 내가 의식의 대상으로서 3인칭이 된 것일 수 있다.

118) 프랑스에는 옛날부터 '족제비 돌리기'라는 게임이 있는데, 그것을 암시한 것이다. 긴 끈에 반지를 꿰어 그 끈을 쥔 자가 계속해서 반지를 이동시키면, 둥글게 둘러앉은 사람이, 반

습격당해, 존재에 의해 뒤에서 강간을 당하고, 그는 용서를 빌고, 용서를, 자비를 비는 것을 수치스럽게 생각한다, 도와주세요, 사람 살려요, 고로 나는 존재한다, 그는 '해변주점'[119]에 들어간다, 작은 갈보집의 작은 거울, 그 작은 갈보집의 작은 거울에 희미하게 비치는 그는 키가 크고 부드러운 붉은 머리의 사내다, 의자에 털썩 주저앉자, 축음기가 울리기 시작하고, 존재하고, 모든 것이 돈다, 축음기가 존재하고, 심장이 두근거린다. 돌아라, 돌아라, 생명의 술이여, 돌아라, 젤리여, 내 육체의 시럽이여, 단물이여…… 축음기.

When the yellow moon begins to beam
Every night I dream a little dream
(노란 달이 빛나기 시작하면
나는 밤마다 짧은 꿈을 꾸네)

갑자기 낮고 쉰 목소리가 나타나자 세계가 사라진다, 존재의 세계가. 살로 이루어진 한 여자가 이 목소리를 가지고 있었다. 그녀는 정성 들여 화장하고, 레코드 앞에서 노래하여, 그 목소리를 녹음시켰다. 여자. 제기랄! 그녀도 나처럼, 롤르봉처럼 존재했던 것이다. 그녀를 알고 싶은 마음은 전혀 없다. 그러나 그 사실이 있다. 그것은 존재한다고 말할 수 없다. 돌아가는 레코드는 존재한다. 목소리의 타격을 받은 공기가 떤다, 존재한다. 레코드에 녹음된 목소리는 전에 존재했다. 그것을 듣고 있는 나는 지금 존재한다. 모든 것은 충만해 있고, 곳곳에 존재가 있으며, 그것은 농밀하고, 무겁고, 부드럽다. 그러나 그 모든 부드러운 저편에, 가까이 다가갈 수 없는 것, 지극히 가까이 있으면서도 슬프도록 멀고, 생기 있고, 냉혹하며, 또 한없이 태연한 것이 있다, 이…… 이 엄정함이.

지가 누구의 손에 들어갔는지 알아맞히는 놀이다. 반지는 '족제비'라 불리고, 끈을 가진 사람은 일제히 노래를 불러 응원한다. 이것도 프루스트가 사용한 소도구의 하나다.

119) 이것은 앞에 나온 '해변의 바'를 연상시키는데, 또 이어서 레코드가 울리는 것에서 보아 '철도인 만남의 장소'에 도착했다고도 생각할 수 있다.

화요일

아무 일도 없었음. 존재했음.

수요일

종이 식탁보 위에 햇빛의 고리가 있다. 그 속에서 파리 한 마리가 기어다니며, 몸을 녹이면서 앞발을 비비고 있다. 그 대가로 너를 짓뭉개 주지. 파리는 금빛 털이 햇빛에 빛나는 이 커다란 집게손가락이 나타난 것을 아직 모르고 있다.

"죽이지 마세요!" 독학자가 소리쳤다.

파리가 터져 배에서 하얀 창자가 튀어나온다. 나는 파리한테서 존재를 쫓아내 준 것이다. 나는 독학자에게 무미건조하게 말한다.

"이놈에게 봉사한 겁니다."

나는 왜 이곳에 있는 것일까? —또 나는 왜 이곳에 있으면 안 되는가? 지금은 정오지만, 나는 잘 시간이 되길 기다리고 있다(다행히 잠을 못 자진 않는다). 나흘 뒤면, 나는 안니를 만날 것이다. 지금은 그것이 내가 살아 있는 유일한 이유다. 그런 다음 어떻게 될까? 안니가 나를 떠나버리면? 내가 은근히 기대하고 있다는 것을 안다. 나는 안니가 영원히 나를 떠나지 않기를 바란다. 그러나 안니가 내 앞에서 늙어가는 것을 절대로 받아들이지 않으리라는 걸 명심해야 한다. 그래도 나는 약하고, 고독하며, 그녀가 필요하다. 나는 아직 힘이 있을 때 그녀를 다시 만나고 싶었다. 안니는 낙오자에게 냉혹하기 때문이다.

"괜찮으십니까, 선생? 기분은 괜찮으신가요?"

독학자는 눈으로 웃으면서 나를 곁눈질한다. 숨이 가쁜 개처럼 입을 벌리고 약간 헐떡이고 있다. 솔직히 고백하면, 오늘 아침 그를 볼 수 있다는 것에 거의 행복감을 느끼고 있었다. 그만큼 나는 다른 사람과 이야기를 하고 싶었다.

"저와 식사자리를 같이 해주셔서 얼마나 기쁜지 모르겠습니다." 그가 말한다. "혹시 추우시면 난로 옆으로 옮기지 않으시겠습니까? 저 사람들은 곧 나갈 겁니다. 계산서를 부탁했으니까요."

누군가가 나를 걱정해 주고, 춥지 않은지 배려하고 있다. 내가 다른 사람과 이야기를 하고 있다. 이런 일이 몇 년 만이던가.

"아, 나가네요. 자리를 옮길까요?"

두 신사가 담배에 불을 붙였다. 그들이 나간다. 맑은 공기 속에서 햇빛을 받고 있다. 두 손으로 모자를 어루만지며 커다란 유리창들을 따라 나아간다. 그들이 웃는다. 바람이 그들의 외투를 부풀린다. 아니, 나는 자리를 옮기고 싶지 않다. 뭐가 좋다고? 게다가 여기서는 창문을 통해, 해수욕객을 위한 수많은 탈의장의 하얀 지붕들 사이로 초록색 바다도 조금 보이는데.

독학자는 지갑에서 보랏빛의 두꺼운 직사각형 초대장을 두 장 꺼냈다. 나중에 카운터에 그것을 건넬 것이다. 나는 거꾸로 보이는 방향에서 그중 한 장에 쓰인 것을 읽는다.

보타네 레스토랑, 소박하고 맛있는 요리.
균일가 8프랑.
취향에 맞는 전채 요리.
고기요리와 곁들임 야채.
치즈 또는 디저트.
20회분, 140프랑

문 옆 둥근 식탁에서 먹고 있는 남자가 누군지 이제야 생각났다. 프랭타니아 호텔에 자주 묵는 외판원이다. 그는 가끔 나를 향해 조심스럽게 친근한 시선을 보낸다. 그러나 나를 보고 있는 것은 아니다. 그는 자기가 먹는 것을 음미하는 데 완전히 몰두하고 있다. 카운터 저쪽에서는 얼굴이 붉고 작달막한 두 남자가 백포도주를 마시면서 홍합을 맛보고 있다. 노란색의 성근 콧수염을 기른 키 작은 남자는, 뭔가 얘기하며 혼자 재미있어 하고 있다. 그는 잠시 말을 멈추고 하얀 이를 드러내며 웃는다. 상대는 웃지 않는다. 그의 눈빛은 험악하다. 그러나 자주 '그래' 하며 고개를 끄덕인다. 창문 옆에는 갈색 피부의 마른 남자, 고상한 얼굴에 멋진 백발을 뒤로 넘긴 사람이 생각에 잠긴 듯 신문을 읽고 있다. 옆에 있는 의자 위에는 가죽 서류가방이 놓여 있다. 그는 비시 생수를 마시고 있다. 조금 있으면, 이 사람들이 모두 나갈 것이다. 그들은 먹어서 무거워진 몸에 미풍의 애무를 받으며 외투 자락을 활짝 열어젖히고, 약간 열이 나고, 약간 지끈대는 머리로, 바닷가에서 노는 아이들과 바다 위에 떠 있는 배를 바라보면서 난간을 따라 걸어갈 것이다. 일을 하러 가는 것이다. 나는 어디에도 가지 않는다. 할 일이 없으니까.

독학자는 순진한 미소를 짓고, 태양은 그의 듬성듬성한 머리카락 사이에서 어른거린다.

"메뉴를 고르시죠?"

그가 메뉴판을 내민다. 나에게는 전채 요리 한 가지를 고를 권리가 있다. 둥글게 썬 소시지 다섯 조각이나 래디쉬, 잔새우, 또는 레물라드 소스에 버무린 오르되브르 한 접시 중에서. 부르고뉴 달팽이는 추가요금이 붙는다.

"소시지를 주시오." 나는 웨이트리스에게 말한다.

독학자가 내 손에서 메뉴를 빼앗아 간다.

"더 좋은 것 없습니까? 아, 부르고뉴 달팽이가 있네요."

"달팽이는 별로 좋아하지 않아서요."

"아! 그럼 굴은 어떻습니까?"

"그건 4프랑 추가됩니다." 웨이트리스가 말한다.

"그러면 굴로 드리시오, 아가씨—그리고 난 래디쉬."

그는 얼굴을 붉히면서 설명한다.

"난 래디쉬를 참 좋아합니다."

나도 그렇다.

"그리고 다른 것은?" 그가 묻는다.

나는 고기 목록을 훑어본다. 소고기찜이 맛있을 것 같다. 그러나 나는 샤쇠르[120] 닭요리를 먹게 될 것을 미리 알고 있다. 그것이 추가요금이 붙는 유일한 고기요리니까.

"이 손님께는 샤쇠르 닭요리를 드리고, 나는 소고기찜을 줘요, 아가씨." 독학자는 웨이트리스에게 말한다.

그가 메뉴판을 뒤집는다. 와인 목록은 뒷면에 있다.

"와인도 합시다." 그는 약간 점잔을 빼며 말한다.

"어머!" 웨이트리스가 말한다. "별일이네요! 평소에는 절대로 안 마시는

---

120) 양송이버섯과 백포도주가 들어간 샤쇠르 소스를 사용하여 다양한 요리를 만든다.

분이."

"가끔은 나도 와인 한 잔쯤 마실 수 있지. 앙주 산 로제와인으로 한 병 갖다주겠소?"

독학자는 메뉴판을 놓고 빵을 잘게 뜯고는, 냅킨으로 자기 식기도구를 닦는다. 그리고 신문을 읽고 있는 백발의 남자를 힐끔 보더니, 내게 미소 짓는다.

"여느 때 같으면 나도 책을 한 권 가지고 옵니다만, 어떤 의사가 말리더군요. 그렇게 하면 너무 빨리 먹고 또 씹지 않게 된다는 거죠. 하지만 제 위장은 아주 튼튼하지요. 나는 무엇이든 삼킬 수 있습니다. 1917년 겨울, 내가 포로가 되었을 때, 음식이 형편없어서 모두들 병에 걸렸습니다. 물론 나도 다른 사람들처럼 병든 척했지만, 사실은 괜찮았지요."

그가 전쟁에서 포로가 되었다…… 이런 이야기를 하는 것은 처음이다. 나는 어안이 벙벙하다. 독학자라는 것 말고는 그를 상상할 수가 없는데.

"어디서 포로로 있었습니까?"

그는 대답이 없다. 포크를 놓고, 내 얼굴을 뚫어져라 응시한다. 틀림없이 이제부터 자기 고민거리를 말하려는 것이다. 그제야 나는, 도서관에서 뭔가 일이 잘 안 되었다는 것이 생각난다. 나는 잔뜩 귀를 기울인다. 나는 오로지 남의 고민거리를 동정해 주고 싶을 뿐이다. 그것이 나에게 변화를 가져올 것이다. 나는 고민거리가 없다. 연금생활자만큼 돈은 있지만, 윗사람도 없고, 아내와 자식도 없다. 나는 존재한다. 다만 그뿐이다. 게다가 이런 고민거리조차 매우 애매하고, 매우 형이상학적인 것이어서 부끄러울 뿐이다.

독학자는 얘기하고 싶어하는 것 같지도 않다. 나를 쳐다보는 저 이상한 시선 하고는. 그것은 보기 위한 것이 아니라 영혼의 교감을 위한 시선이다. 독학자의 영혼은 그의 아름다운 맹목의 눈 가장자리까지 솟아 올라와서 거기에 모습을 드러낸다. 나의 영혼이 같은 짓을 하여, 서로 유리창에 코끝을 갖다 대면, 두 영혼은 거기서 인사를 나눌 것이다.

나는 영혼의 교감을 원치 않는다. 그렇게까지 타락하지는 않았다. 나는 뒤로 물러선다. 그런데 독학자는 나에게서 눈을 떼지 않고, 식탁 위로 상반신을 디밀어온다. 다행히 웨이트리스가 그에게 래디쉬를 가져온다. 그는 의자에 제대로 앉고, 그의 영혼은 눈에서 사라진다. 그리고 예의바르게 먹기 시작한다.

"그건 잘 해결됐나요, 당신의 고민거리?"

그는 흠칫 놀란다.

"무슨 고민 말씀입니까?" 그는 겁을 먹은 것처럼 묻는다.

"아니, 지난번에 나에게 말씀하신 것 말입니다."

그는 얼굴이 확 붉어진다.

"아!" 그는 무뚝뚝한 목소리로 말한다. "아! 네, 그날이요. 글쎄, 그 코르시카 사람, 도서관의 그 코르시카 사람 말입니다."

그는 또다시 머뭇거리면서, 얌전한 양이 고집을 부리는 듯한 표정을 짓는다.

"험담이지요, 선생, 그러니 이런 일로 당신을 괴롭히고 싶진 않습니다."

나는 물고 늘어지지 않는다. 그는 그렇게 안 보이면서도 엄청난 속도로 먹고 있다. 내 굴이 나왔을 때 그는 이미 자기 래디쉬를 다 먹었다. 그의 접시에는 초록색 줄기 한 무더기와 젖은 소금 조금밖에 남아 있지 않다.

가게 밖에서는 젊은 남녀 한 쌍이 메뉴 앞에 서 있다. 두꺼운 종이로 만들어진 요리사가 메뉴를 왼손으로 내밀고 있다(오른손에는 프라이팬을 들고 있다). 두 사람은 망설인다. 여자는 추운지 모피 깃 속에 턱을 파묻고 있다. 청년이 먼저 결심하고 문을 열더니, 동행을 먼저 들여보내기 위해 물러선다.

여자가 가게에 들어온다. 웃는 얼굴로 주위를 둘러보고 약간 몸을 떤다.

"따뜻하네요." 낮은 목소리로 그녀가 말한다.

젊은이가 들어와 문을 닫는다.

"여러분, 실례합니다." 그가 말한다.

독학자가 돌아보고 친절하게 대꾸한다.

"여, 어서 오시오."

다른 손님들은 대답하지 않는다. 그러나 아까 봤던 그 고상하게 생긴 신사는 읽고 있던 신문을 조금 내리고 새로 온 손님을 유심히 관찰한다.

"고맙지만, 됐어요."

시중을 들기 위해 달려온 웨이트리스가 나서기 전에 젊은이는 레인코트를 재빨리 벗는다. 그는 슈트 대신 지퍼 달린 가죽점퍼를 입었다. 약간 민망해진 웨이트리스는 젊은 여자 쪽으로 돌아섰지만, 젊은이는 이번에도 웨이트리스보다 먼저 부드럽고 정확한 동작으로 동행이 외투 벗는 것을 돕는다. 그들은 우리 옆 자리에 나란히 앉는다. 두 사람은 오래 전부터 아는 사이 같지는 않다. 젊은 여자는 피곤해 보이면서도 해맑고, 약간 새침한 데가 있다. 갑자기 여자가 모자를 벗더니 웃으며 검은 머리를 흔든다.

독학자는 호의를 담아 그들을 유심히 본다. 그러고는 나를 향해 감동어린 눈짓을 보낸다. 마치 이렇게 말하고 싶은 것 같다. "젊은이들이 참 아름답지 않습니까!"

보기 싫지는 않다. 그들은 잠자코 있지만, 함께 있는 것이 행복하고, 자기들이 함께 있는 것을 사람들에게 보여주는 것이 좋은 것이다. 안니와 나도 전에 피카딜리의 식당에 갔을 때, 자주 우리가 사람들의 감동어린 시선의 대상이 되는 것을 느끼곤 했다. 안니는 그것을 거북해했지만, 사실을 말하면 나는 적잖이 자랑스러웠다. 무엇보다도 놀라웠다. 나는 눈앞의 젊은이처럼 말쑥한 옷차림을 한 적은 한 번도 없었고, 내 외모가 추하긴 해도 남한테 감동을 주는 정도인가 하면 그것도 아니었다. 다만 우리는 젊었다. 지금의 나는 남의 청춘에 흐뭇해할 나이가 되었다. 그러나 나는 흐뭇하지 않다. 여자는 음영진 부드러운 눈을 가지고 있다. 젊은이는 오렌지색의 약간 거친 피부와 의지가 강해 보이는 작고 매력적인 턱을 하고 있다. 그들은 분명히 나를 감동시킨다. 그러나 또한 약간 역겹게 하기도 한다. 그들이 아주 멀리 있는 것처럼 느껴진다. 두 사람은 따뜻한 공기에 긴장이 풀려, 마음속으로 같은 꿈을, 그렇게도 달콤하고, 그렇게도 허약한 꿈을 좇는 것이다. 그들은 편안한 마음으로 노란 벽과 사람들을 신뢰에 찬 시선으로 바라본다. 세계는 있는 그대로 멋지다, 정말 지금 그대로 멋지다고 생각한다. 그리고 저마다 일시적으로, 상대의 삶 속에서 자기 삶의 의의를 찾고 있다. 그들은 곧 그들만의 생활을 만들어 나갈 것이다. 느릿하고 미적지근한 생활, 더 이상 아무런 의미도 없는 생활이다―게다가 그들은 그것을 알아채지도 못할 것이다.

그들은 서로 상대를 어렵게 생각하는 것 같다. 마침내 젊은이는 결심했다는 듯이 어색하게 손가락 끝으로 상대의 손을 잡는다. 여자는 숨을 깊이 들이마시고, 두 사람은 함께 메뉴판 위로 몸을 굽힌다. 그렇다, 그들은 행복하다. 그런데 그 다음은?

독학자는 재미있다는 듯 약간 의미심장한 표정을 짓는다.

"그저께 댁을 보았습니다."

"그래요? 어디서요?"

"하! 하!" 그는 공손하지만 놀리듯이 말한다.

잠시 사이를 둔 다음,

"미술관에서 나오시더군요."

"아! 그래요. 그저께가 아니라 토요일이었지요." 내가 말한다.

그저께는 물론 미술관을 돌아다닐 기분이 아니었다.

"유명한 오르시니 습격사건[121])을 목재 부조물로 재현해 놓은 것을 보셨나요?"

"그건 모르겠는데요."

"그럴 리가요? 들어가자마자 오른쪽의 작은 방에 있습니다. 코뮌 봉기에 참여했던 사람의 작품인데, 그는 대사면 때까지 부빌의 다락방에 숨어 살았지요. 그는 미국으로 밀항하려고 했지만, 그러기에는 이곳 항만경찰이 워낙 잘 조직돼 있었지요. 대단한 사람이었습니다. 강제적으로 주어진 여가를 이용해서 커다란 참나무 널빤지에 조각을 했지요. 도구라고는 나이프 하나와 손톱 깎는 줄뿐이었습니다. 줄로는 섬세한 부분, 즉 손이라든지 눈을 팠습니다. 그 널빤지는 길이가 1미터 50센티미터, 폭이 1미터였습니다. 작품 전체가 하나로 이루어져 있었습니다. 제 손바닥만 한 크기의 사람이 70명이나 조각되어 있지요. 그 밖에 황제의 마차를 끌고 있는 말도 두 마리 있고요. 특히 얼굴이 말입니다, 줄로 판 얼굴 하나하나에 표정이 살아 있는 겁니다. 선생님, 이렇게 말해도 된다면, 그것은 한번 감상할 가치가 있는 작품입니다."

나는 이 이야기에 끌려가고 싶지 않다.

"나는 보르뒤랭의 그림을 다시 한 번 보고 싶었을 뿐이었습니다."

독학자는 갑자기 풀이 죽었다.

"그 대전시실에 있는 초상화 말입니까?" 그는 겁먹은 듯한 미소를 띠며 말한다. "나는 그림은 전혀 모릅니다. 물론 보르뒤랭이 위대한 화가라는 것

---

121) 이탈리아의 애국자 오르시니(1819~58) 등이 기도한 나폴레옹 3세 습격사건. 1858년 1월 14일에 결행되어, 8명의 사망자와 다수의 부상자가 나왔지만 나폴레옹 3세는 무사했다. 오르시니는 체포되어 3월 13일, 파리에서 처형되었다.

은 잘 알고 있고, 독특한 터치랄까 솜씨 같은 것, 그런 걸 뭐라고 하죠? 하여튼 그가 그런걸 가졌다는 것도 잘 압니다. 하지만 기쁨에 대해서라면, 선생, 제겐 심미적인 기쁨이란 것이 낯설답니다."

나는 동정을 느끼면서 말한다.

"나도 조각에 대해서는 마찬가집니다."

"아! 그러시군요! 유감스럽지만 나도 매한가집니다. 음악에 대해서도, 춤에 대해서도. 하지만 거기에 대한 지식이 전혀 없는 건 아닙니다. 그런데 이해할 수가 없습니다. 젊은이들을 보면, 그들은 내가 가진 지식의 반도 없으면서 그림 앞에서 기쁨을 맛보는 것으로 보이더군요."

"그런 체하는 거겠죠." 나는 격려하듯이 말한다.

"그럴지도 모르지요……"

독학자는 한순간 꿈꾸는 듯한 기색이다.

"유감인 것은 내가 어떤 쾌락을 빼앗기고 있다는 것이 아닙니다. 오히려 인간 행동의 한 분야 전체가 나와는 거리가 멀다는 점입니다…… 나도 한 사람의 인간이고 그런 그림을 그린 것도 '인간들'인데 말입니다……"

그는 갑자기 지금까지와는 다른 목소리로 말을 잇는다.

"선생, 한번은 내가 대담하게, 미(美)라는 것은 취향의 문제에 지나지 않는다고 생각한 적이 있습니다. 하나하나의 시대마다 다른 규칙이 있는 것은 아닐까요? 잠깐 실례하겠습니다, 선생."

그가 호주머니에서 검은 가죽 수첩을 꺼내는 것을 보고 나는 깜짝 놀란다. 그는 잠시 동안 그것을 뒤적거리고 있다. 비어 있는 페이지가 많이 있지만, 군데군데 붉은 잉크로 몇 줄의 글이 적혀 있다. 그의 얼굴빛이 변했다. 수첩을 식탁보 위에 펴놓고 그 열린 페이지 위에 커다란 손을 올려놓는다. 그는 난처한 듯 헛기침을 한다.

"가끔 머리에 떠오르는 것들이 있습니다—사상이라고까지는 말할 수 없지만. 정말 이상합니다. 내가 그곳에 있고 뭔가를 읽고 있어요, 그러면 어디서 오는 건지 몰라도, 문득 계시 같은 것이 번뜩입니다. 처음에는 신경을 쓰지 않았지만, 나중에 수첩을 하나 사기로 결심했습니다."

그는 입을 다물고 나를 응시한다. 대답을 기다리는 것이다.

"아! 예!" 내가 말한다.

"선생, 이제부터 말씀드리는 잠언은 물론 임시적인 것들입니다. 내 공부는 아직 끝나지 않았으니까요."

그는 떨리는 손으로 수첩을 집어든다. 그는 무척 흥분해 있다.

"바로 여기에 그림에 대해 써놓은 것이 있습니다. 이것을 읽어드릴 수 있으면 영광이겠는데요."

"기꺼이 듣지요." 내가 말한다.

그가 읽는다.

"18세기를 진실의 시대라고 하는 것을 믿는 사람은 이제 아무도 없다. 그런데 어째서 사람들은 18세기가 미(美)로 간주한 작품에 아직도 기쁨을 느끼기를 바라는 것일까?"

그는 간절한 표정으로 나를 바라본다.

"어떻게 생각하십니까? 좀 역설적인가요? 나는 내 관념을 경구(警句)의 형태로 만들어도 되겠다고 생각한 것입니다."

"글쎄요…… 무척 흥미롭다고 생각합니다."

"이런 것을 어디서 이미 읽으신 적 있습니까?"

"그럴 리가요, 없습니다."

"정말이십니까? 한 번도, 어디서도? 그렇다면……" 그는 얼굴을 흐리면서 말했다. "그건 진실이 아닐 겁니다. 만약 진실이라면, 벌써 누군가가 그런 말을 생각은 했겠지요."

"잠깐만요," 내가 그에게 말한다. "지금 생각해 보니, 비슷한 것을 읽은 적이 있는 것 같군요."

독학자의 눈이 반짝이기 시작한다. 그는 연필을 꺼낸다.

"저자가 누구죠?" 단호한 어조로 그가 묻는다.

"음…… 그래요, 르낭이에요."

그는 뛸 듯이 기뻐한다.

"죄송하지만, 정확하게 그 구절을 암송해 주실 수 없을까요?" 그는 연필 끝을 핥으며 말한다.

"하지만 그걸 읽은 건 아주 오래전 일이라."

"아, 괜찮습니다, 전혀 상관없어요."

그는 수첩의 잠언 밑에 르낭의 이름을 적는다.

"내가 르낭하고 생각이 일치했다니! 지금은 연필로 그의 이름을 썼지만," 그는 매우 기쁜 듯이 설명한다. "저녁에 빨간 잉크로 다시 쓸 겁니다."

그는 잠시 동안 수첩을 황홀하게 바라본다. 나는 그가 다른 잠언을 읽기를 기다리고 있다. 그러나 그는 소중한 듯이 수첩을 덮고 호주머니 속에 넣어버린다. 아마 한 번으로 충분히 행복하다고 판단한 모양이다.

그는 참으로 친근한 얼굴로 말한다. "이렇게 가끔 편안하게 이야기를 나눌 수 있다는 건 얼마나 즐거운 일입니까?"

아니나 다를까, 이 맥 빠진 대사가 우리의 미적지근한 대화를 짓밟는다. 오랜 침묵이 이어진다.

두 젊은이가 들어온 뒤부터 식당의 분위기가 변했다. 얼굴이 붉은 두 남자는 입을 다물었다. 그들은 젊은 여자의 매력을 자세히 분석한다. 고상한 신사는 신문을 내려놓고, 거의 공범자인 듯 만족스럽게 젊은 두 사람을 바라본다. 노년은 현명하고, 청춘은 아름답다고 그는 생각한다. 그는 짐짓 점잖게 고개를 끄덕인다. 그는 자기가 아직도 아름답고, 놀라울 만큼 젊음을 유지하고 있으며, 구릿빛 피부와 날씬한 육체로 아직도 여자를 유혹할 수 있다는 것을 알고 있다. 그는 자기가 아버지 같은 마음이 된 것을 즐기고 있다. 웨이트리스의 기분은 더욱 단순하게 보인다. 그녀는 두 젊은이 앞에 서서 입을 벌리고 그들을 쳐다본다.

그들은 낮은 목소리로 이야기한다. 전채 요리가 나왔지만 손도 대지 않고 있다. 귀를 기울이면, 그들의 대화를 조금 엿들을 수 있다. 억양이 풍부하고 목소리가 허스키한 여자의 말소리가 내 귀에는 더 잘 들린다.

"안 돼요, 장, 안 돼요."

"왜 안 돼?" 젊은이는 열정에 사로잡혀 힘주어 속삭인다.

"말했잖아요."

"그건 이유가 안 돼."

알아들을 수 없는 몇 마디가 지나간 뒤, 젊은 여자는 지쳤다는 듯 귀여운 몸짓을 한다.

"난 몇 번이나 시도했어요. 이제 인생을 새로 시작할 수 있는 나이는 지났어요. 난 이미 늙은걸요, 알잖아요."

젊은이는 냉소하듯 웃는다. 그녀는 말을 잇는다.

"견딜 수 없을 것 같아요…… 환멸을 느끼고 나면."

"믿음을 가져야지," 젊은이가 말한다. "지금의 당신은 사는 게 아니야."

그녀는 한숨을 내쉰다.

"나도 알아요!"

"자네트를 봐."

"맞아요." 그녀는 뾰로통한 얼굴로 말한다.

"난 그 여자가 한 일이 참 훌륭하다고 생각해. 그 여자는 용기가 있어."

"당신도 알겠지만," 젊은 여자가 말한다. "그 여자는 오히려 서둘러 기회에 달려든 거예요. 나도 하려고만 했으면 그런 일은 여러 번 있었을 거예요. 하지만 난 기다리는 게 낫다고 생각했어요."

"당신이 옳았어," 남자는 다정하게 말한다. "나를 기다린 건 잘한 일이야."

이번에는 그녀가 웃는다.

"우쭐해하기는! 그런 말이 아녜요."

나는 더 이상 듣지 않는다. 그들은 나를 짜증나게 한다. 그들은 결국 같이 잘 것이다. 두 사람도 그걸 알고 있다. 상대가 그것을 알고 있다는 것도 서로 알고 있다. 그러나 그들은 젊고 순결하고 절도가 있고, 둘 다 자기 자신을 존중하면서 상대도 계속 존중해 주고 싶으며, 또 연애는 상처를 주어서는 안 되는 위대하고도 시적인 사건이기 때문에, 일주일에 몇 번은 무도회나 식당에 가서 그 관례적이고 기계적인 조촐한 춤의 무대를 보여주게 될 것이다……

결국 시간이 가야만 한다. 그들은 젊고 건강하니까 아직 30년은 시간이 있을 것이다. 그래서 서두르지 않고 꾸물거리고 있으며, 또 그래서 안 될 이유도 없다. 언젠가 잠자리를 같이 하게 되면, 그들 존재의 커다란 부조리를 숨기기 위해 다른 것을 찾아야 할 것이다. 어쨌든…… 자신을 계속 속이는 것이 절대적으로 필요한 일일까?

나는 가게 안을 둘러본다. 이 무슨 광대극인가! 이들 모두 얌전한 얼굴로 앉아서 먹고 있다. 아니다, 먹고 있는 것이 아니다. 그들은 자기에게 주어진 일을 잘 수행하기 위해 체력을 회복하고 있는 것이다. 그들 각자가 사소하고 개인적인 고집을 가지고 있고, 그것 때문에 자기가 존재하고 있다는 것을 알지 못한다. 그들 모두 자기가 누군가에게, 또는 무언가에게 없어서는 안될 존재라고 생각한다. 요전에도 독학자가, '이 방대한 종합연구를 완성할 능력을 가진 건 누사피에 말고는 아무도 없었다'고 말하지 않았던가? 이 사람들 각자가 보잘것없는 일을 하고 있지만, 그것을 자기보다 더 잘할 능력이 있는 사람은 없다고 생각한다. 저기 있는 외판원보다 '백조' 치약을 많이 팔 수 있는 사람은 아무도 없다. 저 흥미로운 청년만큼, 옆에 앉은 여자의 치마 속을 아무도 몰래 쓰다듬을 수 있는 능력이 있는 사람은 없다. 그리고 나는 그들 사이에 있다. 만약 그들이 나를 본다면, 누구도 나 이상으로 내가 하고 있는 일을 잘할 수 있는 사람은 없다고 생각할 것이 틀림없다. 그러나 '나는 안다.' 나는 아무렇지도 않은 척하고 있지만, 내가 존재하며 그들이 존재한다는 것을 안다. 만약 내가 남을 설득하는 기술을 가졌다면 백발의 잘생긴 신사 옆에 가서 앉아, 존재란 무엇인지 설명했을 것이다. 그때 그가 지을 표정을 상상하니 웃음이 터져 나온다. 독학자가 깜짝 놀라 나를 쳐다본다. 나는 웃음을 참고 싶지만 그게 안 된다. 눈물까지 흘리면서 웃는다.

"퍽 즐거우신가 봅니다, 선생." 독학자가 경계하는 태도로 말한다.

"그게 말이오, 이런 생각이 들어서," 나는 웃으면서 그에게 얘기한다. "우리 모두가, 이곳에 있는 한 자신의 귀중한 존재를 유지하기 위해 먹고 마시고 있지만, 사실 존재하는 이유 같은 건 아무것도 없다는 것, 아무것도, 단하나도 없다는 겁니다."

독학자는 심각한 표정이 되어 내가 하는 말을 이해하려고 노력한다. 내가 너무 큰 소리로 웃었나 보다. 서너 명의 얼굴이 내 쪽으로 돌아보는 것을 보았다. 게다가 그런 말까지 해버린 것이 후회된다. 요컨대 그런 것은 아무도 신경 쓰지 않는 일인 것이다.

그는 천천히 되풀이한다.

"존재하는 이유 같은 건 아무것도 없다니…… 인생에 목적이 없다는 말씀인가요? 그건 염세주의 아닙니까?"

그는 잠시 더 생각한 뒤 조용히 말한다.

"몇 해 전에 어느 미국 작가의 책을 읽은 적이 있습니다. '인생은 살 가치가 있는가?'라는 제목이었습니다. 선생께서 자신에게 하신 질문도 그것 아닌가요?"

물론 아니다. 내가 나 자신에게 던지는 문제는 그것이 아니다. 그러나 아무것도 설명하고 싶지 않다.

"그 작가의 결론은 말입니다," 독학자는 위로하는 듯한 어조로 말한다. "의지적 낙관주의에 찬성하는 것이었습니다. 인생은 그것에 의미를 주려고만 하면 의미가 있다, 먼저 행동하고 하나의 기획 속에 몸을 던져야 한다, 그런 다음 돌아보면 이미 운명은 던져져 있고, 사람은 거기 들어가 있다는 겁니다. 선생도 그런 생각이신데 제가 몰라본 거겠죠?"

"아무 생각도 없습니다." 나는 말한다.

나는 오히려 그것이 외판원이나 두 젊은이, 그리고 백발의 신사가 끊임없이 자신에게 되풀이하고 있는 어떤 거짓말이라고 생각한다.

독학자는 약간 짓궂게, 그리고 몹시 점잔을 부리는 듯한 기색으로 미소 짓는다.

"나도 그렇게 생각하지 않습니다. 우리 삶의 의미를 그렇게 먼 곳까지 찾으러 갈 필요는 없다고 생각하거든요."

"아?"

"하나의 목적이 있습니다, 선생. 목적이 있어요…… 인간이 있지 않습니까."

그렇지, 참. 나는 그가 휴머니스트라는 것을 잊고 있었다. 그는 한순간 잠자코 있었는데, 그 사이에 반쯤 남아 있던 고기찜과 빵 한 조각을 깨끗하게 먹어치우고 만다. '인간이 있지 않습니까……'라는 말로, 이 인간미 있는 남자는 자신의 모든 것을 묘사했다—그렇다, 하지만 그는 그것을 표현하는 법을 잘 모른다. 그의 눈에는 감수성이 넘치고 있다. 그것은 이론의 여지가 없다. 그러나 감수성만으로는 충분하지 않다. 예전에 나는 파리의 휴머니스트들과 자주 만났고, 수없이 그들이 '인간이 있다'고 말하는 것을 들었으나, 그것은 전혀 다른 것이었다! 비르강은 탁월했다. 그는 먼저 안경을 벗는데, 그것은 마치 알몸이 되어 그의 인간적인 육체를 드러내는 것 같았다. 그리고는 감동적인 눈, 그 무겁고 지친 시선으로 나를 가만히 주시한다. 그것은 마치 나의 인간적인 본질을 파악하기 위해 나를 벌거벗기려는 것처럼 보였다. 그리고 그는 음악적으로 가락을 붙여서, "인간이 있다니까. 이보게, 인간이 있잖아" 속삭이면서, 그 '있다'는 말에 어떤 뒤틀린 힘을 가한다. 마치 인간에 대한 그의 사랑, 끊임없이 신선한 놀라움을 느끼는 그 사랑이 커다란 제 날개 때문에 몸을 움직이지 못하게 된 것처럼.

독학자의 몸짓에는 비르강 같은 부드러움이 없었다. 인간에 대한 그의 애정은 소박하고 야만적이다. 그는 촌스러운 휴머니스트이다.

"인간," 나는 말했다. "인간이라…… 어쨌든 당신은 인간에 대해 별로 관심이 없어 보이는군요. 언제나 혼자서 책에 파묻혀 있으니까요."

독학자는 손뼉을 친다. 그런 다음 놀리듯이 웃기 시작한다.

"오해하신 겁니다. 아, 선생, 이렇게 말씀드려도 될지 모르겠군요. 참 고약한 오해십니다."

그는 잠시 생각에 잠겼다가, 다소곳이 음식을 삼킨다. 그의 얼굴은 새벽하늘처럼 빛나고 있다. 그의 뒤에서는, 젊은 여자가 작은 웃음을 터뜨린다. 상대는 여자에게 몸을 기울여 귀에 뭔가 속삭이고 있다.

"오해를 하시는 것도 지극히 당연한 일이지요." 독학자가 말한다. "말씀드려야 했는데, 오래전에. ……하지만 보시다시피 내가 마음이 약해서요. 나는 기회를 찾고 있었습니다."

"그야말로 절호의 기회가 왔군요." 나는 정중하게 말한다.

"나도 그렇게 생각합니다. 나도 그렇게 생각해요! 이제부터 말씀드리려는 것은……" 그는 얼굴을 붉히며 말을 자른다. "하지만 혹시 폐가 되지 않을까요?"

나는 그를 안심시킨다. 그는 한 시름 놓은 듯이 행복한 한숨을 내쉰다.

"선생처럼 넓은 시야와 예리한 지성을 고루 갖춘 사람을 만나는 건 그리 쉬운 일이 아니거든요. 난 몇 달 전부터 댁과 얘기를 나누고 싶었습니다. 내가 예전에는 어땠고, 지금은 어떻게 달라졌는지를 설명하고 싶어서였죠……"

그의 접시는 방금 새로 내온 것처럼 비어 있고 깨끗하다. 나는 문득, 내 접시 옆에 있는 작은 주석 접시를 발견했는데, 거기에는 닭다리 하나가 갈색 소스 속에서 헤엄치고 있다. 이놈을 먹어야 한다.

"아까는 내가 독일에서 포로가 된 것을 이야기했지요. 그때 모든 것이 시작됐습니다. 전쟁 전에 나는 고립되어 있었는데 그걸 몰랐습니다. 나는 부모님과 함께 살고 있었습니다. 부모님은 선량했지만 나와 마음이 맞지 않았습니다. 그 시절을 생각하면…… 어떻게 그렇게 살 수 있었는지 모르겠어요. 나는 죽은 것과 마찬가지였습니다. 게다가 그걸 깨닫지 못하고 있었어요. 나는 우표 수집을 하고 있었지요."

그는 나를 보고 얘기를 중단한다.

"선생, 얼굴빛이 창백하시네요. 피곤해 보입니다. 혹시 내 얘기가 지루하신가요?"

"무척 흥미롭습니다."

"전쟁이 일어나자 나는 스스로도 이유를 모른 채 지원했습니다. 아무것도 모르고 2년을 지냈습니다. 전선에서의 생활에는 생각할 시간이 거의 없고, 병사들은 너무나 무지했기 때문입니다. 1917년 끝무렵에, 나는 포로가 됐습니다. 나중에 들은 얘기지만, 많은 병사들이 포로 생활 동안 유년 시절의 신앙을 도로 찾았다고 합니다. 그렇다고," 독학자는 타오르는 눈동자를 숨기기 위해, 눈을 내리깔면서 말한다. "내가 신을 믿고 있는 건 아닙니다. 신의 존재는 '과학'에 의해 부정되고 있습니다. 그 대신 포로수용소에서, 나는 인간을 믿을 줄 알게 됐습니다."

"그들은 모두 용감하게 운명을 따랐나요?"

"네," 그는 심각하게 말한다. "그렇기도 했지요. 게다가 우리는 포로치고는 좋은 대우를 받았습니다. 그러나 나는 다른 것에 대해 이야기하고 싶군요. 전쟁이 끝날 무렵, 몇 달 동안 그들은 우리에게 일거리를 주지 않았습니다. 비가 오면 그들은 우리를 널빤지로 만든 커다란 헛간에 집어넣었는데, 거기에 거의 2백 명가량의 포로들이 가득 찼습니다. 문이 닫히고, 우리는 거의 완전한 암흑 속에서 빽빽하게 서로 몸을 대고 있는 상태로 방치되었지요."

그는 잠시 머뭇거린다.

"어떻게 설명하면 좋을지 모르겠군요. 모든 포로가 거기에 있었습니다. 서로를 볼 수는 없었지만 숨소리는 들려왔습니다. 처음에 몇 번 그 헛간에 갇혔을 때는, 하도 답답해서 이러다가 질식해 버리는 게 아닐까 하는 생각도 들었지요. 그러다가 갑자기 거센 기쁨이 마음속에서 솟구치며 나는 거의 실신할 뻔했습니다. 그때 나는 그 사람들을 형제처럼 사랑하고 있다는 걸 느꼈고, 그들을 한 사람도 남김없이 껴안고 싶을 정도였습니다. 그때부터 그 헛간에 갈 때마다 같은 기쁨을 경험했습니다."

내 닭고기를 먹어야 해. 식어버렸겠지. 독학자는 다 먹은 지 오래되었고, 웨이트리스는 접시를 바꾸려고 기다리고 있다.

"그때부터 그 헛간은 내 눈에, 어떤 신성한 성격을 띠게 되었지요. 이따금 나는 감시병을 용케 속이고 혼자 헛간에 숨어 들어갔습니다. 그 어둠 속에서, 전에 맛본 기쁨의 추억을 더듬으며 어떤 황홀감에 잠기곤 했지요. 시간이 가는 줄도 몰랐어요. 가끔 흐느껴 울기도 했습니다."

아마 나는 병에 걸린 모양이다. 방금 나를 집어삼킨 이 엄청난 분노는 도저히 설명할 방법이 없다. 그래, 이건 병적인 분노야. 손이 떨리기 시작했고, 피가 얼굴로 몰리더니, 나중에는 입술까지 떨려온다. 이 모든 것은 단순히 닭요리가 식었기 때문이다. 게다가 나도 몸이 식었고, 그것이 가장 괴로웠다. 즉 36시간 전부터, 신체의 중심부가 지금과 같은 상태로 완전히 식어서 얼어붙어 있었던 것이다. 분노가 내 안에서 회오리바람처럼 불어쳤다. 그것은 어떤 오한 같은 것으로, 체온저하에 맞서 싸우기 위해 내 의식이 기울이는 노력 같은 것이었다. 헛된 노력이다. 아마 나는 대수롭지 않은 일로 독학자나 웨이트리스에게 욕을 퍼부으며 때려 눕혔을 수도 있다. 그러나 역시 나는 거기에 전면적으로 휘말리지는 않을 것이다. 격렬한 분노는 겉에서만 요동치고 있었는데, 그런 한편으로 잠시 동안 나는 내가 불에 그슬린 아이스크림 덩어리, 즉 오믈렛 쉬르프리즈[122]가 된 것처럼 괴로운 감각을 느꼈다. 이 표면적 동요가 사라지고 나자 비로소 독학자의 목소리가 들렸다.

"일요일마다 나는 미사에 갔습니다. 물론 한 번도 신자였던 적은 없습니다. 다만 미사의 진정한 신비는 인간들 사이의 교감이라고 할 수 있지 않을까요? 한쪽 팔을 잃은 프랑스 종군 신부가 미사를 올리고 있었습니다. 우리에게는 오르간이 한 대 있었지요. 모두들 일어나서 모자를 벗고 듣고 있었는데, 오르간 소리에 빠져들면서 나는 주위에 있는 모든 사람과 하나가 된 느낌이었습니다. 아! 나는 그 미사를 얼마나 좋아했는지 모릅니다. 지금도 그 미사가 생각나면 일요일 아침에, 가끔 성당에 갈 정도지요. 생트세실 성당에는 훌륭한 오르간 연주자가 있거든요."

---

122) 깜짝 오믈렛이라는 뜻으로, 구운 머랭 속에 아이스크림이 들어 있는 디저트 오믈렛.

"때로는 포로생활이 그리웠겠군요."

"그렇습니다. 1919년에 자유의 몸이 됐을 때, 석 달 동안 나는 고통스럽게 지냈습니다. 어찌할 바를 모른 채 의기소침해져 버렸습니다. 어디든 사람들이 모여 있기만 하면 거기에 끼어들곤 했죠. 어떤 때는," 그는 웃으면서 덧붙인다. "모르는 사람의 장례식에도 따라갔습니다. 어느 날엔가는 절망에 사로잡혀 수집한 우표를 불 속에 던져버리기도 했지요…… 하지만 마침내 내가 갈 길을 찾아냈습니다."

"정말이요?"

"어떤 사람이 내게 충고를 하더군요…… 선생, 댁의 입이 무겁다는 걸 믿어도 되겠지요. 어쩌면 생각이 다를지도 모르지만, 당신은 정신적 폭이 넓으시니 말씀드리는 겁니다. 나는 사회주의자입니다."

그는 시선을 내리깔았다. 그의 기다란 속눈썹이 바르르 떨린다.

"1921년 9월부터 나는 사회당인 S. F. I. O.[123]의 당원입니다. 내가 하고 싶은 말은 바로 이것입니다."

그의 얼굴은 자부심으로 빛났다. 고개를 뒤로 젖히고 눈을 반쯤 감고 입도 살짝 벌린 채 나를 응시하고 있다. 마치 순교자 같다.

"훌륭하십니다," 나는 말한다. "아주 멋지십니다."

"찬성해 주실 거라는 건 알고 있었습니다. 게다가 나는 이렇게 인생을 보냈다, 그런데 지금은 완전히 행복하다고 방금 전에 말한 사람이 어떻게 비난받을 수 있겠습니까?"

그는 두 팔을 벌리고 손가락이 아래를 향하게 하여 손바닥을 나에게 보여준다. 마치 그리스도의 성흔(聖痕)을 받으려는 것 같다. 그의 눈은 유리알 같이 흐릿하고, 입 안에 어두운 분홍빛 덩어리가 굴러다니는 것이 보인다.

"아, 당신이 행복한 순간에……" 내가 말한다.

---

123) S.F.I.O. (Section Française de l'Internationale Ouvrière)는 '국제 노동자 동맹 프랑스 지부'의 약자. 이 명칭의 사회단은 1905년에 그때까지의 사회주의 각파를 통일하여 결성되었다. 1917년에 러시아에 '10월혁명'이 일어나 소련이 탄생하고, 1919년에는 레닌의 '공산주의자 인터내셔널'(제3인터내셔널)이 결성되자, 1920년 12월 투르에서 열린 당대회에서, 거기에 참가하고자 하는 다수파와 반대하는 소수파로 분열하여, 전자는 프랑스 공산당을 형성하고, 후자는 그때까지의 사회당 명칭을 고수했다. 그 지도자가 된 것은 레옹 블룸이다.

"행복이라고요?" 그의 시선이 거북하다. 내리고 있던 눈을 들어 험악한 표정으로 나를 바라보는 것이다. "당신은 그것을 판단하실 수 있을 겁니다. 결심을 하기 전까지, 나는 자살을 꿈꿀 정도로 무서운 고독에 사로잡혀 있었습니다. 그런 나를 말린 것은, 누구도, 단 한 사람도 내 죽음을 애석하게 여기지 않을 것이고, 나는 살아 있을 때보다 죽음 속에서 더욱 고독하리라는 생각이었습니다."

그는 가슴을 편다. 그의 두 뺨이 불룩해진다.

"나는 이제 혼자가 아닙니다. 절대로."

"아, 당신은 많은 사람을 알게 되었군요." 내가 말한다.

그가 엷은 미소를 짓자, 나는 이내 나의 어수룩함을 깨닫는다.

"내 말은 이제는 고독하다고 '느끼지' 않는다는 뜻입니다. 물론 내가 누구하고 같이 있어야 할 필요는 없습니다."

"그래도 사회당 지부에서는……"

"아! 나는 그 집회에 참석하는 모든 사람을 알고 있습니다. 하지만 대부분 이름만 알 뿐이죠. 그런데 말이죠," 그는 장난스럽게 말한다. "그렇게 치사한 방법으로 동지를 찾아야만 할까요? 내 친구는 모든 인간입니다. 내가 아침에 사무실에 갈 때, 내 앞에도 뒤에도 제각기 일터로 가는 다른 사람들이 있습니다. 나는 그들을 봅니다. 용기를 내서 그들에게 미소를 지을 수도 있지 않을까 하면서요. 그리고 생각합니다, 나는 사회당원이다, 그들은 모두 내 인생과 노력의 목적이고, 그들은 그것을 아직 모르고 있는 거다, 라고 말이죠. 나에게 그것은 하나의 축제입니다, 선생."

그는 눈으로 나에게 질문을 던진다. 나는 고개를 끄덕거림으로써 동의를 표한다. 그러나 그가 약간 실망했고, 좀더 열광적인 것을 기대하고 있다는 사실을 알겠다. 하지만 내가 뭘 해줄 수 있지? 그가 말한 모든 것이 남의 말을 빌린 것이거나 인용한 것이라는 사실을 눈치 챈 것이 내 잘못인가? 그가 말하는 동안 내가 아는 모든 휴머니스트가 눈앞에 떠오른 것도? 이런! 내가 그렇게 많은 휴머니스트를 알고 있었다니! 급진파[124] 휴머니스트는 유

---

124) 급진사회당 당원이라는 뜻. 정식명칭은 '급진공화, 급진사회당'이며, 1901년에 결성되었다. 실체는 중도좌파 정당이다. 사르트르는 자서전 《말》 속에서 이것을 '관료의 정당'이라고 불렀다.

달리 관료들 편이다. '좌파'라 불리는 휴머니스트는 인간적인 가치를 보호하는 데 주로 관심이 있다. 그는 어떤 당파에도 속하지 않는다. 왜냐하면 인간을 배반하고 싶지 않기 때문이다. 하지만 그의 동정은 가난한 사람들에게 향한다. 바로 그 가난한 사람들에게 자신의 가장 훌륭한 고전적 교양을 바치는 것이다. 대부분의 경우 잘생긴 눈이 언제나 눈물로 얼룩져 있는 홀아비인데, 그는 기념일마다 눈물을 흘린다. 또 고양이나 개 같은 모든 포유동물을 사랑한다. 공산주의 작가는 제2차 5개년 계획[125] 이후로 인간을 사랑한다. 그는 인간을 사랑하기 때문에 응징한다.[126] 모든 강자처럼 그는 신중하게 자기감정을 감출 줄 안다. 그러나 또한 동시에 사소한 시선이나 억양으로, 재판관과 같은 그의 과격한 말 속에서 동료에 대한 엄격하고도 부드러운 정열을 느끼게 하는 기술도 가지고 있다. 가톨릭 휴머니스트는 뒤늦게 나타난 막내 벤야민처럼[127] 경이로운 분위기로 인간에 대해 이야기한다. 그는 이렇게 말한다. 더없이 가난한 생활, 말하자면 런던의 부두 노동자나 구두 짓는 여직공의 생활은 얼마나 아름다운 동화 같은 삶인가! 그는 천사의 휴머니즘을 선택했다. 그리고 천사상을 구축하기 위해 슬프고도 아름다운 소설을 써서 가끔 페미나상[128]을 받는다.

---

125) 소련에서는 1920년대에 스탈린이 반대파를 배제하고 지도권을 확립하여, 일국사회주의 건설의 체제를 갖춘 뒤, 국민경제의 대규모 발전을 꾀하는 '5개년 계획'이 실행되었다. 제1차 5개년 계획은 1928년부터 1932년까지, 제2차 5개년 계획은 1933년부터 1937년까지로, 그 덕분에 중공업과 농업의 집단화가 비약적으로 발전했다. 그러나 로캉탱의 일기는 1932년 1월부터 2월까지이므로, 여기서 '제2차 5개년 계획 이래'라고 한 것은 시대적으로 모순이다. 아마 사르트르는 제2차 5개년 계획이 한창이던 30년대 중반 공산당의 변화를 마음속에 두고, 이 냉소적인 표현을 생각해 냈을 것이다. 실제로 소련에서는 제1차 5개년 계획 무렵의 '기술이 모든 것을 결정한다'는 강령에 대해, 제2차 때에는 '인재가 모든 것을 결정한다'는 강령으로 바뀌어, 노동영웅인 스타하노프를 찬양하는 운동이 전개되었다. 또 제1차 때의 프랑스 공산당에서는 '계급 대 계급'을 외치며 다른 당과의 관계를 청산하지 않으면 사회당까지 계급의 적(敵)으로 간주한 것에 비해, 제2차 때에는 '인민전선전술'을 외치며 반파시즘 세력과의 연유를 끊임없이 모색했다. 이 30년대는 소련에서 대숙청 바람이 불어친 시대이기도 하다.
126) 프랑스 속담에 '깊이 사랑하는 사람은 호되게 응징한다'는 말이 있다.
127) 성서 창세기 42~46장 참조.
128) 1904년 프랑스에서 창설된 문학상으로, 여성작가로만 구성된 12명의 심사위원에 의해 수상작이 선정된다. 1905년에는 로망 롤랭의 《장 크리스토프》 제1권이 수상했다.

그런 사람들은 위대한 주역들이다. 그러나 다른 사람들, 구름처럼 많은 다른 사람들이 있다. 마치 만형처럼 동료들 위로 몸을 기울이는, 책임감 투철한 휴머니스트 철학자, 있는 그대로의 인간을 사랑하는 휴머니스트, 인간의 이상적인 상태를 사랑하는 휴머니스트, 동의를 얻어 인간을 구하려는 휴머니스트, 원치도 않는데 인간을 구하려는 휴머니스트, 새로운 신화를 창조하려는 휴머니스트, 옛 신화로 만족하는 휴머니스트, 인간의 죽음을 사랑하는 휴머니스트, 인간의 삶을 사랑하는 휴머니스트, 언제나 농담만 하는 즐거운 휴머니스트, 특히 장례식에서 만나는 음울한 휴머니스트. 그들은 모두 서로를 미워한다. 물론 개인적으로지—인간적으로는 아니다. 그러나 독학자는 그런 것을 모른다. 그는 가죽자루에 고양이를 집어넣듯 휴머니스트들을 자기 안에 가두고 있지만, 거기서 그들은 독학자가 모르는 사이에 서로 물어뜯고 있다.

독학자가 나를 보는 눈에는 이미 신뢰감이 상당히 사라져 있다.

"선생은 나처럼 느끼지 않으십니까?"

"허, 글쎄요……"

그의 불안한 듯한, 약간 원망하는 듯한 얼굴을 보고, 나는 잠시 그를 실망시킨 것을 후회한다. 그러나 그는 예의바르게 말을 잇는다.

"압니다. 당신은 당신의 연구와 저서가 있으니까요. 나름대로 같은 이념을 위해 봉사하고 계시는 거지요."

'나의' 저서, '나의' 연구라고! 바보 같은 놈. 이보다 더 큰 실언이 없다.

"제가 책을 쓰는 것은 그 때문이 아닙니다."

이내 독학자의 얼굴이 변한다. 마치 적의 냄새를 맡았다는 듯한 태도다. 지금까지 그의 그런 표정은 본 적이 없다. 우리 사이에 무언가가 죽은 것이다.

그는 놀라는 척하면서 묻는다.

"하지만…… 무례한 질문일지 모르지만, 그렇다면 댁은 왜 글을 쓰십니까?"

"아, 그건…… 뭐라고 할까요, 아무튼 쓰기 위해서지요."

그는 흐뭇한 듯이 미소 짓는다. 이렇게 말하면서 나의 허를 찔렀다고 생각한 것이다.

"무인도에 있어도 쓰실 겁니까? 보통은 읽히기 위해 쓰는 것이 아닐까요?"

그는 습관적으로 의문형으로 말한다. 사실은 단정하고 있는 것이다. 그의 온순하고 겁이 많은 듯한 표면의 덧칠은 벗겨졌다. 이미 평소의 그가 아니다. 표정에서는 꿈쩍도 하지 않는 완고함이 들여다보인다. 그것은 자만의 벽이다. 내가 아직 놀라움에서 깨어나기도 전에, 이렇게 말하는 그의 목소리가 들려온다.

"어떤 사회적 범주의 사람들을 위해서나, 친구들 집단을 위해서라면 그것도 좋겠지요. 어쩌면 후세를 위해서 쓰고 계시는 건지도 모르겠네요…… 하지만 어떻게 생각하시든, 선생은 누군가를 위해서 쓰고 계시는 겁니다."

그는 대답을 기다린다. 그러나 대답이 없자 그는 살며시 미소를 짓는다.

"혹시 인간혐오자신가요?"

이 그럴 듯한 화해의 노력이 무엇을 숨기고 있는지 나는 안다. 결국 그가 나에게 원하는 것은 아주 작은 것에 지나지 않는다. 즉 단순히 하나의 예의를 받아들이라는 것이다. 그러나 그것은 함정이다. 만약 내가 동의한다면 독학자는 우쭐해할 것이다. 그리고 나는 이내 추격당하고, 붙잡히고, 곧 추월당할 것이다. 왜냐하면 휴머니즘은 모든 인간의 태도를 한꺼번에 녹여버리기 때문이다. 설령 정면에서 반대하더라도, 상대가 바라는 대로 되어버린다. 휴머니즘은 반대자를 양분 삼아 살기 때문이다. 완고하고 융통성 없는 부류의 강도 같은 사람들도 휴머니즘에 맞섰다가는 어김없이 당하고 만다. 휴머니즘은 그자들의 모든 폭력과 과격 행위를 소화하여, 그것을 하얗게 거품 이는 임파액으로 바꿔버린다. 휴머니즘은 반주지주의, 마니교(敎), 신비주의, 염세주의 또는 무정부주의나 이기주의 모두를 소화했다. 그것은 이제 단순한 중간단계나 불완전한 사상에 지나지 않으며, 휴머니즘에 있어서만 비로소 정당화된다. 인간혐오자도 이 합주 속에 자기 자리를 유지하고 있다. 전체의 하모니에 필요한 하나의 불협화음일 뿐인 것이다. 인간혐오자도 인간이다. 따라서 휴머니스트는 어느 정도 인간혐오자일 필요가 있다. 그러나 그것은 자신의 증오를 적절하게 배합할 수 있는 과학적인 인간혐오자다. 그가 처음에 인간을 증오하는 것은 나중에 인간을 더욱 사랑하기 위한 것에 지나지 않는다.

나는 그들에게 편입되고 싶지 않으며, 나의 멋진 붉은 피가 그 림프액으로 된 짐승을 살찌우는 것을 사양하고 싶다. 나는 나 스스로를 '반(反)휴머니스트'라고 말하는 어리석은 짓도 하지 않겠다. 나는 휴머니스트가 '아니다'. 그뿐이다.

나는 독학자에게 말한다.

"나는 아무도 인간을 미워할 수도 사랑할 수도 없다고 생각합니다."

독학자는 보호자 같은, 또는 어딘가 마음이 딴 데 가 있는 듯한 얼굴로 나를 바라본다. 그리고 자신이 하는 말은 중요치 않다는 듯 중얼거린다.

"인간을 사랑해야 합니다. 인간을 사랑해야……"

"누구를 사랑해야 한다는 겁니까? 여기 있는 사람들 말입니까?"

"여기 있는 사람들도 사랑해야죠. 그리고 모든 사람을."

그는 젊음이 빛나는 한 쌍을 돌아본다. 저들이 바로 사랑해야 할 사람들인 것이다. 독학자는 백발노인을 흘끔 본다. 그러고는 나에게로 시선을 옮긴다. 그의 얼굴에서는 무언의 질문을 읽을 수 있다. 나는 고개를 가로저으며 '아니'라고 신호한다. 그는 내게 연민을 느끼는 것 같다.

"당신 역시 저들을 사랑하지 않소." 나는 답답해하면서 말한다.

"그럴까요? 실례지만, 다른 의견을 가진 것을 용서해 주시기를."

그는 다시 과하다 싶을 정도로 공손한 말투가 되었지만, 그 눈빛만은 냉소적이고 몹시 재미있어 하는 것 같다. 나를 증오하고 있는 것이다. 이 비틀린 인물에게 동정을 느낀다면 큰 실수를 하는 것이다. 이번에는 내가 물을 차례다.

"그러면 당신은 당신 뒤에 있는 저 두 사람을 사랑한단 말이죠?"

독학자는 다시 그들을 바라보고 생각에 잠긴다. 그리고 의심스럽다는 듯이 말한다.

"그러니까 내 입에서, 저들을 알지도 못하면서 사랑한다는 말이 나오는 걸 듣고 싶으신 거군요. 물론 솔직하게 말해서 나는 저 사람들을 모릅니다…… 단지 사랑이 진정으로 안다는 것을 뜻하는 게 아니라면 말입니다." 그는 거만하게 웃음 짓는다.

"그러면, 당신은 무엇을 사랑합니까?"

"나는 그들이 젊다는 것은 알고 있습니다. 내가 그들을 사랑하는 것은 무엇보다 그 젊음입니다."

그는 말을 끊고 귀를 기울이더니 말한다.

"저 사람들 하는 말을 알아들을 수 있으십니까?"

물론이지! 젊은이는 주위 사람들이 공감을 나타내는 것에 대담해져서, 자기 팀이 작년에 르아브르 팀과 싸워 이긴 축구 얘기를 큰 소리로 하고 있다.

"그가 무슨 이야기를 하고 있군요." 나는 독학자에게 말한다.

"아! 나는 잘 못 알아듣겠어요. 하지만 목소리는 들립니다. 부드럽고 낮은 목소리가 번갈아 들리는군요. 정말…… 정말 듣기 좋은 목소리네요."

"하지만 나에게는, 유감스럽게도 이야기 내용까지 들립니다."

"그래요?"

"그래요, 그들은 연극을 하고 있어요."

"정말입니까? 아마 청춘의 연극이겠죠?" 그는 빈정거리며 묻는다. "그것도 쓸모 있다고 생각하는 제 생각을 받아주시기 바랍니다. 우리 나이에는 아무리 연극을 한다 해도 저 나이로 돌아가겠습니까?"

나는 독학자의 야유를 못 들은 척하며 말을 잇는다.

"당신은 그들에게 등을 돌리고 있고, 그들이 하는 얘기도 들리지 않습니다…… 그럼 여자의 머리색은 무엇이죠?"

그는 당황한다.

"글쎄요, 난……" 그는 젊은 두 사람에게 흘깃 곁눈질을 하면서 확인한다. "검은 머립니다!"

"거 보세요!"

"뭐라고요?"

"보시다시피, 당신은 저 둘을 사랑하고 있지 않아요. 거리에서 그들을 만나도 아마 알아볼 수 없을 겁니다. 당신에게 있어서 그들은 상징에 불과하니까요. 당신이 흐뭇해하고 있는 대상은 그들이 아닙니다. '인간의 청춘' 특히 '남녀의 사랑', '인간의 목소리'에 감동하고 있는 겁니다."

"그러면요? 그것은 존재하지 않는다는 건가요?"

"물론 존재하지 않습니다. '청춘'도, '장년'도, '노년'도, '죽음'도……"

독학자의 얼굴이 마르멜로 열매처럼 노래지더니, 비난하는 듯 보이는 경련을 일으키며 표정이 굳었다. 나는 아랑곳하지 않고 계속한다.

"당신 뒤에서 비시 생수를 마시고 있는 늙은 신사도 마찬가지요. 내 생각에 당신이 그 사람에게서 사랑하는 것은 '장년의 남자'입니다. 용기를 가지고 만년을 향해 걸어가는 사람, 자신을 되는 대로 내팽개치고 싶지 않아서 옷차림에도 신경을 쓰는 '장년의 남자' 아닌가요?"

"맞아요." 그는 도전적으로 말한다.

"그리고 그가 비열한 자식으로 보이진 않소?"

그는 웃는다. 그는 나를 경솔한 사람이라고 생각하고 있다. 그는 백발로 둘러싸인 잘생긴 얼굴에 시선을 흘깃 던진다.

"하지만, 비록 그렇게 보셨다 해도 어떻게 얼굴만으로 인간을 판단할 수 있습니까? 얼굴은 쉬는 동안에는 아무것도 나타내지 않는 법입니다."

눈먼 휴머니스트들이여! 그 얼굴은 정말 많은 것을 '말하고' 있고, 정말 뚜렷하다. 그러나 휴머니스트들의 우아하고 추상적인 영혼은 결코 얼굴이 가지는 의미에 감동되지 않는다.

독학자가 말한다.

"어떻게 한 인간을 '고정'시켜, 그를 '이렇다' '저렇다' 할 수 있겠습니까? 누가 인간을 속속들이 파헤칠 수 있겠습니까? 그 누가 인간이 지닌 가능성을 알 수 있겠습니까?"

한 인간을 속속들이 파헤친다고! 나는 독학자가 자기도 모르게 표현을 빌린 가톨릭 휴머니즘을 스치며 경의를 표한다.

"나는 알고 있습니다," 나는 그에게 말한다. "알고 있어요, 모든 인간은 훌륭하다는 것을. 당신은 훌륭합니다. 나도 훌륭합니다. 물론 신의 피조물로서 말입니다."

그는 이해하지 못하고 나를 응시하다 어렴풋이 미소 짓는다.

"농담이시죠, 선생님. 하지만 모든 인간이 우리에게 칭찬받을 권리가 있는 건 사실입니다. 어려운 일입니다, 정말 어려운 일이에요. 인간이 된다는 것 말입니다."

그는 자기도 모르는 사이에 그리스도가 말하는 인간에 대한 사랑을 떠나 버렸다. 그는 머리를 흔든다. 그리고 기묘한 무의식적 모방현상으로, 그 가련한 게노[129]와 비슷해진다.

"실례지만," 나는 말한다. "그렇게 되면, 난 인간 된다는 것에 확신이 안

섭니다. 그것을 어렵다고 생각한 적이 한 번도 없으니까요. 다만, 되는 대로 놔두는 것밖엔 도리가 없다고 여겼지요."

독학자는 터놓고 웃지만 눈빛은 여전히 험악하다.

"지나치게 겸손하십니다. 당신이 가진 조건, 인간의 조건을 견디기 위해서는, 당신도 모든 사람처럼 많은 용기가 필요합니다. 다음 순간에 당신은 죽음과 맞닥뜨릴 수도 있고, 당신은 그것을 알면서도 미소를 지을 수 있지요. 자, 멋지지 않습니까? 당신의 가장 보잘것없는 행위에도 말이죠." 그는 가시 돋친 목소리로 덧붙인다. "한없이 영웅적인 것이 있다는 겁니다."

"손님들, 디저트는 무엇으로 하시겠어요?" 웨이트리스가 묻는다.

독학자의 얼굴에는 핏기가 하나도 없다. 돌처럼 움직이지 않는 그의 눈동자 위에 눈꺼풀이 반쯤 덮여 있다. 나를 보고 선택하라는 듯 희미하게 손짓한다.

"치즈." 나는 영웅적으로 말한다.

"손님은요?"

그는 흠칫 놀란다.

"뭐라고 하셨죠? 아, 네. 난 아무것도 필요 없소. 다 먹었어요."

"루이즈!"

뚱뚱한 두 남자가 계산을 치르고 나간다. 한 사람은 한쪽 다리를 끌고 있다. 주인이 그들을 문까지 배웅한다. 중요한 손님인 모양이다. 그들은 얼음통에 넣은 포도주 한 병을 마셨다.

나는 약간 후회되어 독학자의 얼굴을 쳐다본다. 그는 일주일 내내 자신의 인간애를 알릴 수 있는 이 점심식사를 상상하며 즐거워했을 것이다. 그가 다른 사람과 대화하는 경우는 매우 드물다. 그런데 내가 그의 즐거움을 망쳐버린 것이다. 생각해 보면 그도 나처럼 혼자이고, 그를 걱정해 주는 사람이 아무도 없다. 다만 그는 자기의 고독을 이해하지 못할 뿐이다. 그렇다. 그러나 그의 눈을 뜨게 하는 것은 내 역할이 아니었다. 나는 몹시 마음이 불편하다. 그래서 화를 내고 있지만, 그건 그에 대해서가 아니라 비르강 같은 놈들과 그 밖의 사람들, 저 가련한 두뇌를 해친 모든 놈에 대해서다. 만약 내가 그

---

129) 장 게노(1890~1978)는 프랑스 작가로, 제2차 세계대전 전에 잡지 〈유럽〉의 편집장을 지냈다.

들을 내 앞으로 끌고 올 수 있다면 나는 그들에게 해줄 말이 많다. 독학자에게는 아무 말도 하지 않겠다. 그에 대해서는 동정심을 느낄 뿐이다. 그는 아쉴 씨와 같은 부류로, 내 편이지만 무지와 선의 때문에 배반한 것이다!

독학자가 웃음을 터뜨리는 바람에 나는 우울한 몽상에서 깨어났다.

"용서하십시오. 하지만 인간에 대한 나의 깊은 사랑과, 인간 쪽으로 나를 내모는 강한 충동을 생각하고, 또 우리가 지금 이렇게 따지면서 토론하고 있는 것을 돌아보니…… 그만 웃음이 나와서요."

나는 아무 말도 하지 않고 어색하게 웃는다. 웨이트리스는 분이 묻은 것 같은 카망베르 치즈 한 조각을 접시에 담아 내 앞에 놓는다. 나는 실내를 둘러본다. 그리고 심한 혐오감에 사로잡힌다. 내가 여기서 무엇을 하고 있는 거지? 어쩌다가 휴머니즘에 대한 쓸데없는 얘기에 휘말린 걸까? 이 사람들은 왜 여기에 있나? 왜 이들은 먹고 있나? 자기들이 존재하고 있다는 것도 모르면서. 나가고 싶다, 어디든 정말로 '나에게 어울리는 장소', 나에게 딱 맞는 장소로 가버리고 싶다…… 그러나 나에게 어울리는 장소 같은 건 어디에도 없겠지. 나는 쓸데없는 존재다.

독학자의 얼굴이 온화해진다. 그는 내가 더 저항할까 봐 두려워하고 있었다. 그는 내가 말한 것을 모두 지우고 싶어한다. 그는 비밀이야기라도 하듯이 내 쪽으로 허리를 굽힌다.

"결국, 선생님도 나와 마찬가지로 인간을 사랑하실 겁니다. 우리는 언어상으로 분리되어 있을 뿐이지요."

나는 더 이상 말을 할 수 없다. 나는 고개를 끄덕인다. 독학자의 얼굴이 내 얼굴 바로 옆에 있다. 득의양양해서 얼굴이 거의 닿을 듯한 곳에서 엷은 미소를 짓고 있다. 마치 악몽 같다. 나는 억지로 빵 조각을 씹고 있는데, 그것을 삼킬 결심이 서지 않는다. 인간. 그들 인간을 사랑해야 한다. 인간은 훌륭하다. 토하고 싶다. 그리고 갑자기 그것이 여기 와 있다. 바로 '구토'가.

폭풍 같은 발작. 머리 꼭대기부터 발끝까지 나를 뒤흔든다. 한 시간 전부터 나는 발작이 오리라는 것을 알고 있었다. 다만 그것을 인정하고 싶지 않았을 따름이다. 내 입속의 이 치즈 냄새…… 독학자는 지껄이고 있고, 그의 목소리가 희미하게 내 귀에 윙윙거린다. 그러나 무슨 이야기를 하고 있는지 전혀 모르겠다. 나는 기계적으로 고개를 끄덕인다. 내 손은 디저트 나이프의 손잡이 위에서 경련하고 있다. 나는 그 흑단으로 된 손잡이를 '느낀다'. 그것을 붙잡고 있는 것은 내 손이다. 내 손. 나는 이 평온한 나이프를 차라리 놓아버리고 싶다. 늘 무언가를 만지고 있는 것이 무슨 소용이란 말인가? 사물은 사람이 만지기 위해서 만들어진 것이 아니다. 오히려 되도록 그것을 피하면서 사물과 사물 사이로 미끄러지듯 빠져나가는 게 훨씬 낫다. 이따금 그중의 하나를 손에 집어드는 일도 있지만, 그것을 되도록 빨리 놓아야 한다. 나이프가 접시 위에 떨어진다. 그 소리에 백발 신사가 깜짝 놀라 나를 쳐다본다. 나는 나이프를 다시 주워 들고, 칼날을 식탁에 대고 누른다.

그러니까 그 '구토'가 바로 이런 것이었다고? 이제껏 뻔히 눈 뜨고도 보지 못했던 이런 명명백백한 사실이라고? 내가 얼마나 골치를 썩었는데! 그것에 대해 얼마나 많은 글을 썼는데! 이제는 알겠다. 나는 존재한다, 세계는 존재한다, 그리고 나는 세계가 존재한다는 것을 안다. 그뿐이다. 그러나 그런 건 나와 상관없는 일이다. 모든 것이 이런 식으로 나와 상관없다는 것은 기묘한 일이다. 그것이 나를 멈칫거리게 한다. 그것은 내가 물수제비를 뜨려고 했던 그날부터다. 던지려고 하다가, 나는 그 조약돌을 바라보았다. 그때 모든 것이 시작되었다. 나는 조약돌이 '존재'한다고 느꼈다. 그 다음에는 다른 '구토'가 있었다. 이따금 사물이 손안에서 존재하기 시작한다. '철도인 만남의 장소'에서 '구토'가 있었고, 그 전에는, 어느 날 밤, 내가 창문 너머 바깥을 바라보고 있었을 때 다른 '구토'가 있었다. 그리고 어느 일요일 공원에서도 한 번, 그 뒤 또 다른 때에도 한 번. 그러나 그것이 오늘처럼 강렬했던 적은 한 번도 없었다.

"……고대 로마 말인가요, 선생?"

독학자가 묻는다, 나는 그렇게 생각한다. 그를 돌아보며 나는 미소 짓는다. 그래서? 그에게 무슨 일이 일어난 건가? 왜 그는 의자에 쭈그리고 앉아 있을까? 그렇다면 내가 지금 공포를 조장하는 사람인 걸까? 어차피 이렇게 될 예정이었다. 하긴 나와는 상관없는 일이지만. 사람들이 두려워하는 것도 전혀 잘못된 것은 아니다. 내가 무슨 짓이든 할 수 있다는 것을 분명히 느끼고 있기 때문이다. 이를테면 이 치즈 나이프를 독학자의 눈에 꽂는 일. 그러면 여기에 있는 모든 사람이 달려들어 나를 짓밟을 테고, 구둣발로 내 이를 부러뜨리겠지. 그러나 그것 때문에 내가 그 짓을 안 하는 것은 아니다. 입안에서 이 치즈 맛 대신 피 맛이 나더라도 별 차이는 없다. 다만 그러기 위해서는 어떤 동작을 하고, 쓸데없는 사건을 한 가지 일으켜야 한다. 그래서 결국은 쓸데없는 것이 될, 독학자가 내지를 고함소리, 그의 뺨에 흐를 피, 여기 있는 모든 사람의 경악. 이렇듯, 존재하는 것들은 아주 많다.

모두가 나를 응시하고 있다. '청춘'을 대표하는 두 사람은 달콤한 이야기를 중단했다. 여자는 입을 벌린 채 뾰로통해 있다. 그러나 이제 그들은 내가 대수롭지 않은 사람이라는 것을 잘 알게 될 것이다.

나는 일어선다. 모든 것이 내 주위에서 돌고 있다. 독학자는 눈을 크게 뜨고 나를 응시하고 있지만, 나는 그 눈을 찌르지 않을 것이다.

"벌써 가십니까?" 그가 중얼거린다.

"좀 피곤하군요. 초대해 주셔서 정말 고맙습니다. 또 봅시다."

돌아서면서, 나는 왼손에 디저트 나이프를 계속 쥐고 있는 것을 깨닫는다. 그것을 접시 위에 던지자 쨍그랑 소리가 난다. 나는 침묵에 싸인 실내를 가로지른다. 그들은 더 이상 먹지 않는다. 나를 보고 있다. 입맛이 떨어진 것이다. 만약 내가 젊은 여자에게 다가가면서 "흥!" 소리를 내면 그녀는 크게 소리 지를 것이다. 그건 확실하다. 시험해 볼 것도 없다.

그래도 밖에 나가기 전에 나는 뒤를 돌아보고, 그들이 기억에 새겨둘 수 있도록 그들에게 내 얼굴을 보여준다.

"여러분, 또 봅시다."

아무도 대답하지 않는다. 나는 나간다. 이제 그들의 얼굴에는 다시 생기가 돌아오고, 와글와글 떠들기 시작할 것이다.

어디로 가야 할지 알 수가 없다. 나는 두꺼운 종이로 만든 요리사 옆에 꼼짝 않고 서 있다. 돌아보지 않아도 그들이 창문 너머로 나를 보고 있다는 것을 알겠다. 그들은 놀라움과 혐오의 감정으로 내 등을 바라보는 것이다. 그들은 나도 자기들과 같은 인간이라고 생각하고 있다가 감쪽같이 속았다. 나는 갑자기 인간의 모습을 잃었고, 그들은 한 마리의 게가 인간미로 넘치는 이 실내에서 뒷걸음질로 달아나는 것을 본 것이다. 지금은 정체가 폭로된 침입자는 달아나 버렸다. 모임은 계속된다. 빤히 바라보는 많은 눈들과 무서운 생각들이 내 등을 향한다는 것을 느끼고 있으려니 짜증이 난다. 나는 차도를 건넌다. 반대쪽 보도는 바닷가와 탈의장으로 이어져 있다.

바닷가에 많은 사람들이 거닐고 있다. 바다를 향한 그들의 얼굴은 봄처럼 시적 정서가 풍부하다. 그것은 태양 때문인 듯, 모두들 들떠 있다. 밝은 옷을 입고 있는 여자들이 있다. 지난봄의 기운으로 몸을 치장한 것이리라. 그녀들은 광택 있는 양가죽 장갑처럼 매끈하고 하얀 모습으로 지나간다. 고등학교나 상업학교에 다니는 다 큰 소년들도 있고, 훈장을 받은 노인들도 있다. 그들은 아는 사이는 아니지만, 서로 약속이나 한 것처럼 서로를 응시한다. 왜냐하면 날씨가 이렇게도 화창하고, 모두들 인간이기 때문이다. 인간들은 모르는 사이라도 선전포고의 날에는 서로 포옹한다. 그리고 봄이 올 때마다 그들은 서로 미소를 주고받는다. 신부 한 사람이 성무일도 기도서를 읽으며 천천히 걷는다. 이따금 그는 고개를 들고 찬탄하는 표정으로 바다를 바라본다. 바다 또한 기도서이며, 신을 이야기하고 있는 것이다. 가벼운 색조, 가벼운 향기, 봄의 넋들.

"날씨는 맑고, 바다는 초록빛이다. 습기보다는 이 건조한 추위가 좋다." 시인들이여! 만약 내가 어떤 사람의 외투 자락을 붙잡고 "나 좀 도와주시오." 하고 말한다면, 상대는 '이 게 같은 놈은 뭐지?' 하고 생각하겠지. 그리고 내가 잡고 있는 자기 외투를 남겨두고 몸만 빠져 달아나겠지.

나는 그들에게 등을 돌린다. 난간을 두 손으로 짚는다. '진짜' 바다는 차갑고, 검고, 짐승들로 가득하다. 그리고 사람들을 속이기 위한 저 얇은 초록색 피막 밑에 퍼져 있다. 내 주위를 둘러싼 공기의 정령들[130]도 그것에 속았다. 그들에게는 얇은 피막밖에 보이지 않는다. 그 피막이야말로 신의 존재를 증명하는 것이다. 나에게는 그 아래가 보인다! 칠이 녹아, 벨벳처럼 매끄럽게 빛나는 약한 피부, 신이 창조한 사랑스런 분홍빛 피부는 내 시선 아래 곳곳에서 터지고 찢어지고 미세하게 갈라져 있다. 저기 생텔레미르행(行) 전차가 오는군. 나는 방향을 바꾼다. 사물도 나와 함께 방향을 바꾼다. 굴처럼 창백한 녹색이다. 괜한 짓, 이 안에 뛰어오른 것은 괜한 짓이었다. 아무 데도 가고 싶지 않기 때문이다.

차창 너머로 매우 딱딱하고 깨지기 쉬운 푸르스름한 물체들이 덜그럭거리며 차례차례 나타난다. 사람들, 건물 외벽들. 어떤 집의 열린 창문을 통해

---

130) 켈트 게르만 신화에 나오는 공기의 정령인데, 여기서는 인간들을 가리킨다.

검은 내부가 들여다보인다. 차창은 모든 검은색을 희미한 푸른색으로 만들어 버린다. 노란 벽돌로 지은 저 큰 집도 푸르게 만든다. 그 집은 쭈뼛쭈뼛 주저하며 다가오더니, 갑자기 앞으로 고꾸라질 듯 멈춰 선다. 어떤 신사가 올라타 내 맞은편에 앉는다. 노란 건물은 다시 출발하여, 한걸음에 차창과 거의 닿는 데까지 미끄러져 오지만, 너무 가까워서 그 일부밖에 보이지 않고 색도 완전히 어두워졌다. 차창들이 떨린다. 노란 건물은 까마득히 높게 위압적으로 서 있다. 수백 개나 되는 창문이 열린 채 내부의 검은 중심을 내보인다. 건물은 차체를 따라 미끄러지며 닿을 뻔 한다. 떨리는 차창들 사이가 어두워지며, 진흙처럼 노란 건물은 끝없이 미끄러져 간다. 그리고 차창은 다시 하늘색이 된다. 그러다가 갑자기 건물이 사라진다. 그것은 뒤에 처지고, 명료한 회색 광택이 차체를 침범하여 가차 없이 공정하게 곳곳에 퍼진다. 그것은 하늘이다. 차 유리창을 통해 또다시 여러 겹, 그러니까 여러 겹의 하늘이 보인다. 이 전차가 엘리파르 언덕을 올라가고 있는 중이어서 양쪽이 똑똑히 보이기 때문이다. 오른쪽은 바다까지, 왼쪽은 비행장까지. 금연표지판도, 지탄 담배상표도. [131]

나는 좌석에 손을 댔다가 황급히 그 손을 거둔다. 그것이 존재하고 있는 것이다. 내가 앉아 있는 그 사물, 내가 손을 댄 사물, 그것은 의자라 불린다. 사람들은 앉을 수 있도록 일부러 그것을 만들었다. 가죽과 용수철과 천을 골라잡아 앉을 것을 만들 생각으로 일을 시작했다. 그리고 일이 끝났을 때, 그들이 만들어 낸 것이 바로 '이것'이었다. 그들은 그것을 여기에, 이 차체 안으로 가져왔다. 전차는 진동하는 유리창과 함께 덜거덕거리며 달려간다. 그리고 옆구리에 이 붉은 물체를 달고 있다. 나는 중얼거린다. "이것이 의자다." 약간은 귀신을 쫓는 투다. 그러나 말은 입술 위에 남아 있다. 사물 위에 놓이는 것을 거부하고 있는 것이다. 그 사물은 있는 그대로이고, 그 붉은 플러시 천에는 작고 붉은 다리가 무수히 나와 허공을 향하고 있다. 죽어서 완전히 딱딱해진 작은 다리들이다. 이 커다란 배, 하늘을 향해 뒤집혀 피투성이로 팽창해 버린 배, 죽어버린 모든 다리와 함께 부풀어 올라 이 차체 속에, 이 회색빛 하늘 속에 떠다니는 배, 이건 좌석이 아니다. 이것은 또 죽

---

131) '지탄'은 집시를 가리키는 '지탕'의 여성형인 동시에 프랑스 궐련 상표의 하나이기도 하다. 어딘가에 붙어 있던 포스터가 눈에 들어온 것일 것이다.

은 나귀라고 해도 틀림없다. 예를 들면 죽어서 물에 불은 채 물결 따라 떠다니는 나귀, 거대한 회색 강물, 홍수 난 강물 속에서 배를 하늘로 향하고 있는 나귀 말이다. 그러면 나는 그 나귀의 배 위에 앉아 맑은 물에 발을 담그고 있는 건지도 모른다. 사물은 이름으로부터 해방되었다. 사물은 그곳에 있다, 기괴하고 완고하며 커다란 사물이. 그것을 의자라고 부른다든가, 그것에 대해 뭔가 말하는 것은 어리석은 짓으로 보인다. 나는 이름 붙일 수 없는 '사물'에 에워싸여 있다. 혼자서, 말없이, 몸을 보호할 것도 없이 있는 나를 사물이 에워싸고 있다, 밑에서도, 뒤에서도, 위에서도. 사물은 아무것도 요구하지 않는다, 자기를 들이대지도 않고, 거기에 있을 뿐이다. 의자 쿠션 밑에는 나무틀을 따라 한 줄기 어두운 선이 있다. 거의 미소처럼, 신비롭고 장난스러운 모양을 하고 의자를 따라 내달리는 한 줄기 검은 선. 그것이 미소가 아니라는 것쯤은 나는 잘 알고 있다. 그러나 그것은 존재하며, 그것은 무섭게 덜컹거리는 뿌연 유리창 밑을 달린다. 유리창 뒤에 차례차례 나타나서는 멈추고, 또다시 달리기 시작하는 푸른 이미지 밑에서, 그 선은 끈질기게 이어진다. 어떤 미소의 희미한 추억처럼, 반쯤 잊어버려서 첫 음절밖에 생각나지 않는 단어처럼, 그것은 완고하게 계속된다. 그래서 내가 할 수 있는 최선의 일은 다른 것에 눈을 돌려, 이를테면 내 맞은편 좌석에 비스듬히 누워 있는 남자에 대해 생각하는 것이다. 푸른 눈에 갈색 얼굴. 그의 오른쪽 몸은 축 늘어져 있고, 오른팔은 힘없이 몸에 붙어 있다. 그의 오른쪽 몸은 거의 살아있지 않다. 가까스로, 옹색하게, 마치 마비된 것처럼 살아 있다. 그러나 왼쪽 전체에는 하나의 작은 존재, 궤양같이 증식하는 기생적 존재가 있다. 팔이 부들부들 떨리기 시작하더니, 서서히 올라갔다. 그 끝에는 손이 굳어 있다. 그러자 손끝도 떨리기 시작했다. 그것이 머리 높이까지 왔을 때, 손가락 하나가 뻗어나가 머리카락으로 뒤덮인 두피를 손톱으로 긁기 시작한다. 어떤 쾌감으로 찡그린 표정이 입 오른쪽 언저리까지만 와서 멈춘다. 왼쪽은 죽어 있다. 유리창이 흔들린다. 팔이 흔들린다. 손톱은 긁는다, 긁는다. 움직이지 않는 눈 밑에서 입은 미소 짓고, 남자는 자기도 모르는 사이에 자신의 오른쪽을 부풀게 하는 그 작은 존재를 받아들인다. 그 존재는 자기를 실현하기 위해 남자의 오른손과 오른쪽 뺨을 빌린 것이다. 검표원이 내가 나아가는 방향을 가로막는다.

"정차할 때까지 기다리세요."

그러나 나는 그를 밀어버리고 전차 밖으로 뛰어내린다. 더 이상 견딜 수 없었다. 사물이 그렇게 가까이 있는 것을 견딜 수 없었다. 나는 철책을 밀고 들어선다. 수많은 가벼운 존재들이 일제히 날아올라 나무 꼭대기에 내려앉는다. 이제야 정신이 돌아와 내가 어디에 있는지 알겠다. 나는 공원에 있다. 커다랗고 검은 나무줄기 사이, 하늘을 향해 내민 검고 울퉁불퉁한 손들 사이에 있는 벤치에, 나는 쓰러지듯 주저앉는다. 나무 한 그루가 내 발밑에서 검은 발톱으로 땅을 긁고 있다. 나는 모든 걸 팽개치고, 나를 잊고 잠들고 싶다. 그러나 그럴 수 없다. 숨이 막힌다. 존재는 곳곳에서 내 안에 들어온다, 눈으로, 코로, 입으로……

그리고 갑자기, 한 순간, 베일이 찢어지며, 나는 이해했다, 나는 '보았다'.

저녁 6시

무거운 짐을 내린 것 같다고도 만족했다고도 할 수 없다. 반대로 나는 압도당하고 있다. 다만 목적은 이루어졌다. 알고 싶었던 것을 안 것이다. 1월부터 나에게 일어난 모든 것이 이해되었다. '구토'는 나에게서 떠나지 않았고, 이제 그것이 그렇게 금방 떠나리라고는 생각지도 않는다. 그러나 나는 지금 '구토'를 참고 있는 것이 아니다. 그것은 이미 병도 아니고 일시적인 발작도 아니다. 바로 나 자신인 것이다.

그러니까 조금 아까 나는 공원에 있었다. 마로니에의 뿌리[132]가 바로 내가 앉은 벤치 밑의 땅에 박혀 있었다. 그때 이미 그것이 뿌리라는 걸 기억하지 못했다. 어휘가 사라지자 어휘와 함께 사물의 의미나 사용법, 인간이 그 표면에 끼적여 놓은 알량한 표시도 사라졌다. 나는 등을 약간 구부리고 고개를 숙인 채, 원초적인 그 검고 옹이 많은 덩어리, 나를 두렵게 하는 그 덩어리를 혼자 마주하고 앉아 있었다. 그러다가 그 영감을 얻었다.

그 순간 숨이 턱 막혔다. 며칠 전까지만 해도, 나는 '존재한다'는 말의 의미를 전혀 짐작도 못했다. 나는 다른 사람들, 봄옷을 입고 바닷가를 거니는

---

132) 사르트르는 르아브르에서 보부아르에게 보낸 1931년 10월 9일자 편지에서, 한 그루의 나무를 본 것을 얘기하면서, "내가 대성당이 무엇인가를 안 것은 부르고스에서였고, 나무가 무엇인가를 안 것은 르아브르에서요"라고 썼다. 그 나무가 마로니에였다.

사람들과 다를 바 없었다. 나는 그들처럼 "바다는 녹색'이다'. 저기, 저 위에 있는 하얀 점, 저것은 갈매기'이다'"라고 말했다. 그러나 그것이 존재하고 있다는 것, 갈매기란 '존재하는 갈매기'라는 것을 느끼지 못했다. 보통, 존재는 숨어 있다. 그것은 여기 우리 주위에, 그리고 우리 안에 있다. 존재는 곧 '우리'다. 존재에 대해 얘기하지 않고서는 단 두 마디도 제대로 할 수 없지만, 결국 우리는 그것을 건드리지 않는다. 내가 존재에 대해 생각한다고 믿었을 때도, 실은 아무것도 생각하지 않았다고 믿어야 한다. 나의 머리는 텅 비어 있었거나, 기껏해야 하나의 말, '이다'라는 말을 떠올렸던 것이다. 그게 아니라면 그때, 나는 생각하고 있었던 거다…… 뭘 생각했다고 해야 할까? 나는 '귀속(歸屬)'이라는 말을 생각했고, 바다는 초록색인 것들의 범주에 속하며, 초록색은 바다가 가진 특징의 일부를 이루고 있다고 생각했다. 사물을 바라보고 있을 때조차, 그것이 존재한다고는 꿈에도 생각하지 않았다. 사물은 마치 무대장치처럼 보였다. 손에 들면 사물들은 도구의 역할을 했고, 나는 그것들의 저항을 예감했다. 그러나 그 모든 것은 표면에서 일어났을 뿐이다. 만약 존재란 무엇이냐고 묻는다면 나는 진심으로 이렇게 대답했을 것이다. 그것은 아무것도 아니며, 고작해야 외부로부터 사물에 부여된 공허한 형식이고, 그것으로 말미암아 사물의 본성이 바뀌는 일은 전혀 없다고. 그런데 갑자기 존재가 거기에 있었다, 그것은 대낮처럼 뚜렷했다. 존재는 갑자기 베일을 벗었다. 존재는 추상적인 범주에 속하는 비공격적이던 모습을 잃었다. 존재는 사물이라는 조형물을 만들기 위한 찰흙원형 자체였고, 그 나무뿌리는 그런 존재 속에 빚어져 있었던 것이다. 아니 그렇게 말하기보다는 나무뿌리와 공원의 철책, 벤치, 듬성듬성한 잔디밭 등 모든 것이 사라져 버린 것이었다. 사물의 다양성이나 사물의 개별성은 가상에 지나지 않으며, 표면을 바르는 칠에 불과했다. 그 칠이 녹아버리고, 괴물처럼 물컹거리고 무질서한 덩어리, 노골적이며 무섭고 추잡한 알몸의 덩어리만 남아 있었다.

나는 꼼짝도 하지 않고 있었지만, 몸을 움직일 필요도 없이 나무 뒤에 있는 푸른 기둥과 야외음악당의 가로등이 눈에 들어왔고, 월계수 숲으로 에워싸인 벨레다 상(像)도 보였다. 이 모든 것은…… 뭐랄까, 불쾌감을 주었다. 그것들이 좀더 약하고, 좀더 산뜻하고 추상적으로, 더욱 얌전하게 존재했으면 싶었다. 마로니에는 집요하게 내 시선을 억눌렀다. 초록색 곰팡이 병이 줄기의 중간 높이까지 침범해 있었다. 검게 부푼 나무껍질이 삶은 가죽 같았다. 마스크레 분수의 잔잔한 물소리가 귓가에 스며들어, 귀에 보금자리를 짓고, 한숨으로 귀를 채웠다. 콧구멍은 숲의 썩은 냄새로 진동했다. 모든 사물이 조용히, 부드럽게, 존재에 몸을 맡기고 있었다. 마치 끝없는 웃음에 몸을 맡기고, 촉촉한 목소리로 "웃으면 기분이 참 좋아요"라고 말하는 저 지친 여자들처럼. 그 모든 사물은 서로 다른 사물 바로 앞에 몸을 드러내고, 역겹게 저마다 존재의 비밀을 털어놓고 있었다. 나는 비존재와 그 황홀할 만큼의 풍부함 사이에 중간은 없다는 것을 이해했다. 만약 존재한다면 '그 정도까지 존재할' 필요가 있었다. 즉 곰팡이가 피어나고, 부풀어 오르도록, 외설이라고 할 수 있는 데까지. 또 다른 세계에서는 원들과 음악의 가락이 순수하고 엄격한 선을 유지한다. 그러나 존재는 하나의 굴절이다. 숲, 검푸른 기둥, 분수의 행복한 듯한 속삭임, 싱그러운 향기, 차가운 공기 속에 떠다니는 따스한 안개, 벤치에서 먹은 것을 소화시키고 있는 붉은 머리의 남자. 졸고 있거나 소화 중인 이러한 것들을 종합적으로 파악하면, 모든 것이 어딘지 모르게 우스꽝스러운 모습을 드러내고 있었다. 희극…… 아니, 거기까지는 가지 않았다. 존재하는 것은 그 무엇도 희극적일 수는 없다. 가벼운 희극에 나타나는 어떤 장면과 어딘지 닮긴 했지만, 그 유사성은 거의 알아볼 수 없을 정도였다. 우리는 자기 자신을 주체하지 못하는 당혹스러운 존재자들이었다. 우리는 너나 할 것 없이 거기에 있을 이유가 손톱만큼도 없었다. 존재자인 한 사람 한 사람이 겸손하게, 막연한 불안을 품으면서, 다른 존재에 대해 자신을 잉여로 느끼고 있었다. '잉여'. 그것이야말로 내가 숲과 철책과 조약돌 사이에 확립할 수 있었던 유일한 관계였다. 마로니에의 '수를 헤아려' 그것을 벨레다 상과의 관계에 따라 '배치'하고, 그 높이를 플라타너스의 높이와 '비교'하려고 해봤지만 헛일이었다. 존재하는 하나하나의 사물은 내가 가두려고 애쓴 관계에서 달아나 분리되고 삐져 나갔다. 그 관계(내가 끝까지 그것을 유지하려고 한 것은, 척도와 양과 방향을 갖춘 인간세계의 붕괴를 늦추기 위한 것이었지만), 나는 그 관계가 자의적(恣意的)인 것임을 느꼈다. 그것은 더 이상 사물에 영향을 주지 않았다. 저기, 내 바로 앞에서 약간 왼쪽에 있는 '잉여'의 마로니에. '잉여'의 벨레다 상……

그리고 '나'—무기력하고, 초췌하고, 추잡하고, 먹은 것을 삭이면서 음산한 생각도 되씹고 있는—'나 역시 잉여의 존재였다.' 다행히도 나는 그것을 느낀 것이 아니라 이해한 것이다. 그러나 마음이 편치 않았다. 왜냐하면 그것을 실감한다는 것이 두려웠기 때문이었다(지금도 두렵다—그것이 내 뒷덜미를 붙잡지는 않을지, 높은 파도처럼 나를 들어 올리지는 않을지 두렵다). 나는 나를 삭제시켜버리는 것을 어렴풋이 꿈꾸었다. 잉여의 존재를 하나라도 줄이기 위해서였다. 그러나 나의 죽음조차 잉여일 것이다. 잉여의 내 시체, 그 조약돌 위, 그 식물들 사이, 그 미소 짓는 정원 속에 떨어질 잉여의 나의 피. 썩은 육체도 그것을 받아들이는 대지 속에서 잉여의 것이 될 터였다. 결국엔 뼈도, 씻기고 껍질 벗겨 이빨처럼 깨끗하고 선명한 나의 뼈도 잉여가 될 것이었다. 나는 영원히 잉여의 존재였다.

'부조리'라는 말이 지금 내 펜 아래에서 태어난다. 조금 전에 공원에 있었을 때는 그 말을 찾아내지 못했지만, 그렇다고 그 말을 찾고 있었던 것은 아니다. 말이 필요 없었다. 나는 말없이 사물 '위에서' 사물과 '함께' 생각하고 있었다. 부조리, 그것은 머리에서 나오는 관념도 아니었고, 목소리가 되어 나오는 숨결도 아니었으며, 바로 내 발아래 죽어 있던 그 기다란 뱀, 나무로 된 그 뱀이었다. 뱀이든, 갈고리발톱이든, 나무뿌리든, 독수리 발톱이든 중요치 않다. 명확하게 표현할 수는 없지만, 내가 '존재'의 실마리를, '구토'와 나 자신의 삶의 실마리를 발견했다는 것을 알았다. 실제로 내가 그 다음에 이어서 파악할 수 있었던 모든 것은, 이 근원적인 부조리에 귀착하고 있다. 부조리. 또다시 말이다. 나는 말과 씨름한다. 아까 거기서는 사물을 만졌다. 그러나 지금 여기서는, 그 부조리의 절대적 성격을 규정하고 싶다. 인간들의 다채롭고 작은 세계에서 일어나는 동작과 사건은 상대적으로, 즉 그 동작과 사건에 뒤따르게 되는 상황과의 관계에서 부조리할 뿐이다. 이를테면 미친 사람이 하는 연설은 그가 놓인 상황과의 관계에서는 부조리하지만, 그의 망상과의 관계에서는 부조리한 것이 아니다. 그러나 나는 방금 절대를 경험했다. 절대 또는 부조리의 경험이다. 그 나무뿌리가 부조리와 관련되지 않은 것은 아무것도 없었다. 오! 그것을 어떻게 어휘를 사용해 꼬집어 말할 수 있을까? 그것은 부조리였다. 자갈과, 노란 덤불과, 마른 흙과, 나무와, 하늘과, 녹색 벤치와 관련된 부조리. 그건 되돌려질 수 없는 부조리였으며, 그 어떤 것도—자연의 깊은 곳에서 나오는 은밀한 망상조차도—그것을 설명할 수 없었다. 물론 내가 모든 것을 알고 있었던 것은 아니다. 싹이 트는 것을 보고 나무가 자라는 것을 본 것도 아니다. 그러나 그 우툴두툴하고 커다란 기둥 앞에서는 앎도 모름도 중요하지 않았다. 설명과 이치의 세계는 존재의 세계가 아닌 것이다. 하나의 원은 부조리하지 않다. 원은 선분의 양 극단 중 하나를 둥글게 돌린 것으로 분명히 설명되기 때문이다. 그러나 또한 그렇기 때문에 원은 존재하지 않는다. 반대로 그 나무뿌리는 내가 그것을 설명할 수 없는 한 존재하고 있었다. 이름도 없고, 옹이투성이에, 스스로 움직일 수도 없는 그 뿌리가 나를 사로잡고, 내 눈을 가득 채우며, 끊임없이 나를 자신의 존재로 이끌고 갔다. "이것은 나무뿌리다." 하고 되풀이해서 나 자신에게 말해 봐도 헛일이었다—더 이상 그 방법은 효과가 없었다. 흡입펌프 같은 뿌리의 기능에서 '그것'으로, 바다표범처럼 딱딱하고 치밀한 그 피부로, 번들거리고 단단한 그 완고한 모습으로 바뀔 수 없다는 것은 나도 잘 알고 있었다. 기능은 아무것도 설명하지 않았다. 기능은 뿌리란 어떤 것인지 대충 이해시켰지만, '그것'에 대해서는 전혀 이해시켜 주지 않았다. 그 뿌리의 색깔과 형태, 경직된 움직임 같은 것은…… 아무런 설명이 되지 않았다. 그 성질 하나하나가 뿌리를 약간 벗어나 밖으로 흘러나가더니, 반쯤 응고하여 거의 하나의 물질이 되었다. 그 하나하나가 뿌리 '속에서 잉여로' 존재하고 있었다. 그리고 그루터기 전체가 이제는 약간 자기 밖으로 밀려나가, 자신을 부정하며 기묘한 과잉 속으로 사라진다는 인상을 받았다. 나는 발뒤꿈치로 그 검은 갈고리발톱을 비벼댔다. 나무껍질을 좀 벗겨내고 싶었던 것이다. 특별히 무엇을 위해서가 아니라 도전으로서, 그 황갈색 가죽 위에 흠집을 내어 부조리한 장밋빛이 나타나게 하기 위해서였다. 말하자면 세계의 부조리를 '희롱하기' 위해서였다. 그러나 발을 치웠을 때, 내가 본 나무껍질은 여전히 검은색이었다.

　검다고? 나는 이 말이 공기가 빠지듯이, 엄청난 속도로 의미를 잃어가는 것을 느꼈다. 검다니? 뿌리는 검게 '존재하지 않았다.' 그 나무의 한 부분 위에 있었던 것은 검지 않았다—그것은…… 다른 것이었다. 원과 마찬가지로 검은 것은 존재하지 않았다. 나는 뿌리를 응시했다. 그것은 '검은 것 이상'

이었을까? 아니면 '거의' 검은색이었을까? 그러나 나는 곧 그런 자문자답을 중단했다. 왜냐하면 잘 알고 있는 세계에 내가 있다는 인상을 받았기 때문이었다. 그렇다, 나는 이미, 이런 똑같은 불안을 느끼면서, 이름 붙일 수 없는 사물을 탐구한 적이 있었다. 나는 이미 '사물에 대해' 뭔가를 생각하려고—헛되게도—시도한 적이 있었다. 그리고 나는 이미 그 차갑고 움직이지 않는 성질이 허물어지며 내 손가락 사이로 새나가는 것을 느끼고 있었다. 그날 밤, '철도인 만남의 장소'에서 본 아돌프의 멜빵이 그랬다. 그것은 보라색이 '아니었다.' 와이셔츠 위에 있었던 2개의 이상한 얼룩이 다시 눈앞에 떠올랐다. 그리고 조약돌, 이 모든 이야기의 발단인 그 조약돌. 그것은 ……가 아니었다. 조약돌이 무엇이 되기를 거부했던 것인지는 정확하게 떠올릴 수 없었다. 그러나 돌의 수동적인 저항을 나는 잊지 않았다. 그리고 독학자의 손. 어느 날 나는 도서관에서 그 손을 잡았는데, 다음 순간 그것은 진짜 손이 아니라는 인상을 받았다. 나는 커다랗고 흰 애벌레를 상상했지만 그것도 아니었다. 그리고 카페 마블리에서의, 맥주잔의 그 의심스러운 투명함. 의심스럽다. 그렇다, 그 소리와 냄새와 맛이 의심스럽다. 그런 것들이 쫓기는 토끼처럼 우리 눈에서 재빨리 사라져 사람들이 그다지 주의를 기울이지 않을 때는, 매우 단순하고 안전한 것으로 생각되었고, 세상에는 진짜 푸른색이나 진짜 빨간색, 진짜 아몬드 향기나 제비꽃 향기가 있다고 생각할 수 있었다. 그러나 그러한 것들을 한순간이라도 붙잡으려고 하면, 그 쾌적하고 안전한 감정은 깊은 불안에 자리를 내준다. 색, 맛, 냄새는 결코 진짜가 아니었다. 그것은 결코 완전하게 자기 자신인 적이 없고, 자기 자신 이외의 어떠한 것이 아닌 적도 없었다. 가장 단순하고 분해할 수 없는 성질도, 그것 자체 속의 한가운데에, 자기 자신에 대해 잉여의 것을 가지고 있었다. 그 검은색, 내 발 바로 밑에 있던 그 검은색은 검게 보이지 않았었다. 오히려 그것은 검은색을 한 번도 본 적 없는 사람이 검은색을 상상하려는 혼란스러운 노력 같았다. 그 사람은 어디서 멈추면 좋을지 몰라서 색을 넘어선 애매한 존재를 상상했을 것이다. 그것은 색깔과 '비슷'했지만, 동시에…… 멍이나 분비물, 찌꺼기—그리고 다른 것, 이를테면 냄새와도 비슷했다. 젖은 흙과 뜨뜻하고 축축한 나무 냄새, 그 힘줄이 불거진 나무 표면을 뒤덮는 니스처럼 퍼지는 검은 냄새, 씹으면 달콤한 냄새가 나는 섬유의 맛, 그런 것 속에 그것은 녹아 있었다. 내가 그 검은색을 단순히 '보고' 있었던 것은 아니다. 보고 있는 대상, 그것은 추상적으로 만들어진 것으로, 깨끗하게 씻기고 단순화된 관념, 인간의 관념이다. 그때 눈앞에 있던, 형태도 없고 힘도 없는 그 검은색은 시각, 후각, 미각을 훨씬 뛰어넘고 있었다. 그러나 그 풍요로움은 혼란에 빠져, 결국은 아무것도 아닌 것이 되었다. 왜냐하면 잉여의 것이 너무 많았기 때문이었다.

그것은 이상야릇한 순간이었다. 나는 그곳에 얼어붙은 듯 옴짝달싹못한 채 무서운 도취에 빠져 있었다. 그러나 도취의 한복판에 뭔가 새로운 것이 나타났다. 나는 '구토'를 이해하고, 그것을 내 것으로 만들고 있었던 것이다. 사실을 말하면, 나는 내가 발견한 것을 명확하게 언어화했던 것은 아니다. 그러나 그때는 그것을 말로 옮기는 것이 쉬웠다. 핵심은 바로 우연성이다. 즉 존재는 필연이 아니라는 말이다. 존재한다는 것, 그것은 단순히 '거기에 있다'는 것이다. [133] 존재자는 나타나서 '만남'에 몸을 맡기지만, 사람은 절대로 그것을 '연역'할 수 없다. 그것을 이해한 사람도 있을 것이다. 다만 그들은, 필연적인 자기원인의 존재를 만들어 내어, 이 우연성을 극복하려고 했다. 그런데 그 어떤 필연적인 것이라도 존재를 설명할 수는 없다. 존재의 우연성은 꾸며낸 무엇도 아니고, 사라질 수 있는 가상도 아니다. 그것은 절대이고, 따라서 동기 없음의 성질을 완벽하게 가진다. 모든 것에는 동기가 없다. 이 공원도, 이 도시도, 그리고 나 자신도. 그것을 이해하는 것에 이르면 속이 메슥거리고 모든 것이 두둥실 떠다니기 시작한다. 요전 날 저녁, '철도인 만남의 장소'에서 그랬던 것처럼. 그래, 그것이 '구토'다. 그것이 바로 '비열한 놈'들—'녹지 언덕'에 사는 자들과 그 밖의 사람들—이 권리라는 관념으로 서로 숨기려고 했던 것이다. 그러나 얼마나 허술한 거짓말인가. 권리 같은 건 아무도 가지고 있지 않다. 그들도 다른 인간과 마찬가지로 완전히 동기가 없으며, 스스로 잉여의 존재라고 느낄 수밖에 없다. 또 그들 자신도 마음속으로는 '너무나 과잉된', 즉 정해진 형태도 없이 애매한 슬픈 존재라고 느낀다.

그 매료된 상태가 얼마나 계속되었을까? 나는 마로니에의 뿌리였다. 마로

---

133) 이 한 문장을 썼을 때 사르트르는 아마도, 아직 충분하게는 소화하지 못하고 있었던 하이데거의 철학을 떠올렸을 것이다.

니에의 뿌리로 '나는 존재했다.' 아니, 나는 차라리 완전히 나무뿌리라는 존재 의식 그 자체였다.[134] 물론 그것에서 떨어져 있지만—내가 그것을 의식하니까—그런데도 그것 안에서 헤매며, 그것 말고는 아무것도 아닌 것. 불편한 의식이었지만, 그래도 의식은 스스로 움직일 수도 없는 나무의 한 부분으로 스스로의 무게를 온전히 실은 채 불안정하게 끌려갔다. 시간은 멈춰 있었다. 발밑에는 작고 검은 웅덩이가 있었고, '그 다음에' 무언가가 일어난다는 것은 그 순간 불가능한 일이었다. 그 무서운 쾌락에서 가능하면 벗어나고 싶었다. 그러나 그것이 가능하다고 상상할 수조차 없었다. 나는 그 속에 있었던 것이다. 검은 나무 그루터기는 그냥 '지나가 버리지 않았다.' 그것은 너무 큰 음식이 목에 걸린 것처럼 내 눈 속에 남아 있었다. 나는 그것을 삼키지도 뱉지도 못하고 있었다. 도대체 나는 어떤 노력을 하여 거기서 시선을 거둔 것일까? 그런데, 나는 정말로 시선을 거두기나 한 것일까? 오히려 내가 한순간 소멸되었다가, 다음 순간 고개를 뒤로 젖히고 눈을 크게 뜬 자세로 되살아난 건 아닐까? 실제로 그 추이를 의식하지는 않았다. 다만 갑자기 뿌리의 존재를 생각하는 것이 불가능해졌다. 나무뿌리는 사라지고, 내가 아무리 나 자신을 향해, 나무뿌리는 존재하고 있으며, 그것이 아직 거기, 벤치 아래 오른발 있는 곳에 있다고 되풀이해서 말해도 소용없었다. 그것은 이미 아무것도 의미하지 않게 되었다. 존재란 멀리서 생각되어지는 것이 아니다. 그것은 꼭 갑자기 침입해 와서 자신 위에 정지하고, 움직이지 않는 커다란 동물처럼 마음을 짓누르며 덮친다—그렇지 않다면 더 이상 전혀 아무것도 없는 것이다.

더 이상은 전혀 아무것도 없었다. 내 시선은 공허했고, 나는 해방된 것이 기뻤다. 그 다음 갑자기 그것이 내 눈앞에서 움직이기 시작했다. 가볍고 불분명한 움직임. 바람이 나무 꼭대기를 흔들고 있었던 것이다.

무언가가 움직이는 것을 보는 건 불쾌하지 않았다. 그것은 내 시선을 고정시켜 나를 응시하고 있는 움직이지 않는 모든 존재를 향한 내 생각을 변화시켰다. 나는 나뭇가지가 흔들리는 것을 눈으로 좇으며 생각했다. 움직임은 결

---

134) 이 대목에는 '모든 의식은 어떤 물질에 대한 의식'이라고 한, 후설의 현상학적 사고방식이 드러나 있다. 사르트르는 《구토》를 집필할 무렵에 '후설의 현상학의 근본적 이념—지향성—'이라는 글을 쓴 적이 있다.

코 완전히 존재하지 않으며, 그것은 이행이고, 두 존재의 중간이며, 음악에서 말하는 여린박이라고. 나는 무에서 존재가 태어나, 서서히 성숙하여 꽃피우는 것을 볼 마음의 준비를 하고 있었다. 마침내 존재가 탄생하는 현장을 보게 될 것이라고 기대했던 것이다.

그러나 나의 모든 희망이 거품처럼 꺼지는 데는 3초면 충분했다. 맹목적으로 자신의 주위를 탐색하며 멈칫거리는 나뭇가지들에서는 존재로의 '이행'을 끝내 포착하지 못했다. 그 이행이라는 관념도 인간이 만들어 낸 것이었다. 너무나도 명확한 관념. 그 미묘한 움직임은 모조리 고립되고, 스스로에게 부과된 것이었다. 그것은 사방으로 크고 작은 나뭇가지에서 넘쳐나고 있었다. 그리고 그 메마른 손들의 주위를 빙빙 돌면서 작은 회오리바람으로 그 손들을 감싸고 있었다. 물론 움직임은 나무와는 별개였다. 그러나 그것도 역시 하나의 절대였다. 하나의 사물이었다. 내 눈은 충만한 것만 만났다. 나뭇가지 끝에는 존재들이 우글거리고 있었다. 그 존재들은 끊임없이 갱신되고 있었지만 결코 새롭게 탄생하지는 않았다. 존재하는 바람이 찾아와서, 커다란 파리처럼 나무 위에 머문다. 그러면 나무가 흔들린다. 그러나 흔들림은 성질의 탄생도, 가능태에서 현실태로의 이행도 아니었다. 그것은 하나의 사물이었다. 사물인 흔들림이 나무 속에 스며들어 나무를 붙잡아 흔들고, 그러다가 갑자기 나무를 팽개치더니 멀리 사라지며 빙글빙글 돌고 있었다. 모든 것은 충만했고, 모든 것은 현실태였으며, 여린박은 없었다. 모든 것은, 극히 미미한 움직임조차 존재로 만들어져 있었다. 그리고 나무 주위에서 부산하게 움직이고 있는 그 모든 존재는 어디서 온 것도 아니고, 어디로 가는 것도 아니었다. 그것은 갑자기 존재하고, 그런 다음 갑자기 그때부터 존재하지 않게 되는 것이었다. 존재는 기억이 없는 상태다. 사라져 버린 것에 대해, 존재는 아무것도 보존하지 않는다―추억조차 없다. 곳곳에 무한하게, 잉여의 존재가 있다, 언제나 어디에나. 존재는―존재에 의해서만 한정된다. 나는 이 시작도 없는 존재들의 범람에 한 방 맞은 듯 정신이 혼미해져 벤치에 쓰러졌다. 곳곳에서 알을 까고 꽃을 피우는 존재들이 귓가에 웡웡거렸다. 내 육체 자체도 꿈틀꿈틀 경련하며 반쯤 입을 벌리고 온 우주의 발아에 몸을 맡기고 있었다. 속이 메스꺼워지는 광경이었다. '하지만 왜,' 나는 생각했다. '왜 이렇게 많은 존재들이 있는 것이지? 어차피 모두가 서로 비슷비슷한데.'

이렇게 비슷한 나무들이 많은 것이 무슨 소용이 있지? 이렇게도 많은 존재가 이루어지려다 말고, 끈질기게 다시 시작했다가, 또다시 되려다 마는 것이 무슨 소용인 거냐? 마치 등을 대고 뒤집힌 곤충의 헛된 노력 같기만 하니 (나도 그런 노력 중에 하나다). 그 풍부함은 관대함이 가져온 결과가 아니라 그 반대였다. 그것은 음침하고 병약하며, 스스로 주체할 줄 모르는 풍부함이었다. 그 나무들, 그 서투르고 커다란 몸…… 나는 웃음을 터뜨렸다. 문득 사람들이 책에 묘사해 놓은 멋진 봄, 곳곳에서 터지고 작렬하며 커다란 꽃을 피운다는 충만한 봄을 떠올렸기 때문이었다. 권력에 대한 의지와 생존투쟁에 대해 이야기한 바보들이 있었지. 그러면 그들은 한 마리의 짐승, 한 그루의 나무를 본 적이 전혀 없나 보지? 원형탈모증 같은 반점이 있는 이 플라타너스, 반쯤 썩은 이 떡갈나무, 이런 것들을 하늘을 향해 달리는 젊고 격렬한 힘으로 생각하도록 했던 건가? 그러면 이 뿌리는? 아마도 맹금류의 탐욕스러운 발톱처럼 대지를 할퀴어, 거기서 자양분을 빼앗는다고 상상하도록 한 것이겠지?

사물을 그런 식으로 보는 것은 불가능하다. 물렁물렁한 것, 허약한 것, 그게 맞다. 나무들은 떠다니고 있었다. 하늘로 솟아오른 걸까? 아니 오히려 늘어져 있었다. 나는 나무줄기가 지친 음경(陰莖)처럼 쪼그라들어 주름이 잡힌 부드러운 검은색 덩어리가 된 채, 땅 위에 쓰러지는 것을 볼 수 있을 거라고 기대하고 있었다. 나무는 존재'하고 싶어하지 않았다.' 다만 존재를 그만둘 수 없었다. 그뿐이다. 그래서 나무는 가만히, 내키지 않는 마음으로 여러 가지 잔재주를 부렸다. 수액은 자기도 모르게 도관을 따라 천천히 올라갔고, 뿌리는 천천히 땅속을 파고들었다. 그러나 나무는 끊임없이, 모든 것을 금방이라도 그만두고 없어질 것처럼 보였다. 늙고 지친 나무는 마지못해 존재를 계속하고 있었지만, 그것은 단순히, 죽기에는 너무 약했기 때문이고, 죽음은 외부로부터 올 수밖에 없기 때문이었다. 자신의 죽음을 내적 필요성으로서 자기 안에 자랑스럽게 안고 있는 것은 음악의 가락뿐이다. 다만 음악은 존재하지 않는다. 존재하는 모든 것은 이유도 없이 태어나서, 연약함 때문에 영속하고, 만남에 의해 죽어간다. 나는 뒤로 기대고 눈을 감았다. 그러나 갑작스럽게 이미지들이 몰려와 감은 눈은 존재로 가득 찼다. 존재는 충만함이며, 인간은 그것을 떠날 수 없는 것이다.

기묘한 이미지. [135] 그것은 많은 사물을 나타내고 있었다. 진짜 사물이 아니라 진짜와 닮은 다른 것. 나무제품은 의자나 나막신과 비슷했다. 식물과 비슷한 것들도 있었다. 그리고 2개의 얼굴. 요전 일요일에, 베즐리즈 맥줏집에서 내 옆 자리에서 식사했던 부부였다. 비곗살이 오르고, 뜨겁고, 육감적이고, 우스꽝스럽고, 귀는 빨갛게 달아올라 있던 두 사람이다. 여자의 어깨와 가슴이 눈에 떠오른다. 노골적인 존재다. 그 두 사람은—그렇게 생각하자 갑자기 소름이 돋았지만—그 두 사람은 여전히 부빌 어딘가에서 존재를 이어가고 있었다. 그 어딘가의, 어떤 냄새에 싸인 곳일까? 그 부드러운 가슴은 상쾌한 옷감에 쓸리며 레이스 속에 계속 파묻혀 있었다. 여자는 변함없이 그 가슴이 자기 블라우스 속에 존재하는 것을 느끼며 이렇게 생각하고 있었다. '아, 내 젖, 나의 예쁜 과일들' 그리고 피어오른 유방의 간지러운 쾌감에 마음을 빼앗겨 수수께끼 같은 미소를 지었다. 다음 순간 나는 소리를 질렀고, 내가 눈을 크게 뜨고 있다는 것을 깨달았다.

그 엄청난 현존, 내가 꿈을 꾸었던 걸까? 존재는 분명 거기에 있었는데. 공원에 자리 잡고 나무들 속으로 굴러떨어졌으며, 완전히 물렁물렁한 데다, 완전히 끈끈하고, 완전히 두꺼운 것이 잼 같았다. 그런데 나 자신도 공원 전체와 함께 그 속에 있었다. 무서웠고, 그러나 무엇보다 화가 났다. 그것은 정말 바보 같고, 어울리지 않는 것으로 생각되었다. 나는 그 역겨운 마멀레이드가 싫었다. 그래도 있긴 있었다, 있었어! 하늘까지 닿을 정도였고, 곳곳으로 뿔뿔이 흩어져 모든 것을 축 늘어진 젤라틴 같은 것으로 채우고 있었어. 게다가 그것은 한없이 깊게, 깊게, 공원의 경계와 집들과 부빌보다 훨씬 멀리까지 퍼져 있었지. 나는 이미 부빌에 있지 않고, 어디에도 있지 않고, 두둥실 떠다니고 있었다. 갑자기 당하여 놀랐던 것은 아니다. 그것이 곧 '세계'라는 것을 잘 알고 있었으니까. 모든 것을 드러낸 '세계'가 단숨에 나타났으며, 이 부조리하고 커다란 존재에 분노가 치밀어 숨이 막혔다. 어디서 이러한 것이 나왔는지, 어떻게 아무것도 없는 상태가 아니라 하나의 세계가 존재하게 된 것인지 그 모든 것에 의문을 가질 수도 없었다. 그것은 의미가 없

---

135) 이 구절은 《구토》를 집필할 무렵에 사르트르가 만들어 낸 상상력에 관한 이론과 밀접한 관계가 있다. 그 사고방식은 1936년에 간행된 《상상력》, 1940년 간행된 《상상력의 문제》에 상세히 나와 있다.

었다. 세계는 앞에도 뒤에도 어디에나 존재하고 있었다. 세계 '이전에는' 아무것도 없었다. 아무것도, 세계가 존재하지 않았을지도 모르는 순간은 없었다. 나를 초조하게 만드는 것은 바로 그것이었다. 물론 그 질척하고 형태도 없는 것이 존재하는 데는 '아무런 이유'가 없었다. 그러나 그것이 존재하지 않는 것은 '불가능했다.' 그것은 생각할 수 없는 일이었다. 무(無)를 상상하기 위해서는 이미 거기에, 세계의 한복판에 눈을 부릅뜨고 살아가야 했다. 무라는 것은 내 머릿속에 있는 하나의 관념, 이 광대무변한 세계를 떠도는 하나의 존재하는 관념에 지나지 않았다. 이 무는 존재 '이전에' 온 것이 아니었다. 그것은 다른 것과 같은 하나의 존재였고, 다른 수많은 존재 다음에 나타난 존재였다. 나는 소리쳤다. "더럽다, 이렇게 더러울 수가!" 그리고 그 끈적끈적한 더러움을 털어내기 위해 몸을 흔들었지만 그것은 찰싹 달라붙어 떨어지지 않았다. 그리고 몇 톤이나 되는 존재가 끝없이 있었다. 나는 이 한없는 권태의 밑바닥에서 숨이 막힐 것만 같았다. 게다가 공원은 갑자기 커다란 구멍이 뚫린 것처럼 텅 비어버렸다. 세계는 올 때와 같은 방법으로 사라졌다. 그게 아니면 내가 깨어난 것이었다—어쨌든 세계는 더 이상 보이지 않았다. 내 주위에는 노란 흙이 남아 있었고, 그 흙에서 죽은 나뭇가지가 수없이 나와 하늘을 향해 뻗어 있었다.

나는 일어나서 공원 밖으로 나갔다. 철책까지 왔을 때 뒤를 돌아보았다. 그때 공원이 나에게 미소 지었다. 나는 철책에 기대어 오랫동안 그것을 바라보았다. 나무들의 미소, 월계수 숲의 미소, 그것은 뭔가를 '의미했다.' 존재의 진정한 비밀은 그것이었다. 아직 3주일도 지나지 않은 어느 일요일, 이미 사물 위에서 어떤 공범자 같은 느낌을 받았던 것이 떠올랐다. 그것은 나를 향한 것이었을까? 나에게는 그것을 이해할 어떠한 수단도 없다는 갑갑함을 느꼈다. 어떠한 수단도 없었다. 그런데도 그것은 그곳에서 기다리고 있었다. 그것은 하나의 시선과 비슷했다. 그것은 그곳에 있었다, 마로니에 줄기 위에 …… 그것은 '그' 마로니에였다. 사물, 그것은 마치 도중에 멈추어 버린 관념 같았다. 자기를 잊고, 무엇을 생각하려고 했는지를 잊고, 그런 식으로 언제까지나 흔들리며 자신들을 뛰어넘는 그 묘한 작은 의미를 지니고 있는, 그런 관념이다. 그 작은 의미가 나를 초조하게 했다. 울타리에 아무리 기대고 있어도 그것을 이해하는 것은 '가능한 것'이 아니기 때문이었다. 나는 존재에 대해 알 수 있는 모든 것을 이미 배우고 말았다. 나는 그곳을 떠나 호텔로 돌아왔다. 그리고 이 글을 썼다.

밤

결심이 섰다. 이제는 책을 쓰지 않을 테니까 부빌에 있을 이유가 없다. 파리로 가서 살겠다. 금요일 5시 기차를 타고, 토요일에는 안니를 만나야지. 우리가 며칠 동안 함께 지낼 것 같다는 생각이 든다. 그런 다음 이곳으로 돌아와서, 몇 가지 문제를 정리하고 짐을 꾸리는 거다. 아무리 늦어도 3월 1일에는 최종적으로 파리에 있게 되겠지.

금요일

'철도인 만남의 장소'에서. 내가 탈 기차는 20분 뒤에 떠난다. 축음기. 모험적 순간의 강렬한 인상.

토요일

안니는 긴 검은색 드레스를 입고 나와 문을 열어준다. 물론 손도 내밀지 않고 인사말도 하지 않는다. 나는 오른손을 외투 호주머니에 넣고 있었다. 그녀는 허물없는 분위기를 자아내기 위해 뽀로통한 말투로 아주 빠르게 말한다.

"들어와서 아무 데나 앉아요. 창문 옆에 있는 안락의자만 빼고요."

그녀다. 틀림없는 그녀다. 팔을 축 늘어뜨리고 예민한 얼굴을 하고 있는데, 그 표정은 예전에도 사춘기 소녀 같은 분위기를 풍기던 바로 그 표정이다. 그러나 지금의 그녀는 이미 소녀티가 없다. 살이 찌고 가슴이 커졌다.

안니는 문을 닫더니 생각에 잠긴 듯 혼잣말을 한다.

"난 침대 위에 앉아야 할지도 모르겠네……"

결국 안니는 깔개가 덮인, 궤짝같이 생긴 것 위에 쓰러지듯 앉는다. 그녀의 몸가짐은 예전과 다르다. 어딘지 위엄이 있고 묵직하며 그러면서도 우아함을 잃지 않고 있다. 그녀는 최근에 갑자기 살이 쪄서 어쩔 줄 모르고 있는 것 같다. 그러나 어쨌든 틀림없는 그녀, 안니다.

안니가 웃음을 터뜨린다.

"왜 웃어?"

그녀는 버릇대로 금방 대답하지는 않는다. 그러고는 트집거리를 찾는 듯한 표정을 짓는다.

"말해 봐, 왜 그래?"

"당신이 들어왔을 때부터 짓고 있는 억지웃음 때문이에요. 마치 딸을 막 시집보내고 난 아버지 같아. 자, 서 있지만 말고, 외투는 놓고 앉아요. 그래요, 당신이 괜찮다면 거기 앉아요."

침묵이 흐른다. 안니는 그 침묵을 깨뜨리려고 하지 않는다. 방도 참 횡하기도 하군! 안니는 예전에는, 여행할 때면 으레 숄과 터번, 망토, 일본 가면, 에피날 판화[136]를 가득 담은 커다란 짐가방을 가지고 다녔는데. 호텔에 들면—하룻밤만 묵어도—그녀는 먼저 그 짐가방을 열고 거기서 자기의 모든 재산을 끌어냈다. 그것을 변화무쌍하고 복잡한 순서에 따라 벽에 걸거나 전등에 매달고, 책상과 바닥 위에 늘어놓기도 했다. 그러면 반 시간도 채 되지 않아 가장 평범했던 방이, 장중하고 관능적이며 거의 견딜 수 없을 정도의 개성을 띠었다. 아마도 짐가방은 잃어버린 모양이다, 아니면 어디에 잠시 맡긴 건지도 모르지…… 이 냉랭한 방은, 화장실 문도 반쯤 열려 있고, 어딘지 을씨년스럽군. 부빌의 내 방과 비슷하면서도, 그것을 좀더 고급스럽고 좀더 음산하게 꾸민 것 같다.

안니는 아직 웃고 있다. 그 날카롭고, 약간 콧소리가 섞인 귀여운 웃음소리를 나는 또렷하게 기억한다.

"당신은 정말 변한 게 없군요. 그렇게 놀란 얼굴로 뭘 찾고 있어요?"

그녀가 미소 짓는다. 그러나 시선은 거의 적의를 품은 호기심을 띠고 내 얼굴을 응시한다.

"이 방이 당신이 지내는 방 같지 않다고 생각했을 뿐이야."

"아, 그래요?" 그녀는 애매하게 대답한다.

또다시 침묵. 지금 안니는 침대 위에 앉아 있고, 검은 옷을 입은 데다 얼굴은 몹시 창백하다. 그녀는 머리를 자르지 않았다. 눈썹을 약간 추켜올리고 나를 지긋이 계속 바라본다. 그럼 이 여자는 나에게 아무 할 말이 없다는 건

---

136) 에피날은 로렌 지방 보주 현에 있는 도시. 통속적인 소재의 판화로 유명하다.

가? 왜 나를 오라고 했지? 이 침묵이 견딜 수 없다.

나는 불쑥 애원하듯 말한다.

"당신을 만나서 기뻐."

마지막 단어에서 목이 멘다. 이럴 바엔 차라리 잠자코 있는 게 더 나았을 걸. 안니는 틀림없이 화를 낼 것이다. 처음 15분 동안이 괴로울 거라는 건 잘 알고 있다. 옛날에도 나는 안니를 만나면, 24시간 만이건, 아침에 눈을 뜨자마자이건 마찬가지로, 그녀가 기대하는 대사, 그녀의 옷이나 그날의 날씨, 전날 주고받은 마지막 대화 등에 어울리는 말을 한 번도 찾아낼 줄을 몰랐다. 도대체 안니가 원하는 건 뭘까? 나는 그것이 짐작도 가지 않는다.

나는 눈을 든다. 안니는 어떤 애정이 담긴 시선으로 나를 보고 있다.

"조금도 변하지 않았군요? 그럼 여전히 멍청하겠네요!"

안니의 얼굴에 만족감이 떠오른다. 하지만 저렇게 지쳐 보일 수가!

"당신은 이정표예요," 그녀가 말한다. "길가에 있는 이정표. 당신은 냉정하게, 물랭까지는 20킬로미터, 몽타르지까지는 42킬로미터라고 평생 동안 계속 설명할 거예요. 그래서 나는 당신이 많이 필요하죠."

"내가 필요하다고? 우리가 만나지 않은 4년 동안에도 내가 필요했던 거야? 그렇다면 당신은 정말 입이 무거운 사람이로군."

나는 미소 지으며 말했다. 그녀는 내가 자기를 원망하고 있다고 생각할지도 모른다. 입가에 짓고 있던 내 미소가 완전히 가짜 같이 느껴져서 아무래도 마음이 편치 않다.

"어쩌면 그렇게 멍청할 수가 있어요! 물론 당신이 말하는 것이 그런 의미라면 만날 필요가 없죠. 알겠지만 당신을 봐서 특별히 기쁠 것이라곤 아무것도 없어요. 하지만 나에게는 당신이 존재하고 있고, 변하지 않는 것이 필요해요. 당신은 파리나 그 근처 어딘가에 보존되어 있는 백금의 미터기같은 것이에요. 그런 걸 볼 필요가 있다고 생각하는 사람은 아무도 없을걸요."

"당신이 잘못 생각하는 거지."

"아무튼 상관없어요, 난 그렇게 생각하니까. 나는 그것이 존재하고 있고, 지구 자오선의 4분의 1의 1천만분의 1을 정확하게 재고 있다는 것만 알면 그것으로 충분해요. 재단사가 치수를 재고 있을 때나, 미터 단위로 천을 잘라서 팔고 있을 때마다 그런 생각을 해요."

"아, 그래?" 나는 무덤덤하게 말한다.

"하지만 당신에 대해 그저 추상적인 미덕이나, 어떤 한계로밖에 생각하지 않을 수도 있었어요. 그때마다 당신 얼굴을 떠올렸으니까, 고맙게 생각하세요."

그러고 보니 또다시 그 기교만 부리는 논쟁이 돌아왔다. 예전의 나는 마음에 단순하고 평범한 욕망, 이를테면 사랑한다고 말하거나, 그녀를 두 팔로 꼭 껴안아 주고 싶은 욕망을 느끼면서도 이런 논쟁을 해야 했다. 지금의 나는 아무런 욕망도 없다. 다만 안니를 아무 말 없이 바라보고 싶고, 묵묵히 이 이상한 사건의 중요성—내 앞에 안니가 있다는 그 사실—을 이해하고 싶을 뿐이다. 그런데 안니에게 이날은 다른 날과 다르지 않은 것일까? 그녀의 손은 떨리지도 않는다. 나에게 편지를 쓴 날엔 내게 뭔가 하고 싶은 말이 있었을 텐데—아니면 단순히 순간적인 감정이었을까. 지금으로서 그런 건 이미 오래전부터 문젯거리가 안 되는 일이다.

안니가 문득 나에게 미소를 짓는다. 눈에 분명히 보일 정도로 정다운 미소여서 나는 눈시울이 뜨거워졌다.

"난 당신을 백금 미터기보다는 훨씬 더 자주 생각했어요. 당신을 생각하지 않은 날이 하루도 없을 정도로. 그리고 당신의 가장 세세한 부분까지 똑똑히 기억하고 있었어요."

그녀는 일어나 다가와서 내 어깨에 두 손을 짚는다.

"당신도 내 모습을 기억하고 있었다고 말할 수 있어요? 불평만 하는 당신이."

"바보 같은 소리 마," 내가 말한다. "내가 기억력이 나쁘다는 걸 잘 알고 있으면서."

"인정하는군요. 나 같은 건 완전히 잊고 있었단 말이지요. 거리에서 만나도 나를 알아봤을까요?"

"당연하지. 그건 문제도 아냐."

"내 머리색 정도는 기억해요?"

"그럼! 금발이지."

안니는 웃기 시작한다.

"아주 자신 있게 말하는군요. 지금은 눈앞에 보면서 말하는 거니까 소용

없어요."

안니는 한 손으로 내 머리카락을 단번에 쓸어올린다.

"그리고 당신은, 빨강머리지." 안니는 내 흉내를 낸다. "당신을 처음 만났을 때, 절대로 잊을 수 없는 일이지만, 당신은 연한 자주색 모자를 쓰고 있었어요. 그건 당신의 빨강머리와 끔찍이도 어울리지 않았죠. 보기가 몹시 거북했어요. 모자는 어디 있어요? 지금도 취향이 그런지 보고 싶어요."

"이젠 모자 안 써."

안니는 눈을 크게 뜨고 가볍게 휘파람을 분다.

"당신 혼자서 결정한 건 아니겠죠! 그래요? 그렇다면 축하해요. 물론이죠! 다만 전부터 그렇게 생각해야 했어요. 이 머리카락은 모든 걸 거부해요. 모자하고도 어울리지 않고, 안락의자의 쿠션하고도 어울리지 않아요, 또 벽에 건 태피스트리를 배경으로 해도 마찬가지고요. 차라리 당신이 런던에서 산 영국제 모자처럼, 귀까지 깊이 눌러 쓰는 게 나을 거예요. 머리카락을 모자 속으로 다 밀어 넣어버리면, 당신에게 머리카락이 있는지조차도 사람들은 모를걸요."

그리고 옛날의 논쟁에 마침표를 찍듯이 결연한 어조로 덧붙인다.

"그 모잔 당신한테 전혀 어울리지 않았어요."

어떤 모자 이야기인지 나는 도무지 알 수 없다.

"그럼 나는 그게 어울린다고 말했어?"

"아마 그랬을걸요! 당신은 그 말밖에 하지 않았던 것 같아요. 그리고 내가 보지 않는다고 생각될 때는, 살그머니 거울을 들여다보곤 했죠."

과거를 이렇게 죄다 알고 있는 것이 나를 억압한다. 안니는 추억을 더듬는 것 같지 않다. 그녀의 목소리에 그런 종류의 이야기에 어울리는, 감동하여 먼 곳을 바라보는 느낌은 없다. 마치 오늘 일이나, 기껏해야 어제 있었던 일을 얘기하고 있는 것 같다. 안니는 예전의 의견과 고집과 원망을 그대로 생생하게 간직하고 있었다. 나의 경우는 그와 반대로, 모든 것이 아련한 시정(詩情) 속에 파묻혀 있다. 그러니 나는 무슨 말을 들어도 양보할 준비가 되어 있다.

그녀는 느닷없이 억양 없는 목소리로 말한다.

"보세요. 난 살이 찌고 나이를 먹었어요. 건강을 좀 돌봐야 하죠."

그래. 그러고 보니 정말 피곤해 보인다! 내가 입을 열려고 하는데, 바로
그녀가 덧붙인다.

"나, 런던에서 연극을 했어요."

"캔들러하고?"

"천만에요. 캔들러하곤 안 해요. 그런 점은 정말 당신다워요. 내가 캔들러
하고 연극하는 줄 알고 있었군요. 캔들러는 오케스트라 지휘자라고 몇 번을
말해야 해요? 아녜요. 소호 광장의 극장에서 〈존스 황제〉나, 숀 오케이시와
존 싱의 희곡, 그리고 〈브리타니쿠스〉[137] 같은 걸 했어요."

"〈브리타니쿠스〉?"

나는 놀라서 말했다.

"네, 〈브리타니쿠스〉요. 내가 그만둔 것이 바로 그것 때문이에요. 〈브리
타니쿠스〉를 하자는 의견을 내놓은 사람은 바로 난데, 사람들은 나에게 쥐니
역을 맡기고 싶어했거든요."

"그래?"

"내가 자연스럽게 할 수 있는 역할은 아그리핀밖에 없었어요."[138]

"그래서 지금은 뭘 해?"

그것을 물은 것은 내 잘못이었다. 안니의 얼굴에서 생기가 사라진다. 그래
도 그녀는 곧장 대답한다.

"이젠 연극 안 해요. 여행을 하고 있어요. 나를 돌봐주는 사람이 있어요."

그녀는 미소 짓는다.

"아, 그렇게 걱정스러운 얼굴로 보지 마세요. 이건 비극이 아녜요. 누가
날 돌봐주든 매한가지라고 내가 늘 말했잖아요. 게다가 그는 늙어서 귀찮게
굴지도 않아요."

---

137) 〈브리타니쿠스〉〈존스 황제〉는 미국의 극작가 유진 오닐(1888~1953)의 작품. 숀 오케이
시(1880~1964)와 존 싱(1871~1909)은 모두 아일랜드의 극작가. 〈브리타니쿠스〉는 프
랑스 라신(1639~99)의 작품.

138) 아그리핀은 로마 황제 네로의 어머니. 궁정 안의 권력투쟁에서 권모술수를 휘두르고, 클
라우디우스 황제와 재혼한다. 그 클라우디우스 황제의 아들이 브리타니쿠스로, 쥐니와 서
로 사랑하는 사이지만, 네로가 쥐니를 사랑하게 되어 브리타니쿠스를 독살한다. 절망한
쥐니는 신전으로 달아난다. 안니는 이 순진무구한 쥐니가 아니라, 악독한 책략을 부리는
아그리핀이 자기에게 어울리는 역할이라고 생각한 것이다.

"영국 사람인가?"

"그게 당신하고 무슨 상관이에요?" 안니는 신경질적으로 말한다. "그 사람 얘긴 그만둬요. 당신에게나 나에게나 중요하지 않은 일이니까요. 차 마시겠어요?"

안니는 화장대가 있는 방으로 들어간다. 왔다 갔다 하면서 냄비를 옮기고, 혼잣말을 하는 것이 들려온다. 날카로운 어조로 뭔가 중얼거리고 있지만 알아들을 수는 없다. 침대 옆의 나이트테이블 위에는, 전에도 그랬던 것처럼 미슐레의 《프랑스사》[139]가 한 권 놓여 있다. 침대 위 벽에는, 방금 알았지만 사진이 한 장 걸려 있다. 단 한 장뿐인데, 에밀리 브론테의 오빠가 그린 에밀리 브론테의 초상화 복제품이다.

안니가 돌아와서 문득 나에게 말한다.

"이제, 당신 이야기를 해봐요."

그리고 그녀는 다시 화장대가 있는 방으로 사라진다. 이런 방식에 대해서는 기억력이 나쁜 나도 기억하고 있다. 이렇게 직접적으로 질문을 받으면 나는 몹시 난처해지곤 했는데, 그것은 안니의 진지한 관심과, 문제를 한시라도 빨리 해결해 버리고 싶은 심정이 동시에 느껴지기 때문이었다. 아무튼 이런 질문을 한 만큼, 의심할 여지없이 이 여자는 나에게 무엇인가 기대하고 있다. 얼마 동안은 예비 행위에 불과하다. 어색한 일을 먼저 해치워야 두 번째 문제가 결정적으로 해결되는 것이니까. 그것이 바로 "이제 당신 이야기를 해봐요"이다. 곧 안니는 자기 이야기를 시작할 것이다. 그렇다면 난 이미 최소한의 이야기도 그녀에게 하고 싶은 기분이 들지 않는다. 무슨 소용인가? '구토', 공포, 존재…… 같은 것들 모두 나 혼자 간직해 두는 게 낫다.

"자, 어서요." 칸막이 너머로 그녀가 소리친다.

그리고 찻주전자를 들고 돌아온다.

"뭐하고 있어요? 파리에 살아요?"

"부빌에 살고 있어."

"부빌요? 왜요? 설마 결혼한 건 아니겠죠?"

"결혼?" 나는 펄쩍 뛰며 말한다.

---

139) 쥘 미슐레(1798~1874)는 낭만파의 대표적인 역사가. 《프랑스사》 《프랑스 혁명》 등 많은 대작을 남겼다.

안니가 그런 상상도 할 줄 알다니, 무척 기분 좋다. 내가 안니에게 말한다.

"바보 같군. 그런 건 바로, 당신이 옛날에 나를 비난했던 자연주의적 공상과 같은 종류잖아. 당신이 두 아들의 어머니에, 과부가 되는 것을 내가 상상했을 땐데 당신도 생각날 거야. 그리고 우리가 앞으로 어떻게 될 것인가에 대해 여러 가지로 얘기한 적도 있지. 당신은 그것을 아주 싫어했어."

"그런데 당신은 그걸 무척 마음에 들어했죠?" 안니는 아무렇지도 않은 듯이 말한다. "당신은 강한 체하려고 그런 소릴 한 거예요. 게다가 입으로는 그렇게 화를 내지만, 당신도 언젠가 몰래 결혼할 수 있을 만큼 믿을 수 없는 사람이에요. 〈황실의 제비꽃〉[140] 같은 건 절대로 보지 않을 거라고 1년이나 골을 내며 버티더니, 내가 아팠던 날, 혼자서 변두리에 있는 작은 영화관에 보러 갔잖아요?"

"내가 부빌에 있는 건," 나는 위엄을 담아서 말한다. "롤르봉 씨에 대한 책을 준비하기 위해서야."

안니는 강한 호기심을 보이며 나를 응시한다.

"롤르봉 씨? 18세기에 살았던 사람?"

"그렇지."

"그러고 보니 전에 얘기한 적 있어요." 그녀는 막연하게 말한다. "그럼 역사책이겠군요?"

"그래."

"하! 하!"

만약 안니가 다시 물으면 모든 것을 얘기해 주겠다. 그러나 그녀는 더 이상 아무것도 묻지 않는다. 분명히 그녀는 나에 대해서 충분히 안다고 판단하고 있다. 안니는 이야기를 매우 잘 듣는 편이지만, 단지 자기가 원할 때에 한해서 그렇다. 나는 안니를 바라본다. 그녀는 눈을 내리깔고, 나에게 무슨 이야기를 어떻게 시작할까를 생각한다. 이번이 내가 질문할 차례인가? 그녀가 그걸 기다리고 있다고는 생각되지 않는다. 그녀는 자기가 얘기하는 게 좋

---

140) 플레이아드 판의 주에 의하면, 이것은 앙리 르셀이 1923년에 제작한 영화이며, 1932년에는 토키 판이 발표되어 지식인들 사이에서도 호평을 받은 듯하다. 제2제정시대에 꽃 파는 처녀가 외제니 황후의 친구가 되는 이야기라고 한다.

다고 판단되면 그때 말할 것이다. 심장이 몹시 두근거린다.

안니가 불쑥 말한다.

"난 변했어요."

이제 시작이다. 그러나 그녀는 더 이상 말하지 않는다. 지금은 말없이 하얀 도기 찻잔에 홍차를 따르고 있다. 내가 입 열기를 기다리고 있는 것이다. 무엇이든 말해야 한다. 아무 말이 아니라 그녀가 기대하는 말을 해야 한다. 이건 고문이다. 정말 그녀가 변했을까? 분명히 살이 찌고 얼굴이 피곤해 보인다. 그러나 그녀가 말하고 싶은 것은 결코 그런 얘기가 아닐 것이다.

"모르겠는데. 그렇게 보이지 않아. 당신의 웃음, 일어서서 손을 내 어깨 위에 올려놓는 동작, 혼잣말을 하는 버릇, 모두가 옛날 그대론데. 여전히 미슐레의 《프랑스사》를 읽고, 그리고 또 여러 가지……"

이를테면 나의 영원한 본질에 관한 깊은 관심이나, 일상생활에서 나에게 일어날 수 있는 모든 것에 대한 완전한 무관심—게다가 현학적이기도 하고 동시에 매력적이기도 한 기묘하고 거만한 태도—또 처음부터 예의나 우정의 판에 박은 모든 형식, 인간의 상호 관계를 부드럽게 해주는 모든 것을 생략하고, 상대에게 끊임없이 창의적인 탐구를 강요하는 그 방법 등이 그렇지.

안니는 어깨를 으쓱한다.

"아니, 난 변했어요." 안니는 냉정하게 말했다. "모든 것이 다 변했어요. 난 이미 같은 사람이 아니에요. 당신이라면 첫눈에 그것을 알아볼 줄 알았는데, 미슐레의 《프랑스사》 같은 거나 얘기하는군요."

그녀가 내 앞에 와서 선다.

"과연 이 사람이 자기 말처럼 유능한지 볼까요? 알아맞혀 봐요. 내 어디가 변했죠?"

나는 주저한다. 안니가 발로 바닥을 차고 있다. 여전히 엷은 웃음을 띠고 있지만, 진심으로 화가 나 있다.

"옛날에 당신을 몹시 괴롭히던 것이 있었어요. 적어도 당신은 그렇게 말했죠. 하지만 지금은 다 끝났어요. 사라져 버렸죠. 그걸 알아챌 수 있을 텐데. 전보다 내가 편안해졌다고 생각하지 않아요?"

아니라고 대답할 용기가 없다. 나는 옛날과 똑같이 의자 끝에 걸터앉아 함정을 피하려고, 그리고 설명이 되지 않는 분노를 뿌리치려고 조바심하고 있다.

안니는 다시 앉았다.

"좋아요," 안니는 확신에 찬 어조로 고개를 끄덕이면서 말한다. "당신이 모른다면 그건 당신이 많은 것을 잊어버렸기 때문일 거예요. 내가 생각했던 것 이상이군요. 이봐요, 기억 안나요? 옛날의 실수들이? 당신은 찾아와서 이것저것 얘기하고는 가버려요. 그건 언제나 어김없이, 전혀 엉뚱한 때였죠. 이를테면 아무것도 변하지 않았다고 상상해 봐요. 당신이 들어오면 벽에는 가면과 솔이 걸려 있었을 테고, 난 침대에 걸터앉아서 이렇게 말했을 거예요 (안니는 고개를 뒤로 젖히고 콧구멍에 힘을 주며, 스스로를 조롱하듯 연극조로 말한다), '그래서요? 뭘 우물거리고 있어요? 앉아요.' 물론 '하지만 창문 옆에 있는 안락의자는 빼고요' 하고 말하는 건 세심하게 배려해서, 피했겠지요."

"당신은 나를 함정에 빠뜨리려고 했었지."

"함정이 아니었어요. 함정이었으면 당신은 아무렇지도 않게, 그 안락의자에 곧장 가서 앉았을 테죠."

"내가 앉았다면 어떻게 되는데?" 나는 호기심에 찬 눈길로 안락의자를 돌아보면서 말한다.

겉으로는 지극히 평범한 의자로, 포근하고 편안하게 생겼다.

"나쁜 일만 있었겠죠." 안니는 짤막하게 말한다.

나는 내 의견을 고집하지 않는다. 안니는 늘 금기의 대상에 둘러싸여 있었다.

"뭔가," 나는 문득 말한다. "생각날 것 같은데. 하지만 말도 안 되는 얘긴지도 몰라. 잠깐만, 내가 맞춰보지. 분명히 이 방에는 아무것도 없어. 내가 그걸 금방 알아낸 것은 당신도 인정해 주겠지. 좋아, 내가 들어와서 분명히 벽에 걸려 있는 가면과 솔, 그런 것을 봤다고 쳐. 호텔은 언제나 당신 방문 앞에서 끝났어. 당신 방은 달랐어…… 당신은 나에게 문을 열어주러 일부러 나온 적이 없어. 난 당신이 방 한구석에 웅크리고 있는 것을 발견했을 거야. 어쩌면 당신은 늘 지니고 다니던 붉은 깔개를 바닥에 깔고, 그 위에 앉아 나를 빤히 보고 있었을지도 모르지…… 내가 한 마디라도 하거나, 뭔가 동작을 하고, 숨을 쉬기만 해도, 당신은 이내 눈썹을 찌푸리기 시작하고, 나는 이유도 모르면서 죄 진 사람처럼 느껴졌겠지. 그리고 갈수록 실수를 거듭하다가, 점점 더 나의 잘못 속에 파묻혀 버렸을 거야."

"그런 일이 몇 번이나 있었어요?"

"백 번도 넘지."

"설마! 지금은 익숙해지고 세련되었나요?"

"아니."

"그 말을 들으니 기쁘군요. 그래서요?"

"그래서 더 이상……"

"하! 하!" 안니는 연극조로 소리를 지른다. "좀처럼 믿지 못하는군요!"

그리고 부드러운 목소리로 말을 잇는다.

"참나, 내 말 믿어도 돼요. 이제 그런 건 없어졌어요."

"이제 완전한 순간은 없단 말이오?"

"그래요, 없어요."

나는 멍한 채, 그래도 물고 늘어진다.

"결국 당신은…… 끝난 건가, 그…… 비극, 그 즉흥 비극 말이야. 가면과 숄, 가구, 그리고 나 자신까지, 저마다 작은 역할을 맡아서—당신이 주연을 했던 그 비극이?"

안니는 미소 짓는다.

"은혜도 모르는 사람! 난 가끔 당신에게 나보다 더 중요한 역할을 주었어요. 하지만 당신은 그걸 알지도 못 했죠. 아무튼 그래요. 그건 끝났어요. 놀랐어요?"

"그래, 놀랐어! 나는 그게 당신의 일부라고 생각했고, 그걸 빼앗는 건 당신의 심장을 도려내는 것과 마찬가지라고 여겼는데."

"나도 그렇게 생각했어요." 그녀는 아무런 미련도 없는 듯한 얼굴로 말한다.

그리고 매우 불쾌한 인상을 주는 어떤 빈정거림을 담아 이렇게 덧붙였다.

"하지만 보다시피, 난 그것 없이도 살아갈 수 있어요."

안니는 양손을 깍지 껴서 한쪽 무릎을 안는다. 허공을 바라보며 모호한 미소를 짓고 있는데, 그것이 그녀의 얼굴 전체를 젊어보이게 한다. 그 모습은 마치 수수께끼에 싸여 만족스러워하는 뚱뚱한 소녀 같다.

"그래요. 난 당신이 달라지지 않았다는 게 기뻐요. 만약 누군가가 당신이라는 이정표의 위치를 바꿔놓거나, 새로 칠하거나, 다른 길가에 박아놓거나 했다면, 난 내 방향을 결정하는 데 갈피를 잡을 수 없었을 거예요. 당신은 나한테 없어서는 안 될 사람이에요. 난 변해요. 하지만 당신은 절대로 변하지 않는 것으로 알고 있어요. 난 내가 얼마나 변했는지, 당신과의 관계로 측정할 수 있어요."

나는 어쨌건 기분이 약간 상한다.

"완전히 잘못 짚었어," 나는 단호하게 말한다. "반대로 난 요즘에 아주 많이 달라졌어. 솔직히 난……"

"오!" 안니는 부인할 수 없는 경멸을 담아 말한다. "지적인 변화로군요! 난 눈의 흰자위까지 변해 버렸는데."

눈의 흰자위까지…… 그 목소리에 있는 무엇이 내 마음속을 헤집어 놓은 걸까? 어쨌든 나는 갑자기 펄쩍 뛰었다! 나는 사라진 안니를 찾아내는 것을 단념한다. 눈앞에 있는 저 여자, 무너진 모습의 저 뚱뚱한 여자가 바로 나를 자극하고 내가 사랑하는 여자다.

"나에게는 어떤…… 육체적이라고도 할 수 있는 확신이 있어요. 완전한 순간이란 없는 것 같아요. 난 걸을 때 다리에서도 그걸 느끼는걸요. 잠잘 때도 느껴요. 잊을 수가 없어요. 거기에 영감 같은 건 한 번도 없었어요. 어느 날, 어느 시간부터 내 인생이 바뀌었다고 할 수는 없어요. 하지만 지금은 언제나 약간, 전날에 느닷없이 영감을 받은 듯한 느낌이에요. 현기증이 나고 불편해서, 도저히 익숙해지지가 않아요."

안니는 이런 말을 온화한 목소리로 말한다. 거기에는 이만큼 변해서 자랑스럽다는 것이 약간 묻어 있다. 안니는 궤짝 위에 앉아서 독특하고 우아한 몸짓으로 몸을 흔들흔들한다. 내가 들어온 뒤 처음으로 예전 마르세유에 있을 때의 안니와 흡사한 모습이다. 그녀는 또다시 내 마음을 사로잡는다. 터무니없고 겉멋 들린 태도, 지나친 섬세함 너머로, 나는 그녀의 기묘한 세계에 다시 빠져버린다. 그녀 앞에 있을 때면 늘 나를 흥분시키던 그 미열과 입 안의 쓴맛까지 나는 다시 느낀다.

안니는 무릎을 껴안고 있던 손을 푼다. 그리고 입을 다문다. 계산된 침묵이다. 마치 오페라에서 오케스트라가 정확하게 일곱 소절을 연주하는 동안 무대가 텅 비어 있는 것처럼. 안니는 차를 마신다. 그리고 잔을 내려놓고, 손으로 궤짝 끝을 움켜잡으며 상체를 꼿꼿이 세운다.

그녀는 갑자기 얼굴 위에 내가 그렇게도 좋아했던 메두사[141]의 거룩한 얼굴을 등장시킨다. 증오로 부풀어 오르고, 완전히 일그러져서, 독을 품은 얼굴이다. 안니는 표정을 거의 바꾸지 않는다. 얼굴을 바꾸는 것이다. 마치 고대의 배우들이 가면을 바꾸듯이 순간적으로 바꾼다. 그 가면 하나하나가 분위기를 만들어 내고, 다음에 일어날 일을 제시하게 된다. 하나의 가면이 나타나면, 안니가 말을 하는 동안엔 그것이 바뀌지 않고 유지된다. 그런 다음에야 가면은 제거되어 그녀의 얼굴에서 떨어져 나간다.

안니는 내색하지 않고 가만히 나를 본다. 이야기를 하려고 한다. 나는 가면의 위엄에까지 고양된 비극적인 담화, 그 장송의 노래를 기다린다.

그런데 그녀는 불쑥 한 마디 할 뿐이다.

"난 삶을 이어가고 있을 뿐이에요."

목소리의 억양이 얼굴과 도무지 어울리지 않는다. 그 억양은 비극적인 것은 아니다. 오히려…… 등골이 오싹하다. 그것은 메마른 절망을 나타내고 있다. 눈물 한 방울 흐르지 않는 냉혹한 절망이다. 그렇다, 안니에게는 도저히 어찌할 수 없는, 뭔가 메마른 것이 있다.

가면이 제거되고 안니는 미소를 짓는다.

"난 전혀 슬프지 않아요. 그 점에 가끔 놀랐지만, 놀라는 것이 잘못된 일이었어요. 내가 왜 슬퍼요? 전에 나는 무척 멋진 정열을 가질 수 있었죠. 난 어머니를 맹렬하게 증오했어요. 그리고 당신에 대해서는," 그녀는 도전적으로 말한다. "난 당신을 맹렬하게 사랑했어요."

그녀는 대답을 기다리고 있다. 나는 아무 말도 하지 않는다.

"이 모든 것은 물론 끝났지만."

"어떻게 그걸 알지?"

"난 알아요. 난 나에게 정열을 불어넣어 줄 어떠한 것도, 어떠한 사람도 이제는 결코 만나지 않으리라는 걸 알고 있어요. 당신도 알겠지만, 누군가를

---

141) 그리스 신화에 나오는 여자. 원래는 아름다운 처녀였지만, 아테나와 미를 다툰 것 때문에 괴물로 변하여 아름다운 곱슬머리가 모두 뱀이 되었다. 그 무서운 얼굴을 한 번이라도 본 사람은 모두 돌이 되었다고 한다.

사랑하기 시작한다는 건 하나의 계획이잖아요. 그러기 위해서는 에너지가 필요해요. 관대함도 필요하고, 무분별해지는 것도 필요하죠…… 처음에는 과감하게 낭떠러지를 건너뛰어야 하는 순간도 있어요. 그런데 잘 생각해 보면 사람들은 그런 일은 하지 않아요. 난 내가 이제는 절대로 덤벼들지 않으리란 것을 알고 있다고요."

"왜?"

안니는 냉소적인 시선을 나에게 던지고는 대답하지 않는다.

"지금은," 그녀가 말한다. "난 죽은 정열에 둘러싸여 살고 있어요. 12살 때 어느 날 어머니에게 매를 맞고 4층에서 뛰어내렸는데, 그렇게 하도록 만든 그 아름다운 분노를 다시 찾으려 애쓰고 있어요."

그리고 그녀는 방심한 표정으로, 얼핏 들으면 별로 관계없어 보이는 말을 덧붙인다.

"사물을 너무 오랫동안 보고 있는 것도 좋지 않아요. 그것이 무엇인지 알고 싶어서 사물을 바라보지만, 그러다가 급히 눈을 돌려야 하죠."

"그건 또 왜?"

"기분이 나빠지니까요."

얘기해주지 말까? ……어쨌든 비슷한 데가 확실히 있다. 전에도 런던에서 이런 일이 한 번 있었다. 우리는 따로따로, 같은 문제에 대해 같은 생각을 거의 동시에 한 것이다. 난 너무 좋았지만…… 안니의 생각은 이리저리 길을 돌아서 간다. 그러므로 그것을 완전히 이해했다고는 결코 확신할 수 없다. 그것을 똑똑히 알아야겠다.

"안니, 내 말 좀 들어봐. 난 여태껏 완벽한 순간이 어떤 것인지, 아무리해도 잘 이해되지 않았어. 당신도 나에게 한 번도 설명해 주지 않았잖아."

"네, 알아요. 당신은 조금도 알려고 노력을 안 하죠. 내 옆에 말뚝처럼 서 있기만 하지."

"아! 그게 얼마나 괴로웠는지 알아?"

"모두 자업자득이죠. 당신 책임이 커요. 미동도 하지 않는 당신의 태도가 나를 괴롭혔어요. 당신은 '나 말이야? 나야 정상이지' 하는 태도였어요. 오로지 건강한 빛으로 가득했고, 정신적으로도 건강이 넘치고 있었죠."

"난 설명해 달라고 당신에게 수백 번 부탁했어, 그게 어떤 것인지……"

"그래요. 하지만 그 말투가 어땠는데?" 안니는 화를 내며 말한다. "어디 한번 조사해 볼까, 하는 태도였죠. 그게 진실이에요. 당신은 친절한 듯이 말했지만 건성으로 물었어요. 마치 내가 어렸을 때, 나에게 무엇을 하며 노느냐고 물어보았던 늙은 여자들처럼. 사실," 안니는 꿈을 꾸듯 말한다. "내가 가장 증오했던 건 당신이었는지도 몰라요."

안니는 가까스로 자기를 억제하고는 여전히 뺨에 홍조를 띤 채 미소 짓는다. 그녀는 매우 아름답다.

"그럼, 그게 어떤 건지 설명하겠어요. 이제는 나도 나이를 먹어서, 당신 같이 사람 좋은 노인들에게 화를 내지 않고 어린 시절에 놀았던 이야기를 할 수 있어요. 자, 말해 봐요. 뭐가 알고 싶죠?"

"그게 어떤 것이었는가 하는 거지."

"특권적인 상황에 대한 얘기는 했죠?"

"못 들은 것 같아."

"했어요," 안니는 자신 있게 말한다. "그건 엑스[142]에서의, 이름은 잊어버렸지만 그 광장에서였어요. 우리는 한낮의 카페 정원 안에서 오렌지색 파라솔 밑에 있었어요. 기억 안 나요? 우리는 레모네이드를 마시고 있었는데, 내가 설탕 속에서 죽은 파리를 발견했잖아요."

"아! 그랬던 것 같아……"

"그래서, 그 카페에서 그 이야기를 했잖아요. 내가 어렸을 때 가지고 있었던 미슐레의 《프랑스사》 대형판에 대해 얘기하다가 말이 나왔죠. 그건 여기 있는 것보다 훨씬 더 컸는데, 종이는 버섯의 안쪽처럼 푸르스름했고, 냄새도 버섯 비슷했어요. 아버지가 돌아가셨을 때 조제프 아저씨가 그것을 발견하고 전집을 모두 들고 가버렸어요. 그날 내가 아저씨를 늙은 돼지라고 했다가 어머니에게 매를 맞고, 창문에서 뛰어내렸죠."

"아, 그래…… 그 《프랑스사》에 대해 이야기를 했지…… 당신은 그걸 다락방에서 읽지 않았어? 봐, 기억하고 있잖아, 아까 나한테 모두 잊었다고 비난한 건 부당했다는 걸 알겠지?"

"그만둬요. 아무튼 당신도 잘 기억하고 있는 것처럼, 난 그 두꺼운 책을

---

142) 프랑스 남부의 도시 엑상프로방스.

다락방으로 가지고 갔어요. 그 책에는 그림이 아주 적었어요. 아마 한 권에서너 장 정도만 있었을 거예요. 하지만 각 그림은 한 페이지를 전부 차지했고, 뒷장은 비어 있었어요. 다른 페이지는 내용을 많이 넣으려고 본문이 2단으로 되어 있었기 때문에, 그만큼 더욱 인상적이었죠. 난 그 판화 삽화를 이상할 정도로 좋아했어요. 난 그것들을 전부 외우고 있었기 때문에, 미슐레의 책을 읽을 때면 50페이지 전부터 그림이 나오기를 기다리곤 했어요. 그러고는 그것을 볼 때마다 마치 기적 같았어요. 참 세밀하게 잘 그려져 있었거든요. 거기에 그려진 장면은 다음 페이지의 본문과는 관계가 없었죠. 그 장면의 사건을 찾으려면 30페이지나 더 읽어야 했어요."

"제발 좀 그 완벽한 순간에 대해 얘기해 줘."

"지금은 특권적 상황에 대해 얘기하는 거예요. 그 그림에 그려져 있던 것이 바로 그 특권적 상황이었어요. 그것을 특권적이라고 이름 붙인 것은 바로 나예요. 그렇게 적은 삽화가 주제로 인정받기 위해서는 상당히 중요한 장면이 틀림없다고 생각했죠. 모든 장면 중에서 그것이 선택되었으니까요. 게다가 조형적으로 더욱 가치가 높은 다른 에피소드도 많고, 역사적으로 더욱 흥미로운 것도 있었는데 말이에요. 이를테면 16세기에 대해서는 그림이 세 장밖에 없었어요. 앙리 2세의 죽음과 기즈 공의 암살, 그리고 앙리 4세의 파리 입성[143]이었어요. 그래서 난 이 사건들에는 특수한 성격이 있다고 생각했어요. 게다가 삽화들이 그 생각을 더욱 굳히게 해주었죠. 그림은 촌스러웠고 사람 팔다리도 몸에 확실하게 붙어 있지 않았어요. 하지만 위대함으로 넘치고 있었죠. 이를테면 기즈 공이 암살됐을 때, 그 자리에 있었던 사람들은 손바닥을 앞으로 내밀고 고개를 돌리면서 경악과 분노를 나타냈어요. 그것은 무척 아름다워서 마치 합창곡 같았죠. 세부적으로 우스꽝스럽거나 사소한 것도 소홀히 하지 않았어요. 바닥에 넘어진 시동들, 달아나는 강아지, 왕좌

143) 앙리 2세(1519~59)는 프랑스 왕으로, 카트린 드 메디시스의 남편이다. 기마시합에서 얼굴이 창에 찔려 중상을 입고 열흘쯤 뒤에 죽었다. 2대째인 프랑수아 1세(1519~63)도 암살되었지만, 기즈 공작은 3대째인 앙리 드 기즈(1550~88)를 가리키는 것이리라. '흉터'라는 별명이 있는 인물로, 국왕을 넘어서는 권력을 휘두른 끝에 앙리 3세에 의해 블루아성에 불려갔다가 암살당했다. 앙리 4세(1553~1610)는 부르봉 왕조의 시조. 가톨릭교도만 국왕이 될 수 있었기 때문에 신교에서 구교로 개종하여 파리에 입성했다. 낭트 칙령을 공표하여 프랑스 국민에게 신앙의 자유를 주었으나, 광신적인 구교도에게 암살당했다.

밑 계단에 앉아 있는 광대 같은 것들도 볼 수 있었어요. 이런 세세한 부분도 아주 위대하게, 하지만 서툴게 그려져 있어서 그림의 다른 부분과 완전히 조화를 이루고 있었죠. 나는 그토록 엄밀한 통일성을 지닌 그림은 본 적이 없는 것 같아요. 그런데 사실은 거기서 온 것이에요."

"특권적인 상황이?"

"그러니까, 그것에 대해 내가 만들어 낸 관념이 그렇다는 말이에요. 그 상황은 정말 보기 드문 귀한 성질과 품격을 갖추고 있다고 할 수 있었어요. 내가 8살 때, 왕이라는 것은 하나의 특권적인 상황으로 보였어요. 또 죽는다는 것도 역시 그랬죠. 당신은 웃을지 모르지만, 사람이 죽는 순간이 묘사된 것들이 많이 있었고, 그중 많은 사람들은 그 순간 숭고한 말을 했기 때문에 난 진심으로 믿었어요…… 즉 이렇게 생각한 거죠. 임종이 다가오면 사람은 자기 자신을 넘어서는 곳으로 끌려 올라간다고. 게다가 그건 죽은 사람이 있는 방에 들어가는 것만으로 충분히 알 수 있었죠. 죽음은 특권적인 상황이었기 때문에, 무언가가 죽음에서 발산되어 거기에 있는 모든 사람에게 전해졌어요. 어떤 위대함이 말이에요. 아버지가 돌아가셨을 때, 마지막으로 아버지 얼굴을 보기 위해 아버지의 방으로 갔어요. 계단을 올라가면서 나는 참 불행했지만, 동시에 어떤 종교적인 기쁨에 취한 듯한 기분이었어요. 마침내 특권적인 상황에 들어가게 되는 거니까요. 그래서 난 벽에 기대서서, 해야 할 몸짓을 하려고 했죠. 그런데 고모와 어머니가 침대 옆에 무릎을 꿇고 흐느껴 우는 통에 모든 것을 망쳐버렸어요."

안니는 마치 그 추억이 아직도 괴롭다는 듯이, 불쾌한 얼굴로 마지막 말을 한다. 그리고 입을 다문다. 눈을 치켜뜨고 무언가를 지긋이 응시하면서, 이 기회를 이용하여 다시 한 번 그 장면을 되살리려 하고 있다.

"나중에 난 그것을 확대시켰어요. 먼저 거기에 새로운 상황, 즉 사랑을 (육체적 사랑을 말하는 거예요) 보탰어요. 자, 왜 내가 그것에…… 당신의 요구에 응하지 않았는지를 당신이 이해하지 못했다면 지금이 기회예요. 나에게는 구원해야 할 그 무엇이 있었어요. 그리고 이렇게 생각했죠, 내가 헤아리는 것보다 훨씬 많은 특권적 상황이 있는 게 분명하다고. 그리고 결국 그것이 무한하다는 걸 인정하게 되었죠."

"그래, 그런데 결국 그건 무엇이었지?"

"기가 막혀, 말했잖아요," 안니는 놀란 얼굴로 말한다. "아까부터 15분이나 설명했는데."

"결국 가장 필요한 것은, 이를테면 증오나 사랑으로 사람이 열중하기도 하고 정열에 사로잡히기도 한다는 것인지, 아니면 사건의 외면, 즉 사람의 눈에 보이는 것이라는 의미로 그것이 위대해야 한다는 건지……"

"둘 다예요…… 경우에 달렸죠." 안니는 마지못해 대답한다.

"그래서, 완벽한 순간은? 그런 것들 속에서 완벽한 순간이 어떤 역할을 하지?"

"그건 나중에 와요. 먼저 예고 신호가 있어요. 다음에 특권적인 상황이 천천히, 엄숙하게 사람들의 삶 속에 들어와요. 그때 우리가 그것을 완벽한 순간으로 만들고 싶은지 아닌지, 그걸 아는 것이 문제죠."

"그렇군, 알았어. 하나하나의 특권적 상황 속에 무언가 해야 할 행위, 취해야 할 태도, 해야 할 말이 있다, 그리고 그 밖의 태도와 그 밖의 말은 엄격하게 금지되어 있다, 그런 건가?"

"그렇죠……"

"요약하면 상황은 소재이고, 그건 처리되기를 원하고 있는 거로군."

"그래요," 안니가 말한다. "먼저 뭔가 예외적인 것 속에 잠겨서, 거기에 질서가 부여되어 있다고 느껴야 해요. 만약 모든 조건이 실현된다면 그 순간은 완벽한 것이 되어 있겠죠."

"결과적으로 그건 어떤 예술작품이군."

"당신은 전에도 그렇게 말했어요." 그녀는 안타깝다는 듯이 말한다. "하지만 그렇지 않아요. 그건 말이에요…… 의무였어요. 특권적인 상황을 완벽한 순간으로 바꾸는 것이 필요했죠. 그건 도덕적인 문제였어요. 그래요, 당신은 웃을지도 모르지만 도덕 문제예요."

나는 전혀 웃지 않고 있다.

"있잖아," 나는 실토하듯 말한다. "나도 내 잘못은 인정해. 나는 결코 당신을 이해한 적이 없고, 진심으로 당신을 도우려고 한 적도 없었지. 하지만 만약 내가 알았다면……"

"고맙군요, 대단히 고마워요," 안니는 비꼬듯이 말한다. "설마 이런 뒤늦은 후회로 고맙다는 말을 기대하는 건 아니겠죠? 게다가 난 당신을 원망하고 싶지도 않아요. 당신한테 한 번도 확실하게 설명한 적이 없는걸요. 난 꽁꽁 묶여 있었어요. 누구에게도 얘기할 수가 없었어요. 당신에게조차…… 특히 당신에게는 더 말할 수 없었죠. 그런 순간에는 언제나 뭔가 공허하게 울리는 것이 있었어요. 그러면 난 마치 미아가 된 것 같았죠. 그래도 내가 할 수 있는 건 다 하고 있다는 인상을 받긴 했어요."

"하지만, 무엇을 해야 했지? 어떤 행동을?"

"당신은 정말 바보야. 예를 들 수는 없어요. 경우에 따라 다르니까."

"그래도 당신이 무엇을 하려고 했는지 말해 줘."

"아니, 말하고 싶지 않아요. 하지만 원한다면, 내가 학교에 다닐 때 무척 감동받았던 이야기를 하죠. 전쟁에 져서 포로가 된 왕이 있었어요. 왕은 승리자의 진지 한 모퉁이에 있었어요. 그때 왕은 자기 아들과 딸이 결박당한 채 지나가는 것을 보았어요. 하지만 그는 눈물을 흘리지 않았고, 아무 말도 하지 않았어요. 다음에 왕은 하인 하나가 역시 결박되어 지나가는 것을 보았어요. 그러자 왕은 울부짖으면서 자기 머리카락을 잡아 뜯기 시작했대요. 당신도 얼마든지 예를 만들어 낼 수 있어요. 알겠지만, 눈물을 흘려서는 안 되는 경우가 있어요. 그때 우는 것은 추잡한 짓이죠. 하지만 발등에 장작이 떨어질 때는, 불평을 하든, 울든, 한 발로 깡충깡충 뛰든, 뭐든지 할 수 있어요. 늘 극기심 상태로 지낸다는 건 어리석은 거예요. 공연히 기진맥진할 뿐이죠."

안니는 미소 짓는다.

"하지만 다른 때는 극기할 뿐만 아니라 그 '이상'이어야 했어요. 당연히 당신은 생각 안 나겠죠, 우리가 처음으로 키스한 것?"

"아니, 아주 잘 기억하고 있어." 나는 의기양양하게 말한다. "템스 강가의 큐 식물원에서였지."

"하지만 당신은 내가 쐐기풀 위에 앉아 있는 줄은 절대로 몰랐을걸요. 옷이 말려 올라가서 다리 전체가 따끔따끔했어요. 조금이라도 움직이면 더 따가웠죠. 그러니 극기심만으로는 부족했을 거예요. 당신 때문에 마음이 어지러웠던 건 전혀 아니고, 당신의 입술이 특별히 탐났던 것도 아니었어요. 내가 당신에게 주려고 했던 그 키스가 그런 것보다 훨씬 중요했죠. 그건 하나의 계약, 하나의 협정이었거든요. 그러니까 그 고통은 무례한 것이었다는 걸 알 수 있을 거예요. 그런 순간에 다리에 대해 생각하는 건 허락될 수 없는 일이었어요. 고통을 겉으로 드러내지 않는 것만으론 안 되고, 고통을 아예 느끼지 않아야 했죠."

안니는 자랑스럽게 나를 바라본다. 자기가 한 일이 아직도 놀라운 모양이다.

"난 처음부터 그 키스를 허락할 생각이었지만, 당신이 끊임없이 그걸 원하고 나는 좀처럼 허락하지 않았던 20분이 넘는 동안—그건 형식을 갖춰서 당신한테 양보해야 했기 때문이었죠—난 마침내 완전히 마취상태에 이르렀죠. 사실 내 피부는 굉장히 예민한데도요. 그래서 우리가 일어섰을 때까지 난 '아무것도' 느끼지 못했어요."

그거다, 바로 그거야. 모험적 순간이란 없다, 완벽한 순간도 없다…… 우리는 같은 환상을 잃어버리고, 같은 길을 걸었다. 나는 남은 이야기를 알고 있다. 안니 대신 말할 수도, 그녀가 하지 않은 말을 할 수도 있다.

"그래서 당신은 이해했군. 언제나 눈물짓는 선량한 부인들이나 빨강머리 남자나 아니면 그 밖에 아무 상관없는 무언가가 당신이 준비한 효과를 망쳐 버렸다는 거지?"

"맞아요, 물론." 안니는 내키지 않는 듯한 목소리로 말한다.

"그렇지 않아?"

"뭐, 빨강머리 남자의 서툰 행동 정도면 아마 결국에는 단념했을지도 몰라요. 어쨌든 난 다른 사람들이 자기 역할을 하는 것에 흥미를 가질 만큼 착했던 거예요…… 아니, 오히려……"

"특권적인 상태는 없다는 거지?"

"그래요. 난 증오, 사랑, 또는 죽음이 성금요일(聖金曜日)에 나타난 혀 모양의 불꽃[144]처럼 우리 위에 내려온다고 생각했어요. 증오나 죽음으로 사람이 빛날 수 있다고 생각했죠. 그런 실수를 하다니! 그래요, 정말로 '증오' 가 존재하고, 그것이 사람들 위에 찾아와서 사람들을 실제 이상으로 높인다고 생각했어요. 물론 나밖에 없는데, 증오하고 있는 나나 사랑하고 있는 나

---

144) 이것은 '오순절(또는 성령강림제)의 불의 혀'라고 해야 할 대목이다. 오순절은 부활절 뒤 일곱 번째 일요일이다. 이날 불꽃 같은 혀가 사람들 위에 나타났고, 그들은 모두 성령으로 채워졌다는 《사도행전》 제2장의 기술이 있다.

밖에 없는데 말이죠. 게다가 나는 늘 똑같고, 한 덩어리의 반죽이 끝없이 늘어나고 또 늘어나니까…… 더욱이 그것이 모두 서로 닮아서, 사람들이 어떻게 온갖 이름을 붙이고, 어떻게 구별할 수 있는지 이상할 정도예요."

안니는 나하고 똑같이 생각한다. 마치 여태까지 한 번도 헤어진 적이 없었던 것 같다.

"들어봐," 나는 그녀에게 말한다. "얼마 전부터 난 어떤 생각을 하고 있는데, 당신이 관대하게도 나에게 부여한 이정표 역할보다는 그쪽이 훨씬 마음에 들었지. 그건 우리가 동시에 같은 방법으로 변했다는 사실이야. 당신이 점점 멀어져 가는 것을 멍하니 바라보고 있거나, 영원히 당신의 출발점을 보여주는 역할에서 달아날 수 없게 되는 것보다 나에게는 그쪽이 더 낫지. 당신이 얘기해 준 모든 것은, 실은 내가 당신에게 이야기하려던 거야, 분명히 표현은 다르겠지만. 우리는 도착 지점에서 만난 거요. 그게 얼마나 기쁜지 도저히 말로 표현할 수 없어."

"그래요?" 안니는 부드럽게, 그러나 완고한 태도로 말한다. "하지만 역시 난 당신이 변하지 않은 것이 좋아요. 그게 더 편리했거든요. 난 당신과 달라요. 누군가가 나하고 같은 생각을 했다는 걸 알게 되면 불쾌해요. 그리고 당신이 잘못 생각하고 있는지도 모르죠."

나는 안니에게 내가 겪은 모험적 순간을 얘기하고, 존재에 대해 이야기한다―아마도 너무 길게 이야기하는지도 모른다. 안니는 눈을 크게 뜨고, 눈썹을 추켜올리며 열심히 듣는다.

내가 얘기를 끝내자, 그녀는 안도하는 기색이다.

"그렇다면 당신은 전혀 나와 같은 생각을 하는 게 아니군요. 당신은 조금도 노력하지 않고 다만 사물이 당신 주위에 꽃다발처럼 놓여 있지 않은 것을 못마땅하게 생각하네요. 하지만 난 절대로 당신처럼 바라지 않았어요. 난 행동하고 싶었어요. 우리가 모험가 흉내를 내고 있었을 때, 당신은 모험을 겪는 사람이고, 난 모험을 일으키는 사람이었죠. 나는 '나는 행동적 인간'이라고 말하곤 했죠, 기억나요? 그런데 지금은 이렇게만 생각해요. 아무도 행동적 인간이 될 수 없다고요."

내가 알아듣지 못한 것처럼 보였던 모양이다. 왜냐하면 안니가 열을 내며 더 강한 어조로 말을 이었기 때문이다.

"그리고 당신에게 하지 않은 이야기가 많이 있어요. 왜냐하면 당신에게 설명하려면 너무 오래 걸리니까요. 이를테면 내가 행동할 때 나의 행동은 어떤 결과를 가져올 거라고 생각해야 했어요. 그러니까…… 숙명적인 결과를. 잘 설명이 안 되는군요……"

나는 적잖이 현학적인 태도로 말한다.

"하지만 그건 전혀 소용없어. 난 그런 것도 생각했으니까."

안니는 의심스러운 듯 나를 응시한다.

"당신 말을 믿으면, 모든 걸 나하고 똑같이 생각한 셈이 되는군요. 정말 놀랍군요."

나는 안니를 이해시킬 수가 없다. 그저 화만 돋울 뿐이다. 나는 입을 다문다. 그녀를 안고 싶다.

갑자기 안니는 불안한 눈으로 나를 쳐다본다.

"그러면 당신이 그런 걸 생각했다 치고, 도대체 무엇을 할 수 있다는 거예요?"

나는 고개를 숙인다.

"난…… 난 삶을 이어가고 있을 뿐이에요." 안니는 아까 했던 말을 착잡하게 되풀이한다.

그녀에게 무슨 말을 해줄 수 있단 말인가? 나라고 살 이유를 알고 있나? 그래도 그녀처럼 절망에 빠져 있지는 않다. 내게는 큰 기대가 없기 때문이다. 오히려…… 주어진 이 삶, '공연히' 주어진 이 삶 앞에서 나는 놀라고 있다. 나는 계속 고개를 숙이고 있다. 이 순간에 안니의 얼굴을 보고 싶지는 않다.

"난 여행을 하고 있어요," 안니는 어두운 목소리로 계속한다, "스웨덴에서 막 돌아왔어요. 베를린에 일주일 있었죠. 날 돌봐주는 그 남자가 있어서……"

그녀를 안는다…… 이런 짓이 무슨 소용이란 말인가? 그녀를 위해 아무것도 해줄 수 없는데. 그녀는 나와 마찬가지로 혼자다.

안니는 전보다 밝은 목소리로 말한다.

"뭘 그렇게 중얼거려요……"

나는 눈을 든다. 그녀는 나를 다정하게 바라보고 있다.

"아무것도 아냐. 그저 어떤 일을 생각하고 있었어."

"참 엉뚱한 사람이군요! 그럼 말을 할 건지, 잠자코 있을 건지 선택해요."

나는 그녀에게 '철도인 만남의 장소' 이야기를 한다. 축음기로 틀어주는 옛날 래그타임에 대한 이야기, 그것이 나에게 주는 야릇한 행복에 대해.

"난 생각했지, 이쪽에서 뭔가 발견한다거나, 뭔가 찾아낼 수 있지 않을까……"

안니는 아무 대답도 하지 않는다. 내가 말한 것에 별로 흥미가 없는 모양이다.

잠시 뒤 안니가 말을 잇는다―그런데 안니가 자기 생각을 말하는 것인지, 내가 방금 말한 것에 대한 대답을 하는 것인지 분간할 수가 없다.

"그림, 조각상, 그런 건 쓸모가 없어요. 그런 건 내 '눈앞에서' 아름다운 것이니까. 음악은……"

"하지만 연극에서는……"

"뭐라고요? 연극? 당신은 모든 예술을 빠짐없이 늘어놓을 생각인가요?"

"전에 말했잖아. 당신이 연극을 하고 싶은 건, 무대에서 완벽한 순간을 실현할 수 있을 것 같아서라며!"

"그래요, 난 그것을 실현했어요. 타인을 위해서 말이에요. 난 먼지투성이가 되어, 틈새바람 속에서 강력한 조명 아래 마분지로 만든 무대장치에 에워싸여 있었어요. 대부분은 손다이크가 상대역을 했죠. 아마 당신도 코벤트가든 극장[145]에서 그 사람이 연기하는 걸 봤을 거예요. 난 그 사람 코앞에서 웃음이 터질까 봐 늘 걱정이었죠."

"그럼 당신은 한 번도 당신 역할에 몰두해 보지 못했단 말이야?"

"가끔, 어느 정도는 그랬죠. 그러나 한 번도 완전히 그러지는 못했어요. 모든 배우들에게 중요한 것은 정면에 있는 검은 구멍이었어요. 거기에는 사람이 많이 있지만 보이지 않았어요. 물론 우리는 사람들에게 완벽한 순간을 보여주었죠. 하지만 당신도 알다시피, 그 사람들은 그 완벽한 순간 속에서 살고 있지 않았어요. 완벽한 순간은 그들 앞에 펼쳐지고 있었죠. 그럼 우리

---

145) 런던 중심가에 있는 18세기에 완성된 오페라 극장. 나중에 로열오페라 하우스라 불린다.

배우들은 그 속에서 살고 있었다고 생각해요? 결국 그 순간은 아무 데도, 난간의 이쪽에도 저쪽에도 존재하지 않았어요. 그런데도 모두들 그것을 생각하고 있었던 거예요. 이제 알겠죠, 어린애 같은 사람." 안니는 맥이 빠진 듯, 거의 불량스러운 투로 말한다. "난 모든 걸 내던져 버렸어요."

"나는 책을 쓰려고 했는데……"

안니가 나를 가로막았다.

"난 과거 속에서 살고 있어요. 나에게 일어난 모든 일을 돌이켜 보며 정리하고 있죠. 이렇게 멀리서 바라보면, 그것도 나쁘지 않아요. 거기에 거의 끌려 들어갈 것처럼 되죠. 우리의 일도 제법 아름다운 이야기예요. 약간 손질만 가하면 일련의 완벽한 순간이 완성돼요. 그러면 난 눈을 감고, 내가 아직 그 속에 살고 있다고 상상하죠. 다른 인물들도 있어요…… 다만 정신을 집중해야 해요. 내가 무슨 책을 읽었는지 알아요? 로욜라의 《영성수련》[146]이에요. 무척 도움이 됐죠. 처음에 무대장치를 설정하는 방법이 있고, 다음에 인물을 등장시키는 방법이 적혀 있어요," 그녀는 집요하게 덧붙인다. "그렇게 해서 정말로 '보이게' 되는 거죠."

"하지만 난 그런 걸로는 조금도 만족할 수 없을 것 같은데……" 내가 말한다.

"내가 그것으로 만족했을 거라고 생각해요?"

우리는 잠시 동안 잠자코 있다. 저녁때가 되었다. 희미하게 보이는 안니의 얼굴을 거의 알아볼 수 없다. 안니의 검은 옷이 방 안에 기어든 어둠 속에 녹아버렸다. 나는 기계적으로 아직 홍차가 조금 남아 있는 잔을 들어 입으로 가져간다. 차는 식어 있다. 담배를 피우고 싶었으나 감히 그럴 수가 없다. 우리가 더 이상 서로 할 말이 없는 것 같아 마음이 괴롭다. 어제만 하더라도 나는 안니에게 질문할 것이 많았다. 어디에 있었고, 무엇을 했으며, 누구를 만났나? 그러나 그런 것이 내 관심을 끄는 것은, 안니가 진심으로 그런 것에 열중해 있었을 때뿐이었다. 지금은 호기심도 사라졌다. 안니가 간 모든 나라, 모든 도시, 안니를 쫓아다녔고 어쩌면 그녀도 사랑했을 모든 남자, 그 모든 것도 이제 그녀와는 아무 관계가 없고, 결국은 그녀에게 아무래도 좋은

---

146) 이냐시오 데 로욜라(1491무렵~1556)는 스페인 사람으로 예수회의 창시자. 《영성수련》은 자신의 체험을 바탕으로 한 영성 지도의 안내서.

것이 되고 말았다. 어둡고 차가운 바다 표면에 태양이 조금 반짝이는 것과 같다. 안니는 내 눈앞에 있다. 우리는 4년만에 만났지만 더 이상 할 말이 없다.

불쑥 안니가 말한다. "이제 그만 돌아가세요. 난 누굴 기다리고 있는 중이에요."

"기다리는 사람이라면……?"

"아니에요, 독일 사람이에요. 화가요."

안니는 웃기 시작한다. 그 웃음소리는 어두운 방에서 이상하게 울린다.

"그래요, 여기 우리와는 다른 한 사람이 있어요—아직은 다른 사람이요. 그 사람은 행동하고 있어요. 부지런히 노력하는 사람이죠."

나는 마지못해 일어선다.

"언제 또 만날 수 있을까?"

"몰라요. 내일 저녁에 런던으로 떠나니까."

"디에프 항구에서?"

"네, 그 다음엔 이집트로 갈 거예요. 어쩌면 이번 겨울에 다시 파리를 지날지도 모르니까 편지할게요."

"내일은 온종일 시간이 있는데……" 나는 기어 들어가는 소리로 말한다.

"그래요. 하지만 난 할 일이 많아요." 그녀는 무덤덤한 목소리로 말한다. "만날 수 없어요. 이집트에서 편지할 테니 주소나 적어줘요."

"그렇게 해……"

나는 어둠 속에서 봉투 끝에 내 주소를 갈겨쓴다. 부빌을 떠날 때 편지를 전해 달라고 프랭타니아 호텔에 말해 둬야겠다. 마음속으로는 안니가 편지를 쓰지 않으리라는 것을 잘 알고 있다. 아마 10년 뒤에나 다시 볼 수 있겠지. 어쩌면 이번이 마지막일지도 모른다. 나는 단지 안니와 헤어진다는 사실 때문에 풀이 죽은 것은 아니다. 나의 고독이 돌아온다는 사실이 오싹할 정도로 두렵다.

안니가 일어선다. 문앞에서 내 입에 살짝 키스한다.

"당신의 입술을 회상하기 위해서예요." 그녀가 미소 지으면서 말한다. "추억을 새롭게 할 필요가 있어요. 나의 《영성수련》을 위해서."

나는 그녀의 팔을 붙잡고 끌어당긴다. 그녀는 저항은 하지 않고 고개를 살

래살래 흔든다.

"싫어요. 이젠 그런 것에 흥미 없어요. 우리가 다시 시작하는 일은 없어요 …… 게다가 누구나 하는 그런 일에는. 좀 괜찮은 남자면 누구든 당신과 마찬가지예요."

"이제부터 어떻게 할 생각이야?"

"말했잖아요, 영국에 가요."

"그게 아니고, 내 말은……"

"그러니까, 아무것도 없다니까요!"

나는 안니의 팔을 놓지 않았다. 그리고 조용히 말한다.

"그럼 난 당신과 다시 만나자마자 이별해야 하는군."

지금은 그녀의 얼굴이 똑똑히 보인다. 갑자기 그 얼굴이 창백해지더니 일그러진다. 아주 무서운 늙은 여자의 얼굴이다. 이 얼굴은 확실히 그녀가 스스로 지어낸 것은 아니다. 그녀도 모르는 사이에, 어쩌면 본의 아니게 거기에 나타난 것이다.

"아니요," 그녀는 천천히 말한다. "아니에요, 당신은 나하고 만나지 않았어요."

안니는 팔을 뺀다. 문을 연다. 복도에는 전등이 밝게 켜져 있다.

안니가 웃기 시작한다.

"가엾은 사람! 운이 없군요. 처음으로 자기 역할을 멋지게 연기했는데 아무도 칭찬해 주지 않다니. 잘 가요."

나는 등 뒤에서 문이 닫히는 소리를 듣는다.

일요일

오늘 아침, 기차 시간표를 알아보았다. 거짓말이 아니라면, 안니는 5시 38분에 디에프행 기차로 출발할 것이다. 그러나 어쩌면 그 남자가 자동차로 안니를 데리고 갈지도 모른다. 아침나절 내내 메닐몽탕 거리를 돌아다녔다. 그리고 오후에는 센 강가를 거닐었다. 안니와 몇 걸음의 거리, 몇 개의 벽이 가로막고 있을 뿐이었다. 5시 38분이 되면 우리가 주고받은 어제의 대화는 하나의 추억이 되겠지. 풍만한 여자, 그 입술이 내 입술에 가볍게 닿은 여자는, 과거 속에서 메크네스나 런던의 여윈 소녀와 하나가 될 것이다. 그러나

아직 아무것도 지나가지는 않았다. 안니가 예전에 그곳들에 있었고, 그런 그
녀를 다시 만나 설득하여, 영원히 나와 함께하도록 하는 것이 아직 가능하니
말이다. 나는 아직은 고독하다고 느끼지 않았다.

나는 안니 생각에서 헤어나고 싶었다. 왜냐하면 그녀의 육체와 얼굴을 상
상하며, 말할 수 없이 안절부절못하고 있었기 때문이다. 손이 떨리고 얼음
같은 전율이 온몸을 달렸다. 나는 헌책방의 서가에서 특별히 외설적인 책들
을 뒤적거리기 시작했다. 그런 것이 그 어떤 것보다도 내 마음을 끌었기 때
문이다.

오르세 역의 큰 시계가 5시를 쳤을 때, 나는 '채찍을 든 의사'라는 제목이
붙은 책의 삽화를 보고 있었다. 삽화들은 다 비슷비슷했다. 대부분의 그림에
는 벌거벗은 커다란 엉덩이 위에서 승마용 채찍을 휘두르는 뚱뚱한 털보가
그려져 있었다. 5시라는 것을 알자, 나는 그것을 다른 책들 위에 팽개치고
택시를 집어탔다. 택시는 나를 생라자르 역으로 실어갔다.

20분 가까이 플랫폼을 왔다 갔다 했다. 그리고 두 사람을 보았다. 커다란
털외투를 입고 있는 안니는 귀부인처럼 보였다. 모자에는 베일이 쳐져 있었
다. 남자는 낙타털 외투를 입고 있었다. 금발 머리에 아직 젊은 데다 키가
크고 잘생겼다. 분명히 외국인이지만 영국 사람은 아니었다. 아마 이집트 사
람일 것 같았다. 그들은 나를 보지 못한 채 기차에 올라탔다. 얘기는 하지
않고 있었다. 그러다 남자가 다시 내려와서 신문을 샀다. 안니는 자기 칸의
유리창을 내렸다. 그녀가 나를 보았다. 화도 내지 않고 무표정한 눈으로 오
랫동안 나를 쳐다보고 있었다. 이윽고 남자가 다시 객차에 올라타자 기차는
출발했다. 그 순간, 나는 옛날에 우리가 점심을 먹곤 했던 피카딜리의 식당
을 생생하게 떠올렸다. 그리고 모든 것이 무너졌다. 나는 걸었다. 피곤해지
자 나는 카페에 들어갔고, 거기서 잠들고 말았다. 방금 웨이터가 와서 나를
깨웠다. 나는 이것을 반은 졸면서 쓰고 있다.

내일은 정오 기차를 타고 부빌로 돌아가야겠다. 짐을 꾸리고 은행 일을 정
리하는 데 이틀이면 충분하겠지. 프랭타니아 호텔에서는, 내가 미리 알리지
않았다고 반 달 치는 더 받으려고 하겠군. 또 빌린 책을 반납하러 도서관에
도 가야 한다. 어쨌든 주말에는 파리에 돌아와 있겠지.

그런데 주거지를 바꾼다고 뭐가 나아지나? 똑같은 도회지인데. 파리는 강

으로 갈라져 있고, 부빌은 바닷가에 있다. 그것을 제외하면 두 도시는 비슷비슷하다. 애초에는 불모의 황무지였던 곳인데, 이제 거기에 속이 빈 커다란 석조건물들이 내달리고 있다. 그 건물들 속에 냄새가 갇혀 있다. 공기보다 무거운 냄새다. 가끔 창문들에서 흘러나온 냄새가 거리로 퍼지면, 냄새는 바람이 갈기갈기 흩어놓을 때까지 거리에 머무른다. 날씨가 맑을 때는 소리가 도시의 한쪽 끝에서 들어와, 모든 벽을 통과한 뒤 반대쪽 끝으로 나간다. 또 어떤 때는 햇볕에 타고 추위 때문에 금이 간 돌 사이로 소리가 빙글빙글 돈다.

나는 도시가 두렵다. 그러나 거기서 나가면 안 된다. 만약 너무 먼 곳까지 위험을 무릅쓰고 가면, ‘식물’의 영역과 마주친다. ‘식물’은 도시를 향해 몇 킬로미터나 뻗어왔다. 그리고 기다리고 있다. 도시가 죽으면, 식물은 도시에 침입하여, 석조건물들을 타고 올라가, 그 검고 기다란 덩굴손으로 그것들을 조르고, 파헤치고, 산산이 깨부술 것이다. 식물은 구멍을 틀어막고, 곳곳에 초록색 다리를 늘어뜨릴 것이다. 도시가 살아 있는 한, 도시에 머물러 있어야 한다. 도시 어귀에 도사리고 있는 그 광대한 수풀에 혼자 들어가서는 안 된다. 그 수풀이 일렁이거나 우지끈 소리를 내더라도 목격하는 사람 하나 없이 내버려 두어야 한다. 도시에 있으면, 만약 잘 대처하여, 동물들이 저마다의 굴속에서, 또는 쌓아놓은 유기물 찌꺼기 더미 뒤에서 먹은 것을 삭이거나 잠자는 시간을 가릴 줄 알기만 하면, 존재물 중에서는 가장 덜 무서운 광물 말고는 거의 아무것도 맞닥뜨리지 않을 수 있다.

부빌로 돌아가야겠다. ‘식물’은 부빌을 세 방향에서만 포위한다. 네 번째 방향에는 커다란 공백이 있고, 거기엔 넘칠 듯한 검은 물이 혼자 움직이고 있다. 바람은 집들 사이에서 휘파람소리를 낸다. 냄새도 다른 데만큼 오래 남지 않는다. 바람이 바다로 쫓아버린 냄새는 여기저기 떠다니는 작은 안개 덩어리처럼 검은 물과 스칠 듯이 도망친다. 비도 온다. 사방으로 에워싸인 철책 안에는 어린 줄기들이 제멋대로 자라 있다. 거세되고 길들여져서 무해한, 게다가 통통한 묘목들. 커다랗고 새하얀 이파리들이 귀처럼 늘어져 있다. 만져보면 연골 같다. 부빌에서는 하늘에서 내내 떨어지는 물 때문에 모든 것이 통통하고 하얗다. 부빌로 돌아가야겠다. 정말 두렵다!

깜짝 놀라 눈을 뜬다. 자정이다. 안니가 파리를 떠난 지 6시간이다. 배는 항구를 떠났다. 그녀는 선실에서 자고 있다. 그리고 갑판에서는 구릿빛 피부의 미남자가 담배를 피우고 있다.

화요일 부빌에서

이런 것인가, 자유라는 것은? 눈 아래에 수많은 정원이 도시를 향해 완만하게 기울어져 있고, 그 정원들마다 집이 한 채씩 서 있다. 나는 묵직하고 움직이지 않는 바다를 바라보고, 부빌 시를 내려다본다. 날씨가 좋다.

나는 자유롭다. 말하자면 더 이상 살아갈 이유가 전혀 없다. 애써 찾아낸 모든 이유가 무너졌기 때문이다. 그 밖의 다른 이유는 이제 상상할 수도 없다. 나는 아직 젊고 다시 시작할 수 있는 충분한 힘이 있다. 하지만 무엇을 다시 시작해야 하나? 공포와 구토감이 가장 심했을 때, 안니가 나를 구해줄 거라고 얼마나 간절하게 기대했었는지 이제야 알겠다. 나의 과거가 죽었고 롤르봉 씨가 죽었다. 그리고 돌아온 것은 나에게서 모든 희망을 빼앗아가기 위한 것뿐이었다. 나는 정원들 사이를 누비는 이 하얀 길 위에서 고독하다. 고독하지만 자유롭다. 그러나 이 자유는 어딘지 죽음과 비슷하다.

오늘로 이곳에서의 생활도 마침표를 찍는군. 내일이 되면 나는 내 발아래 펼쳐져 있는 도시, 그렇게 오래 살았던 이 도시를 떠나고 없겠지. 부빌은 단지 내 기억에 있는 하나의 이름이 되겠지. 자그마하고 부르주아적이며, 너무나도 프랑스적이고, 피렌체와 바그다드만큼 화려하지는 않은 이름. 나중에는 이렇게 생각할 때가 올 것이다. "그런데 부빌에 있었을 때 도대체 온종일 무엇을 하고 지냈더라?" 그리고 이 태양, 이 오후에 대해서도 아무런 추억이 남아 있지 않게 되겠지.

나의 전 생애가 내 뒤에 있다. 그것이 죄다 보인다. 그 형태와 나를 여기까지 끌고 온 느릿한 움직임이 보인다. 거기에 대해서는 할 말이 거의 없다. 패배한 경기다, 그 한 마디면 된다. 3년 전, 나는 엄숙하게 부빌에 들어섰다. 나는 첫 판부터 졌다. 두 번째 판에 도전했다가 또 졌다. 즉 승부에 진 것이다. 동시에 나는 늘 진다는 사실을 알았다. 이긴다고 생각하는 건 '비열한 놈들'뿐이다. 이제 나도 안니처럼 해야겠다. 그저 삶을 이어가야겠다. 먹고 자고, 자고 먹고. 천천히 고요하게 존재하는 것이다, 저 나무들처럼, 웅덩이처럼, 전차의 붉은 의자처럼.

'구토'는 내게 짧은 유예기간을 남겨준다. 그러나 그것이 다시 찾아오리라는 것을 안다. 그것이 나의 정상적인 상태니까. 다만 오늘은 너무 기진맥진해서 그것을 견딜 수 있을 것 같지 않다. 병자들에게도 다행히 쇠약함이라는 것이 있어서 몇 시간 동안이라도 고통스런 의식에서 벗어나게 된다. 따분하다는 것, 그것 말고는 없다. 가끔 눈물이 날 정도로 크게 하품을 한다. 그것은 깊고 깊은 권태이고, 존재의 깊은 핵심이며, 나를 이루는 소재 자체다. 나는 나 자신을 내팽개치지는 않는다. 오히려 그 반대다. 오늘 아침 목욕을 하고 수염도 깎았다. 그러나 그 자질구레한 모든 행동을 다시 생각해 보니, 어떻게 내가 그런 일을 할 수 있었는지 이해할 수 없다. 그토록 허망한 행위인데. 어쩌면 그건 습관이었기에 내가 그렇게 할 수 있었는지도 모른다. 습관은 죽지 않았다. 그것은 여전히 바쁘게 움직이면서, 더할 나위 없이 조용하게, 아무도 모르도록 그 씨실을 짜고, 유모처럼 나를 씻어주고, 닦아주고, 옷을 입혀준다. 나를 이 언덕까지 이끈 것도 습관인가? 어떻게 여기에 왔는지 도무지 생각나지 않는다. 틀림없이 도트리 계단으로 왔을 텐데, 내가 정말 그 110개의 계단을 하나하나 올라왔단 말인가? 아마도 더욱 상상하기 어려운 것은 내가 곧 그 계단을 다시 내려가는 일일 것이다. 그러나 나는 안다. 잠시 뒤 내가 '녹지언덕' 아래 있을 테고, 눈을 들어, 지금은 이렇게 가까이 있는 이 집들의 창문들이 멀리서 반짝이는 것을 볼 수 있으리라는 것을. 멀리서, 내 머리 위로 말이다. 그리고 지금 이 순간, 빠져나올 수 없게 나를 가두고 사방에서 나를 한정하고 있는 이 순간, 나를 만들고 있는 이 순간은 이미 아스라한 꿈에 지나지 않게 될 것이다.

나는 발아래 부빌 시가 잿빛으로 반짝이는 것을 본다. 마치 햇볕이 내리쬐는 조개껍데기나 비늘, 뼛조각, 자갈 더미 같다. 그러한 파편 속에 섞여 있는 미세한 유리나 운모조각이, 매우 가냘픈 불꽃을 불규칙하게 번뜩이고 있다. 조개껍데기 사이를 달리는 도랑, 배수로, 가느다란 홈들은 한 시간 뒤에는 거리가 될 것이고, 나는 건물 외벽들 사이로 그 길을 걸어갈 것이다. 불리베 거리의 사람들이 작고 검은 점같이 보이지만, 한 시간 뒤에는 나도 저들 가운데 한 사람이 되어 있을 것이다.

이 언덕 위에서, 나는 저들과 얼마나 멀리 떨어져 있는가를 느낀다. 마치 내가 다른 종족에 속해 있는 것 같다. 저들은 하루의 일을 끝내고 사무실에서 나와, 만족스러운 듯이 집과 광장을 바라보면서, 그것이 '자기들의' 도시이고 '훌륭한 부르주아의 도시'라고 생각한다. 저들은 두려움을 느끼지 않는다. 자기 집에 있는 것처럼 편안하다. 저들이 보는 것은, 마실 수 있도록 수도꼭지에서 흘러나오는 물과, 스위치를 누르면 전구에서 쏟아져 나오는 불빛, 교배를 시키고 지주를 받쳐둔 잡종 나무들뿐이다. 모든 것은 기계적으로 이루어지고, 세계는 일정불변의 법칙을 따르고 있으며, 저들은 날마다 그 법칙의 헤아릴 수 없이 많은 증거를 보고 있다. 공중에 던져진 물체는 모두 같은 속도로 떨어지고, 공원은 오늘도 내일도, 겨울에는 오후 4시, 여름에는 오후 6시에 닫힌다. 납은 335도에서 녹고, 마지막 전차는 밤 11시 5분에 시청 앞에서 떠난다. 저들은 아무 일 없이 평온하지만 약간 우울하다. 저들은 '내일'을 생각한다. 즉 단순하고 새로운 또 하나의 오늘을. 도시가 자유롭게 쓸 수 있는 시간은 아침마다 똑같이 돌아오는 단 하루밖에 없다. 일요일이 되면 사람들은 약간 멋을 부린다. 멍청이들. 저들의 태연하고 안심한 얼굴을 다시 보게 된다고 생각하니 몸서리가 쳐진다. 저들은 규칙을 정하고, 대중소설을 쓰고, 결혼을 하고, 자식을 만드는 지극히 어리석은 짓을 한다. 그러나 그러는 동안, 도무지 종잡을 수 없는 커다란 자연이 저들의 도시 속으로 스며들며 곳곳에 침투하고 있다. 저들의 집에, 저들의 사무실에, 저들 자신 속에도. 자연은 움직이지 않고 가만히 있다. 저들은 그 속에 푹 잠겨 자연을 호흡하고 있으면서도 그것을 보지 못하고, 자연이, 도시에서 50킬로미터나 떨어진 바깥에 있다고 상상한다. 나에게는 '보인다', 이 자연이, 내겐 '보인다'…… 자연이 복종하고 있는 것은 게을러서이고, 자연에 법칙 같은 건 없다는 것을 나는 안다. 저들이 변하지 않는 것으로 간주하고 있는 자연…… 자연에는 습관만 있을 뿐이며, 그 습관은 당장 내일이라도 바뀔 수 있는 것인데도.

만약 무슨 일이 생긴다면? 자연이 만약 갑자기 꿈틀꿈틀 경련하기 시작한다면? 그때는 저들도 자연이 있는 것을 깨닫고, 자신들의 심장이 파열하는 듯한 기분을 느끼겠지. 그때 저들이 만든 제방과 성벽, 발전소, 용광로, 증기동력 망치가 무슨 소용이 있을까? 그것은 언제라도 일어날 수 있고, 어쩌면 지금 당장 일어날지도 모른다. 전조는 거기에 있는 것이다. 이를테면 한 가정의 아버지가 산책을 하다가, 바람결에 붉은 걸레가 거리를 가로질러 자기에게 날아오는 것을 보게 된다. 그 걸레조각이 바로 옆에 왔을 때, 그는 그것이 한 덩이의 썩은 고기이고, 기거나 뛰면서 먼지투성이가 되어 질질 끌려왔음을 알게 되는 것이다. 그 고통스러운 살점은 배수구에서 뒹구는데, 그 끝에서는 경련하듯 피가 뿜어 나온다. 또는 한 어머니가 자식의 얼굴을 바라보며 묻게 된다. "너 그게 뭐니? 종기가 났어?" 그리고 그녀는 살이 약간 부어올라서 째지고 벌어지는 것을 본다. 그러면 그 벌어진 틈 속에 제3의 눈, 웃고 있는 눈이 나타난다. 그렇지 않으면 또 그들은 온몸에 무언가가 가볍게 닿는 것을 느끼게 된다. 마치 강에서 헤엄치다가 골풀이 닿는 것을 느끼듯이. 또는 자기 옷이 살아 있는 생물이 된 것을 알게 된다. 또 어떤 사람은 입안에 뭔가 할퀴는 것이 있는 것을 느낀다. 그는 거울에 다가가서 입을 벌린다. 들여다보니 자기 혀가 살아 있는 커다란 지네가 되어 있고, 그것이 수많은 다리들을 버둥거리며 입천장을 긁어대고 있는 것이다. 완전히 뱉어버리려고 해도 그것은 그의 일부가 되어 있어서 손으로 뜯어내야 한다. 그리고 또 온갖 것이 나타나서, 그것들에게 새 이름을 붙여주어야 한다. 이를테면 돌의 눈, 세뿔거대팔, 발가락목발, 거미턱 같이. 또 따뜻하고 쾌적한 침실의 자기 침대에서 기분 좋게 잠든 사람이, 눈을 떠보니 알몸으로 푸르스름한 흙 위에서 자고 있을 수도 있다. 주위는 술렁술렁 소리내는 음경(陰莖)들의 숲인데, 죽스트부빌의 굴뚝처럼 빨갛고 하얀 것이 하늘을 향해 솟아 있으며, 땅 위에는 털이 수북한, 양파 모양의 커다란 고환이 반쯤 나와 있다. 새들이 그 음경 주위를 날아다니며 주둥이로 쪼아 피를 낸다. 그러면 상처에서는 정액이 천천히 조용하게 흐르는 것이다. 피가 섞여 있고 뿌옇고 미지근하며, 잔거품이 이는 정액이다. 어쩌면 또 그러한 일은 하나도 일어나지 않고, 눈에 띄는 변화는 아무것도 발생하지 않을지도 모른다. 다만 사람들은 어느 날 아침 덧문을 열었을 때, 사물 위에 어떤 무서운 의미가 무겁게 내려앉아 무언가를 기다리고 있는 듯한 기색인 것을 보고 놀라는 것이다. 그뿐이다. 그러나 그런 일이 조금이라도 계속되면 여러 명의 자살자가 생겨나겠지. 아, 그래! 보려고 하면 약간 변한 듯이 보이는 것, 그 이상은 바라지도 않는다. 그 밖에도 갑자기 고독 속에 빠지는 사람이 보이겠지. 혼자이며, 무섭도록 기형인, 완전 고립된 사람들이 자신의 재앙을 피하려고 하면서도 그 재앙을 끝까지 끌고 가며, 눈을 크게 뜨고, 입을 벌리고, 거리를 휘젓고 다니다가 내 앞을 우르르 지나갈 것이다. 벌린 입속에는 곤충혀가 날개를 파닥거린다. 설령 내 육체가 더럽고 추한 딱지로 뒤덮이고, 마치 제비꽃이나 미나리아재비라는 듯이 살점으로 된 꽃이 피더라도, 그때 나는 웃음을 참지 못하고 터뜨릴 것이다. 나는 벽에 기대서 지나가는 그들에게 큰 소리로 말할 것이다. "도대체 너희들의 학문은 뭘 하고 있는 거냐? 너희들의 휴머니즘은 뭘 하고 있는 거냐? 생각하는 갈대의 위엄은 어디에 있느냐 말이다!" 나는 공포를 느끼지 않을 것이다―적어도 지금보다는. 그것이 언제나 존재, 즉 존재의 변주곡 아닐까? 천천히 하나의 얼굴을 삼켜버리는 모든 눈은 물론 잉여의 것이다. 그러나 그래도 애초부터 있던 두 눈보다 더한 잉여는 아니다. 내가 공포를 품는 대상은 존재이다.

땅거미가 진다. 도시에 최초의 전등이 켜진다. 제기랄! 도시는 그 다양한 기하학에도 불구하고, 어쩌면 저렇게 '자연스럽게' 보이고, 어쩌면 저렇게 어둠에 짓눌린 것처럼 보일까. 아주…… 뚜렷하다, 여기서 보면, 그것을 보는 사람이 나 한 사람뿐일 수 있을까? 언덕 꼭대기에 서서, 자연 속에 빨려 들어가는 도시를 발아래로 내려다보고 있는 다른 카산드라[147]는 어디에도 없는 것일까? 하기야 그런 것은 나와 아무 상관없다. 설령 있다 해도 내가 그 사람에게 무슨 말을 할 수 있단 말인가?

나의 육체는 가만히 동쪽으로 방향을 바꿔 잠시 휘청거리다 걷기 시작한다.

수요일 부빌에서 보내는 나의 마지막 날

독학자를 찾으려고 온 시내를 돌아다녔다. 분명 그는 집으로는 돌아가지 않았다. 더 이상 인간들이 원치 않는 이 가련한 휴머니스트는 굴욕과 공포에 짓눌려 발길 가는 대로 걷고 있을 것이다. 사실을 말하면, 사태가 벌어졌을 때 나는 거의 놀라지 않았다. 오래전부터 나는 순하고 겁에 질린 그의 얼굴이 충격적인 사건을 일으킬 것 같다고 느꼈다. 그의 범행이라고 해봤자 극히 대수롭지 않은 것이었다. 소년들을 바라보는 그의 조심스러운 사랑은 거의 정욕이라고 할 수 없는 것이다―차라리 어떤 휴머니즘이라고 할 수 있다. 그러나 언젠가는 그도 고독한 자신으로 돌아가야 했다. 아쉴 씨처럼, 그리고

---

147) 그리스 신화의 인물. 트로이 왕 프리아모스와 그 첫 번째 아내인 헤카베 사이의 딸. 아폴론의 사랑을 받아 예언 능력을 얻지만, 아무도 그 말을 믿지 않는 운명도 함께 얻는다. 그녀는 트로이의 멸망을 예언하지만 아무도 믿지 않았다.

나처럼. 그는 나와 같은 부류로 선의를 지니고 있다. 그런데 이제 그는 고독 속에 빠져버렸다—그것도 영원히. 모든 것이 한순간에 무너졌다, 교양에 대한 꿈도, 인간들과 서로 이해할 수 있다는 꿈도. 먼저 독학자에게는 공포와 혐오와 불면의 밤들이 찾아올 것이다. 그런 다음에는 긴 추방의 나날이 찾아와, 밤이 되면 그는 등기소 마당을 헤매고 다닐 것이다. 멀리서 반짝이는 도서관 창문을 바라보며, 수없이 진열된 책의 행렬, 그 가죽 장정, 종이 냄새, 그런 것들을 회상하면서 가슴이 미어지는 걸 느낄 것이다. 그를 따라가 주지 않은 것이 후회되지만, 그건 그가 원하지 않았기 때문이었다. 혼자 있게 해달라고 부탁한 것은 그였다. 그는 고독의 수업을 시작했다. 나는 이것을 카페 마블리에서 쓰고 있다. 나는 의식을 치르듯 경건하게 이곳에 들어왔다. 지배인과 카운터 보는 여자를 관찰하면서, 그들을 만나는 것도 이게 마지막이라는 것을 강렬하게 느끼고 싶었다. 그러나 독학자에 대한 생각을 떨쳐버릴 수 없었다. 언제나 눈앞에 그의 일그러지고 원망에 찬 얼굴과 피 묻은 셔츠 깃이 떠오른다. 그래서 종이를 얻어 이제부터 그에게 일어난 일들을 서술하기로 결심했다.

나는 오후 2시쯤 도서관에 갔다. 이렇게 생각했다, '도서관. 여기 들어가는 것도 이것이 마지막이지.'

열람실은 거의 비어 있었다. 내가 두 번 다시 돌아오지 않으리라는 것을 알고 있었기 때문에, 도서관을 둘러보기가 괴로웠다. 열람실은 증기처럼 가볍게 떠 있는 것같이 거의 비현실적으로 보였고, 온통 적갈색이었다. 석양이 여성 전용 책상과 문, 책등을 적갈색으로 물들이고 있었던 것이다. 한순간 황금빛 잎이 무성한 덤불 속으로 들어가는 듯한 기분 좋은 인상을 느끼고 나는 미소 지었다. 그리고 '미소를 잊은 지 참 오래되었다'고 생각했다. 코르시카인은 두 손으로 뒷짐을 지고 창문 밖을 내다보고 있었다. 무엇을 보고 있을까? 앵페트라즈의 머리일까? '난 이제 앵페트라즈의 머리도, 그의 실크해트도, 프록코트도 볼 수 없겠지. 6시간 뒤에는 부빌을 떠나고 없을 테니까.' 나는 도서관 부관장 책상 위에 지난달 대출한 책 두 권을 올려놓았다. 그는 초록색 카드를 찢어서 그 조각을 나에게 내밀었다.

"여기 있습니다. 로캉탱 씨."

"고맙습니다."

나는 생각했다. '이제는 이곳 사람들에게 빚진 것이 아무것도 없군. 여기 있는 누구에게도 빚이 없어. 바로 '철도인 만남의 장소' 여주인에게 작별 인사를 하러 가야겠다. 나는 자유다.' 나는 잠시 망설였다. 부빌에서의 이 마지막 시간을 시내를 천천히 거닐며 빅토르누아르 대로, 갈바니 거리, 투른브리드 거리를 다시 한 번 보는 데 써야 할까? 그러나 도서관의 관목 숲은 참으로 고요하고 참으로 순수했다. 그것은 거의 존재하지 않아서 '구토'도 비껴간 것 같았다. 나는 난로 옆에 가서 앉았다. 책상 위에 〈부빌 산문〉이 아무렇게나 놓여 있었다. 나는 손을 뻗어 그것을 집어 들었다.

"주인 살린 개

르미르동의 자산가인 뒤보스크 씨는 어젯밤 노지스 장터에서 자전거를 타고 집으로 돌아오다가……"

뚱뚱한 부인이 내 오른쪽에 와서 앉았다. 그녀는 펠트 모자를 옆에 내려놓았다. 그녀의 코는 마치 사과에 칼이 박힌 것처럼 얼굴에 박혀 있었다. 코밑에서 음탕하게 생긴 작은 구멍이 거만하게 실룩댔다. 그 여자는 핸드백에서 장정된 책을 한 권 꺼내더니, 책상에 팔꿈치를 얹고 두툼한 손으로 턱을 괴었다. 맞은편에는 어떤 노인이 잠을 자고 있었다. 나는 그를 알아볼 수 있었다. 내가 그렇게도 공포를 느꼈던 날 밤에 도서관에 있었던 인물이다. 그도 틀림없이 두려워했던 것 같다. 나는 생각했다. '지금은 모든 것이 옛날이야기일 뿐이지.'

4시 30분에 독학자가 들어왔다. 나는 그와 악수를 하며 작별 인사를 하고 싶었다. 그러나 우리의 마지막 만남이 그에게 불쾌한 인상을 남겼던 모양이다. 독학자는 나에게 서먹하게 인사를 하더니, 좀 떨어진 곳에 가서 작고 하얀 꾸러미를 내려놓았다. 그 속에는 여느 때처럼 빵 한 조각과 초콜릿 하나가 들어 있을 것이 분명했다. 조금 있다가 그는 삽화가 든 책을 한 권 들고 와서 그것을 꾸러미 옆에 놓았다. 나는 생각했다. '저 사람을 보는 것도 이게 마지막이군.' 내일 저녁에도, 모레 저녁에도, 그 다음의 모든 저녁에도 독학자는 이곳에 와서 빵과 초콜릿을 먹으면서 책을 읽을 것이다. 참을성 있게 책벌레 짓을 계속할 것이다. 나도, 노도, 노디에, 니스의 저작을 읽으면서 가끔 그 작은 수첩에 잠언을 적어넣을 것이다. 그리고 나는, 파리에서 파리의 여러 거리를 걸으며 새로운 사람들을 만날 것이다. 그가 이곳에 있고,

그 사려 깊은 커다란 얼굴을 전등이 비추는 동안 나에게는 어떤 일이 일어날까? 다행히도 바로 그때 내가 또다시 하마터면 모험적 순간의 신기루에 빠질 뻔했다는 것을 깨달았다. 나는 어깨를 으쓱 한 뒤 다시 신문을 읽기 시작했다.

"부빌과 그 인근 뉴스.

〈모니스티에〉

1931년도 헌병대의 연간활동. 모니스티에 분대장 가스파르 상사와 4명의 헌병, 라구트, 니장, 피에르퐁, 그리고 길 씨 등은 1931년 한 해 동안 거의 쉬지 못했다. 사실 이들 헌병은 모두 7건의 범죄, 82건의 경범죄, 159건의 위반, 6건의 자살, 그리고 15건의 자동차 사고(그중 3건은 사망 사고)를 검증해야 했다.

〈죽스트부빌〉

죽스트부빌 트럼펫 동호회.

오늘 총연습. 연간연주회용 입장권 배부.

〈콩포스텔〉

시장에게 레지옹도뇌르 훈장 수여.

〈부빌 관광협회〉(1924년, 부빌 보이스카우트 재단 창설)

오늘 저녁 8시 45분부터 본부에서 월례회. 페르디낭 비롱 거리 10번지 A실. 의사일정—전회 의사록 승인. 투서 소개. 연차친목회, 1932년도 회비, 3월 행사 계획, 기타 문제 및 신규입회자 건.

〈동물애호〉(부빌 협회)

오는 목요일 오후 3시부터 5시까지. 부빌, 페르디낭 비롱 거리 10번지, C실, 상시 접수. 연락은 회장, 사무소 또는 갈바니 거리 154번지로.

부빌 방위견 클럽…… 부빌 상이군인협회…… 택시 경영자조합…… 고등사범학우회 부빌 지부……"

두 소년이 책가방을 안고 들어왔다. 중학생이었다. 코르시카인은 중학생들을 아주 좋아한다. 그들에게 아버지인 양 감독의 눈을 번쩍일 수 있기 때문이다. 코르시카인은 장난삼아 가끔 학생들이 의자 위에 올라가서 장난을 치거나 잡담을 하게 내버려 둔다. 그러다가 몰래 학생들 바로 뒤에 다가가서 느닷없이 호통을 친다. "이게 다 큰 학생들이 할 행동이냐? 너희들 계속 그런 식으로 하면 관장님도 어쩔 수 없이 교장선생님께 항의하실 거다." 만약 학생들이 말대꾸라도 하면 무서운 눈으로 학생들을 노려 보며 말한다. "이름이 뭐야?" 그는 또 학생들의 독서 지도도 한다. 도서관에서는 어떤 책들에 붉은 엑스표가 붙어 있다. 그것은 '금서'다. 말하자면 지드, 디드로, 보들레르의 작품들과 의학서적들이다. 어떤 학생이 그 책들 가운데 한 권을 열람하겠다고 신청하면, 코르시카인은 그 학생에게 눈짓을 하고 구석으로 데리고 가서 심문한다. 이내 분노가 폭발한 그가 호통을 치면 그 목소리가 온 열람실에 쩌렁쩌렁 울린다. "학생 나이에는 좀더 재미있는 책이 있잖아? 유익한 책들 말이야. 그보다도 학교 숙제는 끝냈나? 도대체 몇 학년이냐? 2학년이라고? 그런데도 4시 이후에는 할 일이 없어? 너희 선생님이 여기 자주 오시는데 선생님께 네 이야기를 해야겠다."

두 소년은 난로 옆에 계속 서 있었다. 그중 어린 쪽은 아름다운 갈색 머리와 섬세하리만치 고운 피부에, 아주 작은 입이 더없이 거만해 보인다. 그 아이의 친구는 거뭇거뭇 수염이 나기 시작한 체격 좋은 소년인데, 상대를 팔꿈치로 찌르며 몇 마디 속삭였다. 나이가 어린 갈색 머리 소년은 아무 대답 없었지만, 살짝 띤 엷은 미소가 매우 당돌하고 우쭐한 기색이다. 두 학생은 느긋한 태도로 어느 서가에서 사전 한 권을 골라 가지고 독학자 쪽으로 다가갔다. 독학자는 피로한 시선으로 그들을 가만히 주시하고 있었다. 그들은 마치 독학자가 있다는 것을 모른다는 듯이, 그 바로 옆에 앉았다. 갈색 머리의 소년이 독학자 왼쪽에, 체격 좋은 소년은 갈색 머리 소년의 왼쪽에[148] 앉았다. 둘은 곧 사전을 뒤적이기 시작했다. 독학자는 열람실을 여기저기 둘러보고는 다시 책을 읽기 시작했다. 도서관의 열람실이 이렇게도 안온한 광경을 보여준 적은 한 번도 없었다. 뚱뚱한 여자의 가쁜 숨소리 말고는 아무 소리도 들리지 않았다. 8절판 책 위에 엎드린 머리들만 보였다. 그러나 나는 이미 그때부터 불쾌한 사건이 일어날 거라는 예감이 있었다. 열중한 모습으로 고개를 숙이고 있는 사람들은 모두 연기를 하고 있는 것처럼 보였다. 그 바로

---

148) 독학자와 소년들의 위치가 뒤의 기술과 모순을 이루고 있는 것은 여러 번 지적되었다.

전에 나는 잔혹한 숨결 같은 것이 우리 위를 지나가는 것을 느꼈다.

나는 신문을 다 읽었지만 거기서 나갈 결심이 서지 않았다. 그래서 신문을 읽는 척하면서 기다리고 있었다. 다른 사람들도 기다리고 있다는 사실이 나의 호기심과 어색함을 조장했다. 내 옆에 있는 여자는 책장을 더 빨리 넘기고 있는 것 같았다. 그렇게 몇 분이 흘렀다. 그러자 누가 소곤소곤 속삭이는 소리가 들려왔다. 나는 조심스럽게 고개를 들었다. 두 악동은 이미 사전을 덮고 있었다. 말을 하고 있는 것은 갈색 머리 소년이 아니었다. 그는 존경과 관심이 드러난 얼굴을 오른쪽으로 돌리고 있었다. 그 애의 어깨에 반쯤 가려진 금발 소년은 귀를 쫑긋 세우고 소리 내지 않고 웃고 있었다. '도대체 누가 말하고 있는 거지?' 나는 생각했다.

독학자였다. 그는 옆에 있는 소년 쪽으로 몸을 굽히고 눈과 눈을 마주치며 미소 짓고 있었다. 그의 입술이 움직이는 것이 보였다. 가끔 그의 긴 속눈썹이 깜박거렸다. 그에게서 이토록 싱그러운 모습을 보는 건 처음이었다. 거의 매력적이라고 할 수 있을 정도였다. 그러나 이따금 그는 말을 끊고, 불안한 눈초리로 뒤를 흘끔거렸다. 소년은 독학자의 이야기에 빠진 것처럼 보였다. 그 사소한 장면에는 특별한 것이 없었기 때문에 나는 다시 신문을 읽기 시작했는데, 그때 나이 어린 소년이 손을 뒤로 뻗어 천천히 책상 가장자리를 더듬어 가는 것이 보였다. 그렇게 독학자의 눈에는 보이지 않는 손은 잠깐 동안 나아간 뒤 주변을 더듬더니, 체격 좋은 금발 소년의 팔에 닿자 그 팔을 세게 꼬집었다. 상대 소년은 말없이 독학자의 이야기에 너무 열중해서 있어서 그 손이 다가오는 것을 보지 못한 상태였다. 그 아이는 펄쩍 뛰며 놀란 나머지 턱이 빠질 것처럼 입을 크게 벌렸다. 갈색 머리는 여전히 존경과 관심을 나타내는 표정을 짓고 있었다. 그 발칙한 손이 그 아이의 것이라고는 도저히 생각할 수 없었다. "저 녀석들이 독학자에게 무슨 짓을 하려는 거지?" 나는 생각했다. 뭔가 비열한 일이 일어나려고 한다는 것은 당연히 이해할 수 있었고, 동시에 아직은 그 일이 일어나는 것을 막을 수 있다는 것도 충분히 간파했다. 그러나 어떻게 저지해야 할지를 몰랐다. 순간, 나는 일어나 독학자에게 가서 어깨를 두드리며 그에게 말을 걸어야겠다고 생각했다. 그러나 바로 그때, 그가 내 시선을 포착했다. 그는 바로 말을 멈추더니, 초조한 듯 입을 굳게 다물었다. 의지가 꺾인 나는 재빨리 시선을 돌리고 시치

미 떼는 얼굴로 다시 신문을 집어들었다. 한편 그동안 뚱뚱한 여자는 책을 밀어놓고 고개를 들고 있었다. 그 여자는 뭔가에 홀린 것 같았다. 나는 사건이 일어나려고 한다는 것을 확실하게 느꼈다. 그곳에 있는 모든 사람이 그것이 일어나기를 '바라고' 있었다. 내가 무엇을 할 수 있을까? 나는 코르시카인을 힐끔 쳐다보았다. 그는 이제 창밖을 내다보지 않고 반쯤 우리 쪽을 향하고 있었다.

15분쯤 지났다. 독학자가 다시 소곤거리기 시작했다. 나는 더 이상 그를 바라볼 용기가 없었지만, 그의 젊고 부드러운 얼굴과 그 자신은 모르고 있지만 그를 내리누르고 있는 무거운 몇몇 시선을 충분히 상상할 수 있었다. 한순간 그의 웃음소리가 들려왔다. 플루트 소리 같은, 장난꾸러기의 밝은 웃음소리였다. 그 웃음소리가 나의 가슴을 죄어왔다. 마치 못된 꼬마들이 고양이 한 마리를 물에 빠뜨려 죽이려는 것 같았다. 그러더니 갑자기 속삭임이 멎었다. 그 침묵은 내게 비극적으로 느껴졌다. 그것이 마지막이고, 사형 집행이었다. 나는 신문 위로 고개를 숙이고 읽는 척했다. 그러나 읽고 있지는 않았다. 그 침묵 속에서, 나는 내 앞쪽에서 일어나고 있는 일을 보려고 눈썹을 한껏 추켜올리고 최대한 눈을 치떴다. 고개를 조금 돌리자 간신히 눈구석에 뭔가가 보였다. 그것은 손이었다. 조금 아까 책상을 더듬어 미끄러져 갔던 그 작고 흰 손이었다. 지금 그 손은 편안하고 온화하게, 손바닥이 위를 향한 채 관능적으로 놓여 있었다. 마치 해수욕을 즐기다가 햇볕에 몸을 쬐고 있는 여자의 무방비한 알몸 같았다. 거기에 갈색 털이 북슬북슬한 물체가 주저하면서 다가갔다. 담배에 절어서 누레진 굵은 손가락이었다. 그 손가락은 이 손 바로 옆에서 남자의 성기처럼 볼품없는 모습을 하고 있었다. 손가락은 잠깐 멈춰서 경직된 채 연약한 손바닥을 향해 목표를 정하더니, 갑자기 조심조심 그 손바닥을 쓰다듬기 시작했다. 나는 놀라지 않았다. 오히려 독학자에게 화가 치밀어 올랐다. 아니 그렇게 참지 못하겠냐, 저 바보 같은 인간, 자기가 얼마나 위험한 짓을 저지르려는지 저렇게 모를 수가 있나? 그에게는 기회가 있었다, 아주 작은 기회가. 두 손을 책상 위에 있는 책 양쪽에 놓고 꼼짝도 않고 있기만 하면, 어쩌면 이번만은 운명을 비켜갈 수 있을지도 모른다. 그러나 그가 그 기회를 놓쳐버리리라는 것을 나는 잘 '알고' 있었다. 손가락은 천천히 조심스럽게, 움직이지 않는 살덩이 위로 다가가, 감히 덥석

잡지는 못하고 아주 살짝 건드리고 있었다. 마치 손가락이 제 추악함을 의식하고 있는 것 같았다. 나는 불쑥 고개를 들었다. 그 집요한 왕복운동을 더 이상 보고 있을 수가 없었다. 나는 독학자의 눈이 마주치기를 바라며 그에게 경고하기 위해 크게 헛기침을 했다. 그러나 그는 눈을 감고 미소 짓고 있었다. 그의 다른 손은 책상 밑으로 사라지고 없었다. 소년들은 더 이상 웃지 않고 얼굴이 파랗게 질려 있었다. 갈색 머리 소년은 입술을 일그러뜨리고 있었다. 겁에 질린 것이다. 마치 사건의 진행에 따라가야 한다고 느끼고 있는 것 같았다. 그래도 제 손을 빼려 하지 않고, 책상 위에서 움직이지 않은 채 약간 떨고 있었다. 그의 친구는 얼빠진 듯 겁먹은 기색으로 입을 멍하니 벌리고 있었다.

그때 코르시카인이 고함치는 소리가 났다. 그는 소리도 없이 다가와서 독학자의 등 뒤에 서 있었던 것이다. 그는 얼굴이 홍당무처럼 시뻘게져 있었다. 웃고 있는 것 같지만 눈은 활활 타오르고 있었다. 나는 의자에서 벌떡 일어날 뻔했다가 거의 구원받은 기분이었다. 그 정도로 기다리는 것이 고통스러웠었다. 이 일이 가능하면 어서 끝나기를 바랐다. 경우에 따라서는 독학자를 바깥으로 끌어내는 한이 있더라도, 어쨌든 빨리 끝났으면 했다. 두 소년은 얼굴이 새파랗게 질려서 눈 깜짝할 사이에 가방을 들고 사라져 버렸다.

"난 분명히 봤어!" 코르시카인이 분노를 토하며 소리쳤다. "난 봤어. 이번에야말로 똑똑히 봤어. 아니라고는 말 못 할 걸. 이래도 당신은 이번에도 사실이 아니라고 할 건가? 응? 내가 당신이 하는 짓을 못 봤을 것 같아? 이것 봐, 눈은 멋으로 달고 다니는 게 아니거든. 참자, 늘 나 자신한테 그렇게 말하곤 했지. 참자! 하지만 꼬리를 잡기만 하면 가만 두지 않겠다고 말이야. 오! 그래, 대가를 치르게 해주지. 난 당신 이름을 알아, 당신 주소도 알고. 다 알아뒀지. 당신 집의 집주인도 알고 있어, 쉴리에 씨지. 내일 아침에 도서관장이 보낸 편지를 받으면 꽤 놀라시겠군. 안 그래? 잠자코 있어," 그는 눈알을 굴리면서 계속 말한다. "일단 이 정도에서 끝날 거라고 생각하면 오산이야. 프랑스에는 당신 같은 작자들을 위해 법정이라는 것이 있으니까. 뭐? 당신 같은 사람이 공부를 하고, 교양을 완성시킨다고? 주제에 자료를 달라 책을 달라 하며 늘 나를 귀찮게 했겠다. 이번엔 절대로 당신 수작에 넘어가지 않아, 알아둬."

독학자는 놀라는 기색도 아니었다. 이러한 결말이 오리라는 것을 몇 년 전부터 예상하고 있었던 것이 분명했다. 어느 날엔가 코르시카인이 살금살금 자기 뒤에 다가와 그 분노에 찬 목소리가 갑자기 귀에 울리는 날 어떤 일이 일어날지, 그는 수백 번 상상했을 것이다. 그런데도 그는 저녁마다 와서 열심히 책을 읽었고, 이따금 도둑처럼 소년의 하얀 손이나 다리를 애무했던 것이다. 독학자의 얼굴에 나타난 것은 차라리 체념의 표정이었다.

"무슨 말씀을 하시는 건지 모르겠군요," 독학자는 우물거렸다. "나는 몇 년 전부터 여기 오는데."

그는 분개하고 놀라는 척했지만 자신 없어 보였다. 사건은 이미 벌어졌고, 이제 아무것도 막을 도리 없이 이 사건의 일 초 일 초를 겪어야 한다는 것을 그는 잘 알고 있었다.

"저 사람이 하는 말 듣지 마세요, 나도 봤어요." 내 옆에 앉은 여자가 말했다. 그녀는 뒤뚱거리며 일어섰다. "그래요! 내가 본 것이 오늘이 처음이 아니에요. 요전 월요일에도 봤다고요. 하지만 난 아무 말도 하고 싶지 않았어요. 내 눈을 믿을 수가 없었고, 사람들이 공부하러 오는 점잖은 도서관 같은 데서 설마 얼굴 붉힐 일이 일어날까, 도저히 믿기지 않았거든요. 난 아이가 없지만, 공부하라고 이곳에 아이를 보내는 어머니들이 안됐네요. 여기라면 아이가 얌전히 공부만 하고 안전할 거라고 믿고 있을 텐데, 사실은 무슨 짓을 저지를지 모를 괴물이 아이들이 숙제하는 것을 방해하고 있으니 말예요."

코르시카인은 독학자에게 좀 더 다가섰다.

"부인이 말씀하시는 것 들었지?" 그는 눈앞에 대고 소리를 질렀다. "연극은 집어치우시지. 모두가 보고 있었으니까, 이 더러운 놈!"

"이보시오, 예의를 지켜주시오." 독학자는 엄숙하게 말했다. 그것은 그가 맡은 역할의 대사였다. 아마도 그는 자백하고 달아나고 싶었을 것이다. 그러나 끝까지 자기 역할을 연기해야 했다. 그는 코르시카인을 보고 있지 않았다. 눈을 거의 감고 있었다. 두 팔은 축 늘어뜨렸고 얼굴은 무서울 정도로 창백했다. 그러다가 갑자기 얼굴에 핏기가 돌았다.

코르시카인은 분노로 숨이 막힐 지경이었다.

"예의라고? 비열한 놈! 내가 못 본 줄 아나본데, 난 당신을 쭉 감시하고 있었단 말이야, 알아들어? 몇 달이나 감시하고 있었다고."

독학자는 어깨를 으쓱하고는 다시 책 읽기에 열중하는 척했다. 얼굴이 새빨개지고 눈에는 눈물이 가득 괸 채, 매우 흥미로운 듯이 비잔틴의 모자이크 사진을 유심히 들여다보았다.

"아직도 책을 읽고 있다니, 참 뻔뻔하기도 하네요." 그 여자가 코르시카인을 보면서 말했다.

코르시카인은 망설이고 있었다. 그때, 소심한 보수주의자에, 늘 코르시카인에게 기가 눌려 있는 젊은 부사서(副司書)가 자기 책상에서 천천히 일어서며 소리쳤다. "파올리, 무슨 일인데 그러세요?" 순간적인 동요가 있긴 했지만, 더 이상 일이 커지지 않으리라는 기대가 되었다. 그러나 코르시카인은 자신을 돌아보고 자기 꼴이 우스워졌다고 생각한 모양이다. 초조해진 그는 이 말 없는 희생자에게 무슨 말을 해야 할지 몰라, 가슴을 한껏 내밀고 주먹을 허공에 크게 들어올렸다. 독학자는 질겁하여 뒤돌아보았다. 그는 입을 벌리고 코르시카인을 바라보았다. 그의 눈에 극심한 공포가 떠올랐다.

"나를 때리면 고소하겠소." 그는 가까스로 말했다. "나는 내가 나가고 싶을 때 나갈 겁니다."

나도 일어섰지만 이미 때는 늦었다. 코르시카인은 어렴풋이 쾌감 섞인 신음소리를 내며, 순식간에 독학자의 코에 주먹을 날렸다. 그 순간 내게는 독학자의 눈만 보였다. 그 눈은 어떤 소맷부리와 갈색 주먹을 향해 고통과 굴욕 때문에 크게 열려 있었다. 코르시카인이 주먹을 거두자 독학자의 코에서 피가 쏟아지기 시작했다. 독학자가 손을 얼굴에 가져가려고 하자, 코르시카인이 다시 입 언저리를 때렸다. 독학자는 의자에 주저앉더니 겁에 질린 순한 눈으로 앞을 응시했다. 코에서 흘러나온 피가 옷에 떨어졌다. 그는 자신의 꾸러미를 찾으려고 오른손을 더듬거렸고, 왼손으로는 계속 흐르고 있는 피를 닦으려 애썼다.

"가야지." 그가 혼잣말처럼 말했다.

내 옆에 있던 여자는 놀라서 질린 얼굴을 하고 있었지만 눈은 번득이고 있었다.

"더러운 놈, 꼴좋다." 그녀가 말했다.

나는 화가 나서 부들부들 떨렸다. 책상을 돌아가서 키 작은 코르시카인의 목덜미를 움켜잡고 들어올렸더니 그가 팔다리를 버둥댔다. 그를 책상 위에 패대기칠 수도 있었다. 코르시카인은 새파래져 발버둥치며 나를 할퀴려 했다. 그러나 팔이 짧아서 내 얼굴까지 닿지 않았다. 나는 한마디도 하지 않았지만 그의 코를 마구 때려서 얼굴을 짓이겨 놓고 싶었다. 그것을 느낀 상대가 팔을 들어 얼굴을 막았다. 그가 무서워하는 것을 보고 나는 만족했다. 그러자 그가 갑자기 헐떡거리는 목소리로 소리치기 시작했다.

"이것 봐, 망할 놈아. 당신도 남색이야, 당신도?"

내가 왜 그놈을 놓아주었는지 지금도 모르겠다. 성가신 일이 생기는 것이 두려워서였을까? 부빌에서 게으르게 보낸 세월이 나를 녹슬게 했나? 전 같으면 이를 부러뜨리기 전에는 그를 놓아주지 않았을 것이다. 나는 독학자 쪽을 보았다. 그는 간신히 일어선 참이었다. 그러나 내 시선을 피하려고 고개를 숙인 채, 외투를 가지러 옷걸이 쪽으로 갔다. 그는 출혈을 막으려는 듯이 왼손을 줄곧 코에 갖다 대고 있었다. 그러나 피가 계속 흐르고 있어서 좀 걱정이 되었다. 그는 아무도 쳐다보지 않고 혼자 중얼거렸다.

"몇 년째 여기 다니고 있는데……"

그러나 키 작은 코르시카인은 발이 바닥에 닿자마자 다시 주도권을 잡기 시작했다……

"나가!" 그가 독학자에게 말했다. "다시는 여기에 발을 들여놓지 마. 그렇지 않으면 경찰에 신고해서 잡아가게 할 테니까."

나는 계단 아래로 독학자를 따라갔다. 그의 치욕이 내게도 수치스럽고 어색해서 뭐라고 말해야 좋을지 몰랐다. 그는 내가 있는 것을 모르는 것 같았다. 곧 그가 손수건을 꺼내 뭔가를 뱉었다. 코피가 조금씩 멎고 있었다.

"같이 약국에 갑시다." 내가 어색하게 말했다.

그는 대답하지 않았다. 열람실에서 시끄러운 소리가 들려왔다. 모든 사람이 일제히 얘기하고 있는 것이 분명했다. 어떤 여자가 날카로운 웃음소리를 터뜨렸다.

"나는 이제 다시는 여기 올 수 없어요." 독학자가 말했다. 그는 돌아서서 어쩔 줄 몰라 하며 계단과 열람실 입구를 바라보았다. 그 동작 때문에 그의 옷깃과 목 사이로 피가 흘러 들어갔다. 입과 뺨에도 피가 묻었다.

"갑시다." 나는 그의 팔을 붙잡으면서 말했다.

그는 부르르 몸을 떨며 거칠게 나를 뿌리쳤다.

"내버려 둬요!"

"하지만 혼자서는 안 돼요. 얼굴을 씻고 치료를 해야죠."

그는 되풀이했다.

"내버려 둬요, 제발, 날 내버려 두라니까요."

그는 당장이라도 신경 발작을 일으킬 것 같은 기색이었다. 나는 멀어져 가는 그를 지켜보았다. 석양이 잠시 그의 굽은 등을 비추고 있었다. 그리고 그의 모습은 사라졌다. 입구 문턱에 별 모양의 핏자국이 남아 있었다.

한 시간 뒤

하늘은 어둡고 해도 졌다. 두 시간 뒤에 기차가 출발한다. 나는 이게 마지막이라 생각하면서 공원을 가로질러 와서 불리베 거리를 산책하고 있다. 이곳이 불리베 거리라는 것을 '알고는 있지만' 알아볼 수가 없다. 보통 때에는, 이 거리에 발을 들여놓으면 조밀한 상식의 겹들 깊은 곳을 통과하는 느낌이 들곤 했다. 무겁고 딱딱하게 각진 불리베 거리는 그 볼품없는 모습 자체의 고지식한 분위기와 한가운데가 솟아오른 아스팔트 차도 때문에, 풍요로운 촌락을 가로지르는 국도와 비슷했다. 1킬로미터도 넘게 양쪽에 커다란 3층집들이 늘어선 국도 말이다. 나는 불리베 거리를 농부의 거리라고 불렀는데, 상업적 항구치고는 상당히 의외인 곳에 자리 잡은 파격적인 거리라는 점이 흥미로웠다. 오늘도 집들은 그곳에 있지만 평소의 시골 같은 맛은 없다. 그것들은 그저 건물들일 뿐이다. 아까 공원에서도 같은 인상을 받았다. 식물과 잔디밭, 올리비에 마스크레 분수가 너무나 무표정해서 고집덩어리처럼 보였다. 왜 그런지 안다. 이 도시가 먼저 나를 버린 것이다. 아직 부빌을 떠나지 않았는데도 나는 이미 여기에 있지 않다. 부빌은 침묵하고 있다. 아직 2시간이나 이 도시에 있어야 한다는 사실이 기묘하게 생각될 정도로, 도시는 더 이상 나를 개의치 않고 가구를 정리하여 그 위에 덮개를 씌워버린 것이다. 그런 다음 오늘밤이나 내일 새롭게 이곳에 올 사람들에게 덮개를 벗기고 산뜻한 가구를 보여주려는 것이다. 지금만큼 버림받았다고 느낀 적이 없다.

나는 몇 걸음 옮기다가 발길을 멈춘다. 내가 빠져 있는 이 완전한 무관심을 음미한다. 나는 두 도시 사이에 있다. 한쪽은 아직 나를 모르고, 다른 한쪽은 이제 나를 기억하지 않는 도시다. 날 기억해 줄 사람은 누굴까? 아마도 런던에 있는 젊고 뚱뚱한 여자…… 그런데 정말 아직도 그녀가 '나'를 생각할까? 게다가 그 친구, 그 이집트인이 있는데. 어쩌면 그는 지금 그녀의 침실에 들어가서 그녀를 품에 안고 있을지도 모른다. 나는 질투하고 있는 것이 아니다. 그녀가 삶을 그저 이어가고 있다는 것을 잘 안다. 설령 그녀가 그 남자를 진심으로 사랑한다 해도 그건 죽은 사람의 사랑일 것이다. 살아 있는 그녀의 마지막 사랑을 받은 것은 바로 나다. 하지만 그래도 그 남자가 줄 수 있는 것, 쾌락이라는 것이 있다. 만약 지금 그녀가 정신을 잃고 도취에 빠져드는 중이라면, 이제 그 여자 안에는 그녀와 나를 묶어주는 것이 아무것도 없다. 그녀는 쾌락을 즐긴다. 그리고 나는 그녀에게 한 번도 만난 적 없었던 사람이 된다. 그녀가 한순간에 내게서 빠져나가자, 세계에 대한 다른 모든 의식, 그것 역시 내게서 빠져나가 버렸다. 기묘한 느낌이다. 그럼에도 내가 존재하고 있다는 것과 '나'라는 사람이 여기에 있다는 것을 알고 있다.

지금 '나'라고 말하면, 그것이 공허하게 느껴진다. 나는 더 이상 나 자신을 확실하게 느낄 수 없다. 그만큼 나는 잊힌 존재다. 내 안에 여전히 남아 있는 현실적인 것이라고는 내가 존재한다고 느끼는 존재뿐이다. 나는 천천히, 오랫동안 하품한다. 아무도 없다. 누구에게도 앙투안 로캉탱은 존재하지 않는다. 그것이 흥미롭다. 게다가 그 앙투안 로캉탱이란 도대체 무엇인가? 추상적이다. 나에 대한 아주 약간의 희미한 추억이 내 의식 속에서 흔들리고 있다. 앙투안 로캉탱…… 그리고 갑자기 '나'라는 것이 희미해진다. 끝없이 희미해지다가 마침내 모든 것이 끝난다. 사라졌다.

명료하고 요지부동한, 인간이 배제된 의식이[149] 거리의 건물 외벽들 사이에 놓인다. 그것은 영속한다. 이제 아무도 그 속에 살지 않는다. 조금 전에는 아직 누군가가 '나'라고 말하고, '나의' 의식이라고 말했다. 그건 누구였

---

149) 여기서부터는 《자아의 초월》 등에서 철학적으로 전개되는 생각의 문학적 표현이다. 사르트르는 '어떠한 의식이든 모두 어떤 사물에 대한 의식'이라는 후설 현상학의 기본에 따라, 순수하고 자발적인 의식은 '나의 의식'이라고 하기 이전에 먼저 대상에 대한 의식이고, 그런 의미에서 인간이 배제되었다고 생각한다. 자아는 의식 속에 있는 것이 아니라 타자의 자아와 마찬가지로 세계의 존재자로 간주되거나, 대상에 대한 의식에 비조정적(非措定的)으로 수반될 뿐이다.

을까? 그 외부에 익숙한 색깔과 냄새를 가지고 말을 거는 거리들이 있었다. 그런데 지금은 이름 없는 벽들과 이름 없는 의식 하나가 있다. 말하자면 이런 것들이다. 건물 외벽들, 그리고 그 벽들 사이에 있는, 살아있긴 하지만 비인격적인 작고 투명한 어떤 것. 그 그것은 한 그루 나무처럼, 한 포기 풀처럼 존재한다, 그것은 졸고 있다, 지루하다. 작은 새가 나뭇가지에 모여들 듯 작고 덧없는 존재들이 의식을 채운다. 채우고는 사라져 간다. 망각된 의식, 이 벽들 사이 흐린 하늘 아래 내버려진 의식. 그 의식의 존재 의미는, 스스로가 잉여라는 사실을 의식하고 있다는 것이다. 의식은 희박해지고 흩어져, 갈색 벽이나 가로등을 따라, 또는 저편의 저녁 안개 속으로 스스로 사라지려 한다. 하지만 의식은 '결코' 자신을 잊는 법이 없다. 그 의식은 자신을 잊으려는 의식으로서 존재하는 의식이다. 이것이 그것의 몫이다. 억눌린 듯한 목소리가 있어, "기차가 2시간 뒤에 출발한다"고 말한다. 그런데 그 목소리에 의식이 있다. 한 얼굴에도 역시 의식이 있다. [150] 완전히 피투성이가 된 그 얼굴은 커다란 눈에 눈물을 흘리며 천천히 지나간다. 그 얼굴은 거리의 외벽들 사이에 있지 않다. 아무 데도 없다. 얼굴이 사라진다. 그 얼굴 대신, 머리가 피에 젖어 몸을 앞으로 숙인 육체가 나타나 느린 걸음으로 멀어져 간다. 한 걸음마다 멈춰 설 것처럼 보이지만 결코 멈추지 않는다. 어두운 거리를 느릿느릿 걷는 그 육체에 의식이 있다. 그것이 걷는다. 그러나 멀리 가지는 않는다. 어두운 거리도 끝나지 않는다. 거리는 무(無) 속으로 사라진다. 그 거리는 건물 외벽들 사이에 있지 않다. 아무 데도 없다. 그런데 억눌린 듯한 목소리의 의식이 있어, 그 목소리가 말한다. "독학자는 도시 속을 방황하고 있다."

같은 도시 속이 아니고, 이 무기력한 벽들 사이도 아니다. 독학자는 그를 잊지 않는 잔인한 도시 속을 걷고 있다. 그를 생각하는 사람들이 있다. 코르시카인과 그 뚱뚱한 여자, 또 어쩌면 도시의 모든 사람일지도 모른다. 독학자는 자기의 자아를 아직 잃어버리지 않았고, 잃어버릴 수도 없다. 사람들 앞에서 형이 집행되고 피를 보았지만 끝까지 가지는 않았던 그 자아를. 입술과·콧구멍이 쑤신다. 그는 '아프다'고 생각한다. 그는 걷는다. 걸어야만 한

---

150) 여기부터는 독학자를 떠올리는 로캉탱의 상상의식을 기술하는 것이다.

다. 만약 잠시라도 멈춰서면, 갑자기 도서관의 높은 벽이 주위에 솟아올라 그를 가두어 버릴 테니까. 또 코르시카인이 그의 옆에 나타나고, 모든 세부에 이르기까지 완전히 똑같은 광경이 다시 시작될 테니까. 그리고 여자가 비웃을 것이다. "감옥에 집어넣어야 해요, 이런 더러운 놈은." 그는 걷는다. 집에 돌아가고 싶지 않다. 코르시카인이 방에서 기다리고 있기 때문이다. 그리고 여자와, 두 소년도. "저 사람이 하는 말 듣지 마세요. 나도 봤어요." 그리고 같은 장면이 되풀이될 것이다. 그는 생각한다. '아, 만약 그런 짓을 하지 않았더라면, 전으로 돌아갈 수만 있다면, 그것이 현실이 아니었다면!'

불안한 얼굴이 의식 앞을 계속해서 지나간다. '혹시 그가 자살하지는 않을까.' 말도 안 된다. 쫓기고 있는 온순한 영혼이 죽음을 생각하다니.

의식에 대한 인식이 있다. 의식은 끝에서 끝까지 훤히 들여다보인다. 건물 외벽들 사이에 있는 의식은 조용하고 텅 비어 있으며, 거기에 살고 있었던 사람한테서 해방되어 이제는 그 누구도 아니기에 괴물 같이 끔찍하다. 목소리가 말한다. "짐은 부쳤고, 기차는 2시간 뒤에 떠난다." 벽이 오른쪽과 왼쪽에서 미끄러져 간다. 마카담 포장도로에 의식이 있다. 철물점이나 군부대 총구멍에 의식이 있다. 그리고 목소리가 말한다. "이것을 보는 건 오늘이 마지막이다."

호텔 방에 있는 안니에게, 살찐 안니에게, 나이 먹은 안니에게, 고뇌의 의식이 있다. 고뇌는 길게 이어지는 건물 외벽들 사이에서 의식되는데, 벽은 사라져 영원히 돌아오지 않을 것이다. "그럼 이건 끝나지 않는 것인가?" 건물 외벽 사이에서 목소리가 재즈곡 〈섬 오브 디즈 데이즈〉를 부른다. 그렇다면 이것도 끝나지 않을 것인가? 그 다음 곡조는 조용히 살그머니 뒤로 돌아와 다시 목소리를 붙잡고, 그러면 목소리는 멈추지 못하고 계속 노래한다. 그리고 육체는 걷는다. 그리고 그러한 모든 것의 의식이 있다. 그리고 유감스럽게도! 의식의 의식이 있다. 그러나 아무도 거기서 괴로워하지 않고, 아무도 두 손을 비틀거나 스스로를 가엾게 여기지도 않는다. 아무도. 그것은 길모퉁이의 순수한 고뇌, 망각된 고뇌—그러나 스스로를 잊을 수 없는 고뇌다. 그리고 목소리가 말한다. "저기가 '철도인 만남의 장소'이다." 그리고 의식 속에 갑자기 '자아'가 모습을 드러낸다. '나', 앙투안 로캉탱이다. 나는 이제 곧 파리로 떠나기 때문에, 여주인에게 작별 인사를 하러 온 것이다.

"작별 인사를 하러 왔소."

"떠나세요, 앙투안 씨?"

"파리에 자리 잡기로 했어요. 분위기를 좀 바꿔보려고."

"팔자도 좋은 양반이야!"

저런 넓은 얼굴에 어떻게 입술을 갖다 댈 수 있었을까? 저 여자의 육체는 이제 내 것이 아니다. 어제까지도 나는 그 검은 모직옷 속에 있는 육체를 들여다볼 수 있었다. 오늘 그 옷은 불가침이다. 피부 표면으로 정맥이 들여다보일 듯한 그 하얀 육체는 꿈이었을까?

"섭섭하네요," 주인 여자가 말한다. "뭘 좀 들지 않겠어요? 제가 낼 게요."

우리는 앉아서 잔을 부딪친다. 그녀가 목소리를 약간 낮춘다.

"당신한테 정이 많이 들었는데," 그녀는 정중하게 아쉬움이 밴 목소리로 말한다. "우린 잘 맞았잖아요."

"또 보러 오겠소."

"그렇게 해요, 앙투안 씨. 부빌을 지나갈 때가 있으면 잠시라도 들렀다 가세요. '마담 잔¹⁵¹)에게 들러 인사하면 무척 반가워하겠지' 하면서 말예요. 정말이에요. 사람들이 어떻게 됐는지 무척 알고 싶으실 테니까요. 게다가 이곳에는 늘 사람들이 돌아와요. 우리 손님들은 뱃사람들이니까요, 안 그래요? 대서양 기선 회사의 직원들이죠. 어떤 때는 2년 동안이나 그들을 만나지 못할 때도 있어요. 갑자기 브라질이나 뉴욕으로 가버리거나, 보르도에서 일하게 되는 수도 있으니까요. 그러다가 어느 화창한 날 그들이 나타나죠. '안녕하신가, 마담 잔' 하면서요. 그리고 같이 한잔하는 거죠. 거짓말이라고 생각할지 몰라도, 난 그 사람들이 전에 무얼 마셨는지 다 기억하고 있어요. 2년이나 오지 않았는데도 말예요! 그래서 마들렌에게 이렇게 말하죠. '피에르 씨에게 드라이 베르무트를 갖다드려, 레옹 씨에겐 노일리 친자노.' 그러면 그들이 말해요. '어떻게 그걸 다 기억하고 있나, 마담?' 전 '직업인 걸요' 하고 대답하죠."

안쪽에, 바로 얼마 전부터 이 여자하고 자게 된 뚱뚱한 남자가 있다. 그

---

151) 앞에서는 프랑수아즈라고 불렸다. 플레이아드 판 주석자는 잔이라는 성도 있다는 것을 지적했지만, 작자가 이름을 착각했다고 생각하는 편이 더 자연스럽다.

남자가 부른다.

"이봐, 마담."

주인 여자는 일어선다.

"실례해요, 앙투안 씨."

웨이트리스가 다가온다.

"그럼 이렇게 떠나시는 거예요?"

"파리에 갈 거야."

"저도 파리에서 산 적 있어요." 그녀는 자랑스럽게 말한다. "2년 동안이요. 시메옹 식당에서 일했었거든요. 그런데 여기가 그리웠죠."

그녀는 잠시 머뭇거렸지만 곧 아무것도 할 말이 없다는 것을 깨닫는다.

"그럼 안녕히 가세요, 앙투안 씨."

그녀는 앞치마에 손을 닦고 나에게 내민다.

"잘 있어, 마들렌."

그녀는 가버린다. 나는 〈부빌 신문〉을 내 앞으로 끌어당겼다가 도로 밀어버린다. 아까 도서관에서 그 신문을 처음부터 끝까지 다 읽었다.

주인 여자는 돌아오지 않는다. 통통한 손을 새 애인에게 맡기고 상대가 정열적으로 주무르게 하고 있는 것이다.

기차는 45분 뒤에 떠난다.

나는 무료해서 돈 계산을 해본다.

한 달에 천2백 프랑이면 넉넉하지는 않군. 그러나 약간만 아껴 쓰면 충분할 거야. 방값이 3백 프랑, 하루 식비가 15프랑. 나머지 450프랑이 세탁비와 자잘한 지출, 영화비. 속옷과 양복은 한동안 필요 없겠지. 수트 두 벌은 비록 팔꿈치가 번들거리기는 해도 아직은 깨끗해. 잘 손질해서 입으면 3, 4년은 더 입을 수 있겠지.

이런 제기랄! 이 버섯 같은 생활을 영위하려는 것이 바로 '나'란 말인가? 도대체 낮에는 무엇을 하지? 산책을 해야겠군. 튈르리 공원의 철제 유료 의자에 가서 앉아야지—아니, 차라리 무료 벤치에 앉자, 절약해야 하니까. 도서관에 책을 읽으러도 가고. 그리고? 일주일에 한 번은 영화. 그 다음엔? 일요일에는 볼티주르[152] 궐련을 한 갑 살까? 뢱상부르 공원에 가서 정년퇴직한 사람들과 크로케[153]를 할까? 나이가 서른인데! 나 자신이 가엾다. 때로는 남아 있는 30만 프랑을 1년 만에 다 써버릴까 하는 생각이 든다. 그 다음에는…… 그러나 이런 것이 나에게 무엇을 가져다줄 것인가? 새 양복? 여자들? 여행? 그런 건 이미 다 해봤다. 이제 모든 것은 끝났다. 더 이상 하고 싶지 않다. 그래봤자 뭐가 남겠어! 1년이 지나면 지금과 마찬가지로 텅 비어버린 채, 추억 하나 없이 죽음 앞에서 뒷걸음질치고 있는 나를 발견할 텐데.

30살! 그리고 1만 4천4백 프랑의 연금. 매달 받는 배당금. 나는 노인이 아니란 말이다! 할 일이 있었으면 좋겠다, 무슨 일이든…… 차라리 다른 것을 생각하는 게 낫겠다. 왜냐하면 지금의 나는 나 자신에게 연기를 하고 있는 중이기 때문이다. 나는 내가 아무것도 하고 싶지 않다는 것을 잘 안다. 무언가를 한다는 것은 존재를 창조하는 일이고—존재는 이렇게 이미 충분히 있기 때문이다.

사실대로 말하자면, 나는 펜을 놓을 수가 없다. 나는 '구토'를 일으킬 것만 같다가도 글을 쓰고 있으면 그것이 지연되는 느낌을 받는다. 그래서 나는 머리에 떠오르는 것을 쓰고 있다.

마들렌이 나를 기쁘게 해주려고 레코드판을 가리키며 멀리서 소리친다.

"자주 들으시던 레코드예요, 앙투안 씨. 좋아하시는 곡이잖아요. 마지막으로 한 번 들으시겠어요?"

"부탁해요."

나는 예의상 이렇게 말하는 것이지 재즈를 꼭 듣고 싶은 기분은 아니다. 그래도 주의 깊게 들어볼 생각을 한 것은 마들렌의 말처럼 이 레코드를 듣는 것도 이것이 마지막이기 때문이다. 아주 낡은 레코드다. 시골에서도 낡은 축에 든다. 파리에서는 구경도 할 수 없는 것이다. 마들렌은 그것을 축음기 회전판에 걸려고 한다. 곧 레코드가 돌아갈 것이다. 강철 바늘이 홈 속을 미끄러지며 때로는 홈을 긁을 것이다. 그렇게 홈이 바늘을 나선형으로 레코드 중심까지 끌고 가면 끝날 것이다. 〈섬 오브 디즈 데이즈〉를 노래하는 갈라진 소리는 영원히 침묵할 것이다.

이제 시작한다.

---

152) 프랑스 궐련의 상표이름.

153) 영국에서 들어온 운동경기로, 게이트볼처럼 나무공을 나무망치로 쳐서 골에 넣는 놀이.

예술에서 위안을 구하는 바보들이 있다. 우리 비주아 작은어머니처럼. "네 작은아버지가 돌아가셨을 때 쇼팽의 〈전주곡〉이 무척 도움이 됐단다." 그러니 연주회장은 모욕당한 자, 상처 입은 자들로 가득하다. 그들은 눈을 감고 창백한 얼굴을 수신 안테나로 바꾸려고 애쓴다. 자신들이 포착한 부드럽고 자양분 풍부한 소리가 자신들 내부로 흘러들면, 젊은 베르테르의 고뇌처럼 자신들의 고뇌가 음악이 될 거라고 상상한다. 미(美)가 자기들을 동정할 거라고 믿는다. 얼빠진 작자들.

그런 자들에게 지금 나오는 이 음악에서도 동정 받는 느낌이 드는지 묻고 싶다. 조금 전까지의 나는 분명히 지극한 행복 속에 잠기는 것과는 동떨어진 상태에 있었다. 가장 표면에서는 기계적으로 생활비 계산을 하고 있었다. 그러나 그 밑에는, 불확실한 질문이나 무언의 놀라움 같은 형태로, 밤이나 낮이나 나한테서 떠나지 않는 모든 불쾌한 생각이 깔려 있었다. 안니에 대한 생각, 망쳐버린 내 인생에 대한 온갖 생각이다. 그리고 또 그 밑에는 새벽빛처럼 소심한 '구토'가 숨어 있었다. 그래도 그때는 음악이 없었기에 나는 우울했지만 평온했다. 나를 에워싸는 모든 사물이 나와 같은 소재, 즉 어떤 조악한 고뇌로 만들어져 있었던 것이다. 나의 외부 세계는 몹시 추악했다. 테이블 위의 이 더러운 유리, 거울에 묻은 갈색 얼룩, 마들렌의 앞치마, 주인 여자의 뚱뚱한 애인의 사랑에 겨운 태도 그 모두가 몹시 추했다. 세계의 존재 자체가 너무나도 추했다. 그래서 나는 오히려 내 집에 있는 것처럼 마음이 편했다.

그런데 지금은 이 색소폰 음이 있다. 그리고 나는 부끄러워한다. 영광스러운 작은 고뇌, 고뇌의 전형이 태어난 것이다. 색소폰의 네 가지 음. 그 소리들이 서로 오고간다. 마치 이렇게 말하고 있는 것 같다. "우리처럼 '박자에 맞추어' 괴로워해야 해." 그래! 나도 물론 그런 식으로 괴로워하고 싶지, 박자에 맞춰, 자기 자신에 대한 아부나 연민 없이, 건조한 순수함을 가지고. 그러나 컵 밑바닥에 남은 맥주가 미지근하거나 거울에 갈색 얼룩이 있는 것이 내 잘못인가? 내가 잉여의 존재이고, 더없이 성실하며 메마를 대로 메마른 나의 고뇌가 늘어질 만큼 무거워져, 눈시울이 촉촉한 큰 눈, 그러나 추악함 자체인 눈을 하고, 바다코끼리처럼, 뒤룩뒤룩한 살과 그저 넓기만 한 피부를 동시에 갖게 된 것이 내 탓인가? 그래, 레코드 위에서 빙글빙글 돌며 나를 매혹하는 저 다이아몬드의 조그마한 고통, 그것에 동정 받는다고 말할 수 없는 것만은 분명하다. 그렇다고 그것의 비웃음을 받는 것도 아니다. 그것은 스스로에게 몰두하여 경쾌하게 돌고 있다. 마치 낫같이 세상의 흔해빠진 친밀함을 썩둑썩둑 베어가며 지금 이 순간 돌고 있다. 그렇게 하여 저 다이아몬드의 조그마한 고통이 우리 모두를, 말하자면 마들렌, 뚱뚱한 남자, 주인 여자, 나 자신, 또 테이블, 의자, 얼룩진 거울, 맥주잔, 이렇게 우리 모두를, 오직 우리끼리만 있었기 때문에 존재에 몸을 맡기고 옷매무새도 풀어진 채 방심한 상태로 일상을 보내던 우리 모두를 경악하게 한 것이다. 나는 부끄럽다. 나 자신 때문에, 또 그 고통 '앞에' 존재하고 있다는 것 때문에.

'고통'은 존재하지 않는다. 그 사실에 짜증나기조차 한다. 만약 내가 일어나, 레코드가 얹혀 있는 회전판에서 레코드를 들어내 둘로 쪼갠다 해도, 나는 그것에, 그 '고통'에 다다르지 못할 것이다. 그것은 저 너머에―언제나 무언가의 저편에, 하나의 목소리 저편에, 바이올린 가락 저편에 있다. 존재의 겹, 이 존재의 겹들을 통과하여, 고통은 베일을 벗고 얇고 단단한 모습을 드러내지만, 그것을 붙잡으려고 하면 만나는 것은 존재하는 것들뿐이고, 의미를 잃은 그 존재자들과 부딪힐 뿐이다. 고통은 그 존재자의 뒤에 있다. 그 고통은 내 귀에 들리지 않는다. 다만 그 베일이 벗겨지는 소리가, 공기의 진동이 들릴 뿐이다. 남은 것이 하나도 없는 것을 보면 고통은 존재하지 않는다. 고통에 비하면 다른 것들은 모두 잉여의 것이다. 고통은 존재하는 것이 아니라 그저 '있다'.

그리고 나도 그저 '있기'를 원했다. 그것 말고는 아무것도 원하지 않았다. 그것이 참모습이다. 내 삶의 뚜렷한 무질서 속이 환히 들여다보인다. 아무런 연관도 없는 듯 보이던 그 모든 시도의 밑바닥에서 나는 같은 욕망을 발견한다. 이를테면 존재를 내 밖으로 추방하고 싶고, 매 순간에서 기름기를 제거하고 싶다, 매 순간을 짜내고, 말리고 싶다, 또, 나 자신을 순수하고 견고한 것으로 만들고 싶은 욕망들. 이런 것은 최종적으로 색소폰 가락의 선명하고 명확한 소리를 내기 위해서다. 그 '있다'는 것으로 한 편의 우화를 만들 수 있을지도 모른다. 세상을 잘못 안 가련한 사내가 있었다는 이야기다. 그는 다른 사람들처럼 공원과, 술집과, 상업 도시의 세계 속에 존재하고 있었다.

그런데도 스스로 다른 곳에서 살고 있다고 믿고 싶어했다. 화폭 뒤, 틴토레토[154]가 그린 총독들과 함께, 고촐리[155]가 그린 피렌체 사람들과 함께, 책의 페이지들 이면에 있는 파브리스 델 동고와 쥘리앵 소렐[156]과 함께, 레코드 이면에서 재즈의 메마르고 긴 흐느낌과 함께 살고 있다고 말이다. 그리고 온갖 어리석은 짓을 다한 다음에야 그는 이해했다. 눈을 뜨고, 카드를 잘못 고른 것을 알아차렸다. 그것은 바로 어느 술집에서 미지근한 맥주잔을 앞에 놓고 있을 때였다. 그는 의자 위에 널브러져 있었다. 그는 생각했다. '나는 어쩌면 이렇게 바보일까.' 그리고 바로 그 순간에 존재의 저편, 멀리서 볼 수는 있지만 결코 가까이 갈 수 없는 또 하나의 세계에서, 작은 멜로디가 춤추고 노래하기 시작했다. "나처럼 존재해야 해. 박자에 맞춰 괴로워해야 해."

목소리가 노래한다.

Some of these days
You'll miss me honey.
머지않아 그대는
날 그리워하리 내 사랑

레코드의 이 대목이 긁혔는지 묘한 소리가 난다. 그래도 뭔가 가슴을 죄는 것이 있다. 그건 레코드 바늘이 작게 긁히는 소리를 낸다 해도 멜로디는 전혀 영향 받지 않는다는 증거이다. 멜로디는 아득히 멀리—아득히 멀리 저 뒤에 있다. 그것 역시 나는 이해한다. 레코드는 긁히고 닳았으며, 여자 가수는 아마도 죽었으리라는 것을, 나도 이곳을 떠나 기차를 타려고 한다는 것을. 그러나 과거도 미래도 없이 하나의 현재에서 다음의 현재로 떨어지는 존재자의 등 뒤에서, 매일매일 해체되고 벗겨져 죽음을 향해 미끄러져 가는 그 소리들의 배후에서, 멜로디는 언제나 변함없이 젊고 당당하다. 마치 인정사정없는 증인처럼.

---

154) 틴토레토Tintoretto(1518~94). 이탈리아 화가.

155) 베노초 고촐리(1420~97). 르네상스 시대의 이탈리아 화가.

156) 파브리스 델 동고는 스탕달의 《파르마 수도원》의 주인공, 쥘리앵 소렐은 《적과 흑》의 주인공.

목소리가 사라졌다. 레코드가 아주 약간 긁히는 소리를 내더니 멈추었다. 뒤숭숭한 꿈에서 해방된 카페는 존재하는 기쁨을 되새김하여 그것을 다시 씹기 시작한다. 여주인의 얼굴이 붉게 물들어 있다. 그녀는 새 애인의 희고 두꺼운 뺨을 손바닥으로 때리지만, 뺨이 붉어질 정도는 아니다. 죽은 자의 뺨이다. 나는 이 자리에 죽치고 반쯤 자고 있다. 15분 뒤에는 기차를 타고 있을 것이다. 그러나 그것을 생각하지는 않는다. 어느 미국인을 생각한다. 수염은 없고, 검고 짙은 눈썹을 가진 그는 뉴욕의 어느 빌딩 20층에서 더위에 녹초가 되어 있다. 뉴욕 위에서 하늘이 불타고 있다. 푸른 하늘은 불타오르고, 커다랗고 노란 불길이 지붕들 위로 혓바닥을 널름거린다. 브루클린의 개구쟁이들은 수영복 차림으로 물자동차 살수 호스의 노즐 밑을 찾는다. 20층의 어두컴컴한 방은 뜨거운 열기로 달아오른다. 검은 눈썹의 미국인은 한숨을 쉬고 헐떡이며 뺨 위로 땀을 흘린다. 그는 셔츠 바람으로 피아노 앞에 앉아 있다. 그는 입에서 담배 맛을 느낀다. 그리고 어렴풋이, 어렴풋이, 머리에는 〈섬 오브 디즈 데이즈〉 곡의 환영이 떠오른다. 한 시간 뒤에 톰이 엉덩이에 납작한 수통을 차고 올 것이다. 그러면 두 사람 모두 가죽 안락의자에 주저앉아 수통 가득 채워진 술을 마실 것이다. 그 다음 하늘의 불기운이 내려와 그들의 목구멍을 태우고, 그들은 작열하는 잠의 엄청난 무게를 느낄 것이다. 그러나 먼저 이 곡조를 적어놔야 한다. 'Some of these days' 땀이 밴 손으로 피아노 위에 있는 연필을 잡는다. 'Some of these days, You'll miss me honey'

일은 이렇게 진행되었다. 이런 식으로든, 또는 다른 식으로든. 아무래도 상관없다. 어쨌든 그 고통은 이런 식으로 생겨난 것이다. 그것이 스스로 태어나기 위해서 택한 것은 바로 그 숲처럼 검은 눈썹을 가진 유태인의 지친 육체였다. 그는 힘없이 연필을 쥐고 있었고, 땀방울이 반지를 낀 손가락에서 종잇장 위로 떨어졌다. 그런데 왜 내가 아닌 거냐? 그 기적을 이루기 위해 왜 하필이면 칙칙한 맥주와 알코올에 잔뜩 취한 그 살찐 소가 필요했던 거냐고!

"마들렌, 판을 다시 걸어줄 수 있어요? 한 번만, 내가 떠나기 전에."

마들렌은 웃는다. 그녀가 손잡이를 돌리니 지금 곡이 다시 시작된다. 그러나 이제 나는 나에 대해 생각하지 않는다. 7월의 어느 날 어두운 자기 방의 더위 속에서 그것을 작곡한, 저편에 있는 그 남자를 생각한다. 멜로디를 '통과하여', 색소폰의 희고 시큼한 소리를 통과하여 그에 대해 생각하려고 애쓴다. 그는 이것을 만들었다. 그는 여러 문제로 골치를 썩고 있었고 모든 것이 생각대로 되지 않았다. 갚아야 할 외상값과—그리고 어디엔가 그가 바라는 만큼 그를 생각해 주지 않는 여자가 있었다—그리고 밀려오는 더위가 사람을 녹여 흥건한 기름으로 바꿔놓고 있었다. 이 모든 것에 특별히 사랑스럽다거나 특별히 찬란한 것은 하나도 없다. 그러나 노래를 듣고, 그것을 만든 사람이 그 친구라는 것을 생각할 때, 나는 그의 괴로움, 그의 땀을 느낀다······ 감동적으로. 그는 운이 좋았다. 하지만 그것을 알아차리지 못했을 것이다. 재수가 좀 좋으면 이것으로 50달러 정도 벌 수 있다고 생각했겠지! 그러고 보니, 한 사나이가 감동적으로 생각되는 것은 몇 년 만에 처음 있는 일이다. 나는 그 친구에 대해 무언가를 알고 싶다. 어떤 권태를 가지고 있었는지, 아내가 있었는지, 혼자 살고 있었는지, 이런 것들을 알면 재미있을 것 같다. 물론 휴머니즘에서 그러는 것은 아니다. 오히려 그 반대이다. 그가 그것을 만들었기 때문에 그러는 것이다. 그와 알고 지내고 싶지 않다. 아마 죽고 없을지도 모른다. 다만 그에 대한 정보를 모아두었다가 이따금 이 판을 들으면서 그에 대해서 생각할 수 있으면 된다. 만약 프랑스의 일곱 번째 도시의 역 근처에서 자기 생각을 하고 있는 사람이 있다는 말을 듣는다 해도, 그는 기뻐하지도 언짢아하지도 않을 거라고 상상해본다. 그러나 나라면 기쁠 것이다. 그 사람이 부럽다. 출발해야 한다. 일어서다가 잠깐 멈칫거린다. 흑인 여자의 노래가 듣고 싶다. 마지막으로.

그녀가 노래한다. 두 사람이 구원되었군. 유대인과 흑인 여자. 살아난 사람들. 아마도 그들은 존재 속에 빠져 머리 꼭대기까지 잠겨버렸다고 생각했을 것이다. 그런데 내가 그들을 다정하게 생각하는 것만큼 나를 생각해 주는 사람은 없다. 아무도, 안니조차도. 그들 작곡가와 가수는 어딘지 죽은 사람들 같고 어딘지 소설의 주인공들 같다. 그들은 존재한다는 죄악으로부터 몸을 씻었다. 물론 완전한 것은 아니다. 그러나 사람이 할 수 있는 한도 내에서는 그렇게 했다. 이런 생각이 갑자기 나를 혼란스럽게 한다. 왜냐하면 내가 그런 것 이상은 아무것도 바라지 않을 것이기 때문이다. 소심하게 나를 어루만지는 그 무엇이 느껴지고 그것이 가버리는 것이 두려워 나는 감히 움직이지 못한다. 이것은 내가 더 이상 알지 못했던 그 무엇이다. 어떤 기쁨이다.

흑인 여자가 노래한다. 그러면 이제는 그녀의 존재를 정당화시킬 수 있을까? 아주 조금이라도? 내가 너무 소심하다고 느껴진다. 그러는 것은 내가 많은 희망을 가지고 있어서가 아니다. 나는 눈 속을 걸어와서 완전히 얼어붙었다가 갑자기 따뜻한 방으로 들어온 사람과 같다. 내 생각에 그 사람은 아직은 몸이 차가운 채 문 가까이에 꼼짝도 않고 있으며, 온몸에 오한이 느릿느릿 퍼지고 있을 것 같다.

머지않아 그대는
날 그리워하리 내 사랑

나는 노력해 볼 수 없을까…… 물론 작곡에 관해서는 아니다…… 다른 분야에서 할 수는 없을까? ……그것은 책이어야 한다. 그 밖에는 아무것도 모르니 말이다. 그러나 역사책은 아니다. 왜냐하면 역사는 존재했던 것에 관해서 이야기하기 때문이다―존재자는 결코 다른 존재자의 존재를 정당화시킬 수 없다. 나의 잘못은 드 롤르봉 씨를 되살리려 했던 것이다. 말하자면 어떤 또 다른 책. 그것이 어떤 것인지는 잘 모르겠지만―그러나 그것은 인쇄된 말들의 이면, 페이지들의 이면에 존재하지는 않아도 존재의 바로 위에 있을 어떤 것이 되어야만 할 것이다. 예컨대 어떤 이야기, 일어날 수 없는 어떤 모험적 순간 같은 것. 그것은 강철처럼 아름답고 단단해야 하며, 사람들이 자신의 존재를 부끄럽게 생각하도록 만들어야 할 것이다.

나는 떠난다. 몽롱하다. 결정할 용기가 없다. 만일 내게 재주가 있다는 것을 확신하고 있었다면…… 하지만 결코 아닐 것이다―나는 결코 그런 장르를, 역사논문을 한 줄도 쓴 적 없다, 아무렴―그리고 앞으로도 그런 재주는 없을 것이다. 한 권의 책. 한 권의 소설이어야 한다. 그 소설을 읽고 이렇게 말하는 사람들이 있겠지. "그걸 쓴 사람은 앙투안 로캉탱이야. 카페에서 죽치던 머리칼이 붉은 놈이었지"라고. 그리고 그들은 내가 그 흑인 여자를 생각하듯이 나의 생활에 대해서 생각할 것이다. 마치 무슨 귀중하고 반은 전설적인 사실이나 되는 것처럼 말이다. 한 권의 책. 물론 처음에는 그것이 지루하고 피곤한 일에 지나지 않을 것이다. 그리고 그것은 내가 존재하는 것도, 또 내가 존재한다고 느끼는 것도 방해하지 않을 것이다. 그러나 그 책이 완성되고, 그것이 내 뒤에 있게 될 때가 반드시 올 것이다. 그러면 나는 그 책이 발산하는 약간의 빛이 나의 과거 위에 떨어질 거라고 생각한다. 그땐 아마도 그 책을 통해 나의 삶을 아무 혐오감 없이 회상할 수 있겠지. 아마도 어느 날, 이렇게 등을 오그리고 기차 탈 시간을 기다리고 있는 이 시간, 이 우울한 시간을 선명하게 떠올리면서 어쩌면 가슴이 더욱 빨리 뛰는 것을 느끼며, "모든 것이 시작된 것은 그날, 그 시간이야" 하고 말할 때가 오겠지. 그리고 나는 과거의 나를, 오직 과거 속의 나만을 인정하게 되겠지.

어둠이 내린다. 프랭타니아 호텔 2층의 두 창문에 막 불이 켜진다.

역사 신축 공사장에서 축축한 목재 냄새가 난다. 내일 부빌에 비가 오려나 보다.

Les Mots

말

제1부

읽기

1850년 무렵, 알자스 지방에 한 초등학교 선생이 있었는데, 그는 자식들 등쌀에 견디다 못해 식료 잡화상이 되었다. 속인(俗人)이 되어버린 이 사람은 한 가지 보상을 원했다. 비록 자신은 사람들의 정신을 양성하는 일을 포기했지만 자식들 중의 하나만은 사람들의 영혼을 기르는 일에 종사시켜야겠다는 것이었다. 즉 한 녀석을 목사로 만들 생각이었다. 그래서 맏아들 샤를이 그 일을 해주었으면 했으나 샤를은 그것을 피해 달아나 버렸다. 어느 서커스단의 여자 곡마사의 뒤를 좇아 길을 떠나는 편이 더 좋았던 것이다. 집 안에서는 벽에 걸었던 그의 초상화를 뒤집어 걸고 그의 이름조차 입 밖에 내지 못하게 했다.

그럼, 이번에는 누구를 택해야 하나? 둘째아들 오귀스트는 재빨리 아버지의 그 희생적 행위를 본받아 장삿길에 들어섰고, 그것으로 만족했다. 그러니 남은 자식이라곤 루이뿐이었다. 그에게는 그럴만한 소질이 없었건만 아버지는 그 온순한 아이를 휘어잡아 대번에 목사로 만들어 버렸다. 그 뒤 루이는 지극한 순종심을 발휘하여 자기가 낳은 자식마저 목사로 만들었는데, 그가 바로 우리가 잘 알고 있는 알베르트 슈바이처이다.

한편 샤를은 그가 따라나섰던 여자 곡마사를 두 번 다시 만나지 못했다. 그는 아버지의 유식한 체하는 거동을 이어받았던 것이다. 그는 일생 동안 고상한 것을 찾는 버릇을 버리지 못했고, 조그마한 사건을 가지고 어마어마한 것으로 꾸며내는 데 열성을 기울였다. 그러니 그는 자기 집안의 사명을 저버릴 생각은 아니었던 게 분명하다. 다만 그는 정신 분야의 어떤 완화된 형태, 즉 여자 곡마사들을 좋아해도 괜찮을 만한 성직에 헌신하기를 바랐던 것이다. 그에겐 교수직이 딱 맞는 일이었다. 그래서 샤를은 독일어를 가르치기로 했다. 그리하여 한스 작스에 관한 학위논문을 쓰고 '직접교수법'을 채택하고

—뒷날 자신이 이 교수법의 창시자라고 자처했다—시모노 씨와 공저로 《독일어 교본》을 발간하여 호평을 받는 등 마콩에서 리옹으로, 그리고 파리로 빠른 성공의 길을 달렸다. 파리에서는 어느 졸업식장에서 한바탕 연설을 했는데, 그 연설문이 딸림 책으로 출판되는 영광을 누리기까지 했다.

"장관님, 신사 숙녀 여러분, 그리고 친애하는 학생 여러분, 오늘 제가 무슨 이야기를 하려는지 여러분은 도저히 짐작할 수도 없을 것입니다. 음악에 관한 이야기입니다!"

그는 그때그때 처한 상황에 따라 즉흥시를 곧잘 짓곤 했다. 가족들이 모인 자리에서는 이렇게 말하기 일쑤였다.

"루이는 가장 신앙심이 깊고, 오귀스트는 제일 부자다. 그렇지만 나는 가장 머리가 좋지."

그러면 아우들은 웃어대고 제수들은 입술을 삐죽거렸다. 샤를 슈바이처는 마콩에 있을 때 가톨릭 신자인 공중인의 딸 루이즈 기유맹과 결혼했다. 그녀는 신혼여행이라면 진저리를 쳤다. 왜냐하면 남편이 식사가 끝나기도 전에 그녀를 끌어내어 기차 속에 떼밀어 넣었기 때문이다. 70살이 되어서도 루이즈는 어느 정거장 식당에서 먹었던 부추 샐러드 이야기를 했다.

"흰 줄기는 자기 혼자서 다 먹고 내게는 초록 이파리만 남겨주더구나."

그들은 알자스에서 식탁을 떠나지 않고 2주일 동안 지냈다. 형제들은 사투리를 써가면서 상스러운 이야기를 해댔다. 그러면 목사는 이따금 루이즈를 돌아보며 기독교도다운 자비심으로 통역해 주곤 했다. 루이즈는 결혼한 지 얼마 안 돼서 가짜 진단서를 얻어가지고는, 그 덕분으로 부부생활을 하지 않고 각방을 쓰는 권리를 누릴 수 있었다. 그녀는 편두통을 핑계 삼아 자리에 눕는 습관을 붙이고는 부산한 소리라든가 격정이라든가 열광이라든가 하는 슈바이처 집안의 그 모든 투박하고 과장된 거친 생활을 싫어하기 시작했다. 예민하고 깜찍스러우면서도 쌀쌀한 이 여인의 사고방식은 곧으면서도 잘못되어 있었다. 왜냐하면 남편의 생각이 정직하면서 비뚤어진 것이었기 때문이다. 남편이 거짓말쟁이면서 무엇이나 잘 믿기 때문에 그녀는 모든 것을 의심했다.

"저 사람들은 지구가 돈다고 하지만, 저희들이 뭘 알아?"

덕망 있는 희극배우들에 둘러싸여 있던 그녀는 희극과 미덕을 미워하게 되었다. 어쩌다가 거친 정신주의자들의 가정에 잘못 발을 들여놓은 지극히 섬세한 이 현실주의자는 볼테르의 작품을 읽어본 적이 없으면서도 반발적으로 볼테르주의자가 되었던 것이다. 예쁘고 포동포동하고 냉소적이며 명랑하던 그녀는 철저한 부정적 기질의 소유자가 되고야 말았다. 눈썹을 슬쩍 추켜올리거나, 보일락 말락 입가에 빙그레 웃음을 띠고 그 모든 허세를 무시해 버렸지만 자기 자신 말고는 아무도 그런 사실을 알아채지 못했다. 부정적 자만심과 거부적 이기주의가 그녀를 온통 사로잡아 버렸다. 윗자리를 차지하기 위해 술책을 쓰기에는 너무나 자존심이 강하고, 둘째 자리에 만족하기에는 너무나 허영심이 강하여 그녀는 아무도 만나지 않았다.

"남들이 자기를 좋아하게 만들 줄 알아야 해요."

그녀는 자주 이렇게 말하곤 했다. 과연 사람들은 그녀를 매우 좋아했으나 갈수록 시들해졌고, 좀처럼 만날 수가 없어서 마침내는 그녀의 존재를 잊어버리고 말았다. 그리하여 그녀는 안락의자가 아니면 침대를 떠나는 일이 별로 없게 되었던 것이다. 자연예찬자이면서 청교도이던—이 두 가지 미덕의 배합은 사람들이 흔히 생각하는 것처럼 드문 일은 아니다—슈바이처 집안 사람들은 기독교적으로 육체를 업신여기면서도 인간의 자연적 기능에 대해서는 충분한 동의를 표명하는 노골적인 말들을 즐겨 사용했다. 루이즈는 은밀한 말들을 좋아했다. 그녀는 외설스러운 소설을 많이 읽고 있었지만, 줄거리보다도 줄거리를 에워싼 투명한 베일을 더 높이 평가하는 것이었다.

"참 대담해요, 잘 썼어요."

그녀는 미묘한 표정을 지으며 말하곤 했다. '인간들이여, 살며시 미끄러져라. 다리에 힘을 주지 말고!'[1] 이 눈같이 흰 여인이 아돌프 블로의 《불꽃의 처녀》를 읽다가 우스워서 죽을 뻔했던 일도 있었다. 그녀는 또 첫날밤의 이야기들을 즐겨 했는데 언제나 해괴하게 끝나는 이야기들이었다. 이를테면 남편이 너무 난폭하게 서둘러대다가 아내의 목을 침대 모서리에 부딪히게 해 부러뜨렸다든가, 또 아침에 일어나 보니 젊은 신부가 발가벗은 채 어쩔 줄 모르며 옷장 속에 숨어 있더라는 따위의 얘기들이었다. 루이즈는 어두컴컴한 방 안에서 살고 있었다. 샤를이 그녀의 방 안으로 들어가서 덧문을 열

---

1) 프랑스의 작가 에두아르 푸르니에Édouard Fournier(1819~80)가 쓴 《타인의 정신》 속 스케이팅 삽화에 실린 피에르 샤를 루아Pierre-Charles Roy(1683~1764)의 시구에서 인용했다.

어쩔히고 등불을 모두 켜놓으면 그녀는 손으로 눈을 가리고 괴로워하며 말하는 것이었다.

"샤를, 눈이 부셔요!"

하지만 그녀의 항거는 말하자면 체질적인 대항의 한계를 넘지는 않았다. 샤를은 그녀의 마음속에 두려움과 참을 수 없는 짜증을 일으키기도 했으나, 몸을 건드리지만 않으면 때로는 우정을 보여주기도 했다. 남편이 소리를 지르기 시작하면 그녀는 꿈쩍 못하는 것이었다. 샤를은 이러한 아내의 허를 찌름으로써 그녀로 하여금 4명의 아이를 낳게 했다—어린 나이에 죽은 딸, 두 사내아이, 그리고 또 하나의 딸. 무관심에서였는지 혹은 아내의 뜻을 존중해서였는지, 샤를은 아이들을 가톨릭 교리에 따라 양육하는 것을 허락했다. 루이즈는 신자가 아니었지만 프로테스탄티즘에 진절머리가 났기 때문에 아이들을 천주교도로 만들었다. 두 사내아이는 어머니의 편을 들었다. 어머니는 슬그머니 그들을 허황된 아버지로부터 멀어지게 했다. 샤를은 그것을 알아채지조차 못했다.

맏아들 조르주는 이공과 대학에 들어갔다. 둘째아들 에밀은 독일어 선생이 되었다. 나는 그에게 흥미를 느낀다. 그가 평생 독신으로 지낸 것은 나도 알고 있지만, 아버지를 좋아하지 않으면서도 모든 일에 있어서 아버지를 따라했으니 말이다. 아버지와 아들은 마침내 사이가 틀어졌다. 기념할 만한 화해가 몇 번 이루어지기도 했으나 에밀은 자기의 생활을 숨기고 있었다. 그는 어머니를 무척 좋아하여 예고 없이 남모르게 어머니를 찾아오는 버릇을 끝까지 지켰다. 그는 어머니를 키스와 애무로 감싼 다음 처음에는 빈정대는 말투로, 다음에는 울분을 참지 못하며 아버지의 이야기를 털어놓고 나서 방문을 쾅 닫고 나가버리는 것이었다. 그녀는 에밀을 사랑했을 테지만, 그를 무서워하기도 했다. 우락부락하고 까다로운 그 두 남자는 그녀의 마음을 더더욱 지치게 만들어 차라리 곁에 없는 조르주를 더 좋아했다. 에밀은 1927년에 고독으로 미쳐 죽어버렸다. 그의 베개 밑에는 권총이 한 자루 있었다. 그리고 그의 여행 가방 속에서는 구멍이 뚫린 백 켤레나 되는 양말과 뒤축이 닳아빠진 스무 켤레의 구두가 나왔다.

둘째딸 안 마리는 어린 시절을 의자 위에서 지냈다. 사람들이 그녀에게 가르쳐 준 것이라곤 권태를 느끼는 버릇, 의자에 바르게 앉는 일, 그리고 바느

질뿐이었다. 그녀에게는 타고난 재주가 있었지만, 사람들은 그것들을 계발시켜 주지 않는 것을 점잖은 일이라 생각했다. 그녀에겐 청춘의 아름다움도 있었건만, 그것까지도 그녀가 알아채지 못하도록 하기 위해 애를 썼다. 검소하고 자존심이 강한 그 부르주아들은 아름다움이란 그들보다 신분이 높거나 혹은 낮은 사람들에게 어울리는 것이라고 생각하고 있었다. 그들은 후작부인이나 창녀에게만 그 아름다움을 허락하고 있었던 것이다. 루이즈에게는 메마르기 짝이 없는 자만심이 있었다. 자기 생각에 속아 넘어가지나 않을까 두려워하는 나머지, 그녀는 자기 자녀에게, 자기 남편에게, 그리고 자기 자신에게 있는 가장 뚜렷한 장점까지도 부인해 버렸다. 샤를은 다른 사람의 아름다움을 알아볼 줄 모르는 사람이었다. 그는 아름다움을 건강과 혼동하고 있었다. 아내가 병든 뒤로 그는 수염자리가 거무스름하고 혈색이 붉고 건강하고 억센 여류 이상주의자들과 사귀며 자위하고 있었다. 50년 뒤에 안 마리는 가족 앨범을 뒤적이다가 자기가 아름다웠었다는 사실을 알게 되었다.

샤를 슈바이처가 루이즈 기유맹을 만나던 때와 거의 같은 무렵, 한 시골 의사가 페리고르의 부유한 지주의 딸과 결혼하여 티비에의 그 음침한 중심가의 약국 맞은편에 자리 잡았다. 결혼식을 올린 이튿날 장인이 무일푼이라는 사실이 알려졌다. 이에 분개한 사르트르 의사 선생은 40년 동안 아내에게 말 한마디 하지 않았다. 식탁에선 몸짓으로 의사를 표시했고, 그의 아내는 그를 '우리집 하숙생'이라고 부르게 되었다. 그러나 그는 아내와 잠자리를 같이했고, 한마디 말도 없이 이따금 어린애를 배게 했다. 아내는 그에게 아들 둘과 딸 하나를 낳아주었다. 그 침묵 속에 태어난 아이들의 이름은 장 바티스트, 조제프, 엘렌이었다.

엘렌은 나이가 들어서 기병사관과 결혼했는데, 남편이 미치고 말았다. 조제프는 알제리 보병부대에 근무하다가 일찌감치 제대를 하고 부모 집에 주저앉았다. 그에게는 직업이 없었다. 아버지의 침묵과 어머니의 잔소리 사이에 끼여서 그는 말더듬이가 되어 일생 동안 말과 싸우며 지냈다. 장 바티스트는 바다를 보기 위해 해군사관학교를 지망했다. 이미 코친차이나 열병[2]에 걸린 해군사관이었던 그는 1904년 셰르부르에서 안 마리 슈바이처를 알게

---

2) 코친차이나Cochinchina는 프랑스 식민지였던 베트남의 남부지방을 가리켜 주로 유럽인들이 불렀던 이름이며, 코친차이나 열병이란 그 지역에서 유행했던 열병을 말한다.

되어, 그 버림받은 키다리 처녀를 휘어잡았다. 그리고 결혼하자마자 부리나케 어린애를 배게 하고—즉 그것이 나다—자신은 죽음 속으로 피신하려 했다.

죽는다는 것도 쉬운 일이 아니다. 장열(壯熱)은 서서히 올랐다가 떨어지곤 했다. 안 마리는 헌신적으로 그를 간호했지만 그를 사랑하게 될 정도로 미련한 짓은 하지 않았다. 루이즈가 부부생활에 대한 혐오감을 미리 심어주었기 때문이다. 피범벅의 신혼 초를 보낸 뒤에도 그 부부생활은 틈틈이 저속한 밤일로 단절되는 끝없는 희생의 연속이었다. 자기 어머니의 본을 받아 나의 어머니는 향락보다 의무를 중요시했다. 나의 어머니는 결혼 전에도 결혼 후에도 나의 아버지를 별로 잘 알지 못했다. 아마 이따금 어째서 그 낯선 사람이 자기 품 안에서 죽기를 선택했는지 알 수 없는 일이라고 생각했을 것이다.

나의 아버지는 결국 티비에서 몇십 킬로미터 떨어진 어느 농가로 옮겨졌다. 그의 아버지가 날마다 너절한 마차를 타고 그를 만나러 왔다. 안 마리는 밤샘과 근심으로 기진맥진하여 젖도 말라버리게 되자, 거기서 멀지 않은 고장의 유모에게로 나를 보내버렸다. 나 또한 죽음의 길로 빠지게 되었다. 장염이 원인이었지만 아마 원한 때문이기도 했으리라. 경험도 없고 충고해주는 사람도 없는 20살의 나이에 나의 어머니는 남과 다름없는 2명의 중환자 틈에 끼여서 어찌할 바를 몰랐다. 그녀의 사랑 없는 결혼은 병과 죽음 속에서 그 진실을 찾게 된 셈이었다. 하지만 나에게는 상황이 유리했다고 할 수 있다. 그 무렵의 어머니들은 어린아이에게 자기 젖을 오랫동안 먹였다. 죽음에 임박한 그 다행한 이중의 병고가 아니었던들, 나는 늦게 젖 떨어지는 어린이가 느껴야 하는 곤란을 겪어야 했으리라. 병든 데다가 아홉 달만에 억지로 젖을 떼게 되었으나 높은 신열과 허약해진 체질은 나로 하여금 어머니와 자식 사이의 관계를 잘라버린 그 마지막 가위질의 고통을 느끼지 않게 해주었다. 나는 단순한 환각과 희미한 우상이 어른거리는 혼미한 세계로 빠져들어갔다. 아버지가 죽었을 때에 안 마리와 나는 같은 악몽으로부터 깨어났다. 나의 병은 나았다. 그러나 우리 모자는 어떤 오해의 희생자들이었다. 그녀는 마음속으로는 한 번도 떠나본 적 없는 아들을 사랑으로 되찾았지만 나는 낯선 여인의 무릎 위에서 제정신으로 돌아왔기 때문이다.

돈도 없고 직업도 없던 안 마리는 친정으로 돌아가 살기로 마음먹었다. 그러나 나의 아버지의 괘씸한 죽음을 친정 식구들은 마땅치 않게 여겼다. 소박을 당한 것과 같았기 때문이었다. 남편의 죽음을 미리 알아채지도 못하고 그것을 막지도 못했다고 해서 나의 어머니는 죄인 같은 취급을 받았다. 경솔하게, 튼튼하지 못한 남편을 골랐다는 것이었다. 하지만 어린애 하나를 품에 안고 뫼동으로 되돌아온 그 주변 없는 아리아드네[3]를 모두들 잘 대해 준 셈이다. 나의 할아버지는 은퇴를 신청했었지만, 아무 말 없이 다시 일을 시작했다. 나의 할머니는 은근히 쾌재를 불렀다. 그러나 안 마리는 고마워서 어쩔 줄 모르면서도 그러한 선심 뒤에 숨은 비난을 눈치챘다. 물론 어느 가정이나 처녀로 아이를 낳은 딸보다는 차라리 과부가 된 딸을 더 낫게 여기겠지만, 결국은 오십보백보인 것이다.

나의 어머니는 용서를 받기 위하여 무한히 애썼다. 뫼동에서, 그리고 파리에서 집안 살림을 도맡아 했다. 가정교사 노릇, 요리사 노릇, 간호사 노릇, 하인 노릇, 시중꾼 노릇, 식모 노릇까지 했지만 나의 할머니의 말없는 구박을 피할 수는 없었다. 루이즈는 매일 아침 메뉴를 꾸미고 매일 저녁 장부를 정리하는 일을 귀찮아하면서도 남이 그 일을 대신해 주는 것을 참지 못하는 성미였다. 제 할 일을 남에게 맡기기는 했으나 자기의 특권을 잃게 되는 것을 분하게 생각했다. 하루하루 늙어가는 그 냉소적인 여인에게는 한 가지 환상밖에 없었다. 그것은 자기가 없어서는 안 될 존재라는 믿음이었다. 그런데 그 환상이 사라진 것이다. 루이즈는 자기 딸을 질투하기 시작했다. 가엾은 안 마리. 일을 하지 않으면 군식구라고 비난을 받았을 것이요, 일을 하면 집안을 휘두르려고 한다는 혐의를 받았을 테니 말이다. 첫째 난점을 피하기 위해서는 온갖 용기가 필요했고, 둘째 난점을 피하기 위해서는 갖가지 겸양이 필요했다.

오래지 않아 이 젊은 과부는 다시 미성년자가, 흠 있는 처녀가 되고 말았다. 그녀에게 용돈을 안 주려고 한 것이 아니라, 용돈을 주는 것을 아예 잊어버렸던 것이다. 그녀는 가지고 있던 제 옷을 닳아빠지도록 입었지만, 나의 할아버지는 새 옷을 사줄 생각을 하지 않았다. 외출하는 것도 여간해서는 허

---

3) 그리스 신화에 나오는 크레타의 왕 미노스와 파시파에의 딸. 사랑하는 테세우스에게 실뭉치를 주어 미로에서 탈출하게 했으나 얼마 뒤 버림받는다.

락해 주지 않았다. 대부분 시집간 친구들이 그녀를 저녁식사에 초대할 때면, 오래전부터 승낙을 간청해야 했고, 10시 전까지 데려다준다는 약속을 해야만 했다. 식사 도중이라도 집주인은 그녀를 돌려보내기 위해 식탁에서 일어서야 했다. 그 동안 잠옷바람의 나의 할아버지는 한 손에 시계를 들고 큰 걸음으로 침실을 왔다 갔다 하다가 10시를 치는 시계소리가 끝나기가 무섭게 불같이 화를 내는 것이었다. 그러니 어머니는 초대받는 일도 점점 드물어졌고, 그렇게도 값비싼 즐거움에 싫증을 느끼게 되었다.

장 바티스트의 죽음은 나의 생애에 있어서 커다란 사건이었다. 그것은 나의 어머니를 다시 사슬에 묶이게 했고 나에게는 자유를 주었기 때문이다.

좋은 아버지란 없는 법이다. 그렇다고 해서 남자들이 나쁘다는 것이 아니라 원래 썩어빠진 부자관계 때문이라는 말이다. 자식을 낳는다는 건 물론 좋은 일이다. 하지만 자식을 제 소유물처럼 '가지다'니, 무슨 당치 않은 말인가! 나의 아버지가 살았더라면, 그는 반드시 나를 깔고 길게 누워서 짓눌렀을 것이다. 다행히도 그는 젊은 나이에 죽었다. 아버지 안키세스를 등에 업은 아이네이아스[4]들의 한가운데서 나는 평생 아들의 등에 올라타고 있는 보이지 않는 아버지들을 미워하며, 혼자서 강물을 건넌다. 나의 아버지 노릇을 할 시간을 갖지 못했었고, 지금은 나의 아들뻘밖에 안 될 젊은 사자(死者)를 나는 뒤에 남겨놓았다. 다행이었을까, 불행이었을까? 모를 일이다. 하지만 나는 뛰어난 어느 정신분석학자의 판정에 기꺼이 찬성한다. 즉 나에게는 초자아가 없다.

죽는 것만이 다가 아니다. 알맞은 때에 죽어야 한다. 아버지가 좀더 늦게 세상을 떠났더라면 나는 죄의식을 갖게 되었을 것이다. 철이 들어 의식을 지닌 고아는 죄를 자신에게로 돌린다. 자기가 눈에 거슬려 부모는 그들의 하늘나라 아파트로 물러가 버렸다고 생각하는 것이다. 그런데 나는 흡족해했다. 나의 서글픈 처지는 사람들로 하여금 나를 존중토록 강요했고, 또한 나의 중요성을 확립해 주었다. 나는 상제가 된 것을 나의 덕 가운데 하나로 여겼다. 나의 아버지는 자신이 죽게 된 잘못을 자기가 짊어지고 죽는 아량을 베풀어주었다.

---

4) 안키세스는 트로이의 군주이자 아프로디테의 남편이며, 아이네이아스는 그들의 아들이다. 아이네이아스는 트로이 전쟁 때 아버지와 아들을 데리고 피신하나 아내는 잃어버린다.

나의 아버지는 자기 의무를 회피한 사람이라고 할머니는 끊임없이 되풀이했다. 슈바이처 집안 사람들의 장수를 아주 자랑스럽게 여기는 할아버지는, 30살에 죽다니 말도 안 된다고 했다. 사위의 수상쩍은 죽음으로 그는 자기 사위가 도대체 살아 있었다는 사실마저 의심하기에 이르렀고, 마침내 사위의 존재 자체를 잊고 말았다. 나는 그것을 잊어버릴 필요조차 없었다. 슬그머니 달아나 버린 장 바티스트는, 나에게는 그와 인사를 나누는 기쁨을 주는 것마저 거부했기 때문이다.

오늘날까지도 나는 그에 관해서 별로 아는 바가 없다는 게 이상스러울 정도이다. 하지만 그는 사랑도 했고 살려고 발버둥치다가 그만 죽었다. 그만하면 한 인간의 역사를 이룩하기에 충분하다. 그러나 나의 가정에서는 아무도 나로 하여금 그 인간에 대해서 호기심을 갖게 해준 사람이 없다. 여러 해 동안 나는 내 침대 위쪽에 걸려 있는, 눈길이 순박하고 둥그스름한 대머리에 짙은 콧수염을 기른 자그마한 장교의 초상화를 볼 수 있었다. 나의 어머니가 재혼했을 때 그 초상화는 사라졌다.

그 뒤에 나는 그가 가졌던 책들을 물려받았다. 과학의 미래에 관한 르 당텍[5]의 저서 한 권과 《절대관념론을 거쳐 실증주의로》라는 제목이 붙은 베버의 책이었다. 그 시대의 사람들과 마찬가지로 그도 좋지 못한 책들을 읽었었다. 책의 여백에는 알아볼 수 없는 글씨가 씌어 있었다. 그것은 내가 태어나던 무렵 그의 머릿속에서 생생하고 현란하게 떠올랐던 자그마한 계시의 죽은 흔적이었다. 나는 그 책들을 팔아버렸다. 나와는 거의 아무런 관계도 없는 죽은 사람의 것이었기 때문이다. 그것은 마치 '철가면'이나 '에옹의 기사'처럼 이야기를 들어서 알고 있을 뿐, 내가 그에 관해서 알고 있는 것은 나와는 도무지 상관없는 일들이다. 비록 그가 나를 사랑하고, 안아주고, 지금은 소멸되어 버린 그 맑은 눈을 내게 돌렸다 하더라도 아무도 그것을 기억 속에 간직한 사람이 없다. 그것은 헛수고에 지나지 않는 사랑이다.

이 아버지는 그림자도 시선도 남겨두지 않았다. 그와 나는 얼마 동안 같은 땅을 밟았을 뿐이다. 죽은 자의 아들이라기보다 차라리 나는 기적의 아들이라는 말을 들어왔다. 나의 그 엄청나게 경박스런 기질도 틀림없이 거기서 온

---

5) 프랑스의 생물학자 르 당텍Le Dantec(1869~1917)은 생리기능의 동화작용에 관한 논문으로 유명하다.

것이리라. 나는 우두머리가 아니며, 우두머리가 되기를 원하지도 않는다. 명령을 하는 것이나 복종하는 것이나 결국은 같은 것이다. 가장 드높은 권위를 가진 자라도 다른 사람—성스러운 기생충이라는 제 아버지—의 이름으로 명령을 내리고, 자기가 받고 있는 추상적 폭력을 남에게 전달하는 것이다. 나는 여태껏 웃지 않고, 또 남의 웃음을 사지 않고서 명령을 해본 적이 없다. 그것은 내가 권력이라는 암(癌)에 걸리지 않았기 때문이다. 복종이라는 걸 사람들은 나에게 가르쳐 주지 않았다.

나는 누구에게 복종해야 했단 말인가? 사람들은 키가 엄청나게 큰 젊은 여인을 가리켜 그녀가 나의 어머니라고 말했다. 나 자신에겐 차라리 누이 같아 보였다. 집 안에 감금되다시피 하여 모든 일에 복종하고 있는 그 여인, 내 눈에 그녀는 나의 시중을 들어주기 위한 사람으로 비칠 수밖에 없었다. 나는 어머니가 좋았다. 그렇지만 아무도 그녀를 존경하는 사람이 없으니 어떻게 내가 그녀를 존경할 수 있단 말인가? 우리집에는 방이 3개 있었다. 할아버지의 방, 할머니의 방, 그리고 '아이들'의 방. '아이들'이란 우리 모자를 말했다. 우리는 다 같이 미성년이며 또한 다 같이 얹혀살고 있었다. 그러나 모두가 위해 주는 건 나뿐이었다.

'내' 방 안에 사람들은 독신 처녀용 침대 하나를 들여놓았다. 젊은 처녀는 혼자서 자고, 아침이면 정숙하게 일어난다. 내가 자고 있을 때 그녀는 목욕하러 욕실로 들어갔다가 옷을 단정하게 차려입고 돌아온다. 어떻게 내가 그녀에게서 태어났단 말인가? 그녀가 나에게 자기의 불행을 이야기하면 나는 불쌍히 여기며 그녀의 이야기를 듣는다. 그러면서 어른이 되면 그녀를 보호하기 위해서 그녀와 결혼을 해야겠다고 생각한다. 그것을 나는 그녀에게 약속한다. 그녀에게 내 손을 내밀어 나의 젊은 위엄을 바쳐 그녀를 도우리라고. 그것을 가지고 내가 그녀에게 복종할 것이라고 여길 수 있단 말인가? 나는 그녀의 부탁을 들어줄 만한 너그러움을 가졌다. 하기는 그녀가 내게 명령을 하는 일은 없었다. 그녀는 가벼운 말투로 미래의 꿈을 그려보이며, 그 꿈을 실현하겠다는 나를 칭찬했다.

"너는 예쁘고 착하니까 콧구멍에 약을 넣어도 얌전하게 가만 있겠지."

나는 그런 달콤한 예언에 넘어가고 말았다.

문제는 가장인 할아버지였다. 그는 하느님 아버지를 매우 닮아서 사람들은 자주 그를 하느님으로 착각하곤 했었다. 어느 날 그는 성구실(聖具室)로 해서 성당에 들어갔다. 때마침 주임신부는 하느님이 내리시게 될 벼락으로 열성 없는 신자들을 위협하고 있었다.

"이 자리에 하느님이 계시고! 또한 여러분을 보고 계십니다!"

갑자기 신자들은 강단 밑에서 그들을 바라보고 있는 수염 난 커다란 노인을 보았다. 그러자 그들은 도망을 쳤다. 어떤 때는 신자들이 자기 앞에 달려 나와 무릎을 꿇었다고도 할아버지는 말했다. 그는 그러한 하느님 행세에 재미를 붙였다. 1914년 9월, 그는 아르카숑의 어느 영화관에 나타났다. 어머니와 나는 2층 앞자리에 앉아 있었는데, 그는 불을 켜라고 소리 질렀다. 몇몇 남자들이 천사마냥 그를 둘러싸고 외쳐댔다.

"만세! 만세!"

하느님은 무대 위로 올라가더니 마른 강[6]의 성명서를 읽었다. 수염이 검었을 땐 그는 여호와였다. 에밀이 죽은 것도, 어쩌면 그것이 간접적인 원인이었을지도 모른다. 이 분노의 신은 자기 아들의 피로 배를 불렸던 것이다. 그러나 나는 그의 긴 생애 끝에 태어났던 것이요, 그 무렵엔 그의 수염은 세어 담배로 누렇게 되었고, 아버지 노릇도 이미 그에겐 재미없는 것이 되어 있었다. 하지만 내가 그의 아들이었다면 그는 나를 노예로 만들지 않고는 못 배겼으리라. 버릇이 그랬으니까. 다행한 일은 내가 죽은 사람의 아들이었다는 사실이다. 그 죽은 사나이가 어린아이를 얻기 위해 치러야 하는 보통 가격인 몇 방울의 정액을 흘렸던 것이다.

나는 태양의 영지(領地)와도 같아서 할아버지는 나를 소유하지 않고서도 나를 향유할 수 있었다. 나는 그의 '보물'이었다. 왜냐하면 그는 자신의 남은 삶이 경탄을 금치 못할 신나는 일들로 끝맺기를 원했기 때문이다. 그는 나를 운명의 특별한 선물, 말하자면 공짜이긴 하지만 언제든지 취소될 수 있는 선물로 여기게끔 되었다. 그러니 그가 나에게 무엇을 더 바랐겠는가? 단지 내가 곁에 있는 것만으로도 그는 만족했다. 그는 '하느님 아버지'의 수염과 아들 예수의 '성심'을 가진 '사랑의 신'이었다. 그가 나의 머리 위에 손을 얹으면 나는 그의 손바닥의 온기를 느꼈다. 그는 애정에 넘쳐 떨리는 목소리

<hr />

6) 프랑스 북부를 흐르는 강. 제1차 세계대전 때 프랑스군은 1914년과 1918년의 두 번에 걸쳐 이 강가에서 대승리를 거둔 일이 있다.

로 나를 꼬마둥이라고 불렀고, 그의 싸늘한 눈에는 눈물이 어렸다.

"이 녀석한테 그 어른이 홀딱 빠졌어!"

모두들 탄성을 질렀다. 그는 나를 애지중지했다. 그것은 분명한 사실이었다. 하지만 정말 나를 사랑했을까? 그렇게도 공공연히 남의 눈앞에 드러내보이던 애정, 나는 그 속에서 진실과 허위를 분간할 수 없었다. 나는 그가 다른 손자들에 대해 많은 애정을 표시했다고는 생각하지 않는다. 하긴 그는 손자들을 별로 만나는 일이 없었고, 손자들도 그를 전혀 필요로 하지 않았다. 나는 모든 일에 있어서 그에게 의존하고 있었다. 그는 나를 통해서 자신의 너그러움을 열렬히 사랑하고 있었던 것이다.

사실, 그는 꾸미는 듯한 허세에는 좀 지나친 편이었다. 그는 그 무렵의 많은 사람들처럼, 또한 빅토르 위고 자신처럼 자기가 빅토르 위고라고 생각하는 19세기의 사람이었다. 수염을 길게 기르고 풍채가 의젓하던 그 남자, 얼근하게 취한 알코올 중독자처럼 언제나 극적 변화 사이에 있던 그 남자를, 나는 그 무렵 새로 발견되었던 두 가지 기술의 희생자라고 생각한다. 바로 사진술과 할아버지 행세를 하는 것이다. 사진에 잘 찍힌다는 것이 그에게는 행운이기도 하고 불행이기도 했다. 그의 사진이 집 안을 가득 채우고 있었다. 아직 순간사진이 나돌기 전이었으므로 그에게는 자세를 취하고 활인화를 찍는 취미가 생겼다. 걸핏 하면 그는 몸짓을 중단하고 멋진 자세로 몸을 바로잡은 다음 화석처럼 움직이지 않곤 했다. 자기 자신이 석상이 되는 그 짧은 순간에 스스로 도취하는 것이었다. 내게 남아 있는 그의 사진이라곤—그 활인화 취미 때문에—환등처럼 어색하기 짝이 없는 영상들뿐이었다.

어느 숲 속을 배경으로 한 사진을 보면 나는 통나무에 걸터 앉아 있다. 5살 때의 것이다. 샤를 슈바이처는 파나마 모자를 쓰고 검은 줄무늬가 있는 크림색의 플란넬 옷차림에다가 누비 천의 흰 조끼를 입었고, 그 위에 가로로 늘어진 시곗줄이 보인다. 그의 코안경이 끈에 매달려 있다. 그는 나에게 몸을 굽히고 금반지를 낀 손가락을 쳐들고는 무슨 이야기를 하고 있다. 모두가 어두컴컴하고 축축한데 그의 해님 같은 수염만이 번드르르하다. 그는 후광을 턱 둘레에 두르고 있는 것이다. 그가 무슨 이야기를 하고 있는지 모르겠다. 나는 이해는커녕 듣기에 너무 정신이 팔렸던 것이다. 짐작컨대 제정시대의 공화주의자이던 그 노인은 나에게 시민 의무를 가르쳐 주며 부르주아의 역사를 이야기해 주고 있었으리라. 옛날에 왕들이 있었고 황제들이 있었는데, 그들은 몹시 심술이 사나워서 사람들이 그들을 쫓아버렸더니 이제는 모든 일이 잘 되어가고 있다는 투로 말이다.

저녁 무렵 길가로 그를 마중나갈 때면 우리는 케이블 철도에서 내리는 사람들 틈에 낀 그를 이내 알아볼 수 있었다. 그는 커다란 키에 미뉴에트춤 선생 같은 걸음걸이를 하고 있었기 때문이다. 우리를 보자마자 그는 보이지 않는 사진사의 명령에 따르는 듯이 떡 '버티고' 섰다. 수염을 바람에 휘날리며 몸을 꼿꼿이 세우고 두 발을 직사각형으로 디딘 다음 가슴을 불쑥 내밀고, 팔은 쭉 벌린다. 그것을 신호로 나는 부동자세를 하고 몸을 앞으로 수그린다. 마치 사진기에서 튀어나오려는 작은 새처럼 선두주자의 자세를 취하는 것이었다. 잠시 동안 우리는 어여쁜 한 쌍의 작센산(産) 도자기 인형처럼 마주보고 서 있다. 그러다가 나는 과일과 꽃을 한아름 안은 것처럼 할아버지의 행복을 안고 달려간다. 그러고는 숨이 가쁜 체하며 그의 무릎에 부딪치는 것이었다. 그러면 그는 나를 땅으로부터 하늘 높이 쳐들어올렸다가 가슴에 끌어안으면서 중얼거렸다.

"나의 보물!"

그것은 지나가던 사람들의 눈길을 유난히 끌었던 우리의 둘째 장면이었다. 우리는 수많은 촌극들이 벌어지는 풍요로운 희극을 벌이고 있었던 것이다. 사랑의 희롱, 곧 사라져 버리는 오해, 짓궂으나 인자한 장난, 상냥스러운 꾸지람, 애정의 안달, 다정스러운 은폐, 열정 등. 우리는 짐짓 사랑의 장애물들을 상상해 내어 그런 것들을 물리치는 기쁨을 스스로 맛보기도 했다. 나는 때로는 교만했지만 그런 변덕은 나의 섬세한 감수성을 가려 버리지는 못했다. 할아버지는 할아버지들에게 알맞은 고상하고 순진한 허영심과 위고가 권하는 맹목, 즉 책망받아 마땅한 약점을 보였었다. 만약에 내가 빵만 먹어야 하는 벌을 받았더라면, 그는 나에게 잼을 갖다주었을 것이다. 그러나 두 여인은 생각만 해도 질겁하여 내게 그런 벌을 줄 생각을 하지 않았다. 게다가 나는 착한 아이였다.

나는 내 역할이 나에게 아주 잘 어울린다고 생각해서, 그 속에 그대로 틀어박혀 있었다. 사실인즉, 아버지의 너무 이른 죽음은 내게 매우 불완전한 오이디푸스의 성격을 주었다. 내겐 초자아가 없지만 공격적인 성격도 없었다. 나의 어머니는 내 것이었고, 이 평온한 소유를 나와 다투는 사람은 아무도 없었다. 나는 폭행과 증오를 몰랐으며, 사람들은 나에게 질투심이라는 그 뼈아픈 수련을 겪지 않게 해주었다. 현실의 모서리에 부딪쳐 본 일이 없는 탓으로 처음엔 현실을 웃음짓는 말랑말랑한 곳으로만 알고 있었다. 누구에게, 무엇에게 내가 반항할 수 있었겠는가? 다른 사람의 변덕이 나에게 율법으로 행세하려는 일은 결단코 없었던 것이다.

나는 사람들이 나에게 구두를 신겨주고, 코에다 약을 넣어주고, 머리를 빗겨주고, 닦아주고, 옷을 입혀주고 벗겨주고, 몸치장을 해주고 쓰다듬어 주고 하는 일을 얌전하게 받아들인다. 착한 아이 노릇을 하는 것보다 더 재미있는 일을 나는 모른다. 나는 한 번도 울지 않았고, 거의 웃지도 떠들지도 않는다. 4살 때 나는 잼에 소금을 넣다가 들킨 일이 있다. 나쁜 생각에서였다기보다도 과학에 대한 사랑에서 그랬던 모양이다. 아무튼 그것이 내 기억에 남아 있는 유일한 큰 잘못이다. 일요일이면 할머니와 어머니는 좋은 음악이나 유명한 오르가니스트의 연주를 들으러 미사에 간다. 둘 다 종교의 의례를 지키는 신자가 아니지만, 남들의 신앙심이 그녀들에게 음악적 황홀감을 느끼게 해준다. 토카타[7] 한 곡을 맛볼 동안만 그녀들도 하느님을 믿는 것이다. 그 숭고하고 성스러운 순간은 나에게도 흐뭇한 즐거움이다.

모두들 잠들어 있는 것 같다. 내가 무엇을 할 수 있는지 보여주어야 할 때이다. 기도대에 무릎을 꿇고 나는 석상으로 바뀌어 버린다. 발가락을 움직여도 안 된다. 나는 눈물이 뺨 위로 흘러내릴 때까지 눈을 깜빡거리지 않고 앞을 바라본다. 다리가 저린 것을 참기 위해서 무척 애를 쓰는 것은 물론이다. 하지만 승리가 확실하고 나 자신의 힘이 강하다는 것을 잘 알기 때문에, 나는 유혹을 물리치는 즐거움을 갖기 위해서 극악한 유혹들을 마음속에 일으켜 본다.

"쿵쾅!"

소리를 지르며 벌떡 일어나 볼까? 기둥 위에 기어올라 성수반(聖水盤)에 오줌을 쌀까! 이러한 끔찍스러운 생각은 조금 뒤에, 나에 대한 어머니의 칭찬의 가치를 한층 더 높여줄 것이다. 하지만 그런 생각들도 나 자신에 대한

---

7) 피아노·오르간 등의 건반악기를 위해 씌어진, 화려하고 빠른 연주의 전주곡.

거짓말에 불과하다. 나는 위험한 구렁에 빠진 체하지만 그건 나의 영광을 더크게 만들기 위해서인 것이다. 잠시도 유혹 때문에 머리가 아찔해진 일은 없었다. 나는 빈축을 사는 일을 너무나 꺼린다. 그래서 나는 오직 나의 미덕으로써만 사람들을 놀라게 하고 싶은 것이다. 그러한 손쉬운 승리는 나로 하여금 내 천성이 순박하다는 생각을 갖게 해준다. 그저 천성에 맡겨두기만 하면 사람들은 나에게 칭찬을 퍼붓는다.

나쁜 욕망들, 나쁜 생각들이 있다면 그것들은 밖에서 오는 것이다. 하지만 그런 것들은 일단 내 마음속에 들어오면 기운을 잃고 시들어 버린다. 나는 악을 기르기에는 부적당한 땅이다. 이런 연극 덕분에 미덕을 갖게 된 나는 애써 노력하지도 나를 억제하지도 않는다. 나는 다만 새로운 사건들을 생각해 낼 뿐이다. 관객들에게 숨가쁜 흥분을 일으키고 자기 역할에만 심취할 수 있는 배우의 호화스러운 자유를 나는 가졌다. 사람들이 나를 감탄하니 나는 훌륭한 사람이다. 그 이상 더 간단한 일이 어디 있겠는가! 세상은 잘돼 있거든. 사람들이 나를 잘났다고 하면 나는 그것을 믿어버린다. 얼마 전부터 나의 오른쪽 눈에는 각막백반이 생겨 그것이 결국은 나를 애꾸눈에다 사팔눈으로 만들어 버릴 테지만 아직은 아무렇지도 않다. 사람들은 나의 사진을 수없이 찍어내고 나의 어머니는 그것들을 색연필로 수정한다. 지금까지 남아 있는 사진 한 장을 보면, 나는 장밋빛 얼굴에 곱슬곱슬한 금발 머리를 하고 있다. 뺨은 동그스름하고 눈매에는 기존 질서에 대한 상냥스런 존경심이 담겨져 있다. 입은 위선적인 오만으로 부풀어 올라 있다. 내가 어떤 사람인지 나는 알고 있는 것이다.

나의 천성이 순박하기만 해서는 충분치 못하다. 나의 천성은 또한 예언력을 가진 것이라야 한다. 진리는 어린이의 입에서 나오는 법이니까. 어린이들은 아직 자연과 아주 친숙한 존재이며 바람과 바다와는 사촌지간이다. 그들의 중얼거림은 그것을 들을 줄 아는 사람에게는 커다랗고 어렴풋한 가르침을 주는 것이다. 나의 할아버지는 앙리 베르그송과 함께 제네바 호수를 건넜던 일이 있었다.

"나는 감격해서 미칠 것 같았어."

그는 말했다.

"그 찬란한 산봉우리들을 바라보고 아롱진 물결을 둘러보자니 두 눈이 모자랄 지경이었지 뭐야. 그런데 베르그송은 짐가방 위에 걸터앉아서 줄곧 가랑이 사이만 내려다보고 있더란 말이지."

여행 중의 그 사건으로부터 그는 시적(詩的) 명상이 철학보다 더 낫다는 결론을 얻게 되었다. 그는 나에 관해서 명상을 했다. 정원의 접의자에 앉아 옆에 맥주잔을 놓고서는 내가 뛰놀며 껑충거리는 것을 바라보기도 하고 나의 모호한 말 속에서 예지를 찾아내려고 했으며 또 찾아내기도 했다. 그 뒤 나는 그 어리석은 짓을 우습게 여겼지만, 지금 생각하면 그럴 일이 아니었다. 그것은 죽음에 대한 생각 때문이었던 것이다. 샤를은 황홀감을 수단으로 죽음의 고뇌와 싸우고 있었다. 모든 것, 즉 우리의 그 따분한 종말까지도 다 좋다고 믿기 위하여 그는 나를 통해서 경탄스러운 이 세상의 창조물에 감탄하고 있었던 것이다. 그를 다시 잡아가려는 그 자연을, 그는 산꼭대기로, 파도 속으로, 별들 가운데로, 나의 어린 목숨의 샘줄기로 찾아다니며, 그를 위해 파여져 있었던 무덤까지 포함한 자연의 모든 것을 껴안아 받아들이고자 했다. 내 입을 통해 그에게 말하던 것은 '진리'가 아니라 '그의' 죽음이었던 것이다. 나의 유년 시절의 그 싱거운 행복에 이따금 구슬픈 맛이 있었다고 해도 전혀 놀랍지 않다. 나의 자유는 한 사람의 적절한 죽음 덕분이었고, 나의 거만스러움은 죽기를 오랫동안 기다리던 할아버지 덕분이었다. 하지만 뭐, 무당들은 모두가 죽은 자들이라는 것은 누구나 아는 일이다. 어린이들은 모두가 죽음의 거울인 것이다.

그리고 나의 할아버지는 그의 아들들을 귀찮게 하기를 좋아했다. 이 무서운 아버지는 일생 동안 아들들을 짓누르며 지냈다. 아들들이 발끝으로 살금살금 방 안에 들어갈라치면, 어린애에게 절대 복종을 하고 있는 그를 보게 된다. 그러니 가슴이 터질 노릇이다! 세대간의 싸움에 있어서 어린이들과 노인들은 흔히 한편이 된다. 어린애는 신탁을 내리고 노인은 그것을 해독한다. '자연'은 이야기를 하고, 경험은 그것을 해석하는 것이다. 그러므로 어른들은 입을 다물 수밖에 없다. 만약 어린애가 없다면 복슬강아지라도 한 마리 키워야 할 판이다. 작년에 개의 묘지를 거닐다가 이 무덤 저 무덤에서 잇달아 계속되는 떨리는 목소리의 애도사 속에서 나는 나의 할아버지의 격언들을 생각해 냈다. 개들은 사랑할 줄을 안다. 그들은 사람들보다 더 애정이 깊고 더 충실하다. 그들에겐 '선'을 알아내고, 좋은 사람과 나쁜 사람을 구별할 수 있는 미묘한 감각, 틀림없는 본능이 있다.

"폴로니우스, 너는 나보다 낫다. 내가 죽었더라면 너도 따라 죽었으련만, 나는 네가 죽은 뒤에도 그대로 살고 있구나."

비탄에 잠긴 어느 여인은 말하고 있었다. 나와 함께 가고 있던 한 미국인 친구는 화가 나서 시멘트로 만든 개를 발길로 차서 그 귀를 부러뜨렸다. 그것도 무리는 아닐 것이다. 어린애와 개를 '너무' 사랑한다는 것은 인간을 등지는 결과가 되기 때문이다.

따라서 나는 전도가 유망한 복슬강아지였다. 내가 어린애의 말을 하면 사람들은 그것을 기억해 두었다가 나에게 되풀이해 준다. 나는 또 다른 말을 하는 법을 배운다. 그래서 어른들의 말도 할 줄 안다. 나는 엉뚱하게 '나의 나이 이상의 희한한 말'을 할 줄 안다. 그 말들은 어른들에겐 시(詩)이다. 방법은 간단하다. 악마와 우연과 공허를 믿고 어른들의 말을 송두리째 빌려와 그것들을 뜯어맞추어서 무슨 소린지도 모르고 되풀이하면 되는 것이다. 요컨대 나는 신탁을 내리고 사람들은 그것을 제멋대로 해석한다. '선'은 나의 마음 깊은 곳에서 태어나고, '진리'는 내 어린 '오성(悟性)'의 어둠으로부터 태어난다. 나는 자신 있게 나 자신을 칭찬한다. 때론 나의 몸짓과 말이 내겐 별로 신통치 않아 보이지만 어른들에게는 아주 희한하게 보이는 모양이다. 그런 건 아무래도 좋다. 나로서는 맛볼 수 없는 그 미묘한 즐거움을 그들에게 아낌없이 주리라.

나의 익살은 자비심을 베풀어주는 듯한 느낌이 든다. 어린애가 없어 한탄하는 가없은 사람들에 대한 애타심에 불타, 어린애로 분장하고 무(無)로부터 나타나서 그들에게 어린애를 가졌다는 환상을 주고 있는 것이다. 나의 어머니와 나의 할머니는 내가 이 세상에 태어남으로써 베푼 훌륭하고 자비로운 행위를 자주 되풀이해 주기를 바란다. 그녀들은 샤를 슈바이처의 괴벽과 엉뚱한 짓을 좋아하는 버릇을 아는 터라 그의 비위를 맞추어 깜짝 놀랄 거리를 그에게 마련해 주자는 것이다.

그녀들은 나를 가구 뒤에 숨겨놓는다. 내가 숨을 죽이고 있으면 그녀들은 방 밖으로 나가거나 나를 잊어버린 체한다. 이렇게 해서 나란 존재는 없어져 버린다. 할아버지가—마치 내가 존재하지 않으면 그러리라 싶은—피로하고 침울한 낯으로 들어온다. 갑자기 나는 숨어 있던 곳으로부터 뛰어나가 그의 눈앞에 다시 태어났다는 은덕을 베푼다. 그러면 그는 나를 보자마자 연극에 끼어들어 얼굴색이 달라지며 팔을 하늘로 뻗쳐올린다. 내가 있다는 것 자체가 그를 만족시켜 주는 것이다. 한마디로 말해서 나는 나를 그에게 준다. 언제나 어디서나 나는 나의 모든 것을 주는 것이다. 나 또한 하느님처럼 나타난다는 생각을 가질 수 있기 위해서는 방문을 열고 들어서기만 하면 된다. 나는 장난감 나뭇조각을 쌓아올리거나 흙반죽으로 과자를 만들어 놓고 큰 소리로 사람을 부른다. 누군가가 달려와서 환성을 지른다. 나는 행복한 사람을 또 하나 만들어 낸 것이다. 식사와 잠과 불순한 기후에 대한 조심, 그런 것들이 의식을 무척 존중하는 가정생활의 주요한 즐거움이자 중요한 의무였다. 나는 왕처럼 사람들이 보는 앞에서 식사를 한다. 내가 잘먹으면 사람들은 칭찬을 한다. 나의 할머니까지도 이렇게 외친다.

"저렇게도 배가 고프다니 착하기도 하지!"

나는 쉴새 없이 나 자신을 창조해 나간다. 나는 주는 사람이며 주어지는 존재이다. 만약 나의 아버지가 살아 있다면, 나는 나의 권리와 의무를 알게 되었을 것이다. 그러나 그는 죽었으므로 나는 그런 것을 모른다. 극진한 사랑을 받고 있으니 나에게는 권리가 없고, 사랑으로 말미암아 모든 것을 주고 있으니 나에게는 의무도 없다. 단 한 가지의 책임이 있을 뿐이다. 즉 환심을 사는 것이다. 모든 일이 남에게 보여주기 위한 놀음이다. 우리집에서는 모두 얼마나 너그러운지! 나의 할아버지는 나를 먹여 살리고, 나는 그를 행복하게 만든다. 나의 어머니는 모든 사람에게 헌신하고 있다. 지금 생각해 보면 그 헌신만이 진실이었던 것 같지만 우리에겐 그것을 못 본 체하려는 경향이 있었다. 아무튼 우리의 생활은 의식의 연속에 지나지 않으며, 우리는 서로 칭찬을 퍼붓는 데에 세월을 바친 것이다. 어른들이 그저 나를 귀여워해 주기만 한다면 나는 어른들을 존경한다. 나는 정직하고 솔직하며 계집애처럼 온순하다. 생각하는 것도 바르고 사람들을 신뢰한다. 모두들 만족하고 있으니 모두 착한 사람들이다.

나는 사회라는 것을 재능과 능력의 엄밀한 계급조직이라 생각한다. 제일 높은 자리를 차지한 사람들은 그들 밑에 있는 사람들에게 그들이 가진 모든 것을 준다. 하지만 나는 맨 윗자리에 올라서고 싶다는 생각을 하지 않는다. 그 자리는 질서를 유지하는 엄격하고 뜻있는 사람들에게만 주어진다는 걸 알고 있기 때문이다. 나는 그들에게서 지나치게 멀지 않은 가장자리의 작은 횃대 위에 앉아 계단의 위아래를 비추고 있다. 요컨대 나는 세속적인 권세를 멀리하려고 갖은 애를 쓴다. 그 위도 아래도 아니고 다른 데 있어야 한다. 성직자의 손자인 나는 어려서부터 성직자이다. 나는 추기경 나리들의 부드러운 말투와 사제님들의 쾌활함을 가졌다.

나는 내 아랫사람들을 동등하게 대우한다. 그것은 내가 그들을 행복하게 만들어 주기 위한 경건한 거짓부렁이요, 그들도 어느 정도 속아주어야만 되는 거짓부렁이다. 나의 하녀에게, 우편배달부에게, 나의 강아지에게 나는 참을성 있고 온화한 말투로 이야기한다. 이 질서의 세상에는 가난한 사람들이 있다. 또 다리가 5개인 양들도 있고, 몸이 붙어버린 쌍둥이들도 있으며, 기차 사고도 있다. 이러한 비정상적인 일은 어느 누구의 잘못도 아니다. 착한 가난뱅이들은 그들의 임무가 우리의 너그러움을 훈련시키는 것임을 모른다. 부끄러워하는 가난한 사람들, 그들은 담 옆으로 슬금슬금 걷는다. 나는 달려가서 그들의 손에 동전 두 푼을 쥐어주고, 특히 그들에게 평등주의자의 아름다운 미소를 선물로 준다. 그들의 꼴이 바보 같다는 생각이 들어 그들에게 손을 대기가 싫지만, 나는 억지로 그 일을 해낸다. 이것도 시련이기 때문이다. 그리고 그들은 나를 사랑할 필요가 있다. 이 사랑은 그들의 생활을 아름답게 만들어 줄 테니까. 그들에게는 생활필수품이 필요하다는 것을 알면서도 사치품을 주는 것이 나에게는 즐겁다. 게다가 그들이 아무리 빈곤하다 하더라도 나의 할아버지만큼 괴로워지진 않을 것이다. 할아버지는 어렸을 때 새벽이 되기도 전에 일어나 어둠 속에서 옷을 입곤 했다. 겨울에는 세수를 하기 위해 물항아리 속의 얼음을 깨뜨려야 했다. 다행히도 그 뒤 모든 일이 잘되었다. 그래서 할아버지는 '진보'를 믿는다. 나도 믿는다. 나에게까지 이른 그 험난한 길인 '진보'를.

그곳은 '낙원'이었다. 매일 아침 나는 어리둥절한 기쁨 속에서 잠을 깼다. 아주 화목한 가정에, 세상에서 가장 아름다운 나라에 나를 태어나게 한 엄청난 행운을 경탄했다. 불평분자들을 보면 분개심마저 일었다. 무엇이 불만이란 말인가? 그런 사람들은 트집쟁이들이다. 특히 나의 할머니가 내게는 매우 걱정거리였다. 나에 대한 그녀의 찬미가 충분치 못하다는 것을 인정할 수밖에 없어 고통스러웠다. 사실인즉 루이즈는 내 속을 훤히 들여다보았던 것이다. 그 연극놀음에 대해 자기 남편에게는 아무 말도 못하던 그녀가 나에게만은 드러내 놓고 비난했다. 나를 어릿광대요, 익살꾼이요, 위선자라면서 그런 '가면극'을 당장 그만두라는 것이었다. 나는 그녀가 할아버지까지도 비웃는다는 생각이 들어 더욱더 화가 났다. 그녀는 '언제나 부정을 일삼는 영혼'이었던 것이다.

내가 그녀에게 '말대답'을 한다든가 하면 그녀는 용서를 빌라고 강요했다. 그러나 뒤가 든든한 나는 그런 요구를 거부했다. 그러면 할아버지는 재빨리 손자에 대한 너그러운 마음씨를 보일 기회를 포착하곤 했다. 그는 자기 아내에게 맞서 내 편을 들어준다. 그러면 그녀는 화를 내고, 자기 방으로 가서 틀어박히는 것이었다. 어머니는 할머니의 분풀이를 두려워하며 걱정스러운 듯 나직한 소리로 공손하게 아버지가 잘못이라고 말한다. 할아버지는 어깨를 으쓱해 보이면서 자기 서재로 물러가고 만다. 결국 어머니는 할머니에게 가서 용서를 빌라고 나에게 간청하는 것이었다. 나는 나의 위력을 흐뭇하게 느끼고 있었다. 나는 '성 미카엘'처럼 '악령'을 때려눕혔던 것이다. 그러나 마침내는 우물쭈물 용서를 빌러 가기 마련이었다. 이런 일을 제외하고서는 물론 나는 그녀를 사랑했다. 나의 할머니였으니까. 사람들은 나에게 그녀를 마미라고 부르고 가장인 할아버지도 그의 알자스 이름으로 칼이라고 부르도록 일러주었다.

칼과 마미, 그것은 로미오와 줄리엣보다, 필레몬과 바우키스[8]보다도 더 듣기가 좋았다. 나의 어머니는 의도적인 듯한 말을 하루에도 골백번이나 되풀이했다.

"칼레마미[9]가 우릴 기다리고 계셔. 칼레마미가 좋아하실 거야, 칼레마미가……."

그 네 음절의 긴밀한 결합으로써 두 사람의 완전한 화합을 암시하고 싶었기 때문이리라. 나는 그런 술책에 절반쯤밖에 속지 않았지만 완전히 속는 체했다. 먼저 나 자신이 보아도 속고 있는 것처럼 보였다. 말은 사물들 위에

---

8) 그리스 신화에 나오는 의좋은 부부로, 가난했지만 신을 정성껏 대접한 덕분에 한날 한시에 죽게 해달라는 소원이 이루어졌다.

9) Karlémami : 칼Karl과 마미Mamie를 사르트르는 프랑스어의 et를 넣어 네 음절로 발음했다.

제 그림자를 던지고 있었던 것이다. 칼레마미라는 말을 통해서 나는 가정의 빈틈없는 화합을 유지할 수 있었고, 루이즈의 머리 위에 샤를의 적지 않은 장점의 일부분을 옮겨부을 수 있었던 것이다. 의심 많고 실수하기 쉬운 성미를 타고났던 할머니는 언제나 구렁텅이 속에 빠질 듯했지만, 천사들의 팔과 같은 한마디 말의 힘이 그녀를 붙들어 주었다.

정말 고약스러운 자들이 있다. 그것은 우리에게서 알자스로렌 지방과 시계를 모조리 빼앗아간 프러시아 사람들이다. 다만 독일 학생들이 선물로 갖다준 검은 대리석 괘종시계만이 할아버지 방의 벽난로를 장식하고 있을 뿐이었다. 하지만 그것도 그놈들이 어디서 훔쳐온 것일지도 모른다고 생각했다. 사람들은 앙시의 책을 나에게 사주고 그 속의 그림들을 보게 했다. 나의 알자스 아저씨들과 매우 비슷한, 장밋빛 설탕으로 만들어진 것 같은 그 뚱뚱한 사람들에게 나는 아무런 반감도 안 느낀다. 1871년에 프랑스를 선택한 할아버지는 이따금 군스바흐로, 파펜호펜으로, 그곳에 남은 사람들을 만나러 간다. 나도 데리고 간다. 기차 속에서 독일인 차장이 차표를 보자고 하거나 카페에서 보이가 얼른 주문을 받지 않을 때면 샤를 슈바이처는 애국적인 분노를 터뜨리며 얼굴을 붉힌다. 두 여인은 그의 팔에 매달린다.

"샤를! 어쩌자고 그래요? 우리는 내쫓길 거예요. 그래 봐야 무슨 소용이 있어요?"

나의 할아버지는 목소리를 높인다.

"나를 내쫓을 수 있나. 어디 좀 보고 싶군. 난 내 나라에 있어!"

여인들이 나를 그의 앞으로 떼밀면 나는 애원하는 눈길로 그를 쳐다본다. 그러면 그는 누그러져서 한숨을 내쉬며 그의 메마른 손가락으로 내 머리를 쓰다듬으며 말한다.

"이 아이를 봐서 참지."

이러한 일을 겪고 난 나는 점령자들에 대해 분노하기보다는 할아버지에 대한 반감을 일으킨다. 게다가 샤를은 군스바흐에 가면 으레 자기 제수에게 화풀이를 한다. 일주일에 몇 번씩 그는 식탁 위에 냅킨을 내던지고 문을 쾅 닫고 식당을 나가버린다. 하지만 그의 제수는 독일 사람이 아니다. 식사가 끝나면 우리는 그의 앞으로 가서 머리를 숙이고 애걸하며 흐느껴 운다. 하지만 그는 무쇠 같은 얼굴을 보일 뿐이다. 어찌 할머니의 판단이 옳다고 하지 않을 수 있겠는가?

"알자스는 그에게 해로워. 그렇게 자주 가지 않는 게 좋을 거야."

더구나 나는 나에게 무례하게 구는 알자스 사람들을 그리 좋아하지 않는다. 그러니 알자스를 뺏긴 것이 나에겐 그다지 원통하지도 않다. 내가 파펜호펜의 식료 잡화상인 블루멘펠트 씨 가게에 너무 자주 드나들어 그를 귀찮게 했던 모양이다. 그래서 카롤린 외숙모가 나의 어머니에게 '귀띔'을 했다. 어머니가 그걸 나에게 일러준다. 이번 한 번만은 루이즈와 내가 한편이다. 그녀는 남편의 집안 사람들을 미워하는 것이다.

스트라스부르에서 식구들이 모두 어느 호텔 방에 모여 있는데 가느다랗고 희미한 소리가 들려온다. 나는 창가로 달려간다. 군대다! 그 유치한 음악에 맞추어 프러시아군이 행진하는 것을 보니 무척 재미있어 나는 손뼉을 친다. 할아버지는 의자에서 떠나지 않고 투덜투덜 못마땅해한다. 어머니가 와서 창가에서 떠나라고 속삭인다. 나는 좀 실쭉하면서 순순히 따른다. 물론 나는 독일 사람들을 미워하긴 하지만, 꼭 그래야 한다는 생각은 없다. 게다가 샤를은 광적인 애국주의자가 되려고도 하지 않았다.

1911년에 우리는 뫼동을 떠나 파리로 가서 르고프 거리 1번지에 자리를 잡았다. 은퇴할 수밖에 없었던 샤를은 우리의 생계를 유지하기 위해서 '현대어 학원'을 차렸다. 여행 중인 외국인들에게 프랑스어를 가르치는 것이다. 물론 직접교수법으로. 학생들은 대부분 독일에서 온다. 그들은 돈을 잘 낸다. 나의 할아버지는 루이 금화를 세어보는 일 없이 웃옷 주머니에 넣는다. 불면증이 있는 할머니는 밤에 복도로 살그머니 빠져나가 그녀 자신이 자기 딸에게 말했듯이, 도둑고양이마냥 살짝 세금을 뗐다. 한마디로 말해서 적국인들이 우리를 먹여 살려주고 있는 셈이다. 프랑스와 독일 사이에 전쟁이 또 일어나면 알자스는 되찾을 테지만 학원은 망할 것이다. 샤를은 '평화' 유지파이다. 그리고 우리집에 점심을 먹으러 오는 착한 독일 사람들이 있다. 그중에는 루이즈가 질투의 웃음을 띠며 '샤를의 둘시네아[10]'라고 부르는 얼굴이 불그스레하고 털투성이의 여류소설가와 나의 어머니를 방문에 밀어붙이고 키스를 하려 드는 대머리 의사가 있었다. 어머니가 겁먹은 소리로 하소연

---

10) 세르반테스의 《돈키호테》에 나오는 여자. 흔히 애인이나 정부 따위를 가리키는 보통명사처럼 쓰인다.

을 하면 할아버지는 외친다.

"너는 모든 사람과 내 사이를 다 끊어놓을 셈이구나!"

그는 어깨를 으쓱 추켜올리고 결론을 내린다.

"넌 가당찮은 소리를 하고 있어."

그러면 어머니는 자기가 잘못했다고 생각한다. 우리집에 찾아오는 모든 사람은 나의 재능에 경탄해야만 한다는 것을 알게 된다. 그들은 고분고분하게 나를 귀여워해 준다. 그러니 그들의 태생이야 어떻든 그들도 어렴풋이나마 '선'의 관념을 가지고 있는 것이다. 학원 설립기념일에는 백 명도 더 되는 손님이 왔었고, 도수가 약하고 달콤한 샴페인이 나왔다. 어머니와 무테양이 한 대의 파아노로 바흐의 악곡을 함께 친다. 푸른 모슬린 옷을 입은 나는 머리에는 별을 꽂고 어깨에는 날개를 붙이고, 이 사람 저 사람에게로 바구니에 든 귤을 권하며 다닌다.

"정말 천사로군!"

사람들은 감탄해 마지않는다. 그렇다. 그들은 그렇게 나쁜 사람들이 아니다. 하지만, 물론 우리는 수난을 겪고 있는 알자스의 원수를 갚아야 한다는 생각을 포기한 건 아니다. 가족들만 모인 자리에선, 군스바흐와 파펜호펜의 삼촌들이 하는 것처럼 우리는 낮은 목소리로 독일놈들을 놀림감으로 만들어 복수를 한다. 프랑스어 작문에 '샤를로테는 슬픔으로 말미암아 베르테르의 무덤 위에서 기절해 버렸'고 쓴 그 여학생, 저녁 식사 자리에서 멜론조각을 못 미더운 눈으로 바라보다가 씨와 껍질까지 먹어버린 그 젊은 교사의 이야기를 하며 우리는 백 번이나 연거푸 지칠 줄 모르고 웃어댄다. 그러한 실수들은 나로 하여금 너그러운 마음을 가지게 한다. 독일 사람들은 우리보다 못한 사람들이지만 우리를 이웃으로 가진 게 다행이다. 우리의 지혜를 얻을 수 있으니 말이다.

콧수염 없는 키스는 소금 없는 달걀과 같다고 그 무렵 사람들은 말했다. 나는 덧붙인다. 즉 악 없는 선과 같고, 1905년부터 1914년까지의 내 생활과 같다고. 인간은 대립함으로써만 자기를 규정지을 수 있는 것이라면, 나 자신은 규정지어지지 않은 인간이었다. 애정과 증오가 하나의 메달 표면과 이면이라면 나는 아무것도, 아무도 사랑하지 않았었다. 그건 당연한 일이었다. 미워하며 동시에 환심을 산다는 건 바랄 수 없는 일이다. 또한 환심을 사는 동시에 사랑한다는 것도 바랄 수 없는 일이기 때문이다.

그럼 나는 나르시시스트인가? 그렇지도 않다. 남의 마음을 끌고 싶어하는 생각이 너무 많아서 나는 나를 잊어버린다. 따지고 보면 흙반죽을 만들거나 서툰 그림을 그리는 따위의 본능적 욕구는 나에겐 그리 재미가 없다. 내 눈에 그런 일들이 값있어 보이기 위해서는 적어도 내가 한 일을 경탄해 주는 사람이 있어야 한다. 다행히도 갈채를 보내는 사람들이 얼마든지 있다. 나의 이야기를 듣거나 〈푸가의 기법〉[11]을 듣거나 어른들은 한결같이 간사한 음미와 공모의 웃음을 띠었다. 그걸 보면 나의 본질이 무엇인지 알 수 있다. 나는 하나의 문화재이다. 문화가 내 몸속에 배어들어, 마치 저녁때 연못이 낮에 받아들였던 열을 내뿜듯 나는 그것을 가족들에게 되돌려 주는 것이다.

*

나의 인생이 시작된 것은 책 속에서였다. 물론 끝날 때도 그럴 테지만. 우리 할아버지의 서재는 책으로 꽉 차 있었다. 1년에 한 번, 10월에 신학기가 시작되기 전의 한 번을 제외하고는 책의 먼지를 터는 일은 금지되어 있었다. 책을 읽을 줄 모르던 때부터 벌써 나는 선돌〔立石〕 같은 그 책들을 존경했다. 서 있기도 하고 기울어져 있기도 하고, 서가에 벽돌처럼 빽빽하게 들어차 있기도 하고, 선돌이 늘어선 것 같은 오솔길을 이루어 드문드문 고상하게 놓여 있는 그 책들, 우리집의 번영이 그것들에 달려 있다는 것을 나는 느끼는 것이었다. 그것들은 모양이 다 비슷했다. 나는 덩어리를 이룬 기념물들에 둘러싸인 조그만 성전에서 뛰놀고 있었다. 내가 태어나는 것을 보았고 또 나의 죽음도 보게 될 유물들, 그 영원한 존재가 과거와 마찬가지로 평온한 앞날을 내게 보장해 주고 있는 것이었다. 나는 자랑스러웠기에 먼지를 손에 묻혀보기 위해서 남몰래 책들을 매만져 보곤 했지만, 그것들이 어떻게 쓰이는지는 몰랐다. 그래서 매일매일 그 의식에 참석하여 보았으나 여전히 그 의미를 알 수가 없었다. 할아버지는—보통 때는 하도 손놀림이 둔해서 어머니가 그의 장갑 단추를 채워줄 정도였건만—그 문화재만은 예식을 집행하는 자와도 같은 능란한 솜씨로 다루었다. 나는 그가 정신 나간 사람처럼 일어나서

---

11) 독일의 작곡가. J.S. 바흐의 미완성 대작으로, 4곡의 카논과 15곡의 푸가로 구성되어 있다.

책상을 한 바퀴 돌고는 두서너 걸음으로 방을 가로질러서, 골라내기 위한 잠시의 망설임도 없이 책 한 권을 뽑아들고 의자로 돌아오면서 오른손 엄지손가락과 집게손가락으로 책장을 뒤적이고, 의자에 걸터앉자마자 어김없는 손짓으로 구둣발 소리 같은 탁 소리를 내며 '적절한 페이지'를 펼치는 모습을 천 번도 더 보았다. 이따금 나는 굴처럼 벌어지는 그 상자 속을 들여다보기 위해 다가가기도 했다. 그럴 때면 그것들의 내장이 노출된 모습을 볼 수 있었다. 희끄무레한 종잇장이 약간 부풀어 올라 그 위에 온통 검은 줄이 가늘게 가 있고 잉크를 머금어 버섯 냄새를 풍기고 있었다.

할머니 방에는 책들이 뉘어져 있었다. 어느 도서관에서 빌려오는 것이었는데, 한꺼번에 두 권 이상이 있는 것을 나는 본 일이 없다. 그 책들을 볼 때마다 새해에 먹는 과자가 생각났다. 말랑말랑하고 반짝거리는 페이지들이 파라핀지를 잘라서 만든 것 같았기 때문이다. 산뜻하고 하얗고 거의 새것 같은 그 책들은 조그만 수수께끼가 되었다. 금요일마다 할머니는 외출하기 위해 옷을 갈아입으면서 '그것들을 돌려주러 간다'고 말하는 것이었다. 돌아와서는 검은 모자와 베일을 벗은 다음 '그것들'을 머프[12] 속에서 끄집어냈는데, 그러면 나는 속은 것 같은 기분이 들어 '같은 책들이 아닐까?' 생각해 보곤 했다. 그녀는 겉표지를 정성스럽게 싼 다음, 그중의 하나를 골라가지고 창가의 베개 달린 안락의자에 자리를 잡았다. 그러고는 안경을 쓰고 행복과 피로가 뒤섞인 긴 한숨을 내쉬며 관능적인 미묘한 미소와 더불어 눈을 내리까는 것이었다. 나는 그런 미소를 그 뒤에 모나리자의 입가에서 다시 찾아볼 수 있었다. 어머니는 입을 다물고 나에게도 떠들지 말라는 시늉을 한다. 그러면 나는 미사와 죽음과 잠을 생각하면서 성스러운 침묵에 잠기는 것이었다.

이따금 루이즈는 조그만 소리로 웃곤 했다. 그러다가는 딸을 불러 어느 한 줄을 손가락으로 가리키면 두 여인은 공범자의 웃음을 주고받는 것이었다. 하지만 너무나 말쑥한 그 책들을 나는 좋아하지 않았다. 그것들은 어떤 침입자들이었다. 할아버지는, 그것들은 여자들만이 가지는 유치한 찬양의 대상밖에 안 된다는 자기 생각을 숨기지 않았다. 일요일이 되면 할아버지는 심심

---

12) 모피 뒷면에 헝겊을 대어 토시 모양으로 만들어서 양쪽으로 손을 넣게 된 방한 용구.

풀이로 아내의 방으로 들어갔지만, 아무런 할 말도 생각해 낼 수 없어서 그녀 앞에 우두커니 서 있었다. 모두들 그를 바라보는 가운데 그는 유리창을 두드리다가, 생각다 못해 할머니에게로 돌아서서 그녀의 손에서 소설을 빼앗는 것이었다. 그러면 할머니는 화가 나서 외친다.

"샤를, 그러면 어디까지 읽었는지 모르잖아요!"

그 말에는 아랑곳없이 할아버지는 벌써 눈썹을 추켜올리며 읽고 있는 것이다. 그러다가 갑자기 집게손가락으로 책을 두드리며 외친다.

"무슨 소린지 알 수가 있나!"

그러면 할머니는 이렇게 대꾸한다.

"당신이 어떻게 알 수 있겠어요? 중간에서 읽으시니!"

나중엔 할아버지는 책을 탁자 위에 던진 다음 어깨를 으쓱 추켜올리며 나가버린다.

틀림없이 그의 생각이 옳았을 것이다. 자기 직업에 관한 일이었으니까. 나는 그걸 알고 있었다. 그는 내게 서가의 한 칸에 꽂혀 있는, 마분지에 갈색 헝겊을 씌워 제본한 큼직한 책들을 가리켰다.

"저것들은 말이야, 할아버지가 만든 거야."

얼마나 자랑스러운 일인가? 나는 파이프 오르간이나 성직자의 옷을 만드는 사람과 같이 훌륭하고 성스러운 것을 제작해 내는 전문적인 명장(名匠)의 손자인 것이다. 나는 그가 일하는 것을 보았다. 《독일어 교본》은 해마다 판을 거듭했다. 방학 때면 온 가족이 교정지가 나오기를 초조하게 기다렸다. 샤를은 무슨 일이든지 하지 않고서는 배기지 못하는 성미였다. 그래서 화를 내며 시간을 보냈다. 마침내 우편배달부가 물렁물렁하고 큼직한 꾸러미를 가져왔다. 사람들은 가위로 끈을 잘랐다. 할아버지는 교정지를 펼쳐서 식당 식탁 위에 벌려놓고는 거기다가 붉은 줄을 북북 긋는 것이었다. 잘못된 글자를 발견할 때마다 그는 이 사이로 "제기랄!" 하고 중얼거렸지만, 하녀가 식사 준비를 해야겠다고 할 때를 제외하고는 고함을 지르지 않았다. 모두들 만족해했다. 나는 의자 위에 올라서서 붉은 줄무늬가 그어지는 그 검은 줄들을 황홀감에 잠겨 바라다보고 있었다.

샤를 슈바이처는 자기의 숙적은 바로 출판업자라고 나에게 알려주었다. 할아버지는 셈이란 걸 도무지 할 줄 몰랐다. 데면데면해서 낭비가 심했고,

과시하는 성격으로 관대했던 그는, 훨씬 뒤에는 허약과 죽음에 대한 공포로 말미암아 80대의 고질병인 인색에 빠지고 말았다. 그러나 그 무렵에는 그 인색함도 그저 이상한 의심증으로밖에는 나타나지 않았었다. 어음으로 인세를 받을 때면 그는 두 팔을 들고 지독한 놈들이라고 소리를 질러댔다. 그렇지 않으면 할머니의 방으로 뛰어들어 가서 침울하게 말하곤 했다.

"출판사 놈들은 숲속의 강도처럼 내 돈을 도둑질한단 말이야."

나는 인간이 인간을 착취하는 것을 보고 어이가 없었다. 다행히도 그것은 제한된 것이지만, 그런 비열한 행위가 없었던들 그래도 이 세상은 잘되어 있다고 말할 수 있을 텐데! 주인은 자기 능력에 따라서 노동자들에게 각자의 가치에 따라 돈을 주면 된다. 그런데 왜 그 흡혈귀 같은 출판업자들은 나의 가엾은 할아버지의 피를 빨아먹음으로써 이 세상을 추악하게 만들어야만 했던가? 헌신적인 행동을 해도 아무 보상을 받지 못하는 이 성인에 대한 나의 존경심은 더욱 커졌다. 나는 일찍부터 교직을 하나의 성직으로, 문학을 하나의 수난으로 여기도록 훈련을 받았다.

나는 아직 책을 읽을 줄 모르면서도 '나의' 책들을 갖고 싶어할 정도로 상당히 건방졌다. 할아버지는 그의 고약한 출판업자에게 가서 모리스 부쇼르라는 시인의 《동화집》을 얻어왔다. 할아버지 말에 의하면 그것은 민속전설에서 인용된 것으로, 아직도 어린이의 눈을 간직하고 있는 사람에 의해서 어린이의 취미에 맞도록 씌어진 이야기들이라는 것이었다. 나는 그것들을 내 것으로 만드는 의식을 시작하고 싶었다. 나는 그 작은 책 두 권을 집어들고 냄새를 맡아보고, 어루만져 보고, 딱 소리를 내가며 되는 대로 '적절한 페이지'를 펴 보았다. 그러나 헛일이었다. 내가 그 책을 소유하고 있다는 느낌을 가질 수 없었다. 그 책들을 인형처럼 달래보고, 입도 맞추고, 두들겨도 보았으나 아무런 효과도 없었다. 나는 마침내 눈물을 글썽거리며 그 책들을 어머니 무릎 위에 갖다놓고 말았다. 어머니는 하던 일을 멈추고 말했다.

"아가야, 무엇을 읽어줄까? 요정들 이야기를 읽어줄까?"

나는 믿을 수가 없어서 이렇게 물어보았다.

"요정들이 '그 속에' 있어?"

그것은 나에게는 귀에 익은 이야기였다. 어머니가 나를 목욕시킬 때, 콜로뉴 향수를 내 머리에 뿌려서 비빈다든가, 자기 손에서 미끄러져 떨어진 비누를 목욕통 밑에서 줍기 위하여 군데군데 끊어가며 그 이야기를 자주 해주곤 했기 때문이다. 그러면 나는 너무나 잘 알고 있는 그 이야기를 별 관심 없이 흘려들었다.

내 눈에는 아침마다 만나는 소녀 안 마리만이 보였고, 내 귀에는 종 노릇에 시달리는 그녀의 목소리만이 들렸다. 언제나 때를 못 맞추고 뒤늦게야 나오는 그 말들, 갑작스레 확고해지는 어조, 이러한 것들이 내 마음에 들었다. 그러다가 그 어조는 몹시 약해지고, 선율적으로 말꼬리가 흐려져서 갈피를 잡을 수 없다가도 잠시 뒤엔 처음 어조로 되살아나곤 했다. 게다가 그 요정 이야기는 덤이나 마찬가지였다. 그것은 그 여자의 혼잣말을 계속시키는 끈이었던 것이다. 그녀가 말을 하는 동안 우리는 내내 사람들과 신들과 사제들에게서 멀리 떨어져 남의 눈을 피하여 단둘이만 있었다. 우리는 숲 속에 있는 두 마리의 사슴으로서 다른 사슴들, 즉 요정들과 함께 있었다. 비누와 '콜로뉴 향수' 냄새가 풍기는 우리의 불경한 생활을 묘사하기 위하여 누가 이런 책을 한 권 썼으리라고는 도저히 생각할 수가 없었다.

안 마리는 나를 자기 맞은편에 있는 자그마한 의자에 앉혔다. 그녀는 몸을 굽히고는 눈꺼풀을 내리더니 잠이 들었다. 조각상 같은 그 얼굴에서 단조로운 목소리가 새어나왔다. 나는 어리둥절했다. 대체 누가 이야기를 하는 것일까? 무슨 이야기일까? 그리고 누구에게 하는 이야기일까? 어머니의 모습은 간 곳이 없었다. 미소도 사라지고 공범자의 몸짓도 없었다. 나는 유배된 거나 마찬가지였다. 게다가 어머니의 말투를 찾아낼 수가 없었다. 어디서 그런 단정적인 어조를 얻은 것일까? 잠시 뒤 나는 알았다. 말을 하고 있는 것은 어머니가 아니라 바로 그 책이었다. 그 책에서 나오는 글귀가 나에게는 두려운 것들이었다. 그것이야말로 정말 다리 많이 달린 벌레들이었다.

그것들은 음절과 글자로 꿈틀거렸고, 이중모음을 길게 뽑고 중자음을 진동시켰다. 때로는 노래하듯 때로는 콧소리를 섞어가면서, 또 때로는 쉬거나 탄식해 가며 알 수 없는 낱말들을 풍부하게 사용하면서 그 벌레들은 그들 스스로에 도취되어 나 같은 건 아랑곳없다는 듯이 구불구불 휘어서 기어다니는 것이었다. 이따금 그것들은 내가 그것을 이해하기도 전에 사라졌다. 또 어떤 때는 내가 미리 이해하기도 했지만 그것들은 구두점 하나 생략해 주지도 않고 대단원을 향해서 점잖게 달음질치기를 계속하는 것이었다. 확실히 그 말들이 나를 위한 것은 아니었다. 그 이야기 줄거리는 멋있게 꾸며져 있었다. 나무꾼, 그의 아내와 딸, 그리고 요정도 결국은 우리와 마찬가지일 텐데도 위엄을 지니고 있으니 말이다. 그들의 누더기옷은 화려하게 이야기되었다. 행동을 제전으로, 사건을 의식으로 변형시킴으로써 그 낱말들은 만물 위에 영향을 미치고 있었다.

누가 질문을 하기 시작했다. 그것은 교과서 출판을 전문으로 하는 나의 할아버지가 아는 출판업자로, 어린 독자들의 지능을 단련시킬 수 있는 어떤 기회도 놓치지 않는 사람이었다. 마치 어떤 어린이에게 질문을 하고 있는 것같이 여겨졌다. 네가 나무꾼이라면 어떻게 했을까? 두 아이들 중에서 누가 더 좋을까? 어째서 그런가? 바베트가 벌 받는 것을 찬성하는가? 등이었다. 그러나 이런 질문을 받는 어린이가 반드시 나 자신이라고는 생각할 수 없었으므로 대답하기가 두려웠다. 그래도 나는 대답했다. 나의 가냘픈 목소리는 땅속으로 꺼져 들어갔고, 나는 내가 딴 아이가 되는 것을 느꼈다. 안 마리 역시 장님 점쟁이처럼 되는 것이었다. 나는 마치 모든 어머니의 아이 같았고, 어머니는 모든 아이의 어머니같이 생각되었다. 어머니가 책 읽기를 멈추었을 때 나는 그 책을 홱 빼앗아서 고맙다는 말도 하지 않고 팔에 끼고 달아났다.

그러는 동안에 나는, 나 자신을 나에게서 떼어놓는 그 시동장치에 기쁨을 느꼈다. 모리스 부쇼르는 백화점 판매주임이 손님을 대할 때처럼 빈틈없는 세심한 주의를 기울여 소년들을 굽어보고 있었다. 그것이 내 비위에 맞았다. 즉 흥겨운 이야기보다 미리 꾸며진 이야기가 더 마음에 들게 되었다. 나는 낱말들의 엄격한 연속에 대해서 예민해졌다. 어머니가 책을 읽어줄 때마다 늘 같은 낱말이 같은 순서로 되풀이되었다. 나는 그것들이 나타나기를 기다렸다. 안 마리의 동화 속 등장인물들은 그녀 자신이 그렇듯 일상적 행복에 젖어 있었다. 그들의 운명은 이미 결정되어 있었던 것이다. 나는 미사에 참례하고 있는 셈이었다. 곧 이름과 사건과의 거의 끊임없는 회귀(回歸)에 참석하고 있었던 것이다.

그때 나는 어머니에게 질투를 느꼈다. 그리하여 나는 어머니가 하는 역할을 빼앗기로 결심했다. 나는 《중국에 있는 어떤 중국인의 고민》이라는 제목의 작품을 손에 들었다. 그러고는 그것을 다락방으로 가져갔다. 거기에서 나는 접이식 침대 위에 누워서 읽는 체했다. 나는 모든 음절을 다 발음하려고 애쓰면서 단 한 줄도 빼놓지 않고 검은 글씨의 줄을 눈으로 훑어갔다. 그리고 옛날이야기 하나를 나 자신을 위하여 큰 소리로 읽었다. 사람들은 그러한 나를 발견했다. 아니 발견했다라기보다는 오히려 내가 사람들에게 발견되도록 했다. 사람들은 감탄하고 이제는 나에게 알파벳을 가르칠 때가 되었다고 단정했다. 나는 마치 세례 지원자처럼 열중했다. 나는 스스로 자습까지 해보려 했다. 나는 내가 암송하고 있었던 엑토르 말로의 《집 없는 천사》를 가지고 접이식 침대에 기어올라가 반은 외고, 반은 글씨를 해독하면서 한 페이지 한 페이지를 빼놓지 않고 읽어 내려갔다. 마지막 페이지를 넘겼을 때, 나는 글을 읽을 줄 알게 되었던 것이다.

나는 기뻐서 어쩔 줄을 몰랐다. 그 조그만 상자 속에서 울리는 메마른 그 목소리, 할아버지가 들여다보면 되살아나는 그 목소리, 그에게는 들리고 나에게는 들리지 않던 그 목소리가 이제 내 것이 되었다! 나는 그것을 귀담아 듣고 엄숙한 이야기들을 많이 읽어 모든 것을 알리라. 사람들은 내가 할아버지 서재 속을 헤매고 다니도록 그냥 내버려두었다. 그래서 나는 인간의 지혜에 도전했다. 오늘날의 나를 이룩해 준 것은 바로 그것이다. 뒤에 유대인 배척론자들이, 유대인들은 자연의 교훈과 침묵을 모른다고 비난하는 소리를 들을 때마다 나는 이렇게 대답하곤 했다.

"그런 의미에서라면 나는 그네들보다도 더욱 유대인답다."

나에게는 시골 소년들의 무성한 추억도, 즐거웠던 탈선도 없었다. 나는 흙을 파헤쳐 본 일이 한 번도 없었고, 새 둥우리를 찾으러 다닌 일도 없었다. 식물채집을 한 일도 없고 날짐승들에게 돌을 던진 일도 없다. 그러나 책들이 나의 날짐승이었고, 새집이었고, 가축이었고, 외양간이었고, 전원이었다. 서재, 그것이 거울에 비친 이 세상이었다. 서재야말로 이 세상의 무한한 부피, 다양성, 예측 불가능성을 내포하고 있었다.

나는 대단한 모험에 뛰어들었다. 내가 파묻힐지도 모르는 눈사태를 일으킬 위험을 무릅쓰고 의자들이며 테이블들 위에 기어올라 가야만 했기 때문이다. 맨 위칸에 있는 작품들은 오랫동안 나의 손이 미치지 못한 채로 있었다. 어떤 책들은 찾아내자마자 빼앗겨 버렸다. 또 어떤 책들은 그 자취를 감추기도 했다. 나는 그 책들을 가져다가 읽기 시작했다가 제자리에 갖다놓았다고 생각하고 있었는데, 그것들을 다시 찾는 데는 일주일씩이나 걸리곤 했다.

나는 무서운 것과 마주치기도 했다. 앨범 하나를 펼쳤다. 나는 천연색 판화와 마주쳤는데, 나의 눈앞에서 징그러운 벌레들이 웅성거리고 있었다. 나는 양탄자 위에 엎드려서 퐁트넬, 아리스토파네스, 라블레를 통해 무미건조한 여행을 계획했다. 문구들이 사물들처럼 나에게 저항했다. 그 문구들을 관찰해야만 했고, 그 둘레를 한 바퀴 돌고 거기서 멀어지는 척하다가 그것들이 경계를 소홀히 하고 있는 동안에 기습하기 위해서 다시 그 문구들에게 되돌아오곤 했다. 대체로 그 문구들은 스스로의 비밀을 지키고 있었다. 나는 라페루즈, 마젤란, 바스코 다 가마였었다. 나는 괴상한 토인들을 발견했다. 즉 12음절 시구로 되어 있는 테렌티우스의 번역시에서 '에오통티모루메노스(Héautontimorouménos)'[13]라든가, 비교문학작품에서 나오는 '특이성(特異性)' 같은 것들 말이다. '끝소리 탈락', '교착어법', '파랑공(Parangon)'[14] 따위의 이해할 수 없고 무뚝뚝한 카프라리아어[15]들이 책장을 넘기기만 하면 내 앞에 나타나는 것이었다. 그런 것이 하나만 나타나도 한 단락 전체가 흐트러지곤 했다. 그 딱딱하고 검은 낱말들, 그것들의 뜻을 나는 10년 또는 15년 뒤에 가서야 겨우 알게 되었는데, 오늘날도 그 낱말들은 불투명한 그대로이다. 이것이 바로 내 기억의 부식토(腐植土)이다.

서재에는 프랑스와 독일의 위대한 고전작품들이 대부분이었다. 그 밖에 문법책과 유명한 소설도 몇 권 있었으며 모파상의 《단편선》도 있기는 했었다. 그리고 미술책들이 몇 권 있었는데—《루벤스편》, 《반다이크편》, 《뒤러편》, 《렘브란트편》 따위—그것들은 나의 할아버지의 제자들이 신년축하 기념으로 그에게 선물한 책들이었다. 그것은 초라한 세계였다. 그러나 《라루스 대사전》이 모든 것을 벌충해 주었다. 나는 그중의 한 권을 책상 뒤의 맨 끝에서 두 번째 서가, 즉 A-Bello Belloc-Ch 또는 Ci-D, Mele-Po 또는 Pr-Z편에서 손에 잡히는 대로 꺼내었다. 이러한 음절배합은 일반적인 지식의 배치

---

13) 고대 로마의 희극작가 테레티우스가 쓴 《스스로 벌 주는 사나이》에 나오는 말이다.

14) 모범, 전형이라는 뜻.

15) 남아프리카 공화국 동남부 지역의 옛 이름으로, 카프라리아어처럼 알아듣기 어렵다는 의미이다.

구역을 가리키는 고유명사가 되었다. 즉 Ci-D편, Pr-Z편이 있는데, 그 편에 속하는 동물계와 식물계, 그리고 도시들과 위인들, 전쟁 같은 것이 있었다. 그래서 나는 그 사전 한 권을 가까스로 할아버지의 종이받침 위에 내려놓았다. 나는 그것을 폈다. 거기서 나는 진짜 날짐승들을 발견했고, 진짜 꽃 위에 앉아 있는 진짜 나비들을 쫓는 것이었다. 인간과 짐승 '본연의 모습'이 거기에 있었다.

삽화, 그것은 그네들의 몸이었고 설명문, 그것은 그네들의 영혼이며 기이한 본질이었다. 건물 밖에서 우리는 완전무결하지는 못하지만 얼마쯤 그 원형에 가까운 막연한 밑그림과 만나는 것이었다. 즉 파리의 '불로뉴 숲 동물원'에서 보는 원숭이들은 원숭이답지 못하고, 뤽상부르 공원에서 보는 사람들은 사람답지 못했다. 본디 플라톤학파인 나는 지식으로부터 출발해서 사물로 향해 가고 있었다. 나는 사물에서보다 관념에서 더 많은 현실을 보고 있었다. 왜냐하면 관념이 먼저 나에게 주어졌고, 그 관념은 마치 사물처럼 주어졌기 때문이다. 내가 우주와 만난 것은 책 속에서이다. 동화되고, 분류되고, 꼬리표가 달리고, 생각되고, 그러면서도 가공할 우주 말이다. 그래서 나는 책에서 얻은 경험의 무질서와 현실적 사건의 위엄성 있는 흐름을 혼동하고 있었다. 내가 벗어나는 데 30년이 걸린 그 관념론이 거기에서 비롯됐다.

일상생활은 투명했다. 우리는 점잖은 사람들과 사귀었다. 그들은 큰 소리로 분명하게 이야기를 했고, 건전한 원리원칙과 '격언'을 자기 확신의 바탕으로 삼고 있었다. 또 그들은 내가 전적으로 익숙하게 되어버린 어떤 정신적 매너리즘만으로 서민계급과 자기네들을 구별하려고 했다. 그들의 의견이 입 밖에 떨어지기가 무섭게 투명하고도 고지식한 뚜렷함을 가지고 나를 이해시키곤 했다. 그 의견들은 그들의 행동을 정당화시키려고 할 때에는 하도 따분한 이론을 늘어놓기 때문에 그것들이 진실일 수밖에 없었다. 그런데 자랑스럽게 털어놓는 그들의 양심 문제로 말하자면, 그것들이 나를 감화시켰으면 시켰지 나를 어지럽히지는 않았다. 그것은 언제나 그랬지마는, 미리 결판이 난 가식의 갈등이었던 것이다. 그들이 자기들의 과오를 인정할 경우에도 그것은 아주 가벼운 것이었다. 너무 서둘러대거나 얼마쯤 지나치긴 했어도 정당한 분노를 느꼈기 때문에 그들의 판단이 왜곡되었었다는 것이다. 다행히도 그 사람들은 알맞은 때에 자신들의 잘못을 깨달았다. 그 자리에 없는 사람들의 과오는 보다 중대하기는 했어도 결코 용서 못할 일은 아니었다. 우리 집에서는 남의 험담을 하지 않았다. 다만 그 인물의 단점을 서글픈 마음으로 시인하고 있었다. 나는 이해하고, 수긍하고, 그런 말을 들으면 안심이 되는 것 같았다. 내 생각이 옳았다. 왜냐하면 그 말들이 노리는 것은 우리를 안심시켜 주려는 것이었기 때문이다. 속수무책이라는 법은 없다. 그러니 궁극에 가서는 흔들리는 것은 하나도 없으며, 표면적인 헛된 동요가 우리의 본질인 죽음의 정적을 우리로 하여금 보지 못하게 해서는 안 된다는 것이다.

손님들이 작별인사를 하면 나는 혼자 남아 있다가, 그 속된 묘지에서 도망쳐 나와 생명 속으로, 즉 책 속에서의 철없는 짓으로 되돌아가곤 했다. 나로서는 잔인하고 불안한 그 사상을 다시 찾기 위해서 아무 책이나 한 권 펴기만 하면 되었다. 화사하고도 어둠침침한 그런 사상은 내 이해력으로서는 힘겨웠다. 그것은 하나의 관념에서 다른 관념으로 비약했는데, 하도 빨라서 나는 그 관념을 매 페이지마다 수백 번씩이나 잡았다 놓치곤 했으나 결국은 지치기도 하고 멍청해서 그만 건너뛰는 것이었다. 할아버지 같으면 있을 수 없다고 판단을 내렸음에 틀림없는 사건들, 그러면서도 인쇄된 사실들의 또렷한 진실성을 갖고 있는 사건들에 나는 직접 참여하고 있었다. 작중인물들은 경고도 없이 불쑥 나타나서 서로 사랑하고 다투며 서로 죽인다. 생존자는 슬픔에 젖어 자기가 죽인 지 얼마 안 되는 친구나 귀여운 정부를 만나러 무덤으로 간다는 이야기다.

그러면 나는 어떻게 해야 한단 말이냐? 나의 생리 역시 어른들처럼 비난하거나 축복하거나 용서해 주도록 되어 있었던가? 그러나 그 괴짜들은 전혀 우리의 원칙에 따라서 행동하는 기색이 없었다. 그리고 그 괴짜들의 동기가 밝혀졌을 때조차도 나로서는 이해할 수 없었다. 브루투스는 자기 자식을 죽였다. 마테오 팔코네[16]도 역시 그랬다. 그러므로 이런 습관은 제법 보편적인 일인 모양이다. 그러나 나의 주위에서는 아무도 그런 짓을 한 사람은 없었다.

뫼동에 있었을 때 할아버지는 에밀 삼촌하고 다툰 일이 있다. 그들이 정원

---

16) 프랑스의 소설가. 메리메(1803~70)가 쓴 《마테오 팔코네》의 주인공. 그는 자기 집에 숨어든 범인을 경찰에게 넘긴 자신의 아들을 총으로 쏘아 죽인다.

에서 소리소리 지르는 것을 나는 들었다. 그래도 할아버지가 삼촌을 죽이려고 마음먹지는 않았던 것 같다. 그는 자식을 죽이는 아버지들을 어떻게 생각하고 있었을까? 나는 입을 다물고 있었다. 나는 고아였으므로 나의 일상생활이 위험하지는 않았고, 그런 화려한 살인은 약간 나의 흥미를 끌 뿐이었다. 그러나 이야기 속에서의 살인을 나 자신도 긍정하고 있는 데에 당황했다. 나는 투구를 쓰고 칼을 뽑아들고서 가엾은 카밀라의 뒤를 쫓고 있는 호라티우스[17]의 삽화에 가래침을 뱉고 싶은 충동을 가까스로 참았다. 칼은 이따금 콧노래를 불렀다.

형제자매보다 가까운
육친은 정말 없으리······

그 노래가 나를 괴롭혔다. 혹시 나에게 누이가 하나 있었더라면 그 누이는 안 마리보다 나에게 더 가까웠을까? 칼레마미보다도? 그렇다면 그녀는 나의 애인이 되었을 것이다. 애인이라는 것은 내가 코르네유의 비극을 읽다가 자주 부딪치는, 아직은 이해하기 어려운 낱말이었다. 애인들은 키스를 하고 같은 침대에서 자기로 약속을 한다(이상한 습관이다. 왜 내가 엄마하고 그렇듯이 저마다 다른 침대에서 자질 못해?) 그 이상은 전혀 알 수가 없었지만, 관념의 밝은 표면 아래에 부드러운 털이 난 살덩어리가 있다는 것을 짐작하고 있었다. 어쨌든 내가 오빠라면 근친상간을 범했을지도 모른다. 나는 그런 꿈을 꾸고 있었다. 빗나간 애정의 흐름이라고나 할까? 금지된 감정의 속임수일까? 그럴지도 모른다. 나는 손위 누이, 즉 엄마가 있었지만, 손아래 누이가 아쉬웠다. 1963년이라는 오늘날까지도 그것이 나의 마음을 움직이는 유일한 혈육관계이다. [18]

---

17) 프랑스의 극작가 코르네유(1606~1684)가 쓴 《호라티우스》의 주인공. 카밀라는 그의 여동생. 오빠가 자기 애인을 죽인데 슬퍼하며 눈물을 흘리자 호라티우스는 카밀라를 죽여버린다.

18) 10살쯤 되었을 때 나는 《대서양 횡단》을 읽다가 매우 기쁘게 생각한 일이 있다. 거기에는 어떤 미국 소년과 그 누이동생의 사진이 실려 있었다. 물론 불륜스런 점은 거의 없었다. 나는 그 소년 속에 나 자신을 구현시켜서, 비디라는 여자아이를 사랑했다. 오랫동안 나는 집 잃은 남매, 그리고 은근히 근친상간의 냄새를 풍기는 남매에 대한 단편을 쓸 궁리를 했

나는 흔히 여자들 가운데에서 그러한 누이를 찾아내려는 중대한 과오를 범했다. 그런 여자는 있을 수가 없었다. 결국 나는 보기 좋게 퇴짜를 맞았고 헛수고만 했다. 어쨌든 이 구절을 쓰면서, 내가 카밀라의 살해자에게 느꼈던 분노를 다시 느낀다. 그 분노가 하도 생생하고 하도 강렬한 탓에 호라티우스의 죄악이 나의 반군국주의의 원인들 가운데 하나가 되지 않았는가 자문할 정도이다. 군인들은 저희들의 누이도 죽이니 말이다. 나는 그 군인 출신의 깡패에게 본때를 보여주고 싶었다. 먼저 사형대 앞에 갖다 세우고 열두 방의 총알을 쏜다! 나는 페이지를 넘겼다. 활자들이 내 잘못을 지적해 주었다. 누이를 죽인 것은 '무죄'라는 것이었다(호라티우스는 그의 빛나는 공 덕분에 용서받은 것으로 알려져 있다). 잠시 동안 나는 괴로웠다. 나는 발버둥을 쳤다. 술책에 속아 넘어간 황소처럼 말이다. 그런 다음에는 나의 분노를 가라앉히기에 바빴다. 그런 식이었다. 나는 내가 너무 어리니까 별수 없이 체념해야 한다는 결론을 내려야만 했다. 그러나 나는 모든 것을 잘못 이해했다. 그 무죄선언의 필요성은 나에게 있어서 여전히 난해했던, 혹은 인내심이 없었기 때문에 그대로 넘겨버린 수많은 12음절 시구로 잘 설명되어 있었는데도 말이다. 나는 그러한 불확실성이 좋았고, 이야기가 사방으로 흩어지는 것이 좋았다. 그것이 나를 어리둥절하게 만들었다.

《보바리 부인》의 마지막 부분을 나는 스무 번은 되풀이해서 읽었다. 마침내는 그 가엾은 홀아비의 행동을 분명히 알지도 못하면서, 나는 그 글귀 전부를 암송하기까지에 이르렀다. 그 홀아비가 편지를 발견한 것이 수염을 기르는 이유가 되었을까? 그가 로돌프에게 음험한 시선을 던지는 것을 보면 로돌프에게 원한을 품은 게 분명하다. 그렇다면 과연 무엇 때문에 원한을 품은 것일까? 그리고 왜 그는 로돌프에게 "나는 당신을 책망하지 않소"라고 말했을까? 왜 로돌프는 그를 '우스꽝스럽고 약간 야비하다'고 생각했을까! 이어서 샤를 보바리가 죽는다. 슬퍼서인가? 아파서인가? 왜 의사는 모든 것

다. 나의 작품 중에서 그러한 환각의 흔적을 볼 수 있을 게다. 즉 《파리떼》의 오레스테스와 엘렉트라, 《자유에의 길》의 보리스와 이비치, 《알토나의 유폐자들》의 프란츠와 레니 등이다. 그 마지막 한 쌍만이 행동에 옮긴다. 그러한 혈연관계에서 나를 매혹한 것은 사랑의 유혹보다는 성교의 금지였다. 불과 얼음, 황홀과 육욕, 불만이 뒤섞인 근친상간, 만약 그것이 플라토닉한 상태로만 있을 수 있다면 나는 그것이 마음에 들었을 것이다.

이 끝났는데 그를 해부했을까? 나는 결코 내가 이해할 수 없는 그 완고한 반항이 좋았다. 나는 어리둥절하고 기진맥진해하면서도 아는 체하는 애매한 즐거움을 맛보았던 것이다. 그것은 이 세상의 깊이였기 때문이었다.

할아버지가 집안 식구끼리 있을 때 즐겨 이야기했던 인간의 마음도 책 속에서가 아니라면 싱겁고 속이 빈 것처럼 생각되었다. 현기증이 날 것 같은 이름들이 나의 기분을 좌우하고, 까닭 모를 공포나 우울증 속으로 몰아넣곤 했지만 나는 그 이유를 몰랐다. 나는 '샤르보바리'¹⁹⁾라고 불러보았다. 그러면 어디선가 몸집이 크고 털이 더부룩한 한 사나이가 누더기를 입고 울안을 거닐고 있는 모습이 눈앞에 나타나는 것이었다. 그것은 견딜 수 없는 노릇이었다. 그러한 불안스러운 행복감의 밑바닥에서 서로 모순되는 두 가지의 공포가 어울려 있었다. 나는 어떤 전설적인 세계에 거꾸로 처박힐까 봐 두려웠다. 르고프 거리며 칼레마미며 나의 어머니를 다시 찾을 수 있으리라는 희망도 사라진 채, 그 세계에서 끊임없이 호라티우스나 샤르보바리와 더불어 방황하는 것이 두려웠다. 한편으로는 그 문장의 행렬이 나에게는 잡히지 않는 의미들을 어른들에게는 제공하고 있다는 것을 나는 짐작하고 있었다.

나는 눈을 통해서 독이 있는 낱말들을 나의 머릿속에 집어넣고 있었다. 그 낱말들은 내가 알고 있는 것보다는 무한하고도 풍부한 의미를 내포하고 있었다. 나와는 상관없는 격분한 사람들의 이야기들을 통해서 가슴을 에이는 듯한 슬픔이랄까, 극도에 다다른 삶의 피로감을 느끼게 하는 이상한 힘을 알게 된 것이다. 나도 그들의 병에 전염되고 독살당하는 것이 아닐까? '말씀'을 주워삼킨 다음 그림에 열중한 나는 결국 그 동시적인 두 위험의 부조화에 의해서만 구원 받을 수 있었다. 해질 무렵이면 언어의 밀림 속에서 길을 잃고 조그만 소리에도 소스라치게 놀라며 마룻바닥의 삐걱거리는 소리를 외침으로 여기면서, 나는 인간 없는 원시상태의 언어를 발견한 것처럼 생각하고 있었다.

"아니 애야, 너 눈 버리겠구나!"

이렇게 말하면서 어머니가 들어와 불을 켜줄 때면 그 얼마나 비겁한 안도감, 그 얼마나 큰 실망감으로 나는 가정의 평범한 생활을 재발견하곤 했던

---

19) Charbovary : 샤를Charles과 보바리Bovary를 줄여 만든 말.

가. 나는 몹시 난폭하게 펄쩍 뛰어일어나서 소리를 지르고 달음질치고 어릿광대 짓을 하는 것이었다. 그러나 소년의 상태로 되돌아온 뒤에도 나는 안달을 하고 있었다. 그 책들은 '무엇'을 말하고 있는 것일까? 누가 그것들을 썼을까? 왜 썼을까? 따위였다. 나는 그 불안을 할아버지에게 털어놓았다. 그랬더니 할아버지는 한참 생각하고 난 다음에 나의 불안을 덜어줄 때가 되었다고 판단했다. 그리고 너무나 잘 덜어주었으므로 나에게 깊은 감명을 남겼다.

할아버지는 오랫동안 자기 다리를 쭉 뻗어 나를 그 위에 올려놓고 펄쩍펄쩍 뛰게 하며 '망아지 등에 올라타면 그놈은 달리면서 방귀를 뀌네'라는 노래를 부른다. 그러면 나는 창피해서 웃어대는 것이었다. 그는 노래를 멈추더니 나를 자기 무릎 위에 앉히고 내 눈을 유심히 들여다보며 말했다.

"나는 인간이야."

그는 목소리를 가다듬고 되뇌었다.

"나는 인간이야, 그래서 인간다운 것은 무엇이든지 나에게는 이상할 게 없단다."

그는 무척 과장해서 말하는 것이었다. 마치 플라톤이 시인을 추방했듯, 칼이 자기 '공화국'에서 기술자, 상인, 그리고 아마도 장교를 몰아냈기 때문이다. 할아버지에게 있어서 공장들은 경치를 망쳐놓는 것들이었고, 순수과학에서 그는 그 순수성만을 존중할 뿐이었다. 우리가 7월의 마지막 두 주일을 보내고 있었던 게리니에서, 조르주 삼촌은 우리에게 제철소 구경을 시켜주었다. 날씨가 더웠는데, 무지막지하게 생기고 허름한 옷을 입은 직공들이 우리를 떠다 밀곤 했다. 거창한 소음으로 귀가 먹먹해진 나는 공포와 갑갑증으로 미칠 지경이었다. 할아버지는 예의상 휘파람을 불면서 감탄했다는 듯이 그 주물(鑄物)을 보고 있었지만 그의 눈에는 생기가 없었다. 그와 반대로 8월에 오베르뉴에서는 이 마을 저 마을의 구석구석을 뒤지고 다녔다. 오래된 벽돌담 앞에 멈추어 서서는 지팡이 끝으로 벽돌을 두들기며 신이 나서 나에게 설명하는 것이었다.

"아가, 네가 보는 것은 갈로 로망식의 벽이란다."

그는 비록 가톨릭 신자들을 몹시 싫어했지만 종교 계통의 건축물은 높이 평가하고 있었다. 성당이 만약 고딕식으로 되어 있으면 빼놓지 않고 들어가

보는 것이었다. 로마네스크식이면 그때 기분에 따라서 들어가든가 말든가
했다. 그는 거의 음악회에 가지 않게 되었지만 과거에는 자주 갔었다. 그는
베토벤을 좋아했고, 음악회의 장엄함과 대관현 악단을 좋아했다. 감격할 정
도는 아니었지만 바흐도 좋아했다.

　가끔 그는 피아노에 가까이 가서 앉지도 않고 둔한 손가락으로 몇몇 화음
을 쳐보곤 했다. 그럴 때면 할머니는 보일 듯 말 듯 미소를 머금고 말했다.

　"샤를이 작곡을 하는군."

　그 아들들은—특히 조르주는—베토벤을 싫어하고 모든 실내악을 더 좋아
하는 훌륭한 연주자가 되어 있었다. 그 관점의 차이를 할아버지는 아무렇지
않게 생각하면서 호인다운 태도로 말하는 것이었다.

　"슈바이처의 자손들은 타고난 음악가들이야."

　내가 태어난 지 일주일쯤 되어 딸각거리는 숟가락 소리를 좋아하는 듯이
보이자, 할아버지는 내가 음감이 좋다고 단언을 했었다.

　그림유리창들, 반아치형의 걸침벽들, 조각이 된 성당 입구, 합창대들, 나
무 혹은 돌로 새긴 십자가의 처형상들, 운문으로 된《명상록》또는《시적 조
화》등, 이러한 '고전'들이 우리를 곧장 '숭고한 곳'으로 이끌어 주었다. 게
다가 자연의 아름다움까지도 거기에 덧붙여야만 했다. 동일한 하나의 입김
이 신의 업적과 인간의 걸작들을 형성시키고 있었다. 동일한 하나의 무지개
가 폭포의 물거품 속에서 반짝이고, 플로베르의 구절들 사이에서 밝게 빛나
며, 렘브란트의 명암 속에서 번뜩이고 있었다. 그것은 '정령(精靈)'이었다.
그 정령은 신에게 인간을 이야기하고 인간에게는 신을 증언하고 있었다. 할
아버지는 '미(美)' 속에서 '진리'의 관능적인 실재와 가장 고상한 고양(高揚)
의 원천을 보고 있었다. 어떠한 예외적인 경우—산에서 천둥이 치며 비가
내릴 때라든가, 또는 빅토르 위고가 영감을 받았을 때 같은 경우—에 사람
은 '진, 선, 미'가 한 덩어리가 되는 '숭고한 경지'에 다다를 수 있었다.

　나는 나의 종교를 발견했다. 나에게 있어서 책보다 더 소중한 것은 없어보
였다. 서재에서 나는 하나의 사원을 보았다. 성직자의 손자인 나는 속세의
지붕 위, 즉 7층에서 '한가운데 있는 나무'의 가장 높은 가지에 앉아 살고
있었다. 그 나무줄기는 엘리베이터였다. 나는 발코니에서 거닐곤 했다. 나는
수직으로 지나가는 사람들을 내려다보곤 했으며, 살창 너머로 뤼세트 모로

라는 이웃집 여자애한테 가끔 인사를 하곤 했다. 모로는 내 또래였고 나와 같은 금발의 고수머리였으며 어린 여자다운 점도 나와 같았다. 나는 다시 그 신전 혹은 신전 입구인 서재로 돌아오곤 했는데, 내가 거기로부터 '몸소' 내려온 일은 결코 없었다. 어머니가 나를 뤽상부르 공원에 데리고 갈 때―즉 일과처럼―나는 보잘것없는 나의 옷을 속세에 빌려주기도 했지만, 나의 영광된 육체는 결코 그 횃대를 떠나지 않았다.

나는 아직도 육체는 거기에 있다고 믿고 있다. 모든 사람은 저마다 타고난 자기만의 장소를 가지고 있는 법이다. 자존심이나 자격이 그 장소의 높이를 결정하지는 않는다. 어린 시절이 그곳을 결정해 준다. 나의 장소는 옥상 풍경이 보이는 파리의 7층이다. 오랫동안 나는 계곡에서 질식상태에 있었으며, 벌판이 나를 압도하고 있었다. 그래서 화성(火星)으로 갔더니, 중력이 나를 억누르는 것이었다. 기쁨을 다시 찾기 위해서 나는 작은 언덕으로 기어 올라 가기만 하면 충분했다. 그래서 나는 상징적인 그 7층으로 도로 올라갔다. 거기서 나는 또다시 '문학'의 희박한 공기를 마시는 것이었다. '우주'가 나의 발밑에 겹겹이 쌓여 있었고, 모든 것이 겸손하게 하나의 이름이 부여되기를 간절히 바라고 있었다. 그것에다 이름을 부여한다는 것은 그것을 창조함과 동시에 잡는 것이었다. 그런 주요한 환상이 없었던들 나는 결코 글을 쓰지 않았으리라.

오늘, 즉 1963년 4월 22일, 나는 새집의 2층에서 원고를 고치고 있다. 열어놓은 창문을 통해서 묘지, 파리, 파란 생클루의 언덕들이 보인다. 이것은 나의 집념을 말하고 있다. 그러나 모든 것은 변했다. 어린 시절에 내가 그처럼 높은 위치에 오를 수 있기를 바랐다면, 그것은 나의 비둘기 집 취미가 야심과 허영의 소치였으며 나의 작은 체구에 대한 보상심리가 작용했음을 잊어서는 안 될 것이다. 천만의 말씀이지, 나의 성스러운 나무에 기어올라 가는 것이 문제는 아니었다. 왜냐하면 나는 늘 거기에 올라가 있었고, 거기서 내려오기를 거부했으니 말이다. 내가 사람들의 위에 서려는 것은 문제도 되지 않았다. 나는 '사물'들의 허공에 뜬 환영에 둘러싸여, 하늘에 가득 찬 정기(精氣) 속에서 살고 싶었던 것이다. 나중에, 열기에 매달리기는커녕 한사코 가라앉기 위해서 나의 정성을 다했다. 그러기 위해서는 바닥이 납으로 된 구두를 신어야만 했다. 재수가 좋을 때는 모래 위에서, 내가 그 이름을 발명할 수밖에 없는 어떤 해저생물들을 스치는 수도 있었다. 그렇지 않을 때는 별수가 없었다. 저항할 수 없는 가벼움이 나를 다시 표면으로 떠오르게 하는 것이었다. 결국은 나의 고도계가 고장 나서, 어떤 때는 잠수인형이고, 어떤 때는 잠수부이며, 또 어떤 때는 우리의 전문 분야에 어울리듯 그 두 가지를 다 겸한다. 곧 습관에 의해 나는 허공에서 살고 있으면서 별로 희망도 없이 세상일에 쓸데없는 참견을 하고 있기 때문이다.

그래도 나는 작가들에 관한 이야기를 들어야만 했다. 할아버지는 그런 이야기를 무심한 태도로 재치있게 잘했다. 그는 나에게 저명한 사람들의 이름을 가르쳐 주었다. 나는 혼자서 그 사람들의 명단을 외우곤 했다. 헤시오도스로부터 위고까지를 하나도 틀리지 않고 말이다. 그 사람들은 성자였고 예언자였다. 샤를 슈바이처는 그들을 예찬한다고 했다. 그러나 그 사람들이 그를 방해했다. 거추장스러운 그들의 존재가 그로 하여금 '인간'의 업적을 '성령'의 작품으로 만들 수 없게끔 했던 것이다. 그래서 그는 무명작가들에 대해서, 그들이 지은 사원 앞에서 스스로의 모습을 감춰버릴 만큼 겸손할 줄을 알았던 건축자들에 대해서, 무수한 민요작가들에 대해서 은근한 편애심을 기르고 있었던 것이다.

그는 신원이 아직 확실하지 않은 셰익스피어를 싫어하지 않았다. 역시 같은 이유에서 호메로스도 싫어하지 않았다. 그들이 실제로 존재했다는 것이 전적으로 확실치 않은 기타의 몇몇 사람들도 싫어하지 않았다. 스스로 삶의 흔적을 지워버리기를 원하지 않았거나 그럴 줄을 몰랐던 사람들에 대해서는, 그들이 죽었다는 전제 아래서 그는 용서를 해주었다. 그러나 할아버지는 자기가 좋아하는 아나톨 프랑스와 쿠르틀린을 제외하고, 자기와 동시대의 인물들은 무더기로 비난하는 것이었다. 샤를 슈바이처는 사람들이 자기의 많은 나이, 교양, 미모, 덕망 같은 것에 대해서 표시하는 존경을 자랑스럽게 누리고 있었다. 이 루터주의자는 성서에 쓰인 그대로 신이 자기의 집을 축복해 주었다고 생각해 마지않았다. 식탁에서 가끔 그는 자기 삶에 대해 너그러운 해석을 내리기 위해서 명상에 잠기곤 했는데, 그 결론은 다음과 같다.

"애들아, 스스로를 책망할 일이 아무것도 없다는 것은 얼마나 좋은 일인지 모르겠구나."

그의 격노, 그의 위엄, 그의 자존심, 그리고 그의 숭고에 대한 취미는 그의 정신적인 소심성을 감싸주고 있었다. 그 소심성은 그의 종교, 그가 살아온 시대, 그리고 그의 생활환경인 대학에서 유래된 것이다. 그러한 이유로 그는 자기 서재 속의 그 신성한 괴물들, 그 극악무도한 자들에게 은근한 혐오감을 느끼고 있었고 마음속으로 그들이 쓴 책들을 서툰 소리를 하는 것들이라고 생각했던 것이다. 나는 거기에 속고 있었다. 고의적인 열광 밑에 보이는 불신의 낌새를 나는 비판자의 엄혹한 태도로 여겼기 때문이다. 그의 성직자로서의 지위가 그를 그들보다 높은 자리로 끌어올렸던 것이다. 아무튼지 나의 예배 집행인은 타고난 재능이라는 것은 차용물에 지나지 않는다고 귀띔해 주었다. 엄청난 고통에 의해서, 겸손하고 단호하게 온갖 시련을 극복해 나감으로써만 그 차용물을 받을 자격이 있다는 것이다. 그러면 마침내 사람은 그 목소리를 들을 수 있고, 그 목소리를 듣고 받아쓸 수 있다는 것이었다.

러시아 혁명과 제1차 세계대전 사이에, 그리고 말라르메가 죽은 지 15년이 되었고, 다니엘 드 퐁타냉[20]이 《지상의 양식》[21]을 발견했을 때, 19세기 사람인 할아버지는 자기 손자에게 루이 필립 치하에서 통용된 사상을 강요하고 있었다. 사람들 말에 의하면 농가의 관습이 그런 식으로 설명되고 있다. 즉 아버지들은 자식들을 할아버지 할머니들에게 맡겨놓고 밭으로 일하러 간다. 그러니 나는 80년이라는 불리한 조건을 가지고 출발했다. 나는 그것을 불평해야 할까? 잘 모르겠다. 움직이고 있는 우리의 사회에서 퇴보는 어쩌다 한 번씩 진보가 될 수도 있으니 말이다. 그것이 어떻든지 사람은 나에게 발라먹을 뼈다귀를 주었고, 나는 그것이 투명해질 정도로 열심히 발라먹었다. 할아버지는 음험하게도 내가 작가들, 즉 중개자들에게 싫증내기를 바라고 있었다.

그러나 그는 그 반대의 결과를 얻었다. 나는 재능과 능력을 혼동했으니까. 그 호인들은 나와 비슷했다. 내가 매우 얌전하게 굴거나 아픔을 용감히 참았을 때 나는 영광과 보상을 요구할 권리가 있었다. 소년기였던 것이다. 칼 슈바이처는 나에게 딴 어린이들—나처럼 감시를 받고 시련을 겪으며 보상을

20) 프랑스의 소설가 마르탱 뒤 가르(1881~1958)가 쓴 《티보가의 사람들》의 주인공.
21) 프랑스의 소설가 앙드레 지드(1869~1951)가 쓴 작품으로 작가의 격정과 열정이 담겨 있다.

받는, 그들의 일생을 통해서 내 또래의 나이를 간직한 딴 어린이들—을 보여주었다. 형제도 자매도, 그리고 친구도 없었던 나는 그 딴 아이들을 나의 첫 벗으로 삼았다. 그들은 그들의 소설 주인공들처럼 사랑하고, 가혹하리만큼 고민하며, 특히 훌륭하게 죽었다. 나는 얼마쯤 유쾌한 감동과 더불어 그들의 고민을 떠올리곤 했다. 그들이 무척 불행하다고 느꼈을 때 그애들은 얼마나 기뻐했을 것인가. 그들은 이렇게 생각했으리라. '이 무슨 행운이냐! 아름다운 시가 하나 생길 판이다!'라고.

내가 보기에는 그들은 죽지 않았다. 말하자면 완전히 죽지 않았던 것이다. 그들은 책으로 변신을 했으니 말이다. 코르네유는 우락부락하고 불그스레하며 등은 가죽 장정으로 되어 갖풀 냄새를 풍기는 뚱뚱보였다. 어려운 말을 쓰는 이 거북하고 엄숙한 인물은 모가 나 있었다. 그래서 내가 그것을 옮겨 나를 때면, 그것들이 나의 넓적다리에 상처를 입히는 것이었다. 그러나 펼치기가 무섭게 그는 나에게 신뢰감 비슷한, 음침하고 달콤한 삽화를 보여주었다. 플로베르는 헝겊으로 장정되어 냄새가 안 나는 주근깨투성이의 조그만 인물이었다. 몸이 여러 개인 빅토르 위고는 모든 서가에 동시에 자리잡고 있었다. 이런 것이 그 책들의 몸이었는데, 그것들의 영혼은 그 작품들과 떨어지지 않고 늘 따라다녔다. 책의 페이지들, 그것은 유리창 같은 것이었으며, 그 바깥에서 얼굴 하나가 유리에 착 붙어 있었다. 누군가가 나의 동정을 살피고 있었다고나 할까. 나는 아무것도 못 본 체하고는 고(故) 샤토브리앙의 시선을 받으며 낱말들에 눈을 집중하고 책을 계속 읽는 것이었다.

그러한 불안감이 오래 계속되지는 않았다. 나머지 시간은 내 놀이 동무들 이야기를 감탄하며 읽는 것이었다. 나는 그 패거리를 무엇보다도 높이 평가했다. 거기에서 카를 5세가 티치아노가 떨어뜨린 화필을 주워 주었다는 이야기를 읽어도 나는 놀라지 않았다. 아름다운 이야기다! 군주란 원래 그런 일을 하는 거니까. 그렇지만 나는 그들을 존경하지는 않았다. 왜 나는 그들이 위대하다고 찬양해야만 한단 말인가? 그들은 그들의 의무를 다했을 뿐인데 말이다. 나는 딴 사람들이 위대하지 못한 것을 책망했다. 요컨대 나는 모든 것을 비뚤게 이해했고, 예외를 원칙으로 삼았다. 인류는 애정에 넘치는 동물들이 주위를 에워싸고 있는 제한된 아늑한 모임으로 바뀌었다. 특히 할아버지가 그들에게 너무나도 가혹한 짓을 했기 때문에 내가 그 동물들을 전적으로 신중하게 다루기에는 얼마쯤 어려움이 있었다.

할아버지는 빅토르 위고가 죽은 뒤로는 책 읽기를 중단했다. 아무것도 할 일이 없게 되면 전에 읽은 것을 되풀이해서 읽곤 했던 것이다. 그러나 그의 일과는 번역하는 일이었다. 진심으로 말하자면 《독일어 교본》의 저자인 그는 세계의 문학을 자기 자료라고 생각하고 있었던 것이다. 입으로는 자격순으로 저술가들을 분류하면서도, 그 표면적인 서열이 실리주의에서 오는 그의 편애를 숨기지는 못했다. 모파상은 독일 학생들에게 가장 좋은 번역 교재였으며, 고트프리드 켈러보다 한 걸음 앞선 괴테는 프랑스어 작문 교재로는 비교할 수 없으리만큼 잘된 것이었다.

고전학자인 할아버지는 소설들을 높이 평가하지 않았으나, 교수로서의 그는 그 어휘 때문에 소설들을 몹시 존중했다. 마침내 그는 작품선에만 만족하게 되어, 플로베르 전집이 20년 전부터 그대로 읽히기를 기다리고 있었는데도 '독본'용으로 미로노가 엮은 《보바리 부인》을 즐겨읽는 것을 나는 보았다. 내가 보기에 그는 죽은 사람에 의해 사는 보람을 느끼고 있는 듯했다. 그러한 사실이 나와 그 죽은 사람들과의 관계를 복잡하게 만들 수밖에 없었다. 그들을 찬양한다는 평계로 할아버지는 그들을 자기의 속박 아래 몰아넣고 보다 편리하게 한 언어로부터 다른 언어로 옮기기 위해서라면, 그들을 토막 내는 일도 서슴지 않았다. 나는 동시에 그들의 위대함과 비참함을 발견했다. 불쌍하게도 메리메는 중급 정도에 적합하다는 것이었다. 따라서 메리메는 이중생활을 하고 있었던 셈이다. 책장 넷째 칸에 꽂힌 《콜롱바》는 몸을 바칠 때마다 반드시 무시당하는 100개의 날개를 가진 얼어붙은 순결한 비둘기였다. 그 누구의 시선도 결코 그것을 건드리지 않았다. 그러나 맨 아래칸에서는 바로 그 처녀가 갈색의 악취를 풍기는 더러운 작은 책 속에 갇혀 있었다. 내용이나 언어가 바뀌지는 않았지만 거기에는 독일어로 된 주(註)와 어휘집이 붙어 있었다. 더군다나 나는 알자스로렌의 겁탈 이후로 딴것과 비할 바가 없는 오점, 즉 그 책이 베를린에서 간행되었다는 사실을 알았다. 그 책을 나의 할아버지는 일주일에 두 번씩 자기 가방 속에 넣곤 했는데, 책은 얼룩과 빨간 줄과 불에 그을린 자리투성이였다.

그래서 나는 그 책을 몹시 싫어했다. 그것은 모욕당한 메리메였다. 그 책을 펼치기만 해도 나는 답답해서 견딜 수가 없었다. 나의 눈에는, 학원에서 할아버지의 입으로 그렇게 발음되곤 했듯이 음절 하나하나가 떨어져 나가 보였다. 독일 학생들에게 읽히기 위해서 독일에서 인쇄된, 빤하면서도 알아보기가 어려운 그 기호들은 프랑스어 낱말들의 위조가 아니고 무엇이었단 말이냐? 그것은 하나의 스파이 사건이기도 했다. 그들의 갈리아식 가장(假裝) 밑에 숨어 있는 게르만식 어휘를 찾기 위해서는 그저 긁적거리기만 하면 충분했을 터이니 말이다. 나는 마침내 두 가지의 《콜롱바》, 즉 하나는 야생적인 진짜 콜롱바이고 또 하나는 교육적인 가짜 콜롱바가 있는 것이 아닌가 하고 자문자답하게 되었다. 마치 두 가지의 이졸데가 있듯이.

나의 어린 동지들의 고민은 내가 그들과 같은 부류라는 것을 확신하게 만들었다. 나는 그들처럼 재능도 없고 자격도 없었다. 그래서 아직 글을 쓰겠다고 결심하지도 않았지만, 성직자의 손자인 나는 태어날 때부터 그들보다 뛰어났었다. 늘 얼마쯤 창피스러운 그들의 고뇌의 길이 아니라 틀림없이 나는 어떠한 성직자의 직무를 타고났었다. 나는 샤를 슈바이처처럼 문화의 초병(哨兵)이 되리라. 거기다가 나는 살아 있었다. 그것도 무척 씩씩하게 살아 있었다. 나는 아직은 죽은 사람들을 토막 낼 줄 몰랐으나 그것들에게 나의 변덕을 강요하곤 했다. 나는 그것들을 팔에 끼고 다녔고, 마룻바닥에 늘어놓기도 하고, 펼쳤다가 도로 덮기도 하고, 허무 속으로부터 끌어내었다가 다시 허무 속으로 집어넣곤 했다. 그 허리통뿐인 인간들은 나의 장난감들이었다. 그리고 나는 흔히 영혼의 불멸이라고 일컫는 그 마비된 비참한 죽은 뒤 생명을 가엾게 여기는 것이었다.

할아버지는 그러한 무람없는 태도를 부추겼다. 모든 어린이는 영감을 가졌으므로, 단지 어린이들에 불과한 시인들에게서 탐낼 것이라고는 하나도 없다는 것이었다. 나는 쿠르틀린에 열중하던 참이라 가정부를 부엌까지 쫓아가서 큰 소리로 《테오도르, 성냥을 찾다》라는 희극을 읽어주곤 했다. 사람들은 내가 열광하는 모습에 재미있어하면서 세심한 주의를 기울여 나의 열광을 부채질했고, 공공연한 정열로 만들어 놓았다. 어느 날 할아버지가 나에게 대수롭지 않게 이렇게 말했다.

"쿠르틀린은 좋은 녀석인가 보다. 그 사람을 그렇게도 좋아하면서 왜 너는 그 사람한테 편지를 안 쓰느냐?"

나는 썼다. 샤를 슈바이처가 나의 펜을 붙잡아 주었는데, 편지 속 몇 개의 틀린 철자는 그대로 놓아두기로 결정했다. 몇 년 전에 신문들이 그 편지를 실었다. 그런데 나는 그 글을 다시 읽을 때마다 신경이 거슬리는 것을 억제할 수 없었다. 나는 그 편지 사연을 '당신의 미래의 친구로부터'라는 말로 끝맺고 있었다. 그것이 나에게는 아주 자연스러웠다. 나는 볼테르며 코르네유 같은 친한 친구를 가지고 있었다. 그러니 어찌 '살아 있는' 작가가 내 우정을 거부할 수 있었겠는가? 쿠르틀린은 내 우정을 거부했고 또 그러기를 잘했다. 그 어린이에게 답장을 썼더라면 그는 할아버지와 맞서게 되었을 것이기 때문이다. 그 무렵 우리는 그의 묵살을 신랄하게 비판했다.

"그 사람이 바쁘다는 것은 나도 인정하지만, 무슨 일이 있어도 어린이한테는 답장을 써야지." 샤를은 이렇게 말했다.

오늘날에도 그 조그만 악습, 즉 그 무람없는 태도는 나에게 그대로 남아 있다. 나는 유명한 고인(故人)들을 학교에 같이 다닌 친구처럼 다룬다. 이를테면 보들레르나 플로베르에 대해서 솔직하게 내가 하고 싶은 말을 한다. 그리고 누가 나의 그러한 견해를 비난할 때면 나는 늘 이렇게 대답하고 싶다.

"우리 일에 간섭하지 마시오. 당신들의 천재인 그들은 내 것이랍니다. 나는 그들을 온갖 불손한 언사로 내 손아귀에 넣었으며, 그들을 열렬히 사랑했소. 이제 와서 내가 장갑을 끼고 그들을 대해야 한단 말인가요?"

그러나 사람은 누구나 사람이라는 것을 알게 된 그날부터 나는 칼의 휴머니즘, 그 사제의 휴머니즘을 물리쳐 버렸다. 치유라는 것은 그 얼마나 서글픈 것이냐. 언어는 마력을 잃어버리고, 특권을 빼앗긴 나의 옛 동류였던 펜의 영웅들은 본디 자리로 돌아왔다. 나는 두 번이나 그들의 상(喪)을 치르는 셈이다.

내가 지금 쓴 것은 거짓말이다. 진실이다. 우리가 미치광이에 대해서, 인간에 대해서 쓴 모든 것처럼 진실도 아니고, 거짓말도 아니다. 나는 나의 기억력이 허용하는 한 정확하게 사실을 보고했다. 그러나 나는 나의 망상을 어느 정도까지 믿고 있었던가? 근본적인 문제이긴 하지만 나는 그것을 결정짓지 않겠다. 뒤에 나는 그 힘, 즉 그 성실성을 제외하고는 우리의 감정을 전부 알 수 있다는 것을 알았다.

행위 자체는 그 행위가 단순한 몸짓이 아니란 것을 증명하지 않는 한 기준

이 될 수 없을 것이다. 그 증명은 늘 쉬운 일이 아니다. 차라리 이렇게 생각하면 어떨까. 즉 어른들 틈에 혼자 끼여 있는 작은 어른이었다. 그리고 나는 어른의 책 읽기를 했다. 이렇게 막 하는 것 자체가 벌써 거짓말의 냄새를 풍긴다. 동시에 나는 어린이였다. 나는 내가 책망받아 마땅하다고는 주장하지 않겠다. 사실이 그랬었으니 말이다. 그뿐이다. 그러나 나의 탐험과 나의 사냥이 '가정적인 희극'에 속했던 것임엔 틀림없다. 식구들은 그것을 몹시 즐겨했고, 나도 그것을 알고 있었다.

그렇다. 나도 그 사실을 알고 있었다. 날마다 한 신동이 그의 할아버지가 더 이상 읽지 않던 마술책을 들추어내는 것이었다. 나는 마치 사람들이 자기 분수에 넘치게 살듯이, 내 나이보다 훨씬 조숙한 대가를 치르며 살고 있었다. 곧 겉모습을 꾸미기 위해서 열심히, 지치도록, 값비싸게 살고 있었던 것이다. 서재의 문을 열기가 무섭게 나는 기력 없는 늙은이의 뱃속에 있는 꼴이었다. 그 사무용 탁자, 종이받침, 분홍빛 압지에 묻은 붉고 검은 잉크의 얼룩, 자, 풀병, 쾨쾨한 담배 냄새, 그리고 겨울에는 살라망드르표 난로의 불그스름한 빛깔, 돌비늘이 바지직대는 소리, 이런 것이 칼 자신의 물질화된 모습이었다. 내가 그 은총을 입는 데 부족한 것이라고는 없었다. 나는 책 있는 데로 달려가곤 했다. 진심이었던가? 그것은 무엇을 의미하나? 특히 이렇게 여러 해가 지난 뒤에—그 마귀 들린 것 같은 행동과 졸렬한 연기를 구분짓는, 걷잡을 수 없이 흔들리는 경계선을 어떻게 내가 고정시킬 수 있었단 말인가?

나는 앞에다 책을 펴놓고, 좌우에는 접시 위에 발그레하게 포도주를 탄 물과 잼을 바른 빵을 놓고, 창문 쪽을 향해서 엎드려 있었다. 나는 혼자 있을 때조차도 겉치레를 하는 것이었다. 그런데 안 마리나 칼레마미는 내가 태어나기 훨씬 전에 그 책의 페이지들을 넘겼었다. 내 눈앞에 아롱거리고 있는 것이 바로 그들의 지식이었다. 저녁때면 식구들은 나에게 이렇게 물어보았다.

"너, 무엇을 읽었니? 무엇을 배웠지?" 나는 그것을 알고 있었다. 나는 여자가 애를 배고 있는 식으로 그것을 내 몸속에 품고 있었다. 나는 어린이의 말을 해산할 터였다. 어른들을 피해서 책 읽기에 열중하는 것이야말로 어른들과 소통하는 가장 좋은 방법이었다. 그 자리에는 없었지만 어른들의 미래의 시선은 내 뒤통수를 통해 들어와서 눈동자로 나와 내가 처음 읽는, 그들로서는 백 번은 읽은 문장들을 뚫어져라 노려보는 것이었다. 나는 남에게 보여지고 있는 나를 보고 있었다. 마치 사람들이 자기가 하는 말을 제 귀로 듣듯이, 나는 책을 읽고 있는 나를 보고 있었다. '알파벳'도 깨우치기 전에 《중국에 사는 중국인》을 해독하는 체하던 그때부터 나는 그다지도 변했던가? 아니다. 그 수작은 여전히 계속되고 있었다. 내 뒤에서 문이 열린다. 사람들이 '내가 무슨 짓을 하고 있는지' 보러온 것이었다. 나는 속임수를 쓰고 있었다. 나는 벌떡 일어나서 뮈세의 시집을 제자리에 갖다놓고 그 길로 발돋움하고 가서 두 팔을 추켜올리고 그 무거운 코르네유를 꺼내는 것이었다. 사람들은 나의 노력을 보고 나의 열성을 평가했다. 나는 내 뒤에서 감탄하며 수군거리는 소리를 듣는다.

"아니, 저애는 코르네유를 좋아하네!"

나는 코르네유를 좋아하지는 않았다. 12음절 시구가 나는 지긋지긋했다. 다행히도 발행자가 가장 유명한 비극들만을 빼놓지 않고 간행했으나, 딴것들에 대해서는 그 제목과 해설만 실어놓았었다. 나는 바로 그것에 흥미가 있었다. 즉

"그리모알드에게 패한 롬바르디아의 왕, 페르타리트의 아내인 로들린드는 유눌프의 강권(强勸)으로 다른 나라 군주와의 결혼을 승낙했다……."

따위가 그것이다. 나는 르시드나 시나를 알기 전에, 로도귄이며, 테오도르며, 아제질라스를 알았다. 나의 입은 그 우렁찬 이름들로 가득 차 있었고, 내 마음은 숭고한 감정으로 충만해 있었다. 그래서 내가 그 혈연관계를 혼동치 않으려고 주의를 했다. 사람들은 이렇게도 말하곤 했다.

"저애는 배움에 굶주렸어. 《라루스 사전》을 탐독하거든!"

그러면 나는 그들이 말하는 대로 가만히 있었다. 그러나 나는 거의 배우는 것이 없었다. 사전에는 희곡과 소설의 줄거리가 적혀 있다는 것을 발견하고 무엇보다도 그것을 즐기고 있었던 것이다.

나는 남의 마음에 들기를 좋아했고, 교양의 세례를 받고 싶어했다. 그래서 나는 매일처럼 자신에게 신성한 것을 다시 보충해 주곤 했다. 때로는 건성으로 그렇게 하기도 했다. 그러려면 엎드려서 페이지만 뒤적거리면 충분했기 때문이다. 나의 귀여운 친구들의 작품들이 나에게는 흔히 기도하는 회전기

계[22] 구실을 했다. 동시에 나는 '진짜' 두려움과 즐거움을 느꼈다. 이 세계, 그것 말고는 아무것도 아닌 미친 고래등에 실려서 나는 나의 역할을 잊고, 아가리를 벌리고 있는 무덤으로 달리는 일이 생기곤 했다. 결론이 무엇인가! 아무튼 나의 시선은 낱말들을 주물럭거리고 있었다. 낱말들을 읽어보고, 그것들의 뜻을 결정할 필요가 있었으니까. 이러한 교양의 '희극'이 마침내 나에게 교양을 부여해 준 것이었다.

그래도 나는 '진짜' 책 읽기를 했다. 성전 밖에서, 우리 방이나 식당의 식탁 밑에서 말이다. 그 책 읽기에 관해서 나는 아무에게도 말하지 않았다. 어머니를 빼놓고는 아무도 나에게 그것에 대해서 이야기하는 사람이 없었다. 안 마리는 나의 가장된 열중을 정말로 알고 있었다. 그래서 마미에게 자기의 걱정을 털어놓았다. 나의 할머니는 믿을 만한 엄마의 편이었다.

"샤를이 주책이 없단다. 바로 그이가 어린애에게 충돌질하는 거야. 내가 그러는 것을 보았어. 그 애가 말라비틀어지면 그때는 이미 때가 늦을걸."

할머니의 말이었다. 두 여인은 과로와 뇌막염 이야기까지 꺼냈다. 할아버지를 정면으로 비난해 보았자 그건 위험하고 헛된 일이었던 것이다. 그래서 그녀들은 간접적인 수단을 썼다. 우리가 산책을 하는 동안에 안 마리는, 지금도 생미셸 거리와 수플로 거리 모퉁이에 있는 신문 파는 노점 앞에서 우연히 그랬다는 듯이 발걸음을 멈추었다. 나는 신기한 그림들을 보았다. 그 요란스러운 빛깔이 나를 매혹했다. 나는 그것을 사달라고 졸라서 마침내 그것들은 내 것이 되었다. 작전이 성공했던 것이다. 목요일마다 분책(分冊)으로 나오는 장 들라이르의 《귀뚜라미》, 《멋있는 것》, 《방학》, 《3명의 보이스카우트》와 아르누 갈로팽의 《비행기 세계일주》를 사달라고 매주 나는 졸라댔다. 목요일부터 다음 목요일까지, 나는 나의 벗이었던 라블레나 비니보다 훨씬 더 많이 '안데스의 독수리', '철권(鐵拳)의 권투선수 마르셀 뒤노', '비행사 크리스티앙' 등을 생각하고 있었다.

어머니는 나를 다시 어린애답게 만들기 위한 작품들을 구하기 시작했다. 먼저 월간 동화집 《장미 소문고》가 있었고, 다음에는 점차로 《그랜트 선장의 아이들》, 《모히칸족의 최후》, 《니콜라스 니클비》, 《라바레드의 닷 푼》 등이

---

22) 라마교가 기도할 때 사용하는 기구.

었다. 지나치게 온건한 쥘 베른보다 나는 폴 디부아의 엉뚱한 점이 더 좋았다. 그러나 저자가 누구이든 간에 나는 에첼 총서의 작품들을 좋아했다. 그것은 금빛 수실이 달린 빨간 표지가 무대의 막을 나타내는 작은 극장들이었다. 책의 재단면에 뿌린 금가루가 무대 조명 구실을 하는 셈이었다. 내가 처음으로 '미(美)'와 사귄 것은 샤토브리앙의 균형잡힌 문장이 아니라 그 마술 상자 덕분이었다. 그것을 열면 나는 모든 것을 잊었다. 그것이 책을 읽는 것이었던가? 아니다, 그것은 황홀해서 넋을 잃은 것이었다. 나는 이내 없어지고 대신 가느다란 창을 든 토인들, 식민지의 숲, 흰 모자를 쓴 탐험가, 이런 것들이 나타나곤 했다. 나는 '환영(幻影)' 그 자체였다.

나는 아우다의 어둡고 아름다운 두 볼, 필레아스 포그[23])의 구레나룻을 빛으로 넘쳐흐르게 했다. 그 신동은 마침내 자기 자신으로부터 벗어나서 순수한 경이로 변해 가고 있었다. 마루 위 50센티 높이에서 주인도 쇠사슬도 없는 완전한 행복이 태어나고 있었다. 처음에는 '신세계'가 '구세계'보다 불안한 법이다. 거기서는 약탈하고 죽이므로 피가 철철 넘쳐흐른다. 인디언, 힌두교도, 모히칸족, 호텐토트족들이 처녀를 강탈하고, 그녀의 늙은 아버지를 묶고는 가장 잔혹한 화형에 처해서 죽이기로 결심한다. 그것은 순수악이었다. 그러나 '선' 앞에 굴복하기 위해서 나타난 셈이었다. 그 다음 장에서 모든 것은 본디 모습으로 되돌아온다. 용감한 백인들이 대살육을 하게 되고, 그 아버지의 결박을 풀어주면 그는 딸과 포옹을 하게 되어 있다. 나쁜 사람만이 죽게 되어 있다. 그리고 별로 중요하지 않은 좋은 사람 몇몇이 죽게 되겠지만 그들의 죽음은 이야깃거리도 되지 않을 것이다. 게다가 죽음 자체는 미리 방부처리가 되어 있었다. 사람은 두 팔이 앞으로 결박된 채 왼쪽 가슴에 둥글고 작은 구멍이 뚫려서 쓰러지거나, 총이 아직 발명되지 않았을 때라면 죄수들은 '칼에 베어' 죽는 것이었다.

나는 이 멋진 표현을 좋아했다. 나는 그 곧고 하얀 번개 같은 칼날을 상상하곤 했다. 칼은 마치 버터 속으로 박히듯이 들어가서 그 무법자의 등을 뚫고 나오는 것이었다. 그 사람은 피 한 방울 흘리지 않고 쓰러진다. 이따금 사람의 최후가 우스꽝스러울 때도 있었다. 아마 《롤랑의 대녀(代女)》라는

---

23) 쥘 베른의 《80일간의 세계일주》에 나오는 주인공.

작품이었는데, 그 속에서 한 십자군 병사의 말에 자기 말을 부딪친 사라센인의 죽음이 그러했다. 용사가 그의 머리를 검으로 한 대 내리갈겼더니 사라센인은 머리끝부터 아랫도리까지 두 동강이 났다는 것이다. 귀스타브 도레의 삽화 하나가 그 사건을 나타내 주고 있었다. 그것이 얼마나 재미있었는지 모른다! 갈라진 두 몸뚱이가 양쪽 등자를 중심으로 반원을 그리면서 말에서 떨어지고 있었다. 말은 놀라 뒷발로 일어서고 있었다.

나는 몇 년 동안 그 삽화를 볼 때마다 우스워서 눈물이 날 정도였다. 마침내 나에게 필요한 것을 나는 붙잡은 셈이었다. 그것은 증오할 만한, 그러나 아마도 무해한 '원수'였다. 왜냐하면 그의 계획은 성공하지 못했고, 심지어는 그의 노력과 악마적인 간책에도 '선'의 동기에 도움이 되기조차 했기 때문이다. 사실 나는 질서회복에는 언제나 진보가 따르기 마련이라고 확신하고 있었다. 주인공들은 포상을 받는 것이었다. 그들은 영예와 감사의 표시와 돈을 받는다. 그들의 용맹 덕분에 하나의 영토가 정복되고, 토인에게서 빼앗은 한 예술품이 우리의 박물관으로 옮겨진다. 그 처녀는 자기를 구해 준 탐험가에게 반하고 모든 것은 그들의 결혼으로 끝난다. 그 잡지와 책에서 나는 가장 내성적인 나의 환상, 즉 낙천주의를 얻었다.

이런 책 읽기는 오랫동안 비밀에 붙여졌다. 안 마리가 그것을 비밀로 하도록 나에게 일러둘 필요조차 없었다. 그것들이 하찮은 것임을 알고 있었으므로 나는 할아버지에게 그 말을 하지 않았다. 나는 타락하고 있었다. 나는 멋대로 하고 있었다. 나는 방학을 갈봇집에서 보낼망정 나의 진리는 성당에 있다는 것을 잊지 않고 있었다. 나의 잘못을 이야기함으로써 신부의 빈축을 살 필요가 어디 있겠는가? 칼이 마침내 나를 적발했다. 그는 그 두 여인에게 화를 냈다. 그 여인들은 그가 숨을 돌리고 있는 틈을 타서 모든 책임을 나에게로 돌렸다. 내가 잡지의 모험소설들을 보고, 그것들을 탐내며 사달라고 졸라대는데, 자기들이 어떻게 그것을 거부할 수 있겠는가라고 말이다.

그 교묘한 거짓말은 할아버지를 꼼짝달싹 못하게 했다. 내가 글쎄, 나 혼자만이 그 지나치게 분을 바른 갈보와 더불어 '콜롱바'를 배반하고 있었다는 것이었으니 말이다. 어린 예언자이며 젊은 점술가이고 순수문학의 엘리아생[24]이었던 내가 더러움에 대한 맹렬한 호기심을 과시하고 있는 셈이었다. 그가 선택할 차례였다. 내가 예언을 하지 않는다든가, 그렇지 않으면 나의 취미를 이해하려 하지는 않으면서도 존중하든가 둘 중의 하나였다. 샤를 슈바이처가 아버지였다면 아마 모든 것을 불태워 버렸으리라. 그러나 할아버지였던 그는 가슴 아픈 관용을 택했다. 나는 그것으로 충분했고, 평온하게 나의 이중생활을 계속했다. 그 이중생활은 결코 중단된 일이 없다. 오늘날 역시, 나는 비트겐슈타인[25]보다는 탐정소설집을 더 즐겨 읽는다.

＊

하늘에 떠 있는 나의 섬에서는 내가 일인자였고 둘도 없는 존재였다. 그러나 사람들이 나를 통상적인 규칙에 복종토록 할 때면 나는 제일 낮은 자리로 떨어졌다.

할아버지는 나를 몽테뉴 중학교에 입학시키기로 결심했다. 어느 날 아침, 그는 나를 교장의 집으로 데리고 갔다. 그러고는 그에게 나의 장점을 자랑했다. 나로 말하면, 그저 결점이라고는 나이보다 '너무' 조숙한 것뿐이라는 것이었다. 교장은 모든 점에 동의했다. 나는 제8학급[26]에 편입되었다. 그래서 나는 내 나이 또래의 아이들과 가깝게 지낼 수 있으리라고 생각했다. 그러나 천만의 말씀, 첫 번 받아쓰기 시험이 끝나자 할아버지는 사무실로 급히 불려 갔다. 그는 화가 머리끝까지 올라서 집에 돌아오자마자 난잡한 글씨와 얼룩으로 덮인 초라한 종이 한 장을 가방에서 끄집어 내더니 책상 위에 내던지는 것이었다. 그것은 내가 써냈던 받아쓰기 시험지였다. 철자에 대하여 주의를 받았다는 이야기였다—즉 산톡키는 뱅리향을 조아한다—le lapen çovache ême le ten[산토끼는 백리향(百里香)을 좋아한다—Le lapin sauvage aime le thym]식이어서 나의 자리는 10학급 예비반[27]이 적합하다고 선생은 말하더라는 것이었다. '산톡키'를 보고 어머니는 미칠 듯이 웃어댔다. 할아버지는 눈을 부릅뜸으로써 어머니의 웃음을 멈추게 했다. 먼저 그는 나의 성실치 못함을 탓하고 내 평생 처음으로 나를 꾸짖었다. 그러고는 자기가 지금까지 나를

24) 라신의 희곡 《아탈리》에 나오는 인물.
25) 오스트리아 출생의 영국 철학자 비트겐슈타인(1889～1951)은 언어에 대한 분석에서 철학적 의의를 발견했다.
26) 초등학교 4학년과 같다.
27) 초등학교 1,2학년 정도에 해당한다.

잘못 본 것이라고 단언했다. 그 이튿날 바로 할아버지는 나를 자퇴시키고 교장과 사이가 틀어졌다.

나는 그 사건에 대해서 뭐가 뭔지 전혀 몰랐고, 나의 실패에 조금도 놀라지 않았다. 나는 철자법을 모르는 신동이었다. 그뿐이었다. 그리고 나는 불안감 없이 나의 고독을 되찾았다. 나는 나의 불행을 좋아했다. 나는 나도 모르는 사이에 참되게 될 기회를 잃었다. 집안 사람들은 파리의 교사인 리에뱅 씨로 하여금 나에게 특별수업을 시켰다. 그는 거의 매일 오곤 했다. 할아버지는 나에게 전나무로 만든, 의자와 책상이 붙은 작은 개인용 공부 책상을 하나 사주었다. 나는 의자에 앉고, 리에뱅 씨는 받아쓰기를 시키면서 이리저리 왔다 갔다 하는 것이었다. 그는 뱅상 오리올[28]과 닮았는데 할아버지는 그가 프리메이슨의 회원이라고 주장했었다. 그러면서 할아버지는 남색가(男色家)의 교섭을 받았을 때의 한 점잖은 남자 같은 겁에 질린 혐오감을 나타내면서 우리에게 말하는 것이었다.

"그와 인사를 할 때, 그 녀석은 자기 엄지손가락으로 내 손바닥에 그 비밀 결사의 표적인 삼각형을 그리더군."

나는 리에뱅 씨가 나를 귀여워해 주지 않았기 때문에 그를 싫어했다. 근거 없는 일도 아니었지만 그는 나를 열등아로 여겼던 것 같다. 그러다가 그는 사라져 버리고 말았다. 그 이유는 알 수가 없었다. 아마 그는 나에 대한 자기의 의견을 누군가에게 털어놓았던 모양이다.

우리는 얼마 동안 아르카숑에서 지냈다. 나는 공립 초등학교에 다녔다. 할아버지의 민주주의적 원칙이 그렇게 하기를 요구했던 것이다. 그러나 그는 또한 나를 서민들과 떼어놓고 싶어했다. 그는 다음과 같은 말로 나를 교사에게 추천했다.

"친애하는 동료 선생님, 저의 가장 소중한 것을 당신에게 맡깁니다."

바로 씨는 턱수염이 있었고, 코안경을 걸치고 있었다. 그는 우리 별장으로 뮈스카 포도주를 마시러 와서, 중등교육계의 한 사람인 그가 자기에게 표시한 신뢰감을 매우 기쁘게 생각한다고 말했다. 그는 나를 교탁 옆에 특별히 마련한 학생용 책상에 앉혀놓고, 쉬는 시간에도 나를 자기 옆에서 놓아주지

---

28) 프랑스의 정치가이며 제4공화국 초대 대통령에 재직(1947~54)했다.

않았다. 이런 호의에 찬 대우가 나에게는 당연하게 생각되었다. 나와 동류인 '서민의 자제들'이 어떻게 생각하는지 나는 알 수 없다. 아마도 그들은 그런 것을 문제 삼지 않았던 것 같다. 나로서는, 그들이 떠드는 것 때문에 피곤해서 그들이 사람잡기 놀이를 하고 있는 동안, 바로 씨 곁에서 갑갑증을 느끼는 편이 더 고상하다고 생각했다.

내가 선생을 존경하는 데는 두 가지 이유가 있었다. 그가 나에게 호의를 갖고 있다는 것과, 입에서 악취가 난다는 점이었다. 어른들이란 못생기고, 주름살이 잡히고, 불결해야 한다. 그들이 나를 품에 껴안을 때 가벼운 혐오감을 참아야 하는 것이 그다지 불쾌하지 않았다. 그것이야말로 미덕이라는 것이 결코 쉽지 않다는 증거였다. 기쁨에도 단순하고 저속한 기쁨들이 있었다. 뜀박질을 한다든가, 뛰어넘기를 한다든가, 과자를 먹는다든가, 어머니의 부드럽고 향기로운 피부에 키스를 한다든가 하는 기쁨이다. 그러나 나는 성숙한 남자들과 같이 있을 때 느끼곤 했던 학구적이고 복잡한 기쁨을 보다 값지게 생각하고 있었다. 그들에게서 느끼는 혐오감은 그들이 가지고 있는 이상한 매력의 일부였다. 나는 혐오감을 착실한 성향과 혼동하고 있었던 것이다. 나는 속물이었다. 바로 씨가 나에게 몸을 굽힐 때면 그의 숨결이 나에게 달콤한 불쾌감을 느끼게 했다. 나는 그의 턱망에서 풍기는 기분 나쁜 냄새를 열심히 맡고 있었다.

어느 날 나는 학교 벽에 갓 쓰여진 낙서를 보았고 가까이 가서 읽었다. '바로 영감은 콩이다.'[29] 내 가슴은 터질 듯 뛰었다. 어처구니가 없어서 꼼짝도 하지 못하고 그 자리에 서 있었다. 겁이 났다. '콩', 그것은 어휘의 하층 사회에 널려 있는 것이지 좋은 집안 어린이 같으면 구경도 못하는 '천한 낱말들' 중의 하나에 지나지 않았다. 짧고도 상스러운 그 낱말은 하등동물들의 소름끼치는 미련함을 내포하고 있었다. 그것을 읽은 것 자체가 벌써 잘못이었다. 작은 목소리로나마 나는 그것을 발음하지 않으려고 애를 썼다. 그 벽에 매달린 진드기, 나는 그것이 나의 입에 뛰어들어와 목구멍 속에서 하나의 검은 금속성의 목소리로 변하는 것을 원치 않았다. 만약 내가 그것을 못 본 체한다면 아마도 그것은 벽 구멍 속으로 들어갈지도 모른다. 그러나 만약 내

---

29) con은 본디 여자의 음부라는 뜻으로 바보, 얼간이 같은 모욕적이고 야비한 말이다.

가 시선을 돌린다면 그 수치스러운 호칭을 다시 보게 될 것이었다. 나를 더욱더 두렵게 하는 '바로 영감'이라는 호칭을 말이다.

'콩'이란 낱말은 어떻든 간에 내가 그 뜻을 추측할 정도였지만, 나는 우리 집안에서 다들 누구를 '아무개 영감'이라고 부르는가를 잘 알고 있었다. 정원사들, 우편배달부들, 식모의 아버지, 요컨대 가난한 늙은이들이었다. 누군가가 나의 할아버지의 동료이자 교사인 바로 씨를 가난한 늙은이 보듯 보고 있었던 것이다. 어디선가, 어떤 사람의 머릿속에서 그 불건전하고 범죄적인 생각이 어슬렁거리고 있었던 것이다. 누구의 머릿속일까? 내 머릿속일지도 모른다. 모독하는 자와 공모자가 되기 위해서는 그 모독적인 계시를 읽는 것만으로 충분하지 않았을까? 그것은 마치 한 잔인한 미치광이가 매일 아침 내가 모자를 벗고 "안녕하십니까, 선생님" 할 때, 내가 갖는 예의 바른 태도와 나의 경의와 나의 열성과 나의 기쁨을 비웃고 있는 것처럼 생각되었다. 그와 동시에 나 자신이 바로 그 미치광이이며, 그 천한 낱말들과 천한 생각이 내 마음속에서 빠른 속도로 번식하고 있는 것 같았다.

"그 더러운 늙은이는 돼지처럼 구린내가 난다."

예를 들어서 내가 이렇게 큰 소리로 외친들 어떻단 말이냐? 나는 중얼거렸다.

"바로 영감은 구린내가 난다."

그러자 모든 것이 돌기 시작했다. 나는 울면서 도망쳤다. 이튿날이 되자 나는 셀룰로이드로 된 그의 칼라와 나비넥타이 때문에 바로 씨에 대한 존경심을 도로 찾았다. 그러나 그가 나의 공책에 몸을 기울였을 때, 나는 숨을 죽이고 머리를 돌리는 것이었다.

다음해 가을, 어머니는 나를 푸퐁 학원에 데리고 가기로 결심했다. 나무로 된 층계를 올라가서 2층의 교실로 들어가야만 했다. 거기에는 어린이들이 반원형으로 조용히 모여 있었다. 어머니들은 교실 뒤쪽에 꼿꼿한 자세로, 또는 벽에 등을 기대고 앉아 선생을 감시하고 있었다. 우리를 가르치는 가엾은 아가씨들의 가장 중요한 의무는 이 신동들의 학술원에서 칭찬과 좋은 점수를 공평하게 분배하는 일이었다. 만약 그 아가씨들 중의 하나가 신경질을 부린다든지, 혹은 어떤 훌륭한 대답에 너무 흐뭇해하면 그 아가씨들은 학생들을 놓치고 아울러 직장을 잃을 것이다. 우리는 서로가 말을 걸 시간이라고는 전혀 갖지 못하는 30여 명의 아카데미 회원들이었다. 수업이 끝날 때에는 어머니마다 제 자식을 홱 빼앗아 가지고는 인사도 없이 총총걸음으로 가버리곤 했다.

한 학기만에 어머니는 나를 그만두게 했다. 그 학교에서는 거의 공부를 하지 않았기 때문이고, 내가 칭찬 받을 차례가 되었을 때 어머니에게 쏟아지는 이웃 여자들의 시선을 버텨내는 데 지치고 말았기 때문이었다. 생활비도 안 되는 봉급을 위해서 푸퐁에서 하루에 여덟 시간 수업을 하고 있었던, 코안경을 낀 금발의 처녀인 마리 루이즈 양이 학교 책임자들 몰래 기꺼이 나에게 개인교수해 주기로 했다. 가끔 그 여자는 한숨을 쉬고 자기 마음을 달래기 위해서 받아쓰기 공부를 중단하곤 했다. 그 여자는 자기는 피곤해서 죽을 지경이고, 무서운 고독 속에서 살고 있으며, 누구든지 좋으니 남편만 생긴다면 모든 것을 내던지겠다고 나에게 말하곤 했다. 그 여자도 역시 사라지고 말았다. 나에게 가르쳐 주는 것이 아무것도 없다는 게 그 이유였다. 그러나 내가 확신하는 바에 의하면 나의 할아버지는 그 여자를 팔자가 사나운 여자라고 생각했다. 이 공명정대한 남자는 불쌍한 사람들의 짐을 덜어주는 데 인색하지 않았지만 그런 사람들을 자기 집 지붕 아래로 불러들이는 것은 질색이었다.

적절한 시기였다. 마리 루이즈 양이 나의 사기를 떨어뜨리고 있었던 때였으니 말이다. 보수라는 것은 자격에 비례하는 것으로 나는 알고 있었다. 그리고 사람들은 나에게 그 여자는 자격을 갖추고 있다고 말했다. 그런데 왜 그 여자는 그렇게 적은 봉급을 받았나? 사람이 한 직책을 수행할 때, 떳떳하고 자랑스럽게 일하는 것이 즐거운 법이다. 그런데 그 여자는 하루에 여덟 시간 일하는 행운을 가졌는데 어째서 그녀는 자기의 삶을 마치 불치병처럼 이야기하곤 했을까? 그녀의 불평을 내가 할아버지에게 알려주자 그는 웃기 시작했다. 그리고 말하기를 어떤 남자가 그 여자를 원하기에는 그 여사는 너무나 못생겼다는 것이었다. 나는 웃지 않았다. 사람이 나면서부터 유죄선고를 받을 수 있겠는가? 그렇다면 사람들은 나에게 거짓말을 한 셈이다. 세상의 질서는 용서할 수 없는 무질서를 내포하고 있었으니 말이다. 나의 불쾌감은 그 여자와 멀어지자 이내 가셨다. 샤를 슈바이처는 나에게 보다 얌전한 선생들을 구해 주었다. 하도 얌전한 사람들이었기 때문에 나는 그 사람들을 전부 잊어버렸다. 10살까지 나는 한 노인과 두 여인 틈에 끼어서 살았다.

*

나의 진리, 나의 성격, 그리고 나의 이름은 어른들의 손에 달려 있었다. 나는 그들의 눈을 통해서 나 자신을 볼 줄 알게 되었다. 나는 어린이였고, 어른들이 자기들의 갖가지 미련으로 빚어놓은 괴물이었다. 자기들이 없을 때에도 그들은 햇빛 속에 뒤섞인 시선을 자기들 뒤에 남긴다. 나는 나로 하여금 모범적인 손자로서의 천성을 지니도록 해주는 그 시선, 꾸준히 나의 장난감과 나의 우주를 제공해 주는 그 시선을 뚫고 달리고 또한 뛰곤 하는 것이었다. 나의 아름다운 어항 속에서, 나의 넋 속에서 나의 생각은 빙빙 돌고 있었다. 모든 것은 그것의 회전장치를 따라서 움직일 수 있었다. 어두운 그늘이라고는 없었다. 그러나 말 없고 형태도 없고 밀도도 없이, 그 천진난만한 투명상태 속에 녹아든 그 투명한 확신이 모든 것을 망쳐버렸다.

나는 사기꾼이었던 것이다. 어떻게 우리는 우리가 희극을 하고 있다는 것을 모르면서 희극을 연출할 수 있을까? 나의 역할을 꾸며주고 있는 양지바른 밝은 외관이 자기 자신을 고발하는 것이었다. 내가 전적으로 이해할 줄도 모르고, 또한 느끼기를 단념할 줄도 모르고 있는 결점 때문이다. 나는 어른들을 향해서 그들에게 나의 자격을 보장하도록 요구했다. 그것은, 즉 사기행위 속에 나 자신을 깊이 몰아넣는 행동이었다. 남의 마음에 들도록 숙명지어진 나는 이내 퇴색해 버리는 얌전한 태도를 취하곤 했다. 여기저기에서 나는 새로운 행운을 노리는 동안 호인 같은 태도와 쓸데없이 뻐기는 태도를 꾸며 보이곤 했다. 나는 그 행운을 붙잡을 줄 믿고, 어떤 태도를 취해 보았는데, 거기에서 나는 내가 피하고 싶은 변덕을 다시 보는 것이었다.

할아버지는 담요를 두르고 잠들어 있었다. 더부룩한 콧수염 밑에 그의 분홍빛 입술의 벌거숭이 살이 보였다. 그것은 차마 보고 있을 수 없는 것이었다. 다행히도 그의 안경이 미끄러져 내려와서 나는 서둘러 그것을 집었다. 그는 잠에서 깨어 나를 안아올렸고, 그렇게 하여 우리는 우리의 위대한 사랑의 장면을 연출하는 것이었다. 그러나 그것은 이미 내가 바라던 것이 아니었다. 나는 무엇을 바랐던가. 나는 모든 것을 잊어버리고 할아버지의 턱수염 덤불 속에서 나의 보금자리를 찾았다. 나는 부엌에 들어가서 샐러드를 버무려 보겠다고 말했다. 나의 말에 온통 아우성이었고 떠나갈 듯한 소리로 웃었다.

"안 돼, 아가야. 그렇게 하는 게 아냐! 네 귀여운 손을 꼭 쥐어야 해. 그래! 마리야, 애 좀 도와줘라! 아니, 아주 잘하는데."

나는 가짜 어린이였다. 그리고 나는 가짜 샐러드 바구니를 들고 있었다. 나는 나의 행동이 한낱 몸짓으로 변해 가고 있음을 느꼈다. '희극'이 나에게서 세상과 인간을 훔쳐가고 있었다. 나에게는 배역과 소도구밖에는 보이지 않았다. 어른들의 계획을 익살로 도우면서 그들의 근심을 내가 어떻게 진심으로 파악할 수 있었단 말인가? 나는 덕성스러운 열성으로 그들의 의도에 끌려 들어갔지만 그 열성은, 그 계획의 결과에 내가 동조할 수 없는 열성이었다. 인류의 필요며 희망이며 기쁨과는 무관하게 나는 그 인류를 유혹하기 위해서 자신을 혹사하곤 했다. 인류는 나의 관중이었으며, 눈부신 조명 하나가 나를 그것과 갈라놓았고, 이내 불안으로 변하는 거만한 유배의 삶 속에 나를 다시 던져넣는 것이었다.

가장 나쁜 일은 내가 어른들이 졸렬한 연기를 하는 게 아닌가 하고 의심을 품고 있었다는 사실이었다. 그들이 나에게 건네는 말들, 그것은 봉봉과자처럼 달콤한 것들이었다. 그러나 자기들끼리는 모든 것을 다른 어조로 이야기했다. 게다가 나와의 신성불가침 계약을 깨뜨리는 수도 있었다. 그럴 때면 나는 가장 귀엽게 암상을 부리곤 했다. 그것은 내가 가장 자신 있는 태도인데, 그들은 본디 목소리로 내게 말하는 것이었다.

"아가, 저리로 가서 놀아라. 우린 이야기를 하고 있으니."

어떤 때는 사람들이 나를 이용한다는 기분이 들곤 했다. 어머니가 나를 뤽상부르 공원에 데리고 가곤 했는데 온 집안 식구들과 틀어진 에밀 삼촌이 돌연 나타났다. 그는 자기 누이를 기분 나쁜 태도로 보고 있다가 퉁명스럽게 말하는 것이었다.

"내가 여기 온 것은 너를 만나러 온 게 아니야. 어린애를 보러 온 거지."

그리고 그는 어머니에게 나만이 집안에서 결백한 인간이고, 나만이 고의로 자기의 감정을 상하게 하지 않고, 거짓 소문들로 자기를 나쁜 놈으로 몰지 않는 유일한 인간이라고 말했다. 나의 힘과 그 우울한 남자의 마음속에 내가 불을 지펴놓은 사랑의 감정이 쑥스러워서 나는 미소를 지었다. 그러나 벌써 그 남매는 자기들의 이해관계를 다투고 서로 품고 있는 불만을 늘어놓고 있었다. 에밀은 샤를에 대해 분개하고 있었고, 안 마리는 불리한 처지에 서가면서까지 할아버지를 변호했다. 그들의 이야기는 루이즈에 관한 것으로 옮겨졌다. 나는 잊힌 채 그들이 앉아 있는 쇠의자 사이에 그대로 있었다. 나는—단지 내가 그것들을 이해할 수 있는 나이였다면—좌익의 한 늙은이가 그의 행동으로 나에게 가르쳐 주는 우익의 잠언들을 모두 인정할 준비가 되어 있었다. 즉 '진리'와 '우화'는 같은 것이고, 정열을 새삼 느끼기 위해서는 정열을 보여줘야 하며, 인간이란 하나의 의례적인 존재라는 것을 인정할 마음이 있었다는 말이다.

우리는 우리 자신에게 희극을 보여주기 위해서 창조되었다는 말을 나는 여러 번 들은 일이 있다. 희극, 나도 그것을 인정했지만 나는 그 희극의 주요 인물이 되기를 바라고 있었다. 그런데 나를 무너뜨리는 청천벽력 같은 순간에 이를 때마다 나는 그 희극에서 대사도 있고 수많은 관중 앞에서 오랫동안 얼굴을 내보이고 있는데도 '허울 좋은 가짜 역할'을 맡고 있다는 것을 발견하곤 했다. 그러나 그것은 '나 자신'의 출연 장면은 아니었다. 한마디로 말해서 나는 어른들에게 대꾸를 하고 있었다.

샤를은 그의 죽음을 가라앉히기 위하여 나의 비위를 맞추고 있었다. 루이즈는 나의 성급함 속에서 자기의 부루퉁한 성질에 대한 변명을 찾아내는 것이었고, 안 마리는 내게서 자기의 헌신에 대한 변명을 찾아내고 있었다. 그러나 내가 아니더라도 그녀의 부모는 나의 어머니를 받아들였을 테고, 어머니의 다감한 성격은 무방비 상태로 할머니에게 자기 자신을 맡겨버렸을 것이다. 내가 아니더라도 루이즈는 부루퉁했을 테고, 샤를은 세르뱅 산이라든가 유성, 혹은 남의 자녀들을 보고서 경탄했을 것이다. 나는 그들의 불화와 화해의 우연한 원인에 지나지 않았으며, 정말 심각한 원인은 딴 곳에 있었다. 곧 마콩이나 군스바흐나 티비에에 있었고, 때가 끼고 있는 늙은 마음속에 있었으며, 내가 태어나기 훨씬 이전의 과거 속에 있었다.

나는 그들에게 가족의 단결과 그 가족이 가지고 있는 케케묵은 상극을 비추어 주고 있었다. 그들은 현재의 자기 모습이 되기 위해서 나의 신성한 소년기를 이용하고 있었던 것이다. 나는 거북스러움 속에서 살았다. 무엇이고 존재하는 것에는 이유가 있는 법이다. 모든 존재는 가장 위대한 사람으로부터 가장 보잘것없는 사람에 이르기까지 이 우주에 자기의 위치를 가지고 있다는 것을 그들의 의례적인 태도에서 내가 깨닫게 될 때, 나의 존재이유는 사라져 버리고, 나는 계산에도 들지 않는 존재임을 문득 발견하게 되며, 이 질서정연한 세상 속의 돌연변이적인 나의 존재가 부끄러워지는 것이었다.

아버지였더라면 나로 하여금 끈기 있는 어떤 고집을 지니게 했을지도 모른다. 자기의 기분을 나의 원칙으로 삼고, 자기의 무식을 나의 지식으로 삼으며, 자기의 원한을 나의 자존심으로 삼고, 자기의 괴벽을 나의 법으로 삼음으로써 그는 내 속에 살아남았을지도 모른다. 그 존경할 만한 하숙인이 내 속에 있었더라면 내가 나 자신에 대한 경의를 갖도록 했을지도 모른다. 나는 그 경의에다 내 생존권의 근거를 두었을지도 모른다. 내 아버지는 나의 장래를 결정했을 것이다. 즉 선천적인 이공과 대학생이 되어서 나는 일생을 보장받았으리라. 그러나 장 바티스트 사르트르가 나의 운명을 알고 있었다 해도 그는 그 비밀을 가지고 가버리고 말았다. 어머니는 다만 아버지가 말한 것을 기억하고 있을 뿐이었다.

"내 아들 녀석은 해군에 들여보내지 않겠어."

보다 자세한 정보가 없었으므로 나를 비롯해서 아무도 내가 무엇을 하러 이 세상에 태어났는가를 몰랐다. 나에게 아버지가 재산을 남겨주었던들 나의 소년기는 달라졌을 것이다. 나는 글을 쓰지 않고 다른 인간이 되었을 것이다. 논밭과 집들은 어린 상속자에게 스스로에 대한 안정된 개념을 주기 마련이다. 그는 조약돌을 깐 '자기' 뜰 위나 '자기' 베란다의 마름모꼴 무늬가 있는 창문 위에서 자신을 느끼며 그런 것들의 타성을 자기 영혼의 불멸의 실체로 만들 것이다. 며칠 전에 식당에서 주인의 아들인 7살짜리 아이가 계산대 여직원에게 소리치는 것을 보았다.

"아버지가 없을 때는 내가 주인이야."

그야말로 한 남자였다. 그 나이에 나는 누구의 주인도 아니었고 내 것이라고는 아무것도 없었다. 몹시 드문 일이었지만 내가 까불 때면 어머니는 나에게 이렇게 속삭이곤 했다.

"조심하거라, 우리집이 아니니까!"

우리는 한 번도 우리집에서 산 적이 없다. 뒤에 어머니가 재혼했을 때 살던 르고프 거리의 집도 마찬가지였다. 사람들이 나에게 모든 것을 빌려주었으므로 나는 우리집이 없는 것에 대하여 괴롭게 생각하지는 않았다. 그러나 나는 여전히 추상적인 존재였다. 소유주에게는 이 세상의 재산이 자기가 어떤 존재인지를 나타내 보여주지만 나에게는 내가 아무것도 아니라는 사실을 가르쳐 주었다. 즉 나는 견실하지도 '못하고' 영속적이지도 '않았다'. '나는' 아버지의 업적을 그대로 이어받을 계승자도 '아니었고' 강철 생산에 필요한 존재도 '아니었다'. 한마디로 나는 영혼이 없었다.

만약 내가 나의 육체와 사이가 좋았더라면 완전무결했을 것이다. 그러나 그것과 나는 괴상한 한 쌍을 이루고 있었다. 무척 가난한 어린이는 스스로의 마음에 물어보지 않는 법이다. 영양부족과 질병으로 말미암아 '육체적'으로 시달린 그의 정당화될 수 없는 조건이 그의 존재를 정당화한다. 그의 살 권리를 성립시키는 것은 굶주림이며 끊임없는 죽음의 위협이다. 즉 그는 죽지 않으려고 산다. 그러나 나는 나 자신이 운명을 타고났다고 믿을 만큼 부자도 아니었고, 나의 욕구가 곧 생존의 필요라고 느낄 정도로 가난하지도 않았다. 나는 내 영양을 섭취하는 의무를 완수했고, 신이 이따금—매우 드문 일이었지만—싫증나지 않고 먹을 수 있게 해주는 은총—식욕—을 내게 보내주곤 했다. 아무렇게나 숨 쉬고, 소화하고, 배설하면서 나는 살기 시작했다는 이유 때문에 살고 있었다. 강제로 배가 가득 채워지는 반려자인 나의 육체는 난폭함도, 그리고 버릇없는 요구도 갖지 않았다. 나의 육체는 어른들이 무척 바라는 일련의 나약함에서 오는 불안감으로 주의를 끌었다. 그 무렵의 점잖은 집안에는 적어도 허약한 어린이가 하나쯤은 반드시 있었다. 나는 태어났을 때 자칫하면 죽을 뻔했으므로 그 점에서는 훌륭한 아이였다. 사람들은 나의 동정을 살핀다. 나의 맥과 체온을 재고, 나에게 혀를 내밀어 보라고 했다. 그리고는 이런 식이었다.

"저 애가 좀 해쓱해 보이지 않느냐?"

"조명 탓이죠."

"틀림없이 여위었어!"

"하지만 아버님, 어저께 몸무게를 재보았는걸요." 날카롭게 살피는 그 시선들 밑에서 나는 하나의 물건, 병에 꽂힌 한 송이의 꽃이 되는 것을 느끼곤 했다. 결국은 나를 이불 속에 처넣는 것이었다. 나는 더워서 숨이 막혔고 이불 밑에서 은근히 달궈진 나의 육체와 그 육체의 불쾌감을 혼동하곤 했다.

나는 이미 그 둘 중에서 어떤 것이 바람직하지 않는 것인지를 알 수 없었다.

*

할아버지와 공동으로 저술했던 시모노 씨가 목요일마다 우리와 같이 점심을 먹었다. 나는 콧수염에 기름을 바르고, 머리털에 물을 들이고, 계집애 같은 볼을 가진 그 50대 남자가 부러웠다. 얘기가 중단되지 않도록 하기 위해서 안 마리가 그에게 바흐를 좋아하는가, 바다가 좋은가 산이 좋은가, 고향에 대해서 흐뭇한 추억을 간직하고 있는가를 물을 때면, 그는 잠시 생각에 잠겨 자기의 내적인 시선을 자기 취미의 화강암질의 산악 위로 돌리곤 했다. 그는 질문에 대한 답을 얻었을 때, 고개를 숙여 절을 하면서 객관적인 어조로 그것을 어머니에게 알렸다.

행복한 남자다! 그는 매일 아침 환희를 느끼면서 잠이 깨어 어떤 숭고한 지점으로부터 자기의 뾰족한 산꼭대기와 봉우리들, 그리고 작은 골짜기를 조사할 테지. 그러고는 '틀림없이 나로구나. 완전히 시모노 씨다'라고 말하면서 육감적인 기지개를 켜겠지. 나는 이런 생각을 했던 것이다. 물론 누가 나에게 질문을 하면 내가 좋아하는 것을 이야기하고, 심지어는 그것을 단언할 수조차 있다. 그러나 고독할 때는 그 좋아하는 것들이 빠져나가 버리는 것이다. 따라서 그것들을 확인하기는커녕 붙들고 확대시켜서 그것들에게 생명을 불어넣어 주어야만 했다. 더욱이 나는 내가 송아지 불고기보다 소고기 등심을 더 좋아한다는 것에조차 자신이 없었다.

나의 마음속에 요동치는 풍경, 즉 낭떠러지같이 곧은 고집을 누가 깃들게 해준다면 무슨 짓인들 못했으랴? 피카르 부인이 최신 유행어를 재치 있게 써가면서 '샤를은 흐뭇한 존재예요'라든가, '존재들이란 알 수가 없어요' 하는 식으로 나의 할아버지에 대해서 이야기할 때면 나는 호소할 곳 없이 유죄 선고를 받은 것처럼 느껴졌다. 뤽상부르 공원의 조약돌들, 시모노 씨, 마로니에 나무들, 칼레마미 등 그것은 존재들이었다.

그러나 나는 아니었다. 나는 그 존재들의 타성도, 심원함도, 불가입성도 가지지 않았다. 나는 '아무것도' 아니었다. 지워버릴 수 없는 하나의 투명성이었으니까. 게다가 누가 내게 시모노 씨, 곧 그 조각 같은 무기력한 사나이가, 그 한 덩이의 바위가 우주에서 없어서는 안 될 사람이라는 것을 가르쳐 준 날, 내 질투는 극도에 다다랐다.

명절이었다. '현대어 학원'에서는 백열등의 흔들리는 불빛 아래서 군중이 손뼉을 치고 있었다. 어머니는 쇼팽곡을 연주하고, 할아버지의 명령으로 모든 사람은 프랑스어를 하고 있었다. 은총이 바랜, 오라토리오의 장중한 느린 목구멍소리의 프랑스어였다. 나는 땅에 발을 붙일 사이도 없이 이 사람 손에서 저 사람 손으로 날라다녔다. 나는 어떤 독일 여류소설가의 품에 안겨서 숨이 막힐 지경이었다. 그때 할아버지는 자신의 영광의 꼭대기에서 내 가슴을 찌르는 하나의 판결을 내렸다. "여기 누가 한 사람 안 온 것 같소, 그것은 시모노 씨요." 나는 여류소설가의 품으로부터 빠져나와 한구석으로 피했다. 손님들이 사라지고 소란스러운 원의 한가운데에서 나는 기둥 하나를 보았다. 그것은 살과 뼈가 없는 시모노 씨 바로 그였다. 그 놀라운 부재(不在)가 그를 변형시켜 버린 것이다. 학원과 관계되는 많은 사람들이 참석하지 않았다. 어떤 학생들은 병이 났고, 또 어떤 학생들은 거절했다. 그러나 그것은 우연하고 사소한 사실에 불과했다. '오지 않은 것은' 오직 시모노 씨뿐이었다. 그의 이름을 발음하는 것만으로 충분했다. 그 꽉 찬 방 안에 그의 빈 자리가 칼처럼 꽂혀 있었다. 한 인간이 준비된 자기 자리를 차지한다는 사실에 나는 놀랐다. 그의 자리, 그것은 전반적인 기다림에 의해서 파인 무(無)였고, 돌연 거기로부터 사람이 다시 태어날 수 있을 것 같은 보이지 않는 배〔腹〕였다.

그러나 그가 열렬한 갈채를 받는 가운데 땅에서 솟아났다면, 부인들까지도 그의 손에 키스를 하기 위해서 달려들었다면 나는 도취감에서 깨어났을 것이다. 육체적인 현존이란 언제나 귀찮은 법이다. 부정적인 본질의 순수성으로 바뀐 순결한 그는 다이아몬드의 압축할 수 없는 투명함을 간직하고 있었다. 지상의 어떤 곳에서 어떤 사람들 사이에 매 순간 있는 것, 그리고 거기에서 남아돌아간다는 것을 내가 아는 것, 이것이 바로 나의 운명이었기 때문에 나는 모든 딴 고장에서, 모든 딴 사람들에게서 물처럼, 빵처럼, 공기처럼 부족해지고 싶었다.

그런 소원이 매일 나의 입술에 되살아났다. 샤를 슈바이처는 그가 살아 있는 동안 결코 나에게 드러내 보이지 않았으며, 이제야 내가 짐작하게 된 어떤 고민을 숨기기 위해서 이르는 곳마다 필요성을 갖다붙이는 것이었다. 그의 모든 동료가 하늘을 떠받들고 있었다. 이 아틀라스 신들인 문법학자들, 문헌학자들, 언어학자들 중에 리옹 캉 씨와 〈교육학〉지의 편집장이 있었다. 할아버지는 우리가 그들의 중요성을 가늠할 수 있도록 의젓한 말투로 그 사람들 이야기를 하곤 했다.

"리옹 캉은 자신이 해야 할 일을 알고 있지. 우리 학원에 딱 맞는 사람이었는데."

또 이렇게도 말했다. "쉬레는 늙었어. 그이한테 누가 은퇴하라고 권하는 어리석은 짓을 안 했으면 좋으련만. 대학에서는 얼마나 큰 손해를 입게 될지를 모르고 있는 거야."

오래지 않아 그들이 사라지면 유럽 전체가 비탄에 잠기게 되거나 야만으로 되돌아가 버릴지도 모르는, 둘도 없는 늙은이들에 둘러싸여서 나의 마음속에 다음과 같은 경구를 들려주는 가공의 목소리를 듣기 위해서라면 나는 무슨 짓인들 못했으랴.

"이 어린 사르트르는 제 일을 잘 알고 있어. 이 애가 사라지면 프랑스의 손해는 헤아릴 수도 없게 될 거야!"

부르주아의 소년은 순간의 영원, 즉 무위(無爲) 속에서 살고 있다. 나는 즉시 영원히, 그리고 아득한 옛날부터 아틀라스가 되고 싶었다. 나는 사람이 그렇게 되려고 노력을 할 수 있다는 것조차도 몰랐었다. 나로서는 하나의 최고법원과 나에게 그 권한을 부여해 주는 판결이 필요했다. 그러나 법관들이 어디에 있나? 나의 개인 재판관들은 그들의 서투른 연기 때문에 신용을 잃었다. 나는 그들을 거부했지만 그렇다고 다른 재판관들을 구하지도 못하고 있었다.

신앙도 없고, 법도 없고, 원인도 결말도 없는 마취된 해충처럼 나는 하나의 사기행위에서 또 하나의 사기행위로 몸을 굴리고, 뛰고, 날아서 집안의 희극 속으로 도피하는 것이었다. 나는 정당화될 수 없는 나의 육체와 그 육체의 무기력한 고백을 피하고 있었다. 팽이가 장애물에 부딪쳐 멈추기만 해도 그 어리고 사나운 희극배우는 다시 동물적인 혼수상태 속에 빠져버리는 것이었다. 마음씨 고운 어머니 친구들이 어머니에게 내가 슬퍼하며 몽상하고 있는 것을 보았다고 말했다. 어머니는 나를 꼭 껴안고 웃으면서 말했다.

"아니, 늘 노래를 할 정도로 쾌활한 네가 그렇다니! 그래 너는 무엇이 못마땅하냐? 네가 갖고 싶은 것은 다 있는데."

그녀의 말이 옳았다. 너무 귀염받는 어린이는 슬프지 않다. 그러나 그는 왕처럼 심심하다. 개처럼 말이다.

나는 한 마리의 개다. 하품을 하면 눈물이 핑 돈다. 나는 눈물이 흐르는 것을 느낀다. 나는 한 그루의 나무다. 나의 가지에 바람이 몰아쳐서 가지들을 스치듯 흔든다. 나는 한 마리의 파리다. 나는 유리를 타고 기어올라가다가 굴러떨어진다. 나는 다시 기어오르기 시작한다. 이따금 나는 지나가는 시간의 애무를 느낀다. 어떤 때는—매우 자주—시간이 지나가지 않는 것을 느끼기도 한다. 떨리는 1분 1분들이 털썩 주저앉아서는 나를 삼키고, 빈사 상태로 끊임없이 몰아넣는다. 썩었지만 아직 살아 있는 그 1분 1분들을 사람들은 비로 쓸어버린다. 또 어떤 사람들은 그것들을 보다 신선한 것으로, 그러나 역시 전혀 보람 없는 1분 1분으로 대체시킨다. 사람들은 이 불쾌감을 행복이라고 부른다. 어머니는 내가 어린이들 중에서 가장 행복한 애라는 것을 몇 번이고 말했다. '그것이 진실인데' 어찌 내가 어머니를 믿지 않을 수 있었을까? 나는 결코 나의 고독을 생각한 일이 없다. 먼저 거기에 붙일 이름이 없다. 게다가 나는 그것을 알 수 없다. 사람들이 줄곧 나의 둘레에 널려 있으니 말이다. 그것이 내 삶의 올이고, 내 쾌락의 천이며, 내 생각의 살이다.

나는 죽음을 보았다. 5살 때였다. 죽음은 나를 노리고 있었다. 저녁때, 그것은 발코니에서 어슬렁거리고 있었고, 창유리에 그 낯짝을 들이대고 있었다. 나는 그것을 보고 있었으나 감히 아무 말도 못했다. 한번은 볼테르 강변에서 그것을 만났다. 그 죽음은 검은 옷을 입은, 몸집이 크고 미치광이 같은 노파였다. 그 여자는 내가 지나는 길에서 중얼거렸다.

"저애를 내 주머니에 넣어야지."

또 한번은 죽음이 동굴 모양으로 나타났다. 그것은 아르카숑에서의 일이었다. 칼레마미와 나의 어머니는 뒤퐁 부인과 작곡가인 그의 아들 가브리엘을 찾아갔다. 나는 가브리엘이 병이 들어서 죽어가고 있다는 이야기를 들었기 때문에 겁이 나서 그 별장의 마당에서 놀고 있었다. 나는 마지못해 말 타는 시늉을 하며 집 둘레를 뛰어다녔다. 문득 나는 컴컴한 구멍을 보았다. 지하실이었다. 누가 뚜껑을 열어놓았던 것이다. 나도 잘 알 수 없는 고독과 공포의 어떤 뚜렷함이 나를 아찔하게 만들었다. 나는 돌아서서 목청이 터져라 노래를 부르면서 도망쳤다. 그 시절에 나는 매일 밤 잠자리에서 죽음과 만나곤 했다. 그것은 하나의 의식이었다. 그래서 나는 코를 침대와 벽 사이로 향하고 왼쪽으로 누워야만 했다. 나는 몸을 부들부들 떨면서 기다리고 있었다. 죽음이란 으레 그렇듯이 해골의 모습으로 낫을 들고 나타나는 것이었다. 그러면 나는 오른쪽으로 돌아눕는 허락을 받는다. 죽음은 가버리고, 나는 안심하고 잠잘 수 있었다.

낮에는 아주 다양하게 변장을 한 죽음을 알아볼 수 있었다. 어머니가 프랑스어로 〈마왕〉을 노래하면 나는 귀를 틀어막았다. 《주정꾼과 그의 아내》를 읽었기 때문에 나는 6개월 동안 라 퐁텐의 우화집을 펴보지 않았다. 그런데도 비렁뱅이 같은 죽음은 그런 것에는 조금도 아랑곳하지 않았다. 그 죽음은 메리메의 《일(Ile)의 비너스》라는 단편소설 속에 숨어 있다가 나의 목덜미를 붙잡기 위해, 내가 그 소설을 읽기만 기다리고 있었다. 장례식이나 시체를 묻는 구덩이가 나를 불안하게 하지는 않았다.

그 무렵 사르트르 거리에 살던 나의 할머니가 병으로 돌아가셨다. 어머니와 내가 전보를 받고 티비에에 도착했을 때 할머니는 아직 살아 있었다. 사람들은 불행했던 오랜 생존이 무너져 가고 있는 장소로부터 나를 떼어놓는 것이 좋다고 생각했다. 친지들이 나를 맡아서 자기 집에서 돌봐주었다. 사람들은 내 마음을 끌려고, 불안 때문에 무척 서글픈 인상을 주는 임기응변의 교육적인 놀이를 나에게 가르쳐 주었다. 나는 놀고, 읽고, 모범적인 침착성을 과시하는 데에 열중했다. 그러나 아무런 감정도 느낄 수가 없었다. 우리가 무덤까지 영구차를 따라갔을 때도 아무것도 느끼지 않았다. 할머니의 부재로 말미암아 '죽음'이 빛을 내고 있었다. 세상을 떠난다는 것, 그것은 죽는 것은 아니었다. 그 노파의 묘석으로의 변신이 나는 싫지 않았다. 화체(化體), 즉 존재에로의 도달이 있었다. 결국 과장해서 말하자면 마치 내가 시모노 씨로 변한 것처럼 모든 일이 진행되고 있었다. 그런 이유로 나는 늘 이탈리아식인 무덤을 좋아했고, 아직도 좋아한다. 거기에서는 묘석이 거칠게 다듬어져서 그것은 마치 괴이한 인간 같다. 거기에는 죽은 이의 첫 모습을 떠오르게 하는 사진을 집어넣는 큰 메달이 박혀 있다.

내가 7살 때 진짜 죽음, 즉 납작코 할멈을 어디에서나 만나곤 했는데 거기서는 결코 보지 못했다. 그것이 무엇이었나? 어떤 사람과 어떤 협박이었다. 그 사람은 미친 여자였다. 협박으로 말하자면 이러한 거다. 곧 그림자가 대낮에, 찬연한 햇빛 아래에서 아가리들을 벌리고 나를 꽉 물 수 있었다. 사물들에는 무서운 이면이 있었다. 사람들이 이성을 잃을 때 그것을 보는 것이었다. 죽는다는 것은 비정상적인 행동을 극도로 확장시켜서, 거기에서 기진맥진해 버리는 것을 의미했다. 나는 공포 속에서 살았다. 그것은 틀림없는 신경증이었다. 그 원인을 찾는다면 다음과 같다.

하느님의 선물인 나의 근본적인 무익함은, 지나치게 귀여움을 받는 어린이로서 가정적인 관습의 필요성이 나에게는 언제나 꾸며낸 것같이 생각되어 더욱더 뚜렷해지는 것이다. 나는 내가 나머지 존재라는 것을 느끼고 있었고, 그러므로 없어질 필요가 있었다. 나는 영원히 폐기되려 하는 시든 꽃이었다. 다른 말로 표현한다면, 나는 유죄 판결을 받은 것이었고, 당장에 그 형을 집행할 수 있었다. 그러나 나는 그 판결을 온 힘을 다해서 거부하고 있었다. 나의 존재가 나에게 귀중한 것이어서가 아니라, 오히려 그와는 반대로 내가 나의 존재에 애착이 없었기 때문이다. 즉 삶이 부조리하면 할수록 견디기 어려운 것은 죽음이었다.

'신'이 나를 형벌에서 꺼내줄 수 있었을지도 모른다. 다시 말해서 나는 서명된 걸작일 수 있었을지도 모른다. 그러나 우주의 콘서트에서 나는 나의 성부를 맡고 있다는 확신으로 신이 당신의 의도와 나의 필요성을 계시해 주기를 기다렸을 것이다. 나는 종교를 예감하고 있고, 그것을 기대하고 있었다. 그것이 구제수단이었다. 나에게 종교가 금지되었더라도 나는 그것을 스스로 창조했을 것이다. 사람들은 나에게 종교를 갖지 못하게 하지는 않았다. 가톨릭 신앙 속에서 자라난 나는 전능의 신이 자기의 영광을 위해서 나를 만들어냈다고 배웠다. 그것은 감히 내가 꿈꿀 수 있는 것 이상이었다. 그러나 뒤에 사람들이 나에게 가르쳐 준 유행 중인 신 가운데 내 영혼이 기대했던 신은 찾아볼 수 없었다. 나에게는 '창조자'가 필요했는데, 사람들은 나에게 '위대한 보호자'를 주었다. 그 둘은 하나였지만 나는 그것을 몰랐다. 나는 성의 없이 바리새파의 우상을 섬기고 있었으며, 그 공식적인 교리는 나로 하여금 나 자신의 신앙을 찾는 데 싫증을 느끼게 했었다.

그 무슨 행운이었던가! 신뢰와 비탄으로 나의 영혼은 신의 씨를 뿌리기 위한 특별히 선정된 땅으로 만들어졌으니 말이다. 그러한 멸시가 없었던들 나는 수도승이 되었을 것이다. 그러나 나의 집안은 비(非)기독교화의 느린 움직임을 받아들이고 있었다. 그 움직임은 볼테르파의 상류 부르주아 계급에서 생겨났고, 사회의 모든 계층에 미치는 데 한 세기가 걸렸다. 이러한 신앙의 일반적 쇠퇴가 없었던들 지방의 가톨릭 여성인 루이즈 기유맹이 루터 신봉자를 남편으로 맞았을 때 좀더 까다롭게 굴었을 것이다. 물론 우리집에서는 모든 사람이 신을 믿고 있었다. 분별 있는 태도로 말이다.

콩브 내각 이후 7, 8년째 될 때였는데, 공공연한 무신앙은 폭력과 열정의 문란함을 내포하고 있었다. 즉 무신론자는 괴짜였고, '욕설을 퍼부을까 봐' 두려워서 저녁식사에 초대할 수 없는 미치광이였다. 교회에서 무릎 꿇기를 거부하고, 거기서 딸들을 결혼시키기를, 기쁨의 눈물을 흘리기를 거부했다. 또 자기 습관의 순수성을 가지고 자기 교리의 진실을 증명하는 것을 자기 의무라고 생각하며, 위안을 받으면서 죽는 길을 스스로 포기한다는 점에서 자신과 자기 행복을 박해하는 열광자였다. 어디에서나 '신'의 부재를 보고 '그의' 이름을 입에 담지 않고서는 말을 하지 못하는, 요컨대 종교적인 신념을 갖고 있는 '신사'인 것이다. 신자에게는 그런 점이 전혀 없었다. 2천 년 동안 기독교적 확신은 스스로를 입증할 시간을 가지고 있었다. 그 확신은 모든 사람의 것이었다. 사람들은 그것이 한 신부의 시선 속에서, 어두컴컴한 교회 안에서 빛나고 또 영혼들을 밝혀주기를 요구했으나, 그 누구도 그것을 자기 것으로 받아들일 필요는 없었다. 그것은 공유재산이었던 것이다. 선한 사회는 '그'에 대하여 이야기하지 않기 위해서 '신'을 믿고 있었다.

종교란 얼마나 관대한 것처럼 보였던가! 그것은 또 얼마나 편리했던가! 기독교도는 미사를 게을리해도 자녀들을 종교 예식에 따라 결혼시킬 수 있고, 생쉴피스 교회의 장식품들을 보고 미소짓고, 《로엔그린》의 〈결혼행진곡〉[30]을 들으면서 눈물을 흘릴 수도 있었으니 말이다. 그는 모범적인 생활을 하지 않아도 괜찮았고, 심지어는 죽어서 화장을 당하지 않아도 괜찮았다. 우리의 환경, 즉 우리 집안에서 신앙이란, 달콤한 프랑스식 자유를 위한 화려한 단어에 지나지 않았다. 나의 자립성을 보호하기 위하여 수많은 아이들처

---

30) 독일의 작곡가 W.R. 바그너(1813~83)의 오페라 《로엔그린》 제3막에 나오는 행진곡이다.

럼 나에게 세례를 주었다. 나의 세례를 반대하다가 내 영혼을 무리하게 억압하지나 않을까 두려워했던 모양이다. 가톨릭 신자로 등록됨으로써 나는 자유로웠고 정상적인 아이였다.

"앞으로 이애는 자기가 하고 싶은 대로 할 수 있다."

사람들은 이렇게 말하는 것이었다. 그 무렵 사람들은 신앙을 잃는 것보다는 신앙을 얻는 것이 더 어렵다고들 판단했다.

샤를 슈바이처는 한 '위대한 관객'이 필요 없으리만큼 매우 능숙한 희극배우였다. 그러나 다급했을 때를 제외하고는 거의 '신'을 생각하지 않았다. 그는 죽을 때에 '그'를 만날 것을 확신하고 있었으므로 살아 있는 동안은 '그'를 멀리하고 있었다. 사생활에 있어서 우리의 잃어버린 지방들(알자스로렌)과 반교황파들인 자기 형제들의 야비한 활기에 충실한 나머지, 그는 기회만 있으면 가톨릭교를 비웃었다. 그의 식탁에서의 이야깃거리는 루터의 그것과 비슷했던 것이다. 루르드 순례지에 대해서 이야기하면 그칠 줄 몰랐다. 베르나데트가 본 것은 '속옷을 갈아입는 어떤 여염집 부인'이리라는 이야기, 또 중풍환자 하나를 세례반(洗禮盤) 속에 담갔다가 도로 끌어냈을 때 '두 눈을 떴다'는 이야기 등이었다. 그는 이가 득시글거리는 성 라브르의 생애며 혓바닥으로 병자들의 배설물을 핥아냈다는 성 마리 알라코크의 생애에 관해 이야기했다. 그런 거짓말이 나에게 도움이 되었다.

나는 재산이라고는 전혀 가지고 있지 않았기 때문에 현세의 재산을 초월해서 나 자신을 올라서게 하려고 했다. 그리고 나의 안락한 가난 속에서 거뜬히 나의 천직을 발견했을지도 모르는 일이었다. 신비주의는 무국적자들이나 남아돌아가는 아이들에게 알맞다. 나를 신비주의로 몰아넣으려면 사건을 반대쪽 끝으로부터 내 앞에 제시하기만 하면 충분했을 것이다. 나는 신성(神聖)의 먹이가 되어버릴 위험이 있었던 것이다. 할아버지는 어떠한 경우에도 나로 하여금 그것에 진저리가 나게 했다. 나는 그의 눈을 통해서 신성이라는 것을 보았다. 그 잔혹한 광기는 그 쾌감의 무미건조함으로 나를 지겹게 했고, 그 육체의 사디즘적인 멸시로 나를 공포에 몰아넣었다. 성자들의 괴벽은 야회복을 입고 바닷속으로 뛰어든 영국 사람의 괴벽보다 더 뜻있는 것도 아니었다.

그 이야기들을 들으면서 할머니는 화난 척했다. 그녀는 남편을 '이교도'

또는 '불신자'라고 부르면서 손가락으로 가볍게 때렸다. 그러나 그녀의 관대한 미소는 결국에 가서 나로 하여금 환멸을 느끼게 했다. 그녀는 아무것도 믿지 않았다. 다만 회의주의가 그녀에게 무신론자가 되지 못하게 하고 있었을 뿐이었다. 어머니는 간섭하지 않으려고 조심했다. 그녀는 '자기 자신의 신'을 가지고 있었다. 그리고 자기의 신에게서 은밀한 위안을 받는 것 말고는 거의 아무것도 생각하지 않았다.

나의 머릿속에서 힘을 잃은 논쟁이 계속되고 있었다. 또 하나의 나 자신, 즉 나의 음흉한 동생이 신앙의 모든 항목을 기운 없이 부인하고 있었다. 나는 가톨릭이었고 프로테스탄트였다. 나는 비판적인 정신과 복종의 정신을 두루 갖추고 있었다. 실제로는 그 모든 것은 나를 못살게 굴고 있었다. 나는 교리의 갈등에 의해서가 아니라 나의 조부모의 무관심으로 무신앙에 끌려갔다. 그래도 나는 믿고 있었다. 잠옷 바람으로 침대 위에 무릎을 꿇고 두 손을 모으고 매일 기도를 했지만 하느님에 대한 생각은 점점 멀어져 갔다.

어머니는 목요일마다 나를 디빌도스 신부의 학교에 데리고 갔다. 거기서 나는 낯선 소년들 틈에 끼어서 종교교육 강좌를 들었다. 할아버지가 어찌나 열심히 교육을 잘 시켜놓았던지 나는 신부들을 흥미 있는 동물로 생각했다. 비록 그들은 내 고해의 집행인이었지만, 그 옷과 독신주의 때문에 나는 그들이 목사보다 더 낯설었다. 샤를 슈바이처는 디빌도스 신부를 존경하고 있었다—'성실한 사람'이라고 말하면서—할아버지는 그를 개인적으로 알고 있었다. 그러나 할아버지의 반교권주의가 하도 공공연했으므로 나는 적진에 들어가는 기분으로 그 학교의 정문을 넘어서곤 했다. 개인적으로 나는 신부들이 싫지 않았다. 그들이 나에게 이야기할 때에 그들의 얼굴은 영성이 넘쳐나는 듯 부드러웠고, 놀랄 만큼 친절한 태도를 보였으며, 내가 피카르 부인 집이나 어머니의 오랜 여류음악가 친구들에게서 특히 높이 평가했던, 깊이를 알 수 없는 시선을 하고 있었다. 할아버지가 그들을 싫어한 것은 나 때문이었다. 할아버지는 먼저 자기 친구인 신부에게 나를 맡길 생각을 했다. 그러나 할아버지는 목요일 저녁에 그에게로 되돌아온 꼬마 가톨릭 신자를 불안한 듯이 뚫어지게 보곤 했다. 그는 나의 눈속에서 교황주의가 얼마나 깊어졌는지를 찾아내려 했고, 농담처럼 나를 놀리기도 했다. 그러한 거북스런 상태는 6개월 이상 계속되지 못했다.

어느 날 나는 '그리스도의 수난'에 대한 프랑스어작문을 제출했다. 그 작문은 나의 가족들을 매우 감탄케 했다. 어머니는 손수 그것을 베껴썼다. 그러나 내 작문은 은메달밖에 타지 못했다. 그 실망이 나를 배교(背敎)로 몰아넣었다. 병과 방학이 나를 디빌도스 학교로 돌아가지 못하게 했다. 새 학기가 시작되었을 때 나는 거기에 아주 가지 않겠다고 강력히 버티었다. 몇 년 동안은 그래도 '전지전능의 신'과 공적인 관계를 유지했지만, 사적으로는 신과의 교제를 그만두었다. 단지 한 번, 나는 '그'가 존재한다는 느낌을 가진 일이 있다. 나는 성냥개비를 가지고 놀다가 작은 양탄자를 태웠다. 나는 나의 큰 죄를 얼버무리고 있었다. 그때 돌연 신이 나를 보았다. 나는 나의 머릿속, 그리고 나의 두 손을 향하고 있는 '그'의 시선을 느꼈다. 나는 꼼짝없이 노출된 살아 있는 표적처럼 목욕탕 속에서 뱅뱅 돌았다. 분노가 나를 살려줬다. 나는 그렇게 야비한 무분별에 대해 화가 났다. 나는 모독적인 말을 내뱉고 할아버지처럼 중얼거렸다.

"빌어먹을 하느님, 하느님, 하느님."

신은 더 이상 나를 거들떠보지 않았다. 나는 실패한 사명 이야기를 지금 막 했다. 나는 '신'이 필요했고, 사람들은 나에게 그것을 주었다. 나는 내가 신을 찾고 있다는 것을 모르는 채로 신을 받았다. '그'는 나의 마음속에 뿌리를 박지 못하고, 나의 내부에서 얼마 동안을 성장하다가 죽었다. 오늘날 누가 '신'의 이야기를 할 때는 옛 정부를 만나는 늙은 바람둥이처럼 후회 같은 것이 없는 즐거운 마음으로 나는 이렇게 말한다.

"50년 전에 그 오해가 없었던들 그 오해가 아니었던들, 우리를 헤어지게 한 그 사건만 없었던들, 아마 우리 사이에는 그 무엇이 있었을 텐데."

아무것도 없었다. 그러나 나의 사정은 점점 더 나빠지고 있었다. 할아버지는 나의 긴 머리를 답답하게 여겼다.

"이애는 남자아이야. 그래 사내애를 계집애로 만들 작정이냐. 난 내 손자가 겁쟁이가 되는 것은 보기 싫다." 이렇게 그는 어머니에게 말하곤 했다. 안 마리는 완강히 반대했다. 내 생각에는 아마도 그녀는 내가 정말로 딸이었더라면 좋아했을 것이라고 여겨진다. 얼마나 행복하게 그녀는 되살아난 자기의 슬픈 소녀시절에다 있는 대로의 정성을 다 바쳤을 것인가! 하지만 '하느님'이 그녀의 원을 풀어주지 않기 때문에 다른 방법을 마련하기로 했다.

즉 나로 하여금 천사의 성(性)을, 불확실하지만 외관적으로는 여성의 성을 가지라는 것이었다. 자애로운 그녀는 나에게 자애를 가르쳐 주었다. 나의 고독은 그 밖의 것을 가르쳐 주었고, 난폭한 장난에서 나를 멀리하게 했다. 어느 날—나는 7살이었다—할아버지는 더 참지 못했다. 그는 바람이나 쐬러 가자고 말하면서 나의 손을 잡았다. 그러나 우리가 길모퉁이를 돌아서기가 무섭게 그는 나를 이발관 속으로 밀어넣으면서 이렇게 말했다.

"네 어머니를 놀라게 해주자꾸나."

나는 뜻밖의 일들을 좋아했다. 우리집에는 늘 뜻밖의 일들이 일어났다. 장난삼아 또는 좋은 일삼아 숨기는 짓, 예기치 않았던 선물, 포옹 뒤의 극적인 폭로, 이런 것이 우리의 생활태도였다. 나의 맹장을 제거했을 때—할아버지가 알았던들 근심도 하지 않았겠지만—그에게 걱정시키지 않기 위해서 전혀 말을 하지 않았다. 오귀스트 삼촌이 돈을 냈다. 그래서 비밀리에 아르카숑에서 돌아온 우리는 쿠르브부아의 병원에 숨어버렸다. 수술한 다음다음날 오귀스트는 할아버지를 보러 왔다. 그는 할아버지에게 이렇게 말했던 것이다.

"좋은 소식을 알려드리겠어요."

칼은 그 상냥스럽고 대견스러운 태도에 속았다.

"너 재혼하겠단 말이지!"

"아뇨."

삼촌은 미소를 지으면서 대답했다.

"하지만 다 잘되었어요."

"무엇이 다 잘돼?"

이런 식이었다. 요컨대 연극을 꾸미는 것이 나의 대수롭지 않은 습성이었다. 그래서 나는 나의 목을 죄고 있는 흰 냅킨 위로 굴러내려 형용할 수 없으리만큼 윤을 잃고서 마룻바닥에 떨어지는 나의 고수머리를 흐뭇한 마음으로 바라보았다. 나는 의기양양하게 짧게 깎은 머리를 하고 돌아왔다.

고함소리가 들렸지만 키스는 없었다. 나의 어머니는 자기 방에 틀어박혀서 울었다. 그 여자의 귀여운 딸을 작은 사내아이와 바꿔놓았던 것이다. 보다 언짢은 일이 있었다. 길게 늘어뜨린 고수머리들이 나의 귀 주위에서 나불거리고 있는 한은, 어머니는 내가 못생겼다는 것을 부인할 수 있었다. 그러나 이미 나의 오른쪽 눈은 차츰 한쪽으로 기울어져 가고 있었다. 어머니는 진실을 인정할 수밖에 없었다. 할아버지 자신도 당황한 모양이었다. 그에게 보물을 하나 맡겼더니 그는 그것을 두꺼비로 만들어 놓았다. 그것은 어린이의 경탄할 장래를 송두리째 허물어 버린 것이나 마찬가지였다. 마미가 재미있다는 듯이 할아버지를 보고 있었다. 그녀는 이렇게 말할 뿐이었다.

"칼도 기가 죽었나 보군. 멍해 있는 걸 보니."

안 마리는 어진 마음으로 자기가 비탄에 빠진 이유를 나에게 숨겼다. 내가 12살이 되어서야 갑자기 그 이유를 알게 되었다. 그러나 나는 거북살스러웠다. 나의 집안 식구들의 친구들이 걱정스럽거나 낭패한 시선을 나에게 던지곤 했다. 나는 그것을 자주 눈치챘다. 나의 관객은 날이 갈수록 까다로워졌다. 나는 노력을 해야만 했다. 나는 나의 효과에 주력했다. 그래서 나는 일부러 그 효과를 노려서 가짜 연기를 하게 되었다. 나는 늙어가는 여배우의 고통을 맛보았다. 나는 나 아닌 남들이 사람들의 마음에 들 수 있다는 것을 깨달았다. 두 가지 추억이 나에게 남아 있다. 얼마 뒤의 일이었지만 감명 깊은 추억이었다.

내가 9살이었던 어느 비 오는 날이었다. 누아레타블의 호텔에 10명의 애들이 마치 같은 자루 속에 들어 있는 10마리의 고양이들같이 모여 있었다. 우리에게 일거리를 주기 위해서 할아버지는 10명의 인물이 등장하는 애국적인 작품을 쓰고, 연출을 맡기로 승낙했다.

우리 떼거리 중에서도 제일 나이가 많은 베르나르가 실제로는 친절하지만 무뚝뚝한 슈트루토프 영감 역을 맡았다. 나는 젊은 알자스인인데, 나의 아버지가 프랑스를 택했기 때문에 나는 아버지를 만나려고 비밀리에 국경을 넘는 역할이었다. 나에게는 용감한 대사를 알맞게 넣어주었다. 그래서 나는 오른팔을 쭉 뻗고 고개를 기울이며 마치 성직자 같은 나의 두 볼을 어깨의 팬 부분으로 감추면서 중얼거렸다.

"잘 있거라, 잘 있거라, 우리의 정다운 알자스여."

연습 때에 사람들은 내 모습이 그림으로 그리고 싶을 만큼 귀엽다고 말했지만, 나로서는 그리 놀라운 일이 아니었다. 공연은 정원에서 열렸다. 두 군데에 무성한 참빗살나무와 호텔의 벽이 무대 배경을 이루고 있었다. 부모들은 등의자에 앉게 했다. 나를 제외한 애들은 미친 듯이 마구 장난을 치고 있었다. 연극의 승패가 내 손에 달려 있다고 확신했던 나는 전체의 이익을 위해서 충실하게 함으로써 사람들의 마음에 들려고 열중했었다. 나는 모든 사람의 눈이 나에게 집중되리라고 굳게 믿었다. 나는 너무나 지나쳤다. 모든 칭찬은 과장이 적은 베르나르에게로 쏠렸다. 나는 그 사실을 알고 있었을까? 공연이 끝났을 때, 그는 의연금을 모금하고 있었다. 나는 살며시 그의 등 뒤로 가서 그의 수염을 잡아당겼다. 수염이 떨어져 내 손에 쥐어졌다. 그것은 웃음을 자아내기 위한 아주 정당한 배우의 기지의 번득임이었다. 나는 매우 기분이 좋아서 나의 전리품을 흔들면서 두 발로 깡충깡충 뛰었다. 사람들은 웃지 않았다. 어머니가 나의 손을 잡더니 매정하게 나를 멀리 끌고 갔다.

"너 도대체 무엇을 떼었니?"

난처해진 어머니가 나에게 물어보았다.

"수염이 참 볼 만했는데! 다들 어이가 없어서 '저런' 하고 소리를 질렀어."

할머니가 그 뒤에 사람들이 하는 이야기들을 듣고 우리 있는 곳으로 왔다. 베르나르의 어머니는 질투심 때문이라고 이야기하더라는 것이었다.

"주제넘게 굴면 얻는 게 무엇인지 알겠지!"

나는 도망쳤다. 우리 방으로 달려가 거울이 있는 옷장 앞에 서서 나는 오랫동안 얼굴을 찌푸렸다.

피카르 부인의 의견은 어린이들이 무슨 책을 읽어도 괜찮다는 것이었다. "책이란 그것이 잘 쓴 것이라면 결코 해가 되지 않는다." 그녀는 이렇게 말했다. 그전에 나는 그 부인 앞에서 《보바리 부인》을 읽도록 허락해 달라고 한 일이 있다. 그랬더니 어머니는 아주 상냥한 목소리로 말했다.

"그렇지만 우리 아가가 그 나이에 그런 종류의 책을 읽으면, 커서는 무엇을 해요?"

"그럼 나는 그 책들 속에 써 있는 것들처럼 살겠어!"

나의 그런 대꾸는 가장 솔직하고, 가장 오랫동안 성공을 가져왔다. 우리집을 찾아올 때마다 피카르 부인은 그 이야기를 암시했다. 그러면 어머니는 꾸짖는 듯하면서도 흐뭇해져서 소리치는 것이었다.

"블랑슈! 입 좀 다물어요. 당신은 날보고 그 애를 망치게 하라는 거군요!"

나의 가장 훌륭한 관객인, 그 창백하고 뚱뚱한 노파를 나는 좋아하면서 경멸하고 있었다. 그 여자가 왔다는 말을 들으면, 나는 내가 천재처럼 느껴지곤 했다. 나는 그 여자가 치마들을 잃어버리는 것을 상상했다. 그 여자의 엉덩이를 보는 것을 상상했다. 그것은 그 여자의 정신성에 대해서 경의를 표하는 방법이었다. 1915년 11월에, 그 여자는 나에게 가장자리에 금박을 칠한 빨간 가죽 장정의 작은 책 한 권을 선물로 주었다. 할아버지가 없는 동안 우리는 서재에 모였다. 그녀들은 1914년보다는 더 낮은 어조로 열심히 이야기하고 있었다. 전쟁 때문이었다. 더럽고 노란 안개가 창에 엉겨 있었다. 그것은 불 꺼진 담배연기 냄새를 풍겼다. 나는 책을 펴보고 처음에는 실망했다. 나는 소설이나 동화를 원했다. 여러 가지 색깔이 들은 페이지에 똑같은 질문이 스무 번이나 들어 있었다.

　"답을 써넣어라. 그리고 친구들한테도 써보라고 해. 너는 아름다운 추억을 모아둘 수 있을 거다."

　그녀는 이렇게 말했다. 나는 신동이 될 기회임을 알아챘다. 그래서 바로 그 자리에서 답을 쓰고 싶었다. 나는 할아버지의 사무용 책상 앞에 앉아서 종이받침대의 압지 위에 책을 놓고, 갈랄리트[31]로 된 손잡이가 달린 펜대를 쥐고, 그것을 빨간 잉크병에 담근 다음에 쓰기 시작했다. 그동안 어른들은 재미있다는 듯이 서로 눈짓을 하고 있었다. 나는 '내 나이 또래 이상의 대답'을 잡아내려고 나의 영혼보다 더 높은 곳에 펄쩍 뛰어서 매달렸다. 불행히도 질문은 비협조적이었다. 나의 취미와 혐오에 대한 것이었다. 즉 내가 좋아하는 빛깔은 무엇인가? 내가 즐기는 향기는 무엇인가? 별 흥미를 느끼지 못한 채 내 취미를 꾸며대고 있노라니까 마침 재주를 보일 기회가 나타났다. '당신의 가장 귀중한 소원은 무엇인가?'라는 질문에 부딪쳤을 때 내가 특별히 좋아하는 것을 발명했다. 나는 망설이지 않고 답을 썼다. '군인이 되어서 죽은 사람의 원수를 갚는 것.' 이렇게 쓰고 나자 다음을 계속하여 쓰기에는 너무나 흥분한 나머지, 나는 방바닥으로 뛰어내려 나의 업적을 어른들에게로 가지고 갔다. 시선들이 날카로워졌다. 피카르 부인은 안경을 바로 고쳐쓰고, 어머니는 그 어깨너머로 들여다보았다. 둘이 다 심술궂게 입술을 쑥

---

31) galalithe : 합성수지의 하나로 상표명이다.

내밀고 있었다. 두 사람은 동시에 숙였던 머리를 쳐들었다. 어머니의 얼굴이 붉어졌다. 피카르 부인이 책을 나에게 돌려주면서 말했다.

"아가야, 착실하게 쓰지 않으면 재미가 없단다."

나는 죽을 것 같은 기분이었다. 나의 실수는 일목요연했다. 즉 사람들은 나에게 신동이기를 요구했는데, 나는 숭고한 어린이의 모습을 보여준 것이다. 나로서 불행했던 것은, 그 부인들은 전선에 아무도 내보내지 않았다는 사실이다. 다시 말해서 군사적인 숭고함은 그 여자들의 온건한 영혼에 대해서 아무 효과가 없었다. 나는 그 자리를 떠났다. 나는 거울 앞으로 가서 얼굴을 찌푸렸다. 오늘날 그 찌푸린 얼굴을 회상할 때, 그것이 나의 안전을 보장해 주고 있었다는 것을 알 수 있다. 날카로운 치욕의 공격에 대하여 근육을 급정지시킴으로써 나 자신을 방어하는 것이었다. 그리고는 나의 불행을 극한점에까지 가져감으로써 도리어 나를 불행에서 해방시켜 주었다. 즉 나는 굴욕을 피하기 위하여 겸허 속으로 서둘러 들어갔던 것이다. 전에는 내가 남의 마음에 드는 수단을 갖고 있었는데, 그것을 악용했다는 것을 잊어버리기 위하여 그것을 스스로 떨쳐버리고 있었다. 그러니만큼 거울은 나에게 큰 도움이 되었다. 나는 내가 괴물이라는 것을 나 자신에게 알려주는 일을 거울에게 떠맡긴 것이다. 그것이 성공하면 나의 쓰디쓴 회한은 측은한 마음으로 변했다. 그러나 특히 실패로 말미암아 나의 비굴한 노예근성이 드러났을 때, 나는 그 근성을 불가능하게 만들기 위해서, 그리고 인간들을 거부하고 인간들이 나를 거부하도록 스스로를 보기 흉한 놈으로 만드는 것이었다. '악의 연극'이 '선의 연극'과 맞서서 상연되고 있었다. 엘리아생이 카지모도[32]의 역할을 하고 있었던 것이다. 적절하게 뒤틀고 주름을 잡음으로써 나는 내 얼굴의 모양을 일그러뜨리곤 했다. 그전의 내 미소를 지워버리기 위해서 나 자신에게 황산을 끼얹는 셈이었다.

병보다 약이 더 나빴었다. 영광과 수모를 피하여 나는 고독한 나의 진실 속으로 숨으려고 애썼다. 그러나 나에게는 진실이 없었다. 나에게서는 놀란 무미건조함밖에 찾아볼 수 없었다. 바로 내 눈앞에서 해파리 한 마리가 수족관 유리에 부딪혀 머리통을 맥없이 오므라뜨리더니 다시 암흑 속으로 꼬리

---

32) 빅토르 위고(1802~85)의 《노트르담 드 파리》에 나오는 주인공.

를 감추는 것이었다. 어둠이 내리고, 먹구름은 거울 속에서 녹아나는 내 최후의 화신을 파묻어 버렸다. 도망칠 곳이 없어진 나는 그만 나 자신 위로 주저앉고 말았다. 어둠 속에서 나는 어렴풋한 망설임, 가볍게 스치는 소리, 고동소리, 요컨대 살아 있는 한 마리의 동물을 알아차렸다. 그 짐승은 가장 무시무시하고도 내가 무서워할 수 없는 유일한 동물이었다. 나는 도망쳤다. 밝은 데로 가서 빛바랜 어린 천사의 역할을 다시 하려고 했다. 헛수고였다. 거울은 내가 오래전부터 알고 있던 사실, 즉 내가 지독히 자연적이었다는 사실을 나에게 가르쳐 주었던 것이다. 나는 결코 거기에서 벗어나지 못했다.

*

모든 사람에게 총애를 받고, 누구에게나 따돌림을 받던 나는 남아돌아가는 물건이었다. 7살이라는 나이에 아직 존재하지 않았던 나의 내부에는, 새로 태어나는 세기가 자기의 권태를 비추고 있는 쓸쓸한 거울 궁전 말고는 의지할 것이 아무것도 없었다. 나는 스스로가 필요로 했던 욕구를 충족시키기 위해 태어났다. 그때까지 나는 응접실에서 사는 개의 허영심밖에는 몰랐었다. 오만에게로 몰린 끝에 나는 '오만한 자'가 되었다. 아무도 진심으로 나를 필요로 하지 않았으므로, 나는 '우주'에서 없어서는 안 되는 존재라는 자부심을 길렀다. 그것보다 더 훌륭한 일이 어디 있는가? 그것보다 더 어리석은 일이 어디 있는가? 사실 나는 선택의 여지가 없었다. 무임승차를 한 승객인 나는 좌석에서 잠들어 있었는데, 승무원이 나를 흔들어 깨우며 말하는 것이었다.

"표 좀 봅시다!"

나는 표를 가지고 있지 않다는 것을 시인해야만 했다. 당장 표값을 치를 돈도 없었다. 나는 죄를 인정하는 것이었다. 신분증은 집에 두고 왔었다. 내가 어떻게 개찰원의 눈을 속였는지조차도 잘 생각나지 않았다. 그러나 나는 몰래 찻간에 들어온 것을 시인하고 있었다. 승무원의 권위에 시비를 걸기는커녕 그의 직무에 대한 나의 존경심을 큰 소리로 공언했고, 미리 그의 처분에 맡기고 있었다. 이 겸손의 극한점에서 내가 빠져나갈 길은 오직 그 상황을 뒤집는 것밖에는 없었다. 그래서 나는 중대하고도 비밀스러운 이유 때문에 디종에 간다고 했다. 그 이유란 프랑스에, 그리고 아마도 인류에 관계되는 일이라는 것을 밝혔다. 이 새로운 관점에서 사태를 판단함에 있어서, 찻간 전체를 찾아보았댔자 나만큼 거기서 한 좌석을 차지할 권리를 가진 사람은 하나도 없었으리라. 물론 규칙과 상반되는 보다 고차적인 법률에 관한 문제였지만 나의 여행을 제멋대로 중단시킴으로써 승무원은, 그 결과가 자기 책임이 될 중대한 문제를 일으키게 될 것이다. 나는 그에게 다시 생각해 달라고 간청했다. 한 기차 속에서 질서를 유지한다는 핑계 아래 인류를 혼란에 빠뜨린다면 그게 정당한 일이겠는가? 라고. 이런 것이 오만심이다. 비참한 인간들의 항변인 것이다. 승차권을 가지고 있는 여객들만이 겸손할 권리가 있는 법이다. 내가 토론에서 이겼는지 졌는지 나는 알 수가 없었다. 승무원은 침묵을 지키고 있었으니 말이다. 나는 다시 설명을 시작했다. 내가 말을 하고 있는 동안 그가 나를 내리라고 강요하지 못할 거라고 생각했기 때문이다.

우리를 디종으로 데려가고 있는 기차 속에서 한쪽은 말 한 마디 없이, 또 한쪽은 끝없이 지껄이면서 마주보고 있었다. 기차, 승무원, 그리고 범법자, 그것들은 나였다. 나는 또한 제4의 사나이이기도 했다. 조작한 자, 그가 바라는 것은 하나밖에 없다. 자기 자신을 속이는 일, 단 1분이라도 자기가 모든 것을 성립시켰다는 사실을 잊어버리고 싶은 것뿐이었다. 집안식구끼리의 희극이 나에게 도움이 되었다. 사람들은 나를 하늘이 준 선물이라고 불렀다. 그것은 그저 우스갯소리였고 나도 그것을 모르는 바 아니었다. 지겹도록 감동을 받은 나는 눈물을 잘 흘렸지만, 마음은 냉정했다. 나는 수취인을 찾아다니는 유익한 선물이 되고 싶었던 것이다. 나는 나 자신을 프랑스에, 세계에 바쳤다. 나는 인간들을 문제 삼지 않았다. 그러나 그들을 상대로 해야만 했기 때문에 그들이 흘린 기쁨의 눈물은 우주가 나를 친절하게 환영한다는 사실을 나에게 알려줄 것이었다.

이렇게 말하면 아마 내가 지나치게 교만하다고 생각하리라. 사실은 그렇지 않다. 나는 아버지가 없는 고아였다. 누구의 아들도 아니었다. 나는 나 자신에서 비롯된 존재였다. 자존심과 비참으로 꽉 차서 말이다. 나는 나를 선으로 데리고 가는 원동력에 의해서 이 세상에 태어났다. 논리의 연계는 빤하다. 모정으로 여성화되고, 나를 낳게 한 엄격한 '모세'가 없기 때문에 맥이 빠졌으며, 할아버지의 귀여움을 받아 거만해진 나는 순수한 대상물이었다. 집안의 연극을 내가 믿을 수만 있었다면 무엇보다 나는 마조히즘의 희생자가 되었을 것이다. 천만의 말씀, 집안의 연극은 표면적으로만 나와 관계가 있었지, 그 밑바닥은 냉랭했고 정당화되지 않았다. 그런 체계가 나를 공포에 빠뜨렸다.

나는 너무나 기뻐서 정신을 잃는 것, 자포자기, 지나치게 쓰다듬어지고 만져지는 육체를 증오했다. 나는 그런 것을 적대시했다. 나는 자존심과 사디즘에 빠져 있었다. 다시 말하면 아량이 생겼다. 이 아량은 인색함이나 인종적 편견에 불과하며 우리의 내면적인 상처를 고쳐주기 위한, 그리고 마침내는 우리를 독살해 버리는 분비된 방향액(芳香液)에 지나지 않았다. 피조물의 버림받은 상태에서 벗어나기 위하여, 나는 가장 고치기 어려운 부르주아의 고독, 즉 창조주의 고독을 스스로 마련하고 있었다. 이 방향 전환을 참된 반항과 혼동해서는 안 될 것이다. 사람들은 사형 집행인에게 반항한다. 그러나 나에게는 은인밖에 없다. 나는 그들의 공범자였다. 게다가 '신'의 선물이라는 이름을 붙여준 것이 바로 그들이었다. 나는 다른 목적을 위해서, 내가 자유롭게 쓸 수 있는 도구만을 사용했을 뿐이었다.

모든 것이 나의 머릿속에서 일어났다. 상상력이 발달한 어린이였던 나는 상상력으로 나를 방어했다. 6살부터 9살까지의 내 생활을 돌이켜볼 때, 나는 나의 정신적 훈련의 일관성에 놀란다. 그 내용은 자주 바뀌었지만 그 프로그램은 변하지 않았다. 나는 잘못 등장했기 때문에 병풍 뒤로 빠져나오고, 우주가 말없이 나를 요구하는 바로 그 순간에 꼭 알맞게 나의 출생을 되풀이하는 것이었다.

나의 처음 이야기들은 《파랑새》, 《장화를 신은 고양이》, 모리스 부쇼르 동화의 되풀이에 불과했다. 그 이야기들은 나의 이마 뒤나 양미간에서 저절로 줄줄 나왔다. 얼마 뒤에 나는 용감하게도 그 이야기들에 손을 대서 나 자신의 역도 한몫 끼게 했다. 그러자 그 이야기들은 성격이 바뀌었다. 나는 요정들을 좋아하지 않았다. 내 주위에는 요정들이 너무나 많이 있기 때문이었다. 그래서 무용담들로 요정의 세계를 바꿔치기 했던 것이다. 나는 주인공이 되었다. 나는 나의 매력을 벗어버렸다. 이젠 남의 마음에 드는 것이 문제가 아니라 주의를 끄는 것이 문제였다. 나는 가족을 저버렸다. 즉 칼레마미와 안 마리는 나의 공상에서 밀려났다. 동작과 태도에 권태를 느꼈던 나는 꿈속에서나마 참된 행동을 했다. 나는 까다롭고 죽음을 피할 길 없는 하나의 우주를 발명했는데—《귀뚜라미》의, 《멋있는 것》의, '폴 디부아'의 우주가 그것이었다. 내가 알지 못하는 궁핍과 노동 대신, 나는 위험을 그 속에 갖다놓았다.

나는 기존 질서에 대한 항의와는 까마득히 먼 거리에 있었다. 가장 좋은 세상에 살고 있다고 확신한 나는 그 세계에서 괴물들을 없애는 일을 나의 직책으로 삼았다. 스스로 경관이면서 사형을 가하는 자였던 나는 매일 밤 나타나는 한 무리의 강도들을 제물로 바쳤다. 나는 결코 예방적인 전쟁이나 토벌을 하지 않았다. 나는 처녀들을 죽음에서 건져주기 위하여 기쁨도 분노도 없이 죽이곤 했다. 그 약한 인간들이 나에게는 없어서는 안 되었다. 그녀들이 나를 필요로 하고 있었다. 그녀들은 나를 알지 못했기 때문에 나의 도움을 기대하지 못하는 것은 당연하다. 그러나 나는, 내가 아닌 이상 아무도 그녀들을 살려낼 수 없으리만큼 굉장한 위험 속에 그녀들을 몰아넣었다. 터키의 근위병들이 굽은 언월도(偃月刀)를 휘두를 때, 어떠한 신음소리가 사막의 한끝에서 다른 끝까지 울리고, 바윗돌들이 모래에게 말하는 것이었다.

"여기에 누군가 있어야 할 사람이 빠졌어. 그것은 바로 사르트르다."

그 순간 나는 병풍을 밀어젖히고 칼을 휘둘러 목들을 날려버리고 피의 강물 속에서 태어나는 것이었다. 강철의 행복이다! 그때 나는 내 자리를 찾았던 것이다.

나는 죽기 위해서 태어났다. 구출된 계집애는 저의 아버지인 변경 태수의 품 안으로 뛰어들었다. 나는 물러서는 것이다. 다시 필요 없는 존재가 되거나, 그렇지 않으면 다른 살육을 찾아야만 했다. 나는 그것을 발견했다. 기존 질서의 옹호자인 나는 나의 존재이유를 영속적인 무질서 속에 가져다 놓았다. 나는 내 팔 속에서 '악'을 눌러 죽였다. 악의 죽음으로 말미암아 나도 죽고, 악의 부활로 인해서 나도 되살아나곤 했다. 나는 우익적 무정부주의자였던 것이다. 이 선의의 폭력에서 새어나오는 것은 아무것도 없었다. 나는 비굴하고 열광적이었다. 미덕의 습성이란 그렇게 쉽사리 잃게 되지 않는 법이다. 그러나 매일 저녁 일상적인 우스꽝스러운 일이 끝나기를 초조하게 기다리는 것이었다. 나는 침대로 뛰어가서 엉터리로 기도를 하고, 이불 속으로 기어들어가곤 했다. 나의 광적인 난폭함을 한시라도 빨리 되찾고 싶었던 것이다. 어둠 속에서 나는 나이를 먹어가고 있었다. 나는 아버지도 그리고 어머니도 없는, 가정도 집도 없는, 이름조차 없을지 모르는 고독한 어른이 되어가는 것이었다. 나는 기절한 여자를 두 팔로 안고 불길에 싸인 지붕 위를 걸어가고 있었다. 밑에서는 군중이 소리치고 있었다. 집이 무너지리라는 것은 너무도 빤한 일이었다. 그때에 나는 예언적인 문구를 입 밖에 내었다.

"다음 호에 계속."

"무슨 소리냐?"

어머니가 나에게 물어보았다. 나는 조심스럽게 대답했다.

"중단된 상태로 놔두는 거야."

그런데 정말 나는 위험의 한복판에서, 그 달콤한 불안 속에서 잠이 들어버렸다. 이튿날 저녁때 약속과 어김없이, 나는 다시 지붕과 불길과 확실히 있을 죽음을 만나는 것이었다. 갑자기 나는 그 전날에 발견하지 못한 처마 밑의 물홈통을 찾아내었다. 살아났구나, 제기랄! 그러나 나의 귀중한 짐을 놓아버리지 않고, 어떻게 나는 거기에 매달릴 수 있단 말인가? 다행히 그 젊은 여자가 의식을 회복한다. 나는 그 여자를 등에 업는다. 여자는 내 목에 자기 팔을 감는다. 아니다, 잘 생각한 끝에 나는 그 여자를 다시 실신시키기로 했다. 비록 조금이라도 그 여자가 자기의 구출작업에 보탬이 된다면 나의 공적이 그것 때문에 줄어들 테니까. 다행히도, 내 발밑에 문제의 밧줄이 있었다. 나는 그 피해자를 구출자의 몸에 단단히 맸다. 나머지 일은 땅 짚고 헤엄치기였다. 신사들이—시장, 경찰서장, 소방대장—나를 품에 얼싸안고 키스를 퍼붓고, 구출공로훈장을 수여한다. 나는 여기서 그만 자신을 잃고 어떻게 해야 할지를 모른다. 그 고위층 인물들의 키스가 너무나 나의 할아버지의 입맞춤과 닮았던 것이었다. 나는 모두 지워버리고 다시 시작했다. 밤이었다. 처녀가 살려달라고 소리친다. 나는 아수라판 속으로 뛰어들어가고……

"다음 호에 계속."

나는 우연히 나타난 바보 같은 사람을 하늘이 내린 행인으로 변하게 하는 그 숭고한 순간을 위해서 내 몸을 위험에 맡겼지만, 승리해도 살아남지 못하리라는 것을 느끼고 있었다. 그래서 나는 기꺼이 그 승리를 다음날로 미루었다.

성직자가 될 예정이었던 열등생이 무모한 모험을 꿈꾸고 있는 데에 사람들은 놀랄 거다. 소년기의 불안은 형이상학적이다. 그 불안들을 가라앉히기 위해서 피를 흘릴 필요는 없다. 그러므로 내가 영웅적인 의사가 되어서 페스트나 콜레라로부터 나의 동포를 구출하겠다고 바란 적은 없었던가? 솔직히 말해서 나는 한 번도 없었다. 그렇다고 해서 내가 잔인하거나 호전적이지는 않았다. 그리고 새로 태어나는 세기가 나를 서사적으로 만들었다고 하더라도 그것은 내 잘못이 아니다. 패배한 프랑스에는 가공의 영웅들이 웅성거리고 있었고, 그들의 모험이 프랑스의 자존심을 치료해 주고 있었다.

내가 태어나기 8년 전에 《시라노 드 베르지라크》[33]는 '붉은 바지를 입은 군악대처럼 요란스럽게 울렸던' 것이다. 좀 뒤에 가서 거만하고 상처 입은 《새끼 독수리》[34]가 나타나자 이내 '파쇼다 사건'[35]을 까맣게 잊어버리고 말았다. 1912년에 나는 그 모든 고상한 주인공을 몰랐지만, 그들의 동조자들과는 늘 교섭이 있었다. 나는 도둑패 같은 시라노인 아르센 뤼팽을 좋아했다. 그러나 나는 그의 헤라클레스적인 힘, 교활한 용기, 그야말로 프랑스적인 지혜가 1870년의 패잔병들 덕분이라는 것을 몰랐다. 민족적인 공격심과 복수심이 모든 어린이를 복수자로 만들고 있었다. 나는 다른 사람들처럼 복수자가 되었다. 패배자들의 참을 수 없는 단점인 그 냉소와 허세에 매혹되어 나는 악한들을 무찌르기 전에 그들을 비웃고 있었다.

그러나 전쟁은 따분했다. 나는 할아버지 집에 자주 드나들던 온순한 독일 사람들을 좋아했다. 게다가 나는 사적인 부정의(不正義) 말고는 흥미가 없었다. 증오심이 없는 내 마음속에서 집단적인 힘은 그 모습이 바뀌었다. 나는 그것들을 나의 개인적인 영웅주의를 양성하는 데에 사용하고 있었던 것이다. 아무튼 나는 낙인찍힌 것이 틀림없었다. 강철의 세기 속에서 내가 인생을 하나의 서사시라고 생각하는 어리석은 큰 실수를 저질렀다면 그것은 내가 패배의 손자이기 때문이다. 확고한 유물론자이면서도 서사시적인 나의 관념론은 죽을 때까지 내가 직접 겪지 않은 망신, 그것 때문에 내가 고민하

---

33) 《시라노 드 베르지라크》(1897) : 프랑스의 극작가 에드몽 로스탕Edmond Rostand(1868~1918)이 쓴 희곡. 영웅주의와 연애감정, 화려한 시구로 큰 성공을 거두었다.

34) 《새끼 독수리》(1900) : 로스탕의 작품으로 나폴레옹 2세 이야기를 다루었다.

35) 파쇼다 사건은 1898년에 영국과 프랑스의 군대가 수단 남부 파쇼다(Fashoda)에서 아프리카 분할문제로 충돌한 사건. 외교교섭으로 수단은 영국의 지배하에 들어가게 되었다.

지 않은 망신, 즉 두 지방을 잃어버린 것에 대한 보상이 될 것이다. 지금은 우리에게 되돌아온 지 오랜 땅들이긴 하지만.

*

지난 세기의 부르주아들은 처음으로 극장에 간 날 저녁을 결코 잊지 않았으며, 부르주아 작가들이 그 광경을 보고하는 일을 맡았다. 막이 오르면 어린이들은 궁정에 있는 것처럼 생각하게 된다. 황금이나 자줏빛 피륙, 등불, 연지, 허풍과 꽃불 등은 범죄 속에까지도 신성함을 부여해 주고 있었다. 어린이들은 무대 위에서 그들의 할아버지들이 죽였던 귀족이 되살아나는 것을 보았다. 막간에는 관람석의 계급적 구분이 어린이들에게 사회의 축도를 보여주고 있었다. 사람들은 어린이들에게 칸막이 관람석에 있는 드러난 어깨들이며, 살아 있는 귀족들을 가리켜 주었다. 애들은 어리둥절하여 맥이 빠졌고, 마음속으로 엄숙한 인생을 살겠다고, 쥘 파브르, 쥘 페리, 쥘 그레비[36]처럼 되겠다고 생각하며 집으로 돌아갔다.

나는 나와 같은 시대 사람들이 자기네가 처음 영화를 본 날짜를 나에게 말할 수 있으리라고는 믿지 않는다. 우리는 그 불손한 태도로 말미암아 다른 세기와는 전혀 다른 것이 될 세기 속으로 되는 대로 들어갔던 것이다. 그리고 그 새로운 예술, 그 서민의 예술은 우리의 야만성을 미리 나타내 주고 있었다. 도둑의 소굴에서 태어나 당국에 의해 장바닥 오락의 부류로 한몫 끼게 된 이 예술은, 점잖은 사람들의 빈축을 사는 상스러운 투를 갖고 있었다. 그것은 부녀자들을 위한 오락이었다. 어머니와 나는 그것을 무척 좋아했지만, 우리는 거기에 대해서 결코 생각하지도 않았고, 절대 입 밖에 낸 일도 없었다. 빵이 부족하지 않은데 빵 이야기를 누가 하겠는가? 우리가 그 예술의 존재를 깨달은 것은, 그것이 우리의 중요한 필수품이 되고 난 오랜 시간이 지난 뒤의 일이었다.

비가 오는 날이면 안 마리는 나에게 무엇을 하고 싶은지 물어보았다. 오랫동안 우리는 서커스와 샤틀레 극장과 전기관(電氣館)과 그레뱅 박물관 중에서 망설였다. 마지막 순간에, 아무 데나 간다는 듯이, 우리는 영화관에 가기

---

36) Jules Favre, Jules Ferry, Jules Grévy는 모두 제2공화국 때 정치가. 사르트르는 이 인물들을
   인명사전에서 알파벳순으로 골라낸 듯하다.

로 결정했다. 우리가 아파트의 문을 열고 있을 때 할아버지가 자기 서재의 문앞에 나타나서 물어보는 것이었다.

"애들아, 어디 가느냐?"

"영화관에요."

어머니는 대답한다. 그가 눈살을 찌푸리면 어머니는 급히 덧붙인다.

"팡테옹 극장에 가요. 바로 저기니까 수플로 거리를 건너기만 하면 돼요."

그는 어깨를 으쓱 올리고 우리를 내보내 주었다. 다음 목요일에 할아버지는 시모노 씨에게 이렇게 말할 것이다.

"이봐요, 시모노 씨, 당신같이 점잖은 사람이 이것을 이해할 수 있소? 내 딸은 손자를 영화관에 데리고 가니 말이요!"

그러면 시모노 씨는 타협적인 목소리로 대답할 것이다.

"나는 한 번도 간 일이 없지만, 집사람은 가끔 가더군요."

영화는 시작되었다. 우리는 비틀거리면서 여자 안내원의 뒤를 따라갔다. 나는 불법적인 짓을 하고 있는 것처럼 느꼈다. 우리의 머리 위로는 하얀 광선 다발이 극장 안을 뚫고 있었다. 그 속에서 먼지와 연기가 춤추고 있는 것이 보였다. 피아노가 울어대고, 배처럼 생긴 보랏빛 전등이 벽에서 반짝이고 있었다. 나는 소독제의 니스 같은 냄새로 목이 막힐 것 같았다. 사람들로 가득 찬 그 밤의 냄새와 과일 같은 전등들이 내 안에서 뒤범벅이 되었다. 나는 비상구의 전구를 먹는 것이었고, 그 신맛으로 배가 가득찼다. 나는 사람들의 무릎에 나의 등을 비비고 지나가서 삐걱거리는 좌석에 걸터앉는다. 어머니는 내 키를 높여주기 위해 엉덩이 밑에 접은 담요를 넣어주었다.

드디어 나는 스크린을 바라보고 형광의 흰 벽과 소나비로 죽죽 줄이 그어진 깜박거리는 풍경들을 발견하는 것이었다. 해가 쨍쨍 비칠 때도 그렇고 집 안인데도 줄곧 비가 오고 있었다. 가끔 가다가 불타는 운석이 남작부인의 살롱을 뚫고 지나가지만 남작부인은 조금도 놀라지 않았다. 나는 그 비, 즉 벽을 괴롭히고 있는 쉴새 없는 그 불안이 좋았다. 피아니스트가 〈핑갈의 동굴〉[37] 서곡을 연주하기 시작하자, 모두들 범인이 나타나리라는 것을 눈치채고 있었다. 남작부인은 너무나 공포에 질려 있었기 때문이다. 그러나 거뭇거

---

37) 독일의 작곡가 멘델스존의 연주회용 서곡.

뭇한 부인의 아름다운 얼굴은 연보랏빛 포스터로 바뀌었다. '제1부 끝'이었다.

불이 켜졌다. 그것은 요란스러운 해독작용이었다. 나는 어디에 있나? 학교일까? 관공서일까? 장식이라고는 아무것도 없었다. 밑에 달린 용수철이 보이는 줄지은 보조의자, 황토를 아무렇게나 칠한 벽, 담배 꽁초와 가래침이 흩어져 있는 땅바닥이었다. 빈틈없는 웅성거림이 방 안에 가득 차 있었다. 사람들은 언어를 재발명하고 있었던 것이다. 여자 안내원은 소리를 지르면서 영국 봉봉과자를 팔고 있었다. 어머니가 그것을 사주었다. 나는 그것을 입에 넣었고, 비상구의 전구들을 빠는 기분으로 그것을 빨고 있었다. 사람들은 눈을 비비며 저마다 자기 옆에 앉은 사람을 발견했다. 군인들, 그 지역의 식모들이 있었다. 뼈만 남은 어떤 노인은 입담배를 씹고 있었다. 모자를 쓰지 않은 여직공들은 큰 소리로 웃고 있었다. 모두들 우리하고는 다른 사람들이었다. 다행히 사람들의 머리가 꽉 들어찬 아래층 좌석에 띄엄띄엄 사이를 두고 보이는 벌떡거리는 큰 모자들이 안정감을 주고 있었다.

2층의 앞에서 두 번째 줄 좌석의 단골이었던 죽은 아버지나 할아버지에게는, 극장의 사회적 계급조직이 의식적인 것에 대한 아름다움을 갖게 했다. 많은 사람들이 한자리에 있을 때는 그들의 관습에 따라서 갈라놓아야 한다. 그렇지 않으면 그들은 서로 살육을 저지를 것이다. 영화관은 그 반대의 사실을 증명하고 있었다. 이 잡다한 관객들은 무슨 축전에 몰려들었다기보다는 차라리 무슨 재앙 때문에 모인 것같이 보였다. 죽어버린 예절이 마침내 인간의 진실한 유대, 즉 인간 상호간의 집착을 드러내 보이고 있었다. 나는 의식이 싫어졌고, 군중을 매우 좋아했다. 나는 모든 부류의 군중을 보았지만 그 적나라한 모습, 저마다 모든 사람에 대하여 거리낌 없는 그 현존(現存), 그 잠이 깬 꿈, 인간이라는 위기감에 대한 그 어렴풋한 의식 등을 1940년에 제12포로수용소 D캠프[38]에서 비로소 다시 보았다.

어머니는 대담하게도, 큰 거리의 영화관들에까지 나를 데리고 갔다. 키네라마, 폴리 드라마틱, 보드빌, 그때에는 '곡마관'이라고 불렸던 고몽 팔라스 등이었다. 나는 《지고마르》, 《팡토마》, 《마시스트의 모험》, 《뉴욕의 신비》

---

38) 제2차 세계대전 중 사르트르가 억류되어 있던 독일 수용소이다.

따위를 보았다. 그런데 도금을 한 장식들이 나의 즐거움을 망쳐버렸다. 전에 극장이었다가 용도를 바꾼 보드빌은 화려했던 옛 모습을 버리려고 하지도 않았다. 마지막 순간까지 금술이 달린 붉은 막이 스크린을 가리고 있었다. 상연을 알리는 소리가 세 번 울리고, 오케스트라가 서곡을 연주하면 막이 오르고 전등은 꺼지는 것이었다. 등장인물들을 시원찮게 하는 것 말고는 아무런 효과도 없는 그 무례한 의식과 그 먼지투성이의 장엄함이 나를 짜증나게 했다. 2층 앞자리나 맨 꼭대기 좌석에서 샹들리에와 천장의 그림에 경탄하고 있던 우리의 조상들은 이 극장이 그들의 것이라고 생각하지 못했고, 또 생각할 수도 없었다. 그들은 거기에 손님으로 맞아들여졌을 뿐이었다.

나는 '아주 가까이'에서 영화를 보고 싶었다. 동네 영화관들이 아무나 다 받아주어 불편했지만, 나는 그 새로운 예술이 마치 모든 사람의 것이자 나의 것임을 알고 있었다. 우리의 정신연령은 모두 같았다. 나는 7살이고 읽을 줄 알았는데, 영화는 12살이고 아직 말할 줄을 몰랐다. 사람들 말에 의하면 그것은 초창기이고 앞으로 발달하리라는 것이었다. 나는 우리가 함께 자랄 거라고 생각했다. 나는 우리의 공통되는 소년기를 기억하고 있었다. 영국 봉봉과자를 받을 때, 어떤 여자가 내 곁에서 매니큐어를 바를 때, 시골 호텔의 화장실에서 어떠한 소독약 냄새를 맡을 때, 야간열차 속에서 천장에 달린 보랏빛 작은 전등을 볼 때 나는 눈에서, 콧구멍 속에서, 혀에서 지난날의 그 영화관들의 불빛과 향기를 다시 찾는다. 4년 전, 사나운 날씨에 펑갈 근처의 앞바다를 항해하고 있었을 때 바람결에 실려오는 피아노 소리를 듣고 있었다.

성스러운 것에는 마음이 흔들리지 않던 내가 마술은 매우 좋아했다. 영화란 그 속에 아직 있지도 않은 것 때문에 내가 악취미적으로 좋아하는 하나의 수상한 허울에 지나지 않았다. 비 내리는 스크린, 그것이 전부였으며 또한 아무것도 아니었다. 그것은 무(無)가 된 전부였다. 나는 벽의 착란에 참석하고 있었던 것이다. 내 몸속에서조차 나를 귀찮게 하고 있었던 중량감이 그 고체에서 제거되어 있었고, 나의 어린 관념론은 그 무한한 압축을 즐기고 있었다. 뒷날, 삼각형의 이동과 회전은 스크린 위에서 사람의 영상이 미끄러지는 모습을 나에게 상기시켜 주었다. 나는 평면기하학 속에서까지 영화를 좋아했다. 여러 색 중에서 검은색과 흰색을 나는 뛰어나게 훌륭한 색깔로 여졌다. 그 색깔들 자체는 모든 다른 색깔들을 요약하고 있으며, 그 방면에 정통한 자만이 알 수 있는 그런 색깔들이라고. 나는 보이지 않는 것을 보는 것이 무척 기뻤었다. 무엇보다도 나의 주인공들이 도저히 고쳐질 수 없는 벙어리라는 것이 나는 좋았다. 아니 그렇지 않았다. 그들은 의사를 전달하고 있었으니 벙어리는 아니었다. 우리는 음악으로 서로의 의사를 전달하고 있다. 그것은 그들의 내면생활을 의미하는 소리였다. 박해 당하는 죄없는 사람은 그 고뇌를 말하거나 보여주는 이상으로, 그 고뇌로부터 나오는 음악을 가지고 보다 절실하게 나의 마음에 그 고뇌를 스며들게 해주었다.

나는 대화의 자막들을 읽고 있었지만 희망과 쓰라림을 듣고 있었고, 그들이 입 밖에 나타내지 않는 그 자만심 높은 고뇌를 귀로 파악하고 있었다. 나는 휩쓸려 들어갔다. 스크린 위에서 울고 있는 그 과부, '그것은 내가 아니었다.' 그런데도 우리는—즉 그녀와 같은 영혼—말하자면 쇼팽의 〈장송 행진곡〉을 가지고 있었다. 그녀의 눈물이 나의 눈을 적셔주기에는 그것만으로도 충분했다. 나는 아무것도 예언할 수 없으면서도 예언자가 된 것처럼 느끼고 있었다. 배신자가 배반하기 전에 그의 악행이 내 안으로 들어오고 있었다. 성내는 모든 것이 평온한 것처럼 보였을 때도 불길한 화음이 암살자의 존재를 밀고하고 있었다.

그 카우보이들, 그 총사(統士)들, 그 경관들은 얼마나 행복했던가. 그들의 앞날은 바로 그 전조(前兆)의 음악 속에 있었고 현재를 지배하고 있었다. 멈추지 않은 노래가 그들의 삶과 뒤섞여서 그 노래의 끝을 향해 달리면서 그들을 승리로, 혹은 죽음으로 끌고 가는 것이었다. 누군가가 그들을 기다리고 있었다. 위기에 처한 처녀가, 장군이, 숲 속에 숨은 배신자가, 화약통 곁에 묶이어 도화선을 따라서 불타오르고 있는 불꽃을 서글프게 바라보고 있는 동지가 그들을 기다리고 있었다. 그 달리는 불꽃, 처녀와 유괴자 사이에 벌어지고 있는 절망적인 싸움, 초원에서 말을 달리고 있는 주인공, 이 모든 영상과 이 모든 속도의 교차, 그리고 그 밑에서 흐르는 《파우스트의 영벌(永罰)》에서 뽑아내어 피아노곡으로 편곡된 〈심연에의 질주〉[39]의 처절한 속도, 이런 것이 오직 한 덩어리를 이루고 있었다.

---

39) 《파우스트의 영벌》은 프랑스의 작곡가 베를리오즈가 쓴 극음악작품이다.

그것은 '운명'이었다. 주인공은 말에서 내려와 도화선의 불을 끈다. 배신자가 그에게 덤벼들어 단검의 결투가 시작되는 것이었다. 그러나 그 결투의 우연성 자체가 음악적 전개의 정확성에 한몫 끼는 것이었다. 그것은 우주의 질서를 잘 숨기지 못하는 가짜 우연성이었다. 단검의 마지막 일격이 마지막 화음과 일치했을 때 얼마나 기뻤던가! 나는 만족했다. 나는 내가 살고 싶었던 세계를 발견했고, 절대에 다다랐던 것이다. 그러나 전등이 다시 켜졌을 때 그 얼마나 불안했던가. 나는 그 인물들에 대한 사랑으로 괴로웠는데, 그 인물들은 그들의 세계를 가지고 사라져 버렸다. 나는 그들의 승리를 뼈에 사무치게 느꼈지만 그것은 그들의 승리였지 나의 승리는 아니었다. 거리에 나가자 나는 다시 내가 군더더기 존재임을 알게 되는 것이었다.

나는 말을 버리고 음악 속에서 살기로 결심했다. 나는 매일 저녁 5시쯤에 그럴 기회가 있었다. 나의 할아버지는 '현대어 학원'에서 강의를 하고 있었다. 할머니는 자기 방에 들어앉아서 지프의 작품을 읽고 있었다. 어머니는 나에게 간식을 먹인 뒤 저녁 준비를 마치고 마지막 분부를 하녀에게 한 다음이었다. 그녀는 피아노 앞에 앉아 쇼팽의 '발라드', 슈만의 '소나타', 프랑크의 '변주교향곡'을, 그리고 가끔 내가 부탁하면 〈핑갈의 동굴〉 서곡을 쳤다. 나는 살그머니 서재로 들어가기도 했다. 거기는 이미 어두웠었다. 초 두 자루가 피아노 위에서 타고 있었다. 어렴풋한 조명이 나에게 도움이 되었다. 나는 할아버지의 자막대기를 집었다. 그것은 나의 장검이었고, 그의 페이퍼 나이프는 나의 단검이었다. 나는 당장에 한 총사의 납작한 영상이 되는 것이었다.

때로는 영감이 잘 떠오르지 않는다. 시간적 여유를 얻기 위하여 유명한 검객인 나는, 중대한 어떤 사건 때문에 나의 신분을 숨겨야만 한다는 결정을 내린다. 나는 마주 때리지도 못하고 얻어맞아야만 했으며, 비겁한 체하기 위해서 용기를 내야만 했다. 나는 사나운 눈초리를 하고, 고개를 숙인 채 발을 질질 끌면서 방 안을 뱅뱅 도는 것이었다. 가끔 내가 벌떡 뛰는 것은 빰따귀를 얻어맞았다든가, 뒤로 엉덩이를 걷어채였다는 것을 표시하기 위해서였다. 그러나 나는 반항을 하지 않으려고 조심했다. 나는 나를 모욕한 자들의 이름을 마음에 적어두는 것이다. 대량으로 복용한 음악은 마침내 효력을 나타내기 시작했다. 부두교도의 북처럼 피아노는 그 리듬을 나에게 강요하는 것이었다. '환상 즉흥곡'이 나의 영혼 대신 들어와서 나를 거처로 삼고, 미지의 과거와 번쩍이는 파멸의 미래를 나에게 주었다. 나는 내 정신이 아니었다. 악마가 나를 붙들고 몹시 흔들어댔다. 말에 올라! 나는 말이자 기수였다. 말을 몰면서, 그리고 몰리면서 나는 광야를, 밭을, 서재를 문으로부터 창문까지 전속력으로 달렸다.

"너, 너무 시끄럽구나. 이웃집에서 불평하겠다."

어머니는 피아노 치는 손을 멈추지 않고 나에게 말했다. 나는 대답을 하지 않는다. 그것은 내가 벙어리였기 때문이다. 나는 '공작'을 보고 말 위에서 내려온다. 나는 입술을 말없이 움직임으로써 내가 그를 사생아로 생각하고 있다는 것을 그에게 알린다. 그는 그가 고용한 독일 기병들을 풀어놓지만 내가 휘둘러대는 칼은 나에게 강철 벽을 마련해 준다. 가끔 나는 적의 가슴을 칼로 찌른다. 그러다가 이내 돌변해서 두 동강이가 난 고용 검객이 되어 양탄자 위에서 쓰러져 죽는 것이었다. 그러고는 나는 살짝 시체에서 빠져나와 다시 일어서서 방랑의 기사 역할을 맡았다. 나는 모든 등장인물에게 생기를 불어넣어 주었다. 기사로서 나는 '공작'의 따귀를 때렸다. 나는 그 자리에서 뺑 돌았다. '공작'이 된 나는 따귀를 맞는 것이었다. 그러나 나는 언제나 위대한 주인공, 즉 나 자신으로 돌아오고 싶은 마음이 간절했기 때문에 악한들의 역을 오랫동안 연기할 수는 없었다. 천하무적인 나는 모두에게 이겼다. 그러나 밤중에 꾸미는 무용담의 경우와 마찬가지로 그 뒤에 오는 낙망이 두려웠던 탓에 나는 나의 승리를 무기한 연기했다.

나는 왕의 친동생에게 대항하여 젊은 '백작부인'을 지켜준다. 굉장한 학살이다! 그러나 그때 어머니는 악보 페이지를 한 장 넘겼다. 알레그로가 부드러운 아다지오로 바뀌었다. 나는 재빨리 살육을 끝내고 나의 보호를 받는 사람에게 미소를 던진다. 그녀는 나를 사랑한다. 음악이 그것을 말해 주고 있다. 그리고 아마 나도 그녀를 사랑하는 것이리라. 사랑을 하면서도 서둘러대지 않는 마음이 내 안에 자리잡는다. 사랑할 때는 어떻게 하더라? 나는 그녀의 팔을 잡고 목장으로 데리고 간다. 그러나 그것만으로는 충분치 않을 것 같았다. 급히 소집된 불량자들과 독일 기병들이 곤경에서 나를 끌어내 주었다. 그들은 백 대 일로 우리에게 덤벼들어서, 나는 90명을 죽이지만 나머지

10명이 백작부인을 납치해 갔다.

나의 우울한 몇 년이 시작되는 순간이다. 나를 사랑하는 여인은 포로가 되고, 왕국의 모든 경찰에게 쫓기고 있다. 법의 보호를 박탈당하고 비참하게 쫓기는 신세가 된 나에게 남아 있는 것이라곤 양심과 칼뿐이다. 나는 낙담한 태도로 서재 안을 성큼성큼 걸어다니면서, 쇼팽의 정열적인 슬픔으로 내 마음을 메웠다. 어떤 때는 모든 일이 원만히 해결되리라는 것, 나는 다시 작위와 영토와 거의 무사한 약혼자를 돌려받으리라는 것, 그리고 왕이 나에게 용서를 구할 것이라는 것을 틀림없게 하기 위해서 내 삶의 페이지를 뒤적거리고 2, 3년을 뛰어넘어 가곤 했다. 그러나 이내 나는 뒤로 물러나서 2, 3년 전의 불행한 시기로 돌아가서 자리잡고 있는 것이었다. 그 순간이 나를 매혹했고, 허구는 진실과 혼동되었다. 고독한 방랑자였으며 법에 쫓기고 있었던 나는, 음악에 맞춰 할아버지의 서재 안을 방황하며, 사는 이유를 찾으면서 자기 자신을 난처하게 여기는 심심한 어린이와 형제 같았다. 그 역할을 단념하지 않고 나는 그 닮은 것을 이용해서 우리의 운명을 혼합했다. 궁극적인 승리를 확신하고 있는 나는 나의 고민 속에서 승리에 다다르는 가장 확실한 길을 보았다. 나는 나의 비참을 통해서 그 비참의 참된 원인인 미래의 영광을 발견하는 것이었다. 슈만의 '소나타'가 나에게 최후의 확신을 주었다. 나는 절망하는 피조물이었고, 또 이 세상이 시작했을 때부터 그 피조물을 구해 준 신이었다.

철저하게 절망할 수 있다는 것은 얼마나 기쁜 일이냐. 나는 우주에 대해서 토라질 권리가 있으니 말이다. 너무나 간단한 성공에 진력이 난 나는 우수의 감미로움, 원한의 짜릿한 쾌감을 감상하고 있었다. 애지중지하는 귀여움의 대상이었고, 양껏 먹어서 아무 욕망도 없었던 나는 가설의 빈곤 속으로 뛰어들었던 것이다. 8년 간의 지극한 행복은 결국 나에게 순교자의 취미밖에는 주지 못하고 말았다. 나는 모두가 나에게 호의를 가지고 있는 보통 판사들 대신에, 내 말은 듣지도 않고 나에게 유죄판결을 내리려 하는 얼굴 찌푸린 재판관이 있는 법정을 상상하는 것이었다. 나는 그 법정에서 석방과 축복과 본보기가 되는 보상을 끌어냈다.

나는 그리셀다[40]의 이야기를 열심히 수십 번을 읽었었다. 그러나 나는 고통을 겪는 것을 좋아하지 않았고, 나의 첫 욕망은 잔인했다. 나는 수많은 공주들의 수호자이지만 마음속으론 같은 층계에 사는 이웃집 계집애의 엉덩이를 때리는 것은 아무렇지 않게 여기는 터였다. 거의 권할 만한 가치가 없는 그 이야기 속에서 가장 내 마음에 든 것은 피해자의 사디즘과 잔인한 남편으로 하여금 무릎을 꿇게 하고야 만 불굴의 미덕이었다. 그것이야말로 내가 바라고 있었던 것이었다. 즉 그 재판관들로 하여금 무릎을 꿇게 하고 나를 존경할 수밖에 없게 만들어서 그들의 선입견을 벌주는 일이었다. 그러나 나는 날마다 나의 석방을 이튿날로 연기했다. 늘 미래의 영웅인 나는 축복의 날을 애끓게 갈망하면서도 끊임없이 그날을 미루고 있었던 것이다.

내가 느꼈던 우울과 일부러 꾸며진 우울, 이 이중의 우울은 아마도 나의 실망을 표현하고 있었던 것 같다. 나의 용맹을 연결시켜 보면 그것들은 일련의 우연에 지나지 않았다. 어머니가 '환상 즉흥곡'의 마지막 화음을 치면, 나는 아버지 없는 고아의 추억도, 고아 없는 방랑 기사의 추억도 없는 시간 속으로 다시 떨어져 버리곤 했다. 영웅이었건, 초등학생이었건 간에 같은 받아쓰기, 같은 무용담을 하고 또 하면서, 나는 그 반복이라는 감옥 속에 그대로 머물러 있었다. 그래도 미래라는 것이 존재했다. 영화가 그것을 나에게 보여주었던 것이다. 나는 하나의 운명을 가지기를 꿈꾸고 있었다. 그리셀다의 시무룩한 얼굴이 마침내 싫어졌다. 내 영광의 역사적 순간을 내가 아무리 무제한으로 뒤로 미루어 보았자, 그것을 나의 참다운 미래로 만들 수는 없었다. 그것은 연기된 현재에 불과했기 때문이다.

내가 《미셸 스트로고프》[41]를 읽은 것은 바로 그때―즉 1912년 아니면 1913년―였다. 나는 기뻐서 눈물이 날 정도였다. 얼마나 모범적인 삶인가! 자기의 용기를 보여주기 위해서 그 장교는 산적들의 변덕을 기다릴 필요가 없었다. 상부로부터 내린 명령이 그를 암흑으로부터 끌어내었고, 그는 거기에 복종하기 위해서 살았으며, 자기의 승리에 의해서 죽는 것이었다. 왜냐하면 그 영광, 그것은 죽음이기 때문이었다. 책의 마지막 페이지를 넘기면 미셸은 절단면에 금박을 칠한 작은 관 속에 산 채로 들어가 있었다. 불안이라고는 조금도 없었다. 그는 처음 나타났을 때부터 정당화되어 있었기 때문이다. 조그마한 우연도 없었다. 사실 그는 줄곧 장소를 바꾸기는 했지만 커다

---

41) 쥘 베른의 모험소설(1876).

란 이익, 그의 용기, 적의 경계, 지형(地形)의 성질, 연락수단, 그 밖에 수많은 다른 요소 등, 모두가 사전에 주어졌기 때문이다. 그때그때 그의 위치를 지도 위에 그릴 수 있게 해주고 있었다. 반복도 없었다. 모든 것이 바뀌고 있었고 그 자신도 줄곧 변화해야만 했기 때문이다. 그의 미래가 그의 앞길을 밝혀주고 있었으며, 그는 운명의 별에 의해서 인도되고 있었다.

석 달 뒤에 나는 그 소설을 똑같은 열심으로 또 한 번 읽었다. 그런데 나는 미셸이 싫어졌다. 내가 보기에 그는 너무 점잖았다. 내가 시기를 하고 있었던 것은 그의 운명이었기 때문이다. 나는 내가 남의 방해로 되지 못했던 기독교도의 숨겨진 모습을 그에게서 보고 탄복했다. 온 러시아의 황제는 하느님 아버지였다. 유일무이한 칙명에 의해서 무(無)에서 불려나온 미셸은 모든 피조물과 마찬가지로 오직 하나의, 그리고 중대한 사명을 띠고 유혹을 물리치며, 장애물을 뛰어넘어 우리의 눈물 계곡을 가로질렀고, 순교의 맛을 보았으며, 초자연의 은혜를 입었고(눈물의 기적에 의해 구원되어), 조물주의 영광을 찬양했다. 그리고 그의 사명이 끝나자 영원불멸 속으로 들어갔다. 나에게 그 책은 독(毒)이었다. 그러면 선택된 인간이 있었단 말인가? 최고의 요청이 그들에게 길을 제시했단 말인가? 신성은 나에게 혐오를 느끼게 했다. 그런데 미셸 스트로고프에게 있어서는 그것이 영웅주의의 겉모양을 하고 있었기 때문에 나를 매혹시켰다.

그래도 나는 나의 무언극을 조금도 바꾸지 않았다. 그리고 사명이라는 관념도, 형태를 갖추지도 못하고 그렇다고 내가 쫓아버리지도 못하는 줏대 없는 유령처럼 허공에 떠 있었다. 물론 나의 조연인 프랑스 왕들은 내 명령에 좌우되었고, 내가 그들에게 신호를 보내기만을 기다릴 따름이었다. 나는 그들에게 명령을 청하지도 않았다. 복종심에 의해서 자기의 생명을 내건다면 관용은 대체 어떻게 될 것인가? 철권의 권투가인 마르셀 뒤노는 매주 상냥하게 자기의 의무 이상의 일을 함으로써 나를 놀라게 했다.

그러나 맹목적이고 영광의 상처투성이인 미셸 스트로고프는 자기의 의무를 다했다고 말할 수 있을지 모르겠다. 나는 그의 용기를 찬양했고, 그의 비굴함은 배척했다. 이 용사의 머리 위에는 오직 하늘이 있을 뿐이다. 그런데 러시아 황제가 그의 발에 키스를 해야 할 상황에 왜 그는 황제에게 머리를 숙였을까? 그러나 스스로를 낮추지 않는 한 어디서 살 권리를 끌어낸단 말인가? 이런 모순이 나를 크게 당황케 했다. 가끔 나는 곤란한 문제를 회피하려고 애썼다. 세상에 알려지지 않는 한 어린이로서 나는 그 위험한 사명에 대해서 이야기하는 것을 듣는다. 나는 왕의 발밑에 엎드려 그 사명을 나에게 맡겨달라고 간청했다. 왕은 거절했다. 내가 너무 어리고 사태는 너무나 중대하다는 것이었다. 나는 일어나서 결투를 신청했다. 그리고 재빨리 왕의 대장들을 모조리 쓰러뜨렸다. 왕은 이 분명한 사실에 손을 들고 말한다.

"그토록 원하니 가도 좋다!"

그러나 나는 내 꾀에 속아 넘어가지는 않았다. 나는 내가 억지로 그런 꾀를 부렸다는 것을 알고 있었기 때문이다. 게다가 나는 그 못생긴 녀석들이 전부 싫었다. 나는 과격 공화당파였고 시역자(弑逆者)였다. 할아버지는 그들의 이름이 루이 16세건 바탱게[42]건 간에 전제군주에게는 반항을 말도록 나에게 미리 알려주었다. 특히 나는 매일 〈마탱〉지에 실리는 미셀 제바코의 신문소설을 읽고 있었다. 위고의 영향을 받은 천재적 소설가인 그는 공화주의적 무협소설을 창작해 내고 있었다. 그의 주인공들은 민중을 대표했다. 그들은 제정(帝政)을 만들었다가 부숴버리고 14세기부터 프랑스혁명을 예언하며 자비심에서 어린 왕이나 바보 왕들을 그들의 간신들로부터 보호해 주고, 못된 왕들의 따귀를 때리곤 했다. 그중에서 가장 위대한 주인공은 파르다이앙이었는데 그는 나의 스승이었다. 그를 흉내 내기 위해서 골백번이나 나는 나의 새다리를 펴고 오만한 자세로 앙리 3세와 루이 13세의 따귀를 때리는 것이었다. 그런 일이 있은 다음에 내가 그들의 명령에 복종할 수 있었겠는가? 한마디로 말해서 나는 이 세상에서의 나의 존재를 정당화해 줄 강제위임장을 나 자신으로부터 얻어내지도 못했고, 또 나에게 그것을 발행해 주는 권한을 어떤 사람에게도 인정할 수 없었다. 나는 태평스럽게 기이한 행동을 다시 시작했고, 그 난투극 속에서 기진맥진하는 것이었다. 방심한 학살자이고, 무료한 순교자인 나는 황제도 없고, 신도 없고, 요컨대 아버지가 없는 탓으로 그리셀다의 상태로 머물러 있었다.

나는 둘 다 거짓인 이중생활을 영위하고 있었다. 공적으로는, 저명한 샤를 슈바이처의 유명한 손자인 사기꾼이었다. 혼자 있으면, 가상의 시무룩한 태도

---

42) 나폴레옹 3세(1808~73)의 별명.

로 파묻혔다. 나는 가짜 영광을 가짜 익명으로 바로잡고 있었던 것이다. 하나의 역할에서 다른 하나의 역할로 넘어가는 데 나는 아무런 고통도 느끼지 않았다. 내가 막 내 비검의 일격을 가하려고 하는 순간 열쇠가 자물쇠 구멍에서 돌고, 건반 위에서 춤추던 어머니의 손은 돌연 마비된 듯했다. 나는 자막대기를 서가 속에다 도로 갖다넣고, 할아버지의 품으로 뛰어드는 것이었다. 나는 안락의자를 밀어 그의 앞에다 바치고 그의 털 슬리퍼를 갖다드린다. 그의 제자들의 이름을 불러가며 그날의 경과를 물어보는 것이었다. 내 몽상의 도가 아무리 깊다 하더라도 결코 나는 그 속에서 헤어나지 못하는 위험에 부닥치지는 않았다. 그러나 나는 위태로웠다. 나의 진실은 끝까지 내 거짓의 번갈음으로 머물 위험성이 컸기 때문이다.

진실이 또 하나 있었다. 뤽상부르 공원의 테라스에서 아이들이 놀고 있었다. 나는 그들에게로 가까이 갔다. 그들은 나를 거들떠보지도 않고 스쳐 지나가곤 했다. 나는 가난뱅이 같은 시선으로 그들을 바라보았다. 그들은 얼마나 힘이 세고 빠르던가! 또 얼마나 잘생겼던가! 살과 뼈로 된 그 영웅들 앞에서는 나의 놀라운 지성도, 보편적인 지식도, 나의 운동가다운 근육도, 검객의 재주도 빛을 잃고 말았다. 나는 나무에 기대서 기다리고 있었다.

"앞으로 나와, 파르다이앙, 네가 죄수 노릇을 해라."

이렇게 그 패거리의 두목이 난폭하게 한마디만 던졌던들 나는 나의 특권을 포기했을 것이다. 벙어리 배역이었더라도 나를 더할 수 없이 기쁘게 만들었을 것이다. 나는 들것 위에 누운 부상자의 역할이라도, 죽은 사람의 역할이라도 감격해서 받아들였으리라. 그러나 그럴 기회는 주어지지 않았다. 나는 나와 같은 시대에 살고 있는 사람들, 내 동료들, 내 진짜 재판관들과 만났던 것인데, 그들의 무관심한 태도가 나를 처단하고 있었다. 그들이 나를 그렇게 보는 데 대해서는 어이가 없었다. 그들에게 나는 신동도 해파리도 아니고, 누구의 관심도 끌지 못하는 한갓 꼬마둥이에 지나지 않았다. 어머니는 분한 마음을 숨기지 못했다. 키가 크고 아름다운 그 여인은 내 키가 작은 것에 무척 만족했고, 매우 당연하다고 생각할 뿐이었다.

슈바이처 집안은 키가 크고, 사르트르 집안은 작았다. 나는 아버지를 닮았다는 것이었다. 그뿐이었다. 어머니는 내가 8살인데도 데리고 다니기 편하고 다루기 쉽다며 좋아했다. 나의 작은 몸집이 어머니의 눈에는 유년기의 연장으로 보였던 것이다. 그러나 아무도 나와 놀자고 하지 않는 것을 보고, 어머니는 자식을 사랑하는 나머지 내가 나 자신을 난쟁이로 생각하고—사실 난쟁이처럼 아주 작지는 않다—괴로워할까 봐 걱정했다. 나를 절망으로부터 건져주기 위해서 그녀는 초조한 체하는 것이었다.

"무엇을 기다리고 있어, 미련한 바보야. 같이 놀자고 애들한테 가서 말하렴."

나는 고개를 가로저었다. 나는 아무리 천한 일이라도 시키면 했겠지만 그들에게 간청한다는 것은 자존심 문제였다. 어머니는 쇠의자에 앉아서 뜨개질을 하고 있는 부인들을 가리키며 말했다.

"내가 그애들 엄마한테 가서 말해 줄까?"

나는 제발 그러지 말라고 어머니에게 애걸했다. 어머니가 내 손을 잡았고 우리는 떠났다. 우리는 줄곧 애걸을 하고 따돌림을 받으며 이 나무 밑에서 저 나무 밑으로, 이 그룹에서 저 그룹으로 돌아다녔다. 땅거미가 짙어갈 때 나는 나의 횃대, 정신이 숨을 내쉬는 높은 곳으로, 내가 꿈꿀 수 있는 곳으로 되돌아갔다. 나는 어린이의 말 몇 마디를 내뱉고 백 명의 독일 기병을 죽이는 것으로써 내 굴욕을 복수하는 것이었다. 소용없는 일이, 어떻게 해도 일이 그렇게 잘되지는 않았다.

할아버지가 나를 구해 주었다. 그는 그럴 의도는 아니었지만, 어떻든 내 생활을 바꾸게 한 새로운 사기행위 속으로 나를 몰아넣었던 것이다.

제2부

쓰기

샤를 슈바이처는 자신이 작가라고는 결코 생각하지 않았으나 프랑스어는 70살이 된 그를 여전히 감탄케 했다. 왜냐하면 그것을 힘들여서 배웠는데도 완전히 마스터하지 못했기 때문이다. 그는 프랑스어를 가지고 놀았고, 그 낱말들을 즐겨 썼으며, 그 낱말들을 발음하는 것을 좋아했다. 그리고 그의 냉혹한 말투는 하나의 음절이라도 소홀히 하지 않았다. 한가할 때면 그는 펜을 들고 낱말들을 무더기로 배열하곤 했다. 그는 우리 집안이나 대학에서 일어나는 일들을 즉흥적인 작품으로 즐겨 묘사했다. 말하자면 신년이나 생일축하, 결혼식 피로연에서의 인사말, 샤를마뉴 대제에 부치는 운문연설, 촌극, 문자 수수께끼, 제운시(題韻詩), 상냥스런 평범한 문구들 따위이다. 회의 중에 그는 독일어와 프랑스어로 사행시를 즉석에서 짓기도 했다.

여름이 시작되면 할아버지가 강의를 끝내기 전에 두 여인과 나는 아르카숑으로 떠났다. 그는 우리에게 한 주일에 세 번씩 편지를 써보냈다. 루이즈에게 두 페이지, 안 마리에게는 짤막한 추서(追書), 나에게는 별도로 운문의 편지 한 통이었다. 나에게 이 행복을 더욱더 맛보게 하기 위해 어머니는 작시법(作詩法)을 배워서 내게 가르쳐주었다. 나는 운문으로 된 답장을 끍적거리다가 들켜버렸다. 그러자 두 여인은 편지를 끝마치도록 격려하면서 나를 도왔다. 그 편지를 보내고 나면 받는 사람이 어리둥절해할 모습을 상상하고 눈물이 나도록 웃었다. 그 편지의 답으로서 나를 찬양하는 시 한 수를 받았다. 나도 역시 시를 지어 답장으로 보냈다. 그렇게 하는 습관이 들자 할아버지와 손자는 새로운 유대로 연결되었다. 두 사람은 인디언이나 몽마르트르의 뚜쟁이처럼 여인네들에겐 금지된 언어로써 서로 이야길 주고받았던 것이다. 시작법 사전을 선물로 받은 나는 시인이 되었다. 즉 나는 베베를 위한 연가를 썼던 것이다. 그녀는 긴 의자에서 떠나지 않고 누워 있다가 몇 년 뒤에 죽은 금발 소녀였다. 그녀는 그런 것에 아랑곳하지 않았다. 그녀는 천사였기 때문이다. 그러나 대중의 찬양은 그녀의 무관심에 대한 나의 괴로움을 위로해 주었다. 나는 그 시의 몇 편을 되찾아냈다.

1955년에 장 콕토는 미누 드루에[43]를 제외하고는 모든 어린애들이 천재적인 소질을 지니고 있다고 말했다. 그런데 1912년에 모든 어린아이는 천재적인 소질을 지니고 있었다. 나를 제외하고 말이다. 즉 나는 어른인 체하기 위해 서투른 모양과 의례적인 태도로 글을 썼던 것이다. 무엇보다도 나는 샤를 슈바이처의 손자였기 때문에 글을 썼다. 나는 라 퐁텐의 우화집을 선물로 받았다. 그 우화들은 마음에 들지 않았다. 저자는 그것들을 제 마음대로 다루었기 때문이다. 나는 그 우화들을 12음절시로 다시 쓰기로 결정했다. 그 계획은 내 힘에 겨웠고, 그 계획이 사람들의 웃음을 살 것 같은 생각이 들었다. 그것이 나의 마지막 시적 경험이었다. 그러나 이미 내친 걸음이었다. 즉 나는 시에서 산문으로 넘어가고 《귀뚜라미》에서 읽은 감격적인 모험들을 작품으로 다시 꾸며내는 데 조금도 힘이 들지 않았다.

드디어 때는 왔다. 나는 내 꿈들의 공허함을 발견하려는 참이었다. 나의 환상적인 기이한 행동을 통해서 내가 다다르고자 한 것은 현실이었다. 어머니가 악보에서 눈을 돌리지 않고, '아가야, 너 뭐하니?' 물었을 때, 침묵을 깨뜨리고 '나는 영화에 출연하고 있어'라고 대답하고 싶은 생각이 때때로 일어나곤 했다. 실제로 내 머릿속에서 영상을 끄집어내어 진짜 가구들과 벽들 사이, 즉 나의 바깥에서 그 영상들을 '체험'시키고자 했다. 스크린 위에서 펼쳐지는 영상들같이 번쩍거리고 선명하게 말이다. 이젠 나의 이중 사기행위를 모르는 체하려 해도 헛된 일이었다. 말하자면 나는 주인공인 체하는 배우의 시늉을 했던 것이다.

글을 쓰기 시작하자마자 나는 펜을 놓고 몹시 기뻐했다. 역시 사기임에는 틀림없었다. 그러나 나는 낱말들을 사물의 진수(眞髓)로 생각한다고 말한 일이 있었다. 나의 너무나 가느다래서 읽기 힘든 글씨가 그 도깨비불 같은 빛을 잃고 물질의 희미한 고체로 변하는 것을 보는 것보다 더 나를 동요시키는 일은 없었다. 그것은 상상의 실현이었기 때문이다. 명명(命名)의 올가미

---

43) 7살에 시집을 내 세상을 놀라게 한 천재 소녀이다.

에 걸려서 한 마리의 사자, 제2제정시대의 한 대위, 베두인 한 사람 등이 식당 안으로 들어왔다. 그들은 기호들에 의해 포로가 되고 합체되어 영원히 그곳에 머무를 것이었다. 나는 강철펜을 긁적거림으로써 이 세상에 나의 꿈을 정착시켰다고 생각했다. 나는 공책 한 권과 보랏빛 잉크 한 병을 얻었다. 나는 겉장에 '소설 노트'라고 썼다. 내가 끝마친 첫 소설에 나는 다음과 같이 제목을 붙였다. 《한 마리의 나비를 찾아서》.

한 학자, 그의 딸, 건강한 젊은 탐험가가 귀중한 나비를 찾으러 아마존 강을 거슬러 올라갔다. 그 줄거리, 인물들, 모험의 내용, 심지어는 그 제목까지도 나는 석 달 전에 나온 그림책에서 빌려왔다. 그 고의적인 표절은 나의 마지막 불안에서 나를 해방시켜 주었다. 필연적으로 모든 것은 진실이었다. 내가 지어낸 것은 아무것도 없었으니까.

나는 출판되기를 갈망하지는 않았으나 인쇄될 수 있도록 미리 준비했다. 그리고 원본에 없는 이야기는 한 줄도 쓰지 않았다. 나는 자신을 모방자로 생각했던가? 아니다. 그런 것이 아니라 독창적인 작가라고 생각했다. 나는 다시 손질을 하고, 새로워 보이게 만들었다. 예를 들자면 작중인물들의 이름을 바꿔버렸다. 이러한 가벼운 변질은 내게 기억과 상상력을 혼동하도록 해주었다. 새롭고 완전히 씌어진 문장들은 내 머릿속에서 엄밀한 확실성으로 재형성되었다. 그 확실성이란 영감에서 나오는 것이다. 나는 그 문장들을 옮겨쓴다. 그것들은 내 눈앞에서 사물의 밀도를 갖춘다. 사람들이 흔히 믿고 있듯이, 영감 있는 작가라는 것이 자기 자신의 가장 깊은 곳에 있는 자기 이외의 다른 것이라면, 나는 7살과 8살 사이에 그 영감을 안 셈이다.

이 '자동적인 글쓰기'에 나는 결코 완전히 속은 것은 아니었다. 그러나 그 유희 자체가 마음에 들었다. 외아들인 나는 혼자 놀 수 있었기 때문이다. 때때로 나는 손을 멈추고 짐짓 주저하는 체하며 눈살을 찌푸린 얼굴과 환상에 사로잡힌 눈초리를 하고는 '작가'가 된 것처럼 느꼈다. 나는 표절을 썩 좋아했다. 게다가 속물근성으로 말이다. 그리고 독자가 앞으로 두고 보면 곧 알게 되겠지만, 나는 그 표절을 의식적으로 끝까지 밀고 나갔다.

부스나르와 쥘 베른에게는 배울 것이 너무도 많았다. 가장 위급한 순간에 그들은 이야기의 흐름을 멈추고 독이 있는 식물, 토인의 거주상태의 묘사로 들어간다. 독자인 나는 그러한 교육적인 대목을 읽지 않고 넘어가 버렸다.

저자로서의 나는 나의 소설들을 그러한 것들로 가득 채워넣었다. 자신도 모르고 있던 모든 것을 내 동시대의 사람들에게 가르쳐 주려 한 것이다. 푸에고 인디언들의 풍습, 아프리카의 식물분포, 사막의 기후 같은 것들을 말이다. 운명의 장난으로 헤어졌다가는 서로 모르고 같은 배에 탔던 나비 수집가와 그의 딸은 난파선의 희생자가 된다. 같은 구명대에 매달려 있던 아버지와 딸은 머리를 쳐들다가 서로 소리를 지르는 것이었다.

"데이지!"

"아버지!"

슬프도다! 신선한 고기를 찾아서 어슬렁거리던 상어 한 마리가 다가오고 있었다. 그 뱃가죽이 파도 사이에서 빛났다. 그 불행한 사람들은 죽음을 모면할 것인가? 나는 《라루스 대사전》의 'Pr—Z'편을 찾으러 갔다. 나는 그것을 가까스로 내 책상까지 옮겨와서, 알맞은 페이지를 펼치고 한마디 한마디 행을 바꿔가며 베꼈다.

"열대 대서양에 있는 상어들은 비슷비슷하다. 식욕이 왕성한 큰 바닷고기들은 길이가 13미터나 되고 무게는 8톤이 나가는 것도 있다……."

나는 서두르지 않고 천천히 그 항목을 베꼈다. 나는 달콤하게 권태를 느꼈으며, 부스나르와 마찬가지로 뛰어난 것 같은 생각이 들었다. 그리고 아직도 내 주인공들을 살려낼 방법을 찾아내지 못했기 때문에 나는 감미로운 두려움 속에서 오랫동안 신중히 생각하고 있었다.

모든 것은 그 새로운 활동을 또 하나의 서투른 모방에 지나지 않도록 운명 지어 주고 있었다. 어머니는 나를 아낌없이 격려해 주었으며, 식당 안의 손님들을 인도하여 그들이 어린이용 책상에 앉아 있는 젊은 창조자를 목격하도록 했다. 나는 일에 너무 열중해서, 내 찬미자들의 존재를 못 느끼는 체했다. 그들은 내가 너무 예쁘다는 둥, 너무 귀엽다는 둥 속살거리며 소리가 나지 않게 발끝으로 물러가는 것이었다. 에밀 삼촌은 타자기를 내게 선물로 주었으나 나는 그것을 사용하지 않았다. 피카르 부인은 내가 '세계 유람 여행자'들의 여정을 실수 없이 정해 줄 수 있도록 세계지도를 사주었다. 안 마리는 내 두 번째 소설인 《바나나 장수》를 반들반들한 종이에 다시 베꼈다. 사람들은 그것을 돌려 보았다. 마미도 내 용기를 북돋워 주었다.

"어쨌든 착한 아이야. 시끄럽게 굴지를 않으니까."

다행히도 할아버지의 불만 때문에 신동으로서의 명성 확정은 연기되었다.

칼 자신이 나에겐 '해로운 독서'라고 부르곤 했던 그 책 읽기를 결코 받아들이지 않았다. 내가 글을 쓰기 시작했다고 어머니가 그에게 알렸을 때 그는 처음에는 매우 기뻐했다. 짐작컨대 날카로운 관찰과 사랑스러운 순정을 가지고 우리집의 연대기를 쓰게 되리라 희망했던 모양이다. 그는 내 노트를 들고 그것을 대강 읽자, 얼굴을 찡그리고 식당에서 나가버렸다. 내가 즐겨 읽는 신문들의 '어리석은 애기들'이 거기에 씌어져 있는 것을 발견하고 분개했던 것이다. 그 뒤 그는 내 작품에 무관심해졌다. 이를 원통하게 여긴 어머니는 《바나나 장수》를 할아버지에게 읽히려고 교묘하게 슬쩍 여러 번 애를 썼다. 어머니는 그가 실내화를 신고 안락의자에 앉기를 기다리고 있었다. 눈을 움직이지 않고 두 손을 무릎 위에 얹은 채 말없이 쉬고 있는 동안에, 어머니는 내 원고를 얼른 집어서 되는 대로 그것을 뒤적이다가 갑자기 매혹되어 혼자 웃기 시작했다. 마침내 억제할 수 없는 흥분 속에 어머니는 그것을 할아버지에게 내미는 것이었다.

"읽어보세요. 아버님! '너무' 우스워서 그래요!"

그러나 그는 노트를 뿌리쳤다. 언뜻 훑어본다 하더라도 그것은 화를 내며 철자법이 틀린 곳을 들추어내기 위해서였다. 나중에 어머니는 겁이 났다. 감히 더 이상 나를 칭찬하지 못하고, 내가 괴로워할까 두려워서 내 글에 대해 더는 이야기하지 않으려고 그것을 읽지 않게 되었다.

겨우 용서되고 묵인되어, 나의 문학적 활동은 반(半)비밀 속에 들어갔다. 그럼에도 끈기 있게 나는 그것을 계속했다. 즉 휴식시간에도, 목요일과 일요일마다, 방학 때에도, 그리고 다행히도 몸이 아팠을 때는 내 침대에서. 나는 즐거운 회복기와, 절단면에 붉은 물감을 들인 검은 노트를 기억하고 있다. 그 노트를 나는 장식 융단을 다루듯 들었다 놓았다 했던 것이다. 나는 영화놀이를 덜 했다. 내 소설들이 모든 것을 대신했기 때문이다. 요컨대 나는 내 즐거움을 위하여 글을 썼다.

내 소설들의 줄거리는 복잡해졌다. 나는 아주 다양한 에피소드들을 거기에 집어넣었다. 나는 좋은 것이건 나쁜 것이건 내가 책에서 얻은 모든 지식들을 뒤죽박죽으로 그 잡낭 속에 쓸어넣었다. 줄거리들은 엉망진창이 되었다. 그렇지만 이로운 점도 있었다. 연결을 고안해 내야만 했는데, 그 바람에 나는 얼마쯤 덜 표절하게 되었기 때문이다. 그리고 나는 두 사람으로 나누어졌다. 지난해에 내가 영화놀이를 했을 때, 내가 나 자신의 배역을 맡아서 했다. 나는 죽을힘을 다해 상상의 세계 속에 몸을 던졌다. 나는 여러 번 그 속으로 완전히 휩쓸려 들어갈 생각이었다. 하기야 저자인 지금에도 주인공은 역시 나였다. 나는 그 주인공에게 나의 서사시적인 꿈들을 비추었다. 그렇지만 우리는 둘이었다. 그는 나와 이름이 같지 않았고, 나는 그에 대해서 삼인칭으로만 이야기했다. 그에게 내 동작을 빌려주는 대신 나는 낱말들을 가지고 내가 보고자 하는 육체를 그에게 마련해 주었다.

이러한 갑작스런 '거리 설정'은 나를 겁나게 할 수도 있었으리라. 그러나 그것은 나를 매혹했다. 그 주인공은 완전히 내가 될 수 없는데 나는 '그가' 될 수 있다는 것이 나를 기쁘게 했다. 그것은 나의 인형이었다. 나는 그를 마음 내키는 대로 복종시켰다. 나는 그로 하여금 시련을 겪게 할 수 있었고, 창으로 그의 옆구리를 푹 찌르고 나의 어머니가 나를 간호하듯 그를 보살필 수 있었으며, 어머니가 나의 병을 고쳐주듯이 그의 병을 낫게 할 수도 있었다. 내가 즐겨 읽는 작가들은 약간의 수치심 때문에 숭고의 경지로 가는 도중에서 걸음을 멈추곤 했다. 제바코의 작품에서조차도 결코 한 사람의 용사가 한꺼번에 20명 이상의 무뢰한을 무찌르지는 않았다.

나는 모험소설을 과격한 것으로 만들고 싶었다. 나는 그럴 듯한 것들을 이야기 속에서 빼버리고 적들과 위험들을 열 배로 부풀렸다. 미래의 장인과 약혼녀를 구하기 위해 《한 마리의 나비를 찾아서》의 젊은 탐험가는 사흘 밤낮을 상어들과 대항해서 싸웠던 것이다. 나중엔 바다가 붉어졌다. 부상당한 그 인물이 아파치족에게 포위된 오막살이집에서 도망하여, 두 손으로 자신의 창자를 잡고서 사막을 가로질렀다. 그리고 그가 장군에게 보고하기 전에는 그것을 꿰매기를 거절했다. 얼마 뒤에 이 탐험가는 괴츠 폰 베르리힌겐[44]이라는 이름으로 적군을 패주케 했다. 혼자서 모든 군대를 대항해서. 그것이 나의 원칙이었다. 이 서글프고 웅대한 몽상의 근원을 내 주위의 부르주아적이고 청교도적인 개인주의에서 찾아내야만 하는 것이다.

영웅인 나는 폭정에 대항해서 투쟁했다. 조화의 신인 나는 나 자신을 폭군

---

44) 독일 기사로서 '강철의 손'이란 별명을 가졌던 용사. 괴테와 사르트르는 그들의 희곡에 이 기사를 주인공으로 등장시켰다.

으로 만들었으며, 권력의 모든 유혹을 알았다. 나는 해를 끼치지 않는 사람이었으나 악독하게 되어보려 했다. 내가 데이지의 두 눈을 후벼내는 것을 그 누가 막을 수 있었겠는가? 무서워 죽겠으면서도 나는 스스로에게 이렇게 대답했다. 아무도 막을 수 없다고. 그리고 나는 파리의 두 날개를 잡아뜯듯이 그녀에게서 두 눈을 후벼냈었다. 나는 가슴을 두근거리며 다음과 같이 썼다.

"데이지는 두 눈을 손으로 더듬었다. 그녀는 장님이 되어버린 것이다."

그리고 나는 펜을 들어올린 채로 놀라움에 사로잡혀 있었다. 나는 절대 속에서 하나의 작은 사건을 만들어 냈고, 그 작은 사건들 속에 나는 달콤하게 휩쓸려 들어갔었다. 나는 정말이지 사디스트는 아니었다. 나의 사악한 기쁨은 이내 낭패감으로 변했다. 나는 나의 모든 명령을 취소했으며, 그것들을 판독하는 것조차 어려울 정도로 새카맣게 지워버렸다. 그 처녀는 시력을 회복했다라기보다는 차라리 시력을 잃은 일조차도 없었던 것이다. 그러나 내 변덕들에 대한 추억은 나를 오랫동안 괴롭혔다. 나는 진심으로 불안을 느끼고 있었던 것이다.

소설의 세계, 그 또한 나를 불안하게 했다. 때때로 아이들을 위한 미지근한 살육에 싫증이 나서 붓가는 대로 자신을 맡겨두었고, 가공할 가능성들에 대한 불안 속에서 기괴한 하나의 우주를 발견했다. 그 우주는 나의 전능의 이면에 지나지 않았다. 나는 이렇게 생각하곤 했다. 무엇이든 일어날 수 있구나! 그리고 그것은 다음과 같은 뜻도 될 수 있었다. 나는 무엇이나 상상할 수 있다.

떨며 쓰고 있는 종이를 늘 찢어버리려고 하는 찰나에 나는 초자연적인 잔학한 행위를 이야기하고 있었다. 어머니는 내가 쓰고 있는 것을 내 어깨너머로 읽을 때면 자랑스럽고도 놀랍다는 듯이 고함을 지르는 것이었다.

"대단한 상상력이야!"

어머니는 입술을 가볍게 깨물며 말을 하려고 했으나 적당한 말을 찾지 못하고 급작스럽게 물러가 버렸다. 그녀의 도주는 나를 몹시 불안하게 만들었다. 그러나 실은 상상력과는 아주 관계가 없는 일이었다. 나는 그 소름끼치는 일들을 창작하는 것이 아니라 딴것들처럼 나의 기억 속에서 찾아냈으니까 말이다.

그 무렵 서구는 질식해서 죽어가고 있었다. 그 질식은 이른바 '삶의 감미로움'이라고 일컬어지는 바로 그것이다. 눈에 띄는 적이 없었으므로 부르주아 계급은 자신의 그림자에 대하여 겁을 집어먹는 것을 즐기고 있었다. 그 계급은 자기의 권태를 통제된 불안과 바꾸었다. 교령술(交靈術)이나 심령체 등에 관하여 사람들은 이야기를 했다. 르고프 거리 2번지, 즉 우리집 맞은편 집에서는 쟁반점을 치고 있었다. 그것은 5층에서 일어나고 있었다. '마술사네 집'이라고 할머니는 말했다. 때때로 할머니는 우리를 부르는 것이었다. 우리가 달려가면 때마침 둥근 탁자 위에 놓인 여러 사람의 손을 볼 수 있었다. 그러나 누군가 창문에 다가와서 커튼을 쳐버리곤 했다. 루이즈의 말에 의하면, 그 마술사는 어머니들이 데리고 오는 내 나이 또래의 아이들을 날마다 받아들인다는 것이었다. 루이즈는 말했다.

"난 알고 있어. 그는 아이들에게 안수를 해요."

할아버지는 머리를 저었다. 비록 그러한 종교적인 의례를 비난하고 있었지만 그는 감히 그들을 비웃지는 못했다. 어머니는 그것을 두려워했고, 할머니는 이번만큼은 의심을 갖기보다는 아마 당황하고 있었던 모양이었다. 마침내 그들은 의견의 일치를 보았다.

"무엇보다도 거기에 몰두해선 안 돼. 그러다가는 미친다!"

그 무렵에는 환상적 이야기가 유행하고 있었다. 제법 정통파적인 신문들도 일주일에 두세 번 신앙이라는 고상한 취미를 애석히 여기는 기독교를 버린 독자를 위해 그 환상적인 이야기를 게재했다. 글쓴이는 아주 객관적인 관점에서 이러한 사람의 마음을 동요시키는 사실을 보도했다. 그는 실증주의로 뻗을 수 있는 하나의 기회도 남겨놓았다. 사건이 아무리 이상한 것이었더라도 합리적인 설명을 포함시켰다. 그러한 설명을 글쓴이는 연구하여 발견했고, 그것을 우리에게 충실히 소개해 주었다. 그러나 그가 하는 설명이 불충분하고 미약하다는 것을 이내 우리가 알아채도록 교묘하게 암시해 놓는다. 더 이상 아무것도 없었다. 이렇게 해서 이야기는 의문을 남긴 채 끝나기 때문이었다. 그러나 그것으로 충분했다. '내세'가 거기에 있다는 사실을 알았기 때문이다. 사람들이 그 이름을 부르는 것조차 두려워하고 있는 그 내세 말이다.

내가 〈르 마탱〉 신문을 펼칠 때면 공포로 몸이 얼어붙었다. 많은 이야기들 중의 하나가 내겐 강한 인상을 주었다. 나는 아직도 그 제목을 기억하고 있다. '나무들 속에 부는 바람'이라는 제목이었다. 어느 여름날 저녁, 어떤 시골집 2층에서 한 여자 환자가 홀로 침대에 누워 이리저리 뒤척이고 있었다. 열린 창문을 통해서 마로니에 나뭇가지가 방 안으로 들어왔다. 아래층에는 여러 사람이 모여 있었다. 그들은 이야기를 나누며 저물어 가는 정원을 바라보고 있었다. 갑자기 누군가가 마로니에 나무를 가리키며 외쳤다.

"저것 봐, 저것 봐! 아니, 바람이 부나?"

사람들은 놀랐다. 현관 앞 층계로 나왔다. 바람 한 점 없었다. 하지만 파리 전체가 흔들리고 있는 것이 아닌가. 바로 그 순간 고함소리가 들려왔다! 환자의 남편이 층계를 뛰어올라가 침대 위에 일어나 있는 젊은 아내를 보았다. 이어 그녀는 손가락으로 나무를 가리키며 쓰러져 죽었다. 마로니에 나무는 곧 여느 때처럼 잔잔해졌다. 그녀는 무엇을 보았을까? 미치광이가 수용소에서 도망쳐 나왔다더니, 그가 나무에 숨어서 찡그린 얼굴을 보인 것이리라. 바로 그 사람임에 틀림없다. 어떠한 다른 설명도 만족스럽게 풀어줄 수 없기 때문에 반드시 그'라야만' 한다. 그렇지만…… 어찌하여 사람들은 그가 나무에 올라가는 모습을 보지 못했을까? 내려오는 것도? 왜 개들이 짖지 않았을까? 그 집에서 100킬로미터 떨어진 지점에서 여섯 시간 뒤에 어떻게 그를 체포할 수 있었을까? 풀릴 수 없는 의문들이다. 글쓴이는 글의 행을 바꾸고 대수롭지 않게 다음과 같이 결론지었다.

"만약 마을 사람들의 말을 믿는다면 마로니에 나뭇가지들을 흔든 것은 '바로 죽음의 신'이었다."

나는 신문을 내동댕이치고 발을 구르며 큰 소리로 말했다.

"아니지, 그렇지 않아!"

내 가슴은 터질 듯이 두근거렸다. 어느 날 리모주로 가는 기차 속에서 아셰트판 연감을 뒤적거리다가 기절할 뻔한 일도 있었다. 소름이 오싹 끼치는 삽화에 부닥쳤던 것이다. 달빛 아래 부두가 있었는데 물속에서 꺼칠꺼칠한 긴 집게 하나가 나와 주정뱅이를 물고 내항의 깊은 물속에 끌어넣고 있었다. 그림에는 설명문이 적혀 있었고 나는 그것을 열심히 읽었는데, 대체로 이러한 말로 끝났었다.

"그것은 알코올 중독자의 환각일까? 지옥은 방긋하게 열린 것일까?"

나는 물이 무서웠다. 게가, 그리고 나무들이 무서웠다. 무엇보다 책들이 무서웠다. 나는 그런 지긋지긋한 형상들로 자기 이야기를 가득 차게 하는 잔인한 사람들을 저주했다. 그렇지만 나는 그들을 모방했다.

물론 기회가 있어야만 했다. 예컨대 해질 무렵 같은 거다. 어둠이 식당 안에 찾아들면 나는 내 작은 책상을 창문에다 밀어붙인다. 불안이 되살아난다. 틀림없이 숭고하나 그 진가를 인정받지 못하다가 명예를 회복하는 내 주인공들의 그 온순함은, 자신들이 알맹이 없는 존재임을 드러낸다. 그때 '그것'이 오는 것이었다. 즉 눈에 보이지 않는, 나를 현혹하는 존재이다. 그것을 보기 위해서는 그것을 묘사해야만 했다. 나는 진행 중인 모험을 빨리 끝내고, 내 등장인물들을 지구의 전혀 다른 고장으로 끌고 갔다. 대부분 바닷속 혹은 땅속으로 말이다. 나는 급히 서둘러 그들을 새로운 위험들에 맞닥뜨리게 했다. 즉석에서 잠수부들이나 지질학자로 급변한 그들은 '그것'의 흔적을 발견하고 뒤쫓고 있었다. 그러다가 갑자기 그것에 부닥치게 된다. 그때 내 펜을 통해 눈에서 불을 뿜는 낙지, 20톤짜리 갑각류, 말을 할 줄 아는 커다란 거미 등이 나타나는데, 그것들은 어린 괴물인 나 자신이었다. 그것은 내 삶의 권태였고, 나의 죽음의 공포였으며, 무미건조함과 나의 사악한 행위였다. 나는 그것이 나 자신인 줄은 몰랐다. 그 추악한 피조물은 태어나자마자 나에게 반항했고, 나의 용감스러운 동굴학자에게 반항했다. 나는 그들의 생명에 대해 걱정을 했고, 내 가슴은 두근거렸다. 내 손이 글을 쓰고 있다는 것을 잊고서 글을 읽고 있다고 생각했다.

흔히 사태는 거기에서 더 이상 나아가지 않았다. 나는 그 사람들을 그 '짐승'에게 내맡기지는 않았으나 그들을 궁지에서 구출하지도 않았던 것이다. 요컨대 나는 그들을 접촉시켜 놓은 것으로 만족했다. 나는 일어나서 부엌이나 서재로 갔다. 그리고 다음 날 한두 페이지를 비워놓고서 내 작중인물들을 새로운 모험에 집어넣었다. 언제나 미완성인 채 마음대로 다른 제목들 아래서 다시 시작되거나 혹은 계속되는 기묘한 '소설들'로서 탐정 이야기, 실속 없는 모험들, 환상적인 사건과 사건의 항목들, 그러한 것으로 된 골동품들이었다. 나는 그것들을 잃어버리고 말았는데, 그것은 유감스러운 일이라고 가끔 생각한다. 만일 그것들을 열쇠로 잠가둘 생각을 했더라면 그것들은 내 모든 어린 시절을 나에게 가져다주었을 것이기 때문이다.

나는 나 자신을 발견하기 시작했다. 나는 거의 아무것도 아니었다. 기껏해야 내용 없는 하나의 활동에 불과했으며 그 이상일 수가 없었다. 나는 희극에서 빠져나왔다. 나는 아직 공부를 하지 않았으나 이미 연극을 그만두었다. 거짓말쟁이가 거짓말을 곰곰이 생각해 내는 가운데 자기의 진실을 발견한 셈이다. 나는 글을 쓰게 됨으로써 태어났다. 글을 쓰기 전에는 오직 거울놀이가 있었을 뿐이다. 내 첫 소설을 쓸 때부터 어린아이가 유리궁전에 들어왔다는 것을 나는 알았다. 글을 씀으로써 나는 존재했고 어른들에게서 빠져나왔던 것이다. 그러나 나는 오직 쓰기 위해서만 존재했다. 그리고 내가 나라고 말했을 때 그것이 뜻하는 것은 글을 쓰는 나였다. 어떻든지 나는 즐거움을 알았다. 대중이 떠받드는 어린이는 사적인 만남의 약속을 자기 자신에게 했다.

그것은 계속되기에는 너무나 훌륭한 것이었다. 만약 은밀함 속에 내가 파묻혀 있었더라면 나는 성실한 채로 있었으리라. 사람들은 나를 거기에서 끄집어냈다. 나는 일정한 나이에 다다랐는데, 그 나이에는 부르주아 집안 아이들이 자기의 천직에 대한 첫 표시를 나타낸다고들 했다. 오래전부터 우리에게 알려주기를, 게리니에 사는 슈바이처 외사촌들은 자기네 아버지처럼 엔지니어가 되려고 한다는 것이었다. 1분도 지체할 시간이 없었다. 피카르 부인은 내 이마에 무엇이라고 씌어 있는지를 누구보다도 먼저 알아차렸다.

"이 애는 글을 쓸 거야!"

그녀는 확신을 가지고 말했다. 신경에 거슬려서 루이즈는 쌀쌀한 미소를 지었다. 블랑슈 피카르는 그녀에게로 몸을 돌리며 준엄하게 되풀이했다.

"그 애는 글을 쓸 거예요! 그 애는 글을 쓰기 위해 태어났어요."

어머니는 샤를이 나를 별로 격려해 주지 않으리라는 것을 알고 있었다. 어머니는 복잡한 일이 생길까 봐 두려워했다. 그래서 근시인 눈으로 나를 주시했다.

"그래요, 블랑슈? 그래요?"

그러나 저녁때 속옷 바람으로 내가 침대 위에 뛰어오르자 어머니는 내 어깨를 힘껏 끌어안고 미소를 지으며 말했다.

"우리 아가가 글을 쓸 거야!"

이러한 사실을 할아버지에게 조심스럽게 알렸다. 벼락이 떨어질까 봐 두려웠던 것이다. 할아버지는 고개를 끄덕일 뿐이었다. 그다음 목요일에 그가 시모노 씨에게 고백하는 것을 나는 들었다. 인생의 만년에, 누구나 한 재능이 싹트는 것을 볼 때는 감동을 금할 수 없다는 것이었다. 그는 여전히 내가 괴발개발 쓴 글들을 모르고 있었다. 그러나 자기의 독일 학생들이 집에 저녁을 먹으러 왔을 때 그는 내 머리에 손을 얹고, 직접교수법으로 그들에게 프랑스 숙어들을 가르쳐줄 기회를 놓치지 않으려고 음절들을 하나하나 또박또박 발음하면서, 이렇게 되풀이해 말했다.

"이 애는 문학에 재능이 있어."

그는 자기가 하고 있는 말을 한마디도 믿지 않았다. 사실이 그랬으니 어찌하랴? 이미 일은 벌어졌다. 나에게 정면으로 반대하면 그 일을 더한층 악화시킬 염려가 있었다. 나는 아마도 고집을 부렸을 테니까. 칼은 내가 거기에서 마음을 돌리는 기회를 남겨두기 위해 나의 천직을 공표한 것이다. 그것은 견유주의자답지 않은 짓이었다. 그러나 그는 늙어가고 있었다. 그의 열광은 그를 피로케 했던 것이다. 자기 생각의 밑바탕에는 거의 찾아드는 사람이 없는 차가운 고독 속에서 '그 사람'은 나에 대해서, 가족에 대해서, 자기 자신에 대해서 어떻게 해야 좋을지를 알고 있었다고 나는 믿는다. 그가 우리에게 강요한 얼어붙은 듯한 무한한 침묵 가운데 내가 그의 두 발 사이에 누워 책을 읽고 있던 어느 날, 한 생각이 그의 머리를 스쳐갔다. 그 생각은 내가 그곳에 있다는 것을 그에게 잊게 했다. 그는 비난하는 눈초리로 나의 어머니를 바라보았다.

"그런데 그 애가 펜으로 먹고살 생각을 한다면 어떻게 하지?"

할아버지는 베를렌을 높이 평가했다. 그는 그의 시선집을 하나 갖고 있었다. 그러나 할아버지는 1894년에 그가 '곤드레만드레 취해서' 생자크 거리의 선술집에 들어가는 것을 보았다고 믿고 있었다. 그러한 목격은 직업적인 문필가들에 대한 할아버지의 경멸을 뿌리내리게 했던 것이다. 그들은 하찮은 마술사들로서 달을 보여준다고 20프랑짜리 금화를 요구하지만 나중에는 5프랑 때문에 엉덩이를 까보이는 자들이라는 것이었다. 어머니는 겁난 표정을 지었으나 대꾸를 하지 않았다. 샤를이 나에 관해서 다른 견해를 갖고 있다는 사실을 어머니는 알고 있었기 때문이다.

할아버지의 나에 대한 기대는 이런 것이었다. 대부분의 중학교에서 독일어 강좌는 프랑스 국적을 선택한 알자스 사람들에게 맡겨졌다. 그것은 곧 그들의 애국심을 보상코자 함이었던 것이다. 두 국가, 두 언어 사이에 걸쳐서 불규칙한 공부를 했던 탓에 그들의 교양은 구멍투성이였다. 그들은 그 점을 고통스러워했다. 또한 동료들의 적의가 그들을 교수진에서 고립시킨다고 불평했다. 나는 그들의 복수자가 될 것이다. 나는 할아버지의 원수를 갚을 것이다. 나는 알자스인의 손자인 동시에 프랑스인이었다. 칼은 나로 하여금 포괄적인 학식을 얻도록 할 것이며, 나는 왕도를 택할 것이다. 박해받는 알자스는 나를 통해 고등사범학교에 입학하여 교수자격 선발시험에 우수한 성적으로 통과할 것이며, 문학교수라는 왕자가 되는 것이었다.

어느 날 저녁, 할아버지는 나에게 남자 대 남자로서 말하고 싶다고 알렸다. 여인들은 물러갔다. 그는 무릎 위에 나를 앉혀놓고서 엄숙하게 이야기했다. 나는 글을 쓰게 되리라는 것이다. 그것은 물론 합의를 본 일이니까. 나는 할아버지를 충분히 잘 알고 있으니 그가 내 욕망을 방해할까 봐 두려워해선 안 된다는 것이다. 그러나 사물을 똑바로 명철하게 바라보아야만 한다는 것이다. 문학은 밥을 먹여주진 못하니까. 유명한 문필가들이 굶어죽은 것을 알고 있지 않은가? 얼마나 많은 다른 문필가들이 먹기 위해 몸을 팔았던가? 만일 내가 자신의 독립을 지키려면 부업을 선택하는 편이 적절하다는 것이다. 교수의 직은 여가를 남겨준다. 교수들이 몰두하는 일들은 문학자들의 그것들과 다시 결합되는 것이다. 나는 끊임없이 한 성직에서 다른 성직으로 건너갈 수 있다는 것이다. 위대한 작가들과의 교제 속에서 살 것이다. 같은 충동으로 내 학생들에게 위대한 작가들의 작품을 알릴 것이며, 거기에서 내 영감을 끌어낼 수 있을 것이다.

시를 짓거나 호라티우스의 시를 무운시(無韻詩)로 번역함으로써 시골에서의 나의 고독한 생활의 기분을 바꿀 것이다. 나는 신문들에다 짤막한 문학적인 글을 보낼 것이며 〈교육학〉지에는 그리스어 교육에 관한 우수한 평론과 청년들의 심리학에 관한 또 하나의 평론을 써보낼 것이다. 내가 죽으면 내 서랍에서 발표 안 된 글들이 발견될 것이다. 바다에 관한 명상문, 단막물의 희극, 오리악[45]의 기념물들에 관한 박학하고 감성적인 몇 페이지의 글. 그것

---

45) Aurillac : 옛 성당의 유적지가 많은 종교도시.

들로 소책자를 엮을 수 있고, 그것은 내 옛 제자들의 정성으로 출판되리라는 얘기였다.

얼마 전부터 할아버지가 내 미덕에 관해 경탄했을 때 나는 아무 관심이 없었다. '하늘의 선물'이라고 부르던 그 사랑에 넘친 목소리를 나는 듣는 체하기는 했어도 결국 더 이상 듣지 않고 말았던 것이다. 왜 그날 그 목소리가 가장 교묘하게 거짓말을 하고 있었는데도 나는 귀를 기울였을까. 어떠한 오해로 그가 나에게 가르쳐주려고 하는 것과 정반대의 말을 내가 그에게 하도록 했을까? 그것은 목소리를 바꾸었기 때문이다. 메마르고 굳어진 그 소리를 나를 세상에 내놓은, 지금은 존재하지 않는 사람의 목소리로 착각했던 것이다.

샤를은 두 얼굴을 갖고 있었다. 그가 할아버지의 역할을 할 때엔, 나는 그를 나와 같은 익살꾼이라고 생각했으며, 그를 존경하지 않았다. 그러나 그가 시모노 씨나 자기 아들들에게 말할 때라든지, 아무 말 없이 손가락으로 양념 세트, 혹은 빵 바구니를 가리키며 식탁에서 자기집 여인들을 부릴 때면 나는 그의 권위에 탄복했다. 특히 그의 집게손가락의 움직임이 나를 꼼짝 못하게 했다. 그는 일부러 그것을 펴지 않고 반쯤 구부러뜨린 채 막연히 허공에 휘저음으로써 지시하는 것이 무엇인지 분명치 않게 하여, 그의 두 시녀는 그 명령이 무엇인지를 알아내야만 했다. 때때로 화가 난 할머니는 오해를 해서 그가 마실 것을 요구하는데 과일 그릇을 주곤 했다. 그러면 나는 할머니를 비난하고, 그의 도도한 욕구 앞에 굴복했던 것이다. 그는 그 도도한 욕구가 채워지기보다는 차라리 남에 의해 미리 살펴지기를 원했다.

"저기에 새로운 위고가 있다. 미래의 셰익스피어가 여기에 있다!"

만일 샤를이 멀리서 팔을 벌리며 이렇게 외쳤다면 나는 오늘날 산업미술가나 문과교수가 되었을 것이다. 그는 그렇게 하지 않도록 퍽 조심했다. 그래서 처음으로 나는 한 집안의 가장과 거래를 하게 된 것이다. 그는 침울해 보였다. 그가 나를 숭배하는 것을 잊고 있으면 있을수록 더한층 그는 존경스럽게 보였다. 그는 새로운 계율을 명령하는 모세였다. 그것은 나의 계율이었다. 그는 내 천직의 불리한 점을 강조할 때만 내 천직에 대해 언급했다. 나는 거기에서 결론 내리기를, 그는 내 천직을 이미 결정된 사실로 생각하고 있다는 것이었다.

만일 그가 나를 두고 원고지를 눈물로 적실 것이며, 양탄자 위를 뒹굴며 신음할 것이라고 예언했더라면, 내 부르주아적인 절제심은 분개했으리라. 그는 그러한 호사스런 무질서가 나를 기다리고 있지 않다는 것을 나에게 이해시키면서 나의 천직에 관해 설득했다. 즉 오리악이나 교육학을 다루는 데는 흥분도, 슬픔도, 소동도 다 필요없기 때문이었다. 20세기의 불멸의 흐느낌들, 그것을 밀고 나가는 일은 다른 사람들이 맡을 것이다. 나는 결코 폭풍우도 벼락도 되지 못하리라는 것을 시인했으며 순화된 재능, 고귀함, 적응력 등으로써 문학계에서 이름 떨치기를 체념했다. 글을 쓴다는 직업은 어설프게 엄숙한, 아주 하잘것없는, 요컨대 하도 흥미가 없어진 것이었기 때문에 그 활동이 나를 기다리고 있다는 것을 한순간도 의심치 않은 그러한 어른들의 활동처럼 보였다. 그와 동시에 나는 이렇게 생각했다. '겨우 그런 거야.' '나는 소질을 가지고 있어.' 모든 몽상가들처럼 나는 환멸과 진실을 혼동했다.

칼은 나를 너무도 쉽사리 뒤집어 버렸다. 나는 단지 내 꿈들을 놓치지 않기 위해서만 글을 쓴다고 생각했는데, 그의 말에 의하면 나는 글쓰기를 연습하기 위해 꿈꾸고 있을 뿐이라는 것이었다. 즉 나의 불안과 상상적 정열은 내 재능의 속임수에 지나지 않았다. 그 불안과 정열은 매일처럼 나를 책상 앞으로 끌고 가서 경험과 성숙의 위대한 글이 저절로 나오기까지, 내 나이에 어울리는 작문 숙제를 내주는 것 말고는 다른 역할이 없었다. 나는 내 우화 같은 환상을 잃어버렸다.

할아버지는 말했다.

"아! 두 눈을 가지고 있다는 것이 전부는 아니다. 그것을 이용하는 법을 배워야만 한단 말이야. 모파상이 어렸을 때 플로베르가 어떻게 한 줄 아느냐? 그는 모파상을 나무 앞에 세워놓고 두 시간의 여유를 주면서 그 나무를 묘사하라고 했어."

그래서 나는 보는 법을 공부했다. 오리악의 건축물을 노래하도록 운명지어진 서사시인인 나는 우울하게 다음과 같은 기념물들을 바라보았다. 종이받침, 피아노, 벽시계, 그것들 역시—그렇지 말란 법이 어디 있겠는가? —내 미래의 작업에 의해서 영원히 전해지게 될 것이었다. 나는 관찰했다. 그것은 구슬프고 실망적인 놀이였다. 즉 촘촘한 벨벳으로 싸여진 안락의자 앞에 우뚝 서서 그 안락의자를 검사해야 했다. 할 말이 무엇이었던가? 자! 그 의자는 푸르고 꺼칠꺼칠한 천으로 덮여 있었고, 2개의 팔걸이, 4개의 다리, 나무로 된 2개의 솔방울이 얹혀 있는 하나의 등걸이를 갖고 있었다. 당장엔 그것으로 충분했다. 요다음에 다시 돌아와서 좀더 잘 관찰할 것이다. 그리고 드디어는 정통하고야 말 것이다. 얼마 뒤에 나는 그것을 묘사할 테고, 독자들은 이렇게 말할 것이다.

"참 잘 관찰되었는걸. 잘 보았어. 그대로인데! 꾸며서는 못 지어내는 표현들이로군!"

하나의 진짜 필치에 의해 묘사하는 진짜 낱말들로써 진짜 사물들을 그리면서 나 또한 진짜의 내가 되지 않는다면 이상한 일이다. 요컨대 나는 이번엔 정말 알았던 것이다. 차표를 보자고 하는 개찰원들에게 뭐라고 대답해야 하는가를 말이다.

내가 나의 행복을 감상하고 있다고 사람들은 생각할지도 모른다! 난처한 일은 내가 그것을 즐기지 못했다는 사실이다. 나는 임관되었다. 사람들은 친절하게 하나의 장래를 내게 마련해 주었다. 나는 그것이 마음을 매혹한다고 선언했다. 그러나 음험하게도 나는 그 장래를 몹시 싫어했다. 내가 이것을 원했던가? 이 재판소 서기와 같은 역할을? 위대한 사람들과의 교제는 유명해지지 않고는 작가가 될 수 없을 것이라는 사실을 나에게 이해시켜 주었다. 그러나 나에게 다다른 명예와 내 뒤에 남겨놓을 몇몇 소책자를 비교할 때 속은 듯한 느낌이 들었다. 사실 내 자손들이 여전히 내 작품을 읽을 것이며, 그다지도 보잘것없는 작품에, 그리고 미리부터 나를 싫증나게 했던 주제들에 그들이 열광할 것이라고 내가 믿을 수 있었을까? 나는 때로도 생각했다. 내 '문체', 즉 할아버지가 스탕달에게서는 인정치 않았고, 르낭에게서는 인정했던 수수께끼 같은 미덕인 그 문체에 의하여 망각으로부터 나는 구원을 받을 것이라고. 그러나 그러한 뜻 없는 낱말들은 나를 안심시키지는 못했다.

무엇보다도 나 자신을 단념해야만 했다. 두 달 전에 나는 한 검객이었고 장사(壯士)였다. 이젠 그만이었다! 코르네유와 파르다이앙 중에서 선택을 하라는 독촉을 받았다. 나는 내가 애정을 기울여 사랑하는 파르다이앙을 멀리하고, 겸손으로 코르네유를 택했다. 영웅들이 뤽상부르 공원에서 뛰어다니며 싸우는 것을 나는 보았다. 그들의 아름다움에 깜짝 놀라서 나는 저열한 계급에 속한다는 것을 깨달았다. 그런데 이제는 공공연히 그것을 선언해야 했고, 칼집에다 칼을 집어넣어야 했다. 흔한 바보들과 한 몸이 되어야 했으며, 나를 겁주지 않는 난쟁이들과 같은 그 위대한 작가들과 다시 관계를 맺어야 했다. 그 작가들은 어린아이 때부터 곱사등이였기 때문이다. 그 점에 있어선 적어도 나는 그들과 유사했다. 그들은 허약한 성인이 되었으며, 콜록거리는 늙은이들이 되었다. 나는 그 점에 있어서 장차 그들과 같아질 것이다. 한 귀족이 사람을 시켜서 볼테르를 때리게 했다. 나는 아마 공원에서 허세를 부렸던 두목에게 채찍으로 얻어맞을지도 모르리라.

나는 체념하는 마음으로 타고난 재능이 있다고 생각했다. 샤를 슈바이처의 서재 안에서 못 쓰게 되고 겉장이 뜯어지고 책장이 떨어진 책에 에워싸이면 그 재능이란 세상에서 가장 낮은 평가를 받는 것이었다. 그와 같이 '구체제(舊體制)'하에서 수많은 둘째아들들이 군대를 지휘하도록 영벌(永罰)을 받았을 것이리라. 그들은 날 때부터 성직자로서 몸을 바치게 되었는데 말이다. 유명해진다는 불길한 영화가 내 눈앞에 하나의 영상으로 떠올라 오랫동안 가시지 않았다. 그것은 다음과 같은 것이다. 흰 식탁보가 덮인 하나의 긴 테이블에 작은 오렌지 물병과 거품이 이는 백포도주병이 몇 개 놓여 있었다. 나는 술잔을 하나 들고 있었고, 내 주위에 있었던 예복 차림의 사람들이ㅡ넉넉히 15명은 됐었다ㅡ내 건강을 위해 축배를 올렸다. 나는 세든 방의 먼지투성이이고 인기척 없는 넓은 공간이 우리 뒤에 있는 것을 알아차렸다. 내가 인생에서 기대할 수 있는 것이라고는, 뒷날 나를 위해서 '현대 어학원'의 연례 축제일이 다시 열리게 되리라는 것뿐이었다.

그와 같이 나의 운명은 꾸며졌다. 르 고프 거리 1번지의 6층 아파트 안에서, 괴테와 실러 밑에서, 몰리에르와 라신과 라 퐁텐 위에서, 하인리히 하이네와 빅토르 위고를 마주보고 백번이나 되풀이한 이야기를 하는 동안에 말이다. 즉 칼과 나, 우리는 여인들을 내쫓고 꽉 껴안으면서 귀머거리들이 애기하듯 입을 귀에 대고 대화를 계속했던 것이다. 그 대화의 한마디 한마디는 나에게 감명을 주었다. 꼭 알맞은 말재주로써 샤를은 내게 천재적 기질이 없다는 것을 믿게 했다. 아닌 게 아니라 나는 그것을 갖고 있지 않았으며 또한 그 사실을 알고 있었다. 나는 그런 것에 아랑곳하지 않았다. 실재하지 않으며, 불가능한 영웅심이 내 정열의 유일한 대상이었다. 그것은 가난한 영혼들의 불꽃이었던 것이다. 나의 내적인 비참함과 공연히 살고 있다는 느낌 때문에 나는 그것을 완전히 포기하지 못했다. 나는 미래의 내 무훈시에 이젠 감히 황홀해하진 못했으며, 실제로는 무서움에 떨고 있었다. 나라는 어린애를 잘못 생각하고 또는 내 천직을 잘못 잡았을 것임에 틀림없다고 여겨졌기 때문이다. 당황한 나는 칼에게 복종하기 위해서 무명작가의 생애를 받아들였다.

요컨대 나를 문학에서 멀어지게 하기 위한 그의 노력이 오히려 나를 문학의 길로 밀어넣었던 것이다. 요즘도 기분이 좋지 않을 땐 이렇게 스스로에게 물어본다. 할아버지 마음에 들겠다는 유일하고 당치 않은 희망 속에, 만약 내가 그렇게 숱한 낮과 밤들을 헛되이 쓰지 않고, 내 잉크로 그렇게 많은 종이들을 물들이지 않고, 아무도 원하지 않는 그렇게 많은 책을 시장에 내던지지 않았다면 하고 말이다. 그것은 익살스러운 일일지 모르겠다. 왜냐하면 쉰이 넘은 나이에 아주 오래전에 죽은 사람의 뜻을 이루어주기 위해 그가 부인할 게 뻔한 계획 속으로 끌려들어가는 자신을 보기 때문이다.

실제로 나는, 사랑에서 깨어난 뒤 다음과 같이 한숨 짓는 스완[46]과 비슷했다.

"내가 좋아하지 않는 유형의 한 여성 때문에 생애를 망쳤단 말인가!"

나는 때때로 남몰래 비천한 인간이 된다. 그것은 초보적인 건강법이었다. 그런데 비천한 놈은 언제나 옳았다. 그러나 어느 정도까지 말이다. 내게 글재주가 없는 것은 사실이다. 사람들이 그것을 내게 알려주었고 나를 공부벌레처럼 다루었다. 사실 나는 공부벌레다. 내 책들은 땀과 고통의 냄새를 풍겼으며, 그 책들은 우리 귀족의 코에 구린내를 풍긴다는 점을 나는 인정한다. 마침내는 동맥고혈압이 되어버릴 정도로 온 마음과 힘을 다했다. 나는 흔히 나 자신을 적으로 삼아서 책을 썼는데, 그러니까 모든 사람을 적으로 삼는다는 것을 의미한다(당신 자신들에게 관대하시오. 그러면 다른 아첨하는 사람들은 당신들을 사랑할 것입니다. 당신 이웃을 험담하시오. 그러면 다른 이웃사람들은 웃을 겁니다. 그러나 당신들이 당신 영혼을 때리면 모든 사

---

46) 마르셀 프루스트(1871~1922)의 소설 《잃어버린 시간을 찾아서》에 나오는 인물이다.

람이 울부짖을 것입니다).

　사람들은 내 계율을 피부 밑에 꿰매주었다. 그래서 만일 하루라도 쓰지 않으면 상처가 아프고 너무 쉽사리 써도 역시 아프다. 그 거칠고 까다로운 요구는 뻣뻣함과 어색함 때문에 오늘날 나에게 강한 인상을 주고 있다. 그것은 바닷물이 롱 섬의 바닷가에 실어다주는 선사시대의 장중한 게들과 비슷하다. 그 요구는 그 게들처럼 제철이 지난 뒤에도 살아남아 있다. 라세페드 거리의 관리인들이 저녁때나 여름철에 길가에 나와서 말 타듯 의자에 걸터앉아 있는 것을 보면 나는 오랫동안 그들을 부러워했다. 그들의 순진한 눈들은 무엇을 꼭 본다는 임무를 갖지 않고 그저 바라보고 있었다.

　다만 이렇게 말할 수 있다. 곧 번지르르하게만 이야기하는 몇몇 늙은이들과 마구 갈겨쓰는 어설픈 멋쟁이들을 제외하고는 글짓기 선수는 존재치 않는다. 그것은 '말'의 본성에서 나온 것이다. 즉 사람들은 제 나라 말로 이야기하고, 외국어로 글을 쓰는 셈이다. 작가라는 직업을 가진 우리는 우리 직업 안에서는 모두 같다는 결론을 내렸다. 말하자면 모두 낙인찍힌 도형수들이다. 그리고 독자는 내가 내 어린 시절을, 그리고 그 어린 시절의 모든 유물을 몹시 싫어한다는 것을 깨달았으리라고 생각된다. 할아버지의 목소리, 깜짝 놀라 내 눈을 뜨게 하고 나를 책상으로 달려가게 하는 그 녹음된 목소리가 내 목소리가 아니었다면, 그 목소리는 나에게 들려오지 않았을 것이다. 또한 내가 겸손하게 받아들였던 이른바 가압적인 위임을—8살에서 10살 사이에—내가 거만스럽게 내 율법으로 받아들이지 않았다면, 나에게 들려오지 않았으리라.

＊

내가 책 만드는 기계에 지나지 않는다는 것을 나는 아주 잘 알고 있다.

샤토브리앙

　나는 자칫하면 기권을 선언할 뻔했다. 칼이 완전히 부인하는 것은 서투른 짓이라고 판단하고 입 끝으로만 인정한 나의 타고난 재능이 결국 하나의 우연에 지나지 않으며, 거기에서 나 자신이라는 또 하나의 우연을 정당화하는 일이 불가능하다고 생각했기 때문이다. 어머니는 아름다운 목소리를 갖고 있었다. '그래서' 그녀는 노래를 불렀다. 그러나 역시 차표 없는 여행임에는 틀림없었다. 나로 말하면 나는 문학에 재능이 있었다. 그래서 나는 글을 쓰고 일생 동안 이 유리한 직업을 이용하리라. 좋다. 그러나 예술은—적어도 내게 있어서는—그 거룩한 권능을 잃었고, 나는 방랑자—좀더 잘 갖추어진—로 머무르리라. 그뿐이다. 내가 나를 필요한 사람이라고 느끼기 위해선 사람들이 나를 요구해야만 했다.

나의 가족은 얼마 동안 그러한 내 환상을 받들어주었다. 나에게 되풀이해서 말해 주기를 나는 하느님의 선물이고, 굉장히 기대되며, 할아버지와 어머니에게 있어서 없어선 안 될 아이라는 것이었다. 나는 이젠 그 말을 믿지 않았으나 사람이란 어떤 기대를 충족시켜주기 위해서 이 세상에 특별히 머무르지 않는 한은, 쓸데없는 존재로 태어난다는 생각을 가지고 있었다. 그 무렵엔 내 자부심과 고독이 하도 심해서 나는 죽어버리거나 그렇지 않으면 온 세상에서 필요로 하는 사람이기를 바랐었다.

나는 더 이상 쓰지 않고 있었다. 피카르 부인의 선언은 내 펜의 독백에다 하도 큰 중요성을 부여했기 때문에 나는 감히 더 이상 글쓰기를 계속하지 못했다. 먹을 것도 헬멧도 마련해 주지 않고 사하라 사막 한가운데에 내버려두었던 젊은 부부만은 구하고자 소설을 다시 시작하려고 했을 때, 나는 내가 무능하다는 것을 절실히 느꼈다. 앉자마자 내 머리는 안개로 가득 찼으며, 나는 얼굴을 찌푸리고 손톱을 가볍게 물어뜯었다. 나는 내 순진함을 잃어버린 것이다. 나는 일어나서 방화범의 심정으로 아파트 안을 이리저리 돌아다녔다. 아아! 나는 결코 거기다 불을 지르지 못했다.

환경으로 말미암아, 취미로 말미암아, 습관으로 말미암아 성격이 온순했던 나는, 그 뒤 나의 복종이 극도에 달했을 때 말고는 반항을 하지 않게 되었다. 나는 붉은 모서리에 검은 천으로 씌워진 '숙제 노트'를 받았다. 겉모양의 어떠한 점도 내 '소설 노트'와 다른 점이 없었다. 그것을 바라보자마자 나는 내 학교 숙제와 내 개인적인 의무를 혼동했다. 나는 작가와 학생을, 학생과 미래의 교수를 동일시했다. 글을 쓴다거나 문법을 가르친다는 것은 완전히 같은 일이었다. 내 펜은 사회화되어서 내 손으로부터 떨어져나갔다. 그리고 몇 달 동안이나 그 펜을 다시 잡지 않았다. 내가 침울한 낯으로 서재에 들어가면 할아버지는 흐뭇한 미소를 지었다. 그는 틀림없이 자기 정책이 첫 열매들을 맺었다고 생각했을 것이다.

그 정책은 실패했다. 왜냐하면 나는 서사시적인 두뇌를 갖고 있었기 때문이다. 내 칼이 부러지고, 서민 속에 내던져진 나는 밤이면 다음과 같은 걱정스러운 꿈을 자주 꾸었다. 나는 뤽상부르 공원의 분수대 가까이서 상원 의사당 쪽을 보고 있었다. 어떤 위험으로부터 금발의 소녀를 보호해야만 했다. 그 소녀는 1년 전에 죽은 베베와 비슷했다. 침착하고 자부심 강한 그 소녀는 엄숙한 시선으로 나를 바라보곤 했다. 흔히 그녀는 훌라후프를 가지고 있었다. 나는 겁이 났다. 그녀를 보이지 않는 힘에 맡기는 것이 두려웠기 때문이다. 그렇지만 얼마나 그녀를 사랑했던가. 그 얼마나 비탄에 잠긴 사랑이었던가! 나는 그 소녀를 여전히 사랑하고 있다. 나는 그 소녀를 찾았다. 잃었다가 되찾았다. 두 팔에 잡았다. 또 잃어버렸다. 그것은 하나의 '서사시'이다. 8살 때 모든 일을 체념하려던 순간에 나는 펄쩍 일어섰다. 그 죽은 소녀를 구하기 위해 간단하고도 미치광이 같은 행동에 뛰어들었다. 그것은 내 삶의 흐름을 빗나가게 했다. 즉 나는 영웅의 거룩한 권능을 작가에게 돌려주었던 것이다.

그렇게 하게 된 밑바탕에는 하나의 발견, 혹은 차라리 하나의 흐릿한 추억이 있었다―왜냐하면 2년 전에 그것에 대한 예감을 가졌었기 때문이다. 위대한 작가들과 방황하는 기사들은 열렬한 감사의 표시를 받는다는 의미에서 서로 닮았다고 할 수 있다. 파르다이앙에게는 더 이상 증거를 댈 필요가 없었다. 감사에 넘치는 고아들의 눈물은 그의 손등을 움푹 패게 할 지경이었기 때문이다. 그러나 《라루스 대사전》과 내가 신문 부고란을 믿는다면 작가는 덜 우대받는 것이 아니었다. 그가 오랫동안 사는 한은 그에게 '감사'하는 미지의 사람에게서 틀림없이 편지 한 통을 받게 될 것이다. 그 순간부터는 감사의 글들이 그치지 않고 그의 책상 위에 쌓이며, 그의 아파트를 가득 차게 한다. 외국인들은 그에게 인사하러 바다를 건너온다. 그의 동포들은 그가 죽은 뒤에 그에게 기념비를 세워주기 위해 추렴한다.

그가 태어난 도시, 그리고 때때로 그의 나라 수도의 거리는 그의 이름을 딴다. 그 감사는 그 자체로서 내 관심을 끌지 않았다. 그것들은 내게 너무나도 가족의 연극을 떠올리게 했기 때문이다. 하지만 하나의 삽화가 내 마음을 뒤흔들어 놓았다. 그림은 이러했다. 유명한 소설가 디킨스가 몇 시간 뒤에 뉴욕에 상륙할 것이다. 그를 싣고 오는 배가 멀리 보인다. 사람들은 그를 마중하러 부두에 몰려들었다. 그들은 모두 소리를 지르며 수천의 모자를 흔들어댔다. 하도 빽빽이 차서 아이들은 숨이 막힐 지경이다. 그런데도 그들이 기다리는 오직 한 사람이 없기 때문에 쓸쓸한 그들은 고아나 과부 같았으며 몇 사람이 안 되어 보였다. 나는 이렇게 중얼거렸다.

"이곳에 누군가가 없다. 그것은 디킨스이다!"

이어 내 눈에 눈물이 핑 돌았다. 그렇지만 나는 그러한 효과를 물리치고 곧장 그 원인을 파고들어가 보았다. 그렇게도 열광적인 갈채를 받기 위해선 문인들은 최악의 위험을 무릅쓰고, 가장 위대한 봉사를 인류에게 해주지 않으면 안 된다고 나는 생각한다. 내 생애에 한 번 그러한 열광의 도가니를 목격한 일이 있다. 모자들이 어지럽게 날렸고, 남녀들이 외쳤다. 브라보, 만세. 그것은 7월 14일이었다. 알제리 저격병들이 분열행진을 하고 있었다. 그러한 추억은 드디어 나를 설득시켰다. 내 동료들, 즉 작가들은 그들의 육체적인 결함, 그들의 쑥스러운 겉치레, 그들의 눈에 띄는 여성다움에도 불구하고 군인들의 거동을 지녔던 것이다. 그 작가들은 저격병으로 신비스런 싸움 속에서 목숨을 내걸었다. 사람들은 그들의 재능보다도 그들의 군인다운 용기에 더욱 박수갈채를 보냈다. 참 그렇구나! 사람들은 그들을 필요로 한다! 파리에서, 뉴욕에서, 모스크바에서 그들을 기다리고 있다. 초조 혹은 황홀 속에서 그들이 처녀작을 출판하기도 전에, 그들이 쓰기도 전에, 심지어는 그들이 세상에 나오기도 전부터 말이다.

그렇다면…… 나는? 글을 쓰는 임무를 지닌 나는? 그렇다. 사람들은 나를 기다리고 있었다. 나는 코르네유를 파르다이앙으로 변형시켰다. 그는 휘어진 두 다리와 좁은 가슴, 그리고 말라서 창백한 얼굴 그대로였다. 그러나 나는 그에게서 인색함과 성공에 대한 욕구를 없앴다. 나는 가끔 글을 쓰는 재주와 너그러움을 혼동했다. 그러고 나서는 내가 코르네유가 되어서 인류를 지킨다는 임무를 내게 부여하는 일은 식은 죽 먹기였다. 나의 새로운 사기는 나에게 야릇한 미래를 마련해 주었다. 그 순간부터 나는 거기에서 모든 것을 다 얻었다. 잘못 태어난 나는 다시 태어나기 위한 내 노력에 관하여 언급한 바 있다. 위태로운 경지에 있는 무고한 백성의 한 탄원은 수없이 나를 자극했다. 그러나 그것은 농담이었다. 가짜 기사인 나는 가짜 용맹을 부렸으며, 그 용맹의 허무함은 마침내 나를 싫증나게 해버렸다. 그런데 사람들은 나에게 내 꿈을 돌려줬으며, 그 꿈들은 이루어지고 있었던 것이다. 왜냐하면 내 천직, 그것은 현실적인 것이었다. 그래서 나는 그것을 의심할 수가 없었다. 대사제와 같은 할아버지가 그것을 보증해 주었기 때문이다. 가공의 아이인 나는 진짜 방랑기사가 되었고, 그의 무훈은 진짜 책이 될 참이었다. 나는 필요한 존재가 된 것이다! 사람들은 나의 작품을 기다렸다. 그 작품의 첫 권은 내가 아무리 정열을 기울여도 1935년 이전엔 나오지 않으리라. 1930년쯤이면 사람들은 초조해하기 시작할 것이며, 그들은 자기들끼리 이렇게 말할 것이다.

"그는 서두르지 않고 일을 하고 있어, 그 사람은 말야! 아무것도 안 하는 그를 먹여 키운 지 어언 25년이군! 그의 작품을 읽지 못하고 우린 죽게 되는 것은 아닐까?"

나는 1913년의 내 목소리로 그들에게 대답하는 것이다.

"여봐요, 일할 시간을 좀 주시오!"

그러나 상냥스럽게 말이다. 왜냐하면 그들이 내 구원을 필요—왜 그런지 모르겠지만—로 하고, 그리고 그 필요가, 그것을 채울 수 있는 유일한 수단인 나를 낳았다는 사실을 나는 잘 알고 있었기 때문이다. 나는 내 싱싱한 원천이며, 내 존재이유인 이 보편적인 기대를, 나 자신의 깊은 곳에서 포착하고자 온 마음을 기울였다. 때때로 성공하려는 찰나에 그만 모든 것을 놓쳐버렸다고 생각되는 때도 있었다. 무슨 상관이랴. 그 가짜 계시는 내게 충분했다. 안심이 되어서 나는 외부세계를 바라보았다. 아마도 어떤 고장에선 벌써 나를 필요로 하고 있는 곳이 있을지도 모른다. 천만에, 그것은 너무나도 이르다. 아직도 알려져 있지 않은 훌륭한 욕망의 대상인 나는 얼마 동안 본명을 감추는 것을 기꺼이 받아들였다. 때때로 할머니는 나를 자기가 다니는 대여도서관으로 데려가곤 했다. 그래 나는 생각에 잠긴, 불만스런 표정을 한 키가 큰 부인들이 자기들을 충분히 만족시킬 작가를 찾아서 이 벽에서 저 벽으로 미끄러지듯이 가는 것을 재미있게 보았다. 물론 그런 작가는 절대 있을 리 없었다. 왜냐하면 그것은 자기들의 치마폭에 묻혀 있는 조무래기인 바로 나였으니까. 그 부인들이 바라보지조차 않았던 그 조무래기였으니 말이다.

나는 심술궂게 웃었으며, 측은한 마음으로 울었던 것이다. 나는 이내 풀어지고 마는 취미와 편견을 꾸며내느라고 내 짧은 생애를 보내고 말았다. 그런데 사람들이 바다의 깊이를 재듯 내 마음속을 재보려고 했을 때 그 측심기(測深器)는 바위에 부딪친 것이다. 샤를 슈바이처가 내 할아버지였듯이 나는 작가였다. 태어날 때부터, 그리고 영원히. 그러나 열광 속에서 하나의 불안이 솟아났다. 즉 칼이 보증해주었다고 믿었던 재능이 단순한 우연이라고 보기는 싫었다. 그래서 나는 그것이 하나의 사명이 되도록 적당히 조처를 했다. 격려와 참된 요구가 없어서 나 자신이 그것을 스스로에게 위임했다는 것을 잊어버릴 수 없었다. 노아의 홍수 이전의 세계에서 솟아나와 겨우 '자연'에서 빠져나오려는 순간, 내가 다른 사람들의 눈에 그렇게 비치려고 했던 그 '타인'인 나 자신이 되려는 순간 나는 내 '운명'을 똑바로 바라보았고 그것을 확인했다. 곧 그것은 낯선 권력처럼 내 정성에 의해 내 앞에 우뚝 세워진 내 자유에 지나지 않았다. 요컨대 나는 나를 완전히 속이지는 못했고 또한 완전히 깨달아 알게 할 수도 없었다.

나는 머뭇거렸다. 내 망설임은 오래된 문제를 되살아나게 했다. 즉 미셸 스트로고프의 확신을 어떻게 파르다이앙의 관용에다 결합할 것인가? 기사로서 나는 왕의 명령을 한 번도 받지 않았다. 명령에 의하여 작가가 되는 것을 받아들여야만 할까? 불안은 결코 오랫동안 지속되지 않았다. 나는 대치된 두 신비주의자의 희생물이었으나 그들의 모순에 퍽 잘 순응했던 것이다. 그것은 동시에 '하늘'의 선물이 되고, 내 작품들의 자식이 되도록 내게 알맞게 해주기조차 했다. 기분이 좋은 날에는 내게서 모든 것이 생겨났고 나는 사람들에게 그들이 바라는 바의 읽을 것을 갖다주기 위해서 나 자신의 힘으로 무(無)에서 빠져나왔다. 유순한 아이인 나는 죽을 때까지 복종할 것이다. 하지만 나에게 말이다.

비탄에 잠겨 나의 자유재량권에 대한 구역질나는 무미건조함을 내가 느꼈을 때, 숙명을 강조하지 않고서는 나를 진정시킬 수 없었다. 그리하여 나는 인류를 소환하여 내 인생의 책임을 그들에게 안겨주었다. 나는 집단적 요구의 산물에 지나지 않았던 것이다. 대부분의 경우 나를 흥분시키는 자유도, 나를 정당화시키는 필연도 결코 완전히 배제하지 않도록 주의를 하면서 나는 마음의 평화를 교묘하게 마련했다.

파르다이앙과 스트로고프는 의좋게 지낼 수 있었다. 위험은 다른 곳에 있었다. 그리고 언짢은 대결을 보게 되었으며, 그 뒤로는 조심해야겠다고 생각했다. 그렇게 된 가장 무거운 책임은 제바코에게 있었다. 나는 그를 의심치 않았던 것이다. 그는 나를 난처하게 하려고 했을까? 아니면 내게 미리 알리고자 한 걸까?

사실은 이러했다. 어느 날 마드리드의 한 여관에서의 일이다. 당연한 보수로서 포도주 한 잔을 마시면서 쉬고 있는 가련한 파르다이앙에게만 내가 눈길을 주고 있었다. 그때 작가 제바코는 한 손님에게 내 주의를 끌게 했다. 그 손님은 다름 아닌 세르반테스였던 것이다. 두 사람은 인사를 하고 상호간의 존경을 과시하며 함께 덕망 있는 조력을 꾀할 참이었다. 더한층 딱한 일은, 아주 기쁨에 넘친 세르반테스가 새로 사귄 친구에게 자기가 소설을 하나 쓰고자 한다는 속내 이야기를 한다. 즉 그때까지 주요 등장인물이 흐릿한 채로 있었는데, 하느님 덕분에 당신 파르다이앙이 나타났으니 모델로 쓰겠다는 것이었다. 그러자 분노에 사로잡혀 나는 책을 내던질 뻔했다. 참 요령도 부족하다! 나는 기사이며 작가인데, 내 몸뚱이가 둘로 쪼개져버렸으니 말이다. 그 반 토막들은 저마다 완전한 한 사람이 되었고, 서로가 서로를 인정치 않았다. 파르다이앙은 바보는 아니었지만 《돈키호테》를 쓰지는 못했을 것이다. 세르반테스는 잘 싸웠으나 그가 홀로 20명의 독일 기병들을 도망치게 할 수 있으리라고 기대해선 안 되었다. 그들의 우정 자체가 그들의 한계를 강조했다. 파르다이앙은 이렇게 생각했다.

"그는 좀 허약해. 이 유식한 체하는 자는 말야. 하지만 용기는 있어."

그리고 세르반테스는 생각했다.

"그렇고말고! 노병치고는 이치에 닿지 않는 억지를 부리지는 않는군."

그리고 나는 내 영웅이 '슬픈 얼굴'의 기사의 모델이 되는 것이 싫었다. 영화 시절에, 사람들은 불온한 곳이 삭제된 《돈키호테》 한 권을 내게 선물로 주었다. 나는 그 책을 50쪽 이상 읽지 않았다. 공공연하게 나의 무훈들을 비웃었기 때문이다! 그리고 여기 제바코 자신도…… 누구를 믿는단 말인가? 사실에 있어서 나는 매춘부였고, 군대의 위안부였던 것이다. 나의 마음, 내 비겁한 마음은 지식인보다도 모험가를 더 좋아했기 때문이다. 나는 내가 세르반테스에 지나지 않는 것이 창피스러웠다. 나 스스로를 드러내지 않기 위해서 나는 내 머릿속에, 그리고 내 어휘 속에 공포가 군림하게 했다. 나는 영웅적 행위의 문구와 그 대용품들을 추격했다. 나는 방황하는 기사들을 격퇴시켰다.

나는 문인들, 그들이 무릅쓰는 위험, 악한 자를 꿰뚫는 예리한 그들의 필치에 관하여 끊임없이 생각하는 것이었다. 나는 《파르다이앙과 포스타》, 《레미제라블》, 《세기의 전설》 등을 계속 읽었다. 나는 장 발장과 에비라드뉴스의 처지에 눈물을 흘렸다. 그러나 책을 덮고 나서는 내 기억에서 그들의 이름을 지워버렸다. 그리고 나는 내 진짜 군대를 점호했다. 종신형을 받은 실비오 펠리코[47], 단두대에서 죽은 앙드레 세니에,[48] 화형을 당한 에티엔 돌레,[49] 그리스를 위해 전사한 바이런 등. 나는 나의 천직에 내 옛꿈을 쏟아넣음으로써 그것을 변모시키기 위하여 침착한 정열로써 노력했다. 그 어느 것도 나를 뒷걸음질치게 하지는 못했다. 나는 관념들을 왜곡했고 낱말들의 뜻을 틀리게 해석했으며, 악인들과 만나서 비교되는 것이 두려워서 세계와 완전히 인연을 끊었다. 내 영혼의 공백에 영원한 총동원령이 뒤따랐다. 즉 나는 군사적인 독재자가 되었던 것이다.

불안은 다른 형태로 존속하기를 그치지 않았다. 나는 내 재능을 더할 나위 없이 연마하고 있었기 때문이다. 하지만 어디에 쓰일 것인가? 사람들은 나를 필요로 하고 있다.

"뭣 때문에?"

나는 불행히도 내 역할과 목적에 관해 자문했다. 나는 이렇게 물어보았다.

"요컨대 무엇이 문제인가?"

그 순간 나는 아주 파멸된 것 같은 생각이 들었다. '아무것도' 문제가 되지 않았기 때문이다. 명령하는 영웅이 없고, 용기도 재주도 충분치 않았다. 그렇다면 히드라와 용들이 있어야 한다. 하지만 나는 아무 곳에서도 그것들을 보지 못했다. 볼테르와 루소는 자기 시대에서 끈기 있게 격론했다. 그것

---

47) Silvio Pellico(1789~1854) : 이탈리아 작가. 낭만주의적 혁명작가 모임에 참여하고 애국주의적·자유주의적 신문을 창간하기도 했다. 1820년 반역죄로 체포, 종신형으로 감옥에 있다 9년 만에 풀려났다.

47) André Chénier(1762~94) : 프랑스의 시인. 프랑스혁명 시절 혁명지도자의 과격한 방법에 반대하여 처형되었다.

49) Étienne Dolet(1509~46) : 프랑스의 학자. 이단무신론자이며 인쇄업자로 금서를 판매한 죄로 화형당했다.

은 아직도 폭군들이 존재했었기 때문이다. 건지 섬[50]에서 위고는, 나의 할아버지가 내게 증오하도록 가르쳤던 바댕게(나폴레옹 3세)를 혼비백산케 했다. 그러나 그 황제는 40년 전에 이미 죽었기 때문에 나는 내 증오를 선언할 가치를 발견치 못했다.

현대사에 관해서 샤를은 아무 말도 하지 않았다. 이 드레퓌스파[51]는 내게 결코 드레퓌스에 관하여 말하지 않았다. 유감천만이다! 그것을 알았다면 열정적으로 나는 졸라의 역할을 했을 것이다. 재판소에서 나오자 내게 협박과 욕설이 날아든다. 나는 사륜마차의 발판에서 몸을 홱 돌리고, 그중에서 제일 심하게 날뛰는 자들의 허리를 꺾어버린다—아니다, 아냐. 나는 그들을 뒤로 물러나게 할 무서운 말을 찾아낸다. 그리고 물론 나는, '바로 내가' 영국으로 도망가는 것을 거절한다. 오해를 받고, 버림을 받고, 그리젤리디스가 되고, '팡테옹'[52]이 나를 기다린다는 것을 잠시도 의심치 않고 파리의 거리를 이리저리 거닌다는 것은 얼마나 감미로운 일인가.

할머니는 매일 《르 마탱》지와, 그리고 내 기억이 틀림없다면 《엑셀시오르》지를 보았다. 그 신문을 통해 도둑놈의 존재를 나는 알게 되었고, 다른 점잖은 사람들처럼 그들을 모두 싫어했다. 그러나 사람 거죽을 쓴 이 호랑이들은 내가 알 바 아니었다. 그들을 굴복시키는 데는 대담한 레핀 씨만으로 충분했다. 때때로 노동자들이 들고일어나면 자본은 곧장 무너져버리는 수도 있었다. 그러나 나는 그것에 대해 전혀 몰랐고 할아버지가 그걸 어떻게 생각했는지에 대해서도 아직 모르고 있다. 그는 투표자의 의무를 또박또박 수행했으며, 기표소에서 나올 때는 얼마쯤 젊어지고 우쭐해 보였다.

"요컨대 누구에게 투표했는지 말해 봐요!"

우리집 여인들이 그를 성가시게 굴면 그는 퉁명스럽게 대답했다.

"그것은 남자들이 할 일이야!"

그렇지만 공화국의 새 대통령을 선출할 때엔 잠시 솔직한 심정에서, 그가

---

50) 건지(Guernesey)는 영불해협에 있는 영국 섬으로 나폴레옹 3세의 쿠데타 이후 위고는 이 섬에 피신하여 자유를 위해 투쟁했다

51) 드레퓌스(Dreyfus)는 프랑스 육군 대위. 간첩혐의로 재판을 받을 때 에밀 졸라와 같이 그의 무죄를 주장하는 사람들을 '드레퓌스파'라고 했다.

52) 파리에 있는 국립묘지. 나라에 공헌한 인물들이 묻히는 곳으로, 졸라가 영국으로 망명했고 여기에 묻힌 것을 비유한 듯하다.

팡스의 입후보를 불만스럽게 여긴다는 것을 우리에게 알려주었다.

"그는 담배장수야!"

그는 골이 나서 외쳤던 것이다. 이 소시민 출신의 지식인은 자기와 같은 부류인 소시민 출신의 지식인 푸앵카레가 프랑스의 최고 공무원이 되기를 바랐던 것이다. 그런데 오늘 나의 어머니는, 할아버지는 급진당에 투표를 했으며, 자기도 그 사실을 잘 알고 있었다고 했다. 나는 별로 놀라지 않았다. 그는 관료당을 택했기 때문이다. 게다가 급진파는 오래전부터 명맥만을 유지하고 있었을 뿐이었다. 즉 샤를은 행동적인 정당에 투표하면서 여당을 지지한다는 만족감을 가졌다. 요컨대 그의 말에 의하면 프랑스의 정치는 조금도 나쁘게 되어 가고 있지 않았던 것이다.

그것은 나를 슬프게 했다. 나는 끔직스런 위험들로부터 인류를 보호하기 위하여 무장을 하고 대비를 했는데, 모든 사람이 이구동성으로 인류는 완성을 향해 천천히 나아가고 있다고 되풀이했기 때문이다. 할아버지는 부르주아 민주주의를 존중하도록 나를 가르쳤다. 그것을 위해서라면 나는 내 펜을 기꺼이 휘둘렀을 것이다. 그러나 팔리에르의 대통령 임기중에는 농민도 투표를 했다. 더 이상 무엇을 요구한단 말인가? 공화주의자가 공화국에서 산다는 행복을 누릴 때 그는 무엇을 하겠는가? 그는 지루해서 엄지손가락을 돌리고 있거나 그리스어를 가르치고, 한가할 때는 오리야크의 기념물들을 설명하는 것이다. 나는 내 출발점으로 돌아왔다. 그리고 나는 작가를 실직시키는 투쟁 없는 이 세계 속에서 다시 한 번 숨이 막히는 것 같았다.

나를 고통에서 끌어내준 이는 이번에도 역시 바로 샤를이었다. 물론 자기도 모르는 사이에 말이다. 2년 전에 휴머니즘을 깨우치게 하기 위해서, 그는 위의 사상들을 나에게 설명해 준 바 있었다. 그러나 나의 미치광이 같은 짓을 돋우어줄까 두려워서 그것에 대해서는 한마디도 입에 담지 않았다. 하지만 그 사상들은 이미 나의 정신 속에 새겨져 있었던 것이다. 그것들은 소리 없이 다시금 신랄해져서 스스로의 본질을 살리기 위하여 기사이자 작가인 나를, 순교자이며 작가인 나로 천천히 변형시켰다. 자기 아버지의 독선에 충실한, 되다가 만 이 목사가 '거룩함'을 '문화'에 부어넣기 위해, 그 거룩함을 어떻게 간직했던가를 나는 이야기한 바 있다. 그러한 잡탕 속에서 '성령'이 탄생했던 것이다. 그 성령은 무한한 '실체'의 속성이었고, 문예와 고어, 또는 현대어, 그리고 직접교수법의 수호성인이었다. 그것은 그 모습을 드러냄으로써 슈바이처 가문을 만족시키고 일요일에는 파이프오르간과 오케스트라 너머로 날아다니다가 평일엔 할아버지 머리 위에 앉곤 하는 흰 비둘기였다. 칼이 옛날에 한 이야기들은 한 덩어리가 되어 내 머릿속에서 다음과 같은 하나의 연설로 꾸며졌다.

세상은 '악'에 의해 희생되고 있다. 유일한 구원이란 자기 자신과 '대지'에서 죽는 것, 난파선 밑바닥에서 불가능한 '사상'들을 응시하는 것이다. 어렵고 위험한 단련 없이는 거기에 다다를 수 없으므로, 사람들은 그 일을 전문가들의 집단에 맡겼던 것이다. 성직자들이 인류에 대한 책임을 지며, 공덕으로써 그 인류를 구원하고 있는 것이다. 그래서 속세의 동물들은 크건 작건 간에 서로 죽이거나 혼수상태 속에서 진실이 없는 생존을 영위할 여유가 충분하다. 작가들과 예술가들이 그들 대신 '미(美)'와 '선(善)'에 대해서 명상하고 있기 때문이다. 인류 전체를 동물성에서 구해 내기 위해서는 오직 2개의 조건이 필요하다. 하나는 감시된 장소에 죽은 성직자들의 유물—그림, 책, 조상(彫像)—을 보존하는 것이고 또 하나는 일을 계속하고 미래의 유물을 만들기 위해 적어도 성직자 한 사람은 남아 있어야 할 것 등이다.

더러운 객설이었다. 나는 그 부질없는 이야기들을 그다지 이해하지도 않고 덮어놓고 믿었다. 20살이 되었어도 아직 그것을 믿고 있었다. 그 객설들 때문에 나는 예술작품이 형이상학적인 하나의 산물이며 그 탄생이 우주와 관계가 있다고 오랫동안 생각해 왔다. 나는 그러한 사나운 종교를 파내서, 나의 흐릿한 천직을 도금하기 위해 그 종교를 내 것으로 만들었다. 나는 원한과 노여움을 흡수했기 때문이다. 그것들은 내게도, 그리고 할아버지에게도 관계가 없는 것들이었다. 플로베르의, 공쿠르 형제의, 고티에의 오래된 분노가 나를 해독시켰던 것이다. 인간에 대한 그들의 추상적인 증오는 사랑이라는 가면을 쓰고 내 속으로 들어와서 새로운 자부심으로 나를 더럽게 물들였다. 나는 이교도가 되었고, 문학과 기도를 혼동했다. 나는 문학을 인간의 제물로 만들었다. 내 형제들은 오직 자기 속죄를 위해 내가 펜을 들기를 바랄 뿐이라고 단정했다. 즉 그들은 한 존재의 불완전성 때문에 괴로워한다. 만약 성인(聖人)들이 끼어들지 않는다면 영원히 멸망하고 말 운명에 빠지리라.

내가 매일 아침 눈을 뜨고 창가로 뛰어가 아직도 살아 있는 '신사 숙녀들'
이 지나가는 모습을 볼 수 있는 것은, 땅거미질 무렵부터 새벽까지 방 안에
있는 한 근면한 사람이 싸워서 불멸의 페이지를 쓰고 있기 때문이다. 그 한
페이지는 우리에게 주는 하루의 이 유예였던 것이다. 그는 밤이 되면 오늘
도, 내일도, 소모되어서 죽을 때까지 다시 일을 시작하리라. 나는 그의 뒤를
이으리라. 나 또한 나 자신을 신비스런 제물로 바쳐서 내 작품으로 인류를
심연에 빠지기 직전에서 붙잡아주리라. 그리하여 군인이 신부에게 자리를
살그머니 양보한 것이다. 비극적인 '파르지팔'[53]인 나는 속죄의 제물로 내
몸을 바친 셈이다.

내가 샹트클레르[54]를 발견했을 때 내 마음속엔 마디가 하나 생겼다. 독사
가 뒤엉킨 마디처럼 되어 그걸 풀기 위해서 30년이 걸렸다. 찢기고 피를 흘
리며 구타당한 그 수탉은 모든 양계장을 보호할 수단을 찾아내는 것이다. 한
마리의 새매를 달아나게 만들려면 그의 울음소리만으로도 충분하다. 그러면
비굴한 무리는 그를 조롱한 뒤에 그에게 아양을 떠는 것이다. 새매가 사라지
자 시인은 싸움으로 되돌아온다. 아름다움이 그에게 영감을 주고 그의 힘을
곱절로 늘린다. 그는 적에게 달려들어 그를 땅에 쓰러뜨린다. 나는 울었다.
나는 그리젤리디스, 코르네유, 파르다이앙을 모두 하나로 되찾았기 때문이
다. 샹트클레르, 그것은 나였을 것이다.

모든 일이 나에게는 간단해 보였다. 글을 쓴다는 것, 그것은 '뮤즈'들의
긴 목걸이에 진주 하나를 더하는 것이고, 모범적인 한 생애의 추억을 후세에
남기는 것이며, 한 국민을 자기 자신과 자기 적들에게서 지키는 것이고, 장
중한 '미사'로써 하늘의 보살핌을 인간에게 주는 것이다. 읽히기 위해서 글
을 쓴다는 생각이 나에게는 떠오르지 않았다.

사람들은 자기 이웃이나 '신'을 위해서 글을 쓴다. 나는 내 이웃들을 구원
할 목적으로 '신'을 위하여 글을 쓰기로 결심했다. 나는 독자들이 아니라 은
혜를 입게 될 사람들을 원했다. 사람에 대한 멸시가 나의 사람에 대한 너그
러움을 타락시켰다. 내가 고아들을 옹호하던 때부터 이미 나는 그들을 어딘

---

53) 바그너의 최후의 가극 〈파르지팔(Parzival)〉의 주인공.
54) 로스탕의 희곡 〈샹트클레르(Chantecler)〉의 주인공인 수탉. 작가는 이 동물을 통해 인간의
    욕정을 풍자했다.

가로 사라지게 함으로써 오히려 그들을 물리쳤다. 작가가 돼서도 내 방법은 바뀌지 않았다. 나는 인류를 구하기 전에 먼저 그들의 두 눈을 붕대로 감을 것이다. 그때서야 오직 흉악하고 재빠른 독일 기병들, 즉 낱말들에게 나는 대항할 것이다. 내 새로운 고아가 감히 맘먹고 붕대를 풀 때면 나는 먼 곳에 있을 것이다. 외로운 용기로 살아난 그 고아는 처음엔 '국립도서관'의 서가 위에서 불길을 내뿜는 갓 나온 조그만 책을 주목하지 못하리라. 그 책에는 내 이름이 적혀 있을 것이다.

나는 정상참작을 옹호한다. 거기에는 세 가지 경우가 있다. 첫째, 투명한 환각을 통해서 나는 내 생존의 권리를 문제삼았다. '예술가'의 의향을 기다리는 이 사증(査證) 없는 인류 속에서 행복을 만끽하는 어린아이를 알아낼 수 있으리라. 그는 자기 횃대 위에서 지루해하고 있다. 나는 하층계급을 구원하는 '성인(聖人)'이라는 추악한 그 전설을 받아들였다. 왜냐하면 결국 하층계급은 바로 나였기 때문이다. 나는 군중의 특허를 받은 구조자임을 표명했다. 슬그머니, 그리고 '예수회, 수도사들이 말하듯이 덤으로, 나 자신을 구원하기 위해 사람들의 면허받은 구조자임을 자처했던 것이다.

그 다음으로 그때 나는 9살이었다. 외아들이며 친구들이 없는 나는 내 고독이 끝나리라곤 상상도 못 했다. 그 무렵 나는 전혀 알려지지 않은 작가였다는 것을 고백해야겠다. 나는 다시 글을 쓰기 시작했으나 내 새로운 소설들은 어쩔 수 없이 옛 소설들과 구구절절 유사했다. 그러나 아무도 그것을 알아차리지 못했다. 나 자신조차도 내가 쓴 것을 다시 읽기를 몹시 싫어했던 것이다. 내 펜은 하도 빨리 달려서 나는 자주 손목이 아프곤 했다. 나는 다 채워진 노트를 마룻바닥에 던져버려서 그것들을 잊어버리고 말았으며, 그것들은 사라져버렸던 것이다. 그러한 이유 때문에 나는 아무것도 끝마친 것이 없었다.

시작이 없어져버린 바에야 한 이야기의 끝을 말해서 무슨 소용이 있으리. 그 위에, 만일 칼이 그 책 페이지를 훑어봐주었다면 그는 내 눈에 '독자'가 아니라 최고의 재판관이 되었을 것이다. 나는 그가 내게 유죄선고를 내릴까 몹시 두려워했을 것이다. 나의 우울한 작업인 글쓰기는 아무것에도 닿지 않았다. 그러자 재빨리 그것 자체를 목적으로 삼게 되었다. 나는 글을 쓰기 위해 글을 썼다. 나는 지금 와서 그것을 후회하지 않는다. 만일 내 글을 읽어

주는 사람이 있었다면 나는 남의 마음에 들도록 노력했을 터이며, 나는 다시 놀라운 어린이가 되었을 것이다. 그러나 다행히도 나 혼자만의 세계에 갇혀 있었기 때문에 진지해질 수 있었던 것이다.

결국, 성직자의 이상주의는 어린이의 현실주의에 기초를 둔 것이었다. 나는 그것을 앞서 말한 바 있다. 언어를 통하여 세상을 발견했기 때문에 나는 너무 오랫동안 언어를 세계로 착각하고 있었다. 존재한다는 것은 '말'의 무한한 '일람표'의 어딘가에 기재된 명칭을 소유한다는 뜻이었다. 글을 쓴다는 것은 거기다가 새로운 존재들을 새기는 일이었으며, 혹은—이것은 나의 한층 집요한 환상이었다—사물들을 산 채로 문장들의 올가미로 잡는 것이었다. 내가 교묘하게 낱말들을 결합하면 물체는 기호들 속에서 꼼짝달싹못했던 것이다. 나는 그것을 붙잡았다.

나는 뢰상부르 공원에서 플라타너스 나무의 찬란한 환영에 홀리기 시작했다. 나는 그것을 관찰하지 않고 정반대로 공허를 믿고 있었던 것이다. 그러자 조금 뒤에, 그 진짜 나뭇잎이 단순한 하나의 형용사, 때때로는 온통 한 문장의 모습을 띠고 솟아올랐던 것이다. 나는 산들거리는 초록빛으로 우주를 풍요롭게 했다. 그러나 나는 내 뜻밖의 소득을 종이에 전혀 기록하지 않았다. 그것들은 내 기억 속에 쌓인다고 생각했다. 하지만 사실 그것들을 잊어버렸던 것이다. 하지만 그것들은 장래의 내 역할에 대한 예감을 느끼게 했다. 나는 이름들을 붙이리라. 수세기 전부터 오리야크에서, 순백의 퇴적물들이 고정된 윤곽들을, 하나의 의미를 요구하고 있었다. 나는 그것들을 참된 유물로 만들리라. 테러리스트인 나는 그들의 존재만을 오직 노렸을 뿐이다. 나는 언어로 그것을 구성하리라. 수사학자인 나는 오직 낱말들만을 좋아했다. 나는 말이라는 하늘의 푸른 눈 아래 언어로 된 대성당을 세울 것이다. 천년을 견디도록 지을 것이다.

나는 책을 집어 들고 수십 번이나 펼쳤다 덮었다 했지만 아무 소용이 없었다. 그것이 달라지지 않음을 나는 잘 알았던 것이다. 이 썩지 않은 실체, 즉 '텍스트' 위에 미끄러지는 내 시선은 표면적인 자그마한 생각에 지나지 않았다. 그 시선은 아무것도 어지럽히지 않았고, 그 텍스트를 닳아 없어지게 하지도 않았다. 다만 수동적이고 하루살이 같은 존재인 나는 등댓불에 비추어진 어리둥절해하는 한 마리의 모기였다. 나는 책상에서 떠났으며 불을 꺼버렸다. 어둠 속에서 보이지 않는 책은 여전히 반짝였다. 자기 혼자서 말이다. 나는 내 작품들에다 모든 것을 녹여버리는 세찬 불빛을 부어하리라. 그리고 훗날에도 그것들은 파괴된 도서관들 속에서 사람들이 죽은 뒤에도 살아남으리라.

나는 내가 무명작가라는 데에 만족했다. 나는 그 신분을 더 오래 가지려 했고 그것이 자랑이 되길 바랐다. 나는 감옥에서 은종이에 글을 쓴 유명한 죄수들을 부러워했다. 그들은 동포들의 죄를 속죄하는 의무를 짊어지고 있으면서도 그 동포들과 친밀하게 지내는 의무를 잃어버린 사람들이다. 물론 풍습이 발달된 세상에 살고 있으니까 은둔 속에서 내 재능을 발휘할 기회는 줄어들었다. 그러나 나는 그것에 완전히 절망하지는 않았다. 내 겸손한 야망에 놀라서 '신의 섭리'는 그 야망이 이루어지기를 열망하리라. 그러는 동안 나는 미리 은둔할 생각이었다.

할아버지에게 속은 어머니는 내 미래의 즐거움을 그려보는 기회를 잃지 않았다. 나를 꾀기 위해서 그녀는 자기 생애에 못 가졌던 모든 것을 나의 삶 속에 부여했던 것이다. 평온함, 한가함, 화목 같은 것들 말이다. 아직도 독신이고 젊은 교수인 나에게 한 아담한 늙은 부인이 안락한 방 하나를 빌려주리라. 그 방은 라벤더와 신선한 리넨 천의 냄새를 풍길 것이다. 나는 단숨에 뛰어서 중학교에 나갈 것이며, 똑같은 걸음으로 학교에서 돌아올 것이다. 저녁엔 내 하숙집 여주인과 지껄이기 위해 내 방문의 문턱에서 늑장을 부릴 것이며, 그 여인은 나에게 열중할 것이다. 게다가 모든 사람은 나를 좋아할 것이다. 왜냐하면 나는 상냥하고 점잖기 때문이다.

어머니의 그러한 이야기들 속에서 나는 '너의 방'이라는 한마디 말밖에 듣지 못했다. 나는 중학교, 고급 장교의 미망인, 시골의 냄새도 잊고 있었다. 나는 나의 테이블에 비치는 둥근 불빛밖에는 그려보지 못했다. 어둠에 빠진 방 한가운데에서 커튼을 치고 나는 검은 천으로 장정된 노트 위에 몸을 굽히고 있는 것이다. 어머니는 10년을 뛰어넘으면서 이야기를 계속하고 있었다. 어떤 수석 장학관이 나를 후원하고, 오리야크의 상류사회에서 나를 맞이하고자 한다. 나의 젊은 아내는 아주 부드러운 애정을 나에게 쏟는다. 나는 아내에게 아주 건강하고 아름다운 아들 둘과 딸 하나를 낳게 한다. 그녀는 상속을 받는다. 나는 교외에 있는 땅을 산다. 우리는 집을 짓는다. 그리고 일요일마다 가족 전체가 공사를 감독하러 간다는 것이다.

나는 아무것도 듣지 않는다. 그 10년 동안 나는 내 책상에 붙어앉아 있는 장면을 생각하고 있었기 때문이다. 키가 자그마하고 아버지처럼 콧수염을 기르고 있는 나는 사전더미 위에 걸터앉아 있었던 것이다. 나의 콧수염은 하얗게 되어가고, 내 손목은 여전히 종이 위를 달리며, 다 쓴 노트들은 마루 위에 차례차례로 떨어지고 있었다. 모든 인간이 잠든 고요한 밤이다. 내 아내와 아이들도 죽지 않았다면 자고 있을 것이다. 내 하숙집 여주인도 잠자고 있는 것이다. 잠은 모든 사람의 머릿속에서 나를 잊게 했다. 얼마나 벅찬 고독인가! 누워 있는 20억의 인간들. 그런데 나로 말하면 그들 위에 선 유일한 망보는 사람이었으니.

'성령'이 나를 바라보고 있었다. 그는 '하늘'로 다시 올라가고 마침 인간들을 버릴 결심을 한 참이었다. 바로 그 순간 나는 내 몸을 그에게 바쳤다. 나는 그에게 내 영혼의 상처와 종이를 적시는 내 눈물을 보여주었다. 그는 내 어깨너머로 그것을 읽고는 분노를 가라앉혔다. 내 깊은 고민 때문에, 혹은 작품의 훌륭함 때문에 그의 마음을 진정시켰을까? 나는 작품의 훌륭함 때문이라고 생각했다. 그러나 속으로는 고민 때문이라고 생각했다. 물론 '성령'은 '진실로' 예술적인 작품들만을 존중하는 법이다. 그런데 나는 뮈세[55] 작품을 읽어보고 '가장 절망적인 노래가 가장 아름다운 노래'라는 것을 알았다. 그래서 나는 꽉 붙잡은 절망을 가지고 '아름다움'을 교묘하게 손에 넣기로 결심했다. 천재라는 말은 나에게 늘 수상하게 보였다. 그리하여 나는 그것을 완전히 혐오하기에 이르렀다.

고민은 어디에 있으며, 시련은 어디에, 물리친 유혹은 어디에, 가치는 어디에 있단 말인가? 요컨대 내게 타고난 재능이 있다면 말이다. 나는 하나의 육체와, 그리고 언제나 똑같은 머리를 갖는다는 것을 참을 수 없었다. 나는 어떤 장비 속에 나를 가둬둘 생각은 없었다. 나는 지명을 받아들였는데 그것이 아무것에도 의지하지 않는다는 조건하에, 절대적인 허공 속에서 그 자체로 빛난다는 조건하에서만 그것을 받아들였던 것이다.

나는 '성령'과 비밀 이야기를 나누었다.

---

55) Alfred de Musset(1810~57) : 프랑스의 낭만파 시인. 자유로운 상상력과 섬세한 감수성으로 신선하고 솔직한 사랑을 노래했다.

"너는 글을 쓰리라."

그는 내게 말했다. 나는 두 손을 비비면서 물었다.

"주여, 무슨 일로 당신께서는 저를 택하셨나이까?"

"별로 특별한 것은 없지."

"그렇다면, 어째서 저입니까?"

"이유는 없어."

"제가 능란한 필치라도 갖고 있는지요?"

"조금도 없다. 너는 위대한 작품들이 쉽사리 쓴 필치에서 생겨나는 줄 믿느냐?"

"주여, 저는 무능한 자이니 어떻게 책을 쓸 수 있겠습니까?"

"힘껏 쓰면 되지."

"그럼 누구든지 쓸 수 있군요?"

"그렇지. 그러나 내가 택한 것은 바로 너다."

이 속임수는 퍽 편리했다. 그것은 나의 무가치를 선언할 수 있게 허용했으며, 그와 동시에 내 속에 있는 장래의 걸작들의 저자를 존경할 수 있게 해주었기 때문이다. 나는 선택되었고 지명되었으나 재능이 없는 인간이었다. 따라서 모든 것은 나의 오랜 인내와 내 불행으로부터 태어날 것이다. 나는 모든 독특성을 거부했다. 성격의 특징은 움츠러들기 때문이다. 나는 고통을 통해서 나를 영광으로 이끄는 장엄한 맹세를 제외하고는 아무것에도 충실하지 않았다. 그 고통, 문제는 그것을 찾는 데 있었다. 그것은 유일한 문제였으나 해결할 수 없는 것처럼 보였다. 사람들은 가난하게 산다는 희망을 나에게서 없애버렸기 때문이다. 세상에 알려지지 않든 유명해지든 간에 나는 '교육' 예산에서 봉급을 받을 것이며, 나는 결코 굶주리지 않을 것이다. 나는 사랑의 혹심한 괴로움을 나 자신에게 약속했으나 열의는 없었다. 나는 수줍어하는 연인들을 몹시 싫어했기 때문이다.

시라노는 내 얼굴을 찡그리게 했다. 그는 여인들 앞에서 바보짓을 하는 가짜 파르다이양이다. 진짜 파르다이양은 관심조차 두지 않았는데도 그의 뒤에는 모든 연인이 따라다녔기 때문이다. 그의 애인인 비올레타의 죽음이 그의 가슴에 영원히 못을 박고 말았다는 것은 옳은 말이다. 홀아비 생활과 회복할 수 없는 상처는 한 여인, 바로 그 여인 때문이며, 조금도 그의 잘못은 아니었다. 그 덕분에 나는 모든 여인의 접근을 물리칠 수 있으리라. 깊이 생각해 볼 일이다. 그러나 어떻든지 간에 내 젊은 아내인 오리야크의 여성이 어떤 사고로 죽는다 가정하더라도 그 불행은 내가 선택되는 데 충분치 못할 것이었다. 사실은 우연이며, 그와 동시에 너무나 평범한 것이기 때문이었다.

나의 격분은 극도에 달했다. 조롱받고 얻어맞은 몇몇의 작가들은 치욕과 어둠 속에서 마지막 숨질 때까지 썩어가고 있었다. 영광은 오직 그들이 죽었을 때에만 찾아오는 것이다. 바로 내가 그렇게 될 것이다. 나는 오리야크와 그곳의 조상(彫像)들에 관하여 성실히 글을 쓰리라. 증오할 수 없는 나는 인간들을 화해시키고 그들에게 봉사하는 것만을 목표로 삼으리라. 그렇지만 내 처녀작이 나오자마자 추문을 퍼뜨리기 시작할 것이며, 나는 민중의 적이 될 것이다. 오베르뉴 지방의 신문들에 의해 모욕을 받고 장사꾼들은 나에게 물건을 팔지 않을 것이며, 흥분한 사람들은 내 창문에다 돌을 던질 것이다. 사형을 당하지 않으려면 나는 도망쳐야만 할 것이다. 처음엔 혼비백산하여 바보처럼 몇 달을 보내며 나는 다음과 같이 되풀이하리라.

"오해일 뿐이니 그만들 하세요! 사람들은 누구나 다 착하지 않습니까!"

사실 그것은 오해에 지나지 않을 것이다. 그러나 '성령'은 그 오해가 사라지는 것을 허락하지 않으리라. 나는 회복될 것이다. 어느 날 나는 내 책상에 앉을 것이며, 새로운 책 한 권을 쓸 것이다. 바다나 산에 관해서 말이다. 그 책은 출판업자를 찾지 못할 것이다. 쫓기고 모습이 달라지고 어쩌면 배척당하면서도 나는 다른 책들, 많은 다른 책들을 만들 것이다. 나는 '호라티우스'를 운문으로 번역할 것이며, 아동교육에 관한 온건하고 아주 타당한 생각들을 피력할 것이다. 별수 없는 일이다. 내 노트들은 발행되지 않은 채로 짐 가방 속에 쌓이고 말리라.

이야기는 2개의 결론을 갖고 있었다. 나는 내 기분에 따라서 이것 혹은 저것을 선택하곤 했다. 침울한 나날에는 모든 사람에게 증오를 받고 절망하여, '영광'이 장중한 어조로 노래하려는 바로 그 시간에 쇠침대에서 죽어가는 내 모습을 보았다. 또 때로는 약간의 행복을 맛보기도 했다. 나이 50에 새로 긴 펜촉을 시험하기 위해 원고지에 내 이름을 적었다. 그 원고는 얼마 뒤에 잃어 버린다. 누군가 창고 안에서, 도랑 속에서, 내가 방금 이사한 집의 벽장 안에서 그것을 발견한다. 그는 그것을 읽었을 것이며, 놀라 자빠져서 그것을 미셸 제바코의 작품들을 낸 유명한 출판사인 아르템 파이야르로 가져간다. 그것은 대성공이었다. 이틀 동안에 1만 부가 팔렸으니 말이다. 사람들은 나를 못 알아본 것을 굉장히 후회한다. 1백 명의 탐방기자들이 정신없이 나를 찾아다녔지만 나를 찾지 못했던 것이다. 세상을 등지고 틀어박혀 있었기 때문에 나는 그러한 여론의 갑작스런 변화를 오랫동안 모르고 있었다. 어느 날 드디어 나는 비를 피하기 위해 한 카페에 들어간다. 흩어져 있는 신문 한 장을 보니 이런 글이 눈에 들어오는 것이 아닌가?

'숨은 작가며 오리야크의 가인(歌人), 바다의 시인 장 폴 사르트르'

3면에 6단으로 쓴 커다란 제목이다. 나는 기뻐서 어쩔 줄 모른다. 그렇지 않다. 나는 달콤하면서 우울한 기분이다. 아무튼 나는 집으로 돌아온다. 나는 하숙집 주인의 도움을 받으며 노트들이 들어 있는 짐가방을 잠그고 끈으로 맨다. 그리고 내 주소를 적지 않고 그 짐가방을 파이야르 출판사로 보낸다. 내 이야기가 거기까지 미쳤을 때 나는 멈추고 감미로운 궁리에 몸을 맡긴다. 내가 살고 있는 바로 그 도시에서 짐을 부친다면 신문기자들은 곧 나의 은신처를 발견할 것이다. 그래서 나는 짐가방을 파리로 가져간다. 나는 그것을 운송업자에게 맡겨 출판사에 가져가도록 한다.

나는 기차를 타고 내 어린 시절의 고장들—르고프 거리, 수풀로 거리, 뤽상부르 공원—에도 가본다. '르 발자르' 카페가 마음에 끌린다. 돌아가신 할아버지가 1913년 이따금 그곳에 나를 데리고 갔던 일을 떠올려본다. 우리는 등 없는 의자에 나란히 앉았다. 모든 사람은 친근하게 우리를 바라보았다. 그는 맥주 한 잔을, 그리고 나를 위해서는 맥주 반 잔을 주문했다. 나는 사랑받는다고 느꼈던 것이다. 그런데 벌써 50이 되고, 향수에 젖어서 맥줏집의 문을 밀고 들어간다. 그리고 맥주 반 잔을 청하는 것이다. 옆 테이블에서는 젊고 아름다운 여인들이 이야기에 열중하고 있고, 내 이름을 입에 담고들 있다.

"아!"

한 여인이 이렇게 말한다.

"그는 늙고 못생겼을지도 몰라. 그러나 상관없어. 그의 아내가 되기만 한다면 나는 인생의 30년을 희생하겠어!"

나는 그 여자에게 거만하면서도 서글픈 미소를 던진다. 그녀는 뜻밖이라는 듯 미소로써 나에게 답을 한다. 나는 일어나서 사라져버린다.

나는 이 일화를 공들여 다듬는 데 많은 시간을 보냈다. 그 밖에도 백 가지 다른 이야기가 있지만 독자들에게 말하진 않겠다. 사람들은 거기에서 미래의 세계 속에 던져진 내 어린 시절, 내 위치, 내 6살 때의 창작물들, 세상에 알려지지 않은 내 방랑기사들의 부루퉁한 모습을 발견했을 것이다. 내가 9살 때는 아직도 부루퉁한 아이였다. 나는 거기에서 더할 나위 없는 즐거움을 느끼곤 했다. 시무룩한 태도로 준엄한 순교자로 자처하며 '성령' 자신도 지쳐서 상대해 주지 않는 그런 오해를 그대로 유지하고 있었다. 그 매혹적인 나에게 반한 여자한테 왜 내 이름을 말하지 않았을까? 아아! 그녀는 너무 늦게 나타났다고 나는 생각했다—그러나 그녀는 어쨌든 간에 나를 받아들일 것이 아닌가? —그런데! 나는 너무 가난하다! 그러면 인세는? 이 이의는 나를 가로막지는 못했다. 나는 내가 받을 돈을 가난한 사람들에게 나누어주라고 파이야르 출판사에 글을 써보냈으니까. 그렇지만 아무튼 결론을 내려야만 했다. 자아! 나는 모든 사람에게 버림을 받았지만 평온하게 내 조그마한 방 안에서 죽는 것이었다. 사명을 완수했기 때문이다.

수없이 되풀이된 이야기 속에서 한 가지 사실이 내게 강한 인상을 남겼다. 신문에서 내 이름을 본 날부터 나는 맥이 풀렸다. 나는 끝장이 난 것이다. 나는 내 명성을 서글프게 즐기면서도 이젠 더 글을 쓰지 않는다. 2개의 결말은 하나의 결말을 낳을 뿐이다. 명예롭게 태어나기 위해 내가 죽는다는 것과 명예가 먼저 와서 나를 죽인다는 것, 즉 글을 쓰겠다는 의욕이 산다는 것에 대한 거부를 내포하고 있다는 그런 결말이다. 그 무렵 어디선가 읽은 일화가 나를 괴롭혔다. 그것은 지난 세기의 일이었다.

시베리아의 작은 정거장에서 한 작가가 기차를 기다리면서 왔다 갔다 하고 있다. 지평선엔 누추한 집 한 채도 없고 새끼개미 한 마리도 없다. 작가는 자신의 크고 침울한 머리를 떠받치고 있는 것이 힘이 들었다. 그는 근시안이며 독신자이고, 거칠고 늘 신경질적이었다. 그는 갑갑해서 자기의 전립선과 갚아야 할 빚을 생각한다. 철로에 연달은 길 위에 작은 마차에 탄 젊은 백작부인이 문득 나타난다. 그녀는 마차에서 뛰어내려 여행자에게로 달려온다. 그녀는 그를 한 번도 본 일이 없지만 사람들이 자기에게 보여준 은판사진(銀板寫眞)을 통해 그를 알아볼 수 있다고 주장한다. 그녀는 몸을 숙이고 그의 오른손을 잡고서는 그 손에 입을 맞춘다. 이야기는 거기서 그쳤다.

그리고 나는 그 이야기가 우리에게 무엇을 들려주고자 했는가를 모른다. 9살 때에 그 불평투성이 작가가 초원에서 여자 독자들을 찾아냈다는 것과, 그렇게도 아름다운 한 여인이 나타나서 그가 잊고 있던 영예를 그에게 떠올리게 해준 것에 나는 경탄하고 있었다. 그것은 태어난다는 것이다. 보다 깊은 의미로 그것은 죽는다는 것이다. 나는 그것을 느꼈으며 그렇게 되기를 바랐었다. 살아 있는 한 평민이 한 귀족 여인에게서 그런 찬미의 표시를 받을 수는 없었다. 백작부인은 그에게 다음과 같이 말하는 듯이 보였다.

"내가 당신에게로, 그리고 당신의 손을 만지러 올 수 있는 것은 이젠 신분의 우월성을 유지할 필요조차도 없기 때문입니다. 당신이 내 태도를 어떻게 생각할지 나는 걱정하지 않습니다. 나는 당신을 한 남자가 아니라 당신 작품의 상징으로 생각하고 있습니다."

손에 키스를 당함으로써 살해된 것이다. 상트페테르부르크에서 1천 킬로나 떨어진 곳에서 태어난 지 50년 만에 한 여행자의 몸에 불이 붙었던 것이다. 그의 영예는 그를 불태웠고, 불꽃 같은 글자로 된 그의 작품 목록만 남겨졌을 뿐이었다. 백작부인이 자신의 작은 마차에 다시 오르고 사라져버리는 것을, 그리고 초원이 다시 적막 속에 잠기는 것을 나는 보았던 것이다. 황혼에, 기차는 연착된 것을 벌충하기 위해서 그 작은 정거장을 멈추지 않고 지나쳐 버렸다. 나는 허리둘레가 공포 때문에 오싹함을 느꼈다. 《나무를 흔드는 바람》이 회상됐던 것이다. 그래서 나는 이렇게 혼잣말을 했다.

"백작부인, 그것은 죽음이었습니다."

그녀는 찾아오리라. 어느 날 아무도 없는 길에서 내 손에 입을 맞출 것이다.

죽음은 나의 현기증이었다. 왜냐하면 나는 사는 것을 좋아하지 않았기 때문이다. 그것은 죽음이 나에게 불어넣는 공포가 어떠한 것인가를 설명해 주고 있다. 죽음을 명예와 동일시하면서 나는 그것을 내 목표로 만들었다. 나는 죽고 싶었다. 때때로 전율이 내 조바심을 식게 했으나 결코 오랫동안은 아니었다. 나의 성스러운 즐거움이 다시 나타났다. 나는 뼈까지 이글이글 탈, 벼락이 칠 순간을 기다리고 있었다. 우리의 심오한 의도들은 떨어질 수 없게 연결된 계획과 회피들이다. 내 생존을 용서받기 위해 글을 쓴다는 광적인 계획, 그것은 허풍과 거짓말이었음에도 어떤 현실성을 갖고 있었다는 것을 나는 잘 안다. 50년 뒤에도 아직 내가 글을 쓰고 있다는 사실이 바로 그 증거이다. 그러나 근원들을 거슬러올라가면 나는 거기서 전진하는 도피와 그리부이유[56)식의 자살을 보는 것이다.

그렇다. 서사시보다도 순교자보다도 내가 찾았던 것은 죽음이었다. 오랫동안 나는 내가 시작했던 것처럼 어디서건 어떻게건 끝내버리는 것을 두려워했고, 또 그 막연한 죽음은 내 막연한 탄생의 반영에 지나지 않을까 봐 두려워했다. 내 천직은 모든 것을 바꾸어버렸다. 칼부림들은 사라져버린다. 작품은 남는다. '순문학'에 있어서 '증여자'는 자기 자신의 '기증물'로, 곧 순수한 객체로 바뀔 수 있다는 사실을 나는 발견한 것이다. 우연은 나를 사람으로 만들었지만 관용은 나를 책으로 만들 것이다.

나는 내 편지, 내 양심을 청동활자들 속에 녹여 부을 수 있을 터이며, 지워지지 않는 기록들로써 내 인생의 잡음들을, 문체로써 내 살을, 영원으로써 '시간'의 맥없는 나선들을 대치시킬 수 있을 것이다. 언어의 침전물처럼 '성령' 앞에 나타날 수 있을 테고, 인류를 위한 하나의 집념이 될 수 있을 것이다. 마침내는 나와 다른 사람들과 모든 것과 '다른' 것이 되리라. 나는 먼저 하나의 닳지 않는 육체를 내게 줄 것이고, 이어 수요자들에게 몸을 맡길 것이다. 나는 글쓰는 즐거움을 위해서가 아니라 낱말을 다듬어서 내 명예로운 육체를 만들기 위해 글을 쓸 것이다. 내 무덤 꼭대기에서 그것을 주시하면 내 탄생은 하나의 필요악처럼 보였고, 내 변모를 준비하는 아주 일시적인 하나의 화신처럼 보였다. 다시 태어나려면 글을 써야만 했고, 글을 쓰기 위해서는 하나의 두뇌와 두 눈과 두 팔이 필요했기 때문이다. 일이 끝나면 이 기관들은 스스로 소멸되리라.

1955년쯤에는 한 마리의 유충이 터질 것이고, 2절판으로 된 25마리의 나비들이 거기에서 빠져나와 자신의 모든 페이지를 팔딱거리며 국립도서관의 선반에 가서 앉을 것이다. 그 나비들은 바로 나이다. 스물다섯 권의 책 1만 8천 페이지의 본문, 저자의 초상화까지 합해서 300장의 삽화들, 이런 것들이 나 자신인 것이다. 내 뼈들은 가죽, 그리고 마분지에 속해 있으며, 양피

---

56) Gribouille. 비에 젖을까 두려워서 미리 물속에 뛰어들어 가는 식의 어리석은 인간을 말하며 여기서는 미리 겁에 질려 자살한다는 뜻이다.

지가 된 내 살은 풀[糊]과 버섯 냄새를 풍기고, 60킬로의 종이를 통하여 나는 아주 편안하게 자리잡고 앉는다. 나는 다시 태어나 마침내 생각하고, 말하며, 노래하고, 우레처럼 울리는 소리를 내는 한 인간, 물질의 확고한 관성을 지니고 자기를 주장하는 인간이 된다.

사람들은 나를 잡고 펼친다. 나를 테이블 위에 놓고 손바닥으로 매만진다. 그리고 때때로 사람들은 나로 하여금 빠지직 소리를 내게 한다. 나는 하는 대로 놓아둔다. 그러다가 느닷없이 나는 번쩍거리며 그들의 눈을 부시게 만들고 멀리 떨어져 나 자신을 내세운다. 내 권능은 공간과 시간을 건너서 악한 자들을 벼락으로 때리고 선한 자들을 보호한다. 아무도 나를 잊을 수 없으며 무시할 수 없다. 나는 다루기 쉽고도 무서운 하나의 위대한 우상이기 때문이다.

내 의식은 산산조각으로 부서진다. 다행이다. 타인의 의식들이 나를 넘겨받았기 때문이다. 사람들이 '나'를 읽으면 나는 그들의 눈 속에 뛰어든다. 사람들이 '내' 이야기를 하면 나는 보편적이며 독특한 언어가 되어 모든 사람의 입 속에 있는 것이다. 수백만의 눈길 속에서 나 자신을 미래의 호기심의 대상이 되게 한다. 나를 사랑할 줄 아는 사람에게는 나는 그의 가장 내밀한 불안인 것이다. 그러나 그가 나를 만지고자 하면 나는 지워지고 사라져버린다. 나는 이젠 아무데도 존재하지 않는다. 나는 마침내 '있다!' 나는 모든 곳에 있다. 인류의 기생충으로 말이다. 내 선행들은 인류를 좀먹고, 그것이 내 부재를 다시 살아나게 하도록 끊임없이 강요한다. 그 속임수는 성공했다. 나는 죽음을 영광의 수의로 싸서 땅속에 묻었다. 나는 이젠 오직 영광을 생각할 뿐이었고 절대로 죽음을 생각지 않았다. 그 둘은 하나에 불과했다는 것을 생각지도 못하고서 말이다. 이 문장을 쓰고 있는 지금, 나는 내가 몇 년밖에 더 살지 못하리라는 것을 알고 있다. 그런데 나는 다가오는 노년과 앞으로의 내 노쇠, 내가 사랑하는 사람들의 노쇠와 죽음을 그다지 유쾌한 마음 없이 뚜렷하게 상상한다. 그러나 내 죽음은 결코 상상할 수 없다. 내 가까운 사람들에게—그중 몇몇은 나보다 15살, 20살, 30살이나 아래이다—그들이 죽은 뒤까지도 내가 살아남아 있다면 얼마나 애석하게 여길 것인가를 가끔 들려주기도 한다. 그들은 나를 조롱한다. 나는 그들과 함께 웃지만 아무 소용없다. 앞으로도 아무 소용없을 것이다. 9살 때 어떤 작용이, 우리의 인간조건에 고유하다고 하는 어떤 비장함을 느끼는 능력을 내게서 제거해버렸기 때문이다.

10년 뒤에 '고등사범학교'에서 그 비장함은 나의 가장 절친한 친구들 가운데 몇몇을 공포나 격노 속에서 깜짝 놀라 눈을 뜨게 했다. 그런데 나는 세상 모르고 코를 골았다. 위독한 병을 앓은 바 있는 한 친구는 우리에게 단언하기를, 자기는 마지막 숨결까지 포함한 임종의 괴로움을 알았다는 것이다. 니장[57]은 누구보다도 그것에 사로잡힌 친구였다. 때때로 말똥말똥하게 깨어 있으면서도 그는 자신의 시체가 보인다고 했다. 그는 구더기가 들끓는 듯한 두 눈을 하고 일어나서 더듬거리며 둥근 창이 달린 자기의 보르살리노 모자를 집어쓰고는 사라져버리곤 했다. 그 다음다음날 우리는 모르는 사람들과 함께 술에 취해 있는 그를 찾아내었던 것이다. 이따금 누추한 방에서 이 죽음의 죄수들은 자신들의 잠 못 이뤘던 밤과 미리 맛본 허무에 대한 경험을 서로 주고받곤 했다. 그들은 말을 꺼내기만 하면 이야기가 통했던 것이다.

나는 그들의 이야기를 들었다. 나는 그들을 어지간히 좋아했으므로 열렬히 닮고 싶어했다. 그러나 헛일이었다. 나는 이해하지 못했고, 장례식에서 주고받는 흔해빠진 말만을 알고 있을 따름이었다. 즉 사람은 살다가 죽는다. 누가 사는지도 누가 죽는지도 알 수 없다. 죽기 한 시간 전에도 아직 살아 있다는 이야기였다. 그러면서도 그들 이야기 속엔 내가 알아차리지 못하는 하나의 뜻이 있다는 것을 나는 의심치 않았다. 나는 따돌려져서 질투를 느끼면서 아무 말 않고 있었다. 마침내 그들은 지레 약이 올라서 나를 돌아다보는 것이었다. "자네는 이런 말을 들어도 아무렇지 않나?" 나는 무능과 겸손의 표시로 두 팔을 벌렸다. 그들은 자기네 뜻이 나에게 전달되지 않는다는 놀라운 사실 앞에 아찔해서 골을 내며 웃었던 것이다.

"자네는 잠자리에 누워서 잠자다가 죽는 사람들이 있다는 것을 한 번도 생각해 본 일 없나? 이를 닦으면서 이번이야말로 정말이다, 이게 내 마지막 날이지, 하고 생각해 본 적이 없는가? 빨리빨리 서둘러야겠다, 시간이 없다고 느껴본 적이 없어? 자네는 죽지 않을 것 같나?"

나는 반은 도전하는 마음으로, 반은 끌려들어가는 마음으로 대답했다.

57) Paul Nizan(1905~40) : 프랑스의 소설가·평론가. 사르트르와 고등사범학교 동창으로 일찍이 공산주의에 빠졌으며, 제2차 세계대전에서 전사했다.

"바로 그래, 나는 죽지 않는다고 생각해."

그보다도 더한 거짓말은 없다. 나는 우발적인 죽음에 대해서 경계를 해놓았으니 말이다. 그뿐이다. '성령'은 오랜 시일을 요하는 작품을 쓰도록 나에게 명령했으니 그것을 끝 마칠 시간을 내게 주었을 것임에 틀림없었다. 명예로운 '죽음', 그것이 바로 나의 죽음이다. 그 죽음은 기차의 탈선과 뇌일혈과 복막염으로부터 나를 보호해 주었던 것이다. 곧 나는 죽음과 만날 날짜를 정해 놓았다. 내가 만날 장소에 너무 일찍 간다면 나는 거기에서 죽음을 만나지 못할 것이다. 내 친구들은 내가 죽음을 생각지 않는다고 나를 비난할 수 있었다. 내가 순간순간 그 죽음을 체험하고 있다는 사실을 그들은 몰랐기 때문이다.

오늘날 나는 그들이 옳다고 인정한다. 그들은 우리의 조건을 모두 받아들였다. 불안까지도. 그런데 나는 안심되는 쪽을 택했다. 결국 나는 죽지 않을 것이라고 믿었던 것이다. 나는 미리 자살을 했었다. 왜냐하면 죽은 사람들만이 오직 불멸을 누릴 수 있기 때문이다. 니장과 마외는 자기들이 야만적 침략의 대상이 되리라는 것과 누군가가 그들을 산 채로, 피투성이인 채로 이 세상에서 빼앗아가리라는 것을 알고 있었다. 나는 나 자신을 속이고 있었다. 즉 죽음에서 그 야만성을 제거하기 위해 나는 죽음 자체를 내 목적으로 삼았다. 이어서 내 삶을, 죽기 위한 유일하고 확실한 방법으로 삼았다. 곧 내 심장의 마지막 고동이 내 작품들의 마지막 권의 마지막 페이지에 기록될 것이다. 죽음이 이미 죽은 사람만을 끌고 가리라는 확신을 갖고, 내 책을 완성하기 위해서만 필요했던 희망과 욕망을 품에 안고 서서히 종말을 향해 걸어가고 있었다.

니장은 20살 때에 여인들과 자동차들, 이 세상 모든 행복들을 절망적인 조급한 마음으로 바라보고 있었다. 모든 것을 봐야 했고, 모든 것을 그 자리에서 바로 잡아보아야 했기 때문이다. 그러나 선망의 눈으로라기보다는 열심히 관찰하기 위해서 말이다. 나는 즐기려고 이 땅에 있는 것이 아니라 결산서를 만들기 위해서 있었기 때문이다. 그것은 좀 너무 안이한 일이었다. 너무 얌전한 아이의 수줍음과 비겁함 때문에, 나는 개방되고 자유로운 하느님의 보증이 없는 생존의 위험 앞에서 뒷걸음질을 했던 것이다. 모든 것은 그 운명이 미리 정해져 있으며, 나아가선 모든 것이 끝나버렸다고 나는 확신했다.

물론 이 기만적인 작용은 자기 자신을 사랑한다는 유혹에서 나를 벗어나게 해주었다. 죽음의 위협을 느낀 내 친구들은 저마다 현재 속에 죽치고 들어앉아 죽어갈 자기 생명이 그 무엇과도 바꿀 수 없는 것이며, 자기 자신만이 애처롭고 귀중하며 유일한 것이라고 판단했던 것이다. 사람은 누구나 자기 자신을 좋아한다. 그러나 이미 죽은 자인 나는 나 자신을 좋아하지 않았다. 나는 자신을 퍽 평범하고 위대한 코르네유보다 더 따분하다고 생각했다. 그리고 주체로서의 내 독특성은, 나를 물체로 바꾸는 순간을 준비하는 것 말고는 별다른 흥미를 보여주지 않았다. 그렇다면 나는 더 겸손했더란 말인가? 아니다. 보다 교활했던 것이다. 나는 내 후손들에게 나 대신 나를 사랑할 책임을 맡겼기 때문이다. 아직도 태어나지 않은 남자들과 여자들에게 그 어느 날 나도 뭔지 모를 어떤 매력을 지닐 것이고, 나는 그들의 행복을 이루어주리라는 것이었다.

나는 친구들보다도 더한층 악랄했으며, 더한층 음험했었다. 나 스스로 진절머리 난다고 생각했고 오직 죽음의 수단으로밖에 삼을 수 없었던 이 삶, 나는 그 삶을 구원하기 위해 몰래 그에게로 되돌아왔기 때문이다. 나는 미래의 눈을 통해 삶을 바라다보았다. 그러자 그 삶은 감동적이고 놀라운 이야기, 즉 내가 모든 사람을 위해 체험했고 내 덕분에 이젠 아무도 다시 체험할 필요 없이 다만 그것을 읽어나가는 것만으로 충분할 이야기처럼 생각되었다. 나는 거기다가 진정한 정열을 쏟았다. 나는 위대한 죽은 이의 과거를 미래로 택했으며, 그리고 나는 거꾸로 살고자 시도했다. 9살과 10살 사이에 나는 완전히 죽은 뒤의 인물이 되어버렸다.

그것은 전적으로 내 잘못은 아니다. 할아버지가 회고적인 환상 속에서 나를 키웠던 것이기 때문이다. 그러니 할아버지도 죄는 없다. 그리고 나는 그를 조금도 원망하지 않는다. 위에 말한 신기루는 문화에서 자연적으로 생겨나는 것이기 때문이다. 증인들이 사라지면 한 위대한 사람의 죽음은 이미 뜻밖의 일이 아니다. 시간은 그 죽음을 하나의 성격적 특성으로 만든다. 과거에 죽은 인간은 체질적으로 죽은 것이며, 그는 병자성사를 받을 때와 마찬가지로 영세를 받을 때에도 죽어 있다. 그의 삶은 우리에게 속했고, 우리는 이쪽 끝에서부터 저쪽 끝으로, 혹은 한가운데로 들어가 그 삶의 흐름을 마음대로 오르내린다. 그것은 연대적인 순서가 무너졌기 때문이다. 그것을 복구하는 일은 불가능하다. 그 죽은 사람은 이젠 어떠한 위험과도 마주치지 않으며, 그의 콧구멍을 간질이면 재채기가 터져나오리라는 것조차도 기대할 수가 없다. 그의 존재는 앞으로 나아가는 것처럼 보이나 약간의 생명을 불어넣어주려고 하면 이 내 동시성 안으로 되돌아간다.

여러분이 죽은 사람의 처지가 되어 그의 정념, 그의 무지, 그의 편견을 함께 갖는 척한다든가, 사라진 저항이나 약간의 조바심과 염려를 소생시키고자 애써도 아무 소용없다. 당신들은 죽은 사람이 예견할 수 없었던 결과들과, 그가 소유하고 있지 않은 정보들에 비추어서 그의 행실을 감정하지 않고는 배길 수 없을 것이다. 그리고 얼마 뒤에 그 결과가 그를 특징지었으나 그 무렵엔 그가 대수롭지 않게 체험한 사건들에다 특유한 장중함을 부여하지 않고는 배기지 못할 것이다. 그것이 신기루이다. 곧 '현재보다 미래가 더욱 현실적이다'라는 생각이 신기루이다. 놀랄 일도 아니다. 끝마친 삶 속에서, 사람들이 진실된 시작으로 보고 있는 것은 바로 그 종말이기 때문이다.

죽은 자는 존재와 가치 사이에, 적나라한 사실과 재구성 사이의 중도에 머물러 있다. 그의 이야기는 그의 모든 순간 속에 요약되는 하나의 순환본질이 된다. 아라스의 살롱에서 냉정하고 억지웃음을 짓는 버릇을 가진 한 젊은 변호사가 자기 머리를 팔에 껴안고 있다. 왜냐하면 그는 고(故) 로베스피에르이기 때문이다. 그 머리에서는 핏방울이 떨어졌으나 양탄자를 얼룩지게 하진 않는다. 식사하는 사람들 중 어느 한 사람도 그 머리에 주의하지 않는다. 그런데 우리는 그것만을 볼 뿐이다. 그 머리가 죄수호송차 속에 굴러떨어지려면 5년이나 더 있어야 한다. 그런데 이미 머리가 잘려져 있고, 턱은 축 처졌는데도 목가(牧歌)를 부른다. 그것을 착각이라고 해도 대수로울 것이 없다. 그것을 바로잡을 방법들이 있기 때문이다.

그러나 그때의 성직자들은 그 오류를 숨기고 그것으로 자기들의 이상주의를 길렀다. 하나의 위대한 사상이 태어나려면, 그 사상은 그것을 지니게 될 위대한 사람을 한 여인의 뱃속에서 끌어낸다고 그들은 넌지시 말한다. 그리고 이어서 그 사상은 그에게 조건과 환경을 선택해 주고, 주위 사람들의 예지와 몰이해를 적당히 섞는다. 그의 교육을 조정하고 필요한 시련을 겪게 한다. 잇따른 자극으로 그에게 불안정한 하나의 성격을 꾸며준다. 그처럼 소중히 가꾼 인물이 드디어 위대한 사상을 탄생시키면서 폭발할 때까지 그 사상은 그 성격의 불균형을 다스려준다는 것이다. 이것은 아무 데에도 공표되어 있지 않았다. 그러나 여러 가지 원인과 결과의 연결이 거꾸로 되고 드러나 보이지 않는 질서를 덮고 있다는 것을, 모든 것이 암시해 주고 있었다.

나는 나의 운명을 완전히 보증하기 위해 열광적으로 그 신기루를 이용했다. 나는 시간을 붙잡아 그것을 거꾸로 세워놓았다. 그러자 모든 것이 분명해졌다. 그것은 약간 거무스레한 금가루로 야하게 꾸민 짙은 감색 표지의 자그마한 잠자리에서 보는 책으로부터 시작했다. 그 책의 두툼한 페이지들은 시체 냄새를 풍겼고, 《저명인사들의 유년시절》이라는 제목이었다. 책에 붙어 있는 한 장의 쪽지에 의하면 그것은 나의 조르주가 1885년에 산술(算術) 시험의 2등상으로 받은 것이었다. 나는 괴상한 여행을 하던 시절에 그것을 발견하고 뒤적거리다가 귀찮아서 내던져버린 바 있다. 이 나이 어린 선민(選民)들은 신동들과 아무 데도 닮은 점이 없었다. 그들은 그네들 미덕의 무미건조함에 의해서만 오직 나에게 접근했을 뿐이었다. 그래서 나는 왜 사람들은 그들에 대하여 이야기를 하는가 자문을 했던 것이다.

마침내 그 책은 사라져버렸다. 나는 그 책을 감춤으로써 그것을 처벌하기로 결정했던 것이다. 1년 뒤에 나는 그것을 되찾기 위해 모든 서가를 뒤죽박죽으로 만들었다. 나는 변했다. 신동은 유년시절에 사로잡힌 어른이 되어버린 것이다. 이보다 놀라운 것이 또 있으랴! 책 또한 변했으니 말이다. 그것은 전과 같은 말들이었으나 내용은 나에 관한 것이었다. 이 작품이 나를 망치게 하리라고 나는 예감했다. 나는 그것을 몹시 싫어했고 두려워했다. 나는 매일 그것을 펼치기 전에 창가에 가서 앉곤 했다. 위험한 경우엔 내 눈에 진짜 햇빛을 들어오게 할 작정이었다.

오늘날 팡토마[58] 또는 앙드레 지드가 어린이들에게 나쁜 영향을 미친다고 개탄하는 사람들을 보면 참으로 우습다. 어린이들은 자기의 독을 스스로 선택한다는 것을 모르는가? 마약중독자들의 불안하고도 준엄한 심정으로 나는 내 독을 삼켜버렸다. 그렇지만 그것은 아무런 해로움도 없을 것처럼 보였다. 작가는 젊은 독자들을 격려했다. 곧 얌전함과 효성스러움은 모든 것에 통하

___

58) 팡토마(Fantômas). 피에르 수베스트르와 마르셀 알랭이 지은 범죄모험소설 시리즈의 주인 공. 마치 팡톰(환상) 같은 존재로, 대담·잔인하고 행동적인 범죄 솜씨로 경찰을 농락한다.

고 렘브란트나 모차르트 같은 인물을 만들어주기까지도 한다. 짧은 중편소설들 속에 매우 평범하나 감수성이 강하고 경건한 소년들의 아주 평범한 일들이 서술되고 있었다. 그들은 장 세바스티앵, 장 자크, 혹은 장 바티스트라고 불렸다. 그들은 내가 가족들을 행복케 했듯이 자기 가족들을 행복하게 해주었던 것이다.

그러나 여기 독액(毒液)이 있다. 루소나 바흐나 몰리에르의 이름을 결코 입에 올리지 않는다. 그러면서도 작자는 재치 있게 그들 미래의 위대성에 대한 암시들을 여기저기서 한다. 그들의 유명한 작품이나 그들의 행위를 환기시키고 하찮은 일을 갖고 대수롭지 않게 이야기들을 너무 잘 꾸며나갔다. 가장 진부한 사건이라도 그것을 결말에 연관시키지 않고서는 독자가 이해할 수 없도록 이야기를 교묘하게 꾸몄다. 나날의 소란 속에 그는 우화 같은 크나큰 침묵이 깃들게 했던 것이다. 그 침묵은 모든 것, 즉 미래를 변모시켰다.

산치오라는 아이는 교황을 몹시 보고 싶어했다. 그 간절한 소원을 풀어주기 위하여, 교황이 그곳으로 지나가는 어느 날 어떤 사람이 그 애를 광장에 데려다주었다. 그 어린애는 창백해져서 눈을 둥그렇게 떴다. 그 사람은 보다 못해 물었다.

"이젠 만족하니, 라파엘로? 어쨌든 실컷 보았을 테지, 우리 교황님을 말이야?"

그러나 그 애는 무뚝뚝하게 대답했다.

"교황을요? 저는 색깔들밖엔 못 봤어요!"

또 이런 얘기도 있다. 군인이 되고자 했던 소년 미겔이 나무 밑에 앉아서 기사소설을 읽고 있었다. 그때 별안간 쇠가 마주치는 우레 같은 소리에 그는 소스라치게 놀랐다. 그것은 파산한 시골 신사인 이웃의 미친 늙은이였다. 그는 늙어빠진 말을 타고 뛰어다녔고, 녹슨 창으로 풍차를 찌르곤 했던 것이다. 저녁을 먹을 때 미겔은 너무 익살스럽고 귀여운 표정으로 그 사건을 이야기했기 때문에 모든 사람은 미칠 듯이 웃었다. 그러나 얼마 뒤에 자기 방에 혼자 남게 되자 그는 소설을 땅에 던져버리고는 짓밟고 오랫동안 흐느껴 울었던 것이다.

그 아이들은 과오 속에서 살고 있었다. 그들은 되는대로 말하고 행동한다고 생각했지만, 보잘것없는 이야깃거리일지라도 늘 자기들의 운명을 예고하는 현실적 목적이 있었던 것이다. 저자와 나는 그들의 머리 너머로 감동 어린 미소를 서로 나누었다. 나는 '신'이 꾸며낸 대로 그 가짜 범인들의 생애를 읽었다. 마지막부터 시작하면서 말이다. 처음엔 나는 몹시 기뻐했던 것이다. 그들은 내 형제들이었고, 그들의 영광은 곧 나의 영광이었기 때문이다. 그러다가 모든 것이 흔들렸다. 나는 페이지의 맞은편으로부터 '그 책 속에' 있는 자신을 다시 만났기 때문이다.

장 폴의 어린 시절은 장 자크와 장 세바스티앵의 어린 시절과 비슷했다. 그에게 일어나는 일은 대부분 조짐을 알리는 일뿐이었다. 다만 이번만큼은 작가가 내 어린 자손들에게로 추파를 던진 것이었다. 죽음에서부터 탄생까지의 나를, 내가 상상도 할 수 없는 미래의 그 아이를 보고 있었던 것이다. 그리고 나는 나도 알아볼 수 없는 메시지를 계속해서 그들에게 보내고 있던 것이다. 나는 부르르 떨었다. 내 몸짓들의 참된 뜻인 나의 죽음이 두려웠다. 나 자신으로부터 쫓겨난 나는 페이지를 반대방향으로 넘기고, 독자들의 편으로 다시 돌아가려고 했다. 나는 머리를 쳐들었으며, 광명 속에서 구원을 청했다. 그런데 '그러는 것 역시' 하나의 메시지였다. 나의 작품과 나의 죽음이라는 2개의 열쇠를 갖게 될 때인 2013년에 사람들은 이 급작스런 불안, 이 회의, 이 눈과 목의 운동을 어떻게 해석할 것인가?

나는 그 책에서 빠져나올 수 없었다. 나는 오래전에 그 책을 다 읽었으나 그 책의 작중인물인 채로 남아 있었기 때문이다. 나는 자신을 엿보았다. 나는 한 시간 전에 어머니와 함께 수다스럽게 재잘거렸다. 무엇을 얘기했던가? 나는 몇 가지 이야기를 기억하고 있었다. 그래서 그것들을 큰소리로 되풀이해 보았다. 그것은 나에게 도움이 되지 못했다. 문구들이 속을 드러내지 않고 빠져나갔던 것이다. 나의 두 귀에 내 목소리는 낯선 목소리처럼 울려왔던 것이다. 그 소매치기 천사는 내 머릿속까지 파고들어와서 내 생각을 약탈해 가는 것이었다. 그리고 그 천사는 다른 사람 아닌 유리창에 기대앉아 있는 30세기의 금발 소년이었다. 그는 책을 통해서 나를 관찰하고 있었다. 애정이 섞인 공포심에 싸여서 그의 눈초리가 나의 지나간 10세기에서 나를 포착하려고 하는 것을 느꼈다. 그를 위해 나는 나를 위조했다. 나는 이중의 애매한 뜻을 가진 말들을 만들어내어 사람들 앞에 내놓았던 것이다. 안 마리는 내가 책상 앞에 앉아서 긁적거리는 것을 보고 이렇게 말했던 것이다.

"참 어둡구나! 애야, 눈 버리겠다."

그때야말로 아주 천진난만하게 대답할 수 있는 기회였다. "깜깜한 곳에서도 글을 쓸 수 있어요." 어머니는 웃으며 나를 맹추라고 부르고 등불을 켜주었다. 곡예가 벌어졌던 것이다. 어머니와 나는 둘 다 내가 서기 3천 년의 사람에게 내 미래의 신체적 장애를 막 알려주었다는 것을 모르고 있었다. 실상 내 만년엔 베토벤이 귀머거리가 된 것보다 더한층 심한 장님이 되어 나는 나의 마지막 작품을 더듬거리며 쓸 것이다. 사람들은 나의 종이 뭉치 속에서 그 원고를 다시 찾아내서는 실망해서 이렇게 말하리라.

"아니 이거야 원, 읽을 수가 있어야지!"

심지어는 그것을 쓰레기통에 처넣을지도 모른다. 그러나 결국 오리야크의 시립도서관이 순수한 경애심으로 그 원고를 요구할 것이다. 그곳에서 그것은 백년동안이나 잊힌 채로 있으리라. 그러고는 어느 날, 나에 대한 사랑 때문에 젊은 석학들이 그것을 해독하려고 시도할 것이다. 물론 나의 걸작이 될 그것을 다시 살리는 데 그들의 전생애가 걸려도 끝나기 어려우리라. 어머니는 방에서 나가버렸다. 나는 혼자였다. 나는 무심코, 무엇보다도 '깜깜한 데서도'라는 말을 혼자서 천천히 되풀이하는 것이었다. 그러자 날카롭게 탁하는 소리가 났다. 나의 증손자가 저 꼭대기에서 자기가 보던 책을 덮었던 것이다. 그는 증조할아버지의 어린 시절에 대해 숙고하고 있었다. 눈물이 그 애 뺨 위로 흘러내리고 있었다.

"하긴 그래, 그분은 어두운 데서 글을 썼군!"

그 애는 한숨을 지었다.

나는 판에 박은 듯이 나를 닮을 장래의 내 아이들 앞을 점잖을 빼며 걸었다. 그들에게 흘리게 할 눈물을 생각하면서 나는 눈물을 흘렸다. 나는 그들의 눈을 통해서 내 죽음을 보았던 것이다. 죽음이 이미 이루어졌다는 것, 그것은 나의 진실이었다. 나는 나의 사자약전(死者略傳)이 되었던 것이다.

앞에 쓴 것을 읽고 난 다음 한 친구가 불안한 모습으로 나를 바라보며 이렇게 말했다.

"당신은 내가 상상했던 것보다 더 돌았군그래."

돌았다니? 잘 모를 일이다. 나의 정신착란은 분명히 가공된 것이었다. 내가 보기에 중요한 문제는 오히려 성실성의 문제였을 것이다. 나는 9살에 그 성실성에 이르지 못했고, 그 뒤에는 성실성을 훨씬 넘어섰다.

처음엔 나는 무척 건전했다. 때에 맞게 멈출 줄 아는 어린 사기꾼이었다. 그러나 나는 열중했다. 사기행위 속에서까지도 나는 여전히 열심히 공부하는 학생이었던 것이다. 나는 오늘날 나의 사기행위를 정신적인 단련으로, 그리고 나의 불성실은 나를 끊임없이 스치면서도 나에게서 빠져나갔던 전적인 성실성의 풍자화로 생각하고 있다. 나는 나의 천직을 '선택'하지 않았다. 다른 사람들이 나에게 그 천직을 강요했기 때문이다. 사실상 별다른 일이라곤 아무것도 없었다. 한 늙은 여인에 의해서 던져진 허공에 떠 있는 말과 샤를의 마키아벨리즘이 있었을 뿐이었으니 말이다. 그러나 그런 것은 나를 이해시키기에 충분했던 것이다. 내 영혼 속에 자리 잡은 어른들은 손가락으로 내 운명의 별을 가리키고 있었다. 나는 그것을 보지 못했으나 손가락을 보았다. 나는 나를 믿는다고 주장하는 그 어른들을 믿었던 것이다.

그들은 위대한 죽은 자들의 존재들—그들 중의 하나는 앞으로 그렇게 되겠지만—나폴레옹, 테미스토클레스, 필리프 2세, 장 폴 사르트르의 존재를 나에게 가르쳐주었다. 나는 그것을 의심하지 않았다. 그렇지 않다면 어른들을 의심하는 일이 되었을 테니까. 제일 마지막 사람, 오직 그만을 꼭 만나보고 싶었던 것이다. 나는 입을 딱 벌리고 멀거니 바라보았다. 나는 나를 만족시켜줄 직관을 자극하기 위해 입을 벌리고 멍하니 바라보거나 몸을 비틀었다. 나는 경련을 돋우어 그것을 성적 흥분의 최고조로 바꾸고자 애쓰는 불감증의 여인이었다. 사람들은 그 여자를 두고 흉내를 잘 내는 여자라고 할까? 혹은 좀 지나치게 열중하는 여자라고 할까? 어떻든 간에 나는 아무것도 얻지 못했다.

나를 나 자신에게 보여주었을, 있을 수 없는 전망보다 늘 앞서거나 뒤처지거나 했다. 그러고는 헛된 노력 끝에 자신을 의심하게 되었고, 얼마간의 심한 짜증 말고는 아무것도 얻은 것이 없었다. 권위의 원칙과 어른들의 부정할 수 없는 선의에 입각했기 때문에, 아무것도 나의 위임을 확인하거나 부인할 수가 없었다. 그 위임은 손이 미치지 않는 곳에 있으며, 봉인되어 내 안에 머물러 있었으나 전혀 내 것 같지 않아 한순간일지라도 의심할 수 없었고, 그것을 녹일 수도 동화시킬 수도 없었던 것이다.

믿음이란 깊을지라도 결코 완전치는 못한 법이다. 믿음을 끊임없이 받들고 있는가, 적어도 그것을 파괴하지 않도록 해야 하는 것이다. 나는 바친 몸이었고, 명사였다. '나는' 페르라세즈[59]나 어쩌면 팡테옹에 내 묘를, 파리에는 나의 이름을 딴 거리를, 지방이나 외국에는 나의 이름을 딴 작은 공원과 광장을 '가지고 있었다'. 그렇지만 낙천주의의 한복판에 있었던, 눈에 띄지 않는 무명의 나는 자신의 변덕에 대하여 의심을 가지고 있었다. 생트안 병원에서 어느 환자는 자기 침대에서 다음과 같이 소리쳤다.

"나는 왕자다! 대공을 체포하라."

누가 그에게 가까이 가서 그의 귀에 대고 말했다.

"코를 풀어라."

그랬더니 그는 코를 닦았다. 다시 그에게 물었다.

"네 직업이 무엇이지?"

그는 조용히 대답했다.

"구두장이요."

그러고는 다시 소리를 지르기 시작했다. 우리는 모두 이 사람과 비슷하다고 나는 생각한다. 어쨌든 9살이 갓 되었을 때 나는 그 사람과 비슷했다. 즉 나는 왕자였고 구두장이였다.

2년 뒤에는 사람들은 내 병이 나았다고 생각한 모양이다. 왕자는 사라져버렸고, 구두장이는 아무것도 믿지 않았으며, 나는 글까지도 쓰지 않았으니까. 창작 노트들은 쓰레기통에 처박히거나 흩어지거나 혹은 태워져서 분석논리학, 받아쓰기, 또는 산술 노트로 대체되어 있었다. 만일 누군가 사방으로 열려 있는 나의 머릿속에 들어와보았더라면 그는 그곳에서 몇 개의 흉상, 엉터리 구구표, 미지수 비례계산법, 군청은 없으나 군청 소재지는 밝혀진 32개의 도(道), 로자로자로잠로죄로죄로자라고 불리는 장미꽃 한 송이, 역사적·문학적 기념물들, 비석에 새겨진 예절에 관한 몇 개의 격언들, 그리고 때로는 저 슬픈 공원에 널려 있는 한 폭의 안개인 가학성 몽상을 볼 수 있었을 것이다. 고아 계집아이는 보이지 않는다. 용감한 사나이는 흔적도 없다. 영웅, 순교자, 그리고 성인이라는 말들은 아무 곳에도 기록되어 있지 않았

---

59) 파리에 있는 유명한 공동묘지이다.

다. 누구의 목소리에 의해서도 되풀이되지 않았다.

전(前) 파르다이앙은 학기마다 건강상태가 양호하다는 증서를 받았다. 지능은 중간이고 품행이 단정하며, 정밀과학에는 별로 소질이 없으나 지나치지 않은 상상력이 풍부하고, 감수성은 예민하다는 것이었다. 어떤 부자연스런 꾸밈이 엿보이지만 줄어들고 있으므로 완전한 정상상태라는 것이었다. 그런데 나는 완전한 미치광이가 되었다. 하나는 공적이고 하나는 사적인 두 가지 사건이 나에게 남아 있었던 약간의 이성을 날려보냈다.

첫째 사건은 진실로 놀라운 일이었다. 1914년 7월에는 그래도 몇 명의 악인들이 있었다. 그러나 8월 2일에는 갑자기 미덕이 권세를 잡고 군림했다. 모든 프랑스 사람이 착해졌기 때문이다. 할아버지의 적들은 그의 품 안으로 피신했고, 출판업자들은 참전했으며, 영세민은 예언을 했다. 우리 친구들은 자기 문지기나 우체부나 연관공의 단순한 뜬소문들을 수집하여 우리에게 알려주었다. 단연 의심이 많은 할머니를 제외하고서는 모두들 탄성을 올리는 것이었다. 나는 황홀했다. 왜냐하면 프랑스가 나에게 희극을 제공했으며, 나는 프랑스를 위하여 그 희극을 할 수 있었기 때문이다. 그렇지만 전쟁은 곧 나에게 권태를 느끼게 했다. 즉 전쟁은 나의 생활을 거의 방해하지 않았으므로 나는 아마도 그 전쟁을 잊어버렸던 모양이다. 그러나 그것이 나의 독서를 망치고 있음을 알았을 때 나는 전쟁에 대하여 싫증이 났다.

내가 좋아했던 출판물들은 가두 판매대에서 사라져버렸고, 아르누 갈로팽, 조 발, 장 들 라 이르 등은 그들이 즐겨 등장시키곤 했던 주인공들을 저버렸다. 그들은 나의 형제들이며 복엽기(複葉機)와 수상비행기로 세계일주를 하고 1백 명과 대적하여 두셋이서 싸웠던 청년들이다. 전쟁 전의 식민주의적 소설들은 소년 수병과 알자스 소년들과 부대의 마스코트인 고아들로 가득 찬 전쟁소설들로 대치되었다. 나는 이 신참자들을 증오했다. 정글의 어린 모험가들을 나는 신동으로 간주했다. 왜냐하면 그들은 어떻든 어른인 토인들을 학살했기 때문이다. 나 자신도 신동이었으므로, 그들 가운데서 나는 자신을 찾아볼 수 있었던 것이다.

그러나 이 병영의 어린애들에게서는 모든 일이 그들 밖에서 일어났다. 개인적 영웅심은 동요되었다. 야만인들에 대해서 무장의 우수성이 그 영웅주의를 뒷받침해 주었지마는, 독일군의 대포에 대해서는 어떻게 해야 할 것인가, 다른 대포와 포병과 병력이 필요했다. 머리를 쓰다듬어주고 보호해 주는 용감한 프랑스 용사들 가운데에서 신동은 다시 어린애가 되어버렸고, 나도 그와 함께 어린애가 되었다. 때때로 작가는 동정심으로 연락 임무를 나에게 맡겼다. 나는 독일군들에게 체포되었으나 몇 마디 말대꾸를 하고 이어 탈출해서 아군 전선에 다다라 나의 임무를 다했던 것이다. 그들은 물론 나를 칭찬해 주었으나 진실된 격찬은 아니었다. 장군의 자애로운 두 눈에서도 전에 내가 구출한 과부들이나 고아들의 감격어린 시선을 다시 발견하지 못했다. 나는 주도권을 잃었다. 왜냐하면 나 없이도 전투에서 이기고 있었고, 전쟁에서 승리할 테니까 말이다. 어른들은 영웅심 발휘의 독점권을 다시 차지했던 것이다. 나는 죽은 사람의 총을 집어서 몇 발 쏠 수 있었으나 아르누 갈로팽도, 장 들 라 이르도 나로 하여금 총검 돌격을 허락하지 않았다.

영웅 수습생인 나는 입대할 나이가 되기를 초조하게 기다렸다. 아니다. 오히려 때를 기다리고 있는 것은 유년학교 생도였고, 알자스의 고아였다. 나는 그들로부터 물러나서 그 소책자를 덮어버렸다. 글쓰기는 보람 없는 기나긴 고통스런 노력일 것이다. 나는 그 사실을 알고 있었지만 끝까지 견디어낼 것이다. 그러나 책 읽기는 하나의 축제였다. 그래서 나는 당장에 모든 영광을 원했다. 그런데 그런 책들이 나에게 어떤 미래를 보여주고 있는가? 병정? 그것은 실없는 소리다! 고립된 프랑스 병사는 이미 어린애만도 못했다. 그는 다른 용사들과 돌격을 시작했는데 전투에서 승리를 거둔 것은 그 부대였다. 집단적 승리에 가담할 생각은 전혀 없었다.

아르누 갈로팽이 어느 군인을 뛰어나게 해주고 싶을 때에는, 부상당한 대장을 구출하러 보내는 것을 가장 좋은 방법으로 생각했다. 세상에 알려지지 않은 이 헌신이 나는 못마땅했다. 노예가 주인을 구출하는 것 말이다. 그런데 이것은 그때만의 일시적인 용맹에 지나지 않았다. 전쟁 때에는 용기라는 것은 가장 잘 안배되어 있다. 약간의 행운만 있으면 모든 다른 병정들도 그만한 일은 해낼 수 있었을 것이다. 나는 화가 났다. 왜냐하면 내가 전쟁전의 영웅주의에서 보다 좋아했던 것은 그 고독성과 무상성(無償性)이었기 때문이다.

나는 하루하루의 희미한 미덕을 버리고 나 혼자만의 인간을 너그러움으로써 창조했다. 《수상비행기의 세계일주》, 《파리 장난꾸러기의 모험》, 《세 사람의 소년단원》 등, 이 성스러운 작품들은 나를 죽음과 부활의 길로 이끌었다. 그런데 갑자기 이 작품들의 작가들은 나를 배반했다. 왜냐하면 그들은 영웅주의를 만인의 손이 닿을 곳에 놓아두었기 때문이다. 용기와 희생은 일상적인 미덕이 되어버렸던 것이다. 더욱 나쁜 것은 이것들을 가장 초보적인 의무의 서열로 격하시킨 일이다. 그 배경의 변화는 이 격변의 모습 그대로였었다. 곧 아르곤 지방의 집단적인 연막은 에콰도르의 크고 유일한 태양과 개인주의적 광선을 대신했던 것이다.

몇 달 쉰 다음에 나는 나의 의사에 맞는 소설을 쓰기 위하여 펜을 다시 들고, 그 '신사들'에게 좋은 교훈을 주겠다고 결심했다. 그것은 그해 1914년 10월의 일이었다. 우리는 아르카숑을 떠나지 않고 있었다. 어머니는 나에게 모두 똑같은 모양의 노트들을 사주었다. 이 노트들의 엷은 보라색 표지 위에는 그 시대의 표시였던 투구를 쓰고 있는 잔 다르크의 모습이 그려져 있다. 오를레앙의 동정녀의 보호 아래 나는 용사 페랭의 이야기를 쓰기 시작했다.

페랭은 독일 황제를 붙들어 동여매고서 우리의 진지로 데려온다. 집합한 군대 장병 앞에서 그에게 결투를 신청하여 그를 때려눕힌 다음 칼을 목에 대고는 그로 하여금 치욕스러운 평화조약에 서명케 하고, 우리에게 알자스 로렌 지방을 반환토록 한다.

그러한 내용의 이야기였다. 일주일 정도 쓰고 나니까 나의 얘기는 나를 진력나게 했다. 결투로 말하면, 나는 그 착상을 의협소설에서 얻었다. 즉 추방된 귀족인 스퇴르트베케르가 강도들의 선술집에 들어갔던 것이다. 힘센 도적떼의 두목으로부터 모욕을 받은 그는 이 두목을 주먹으로 때려 죽이고는 두목의 자리를 차지했다. 불량배의 왕이 된 그는 알맞은 시간에 자기 부하들을 해적선에 태우고 빠져나왔다는 이야기다. 이런 류의 소설에서는 요지부동하고 엄격한 규율이 그들의 의식을 지배하고 있었다. 곧 악의 투사는 무적의 용사로 통해야만 했고, 선의 투사는 야유를 받으며 싸우기 마련이었다. 그의 뜻밖의 승리는 야유하는 자들을 공포로 소름끼치게 해야만 했다. 그러나 나는 무경험 때문에 모든 규칙을 위반했고, 내가 원했던 것과는 반대의 행동을 했다.

독일 황제는 몸은 건장해도 완력가는 아니었으므로, 뛰어난 장사인 페랭이 그를 쉽사리 때려눕히리라는 것을 사람들은 미리 알고 있었다. 그리고 또 민중은 그를 증오하고 있었으며, 우리 프랑스 용사들은 그에 대한 증오심을 소리 높여 부르짖었던 것이다. 나를 어리둥절하게 만든 일이지만 범죄자인 기욤 2세는 비웃음과 가래침을 받아가면서 그것도 혼자서 나의 주인공들이 포기한 왕권을 내 눈앞에서 억지로 빼앗았다.

보다 나쁜 일이 있었다. 그때까지 루이즈가 나의 '고심작'이라고 부르곤 했던 것을 인정하거나 부정하는 것은 아무것도 없었다. 즉 아프리카는 광활하고 멀며 인구가 적었고, 그곳에 관한 새로운 소식도 부족했다. 그래서 나의 탐험가들이 그곳에 가 있지 않다는 것과, 내가 그들의 싸움을 얘기하고 있던 바로 그 시간에 그들이 '피그미'족에 대항하여 총격전을 벌이지 않았다는 것을 아무도 증명할 수 없었던 것이다. 나는 나 자신을 그들의 역사 편찬자로는 생각하지 않았다.

그러나 소설작품의 진실성에 대하여 하도 여러 번 내게 이야기했기 때문에 나는 우화를 통하여 내가 진실을 얘기한다고 생각했다. 아직은 내가 모르고 있지만 미래의 내 독자들의 눈에는 뚜렷하게 될 방법으로 말이다. 그런데 그 운수 나쁜 10월에 나는 맥없이 허구와 현실의 충돌을 목격했다. 즉 나의 펜에서 태어난 독일 황제는 패배하여 휴전을 명령했던 것이다. 그해 가을에 평화가 회복되는 것은 논리적으로 보아 '필연적'이었다. 그러나 신문과 어른들은 아침저녁으로 되풀이하기를, 전쟁은 무르익어가고 있으며 오래가리라는 것이었다. 나는 속아넘어가는 듯싶었다. 왜냐하면 나는 사기꾼이었고, 아무도 믿으려 하지 않는 군소리로 떠들어댄 것이기 때문이다. 간단히 말해서 나는 공상을 발견했던 셈이다.

내 생애 최초로 나는 내 것을 다시 읽어보았다. 얼굴이 빨개졌다. 이 유치한 환상에 만족하고 있었던 것은 바로 '나' 자신이었단 말인가? 하마터면 나는 문학을 단념할 뻔했다. 마침내 나는 나의 노트를 바닷가로 가져가서 모래 속에 묻어버렸다. 불안은 사라졌다. 나는 자신을 다시 얻었다. 나는 의심할 여지 없이 재질을 타고났기 때문이다. 다만 '순문학'은 스스로의 비밀을 가지고 있으며, 어느 날인가는 나에게 그것을 드러내보일 것이다. 내 나이는 나에게 그때까지 극도의 신중을 명령했다. 나는 그 이상 글을 쓰지 않았던 것이다.

우리는 파리로 돌아갔다. 나는 아르누 갈로팽과 장 들 라 이르를 영원히 버렸다. 왜냐하면 나는 두 기회주의자가 나를 배반하여 그들이 옳았다는 사실을 용서할 수 없었기 때문이다. 나는 통속적 서사시인 전쟁에 대하여 불만을 표시했다. 나는 화가 나서 그 시대를 포기했고, 과거 속으로 도피했다. 몇 달 전인 1913년 끝무렵에 나는 《닉 카터》, 《버팔로 빌》, 《텍사스 잭》, 《시팅 불》을 발견했다. 전쟁이 시작되자 곧 이런 출판물들은 사라졌다. 왜냐하면 나의 할아버지 주장으로는 그 편집인이 독일 사람이기 때문이라는 것이었다. 다행히 강변의 헌책방에서 이미 배본된 대부분의 책들을 찾아볼 수 있었다. 나는 어머니를 센 강가로 모시고 다녔고, 우리는 오르세 역부터 오스테를리츠 정거장까지의 책가게를 하나하나 뒤져보기로 했다. 우리는 한꺼번에 열다섯 분책을 사가지고 돌아오는 일도 있었다. 이렇게 하여 나는 이내 5백 권을 손에 넣었다.

나는 이 책들을 순서대로 쌓아놓았다. 나는 그 수를 세어볼 수밖에 없었고 그 신비한 제목들, 《기구(氣球)에서의 범죄》, 《악마와의 계약》, 《무투시미 남작의 노예들》, 《다자르의 부활》들을 큰 소리로 발음해 보지 않고는 못 배겼다. 나는 이 책들이 낙엽 같은 이상한 냄새를 풍기며 노랗게 되고, 더럽혀지며, 딱딱해지는 것이 좋았다. 전쟁이 모든 것을 멈추게 했으므로 그것들은 폐허이고 낙엽이었다. 나는 머리를 길게 늘어뜨린 사람의 마지막 모험이 나에게는 영원히 알려지지 않을 것이며, 탐정들의 왕에 관한 조사의 결과도 영원히 모르리라는 사실을 알고 있었다. 이들 고독한 주인공들은 나처럼 세계대전의 희생자들이어서 나는 이들을 더욱 사랑했다. 기쁨 속에 빠지기 위해서는 표지를 장식하고 있는 원색 그림들을 바라보는 것으로 충분했다. 버팔로 빌은 말을 타고 때로는 인디언들을 추격하며, 때로는 도망가며, 초원을 달리고 있었다.

나는 《닉 카터》의 삽화들을 더 좋아했다. 이것들을 단조롭다고 생각할 수도 있다. 거의 모든 그림에서 위대한 탐정은 때리거나 곤봉으로 얻어맞는 것이었으니까 말이다. 그러나 이런 난투극은 맨해튼의 거리에서 발생했는데, 이 거리는 갈색 울타리와 마른 핏빛의 호리호리한 입체건물에 둘러싸인 공터이다. 그것은 나를 매혹했다. 나는 공간에 의하여 침식되어 피 흘리는 청교도의 도시를 상상했고, 그 도시는 자기를 지니고 있는 대초원을 가까스로 숨기고 있었다. 범죄와 덕성은 둘 다 이곳에서는 법의 보호권 밖에 있었다. 그러므로 둘 다 자유롭고 최고의 힘을 휘두르는 살인자와 법관은 밤이면 칼싸움으로 판가름을 하는 것이었다. 이 도시에서는 아프리카에서와 마찬가지로 불을 뿜는 듯한 태양 아래서 영웅주의가 또다시 영원한 하나의 즉흥이 되었다. 뉴욕에 대한 나의 정열은 이 사실에서 유래하는 것이다.

나는 전쟁과 나의 위엄을 동시에 잊어버렸다.

"너는 커서 무엇을 하겠느냐?"

누가 나에게 물을 때면 나는 글을 쓰겠노라고 상냥하고 겸손하게 대답했다. 그러나 나의 영광에 대한 꿈과 정신적 수련을 포기한 지 오래였다. 그 덕택에 아마도 1914년 무렵의 어린 시절은 가장 행복한 때였을 것이다. 어머니와 나는 정신연령이 같았고 서로 떨어지지 않았다. 어머니는 나를 자기 시중을 드는 기사이며 귀여운 애인이라고 불렀으며, 나는 그녀에게 모든 것을 털어놓고 얘기했다. 지나치게 모든 것을 다 털어놓았다. 억제되었던 글자는 수다스러워졌고, 내 입으로 다시 튀어나왔다. 나는 내가 보는 것, 안 마리도 나와 마찬가지로 보는 것, 즉 집들, 나무들, 사람들을 묘사했다. 나는 그녀에게 알려준다는 기쁨을 위해서 여러 가지 감정을 갖고 있었다. 나는 에너지의 변압기가 되었다. 곧 세계는 말이 되기 위하여 나를 이용했다. 그것은 내 머릿속에서 이름 없는 군소리로부터 시작되었다. 누군가 말했다.

"나는 걷고, 나는 앉으며, 나는 물 한 잔을 마시고, 프랄린 과자를 먹는다."

나는 큰 소리로 이 설명을 자주 되풀이했다.

"엄마, 나는 걷고, 나는 물 한 잔을 마시고, 나는 앉아요."

나는 두 가지의 목소리를 가졌다고 믿었는데 그중 하나가—그것은 거의 내 목소리도 아니었고 나의 의지에 종속되지도 않았다—다른 하나에게 자기 말을 받아쓰게 하고 있었다. 그래서 나는 이중인간이라고 결정을 했다. 이 가벼운 혼란은 여름까지 계속되었다. 이것들은 나를 피로하고 귀찮게 만들었다. 나는 마침내 두려움을 느끼기 시작했다.

"그놈이 내 머릿속에서 말을 해요."

나는 어머니에게 이렇게 얘기했는데 어머니는 다행히 걱정하지 않았다.

이런 것이 나의 행복과 우리의 단결을 망쳐놓지는 않았다. 우리는 우리의 신화, 말버릇, 그리고 상투적인 농담들을 가지고 있었다. 거의 1년 동안, 적어도 열 번에 한 번은 이런 말로 얘기를 끝맺는다.

"하지만 그런 건 상관없어."

약간 빈정대며 체념한 듯한 말투로 말이다. 즉 나는 이런 식으로 말하곤 했다.

"저기에 크고 흰 개가 있다. 그 개는 희지 않고 회색이다. 하지만 그런 건 상관없어."

우리는 우리 생활에서 발생하는 사소한 사건들을 서사시적으로 서로 얘기하는 버릇이 생겼고, 우리에 대해서는 삼인칭 복수로 말했다. 버스를 기다리다가 버스가 정차하지 않고 우리 앞을 지나가버리면, 그때 우리 중의 한 사람은 소리를 질렀다.

"그들은 하늘을 저주하며 발로 땅을 굴렀다."

그러고는 웃음을 터뜨리곤 했던 것이다. 대중 앞에서는 우리 사이에 묵계가 있어서 눈을 한 번 끔뻑하는 것으로 충분했다. 상점이나 다방에서 여자종업원이 우리에게 우습게 보이면 어머니는 나오면서 내게 말했다.

"나는 너를 쳐다볼 수 없었단다. 그 사람 얼굴에 대고 '푸우' 하고 웃음을 터뜨릴까 봐 겁이 나서 말이야."

나는 나의 위력에 대하여 자부심을 갖고 있었다. 왜냐하면 한번 눈길을 던져서 어머니가 참지 못하고 웃음을 터뜨리게 하는 아이는 많지 않았을 테니까. 우리는 소심한 편이어서 둘 다 겁쟁이였다. 어느 날 강변에서 내가 아직 갖고 있지 못하던 《버팔로 빌》 열두 권을 발견했다. 어머니가 책값을 내려고 할 때에 몸이 비대하고 얼굴이 창백하며, 두 눈 위가 시커멓고 콧수염이 반지르르하며 밀짚모자를 쓴 사람이 다가왔다. 이런 음식물 같은 겉모습은 그무렵 멋쟁이들이 즐겨 받아들인 멋이었다. 그는 어머니를 뚫어지게 쳐다보면서 나에게 말을 건넸다.

"아가야, 너는 너무 귀염을 받고 있어. 너무 귀염을 받고 있구나!"

이렇게 빠른 말투로 되풀이했다. 처음에는 기분이 상했을 뿐이다. 왜냐하면 아무도 나에게 그처럼 함부로 반말을 쓰지 않기 때문이다. 그러나 나는 그의 편집광 같은 시선을 보았다. 어머니와 나는 둘이 한 소녀가 된 것처럼 겁을 집어먹고 뒤로 물러섰다. 난처해져서 그 사람은 멀리 가버렸다. 수많은 얼굴들은 다 잊어버렸지만, 돼지기름이 흐르는 그의 얼굴을 나는 아직도 기억하고 있다. 나는 육체에 관해서는 아무것도 몰랐다. 또한 그 사람이 우리로부터 무엇을 원하고 있었는지 상상할 수 없었다. 그러나 욕망의 뻔함은 너무나 뚜렷해서 나는 모두 이해하는 듯했고, 어떤 면으로는 모든 것이 나에게 온통 드러나보이는 것 같았다. 나는 안 마리를 통해서 그 욕망을 느껴왔다. 또 나는 안 마리를 통해 남성의 체취를 맡고 두려워하며 증오할 줄 알게 되었다. 그 사건은 우리의 유대를 더 굳게 했다. 나는 어머니의 손을 쥐고 딱딱한 모습으로 종종걸음을 걸으며 어머니를 보호하고 있다고 확신했다. 그것이 그 시절의 추억일까? 오늘날 아직도 지나치게 착실한 어떤 아이가 어린애 같은 자기 어머니에게 엄숙하고 상냥하게 얘기하는 것을 보면 기쁨을 느낄 수밖에 없는 것이다. 나는 사나이들에게서 멀리 떨어져 그들과 대립되어 생기는 이 달콤하고도 야성적인 우정을 사랑했다. 나는 오랫동안 이 어린애 같은 한 쌍을 바라보다가 내가 남성이란 것을 깨닫고서 고개를 돌려버렸다.

두 번째 사건이 일어난 것은 1915년 10월이었다. 내가 만 10살 하고도 3개월이 되던 때여서 사람들은 나를 더 이상 집 안에 붙들어둘 수 없다고 생각했던 것이다. 샤를 슈바이처는 그의 원한을 꾹 참고서 나를 앙리 4세 중학에 통학생 자격으로 등록했다.

첫 번째 작문시험에서 나는 꼴찌를 했다. 어린 봉건영주인 나는 교육을 개인적인 인연관계로 생각했다. 왜냐하면 마리 루이즈 선생은 나에게 사랑으로써 그녀의 지식을 주었고, 나는 그녀의 사랑에 대한 호의로서 그 지식을 받아들였기 때문이다. 그래서 나는 모든 사람에게 주어지는 '강단 위'에서의 강의에 당황할 수밖에 없었다. 그것은 법이 지니는 민주주의적 냉랭함으로써 모든 사람 앞에서 이루어지는 강의였다. 끊임없는 비교의 대상이 되어 내가 꿈꾸어온 나의 우월성은 사라져버렸다. 왜냐하면 누구인가 늘 나보다 더 정확하고 더 빠르게 대답하는 사람이 있었기 때문이다. 나는 나 자신을 의심하기에는 너무나 많은 사랑을 받고 있었다. 나는 기꺼이 내 친구들을 칭찬했으며, 그들을 시기하지 않았다. 왜냐하면 나의 차례가 올 테니까. 50세에 말이다. 간단히 말하면 나는 괴로움 없이 나 자신을 잃어가고 있었으며, 무미건조한 열중에 사로잡혀 형편없는 숙제 베끼기를 열심히 했다.

벌써 할아버지는 눈살을 찌푸렸다. 어머니가 나의 담임선생인 올리비에 씨와의 면담을 서둘러 청했던 것이다. 선생은 자기의 조그마한 독신자 아파트에서 우리를 맞이했다. 어머니는 노래하는 듯한 목소리로 얘기를 했다. 나는 그녀가 앉은 안락의자 곁에 기대서서 먼지가 묻은 유리창문을 통하여 태양을 바라보며 그녀의 얘기를 듣고 있었다. 그녀는 내 실력이 내가 써내는 숙제보다 더 낫다는 것을 증명하려고 애썼다. 즉 나는 혼자서 책 읽는 법을 배웠고 소설도 썼다고 말했다. 할 말이 없어지자 어머니는 내가 열한 달만에 태어났음을 밝히고, 가마솥에 더 오래 있었기 때문에 다른 애들보다 더 익었고, 더 노랗고, 더 파삭파삭하다고 말했다.

나의 재능보다도 어머니의 매력에 감동되어 올리비에 선생은 어머니의 이야기를 주의 깊게 듣고 있었다. 선생은 키가 크고 말랐으며, 대머리인 데다가 두 눈은 움푹 들어가 있었다. 살갗은 밀랍같이 노랗고, 긴 매부리코 밑에는 적갈색 수염이 조금 나 있었다. 그는 나에게 개인교수를 해주는 것은 거절했으나 나를 '보살펴' 주겠다고 약속했다. 나는 더 이상 바랄 것이 없었다. 왜냐하면 수업시간 중에 나는 그의 시선을 지켜보았는데 틀림없이 나만을 위해서 말을 하고 있었으니 말이다. 나는 그가 나를 사랑한다고 믿었고, 나도 그를 사랑했다. 나머지는 서로 친절한 말을 주고받으면 그것으로 충분했다. 나는 큰 노력 없이 훌륭한 학생이 되었다. 할아버지는 학기말 성적표를 보며 뭐라고 중얼거렸으나 학교를 그만두게 할 생각은 그 이상 하지 않았다. 제5학급 때에 나는 다른 선생들을 맞이하게 되어 먼젓번과 같은 특별대우를 받지 못했다. 그러나 나는 이미 민주주의에 익숙해 있었다.

학교 공부는 나에게 글 쓸 시간적 여유를 주지 않았다. 나의 새로운 교제들은 글을 쓴다는 욕망마저 빼앗아갔다. 마침내 나에겐 친구들이 생겼다. 공원에서 따돌림을 당하던 나를 그들은 첫날부터 가장 자연스럽게 받아들였던 것이다. 나는 깜짝 놀라 어리둥절해했다. 사실대로 말하자면 그 친구들은 나를 상심하게 했던 파르다이앙 아이들보다 더 나에게 가까운 것 같았다. 그들은 통학생이고, 엄마를 따라다니는 응석둥이였으며, 열심히 공부하는 학생이었다. 어떻든 나는 즐거웠다. 나에게는 두 가지 생활이 있었다. 집에서는 계속해서 어른 흉내를 냈다. 그러나 어린애들끼리는 어린애 장난을 하는 것을 싫어하는 법이다. 왜냐하면 이 애들은 참말로 어른이기 때문이다. 어른들 가운데서도 어른인 나는 매일 말라캥 삼형제인 장, 르네, 앙드레, 그리고 폴 메이르, 노르베르 메이르, 브룅, 막스 베르코, 그레구아르 등과 함께 학교에서 나왔고, 우리는 팡테옹 광장을 소리를 지르며 뛰곤 했다. 그것은 장중한 행복의 순간이었다. 왜냐하면 나는 가정의 희극을 떨쳐버리고 남의 주의를 끌 생각을 하기는커녕 남을 따라 덩달아 웃고, 남이 말하는 암호와 익살을 되뇌고, 잠자코 있다간 남에게 순종하고, 옆에 있는 아이들의 몸짓을 흉내내곤 했다. 단지 합류하여 그들과 한패가 되겠다는 열정밖에는 없었다. 냉담하고 단단하며 명랑하여, 나는 강철 같은 나 자신을, 드디어는 존재한다는 죄로부터 해방된 나 자신을 느꼈다. 우리는 팡테옹과 장 자크 루소의 조상 사이에서 공을 가지고 놀았다. 나는 없어서는 안 될 존재였다. 즉 '알맞은 자리에 알맞은 인재'였다. 나는 시모노 씨가 더 이상 부럽지 않았다. '내가 지금 이곳에' 없다면 메이르는 그레구아르에게 던져주는 척하면서 누구에게 공을 건넬 것인가? 나에게 내 필요성을 깨닫게 해주는 이 눈부신 직관에 비하여, 내 영광에의 동경들은 얼마나 김빠지고 구슬프게 보였던 것일까.

불행히도 이 직관들은 불이 켜질 때보다도 더욱더 빨리 꺼지곤 했다. 우리 어머니들의 말처럼 우리의 놀이는 우리를 '강렬하게 자극했고' 때로 우리 그룹은 나를 집어삼키는 만장일치의 의견을 가진 조그만 군중으로 변형되곤 했다. 그러나 우리는 우리의 부모들을 오랫동안 잊을 수는 없었으며, 눈에 보이지 않는 그들의 존재는 우리를 다시 동물 우리의 공통적인 고독 속으로 이내 빠지도록 했다. 목적도 목표도 계급도 없이 우리 사회는 전체적 융합과 병렬 사이에서 망설이고 있었다. 우리는 다같이 진실 속에서 살았으나 서로서로가 힘을 빌려주고, 각자는 집단에 소속하고 있다는 감정을 부인할 수 없었다. 이 집단은 밀접하고 강력하며 원시적이어서 매혹적인 신화들을 만들어내었고, 과오를 양식으로 삼으며, 우리에게 자기의 독단을 강요했다.

우리는 모두 귀여움을 받고 정통파적으로 생각하며, 감동적이고 추리적이며, 무질서에 겁을 내고, 횡포와 불의를 증오하며, 세계는 우리의 편의를 위해 창조되었고 또 우리 각자의 부모가 세계에서 가장 훌륭하다는 무언의 신념으로 뭉쳤다가 흩어졌다. 또한 우리는 남을 모욕해서는 안 되고, 놀이에서까지 예절을 지키려고 단단히 맘을 먹었다. 그래서 조롱과 야유는 엄격히 금지되어 있었다. 화를 내는 아이가 있으면 우리 그룹 전체는 그를 에워싸서 진정시키고 사과하게 했다. 장 말라캥 또는 노르베르 메이르의 입을 통해서, 그 애 자신의 어머니가 그를 꾸짖는 것이었다. 그 어머니들은 서로 아는 처지였으나 서로 무자비하게 대했다. 즉 우리 저마다가 다른 모든 아이들에 관해 나누었던 이야기와 비판을 그녀들은 주고받았다. 자식들인 우리는 그녀들의 그런 말을 서로 숨기고 있었다. 나의 어머니는 말라캥 부인을 방문했다가 화가 나서 돌아왔다. 말라캥 부인이 어머니에게 이렇게 딱 잘라 말했다는 것이다.

"앙드레가 말하길 풀루(풀의)는 잘난 체한답니다."

그러한 평을 들었어도 나는 아무렇지 않았다. 어머니들이란 모이면 그러한 말을 하기가 일쑤니까. 나는 앙드레를 원망하지 않았다. 그 일에 대하여 그에게는 한마디도 안 했다. 요컨대 우리는 온 세계를, 부자와 가난뱅이를, 군인과 민간인을, 젊은이와 노인을, 사람과 짐승을 모두 존경했다. 왜냐하면 우리는 반기숙생과 기숙생만을 경멸했기 때문이다. 그들의 가정이 그들을 저버린 것을 보면 그들은 죄를 지었음에 틀림없을 테니까. 부모들이 나쁜 사람이었는지도 모른다. 그래도 그것으로 문제가 해결될 수 없는 노릇이다. 왜냐하면 어린애들에겐 그들의 자격에 알맞은 아버지들이 있는 법이니까. 오후 4시 이후 저녁때, 자유로운 통학생들이 떠나면 학교는 위험한 장소가 되어버렸다.

그처럼 용의주도한 우정에는 때때로 냉담함이 깃들지 않을 수 없었다. 방학 때 우리는 미련도 없이 서로 헤어지곤 했다. 그렇지만 나는 베르코를 좋아했다. 과부의 아들인 그는 나의 형제 같았다. 그는 잘생겼고 허약하며 온순한 아이였다. 나는 잔 다르크 모양으로 빗질한 그의 머리를 바라보는 게 싫증이 나질 않았다. 그리고 특히 우리는 서로가 책이란 책은 모두 읽었다고 자랑했고, 우리는 문학 얘기를 하느라고 체육장 한구석에 외따로 떨어져 있곤 했다. 즉 우리는 언제나 즐겁게 그랬듯이 우리 손을 거쳐간 작품들을 골백번이나 다시 늘어놓기 시작했던 것이다. 어느 날 그는 괴벽스런 모습으로 나를 바라보며 자기는 글을 쓰고 싶다고 고백했다. 뒤에 나는 수사학급(修辭學級)⁶⁰)에서 그를 다시 만났는데, 그는 여전히 잘생겼으나 결핵을 앓고 있었다. 그는 18살에 죽었다.

우리는 모두 베나르를 사랑했다. 현명한 베르코까지도. 베나르는 추위를 잘 탔고 병아리처럼 통통했다. 그 애가 영악하다는 소문은 우리 어머니들의 귀에까지 들어가서 어머니들은 조금 못마땅해했으나 베나르를 본보기로 삼으라고 지칠 줄 모르고 우리에게 되풀이했다. 그래도 베나르가 싫어지지 않았다. 이러한 우리의 편애에 대해선 다음과 같은 사실로서 판단을 해주기를 바란다. 그는 반기숙생이었는데 우리는 그 사실 때문에 그를 더욱 사랑했다. 우리의 눈에 그는 명예 통학생으로 보였던 것이다.

저녁때면 집의 등불 밑에서, 우리는 식인종 같은 기숙생들을 개종하기 위해 정글에 머물러 있는 그 선교사를 생각하고서 덜 무서워했다. 물론 기숙생들도 그를 존경한다는 것은 지당한 말이었다. 나는 모든 사람이 그를 존경하는 이유를 명확히 모른다. 베나르는 온화했고 상냥했으며 예민했다. 그와 함께 그는 무엇에서나 일등이다. 그리고 그의 어머니는 그를 위해서 궁핍한 생활을 참아냈다. 우리 어머니들은 이 양재사와 자주 만나지 않았으나, 모성애의 위대함을 우리가 측정할 수 있도록 자주 그녀에 관하여 우리에게 얘기하곤 했다.

그러나 우리는 베나르만을 생각했다. 왜냐하면 그는 이 불행한 여인의 횃불이자 기쁨이었기 때문이다. 우리는 효성의 위대함을 헤아려보고 있었다. 결국 모든 사람은 이 훌륭하고 가난한 사람들에 대하여 감동했다. 그렇지만 그것으로 충분하지는 않았으리라. 사실 베나르는 절반밖에 살고 있지 못했기 때문이다. 나는 양털 목도리를 두르지 않은 그를 본 적이 없었다. 그는 늘 우리에게 상냥스런 미소를 던졌으나 말이 적었다. 그가 우리의 놀이에 한몫 끼는 것을 금지당했던 사실을 기억한다. 그는 연약한 몸 때문에 우리와 어울리지 못했고, 그 점이 더욱 그를 존경하게 했다. 그는 유리 속에서 자라고 있는 거나 다름없었다.

그는 유리창 뒤에서 우리에게 인사나 손짓을 했지만 우리는 그에게 가까이 가지 않았다. 우리는 멀리 떨어져서 그를 소중히 아꼈다. 왜냐하면 그는 살아 있는 동안 상징의 소멸을 하고 있었기 때문이다. 어린 시절은 순응적인 것이다. 우리는 그가 자기 완전성을 비개인적인 보편성에까지 이끌어가는

---

*60 1902년 전까지 프랑스 고등학교의 최고학급에 해당한다.

것에 대해 감사하게 생각했다. 그가 우리와 얘기를 할 때에는 그 얘기의 무의미함이 마음을 편케 하여 우리를 극도로 매혹시켰다. 우리는 절대 그가 화를 내거나 너무 즐거워하는 것을 보지 못했다. 교실에서 그는 절대 손가락 하나 드는 일이 없었다. 질문을 받을 때는 망설이지도 않고, 그렇다고 해서 흥분하는 일도 없이, 마치 '진리'는 그렇게 말해야 하는 듯이, '진리' 자체가 그의 입을 통해서 흘러나왔다.

그는 천재가 아니면서 가장 뛰어났기 때문에 우리 신동 일당을 놀라게 해주었다. 그 무렵에 우리는 모두 얼마간 아버지들이 없는 고아 같았다. 아버지들은 죽었거나 일선에 가 있었고, 집에 남아 있는 아버지들은 불구자였고 비남성화되어 자식들로부터 잊히려고 애쓰고 있었다. 어머니들이 지배하는 세계였다. 그래서 베나르는 모권제도의 소극적 미덕을 우리에게 반영해 준 셈이었다.

겨울이 다 갈 무렵 그는 죽었다. 어린애들과 병정들은 죽음에 대하여 신경을 쓰지 않는 법이다. 그렇지만 그의 관 뒤에서 우리 40명은 흐느껴 울었다. 우리 어머니들은 밤샘을 했다. 그를 삼킨 심연은 꽃들로 덮여 있었다. 그리하여 우리는 이 죽음을 학년 끝무렵에 수여되는 최우수상으로 생각할 정도였다. 그리고 베나르는 너무나 조금 살았기 때문에 그는 정말로 죽은 것 같지 않았다. 즉 그는 우리 가운데 널리 퍼져서 성스러운 존재로 남아 있었다. 우리의 도덕적 감정은 한층 더 높아졌다. 우리에게 그는 친애하는 이였고 낮은 목소리로 우울한 쾌감을 느끼며 그의 이야기를 하곤 했다. 우리도 그처럼 일찍 죽을 수도 있을 것이다.

우리는 어머니들의 눈물을 상상하고 우리가 귀중한 존재임을 느꼈다. 하지만 나는 꿈을 꾸었을까? 나는 하나의 가혹하고 뻔한 사실에 대한 추억을 지금도 희미하게 간직하고 있다. 그 양재사, 그 과부는 '모든 것'을 잃어버린 셈이었다. 나는 그 생각에 정말로 무서움으로 숨이 막혔던가? 나는 '악', '신'의 부재, 그리고 살 수 없는 세계를 엿보았던가? 나는 그렇다고 믿는다. 만일 그렇지 않다면 부인되고, 잊히고, 잃어버린 나의 어린 시절에서 왜 이렇게 베나르의 영상이 비통스럽도록 명확하게 간직되어 있겠는가?

그로부터 몇 주일 뒤 제5학급 A1반은 괴상한 사건의 무대가 되었다. 라틴어 시간 중에 문이 열리고, 베나르가 수위에게 안내를 받으며 들어오더니 우리 선생님인 뒤리 씨에게 인사를 하고 앉았다. 우리는 모두 그의 쇠테 안경, 목도리, 약간 구부러진 그의 매부리코와 추위를 타는 병아리 같은 그의 모습을 알아보았다. 나는 하느님이 그를 우리에게 돌려보내준 것이라고 믿었다. 뒤리 선생님도 우리처럼 깜짝 놀랐기 때문인지 말을 멈추었다가 크게 숨을 몰아쉬고는 다음과 같이 물었다.

"성명, 자격, 부모의 직업을 말해 봐."

베나르는 반기숙생이고 기계기술자의 아들이며, 이름은 폴 이브 니장이라고 대답했다. 모든 사람 중에서 내가 가장 놀랐다. 나는 휴식시간에 그에게 먼저 다가가서 말을 건넸다. 그도 대꾸해 주어서 우리는 친밀해졌다. 그러나 어떤 사소한 일로 내가 베나르와 상대하고 있는 것이 아니라 그의 악마적인 외모를 상대하고 있다는 것을 느끼게 되었다. 니장은 사팔뜨기였던 것이다. 그런 점에 신경 쓰기에는 너무 늦었다. 나는 니장과 같은 베나르의 얼굴에서 '선'의 구현을 이미 사랑했던 것이다. 마침내 나는 그 얼굴 자체를 좋아하게 되었다. 나는 함정에 빠졌고, 덕성에 끌리는 나의 마음은 나로 하여금 '악마'를 사랑하도록 이끌어갔다.

사실 이 가짜 베나르는 마음씨가 아주 나쁘지는 않았다. 그는 살고 있을 뿐이었다. 그는 자기와 판에 박은 듯이 닮은 사람이 갖고 있는 모든 특질을 가지고 있었지만 그것은 시들은 것들이었다. 니장에게 있어서는 베나르의 조심성이 남에게 숨기는 성격으로 바뀌어 있었다. 격렬하고 수동적인 갈등으로 짓눌렸을 때 니장은 소리를 지르지 않았으나, 우리는 그가 화가 나서 얼굴이 하얗게 되거나 말을 더듬거리는 것을 보았다. 우리가 온순하다고 잘못 알고 있던 그의 성격은 일시적인 마비상태에 지나지 않았다. 그의 입을 통하여 표현되는 것은 진실이 아니고 우리를 불안하게 하는 어떤 냉소적이고 경박한 객관성이었다. 왜냐하면 우리는 그런 점에 익숙하지 못했기 때문이다. 그는 물론 부모님을 열렬히 사랑하긴 했지만 그럼에도 자기 부모님에 대하여 빈정거리며 말하는 사람은 그 아이뿐이었다. 교실에서 그는 베나르만큼 뛰어나지 못했다. 반면에 그는 책을 많이 읽었고 글쓰기를 희망했다.

요컨대 그는 완전한 인간이었고, 베나르의 모습으로 한 인간을 보는 것보다 나를 더 놀라게 하는 일은 없었다. 그 닮은 점이 머리에서 떠나지 않아 나는 미덕의 모습을 보여준다고 그를 칭찬해야 할지, 혹은 미덕의 외모만을 가졌다고 그를 비난해야 할지 몰랐다. 나는 늘 맹목적인 신뢰로부터 불합리한 불신으로 끊임없이 넘어가곤 했다. 우리는 훨씬 뒤에야 정말 친구가 되었는데, 그것은 오랫동안 헤어져 있다가 다시 만난 때였다.

그러한 사건들과 그러한 만남들은 그 원인을 제거함 없이 나의 심사숙고하는 버릇을 2년 동안 중단시켰다. 사실상 근본적인 면에서는 아무것도 변하지 않았다. 어른들이 밀봉한 봉투 속에 넣어둔 그 위임에 관해서는 이미 생각하지도 않았으나 여전히 존속해 있었다. 이것이 나 자신을 온통 붙들고 있었다. 9살 때는 지나치게 나 자신을 감시했다. 10살 때는 나 자신을 못 보게 되었다. 나는 브룅과 함께 뛰어다녔고 베르코나 니장과 얘기하곤 했다. 이 동안에 나의 거짓 임무는 버려진 채 살이 쪘고 마침내는 어둠 속에 사라졌다. 나는 그 임무를 다시는 보지 못했으나 그 임무는 나를 만들었고, 모든 것에 자기의 인력을 행사했으며, 나무들과 벽들을 구부리거나 내 머리 위의 하늘까지도 아치형으로 만들었다. 나는 나를 왕자로 착각했고 나의 광기는 내가 왕자라는 점이었다. 내 친구인 정신분석 학자는 이를 성격상의 신경병이라고 말했다. 그의 말이 옳았다. 왜냐하면 1914년 여름과 1916년 가을 사이에 내가 받은 위임은 나의 성격이 되어버렸기 때문이고, 나의 정신착란은 내 머리를 떠나 내 뼛속으로 흘러들어갔으니까 말이다.

나에게는 새로운 일이라곤 하나도 일어나지 않았다. 나는 내가 연출하고 내가 예언했던 것을 손대지 않은 채로 고스란히 있는 것을 다시 찾아냈다. 단 하나의 차이란 지식도 없이, 말도 없이, 맹목적으로 내가 모든 것을 '이해한' 것이다. 그전에 나는 비유로써 나의 삶을 묘사했다. 즉 그것은 내 출생을 일으키는 나의 죽음이었으며 나를 죽음으로 던져넣는 내 출생이었다. 내가 그러한 상호작용을 보기를 단념하자마자 나 자신이 이 상호작용이 되었고, 심장이 뛸 때마다 태어나고 죽으며 나는 이 양극단 사이에서 빠드득 소리가 날 정도로 긴장했다.

내 미래의 영원성은 나의 구체적인 장래가 되어버렸다. 즉 영원은 순간순간을 경박성으로 두들겼으며, 가장 깊은 주의(注意)의 중심부에서 더욱 깊은 방심이었고, 완전한 충만 속의 공허였으며, 현실 가운데의 가벼운 비현실이었다. 그것은 멀리서부터 내 입속의 캐러멜 맛과 내 가슴속의 슬픔과 기쁨을 죽이는 것이었다. 그러나 이 영원은 가장 공허한 순간을 구출했다. 이 순간은 최후에 오며 나를 영원에 접근시킨다는 단순한 이유로써 말이다. 영원은 나에게 살아가는 인내력을 주었다. 나는 더 이상 20년을 뛰어넘거나 다른 20년의 페이지를 넘겨버리고 싶지 않았다. 더는 나의 먼 승리의 나날들을 상상하지 않았다.

나는 기다렸다. 매순간마다 나는 그 다음에 오는 순간을 기다렸다. 왜냐하면 다음 순간은 뒤에 계속되는 순간을 자기에게 끌어당기고 있었기 때문이다. 나는 극도로 절박한 상황 속에서 조용히 살았다. 늘 나 자신보다 앞서서 모든 것이 나를 빨아들이고, 나를 잡아두는 것이라곤 아무것도 없었다. 얼마나 개운한 일인가! 지난날에는 나의 나날이 너무나 서로 비슷해서 나는 똑같은 영원한 회귀를 겪어야 하는 운명에 놓이진 않았나 하고 흔히 자문할 정도였다.

그러나 나날들은 크게 변화하지 않았고, 떨며 주저앉는 나쁜 습관을 그대로 간직하고 있었다. 그러나 '나는' 이 나날 속에서 변화했던 것이다. 나의 고정된 어린 시절로 거슬러 올라가는 것은 시간이 아니었고, 순서대로 시간을 꿰뚫고 목표를 향하여 곧장 나아가는 당겨진 화살인 바로 나 자신이었다. 1948년 위트레흐트에서 반 레네프 교수는 나에게 적성검사용 슬라이드를 보여주었다. 그중의 한 장이 나의 주의를 끌었다. 거기에는 뛰고 있는 말, 걸어가는 사람, 날아다니는 독수리, 튀는 모터보트가 그려져 있었다. 수험자는 가장 강한 속도감을 주는 그림을 골라야 했다. 나는 말했다.

"그것은 보트입니다."

다음에 나는 그처럼 선명하게 인상을 과시하는 그 그림을 호기심에 차서 바라보았다. 보트는 호수에서 하늘로 떠오르려는 것처럼 보였다. 조금 뒤에는 이 보트가 파도치는 호수의 침체상태 위를 날 듯싶었다. 내가 보트를 선택한 이유를 이내 알게 되었다. 10살 때 이미 나는 나의 뱃머리가 현재를 쪼개고 나를 그곳으로부터 끌어내는 인상을 가졌었다. 그때부터 나는 뛰었고 아직도 뛰고 있다. 속력이란 내가 보기에는 정해진 기간 동안에 달린 거리가 아니라 끌어당기는 힘에 의해서 표시된다.

20년 전 어느 날 저녁, 이탈리아 광장에서 자코메티는 자동차에 치었다. 부상하여 다리가 뒤틀린 그는 의식이 명료한 실신상태에서 처음엔 기쁨을 느꼈다.

"드디어 나에게 무슨 일이 일어났구나!"

나는 그의 과격론을 이해한다. 그는 최악의 경우를 기다리고 있었다. 그가 어떤 삶도 바라지 않을 만큼 사랑했던 그 삶이 우연의 어리석은 폭력에 의해 뒤엎어지고 깨져버렸을지도 몰랐다.

'그러므로 나는 조각을 하기 위해서, 살기 위해서조차도 태어나지 않았어. 그러니 나는 무엇을 위해서도 태어나지 않았지.'

그는 이렇게 생각했다. 그를 흥분케 한 건 갑자기 탈을 벗은 인과관계의 위협적인 질서였고, 커다란 재난에 아연실색한 눈으로 도시의 불빛과 인간들과 진흙 속에 쓰러진 자기 자신의 육체를 응시하는 일이었다. 왜냐하면 조각가에게는 광물계가 결코 멀리 있는 게 아니기 때문이다. 나는 모든 것을 다 받아들이는 그 의지를 찬양한다. 놀라운 일들을 좋아한다면 거기까지 좋아해야 한다. 아마추어들에게 이 지구가 그들을 위해 만들어져 있지 않음을 내보여주는 저 희귀한 번개까지 말이다.

10살 때 나는 이 놀라운 일들만을 사랑한다고 자부했다. 내 삶의 사슬고리 하나하나는 예기치 않은 것들이어야 하고 성성한, 갓 칠한 페인트 냄새가 나야만 했다. 나는 재난이나 사고를 미리부터 받아들였다. 공정하게 말하자면 나는 그것들을 좋은 낯으로 대하고 있었다. 어느 날 저녁 모든 등불이 꺼졌다. 고장이었다. 다른 방에서 사람들이 나를 불렀다. 나는 두 팔을 벌리고 더듬어 나아가다가 문짝에 머리를 너무 세게 부딪쳐서 이 하나가 부러졌다. 아팠지만 나는 재미있어서 웃었다. 마치 자코메티가 나중에 그의 다리를 보고 웃게 되었듯이. 그러나 그와 정반대의 이유에서였다. 왜냐하면 나는 미리부터 나의 얘기는 행복한 결말을 맺을 것이라고 정해 놨기 때문에 뜻밖의 일이란 기만에 불과하고, 새로운 것이란 외모에 지나지 않았다.

민중의 요구가 나를 세상에 태어나게 함으로써 모든 일을 결정지었다. 나는 부러진 이에서 하나의 징후, 나중에야 이해하게 될 이해하기 어려운 하나의 계시를 보았다. 다시 말하면 나는 어느 상황에서건 무슨 희생을 치르더라도 결말들의 질서를 간직하고 있었다. 나는 내 삶을 나의 죽음을 통하여 바라보았다. 그리고 내가 보는 것은 거기에서 아무것도 나올 수 없고 아무것도 들어갈 수 없는 밀폐된 기억뿐이었다. 사람들은 나의 안전이란 것을 상상할 수 있을까? 우연은 존재하지 않았다. 나는 하늘이 도운 우연의 모조품들 하고만 상대하고 있었기 때문이다.

신문들은 흩어진 폭력배가 거리를 마구 날뛰며 닥치는 대로 약자를 때려 눕힌다고 믿게 했지만 미리 운명이 지워진 나로서는 그런 것과 마주치지 않을 것이다. 나도 혹시 팔이나 다리, 두 눈을 잃을지 모른다. 그러나 모든 것은 예정에 들어 있었다. 즉 내 불행은 시련에 지나지 않으며 책을 만드는 수단일 뿐이리라. 나는 슬픔과 질병을 이겨나가는 법을 배웠다. 왜냐하면 나는 슬픔과 질병 속에서 내 승리의 죽음의 첫모습을 보았고, 나를 죽음에까지 끌어올리기 위해 재단해 놓은 단계를 보았기 때문이다. 조금 거친 그와 같은 배려는 나를 불쾌하게 하지는 않았다. 나는 그 배려를 받을 만한 사람처럼 보이고 싶었다. 나는 최악조차 최선의 조건이라고 생각했으며, 내 과오들까지도 쓸모가 있었으니 그것은 결국 나는 과오를 범하지 않는다는 말이 된다.

10살 때 나는 나 자신에 대해서 확신을 가지고 있었다. 왜냐하면 겸허하고 참을 수 없는 나는, 죽은 뒤의 내 승리의 조건들을 나의 패배 가운데에서 보았기 때문이다. 장님 또는 앉은뱅이인 나, 내 실수로 길을 잃은 나는 전투에서 패배함으로써 전쟁에서 승리를 거둘 수 있으리라. 나는 선택된 인간에게만 주어지는 시련들과, 그 책임이 내게 있는 실패들 사이를 구별하지 못했다. 말인즉슨 나의 죄악이 결국은 나에게는 불운처럼 보였고, 나는 나의 불행을 마치 과오처럼 주장했다는 것이다. 사실 나는 그것이 홍역이건 급성 비염이건 간에 병에 걸리기만 하면 내 탓이라고 스스로 고백했다. 왜냐하면 나는 조심성이 부족했고 망토와 머플러를 걸치는 걸 잊어버렸기 때문이다. 나는 늘 세상보다도 나 자신을 비난하기를 좋아했다. 이것은 호인이어서가 아니라 오직 나 자신에게만 속하기 위해서였다. 이렇듯 오만했지만 그렇다고 겸손함이 전혀 없었던 건 아니다. 나는 나의 과오들이 필연적으로 선에 이르는 가장 가까운 길이기 때문에 더욱더 나 자신이 과오를 범하기 쉬운 사람이라고 생각했다. 설사 그것이 내 뜻에 어그러질지라도 끊임없이 나에게 새로운 진보를 하게끔 강제하는, 저항할 수 없는 인력을 내 삶의 운동 속에 느낄 수 있게 나는 꾸며놓고 있었다.

아이들은 모두 자기가 진보하고 있음을 알고 있다. 더군다나 그들이 그런 사실을 모르고 있도록 다른 사람들이 가만 놔두지도 않는다.

"진보의 여지, 진보중, 진지한, 그리고 정상적 진보……" 등등의 말로.

어른들은 우리에게 프랑스의 역사에 관하여 애기했다. 즉 그 불확실한 제 1공화국 다음에는 제2공화국이 있었고, 다음엔 훌륭한 제3공화국이 있었다는 것이다. 두 번 일어난 일은 세 번도 일어나는 법이다. 그 무렵 부르주아의 낙천주의는 다음과 같은 급진당원의 강령 속에 요약되어 있었다. 늘어만 재산의 풍요라든지, 지식과 소지주(小地主)를 확대시켜 이루어지는 빈곤의 타파가 바로 그것이다. 우리 젊은 '신사들', 우리의 손이 닿을 수 있는 곳에 낙천주의가 놓였으며, 우리의 만족스런 기분으로 개인의 진보가 다시 '국가'의 진보를 이루는 것임을 발견하고 있었다. 자기 아버지를 넘어서려고 하는 아이들은 그래도 드물었다. 대부분의 경우에서는 어른의 나이에 다다르는 것만이 문제되었을 뿐이다. 그 다음에는 성장도 진보도 멈추게 될 것이다. 주위의 세계가 자연히 더 좋아지고 안락한 것이 될 테니까.

우리 가운데 어떤 아이들은 그 순간을 초조하게 기다리는가 하면 또 다른 아이들은 공포 속에서, 또는 후회 속에서 기다리고 있었다. 나로 말할 것 같으면 나는 일생을 바칠 천직이 생기기 전에는 무관심 속에서 성장하고 있었다. 프레텍스트[61] 같은 것은 내가 알 바 아니었다. 할아버지는 내 키가 작은 것을 보고 실망했다. 할머니는 할아버지의 비위를 건드리려고 말하곤 했다.

"저애도 사르트르 가문의 키만큼은 자랄 거예요."

할아버지는 그 말을 못 들은 체하며 내 앞에 우뚝 서서는 내 키를 재어보고 별로 자신 없이 말하곤 했다.

"이 녀석, 키가 자라는데!"

나는 할아버지의 걱정이나 기대를 함께 나눠갖진 않았다. 잡초도 자라기 마련이니까. 그러니 사람도 상태가 나쁜 채로 자랄 수 있다는 증명이 된다. 그때 나의 유일한 문제는 영원히 선하게 되어야 한다는 것이었다. 나의 삶이 속력을 내기 시작하자 모든 것이 바뀌었다. 이미 잘하는 것으로 충분한 것이 아니라 늘 언제나 '보다 잘'해야만 했기 때문이다. 나에게는 하나의 법칙이 있었을 뿐이다. 그것은 기어오르는 것이었다. 나의 자부심을 키우고, 그 자부심의 상식을 벗어난 감정을 숨기기 위해서 나는 공통적 경험에 의뢰했다.

---

61) 가장자리에 자주색 띠를 두른 하얀 긴 옷. 로마시대 귀족 청년들과 법관들이 입었다.

나는 내가 어린 시절에 거둔 불안정한 진보 속에서 내 운명의 최초의 결과를 보려고 했던 것이다. 이 미미하지만 진실되고 매우 정상적인 향상은 나에게 나의 힘이 상승하고 있음을 느끼게 하는 환상을 주었다.

공적인 어린이인 나는 나의 계급과 세대의 신화를 공적으로 받아들였다. 즉 기득권을 이용하고 경험을 자본화하며, 현재는 모든 과거로써 풍부해진다는 것이다. 외로움 속에서는 그런 신화에 만족할 수 없었다. 나는 사람들이 바깥세계로부터 존재를 받아들인다든지, 그것이 무기력으로 자신을 보존한다든지, 또는 영혼의 움직임이 이전 움직임의 결과라든지 하는 것을 인정할 수 없었다. 미래를 기다리며 태어난 나는, 명민하고 완전한 채 비약했고 순간순간은 내 출생의 의식을 되풀이했다. 나는 내 가슴에 느껴지는 감정 속에서 불꽃이 탁탁 튀는 것을 보고 싶었다.

왜 과거가 나를 풍요하게 해주었을까? 과거는 나를 만들어주지는 못했다. 오히려 바로 나 자신이 나의 타버린 잿더미에서 소생하면서, 늘 다시 시작되는 창조에 의하여 무(無)에서 내 기억을 끌어냈던 것이다. 나는 더 훌륭하게 태어났다. 그리고 나는 내 영혼의 움직이지 않는 저장물을 보다 유효하게 이용했던 것이다. 그것은 매번 죽음이 더욱더 가깝게 다가와서 그 어두운 빛으로 나를 더욱 강렬하게 비추어준다는 단 하나의 이유 때문이었다. 사람들은 나에게 흔히 과거가 우리를 밀어준다고 말했지만, 나는 미래가 우리를 잡아당긴다고 확신했다. 나는 내 속에 작업에 순종하는 힘과 재능의 완만한 개화를 느끼는 게 싫었던 것이다. 나는 부르주아들이 생각하는 계속적인 진보로 내 영혼을 가득 채웠다. 나는 그것으로 내연기관을 만들고 있었다. 나는 과거를 현재 앞에, 현재를 미래 앞에서 굴복시켰다. 나는 평화로운 진화론을 혁명적이고 불연속적인 격변론으로 변화시켰다.

몇 해 전에 어떤 사람이 나에게, 내 희곡과 소설의 주인공들은 급격하게, 그리고 발작적으로 그들의 결정을 내리기 때문에, 예를 들자면 《파리떼》의 주인공 오레스테스가 마음을 고쳐먹는 것도 일순간에 이루어졌음을 지적해준 적이 있었다. 물론 그렇지! 왜냐하면 나는 작중인물들을 모두 내 모습에 맞추어 만들기 때문이다. 물론 현재의 나 자신 그대로가 아니라 내가 되고 싶었던 인물대로 말이다.

나는 배반자가 되어버렸고 아직도 그렇다. 내가 시도하고 있는 일에 나를 완전히 내맡겨봐야 소용없고, 일이나 분노나 우정 등에 나 자신을 거리낌없이 바쳐보았자 쓸데없는 일이다. 조금 있으면 나는 나 자신을 부인할 것이다. 나는 그것을 알고 있으며, 원하고 있다. 나는 미래의 배반에 대한 즐거운 예감에 의해서 열정에 쌓여 벌써 나를 배반하고 있다. 대체로 나는 나의 약속을 딴사람처럼 이행하며, 나의 애정과 나의 행동에서는 변함이 없지만 감동에는 불성실하다.

여러 기념물, 그림, 경기 중에서 가장 최근에 본 것이 늘 가장 아름다웠던 시기가 있었던 것이다. 나는 친구들에게는 아직도 고귀하게 남아 있을 수 있는 공통적인 추억을—나 자신은 그런 것에서 벗어났음을 확인하기 위해서—냉소적으로, 혹은 그저 경박한 태도로 상기시킴으로써 그들을 화나게 만들었다. 나를 충분히 사랑할 수 없어서 나는 앞으로 도망쳤다. 그 결과 나는 더욱 나 자신을 덜 사랑하게 되었다. 이 준엄한 전진은 내가 자격 미달이라는 것을 끊임없이 깨닫게 해주었다.

나는 어제 잘못 행동했다. 어제였기 때문이다. 그리고 내일 내가 나에게 내릴 준엄한 심판을 나는 오늘 예감한다. 더군다나 여기에는 뒤섞임이 있을 수 없는 것이다. 나는 나의 과거와 조금 멀리 떨어져 있기 때문이다. 청춘기, 중년기, 그리고 방금 지나간 해까지도 늘 '구체제'일 것이다. 왜냐하면 '새로운 체제'는 현재 시간에는 선포되지만 결코 성립되지는 못하기 때문이다. 다시 말해서 내일이면 사람들이 이유 없이 없애버릴 테니까. 특히 나의 어린 시절을 나는 줄을 그어 삭제해 버렸던 것이다. 그래서 내가 이 책을 쓰기 시작했을 때 삭제된 속에서 그것들을 다시 판독하느라고 많은 시간이 걸렸다. 내가 30살 때 어떤 사람들은 나에게 이렇게 얘기한 적이 있었다.

"당신에겐 부모도 유년기도 없었던 것 같구려."

그런데 나는 어리석게도 이런 말에 우쭐해했다. 그렇지만 어떤 사람들—특히 여자들—이 그들의 취미, 희망, 옛날의 계획, 사라진 축제들에 대하여 간직하고 있는 수수하고 꾸준한 성실성을 나는 사랑하고 존경한다. 변화 속에서 동일한 사람으로 머물러 있으려고 하는 그들의 의지, 자신의 기억을 보존하려는 그들의 의지, 그들이 처음에 가지고 놀던 인형, 그들의 젖니, 그리고 첫사랑을 무덤에까지 가져가고 싶어하는 그들의 의지를 나는 찬양한다. 그들이 젊은 시절에 그 여자를 탐했다는 단 하나의 이유 때문에 만년에 할머니가 된 그 여자와 동침을 한 남자들을 나는 알고 있다. 어떤 사람들은 죽은 사람에 대하여 원한을 품고 있었고, 그렇지 않으면 20년 전에 저지른 사소한 잘못을 인정하기는커녕 차라리 서로 싸움판을 벌일 태세를 취하고 있었다. 나로 말하면 나는 원한이 없으며 선뜻 모든 것을 자백했다. 즉 나는 자기 비평에는 소질이 있었다. 다른 사람이 나에게 그것을 강요하지 않는 경우에만 말이다.

1936년과 1945년에 내 이름을 가진 사람에겐 박해가 심했었다. 하지만 그게 나와 무슨 상관이 있단 말인가? 나는 내가 당한 모욕을 그의 장부에 적어둔다. 그 바보는 남에게서 존경받을 줄도 몰랐다. 옛 친구와 나는 딱 마주쳤다. 그는 쓰디쓴 불만을 내보였다. 그는 17년 전부터 불만을 품어온 것이다. 어떤 결정적인 순간에 내가 그를 무례하게 대했다고 한다. 지금도 희미하게나마 기억하거니와 그 무렵 나는 그의 신경과민과 피해망상증을 비난하여 역습함으로써 나 자신을 방어했다. 요컨대 그 사건에서는 나 나름대로의 해석을 가지고 있었던 것이다. 한데 지금 나는 열심히 그의 해석에 따를 뿐이다. 나는 그의 의견에 전적으로 동의하고 있다. 나는 지금 괴로워하고 있다. 나는 그때 자만심에 가득 찬 사람처럼, 이기주의자처럼 행세했다. 나에게는 인정머리가 없었다. 그것은 즐거운 학살이었다.

지금 나는 나의 냉철한 이성을 자랑스럽게 생각한다. 나의 잘못들을 기꺼이 인정한다는 것은 다시는 잘못을 저지르지 않으리라는 것을 나 자신에게 증명해 주는 일이다. 사람들이 그것을 믿어줄까? 나의 충직함과 이 너그러운 참회는 불만을 품어온 그 원고를 화나게 만들 것이다. 그는 나의 계획을 좌절시켰다. 그는 내가 그를 이용한다는 사실을 알고 있다. 그가 원한을 품고 있는 것은 살아 있는 나, 현재이건 과거이건 그가 늘 잘 알고 있던 '같은 사람'인 바로 나인 것이다. 그런데 '방금 태어난 어린아이'같이 느낄 수 있는 즐거움을 위해서는, 나는 그에게 생기 없는 나의 껍데기를 던져주는 것이다. 마침내는 내가 시체를 파내는 그 미친놈에게 화를 내고 만다. 그와 반대로 이번에는 내가 고약스레 보이지 않았던 어떤 경우를 누가 나에게 환기시켜 준다. 그럴 때 나는 이 추억을 손으로 싹 쓸어 지워버린다. 그러면 사람들은 내가 겸손하다고 믿지만 그것은 오히려 정반대이다. 오늘은 더 잘할 것이고 내일은 '훨씬' 더 잘할 것이라고 나는 생각하고 있으니 말이다.

성숙기의 작가들은 그들의 첫 작품에 대하여 사람들이 지나친 확신을 가지고 치하하는 것을 좋아하지 않는다. 확신하건대 이런 칭찬들은 조금도 즐거움을 주지 않는 법이다. 나의 가장 좋은 작품은 지금 쓰고 있는 작품인 것이다. 최신판이 나오자마자 나는 살그머니 이 작품에 대하여 싫증을 느낄 준비를 한다. 비평가들이 오늘날 그 작품을 나쁘다고 생각한다면 아마도 나는 상처를 받을 것이다. 그러나 6개월 뒤에 나는 그들과 거의 비슷한 의견을 갖게 될 것이다. 그렇지만 조건이 하나 있다. 그것이 무엇인고 하면, 그들이 그 작품을 아무리 빈약하고 보잘것없다고 생각하더라도 이 작품을 전에 내가 만든 모든 작품보다 위에 올려놓아 달라는 것이다. 작품 연대적인 단계를 지켜준다면, 작품 전체를 송두리째 낮추어 평가해도 나는 이의를 제기하지 않는다. 그 연대적인 단계야말로 나에게는 내일 더 잘 만들 수 있고, 모래는 그보다 더 훌륭하게, 그리고 마침내는 걸작을 만들게 될 행운을 나에게 보존해 주니까.

물론 나는 속지 않는다. 우리가 늘 같은 일을 되풀이하고 있음을 나는 알고 있는 것이다. 그러나 가장 최근에 얻은 이 인식은 나의 오래된 확신을 완전히 없애지는 않지만 그것을 좀먹고 있다. 나의 생애에는 무슨 일에 있어서나 내게 트집을 잡는, 눈살을 찌푸린 거만한 몇몇 증인들이 있다. 그들은 내가 상습적으로 똑같은 전철에 다시 빠지는 현장을 흔히 목격한다. 그들이 나에게 그러한 점을 얘기해 주면 나는 그것을 믿었다가 나중에 가서는 기뻐하는 것이다.

어제 나는 장님이었다. 하지만 오늘은 진보했다. 그것은 내가 더 이상 진보하지 않는다는 것을 깨달았기 때문이다. 때때로 나에 대한 증인의 책임을 맡는 사람이 바로 나 자신일 경우도 있는 것이다. 예를 들면 2년 전에 지금 나에게 소용될 수 있는 글 한 장을 썼던 사실이 문득 생각난다. 나는 그 글을 찾았지만 나타나지 않는다. 다행이다. 왜냐하면 게으름에 굴복해서 새로운 작품 속에 낡은 문장을 집어넣을 뻔했기 때문이다. 지금은 이렇듯 더 잘 쓰니까 다시 그 글을 쓰기로 한다. 그리하여 작품을 끝마쳤을 때 우연히 나는 잃어버린 그 부분을 다시 손에 넣었다. 나는 깜짝 놀랄 수밖에 없었다. 몇 개의 구두점을 제외하고서는 같은 사상을 같은 낱말로 표현했던 것이다. 나는 망설이다가 나중에는 이 낡은 글을 쓰레기통에 내던져버리고 새로 쓴 글을 간직한다. 이 새로운 글은 옛날 글보다 무엇인가 더 나아 보인다. 한마디로 말해서 나는 이럭저럭 만족하고 있는 것이다. 왜냐하면 깨달음을 얻은 나는, 나를 파괴하는 노쇠에도 아랑곳없이 등산가의 젊은 도취감을 다시금 맛보기 위하여 나를 속이고 있기 때문이다.

10살 때만 해도 나는 아직 나의 편집증이라든지 했던 말을 자꾸 되풀이하는 버릇을 모르고 있었고, 의심이란 것이 스쳐가는 일이 없었다. 종종걸음으로, 조잘거리면서, 거리의 풍경에 매혹된 나는 끊임없이 껍질을 벗고 있었다. 나는 나의 낡은 껍질들이 떨어져 겹겹이 쌓이는 소리를 듣고 있었다. 내가 수풀로 거리를 거슬러올라가면 걸음을 옮길 때마다 뒤로 사라지는 눈부시게 아름다운 쇼윈도 속에서 나는 내 삶의 움직임과 내 생명의 법칙, 그리고 모든 것에 대하여 불성실하리라는 멋진 나의 위임을 느꼈던 것이다. 나는 나와 더불어 나의 전부를 데리고 갔었다. 이를테면 할머니가 그릇을 새로 장만하려 한다고 하자. 나는 할머니와 함께 도자기와 유리그릇을 파는 상점으로 간다. 할머니는 뚜껑에 빨간 사과꼭지가 달린 수프 그릇과 꽃무늬 접시들을 가리킨다. 할머니가 사고 싶은 것은 아니었다. 접시들 위에는 물론 꽃들이 그려져 있었으나, 줄기에 갈색 벌레들이 기어오르는 그림이 있었기 때문이다.

이번에는 여주인도 활기를 띠고 지껄였다. 그녀는 손님이 무엇을 원하는지 너무 잘 알고 있다. 전에는 그 상품이 있었으나 3년 전부터 만들지 않는다는 것이다. 이 모델이 최신 제품이고 값도 더 싸다. 그리고 벌레야 있건 없건 꽃은 여전히 꽃이 아니냐는 것이었다. 그리고 바로 이런 경우를 두고 하는 말인데, 아무도 그런 것을 가지고 흠잡지 않는다. 그러나 할머니 의견은 그렇지 않았다. 할머니는 재고품을 한번 훑어볼 수 없겠느냐고 물었다. 아! 재고품 말인가요, 물론 그럴 수 있지만 시간이 걸리고 물건 파는 사람은 자기 혼자뿐이라는 것이다. 점원이 그만두었기 때문에 사정이 그리되었다고 한다. 그들은 나에게 아무것도 만지지 말라고 당부하고는 나를 한쪽 구석에 남겨놓았다.

나는 사람들에게 잊힌 채, 내 주위에 있는 깨지기 쉬운 물건들, 먼지 덮인 물건들의 반짝임, 죽은 파스칼의 데스마스크, 그리고 팔리에르 대통령의 머리를 본뜬 요강들 때문에 겁에 질려 있었다. 그런데 그러한 겉모습에도 나는 가짜 조연이 되는 것이다. 이런 방법으로 어떤 작가들은 무대 앞에는 '단역'들을 내세우고, 주연들은 슬쩍 희미하게 옆모습만을 보여주는 것이다. 그러나 독자는 그런 것에 속아 넘어가지 않는 법이다. 왜냐하면 독자는 그 소설이 해피엔드인가를 알기 위하여 마지막 장면을 뒤져보았기 때문이다. 독자는 벽난로에 기대선 창백한 그 청년이 350페이지를 뱃속에 간직하고 있음을 알고 있다. 350페이지에 달하는 사랑과 모험을 말이다. 나는 적어도 5백페이지는 지니고 있다.

나는 해피엔드인 긴 이야기의 주인공이다. 그 이야기를 나에게 들려주는 일은 벌써 그만두었다. 무슨 필요가 있겠는가? 나는 자신을 소설적 인물이라고 느끼고 있었으며, 그뿐이었다. 시간은 당황한 듯한 노부인들, 도자기의 꽃들, 상점 전체를 뒤로 끌어당기고 있었으며, 검은 치마들은 빛깔이 바래지고 있었고, 목소리들은 솜처럼 박력이 없어졌다. 나는 할머니가 불쌍했다. 제2부에서는 할머니를 틀림없이 다시 볼 수 없을 것이다. 나는 이미 늙은 어린애로 집약된 시작이며 중간이고 끝이었다. 그리고 '여기선' 어둠 속의 자기 키보다 높은 접시더미 사이에서, 또한 아주 멀리 '밖에선' 영광의 위대하고 비통한 태양 아래에서 이미 죽은 소년이었다. 나는 궤도의 시발점에 있는 미립자이고, 도착지점의 쇠쇠장치에 부딪쳐 도로 역류하는 한 줄기의 파문이었다. 나는 집약되고 압축되어 한 손으로는 나의 무덤을, 다른 한 손으로는 나의 요람을 만지며 나 자신을 짤막하고 훌륭하게 느꼈으며, 암흑에 지워진 번갯불처럼 생각했다.

그럼에도 권태는 내게서 떠나지 않았다. 그 권태를 이겨낼 수 없을 땐 가끔 얌전하게, 가끔은 역겨움을 지니고, 나는 가장 숙명적인 유혹에 무릎 꿇었다. 초조했기 때문에 오르페우스는 에우리디케를 잃었던 것이다. 초조한 나머지 나는 흔히 나 자신을 잃어버렸다. 내 광기를 모르고 있어야만 했을 때, 그것을 종이받침 밑에 끼워두어야만 했을 때, 바깥의 사물에 나의 주의를 집중시키고 있어야만 했을 때라도 나는 무료함에 갈피를 잃고서 나의 광기에 되돌아가는 일이 있었다. 이런 경우에 나는 곧장 자신을 '실감'하고 싶었고, 내가 생각하지 않을 때도 나에게 떠오르는 전체성을 눈깜짝할 사이에 껴안고 싶었던 것이다.

대이변! 진보, 낙천주의, 유쾌한 배신과 은밀한 궁극 목적, 이런 모든 것은 나 자신에 관한 피카르 부인의 예언에 내가 덧붙였던 것으로서 산산이 무너지고 있었다. 예언은 아직 남아 있긴 했지만 그것으로 내가 무엇을 할 수 있었을까? 나의 모든 순간을 보존하고 싶은데도 그 내용 없는 신탁은 순간들을 하나도 두드러지게 하지 못하게 만들었다. 단번에 시들어버린 미래는 하나의 해골에 지나지 않았으며, 나는 존재의 곤란성을 다시 발견했고, 곤란성이 나를 결코 떠난 적이 없음을 깨달았다.

날짜는 분명치 않으나 생각나는 일이 하나 있다. 나는 뤽상부르 공원의 어느 벤치에 앉아 있었다. 안 마리는 나에게 자기 곁에서 쉬라고 했다. 내가 너무 뛰어서 땀에 흠뻑 젖어 있었기 때문이다. 이런 것이 적어도 인과관계이다. 하도 지루해서 나는 건방지게도 그 순서를 뒤집어보려고 한다. 즉 어머니에게 나를 부르게 할 기회를 주기 위하여 나는 땀에 흠뻑 젖어 '있어야 했기' 때문에 뛰었다는 식으로 말이다. 모든 것은 그 벤치로 귀착되고, 모든 것은 거기에 귀착되어야 했다. 그 역할은 무엇인가? 나는 그런 것은 모르며, 그리고 처음에는 그런 것에 대해서 신경을 쓰지 않는다. 나를 스쳐가는 모든 인상 중에서 잊히는 것은 하나도 없을 것이다. 목적은 하나다. 나는 그것을 알게 될 테고 나의 조카들도 이해하게 될 것이다. 나는 땅에 닿지 않는 나의 짧은 두 다리를 흔들거리고 있다. 나는 짐을 들고 가는 사람을 보았는데 그는 꼽추 여자였다. 그것은 뒤에 소용될 것이다. 나는 황홀경 속에서 되풀이하여 말한다.

"내가 이곳에 앉아 있다는 것은 매우 중요한 일이다."

더 지루해졌다. 나는 더 이상 참을 수 없어서 감히 눈길을 나의 내부로 돌려본다. 나는 충격적인 계시들을 요구하지 않는다. 그렇지만 나는 그 순간의 의미를 헤아리고 싶다. 그 순간의 긴급성을 느끼고 싶었다. 뮈세와 위고가 지녔으리라고 생각되는 생명의 어렴풋한 예감을 약간 누리고 싶었던 것이다. 물론 나는 짙은 안개밖에 볼 수 없다. 나의 존재에 관한 추상적 요구와 내 존재의 생생한 직관은 서로 싸우거나 뒤섞이지 않고 나란히 존재하고 있다. 나는 나에게서 도망간다는 것, 나를 이끌고 갔던 어렴풋한 속력을 다시 찾는다는 것만을 생각할 뿐이다. 그러나 헛된 일이다. 그 마력은 깨진 것이다. 나는 오금이 저려서 몸을 비비 튼다. '하늘'은 나에게 아주 적절하게 새로운 임무를 부여했다. 내가 다시 달리기 시작한다는 것은 매우 중요한 일이라는 것이다. 나는 의자에서 껑충 뛰어내려 전속력으로 달린다. 나는 좁은 길 끝에서 되돌아온다. 그러나 아무것도 움직이지 않았고, 아무 일도 일어나지 않았다. 나는 말을 함으로써 내 실망을 감춘다. 1945년 오리야크의 방에서 나는 단정하는 것이다. 그 달음박질이 헤아릴 수 없이 중대한 결과를 가져올 것이라고.

나는 만족스럽게 공언을 하고서 흥분한다. '성령'의 도움을 강요하기 위하여 나는 그를 한번 믿는 척해 본다. 나는 그가 나에게 준 행운을 받을 만한 가치가 있음을 열광적으로 맹세하는 것이다. 모든 것이 예민하고 신경질적이었으며, 나도 그것을 알고 있다. 어머니는 벌써 나에게로 온다. 내 몸은 스웨터, 목도리, 그리고 외투로 둘러싸여 하나의 짐보따리가 되었다. 수플로 거리, 문지기 트리공 씨의 콧수염, 유압 승강기의 시끄러운 소리 등을 다시 겪어야만 한다.

드디어 그 어린, 자칭 재난덩어리는 서재 안에 들어간다. 이 의자에서 저 의자로 옮겨다니며 책장을 넘기다가 내던진다. 나는 창가로 다가간다. 커튼 아래 있는 파리 한 마리를 본다. 나는 모슬린 천의 올가미 속에 그 파리를 몰아넣고 살생의 집게손가락을 파리에게로 내민다. 그 순간은 일정표에 없는 것이고 통상적인 시간에서 제외된 것이며, 따로 떼어놓은, 다른 것과 비교될 수도 없고, 움직이지도 않는 순간이다. 오늘 밤이나 뒷날에도 그 순간으로부터는 아무것도 나오지 않을 것이다. 그러니 오리야크는 이 혼란한 영원을 끝내 모를 것이다.

인류는 졸고 있다. 유명한 작가의 경우—성인인 그는 파리 한 마리도 해치지 않으리라—그는 지금 외출중이다. 침체된 그 순간에서 미래도 없이 혼자인 그 소년은 살생에서 강렬한 감각을 추구한다. 나에게 인간의 운명이 거부되었으니까 나는 파리의 운명이 되리라. 나는 서두르지 않는다. 나는 파리에게 자기를 덮치려는 거인을 알아챌 만한 여유를 준다. 그리고 나는 손가락을 앞으로 내민다. 파리는 터진다. 나는 속았다. 그 파리를 죽이지 말아야 했던 것을, 빌어먹을! 모든 창조물 가운데에서 나를 두려워한 것은 오직 파리뿐이었는데 말이다. 그러니 나는 이젠 아무에게도 대수롭지 않은 존재가 되었다. 벌레를 죽인 나는 그 희생자 대신 벌레가 된다. 나는 파리다. 나는 언제나 파리였다.

이번에야말로 나는 밑바닥까지 떨어진 것이다. 이제 나는 책상에서 《코르코랑 대장의 모험》을 들고 양탄자 위에 쓰러져서 백번도 더 읽은 이 책을 되는대로 펼쳐볼 수밖에 없는 것이었다. 나는 하도 피곤하고 비통해서 이미 아무 감각이 없었다. 그리하여 나는 읽기 시작하자마자 나 자신을 잃어버린다. 코르코랑은 카빈총을 겨드랑이에 끼고 암호랑이를 뒤에 거느리고 몰이사냥을 하고 있다. 정글의 무성한 숲이 그들 주위에 서둘러 배치된다. 나는 멀리 나무들을 심었다. 원숭이들은 나무의 이 가지에서 저 가지로 뛰어다닌다. 갑자기 암호랑이 루이종이 으르렁대기 시작한다. 코르코랑은 딱 멈추어선다. 적이다. 나의 영광이 다시 제 집에 돌아오기 위해 택한 감동적인 순간이다. 인류가 잠으로부터 소스라쳐 깨어나서 나에게 구원을 청하고 '성령'은 마음을 뒤흔드는 다음과 같은 이야기를 나에게 속삭이는 감동적인 순간인 것이다.

"네가 나를 본 일이 없었던들 넌 나를 찾지 않을 텐데."

이러한 아첨들은 쓸모가 없을 것이다. 왜냐하면 여기서 그런 얘기를 들을 사람은 용감한 코르코랑을 제외하고는 아무도 없기 때문이다. 마치 그 선언만을 기다리고 있었던 것처럼 '유명한 작가'는 다시 돌아온 것이다. 종손자는 내 생애의 이야기에 금발 머리를 기울인다. 그 애의 눈에는 눈물이 축축이 고인다. 미래가 일어선다. 무한한 사랑이 나를 감싼다. 내 마음속에서는 빛들이 빙빙 돈다. 나는 움직이지도, 이 축제를 거들떠보지도 않는다. 나는 계속해서 점잖게 책을 읽는다. 빛들이 마침내 꺼지고 만다. 나는 하나의 리듬, 억제할 수 없는 충동 말고는 아무것도 느낄 수 없다. 나는 출발한다. 나는 출발했다. 나는 전진한다. 엔진이 부르릉거린다. 나는 내 영혼의 속도를 느끼는 것이다.

*

이것이 나의 출발이다. 나는 도망치고 있었다. 바깥의 힘이 내 도주를 빚었고 나를 만들었다. 시대에 뒤떨어진 문화의 개념을 통하여 종교는 속이 드러나 보였다. 그것은 모형의 구실을 했다. 모형은 유치한 것이어서 그보다 더 어린애에 가까운 것은 없다. 사람들은 나에게 성서, 복음서, 교리 문답을 가르쳤지만 신앙의 길은 가르쳐주지 못했다. 그 결과는 무질서였는데, 그것은 나의 독특한 질서가 되었다. 그래서 수축작용과 현저한 이동이 있었다. 가톨릭에서 미리 빠져나온 성스러움은 순문학 속에 자리잡았고, 내가 될 수 없었던 기독교도의 '대용품'으로 문필가가 나타났다. 문필가의 유일한 임무는 구원이었다. 이승에서의 그의 체류는 훌륭하게 견디어낸 시련에 의해서 자기가 사후의 지복을 받을 값어치가 있게 하는 것 말고는 다른 목적이 없었다. 임종은 통과의식이 되며, 지상에서의 불후의 명성은 영생의 대용품으로 제공되는 것이다.

인류가 나를 영구불멸케 하리라는 사실을 확신시키기 위해서 사람들은 내 머릿속에 인류가 끝나지 않으리라는 확신을 불어넣어주었다. 인류 속에 내가 꺼져 들어간다는 것은 곧 태어난다는 것이고 종말이 없게 되는 것이었다. 그러나 재난이 일어나서 어느 날 지구가 파괴될지도 모른다는 가정을 사람들이 내 앞에 제시하면, 설사 그것이 5만 년 뒤의 일이라 할지라도 나는 소름이 끼쳤다. 미망에서 깨어난 오늘날에도 나는 태양의 냉각에 관해서 공포 없이는 생각할 수 없는 것이다. 내 동류들이 나의 장례식 이튿날 나를 잊어버린다 해도 그것은 별로 대단찮은 일이다. 그들이 살아 있는 한 나는 그들을 자주 만날 것이다. 내가 모르면서도 절멸시키는 것으로부터 보존해 주고 있는 수십억의 죽은 자들이 나의 내부에 존재하듯이, 붙잡을 수 없고 이름도 없이 그들 한 사람 한 사람 속에 현존하리라. 그러나 인류에게 종말이 온다면 인류의 파멸은 영원히 죽은 자들까지도 죽일 것이다.

신화는 매우 단순하므로 나는 힘 안 들이고 신화를 소화했다. 개신교도이며 가톨릭 신도인 나의 이중적인 종파성은, 나로 하여금 '성자'들과 '성모'와 심지어는 '신'까지도, 사람들이 그러한 명칭으로 부르는 한은 믿지 못하게 억제하고 있었다. 그러나 집중적이고 커다란 힘이 나에게 스며들었다. 그 힘은 내 가슴속에 자리를 잡고 기회를 엿보고 있었다. 그것은 다른 사람들의 '신앙'이었다. 이름을 바꾸거나 그것의 일상적인 대상을 표면적으로 변형시키기만 하면 충분하다.

그런데 그 힘은 나를 속여넘기고 있는 변장 속에서 그 대상을 알아보고 그 대상에게 달려들어 발톱으로 꽉 잡아챈다. 나는 문학에 헌신하려고 생각하고 있었는데, 사실은 그때 나는 교단에 들어가는 셈이었다. 내 마음속에서는 가장 겸허한 신자의 확신이 나의 예정설(豫定說)에 대한 거만하고 뻔한 사실이 되었다. 내가 미리 선택된 사람이 왜 못 되겠는가? 모든 기독교도는 선택된 자가 아니란 말인가? 나는 잡초처럼 가톨릭교의 부식토에서 성장했다. 나의 뿌리는 이 부식토에서 수분을 빨아들였고, 나는 그것을 수액으로 삼았다. 거기서 나의 명석한 맹목이 생겨났으며, 나는 30년 동안 그것으로 괴로워했다.

1917년 어느 날 아침 나는 라로셸에서 나와 학교에 함께 가기로 한 친구들을 기다리고 있었다. 그들은 아직 오지 않았다. 나는 심심한 나머지 무엇을 해야 좋을지 궁리하다가 '전능하신 신'을 생각하기로 마음먹었다. 곧 그가 창공에 굴러떨어지더니 아무 해명도 없이 사라져버렸다. 그래서 그는 존재하지 않는다고 나는 예의상 놀라는 체하며 마음속으로 생각했다. 이 문제가 해결되었다고 나는 믿었다. 그 뒤 나는 그를 부활시키고 싶은 유혹을 조금도 느끼지 않았기 때문에 어떤 의미에서 그 일은 해결된 셈이다. 그러나 '다른 자', '보이지 않는 자', '성령', 곧 나의 위임을 보증해 주고, 이름 모를 성스러운 큰 힘으로 내 생명을 좌지우지하고 있던 그자가 남아 있었다. 이 보이지 않는 자는 나의 뒤통수에, 부정거래의 관념 속에 자리잡고 있었던 만큼 나는 그로부터 풀려나오기가 더 힘이 들었다. 나는 나 자신을 이해하고 나의 위치를 설정하며, 나를 정당화하기 위하여 이 부정거래의 관념을 이용하고 있었다.

글을 쓴다는 것은 나로서는 오랫동안 '죽음'이나 가면을 쓴 '종교'에게, 우연으로부터 나를 끌어내달라고 간청하는 행위였다. 나는 '교회'의 인간이었다. 지상의 신자로서 나는 작품을 통하여 나를 구하려고 했다. 신비주의자인 나는 말들의 엇갈린 어렴풋한 소리에 의해 존재의 침묵을 드러내보려고 시도했으며, 특히 사물들과 그것들의 이름을 혼동했다. 그것이 믿음이었다. 나는 그릇된 판단을 했다. 이 오판이 존재하고 있는 한 나는 어려운 상황에서 벗어났다고 생각했다.

나는 30살 때 멋진 성공을 한 번 거둔 일이 있다. 《구토》에서—매우 성실하게, 그 점에서는 나를 믿어도 좋다—내 동류들의 정당화될 수 없고 불쾌한 존재를 묘사했으며 내 존재를 결백한 것으로 만들었다. 나는 로캉탱이었다. 나는 그를 통하여 만족스럽지는 못하나마 내 삶의 본질을 표현했다. 동시에 나는 '나'였다. 나는 선민이고 지옥의 연대기 편찬자이며, 나 자신의 원형질액을 굽어보는 유리와 강철로 된 사진 현미경이었다. 뒤에 나는 신이 나서 인간이 불가능함을 설명했다. 나 자신도 불가능한 존재였지만, 다만 그 불가능성을 표명화시키는 단 하나의 위임장에 의해서만 다른 사람들과 다를 뿐이었다. 그런데 그 불가능성은 단숨에 변형되어서 나의 가장 은밀한 가능성이 되고 사명의 목표, 그리고 내 영광의 도약판으로 변했다. 나는 이런 명확한 사실들의 포로였으나 그 사실들을 보지 못하고 있었다. 왜냐하면 나는 그것을 통하여 세계를 보았기 때문이다. 뼛속까지 속아넘어갔고 기만당한 나는 즐겁게 우리의 불행한 조건을 묘사했다. 독단론자인 나는 회의의 선민이라는 것을 제외하고는 모든 것을 의심했다. 한쪽 손으로 파괴한 것을 다른 쪽 손으로 다시 세웠고, 불안을 내 안전의 담보물로 생각했다. 나는 행복했다.

나는 변화했다. 나를 에워싸고 있던 변형된 투명성을 어떤 산(酸)이 침식했던가, 언제 어떻게 내가 폭력의 수업을 했으며 나의 추함을 발견했는가—추함이야말로 오랫동안 나의 부정적인 원칙이었고, 그곳에선 신기한 어린애도 녹는 산화칼슘이었다—를, 또 어떤 사상이 나에게 야기시키는 불쾌감에 의하여 그 사상의 뻔함을 측정할 정도로 나 자신에 반항하면서까지 계통적으로 내가 생각하기에 이른 것은 어떤 이유에서였나……는 나중에 이야기할 것이다.

회고적 환상은 가루가 되었다. 순교, 구원, 불후의 명성 등은 모두 파손되고 건물은 폐허가 됐다. 숨어 있는 '성령'을 나는 지하실에서 꽉 붙잡아 거기서 추방했다. 무신론은 잔인하고 오랜 시일을 요하는 작업이다. 나는 그 일을 끝까지 밀고 나갔다고 생각한다. 나는 분명히 본다. 나는 미망에서 깨어났다. 나는 나의 진정한 과업이 무엇인가를 인식하고 있으며, 틀림없이 공민정신에 이바지한 상을 탈 만하다고 생각한다. 거의 10년 전부터 나는 오래되고 쓰라리며 달콤한 정신착란에서 잠을 깨고 치유된 사람이다. 그리고 나는 어리벙벙하며 옛날의 잘못을 떠올려볼 때는 웃지 않을 수 없고, 더 이상 자기 삶을 어떻게 보내야 할지 모르는 인간이다.

나는 7살 때처럼 또 한 번 무임승차자가 되었다. 승무원은 내가 있는 찻간에 들어왔다. 그는 옛날보다는 덜 가혹하게 나를 바라본다. 사실인즉 나는 다만 가버리는 것, 나로 하여금 유쾌한 여행을 끝내도록 내버려두는 것을 원할 뿐이다. 그리하여 내가 그에게 어떤 종류의 것이든 훌륭하게 변명을 하면 그는 그것으로 만족할 것이다. 그런데 불행히도 나는 어떤 변명도 생각나지 않을 뿐 아니라 더군다나 해야 할 변명을 찾아내고 싶은 욕망조차도 없는 것이다. 그래서 너무도 내가 잘 알고 있다시피 나를 기다리는 사람은 아무도 없는 디종까지, 우리는 거북스러운 가운데서 얼굴을 마주 대하고 가게 될 것이다.

나는 천직을 포기했으나 환속한 것은 아니었다. 나는 여전히 글을 쓰고 있으니 말이다. 별수 없지 않은가?

"하루에 한 줄도 안 쓰고 지나는 날이 없었다."

이것은 나의 습관이고 본업이다. 오랫동안 나는 펜을 검처럼 생각했다. 이제 나는 우리의 무력함을 알고 있다. 그래도 상관없다. 나는 책을 쓰고 있으며 앞으로도 쓸 것이다. 쓸 필요가 있다. 어쨌든 소용이 될 테니까. 문화는 아무것도, 또 어느 누구도 구제하지 못한다. 그리고 문화는 변명을 할 수 없다. 그러나 그것은 인간의 산물이다. 즉 인간은 그 문화 속에 자기를 비추며 거기에서 자기 모습을 찾아볼 수 있다. 오직 비판적인 거울만이 인간의 영상을 인간에게 보여주는 것이다. 더구나 이 낡고 쓰러져가는 건축물, 나의 속임수, 그것은 또한 내 성격이기도 하다. 우리는 신경병을 고칠 수는 있어도, 자아로부터 치유될 수는 없기 때문이다. 쇠약해지고, 지워지고, 모욕당하고, 구석으로 몰리고, 무시당한 소년의 모든 모습이 50대의 사람에게 남아 있는 것이다. 거의 대부분의 경우에 이 모습들은 어둠 속에 숨어서 기회를 노리고 있다. 그리고 부주의한 첫 순간에 이것들은 머리를 치켜들고 변장해서 한낮에 뚫고 나온다.

나는 나의 시대만을 위해서 글을 쓴다고 진지하게 주장하지만 현재의 내 명성이 신경을 거슬린다. 왜냐하면 내가 살고 있으니까 그것은 영광일 수 없으나 그것만으로도 충분히 나의 낡은 꿈에서 깨어남직하기 때문이다. 그렇지 않다면 아직도 나는 그 꿈들을 비밀리에 키우고 있는 것일까? 아주 그렇지는 않다. 나는 그 꿈들을 현실에 맞게 고쳤다고 생각한다. 알려지지 않은 채로 죽게 되리라는 행운을 잃었기 때문에 나는 때때로 오해를 받고 산다는 것이 흐뭇하다. 죽지 않은 '그리젤리디스'인 것이다. '파르다이앙'은 아직도 내 속에서 살고 있다. 그리고 '스트로고프'도 그렇다. 나는 그들에게만 종속되고 그들은 '신'에게 종속되지만, 나는 '신'을 믿지 않는다. 당신들은 신에게서 자신을 찾아볼 테면 찾아보시라.

내 경우에는 그에게서 나를 찾아볼 수 없다. 나는 때때로 내가 '지는 자가 이긴다'는 관념의 놀음을 하는 것이 아닐까, 그리고 나에게 있어서 모든 것이 백배로 되도록 하기 위해 지난날의 내 희망들을 짓밟으려고 노력하는 것이 아닐까 하고 자문한다. 그렇다면 나는 필록테테스[62]일 것이다. 곧 장엄하고 악취를 풍기는 이 불구자는 자기 활까지도 무조건 내주었다. 그러나 은밀하게 그는 그 보상을 기대하고 있음이 틀림없다.

그것은 그렇다고 하자. 마미는 이렇게 말할 것이다.

"인간들이여, 살며시 미끄러져 가라. 다리에 힘을 주지 말고!"

내가 나의 광기 중에 좋아하는 것은 그 광기가 첫날부터 '엘리트'이고자 하는 유혹으로부터 나를 보호해 주었다는 사실이다. 나는 결코 내가 '재능'의 행복스런 소유자라고 생각해 본 적이 없다. 단 하나의 내 과업은 맨손, 빈 주머니로 노력과 신념을 통하여 나를 구원하려는 것이었다. 그래서 나의 순수한 선택은 나를 어느 누구의 위로도 끌어올리지 않았다. 장비도 없고 연장도 없이 나를 완전히 구원하기 위하여 나는 몸과 마음을 기울여 일을 시작했다. 만일 내가 이 불가능한 '구원'을 장신구 가게에 진열한다면 무엇이 남을까?

한 사람의 전체는 세상 모든 사람으로써 만들어지고, 그 모든 사람만큼의 가치를 지니고 있으며, 어느 누구라도 그만큼의 가치를 지니고 있다.

---

62) 그리스 신화. 트로이 전쟁 때 그리스 용사들 중에 한 명으로 뱀에 물린 상처에서 악취가 풍기는 그를 동료들이 렘노스 섬에 두고 가버렸으나 헤라클레스가 그에게 죽을 때 물려준 독화살이 없이는 전쟁에 이길 수 없다는 신화를 듣고 율리시스와 디오메데스가 그것을 빼앗으러 온다.

사르트르 생애 사상 문학

사르트르 생애 사상 문학

제1장 사르트르의 생애

아버지 없는 유년기—방대한 책과 더불어 자라다

《보바리 부인》을 읽는 조숙한 아이

장 폴 사르트르(Jean-Paul Sartre)는 1905년 파리에서 태어났다. 아버지는 해군 장교였고 어머니는 명문 슈바이처 집안 출신이었다. 아버지는 사르트르가 태어나고 얼마 안 되어 인도차이나 전쟁 열병 후유증으로 죽었다. 사르트르는 어머니가 재혼하기 전까지 외갓집에서 자랐다. 고명한 독일어 학자였던 외할아버지 댁에서 자란 덕에 생활은 유복한 편이었다.

아버지가 죽은 뒤 소년 사르트르에게 명령하는 어른은 없었다. 그는 자유로운 유년기를 보냈다. 그러나 외갓집에서 사르트르 모자가 군식구로서 불편을 느낀 것은 사실이었다.

사르트르는 사회나 공동체 밖으로 밀려난 '이방인'에게 평생 공감했다. 그의 철학 자체도 '이방인'의 처지를 중심으로 완성된 것이다. 이 무렵의 영향이 컸다고 보이는 대목이다.

어린 사르트르는 방대한 책이 모여 있는 외할아버지의 서재를 드나들기 시작하며 자연히 책과 친해졌다. 특히 좋아했던 것은 《라루스 백과사전》이었는데, 그는 뒷날 자신은 현실 세계보다 백과사전 속의 세계와 먼저 만났다고 말했다.

초등학교에 들어가기 전에는 플로베르의 소설 《보바리 부인》(아동소설이라고는 도저히 볼 수 없는)을 암송하거나, 외할아버지와 시로 편지를 주고받았다고 하니 사르트르는 꽤 조숙한 아이였던 것 같다.

그는 모험소설을 습작하기도 했다(내용은 그림 잡지에서 베낀 것이었다).

그 무렵 이미 사르트르는 대작가로서의 명성을 꿈꾸었던 것이다.

고민 많은 사춘기—아름다운 항구마을에서 의붓아버지와의 관계, 괴롭힘, 외모에 대해 고민하다

전학생으로서 보낸 괴로운 나날

사르트르는 외동아들로서 아버지가 없었기 때문에 어머니와 오누이처럼 매우 사이좋게 지냈다. 사르트르가 열두 살 때 어머니가 재혼을 하여, 사르트르는 어머니와 새아버지가 있는 라로셸이라는 항구마을에서 살게 되었다.

새 보금자리에는 많은 역경이 기다리고 있었다. 먼저 사르트르를 괴롭힌 것은 가족관계였다. 사르트르는 의붓아버지가 자신과 어머니의 관계를 망치고 있다고 느끼는 동시에, 조선소를 경영하는 유복한 지방명사인 의붓아버지의 권위주의에 반발했다.

전학을 간 학교에서도 괴롭힘을 당했다. 파리 출신답게 반바지를 입고 있다는 이유로 집단괴롭힘을 당한 것이다. 사르트르는 어머니 지갑에서 훔친 돈으로 반 친구들에게 과자를 사주어 환심을 얻으려고 하다가, 어머니한테 들켜서 혼쭐이 났다.

학교 친구들에게 파리에 함께 호텔에 가줄 애인이 있다고 거짓말을 하고, 어머니의 하녀에게 애인인 것처럼 가짜 편지를 쓰라고 시킨 적도 있었다. 물론 금방 들통났다(이런 허풍선이 기질은 어른이 되어서도 여전했다).

또한 사르트르는 외모에 열등감을 느꼈다. 어릴 때 앓았던 병 때문에 오른쪽 시력을 거의 잃은 데다 사시가 된 것이다. 이 무렵부터 사르트르에게는 타인에게 어떻게 보이느냐 하는 것이 중대한 문제가 되었다.

사르트르에게 라로셸에서 보낸 생활은 뒷날 '내 평생 최악의 3년이다' 회고할 만큼 괴로운 나날이었다.

보부아르와 만남—새로운 남녀관계를 제안하다

운명의 여성과 '계약결혼'하다

사르트르는 열여덟 살 때 명문 고등사범학교(에콜 노르말 쉬페리외르)에 입

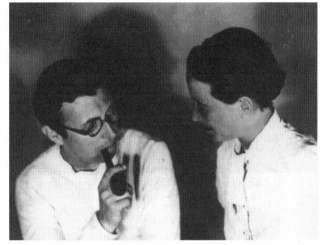

젊은 사르트르와 보부아르

사르트르는 평생 보부아르를 '카스토르(비버)'라고 불렀다. 그녀의 성이 영어의 비버와 비슷하기도 하고, 또 그녀의 근면하고 협조적인 태도에 비버와 비슷해서 그런 별명이 붙은 것이다. 사실 얼굴도 어딘가 비버랑 닮았다.

학했다. 이곳에서 사르트르는 철학서를 섭렵하고, 술을 마시고, 토론으로 밤을 지새우는 명문학교 특유의 자유분방한 학교생활을 보냈다. 한편 권위주의적인 교사를 비판하고 반항했다.

스물두 살 때 고등사범학교를 수료하고, 대학교수 자격시험을 봤다. 우수하다고 정평이 난 사르트르의 합격을 모두가 확신했으나, 그는 불행히도 시험에 떨어지고 말았다.

사르트르가 운명의 여인 시몬 드 보부아르를 만난 것은 이 무렵이었다. 그녀는 사르트르보다 세 살 아래로, 둘 다 철학교사 자격시험 준비생이었다.

이내 의기투합한 두 사람은 연인인 동시에 서로의 사상을 잘 이해하는 동료였다. 1927년 가을, 사르트르는 보부아르에게 계약결혼을 신청했고, 그녀는 이를 받아들였다.

계약결혼이란 서로의 자유를 구속하지 않고 동료관계를 맺는 것이었다. 그 무렵 남녀가 이런 관계를 공공연히 맺는 예는 매우 드물었으므로 두 사람은 법률이나 사회 상식에 얽매이지 않는 새로운 한 쌍으로서 유명해졌다.

다만 사르트르가 제안한 자유로운 관계에는 서로 다른 상대와 일시적인 연애도 허용한다는 내용도 포함되어 있었다. 여기서 알 수 있듯이 두 사람의 관계는 호색한 사르트르에게 유리한 관계가 되도록 만들어진 기만적인 측면도 있었다.

철학교사 시절—후설의 철학에서 받은 어마어마한 충격

몽파르나스 카페에서 현상학과 만나다

사르트르는 1929년 교수자격시험에 합격한 뒤 바로 징병되었다. 그러나 소속된 기상부대가 한가하여 복무 중에도 집필이나 공부를 계속할 수 있었던 덕분에 병역이 끝난 1931년에 리세(고등학교) 철학교사가 되었다.

사르트르는 르아브르라는 프랑스 북부 항구마을에 부임했다. 한편 보부아르도 프랑스 남부 항구마을 마르세유에서 리세 철학교사가 되었다. 두 사람은 그 뒤로도 원거리 사랑을 계속했지만, 사르트르는 바람둥이였다. 고등학교 교사와 집필활동을 병행하며 여러 여성들과 평생 연애를 계속했다.

그러던 중 사르트르는 1933년 독일 철학자 후설이 창시한 현상학이라는, 그 무렵 새로운 철학과의 충격적인 만남을 경험한다. 보부아르는 그때 일을 이렇게 회상했다.

어느 날 사르트르, 보부아르, 친구 레몽 아롱이 파리 몽파르나스의 카페에서 칵테일을 마시며 대화를 나누고 있었다. 독일 유학 중에 잠시 귀국한 아롱은 사르트르에게 현상학에 대해 말했다. "네가 현상학자라면 이 칵테일에 대해 말할 수 있어. 그게 철학이지!" 그 순간 사르트르는 '감동을 받고 창백해졌다'고 한다.

프랑스 아카데미즘을 지배하던 고루한 철학에 반발했던 사르트르에게 현상학은 그것을 파괴할 아주 새로운 철학으로 보였던 것이다. 그는 현상학을 배우기 위해 곧장 베를린으로 유학을 떠났다.

유명작가로 가는 길—《구토》 출판에 앞서 사르트르가 고민한 세 사건

친구들의 활동을 지켜보는 초조한 나날

베를린 유학에서 돌아온 스물아홉 살의 사르트르는 고등학교 교사를 계속하며, 어릴 때부터 꿈꾸던 작가를 목표로 소설과 철학논문 집필에 몰두했다. 그러나 좀처럼 빛을 보지 못해 우울한 나날이 이어졌다. 이미 작가나 학자로서 활약하는 친구들도 있는데, 자신은 일개 교사로서 평생을 마치는 것이 아닌가 하는 초조함을 느꼈다.

되 마고 카페 사르트르는 파리의 생제르맹 데 프레와 몽파르나스 지구를 몹시 사랑했다. 그는 되마고, 플로르, 돔, 쿠폴 같은 카페에 안방처럼 드나들었다. 그곳은 만남의 장소이자 대화 장소요, 사색하고 집필하는 장소였다. 철학서 《존재와 무》(1943)에서도 카페에서 일하는 점원을 고찰하는 부분이 나온다.

이 무렵 사르트르에게 세 가지 사건이 연달아 일어나 정신적으로 벼랑 끝에 내몰리게 된다. 먼저 상상력 연구의 하나로 '환각'을 체험하고자 의사인 친구에게 부탁하여 메스칼린이라는 마약주사를 맞고 부작용이 일어나, 사람들의 얼굴이 새우나 게처럼 보이는 심각한 환각증상에 오래도록 시달렸다.

이어 보부아르의 제자인 열여덟 살 소녀 올가에게 사랑을 느껴, 보부아르와 올가 사이에 생긴 긴장된 삼각관계에 고통받았다.

또 몇 년 전부터 집필에 몰두했던 소설 《구토》의 출판을 거절당했다.

이 세 가지 사건으로 사르트르는 큰 충격을 받고 자살까지 생각했다.

그러나 사르트르는 꺾이지 않았다. 이듬해 같은 출판사에 다시 원고를 보냈는데, 이번에는 출판이 결정되었다. 이때 사르트르의 기쁨은 이루 말할 수 없을 정도였다.

《구토》는 1938년 갈리마르사에서 출판되어 커다란 화제를 불러일으켰다.

이 무렵부터 평론과 단편소설이 다양한 잡지에 게재됨으로써 사르트르는 그 토록 열망하던 작가의 길을 걷기 시작했다.

사르트르의 전쟁—사상전환의 계기가 된 수용소 사건

급박한 국제정세

1930~40년대 유럽이 전쟁을 맞이하자 사르트르도 혼란에 휘말리게 되었다.

인민전선의 정부군과 파시스트 프랑코의 반란군이 맞붙은 1936년 에스파냐 전쟁은 국제적인 파시즘 대 반파시즘 전쟁의 양상을 띠었다. 이 전쟁에는 헤밍웨이, 말로, 카뮈와 같은 작가가 반파시즘 국제의용군으로서 참전하는 등, 책을 내려놓고 적극적으로 행동하려는 지식인들이 눈에 띄었다.

그러나 사르트르는 반파시즘 의식을 가지고 있으면서도 정치 행동에 나서지 않았다. 제2차 세계대전 뒤 '행동하는 지식인'으로 불린 사르트르와는 달리, 정치와 거리를 두고 현실을 냉정한 눈으로 바라보았다. 이러한 태도는 제2차 세계대전이 막 발발했을 때도 마찬가지였다.

제1차 세계대전 패배와 세계공황의 영향으로 경제가 악화되었던 독일은 히틀러가 이끄는 나치스가 정권을 잡음과 동시에 군비를 확장하고 파시즘의 길을 걷기 시작했다. 1939년 9월에 폴란드를 침공하자 영국과 프랑스가 즉시 선전포고를 함으로써 제2차 세계대전이 일어났다.

사르트르는 세계 규모의 전쟁으로 발전할 일은 없다고 예상하고 같은 해 여름에 장기휴가를 떠났지만, 곧 육군에 소집되어 다시 전과 같은 기상부대에 배치되었다. 임지인 알자스에서는 전쟁 발발 뒤 반년 동안 서로 대치만 하고 정작 전투는 벌이지 않는 이른바 '기묘한 전쟁'이 계속되었다. 전선에서 떨어진 곳에 주둔한 사르트르의 주 임무는 그저 기구를 띄우는 것이었다. 나머지 남아도는 시간은 자유롭게 쓸 수 있었다.

전쟁 중이라고는 생각할 수 없는 기묘한 자유 덕분에 사르트르는 사색에 잠기거나 집필에 열중했다.

많은 책을 읽고, 장편소설 《자유의 길》과 철학서 《존재와 무》의 초고, 일기와 수필을 집필하는 데 날마다 열세 시간을 할애했다.

해방된 프랑스로 돌아온 개선장군 샤를 드골(1890~1970) 드골 장군이 결성한 '자유프랑스' 군대는 처음에는 영국의 자금 원조를 받은 7000명의 망명 의용병들로 구성되어 있었다. 이 조직은 뒷날 '싸우는 프랑스'로 이름을 바꾸었다. 1942년에는 프랑스 식민지에서 온 병사들이 가세하여 병력이 40만 명 수준으로 증가했다.

포로수용소에서의 공동생활

그런 기묘한 전쟁에도 끝이 찾아왔다. 1940년 5월 마침내 전투가 시작되었고, 6월에는 독일군이 프랑스군을 순식간에 쳐부수고 파리를 점령했다(프랑스 남부에는 친 나치스·독일 정부가 세워졌다). 사르트르는 실전에 투입되지 못한 채 포로가 되었고, 전선에 배치되었던 학창 시절 친구 폴 니장은 전사했다.

그 뒤 프랑스 로렌 수용소에서 독일 트레브 수용소로 이송된 사르트르는 다양한 계층의 사람들이 뒤섞인 포로생활을 체험하게 된다.

그러나 간호병으로서 난방시설이 된 병동에서 생활하는 등 포로치고 비교적 덜 가혹한 생활을 했다. 난생처음 좁은 방에서 공동생활을 체험한 그는 포로생활을 오히려 즐겼다고 한다.

사르트르는 이 수용소에서 《바리오나》라는 희극을 집필한다. 겉으로는 그리스도의 탄생을 그린 종교극이지만, 속으로는 은밀히 독일 저항운동을 촉구하는 내용이었다. 사르트르의 연출로 크리스마스 때 상연되었는데, 포로들은 그 의도를 알아채고 박수를 보냈다.

포로수용소 체험은 사르트르의 생각을 뿌리째 바꾸었다. 소설 《구토》나 《벽》에서 보이듯, 기존 그의 사상은 개인주의적이고 존재나 행동의 무의미함을 강조하는 경향이 강했으나 수용소 체험을 계기로 인간 행동을 중시하기 시작했다.

실존주의자의 탄생―전쟁 뒤 파리에서 시대의 총아가 된 사르트르

레지스탕스 활동

1941년 3월 끝무렵 수용소를 탈출한 사르트르는 독일군이 점령한 파리로 귀환한다. 그때 파리 시민들 사이에는 독일군에 저항하는 레지스탕스 운동이 일고 있었다. 사르트르는 먼저 리세에서 학생들을 다시 가르쳤다.

보부아르에게 "앞으로는 정치에 무관심하지 않겠다"고 강한 어조로 결의를 표명했다. 인간 행동의 무의미함을 강조했던 전쟁 전 사르트르와는 정반대로 바뀐 모습에 보부아르는 놀랐다.

그 뒤 사르트르는 제자들과 '사회주의와 자유'라는 이름의 레지스탕스 운동 모임을 결성한다. 총을 들고 싸우는 것이 아니라, 비밀 회합을 열거나 기관지를 발행하는 조직이었다. 그러나 결국 거의 성과를 올리지 못한 채 반년 만에 해산되었다. 파리에서 일으킨 최초의 행동이 실패로 끝난 것이다.

다음으로 사르트르가 힘을 쏟은 것은 집필활동이었다. 지금도 파리 명소로 남아 있는 상제르망데프레의 '플로르' 등과 같은 카페에 날마다 몇 시간씩 앉아서 소설 《자유의 길》, 희곡 〈파리〉, 〈닫힌 방〉, 철학서 《존재와 무》 등을 집필했다.

하룻밤 새에 유명인이 되다

제2차 세계대전도 거의 끝나가던 1944년 8월, 연합군의 진군과 레지스탕스의 봉기로 파리가 해방되었다. 파리 시민들은 '자유로운' 시대가 찾아왔다며 진심으로 기뻐했다.

그러나 사르트르는 파리 해방 직후에 발표한 문서에서 "독일군 점령하에 있을 때만큼 자유로웠던 적은 없다"는 역설적인 표현을 했다. 여기에 사르트르의 자유에 대한 생각이 드러난다.

전쟁이 끝난 뒤 사르트르는 사회 참여를 큰 소리로 외치며 활발한 활동을 펼쳤다. 그러한 그의 사상은 실존주의라 불렸다.

사실 사르트르는 전문가를 겨냥하여 철학을 완성했는데, 이것이 '실존주의'라는 통속적인 이름으로 불리자 당황했다. 그러나 이윽고 자신에게 붙은 딱지를 적극적으로 받아들이고, 이전처럼 전문가들만 겨냥하는 것이 아니라 사회와 대중을 대상으로 적극적으로 발언하기 시작했다.

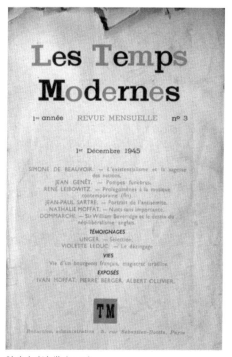

월간지 〈현대〉 (1945)
사르트르·레몽 아롱·카뮈·메를로퐁티·보부아르 등과 함께 창간한 월간지. 사르트르의 지속적인 공산당 지지 발언으로 동료들이 그의 곁을 줄줄이 떠난다.

1945년 10월, 사르트르는 파리에 있는 클럽 맹트낭에서 "실존주의란 무엇인가"라는 주제로 강연회를 열었다. 이 강연을 듣기 위해 엄청난 수의 사람들이 몰려들었고, 기절하는 사람이 속출했다. 이튿날 모든 신문이 일제히 이 소동을 대서특필했다. 이로써 사르트르는 하룻밤 새에 유명인이 되었다.

해방 뒤 사르트르가 했던 첫 활동은 특파원으로서 미국에 간 것이었는데, 이후 재야 작가·언론인으로서 생계를 유지하게 되었다. 앞서 강연과 같은 시기에 메를로퐁티, 보부아르, 아롱 등과 잡지 〈현대〉를 창간하여, 그 편집장에 취임했다. 이 잡지에는 다양한 사회문제를 다룬 논설문이 게재되었고, 사르트르 자신도 이 잡지에 문학평론과 정치평론을 잇달아 발표했다.

또 장편소설 《자유의 길》, 평론 《유대인 문제에 관한 성찰》, 《문학이란 무엇인가》, 《성 주네, 희극배우와 순교자》, 희곡 《존경할 만한 창녀》, 《악마와

신》 등의 작품을 연달아 발표했다. 어느 것이나 화제를 모았으며, 사르트르의 사상은 세계에 커다란 영향을 끼치게 되었다.

정치의 계절—마르크스주의에 대한 사르트르의 자세

제2차 세계대전 이전 마르크스주의 비판

1950년대 중반~1960년대 중반은 이른바 '정치의 계절'이었는데, 사르트르의 정치사상은 마르크스주의와 떼려야 뗄 수 없는 관계였다.

마르스크주의란 독일의 경제학자이자 철학자인 칼 마르크스의 사상에 기초한 사상체계를 가리키는 말로, 20세기를 통틀어 자본주의 사회를 비판하고 사회변혁의 가능성을 제시했다. 소련을 비롯한 사회주의국가 대부분이 이 사상을 바탕으로 수립된 나라이다.

개인의 자유를 중시한 2차 세계대전 전 사르트르에게 정치운동으로서의 마르스크주의(특히 소련을 방패로 삼은 공산주의 운동)는 자신과 양립할 수 없는 것으로 비추어졌다. 그는 당초 꽤 거리를 둔 비판적 의견을 전개했다. 마르크스주의는 가끔씩 개인보다 조직을 중시했기 때문이다. 한편 사르트르의 친구이자 제2차 세계대전 때 전사한 폴 니장은 일찌감치 프랑스 공산당에 입당하여 마르크스주의 작가로서 활동하다가 어느 순간 공산당에 의심을 품고 탈당했다. 그때까지 니장의 명성을 이용했던 공산당은 즉시 그를 배신자로 규정하고 차가운 태도로 돌아섰다. 이런 이유도 한몫하여, 사르트르는 조직으로서의 공산당을 일관되게 비판했다.

1946년, 사르트르는 《유물론과 혁명》을 집필하여 마르크스주의 철학을 비판하고, 1948년에는 공산당을 비판하는 내용의 희곡 〈더러운 손〉을 발표했다. 그로써 당이 조직 논리로써 경직되는 현상을 지적하려고 한 것이다. 사르트르로서는 공산주의 자체가 아니라 공산당의 현실을 비판할 셈이었지만, 비판을 전혀 수용하지 않는 공산당은 사르트르를 격렬하게 비난했다. 공산당을 지지하는 작가들은 그를 '파시스트'라고 욕했다.

한국전쟁을 계기로 사상 변화

그 뒤 미국과 소련이 더욱 격렬하게 대립하여 전쟁이 언제 일어날지 모르

카스트로와 회견하는 사
르트르

그는 보부아르와 함께 구
소련·쿠바·중국 등 공산
주의 국가를 방문하여 국
빈에 가까운 대접을 받았
다. 두 번 방문한 쿠바에
서는 카스트로, 체 게바
라의 환영을 받았다.
1960년 2월 촬영.

는 긴박한 상황으로 발전했다. '냉전'의 시작이었다. 전세계가 미국을 중심
으로 하는 서방블록과 소련을 중심으로 하는 동방블록으로 갈리는 가운데,
사르트르는 1948년 작가 다비드 루세를 중심으로 한 정치조직, 민주혁명연
합(RDR) 발족에 협력했다. 미·소 어느 쪽 편도 들지 않는 정치세력으로서,
경직된 공산당과 달리 새로운 사회주의 조직을 지향했다. 그러나 이 시도는
1년도 못 가 실패로 끝났다.

동서 대립구도는 점점 뚜렷해져 마침내 동아시아로까지 번졌다. 1950년에
는 소련이 지지하는 조선민주주의인민공화국과 미국이 지지하는 대한민국이
북위 38도선 부근에서 군사충돌을 일으켰다. 이 전쟁은 미군과 중국의용군
의 참전으로 한 치 앞을 내다볼 수 없는 혼전양상을 띠게 되었고, 200만 명
이 넘는 사상자를 냈다. 한반도는 빠르게 황폐해졌다.

이 전쟁을 계기로 서방제국에서 소련과 공산주의에 대한 경계심이 높아지
고 반소련·반공산주의 운동이 활발해졌다.

미국에서는 '빨갱이 사냥'이 일어나 공산주의자와 사회주의자를 탄압했다.
프랑스에서도 반소련·반공산주의 분위기가 빠르게 퍼져나갔다. 사르트르는
기존 주장을 바꾸었다. 1952년에 논문《공산주의자와 평화》를 발표하는 등
뜬금없이 공산당을 옹호한 것이다. 프랑스 여론이 일제히 우경화되어 가는
가운데 반소련·반공산주의를 외치면, 자본주의 사회를 지키려는 보수파에게
이용되리라는 것이 사르트르의 주장이었다.

그 뒤 스탈린 비판으로 소련·공산당 문제가 표면화되었는데, 사르트르가

이 시기에 소련·공산당을 옹호했던 사실은 뒷날 비판 소재로 이용된다.

친구들과 결별—정치 의견 차이로 동료들과 충돌

줄지어 떠나가는 친구들

1950년대 초반 사르트르는 소련과 공산당을 지지하는 발언을 반복했다. 또 세계 각국을 바쁘게 돌며, 공산당이 주최하는 평화집회 등에 참석했다.

1952년에는 빈 평화집회에 출석하고, 1954년에는 베를린 평화회의에 참석하는 동시에 처음으로 소련을 여행했다(이때 보드카 과음으로 입원하는 소동을 일으켰다).

다만 공산당에 입당한 것은 아니었다. 자칭 '공산당의 비판적 동반자'로서 어디까지나 당 밖에서 최대한 협력하겠다고 주장했다.

사르트르의 이러한 정치색이 짙어짐에 따라 〈현대〉지의 창간 동료인 편집 부원들이 줄지어 그를 떠났다.

창간한 지 채 1년도 되지 않은 1946년, 맨 처음 편집부를 떠난 사람은 오랜 친구 레몽 아롱이었다. 그 뒤 보수파 신문 〈피가로〉의 논설위원으로서 유명해진 그는 1955년에 《지식인의 아편》을 써서 공산주의와 사르트르를 강하게 비난했다.

1951년에는 친구 카뮈가 마르크스주의를 비판하는 내용을 담은 평론 《반항적 인간》을 출판한 것을 계기로 카뮈와 격렬한 말다툼을 벌였고, 마침내 두 사람은 결별한다.

1953년 무렵에는 사르트르의 오랜 친구인 철학자 메를로퐁티도 편집부를 떠난다. 그는 1955년에 발표한 《변증법의 모험》에서 소련형 마르크스주의와 사르트르 철학을 신랄하게 비난했다. 결국 창간 회원으로서 마지막까지 남은 사람은 사르트르와 보부아르뿐이었다.

식민주의 비판—유럽 식민지배에 이의 제기

유럽 식민지배를 비판

16, 17세기 이후 유럽제국은 아시아·아프리카·미국을 정복하고, 경제 수

탈과 정치 지배를 해 왔
다. 에스파냐·포르투갈
에 침략당한 미국 대륙
에서는 많은 선주민이
죽거나 노예가 되었다.
또 많은 아프리카 사람
이 노예가 되어 강제이
주 당했다.

19세기가 끝나갈 즈
음 영국·네덜란드·프랑
스 등이 대두하여, 기존
원료공급지·제품시장으
로서의 식민지가 아니라
자본 수출지로서의 식민
지를 찾아 나서기 시작
했다. 뒤늦게 독일·이탈
리아·일본 등도 식민지
쟁탈전에 합류했다.

당연히 선주민과 이주
노예들은 저항했다. 그

한국전쟁
동서 냉전시대의 긴박한 상황이었던 1950년, 북한의 남침으로 촉
발된 한국전쟁은 중공군이 참전함으로써 한반도에 엄청난 피해를
가져왔다. 이를 계기로 전세계가 공산주의에 대한 경계심이 가일층
높아지게 된다. KBS《다큐멘터리 한국전쟁》(1991).

러나 유럽제국은 그들과 그들 문화에 '미개', '야만'이라는 딱지를 붙이고 폭
력으로써 저항운동을 탄압했다. 또 미개한 땅에 문명을 전파한다는 핑계로
식민지배를 정당화했다.

2차 세계대전 뒤 사르트르는 이 '식민주의'를 신랄하게 비판하고, 식민지
배를 받는 선주민과 노예들의 투쟁을 적극 지지했다.

알제리와 베트남의 투쟁 지지

사르트르가 지지한 식민지 투쟁 가운데 특히 주목받는 것이 북아프리카의
알제리 독립전쟁이다. 1830년대부터 프랑스의 식민지배를 받은 알제리에서
는 아랍계 선주민인 알제리아인이 프랑스인들의 차별과 박해에 신음하고 있

었다.

1954년, 아랍계 주민을 중심으로 결성된 알제리 민족해방전선(FLN)이 프랑스에 대항하여 독립전쟁을 시작했다. 프랑스군 병사가 알제리아인 포로와 시민을 고문·학살하는 등 사태는 더욱 혼전양상으로 빠져들었다.

사르트르와 〈현대〉지는 처음부터 알제리 독립을 명확히 지지했고, 1955년에는 FLN 지지를 표명했다. 많은 작가·철학자와 함께 '알제리 불복종권에 관한 선언(121명 선언)'에 서명하거나, 알제리 독립운동 지휘자인 사상가 프란츠 파농의 책 서문에 식민주의의 폭력에 대항하는 저항폭력을 지지하는 등 활발하게 활동했다.

1959년에는 희곡《알토나의 유폐자들》을 발표했는데, 이는 알제리인에 대한 프랑스군의 잔학행위를 고발하는 내용이었다.

사르트르는 베트남전쟁에서도 미국과 싸우는 베트남인들을 지지했다.

1884년부터 프랑스의 식민지배를 받아온 베트남은 제2차 세계대전 이후 남북으로 분단되었다.

친미파인 남베트남에서는 사회주의인 북베트남의 지지를 얻은 '남베트남해방민족전선(통칭 베트콩)'이 결성되어 친미정권과 전투를 벌였다. 1965년 이후, 베트남 공산화를 두려워한 미국이 개입함으로써 전투가 격렬해졌다.

진작 베트남전쟁 반대를 표명한 사르트르는 1965년 2월에 베트남 평화를 위한 국제회의 개최를 호소하는 성명에 서명했다. 그로부터 2년 뒤, 영국의 철학자 B. 러셀 등의 제안으로 스톡홀름과 코펜하겐에서 열린 '미국 전쟁범죄를 재판하는 국제법정(통칭 러셀법정)'에서는 사르트르가 의장을 맡아 미국 정부에 유죄판결을 내렸다. 이처럼 사르트르는 처음부터 끝까지 철저하게 식민지를 비판했다.

인기의 몰락—60년대를 정점으로 조금씩 떨어지는 사르트르 영향력

구조주의 대두로 폄하된 사르트르

사르트르의 정치 활동은 그 뒤로도 계속되어, 1950년대 후반에는 다시 소련을 비판하기 시작했다.

1956년 헝가리 부다페스트에서 반정부 학생 데모가 일어났다. 헝가리와

5월 혁명 1968년 5월 파리 대학에서 있었던 학생 분쟁이 발단이 되어 일어난 반항적인 움직임은, 이윽고 일반시민까지 끌어들여 프랑스 제5공화정을 위협하는 대규모 운동으로 발전했다. 혁명의 불꽃이 활활 타오르면서 마치 축제처럼 들뜬 분위기가 파리 시내를 지배했다. 그러나 6월이 되자 사태는 급변했다. 파란은 가라앉고 6월 말 총선거는 여당의 승리로 끝났다. 사르트르와 보부아르는 이 운동을 옹호했다.

소련은 같은 사회주의권이었지만, 헝가리에서는 자유화 요구가 높아졌다. 이에 소련이 무력으로 진압하자 수백 명의 사상자와 20만 명의 망명자를 낳는 대참사로 번졌다. 이때 사르트르는 소련을 비판하고, 소련군 개입에 긍정한 프랑스 공산당에도 항의했다.

그 뒤 마르크스주의의 근본을 재고하는 일에 몰두하여, 1960년에 《변증법적 이성비판》을 출판했다. 1964년에는 문학적으로 높이 평가받는 자서전 《말》을 발표하여 이듬해 노벨문학상 후보로 거론되었다(상의 정치적 편향성을 이유로 수상 거부).

같은 해 〈르몽드〉 신문 인터뷰에서 "굶주린 아이들 앞에서 《구토》는 아무런 도움도 되지 않는다" 발언했고, 1966년 가을에는 보부아르와 함께 일본을 방문하여 한 달 가까이 머물며 여러 곳에서 강연을 펼치는 등 활발한 활동을 보여 주었다. 이때가 사르트르의 '명성'이 최고조에 달했던 시기라 할

독일 잡지 〈슈피겔〉의 표지를 장식한 사르트르
(1956년 12월호)

수 있다.

구조주의와 포스트구조주의가 새롭게 나타나자 사르트르가 사상계에 미치는 영향력이 서서히 약해지기 시작했다. 그러던 중 1968년 5월에 파리 학생운동을 발단으로 '5월 혁명'이라 불리는 대규모 사회운동이 일어났다.

이의 제기를 강령으로 기존 질서의 부정을 목표로 하는 5월 혁명은 젊은이들이 주축이 되어 새로운 사회운동의 형태를 만들었다. 사르트르는 이 운동을 열렬히 지지했는데, 얄궂게도 이미 구조주의 철학자로 관심이 옮겨가던 학생들에게 사르트르는 '옛날 사람' 취급을 받았다.

사르트르는 학생운동에 비판적이던 프랑스 공산당을 비난함으로써 공산당과 완벽하게 결별했다. 5월 혁명이 일어난 지 석 달 뒤 소련이 체코를 침공하자 이를 계기로 소련과도 완전히 결별했다. 진정한 급진주의에 다다른 것이다.

사르트르 삶의 끝무렵—세계에 충격을 준 세기의 철학자이자 작가의 죽음

5만 명이 운집한 마지막 이별

5월 혁명 뒤 사르트르는 중국 문화대혁명의 영향을 받은 이른바 '마오파(마오쩌둥주의자)', 즉 급진 마르크스주의 젊은이들과 활동을 같이했다. 그들은 기존 질서를 파괴하고 급진 개혁을 꾀하려는 문화대혁명에 공감하여 5월 혁명을 추진한 세력이다. 그 무렵 지식인으로서의 자아를 비판하고 대중과 공감하려고 애쓰던 사르트르는 노쇠한 몸에 채찍질을 가하며 그들과 어울리고 협력했다.

한편 사르트르는 글쓰기에도 열심이었다. 1969년 중반부터 1971년까지

《집안의 천치》라는 난해한 문학평론 집필에 몰두했고, 1973년에는 민중의 의견을 반영하는 새로운 신문 〈리베라시옹〉 발간에 온 힘을 쏟았다.

이해 사르트르의 건강이 빠르게 나빠졌다. 병 때문에 시력을 거의 잃어서 읽고 쓰기도 할 수 없게 되었다.

그러나 사르트르는 위축되지 않았다. 그는 병든 몸을 이끌고 수많은 집회와 토론회, 데모에 나가 건재함을 과시했다.

또 젊은 전(前) 활동가들과 함께 대담 형식의 사상서를 만드는 계획도 진행했다. 1980년에는 이 사상서의 일부라 할 수 있는 〈이제는 희망을〉이라는 제목의 짧은 대담을 발표

사르트르의 캐리커처
사르트르는 1964년에 노벨상 수상을 거부하는 등, 깜짝 놀랄 만큼 기이한 행동을 자주 했다. 게다가 그는 사팔뜨기에 성격도 외모도 독특했기 때문에 숱한 캐리커처의 모델이 되었다. 그는 자서전 《말》을 출판하면서 "굶주린 아이 앞에서는 《구토》 따위는 아무런 가치도 없다"고 말했는데, 이 그림은 그 말을 희화화한 것이다. 다비 루빈 작.

했는데, 기존 사르트르 사상과 다른 내용이어서 논쟁을 불렀다.

많은 사람이 대담 이후의 전개를 기대했지만, 그것은 물거품이 되었다. 대담 발표 2주 뒤인 4월 15일 오후 9시, 사르트르가 폐부종으로 생애를 마감한 것이다. 향년 74세였다. 조용한 최후였다. 19일에 열린 장례식에는 사르트르의 관을 실은 자동차 주위에 시민 5만 명이 몰려들었다. 20세기를 대표하는 철학자는 이렇게 이 세상에 작별을 고했다.

제2장 실존주의란 무엇인가

데카르트 철학—절대로 확실한 것을 추구한 끝에 도달한 '나'라는 존재

의심하는 '나'란 존재는 의심할 수 없다

'근대 철학의 아버지'라 불리는 르네 데카르트의 사상은 그야말로 실존철

학의 원천이다. '나'라는 존재(즉 실존)를 모든 학문의 기초라고 생각했기 때문이다.

데카르트는 조금이라도 의심의 여지가 있으면 의심하는 방법(방법적 회의)으로 절대로 확실한 것을 추구했다.

잘못 보거나 잘못 듣는 일은 흔히 일어나므로 보거나 듣는 '감각'은 지식의 원천이 될 수 없다.

한편 지금 의자에 앉아 책을 읽는 행위는 얼핏 확실한 것 같지만, 그것이 꿈이라면 어떨까? 나는 실제로는 침대 안에 있고, 책을 읽는 꿈을 꾸는 것일 뿐인지도 모른다. 곧 책, 의자, 방 등 주변 모든 것이 꿈이며, 진짜는 존재하지 않을지도 모른다. 그럴 가능성이 있지 않은가?

이처럼 데카르트는 모든 것을 의심했다.

'모든 것은 존재하지 않을지도 모른다'고 생각하는 나의 존재조차 의심했다.

그 결과 데카르트는 '나도 존재하지 않을지도 모른다'고 생각하는 사람은 대체 누구인가 하는 생각에 이르렀다.

모든 것을 의심해도 '그렇게 의심하는 나', '그렇게 생각하는 나'가 지금 존재한다는 사실만큼은 의심할 수 없다.

이것이 데카르트가 내린 결론이다. 이후 그는 "내가 존재한다"는 사실을 철학의 절대 기초로 삼았다.

데카르트를 비판한 사르트르

데카르트는 실존철학이나 실존주의가 성립하기 훨씬 이전인 15세기의 철학자이다. 그러나 '나'라는 존재(즉 실존)을 기초로 하는 데카르트 철학은 실존주의의 원점이라 할 수 있다. 사르트르의 철학에도 커다란 영향을 끼쳤다.

다만 사르트르가 데카르트를 비판했다는 점을 간과해선 안 된다. 사르트르는 '나'란 존재는 불확실하다고 했다. 눈앞에 놓인 컵을 볼 때 확실한 것은 '컵을 본다'는 사실, 또는 '컵이 보인다'는 사실이다. "내가 컵을 본다"는 것은 확실하지 않다.

사르트르는 '실존'을 데카르트의 '코기토(나)'처럼 늘 동일하게 고정된 '실체'가 아닌, 늘 변화하는 '관계'로 파악했다.

키르케고르 철학—존재를 건 삶을 역설한 '절망의 철학자' 사상

실존주의의 출발점인 키르케고르

덴마크에 쇠렌 키르케고르라는 철학자가 있다. 사생아로 태어나고, 나면서부터 몸이 약했으며, 일방적으로 파혼 당한 경험 등에서 불안과 절망 가운데 인간을 깊이 고찰한 사상가이다. '죽음에 이르는 병', 즉 인간에게 근본적인 질병으로서의 '절망'을 논한 《죽음에 이르는 병》 등이 대표작이다.

흔히 키르케고르야말로 실존주의의 시조라고 평가받지만, 그

데카르트(1596~1650)
실존철학의 원천이다. 사르트르는 실존을 데카르트의 동일하게 '고정된 실체가 아닌 늘 변화하는 관계'로 파악했다.

스스로가 자신의 철학을 '실존주의'라고 부른 것은 아니다. 생전에 키르케고르는 거의 무명이었고, 주목을 받기 시작한 것은 20세기에 들어와서이다.

키르케고르가 살았던 시대인 19세기 초반에 서양철학을 석권한 것은 G. W. 헤겔의 철학이었다. 키르케고르의 실존철학은 헤겔 철학에 반발하는 가운데 완성되었다.

헤겔 철학의 핵심을 이루는 변증법

근대 독일의 가장 위대한 철학자 헤겔은 자연·역사·정신 등 모든 세계를 끊임없는 운동·변화·발전의 과정이라고 보고, 그 내적 관련성을 밝히는 거대한 철학체계를 완성했다. 이때 중점을 둔 것이 모든 것의 운동과 발전의 법칙, 즉 변증법이다.

이를테면 ①누가 "사과는 빨갛다"고 말했다 치자. 이는 사물을 직접 긍정하는, 그 자체로 독립된 발언이다. 그러나 ②"파란 사과도 있다. 사과는 빨갛다고는 할 수 없다" 말했을 때, '사과는 빨갛다'는 생각과 이를 '부정'하는

'사과는 빨갛다고는 할 수 없다'는 생각이 대립·모순된다.

이때 두 생각을 근거로 '부정'하여 ③'사과는 빨간 것이 아니라 빨갛게 된다'는 새로운 생각이 탄생했다고 치자. '빨갛게 된다'는 생각은 '빨갛다'는 생각과 '빨갛다고는 할 수 없다'는 생각 모두를 부정하는 동시에 양쪽 모두를 긍정한다.

이처럼 독립된 단계가 다른 단계와의 관계·대립을 넘어 고차원의 단계로 발전하는 것을 '아우프헤벤(지양)'이라고 한다.

이는 우리가 '지금 여기서' 갖는 직접적인 인식에서 출발하여 고차원의 단계를 지나 마침내 '절대지'에 이르는 운동이며, '구체적'이고 '개별적'인 주관적 지식에서 출발하여 '추상적'이고 '보편적'인 객관적 진리로 향하는 운동이라고도 생각할 수 있다.

키르케고르의 실존철학

키르케고르는 헤겔 철학을 비판한다. 헤겔에게 '진리'란 객관적이고 보편적인 진리이다. 이 생각에 따르면 인간은 '개인'이 아니라 인간 일반으로서 추상화되어 버린다.

키르케고르는 주체성이 진리라고 주장했다. 그는 모든 사람에게 해당하는 '보편적'인 진리를 추구하는 것이 아니라, 삶의 원동력으로서 자기만의 진리를 추구했다.

그렇다면 자기만의 진리를 어떻게 추구할 것인가? 키르케고르는 진리에 도달하는 길을 추상적이고 보편적인 진리로 가는 발전 단계로서가 아니라, 구체적 개개인(실존)의 인생의 진행 과정으로서 제시했다. 거기에는 세 단계가 있다.

먼저 ①미적 실존 단계이다. 이는 건강, 부, 명예를 추구하고, 감각의 향락을 목적으로 하는 인생 단계이다. 이 단계에서 인간은 권태에 빠지고 좌절하며 양심의 가책을 받아 다음 ②윤리적 실존 단계로 나아간다. 이 단계에서 인간은 자신의 모든 것을 걸고 누군가를 사랑하는 '타인에 대한 의무'로 살아가려 한다. 그러나 인간은 의무를 지는 것이 불가능한 유한한 존재라는 사실에 좌절하여 절망에 빠지고 만다.

그리하여 마지막 ③종교적 실존 단계에 이른다. 이 단계에서 인간은 신앙으로 살아간다. 절망을 경험하면서 자신의 무력함을 받아들이고, '단독자'로서 신 앞에서 고독하게 결단한다. 여기에 이르러서야 비로소 참된 인간으로서 살아갈 수 있다.

이 실존의 고독에 대하여 사르트르는 키르케고르가 저서 《두려움과 떨림》에서 다룬 아브라함 이야기를 인용하여 언급했다.

아브라함은 구약성서에 등장하는 인물이다. 어느 날 그에게 천사가 내려와 "네 아들을 신께 제물로 바쳐라" 고한다. 그야말로 불합리한 명령이다. 그러나 애초에 그것이 진짜 천사의 목소리인

헤겔(1770~1831)
헤겔은 실재란 고정적인 상태로 있는 것이 아니라 지속적인 발전과정에 있는, 즉 변화하는 유기적 단일체로 보았다.

지, 자신이 진짜로 아브라함인지―그러한 것조차 사실 아무것도 증명되지 않았다. 그래도 아브라함은 고독과 불안 속에서 그 목소리를 믿고 아들을 죽이려고 했다. 그때 아브라함의 확고한 신앙을 알게 된 신이 그를 말렸다. 다시 말해 사르트르는 결단하는 존재는 결국 자기 자신이라고 강조했다.

하이데거 철학―존재의 본질을 죽음에서 이끌어내어 본디적 삶을 제안

실존철학을 꽃피운 독일의 철학자

키르케고르가 주장한 실존철학을 세계적인 영향력을 지닌 철학으로 발전시킨 사람은 마르틴 하이데거이다.

하이데거는 제1차 세계대전 뒤, 인간의 실존을 불안과 죽음의 관계에서 논하여 화제가 된 독일의 대철학자이다. 1927년에 출판한 《존재와 시간》은 '20세기 최고의 철학서'라는 칭송을 받았으며, 사르트르를 비롯한 많은 사람에게 영향을 주었다.

하이데거의 실존철학을 이해하려면 먼저 독일의 철학자 에드문트 후설의 현상학이라는 학문의 방법론을 알아야 한다. 그 무렵 하이데거가 후설의 지도로 현상학을 연구했으며, 하이데거의 영향을 받아 존재철학을 전개한 사르트르도 초기에는 후설 현상학의 영향하에 있었기 때문이다.

현상과 인식에 대한 후설의 철학

후설의 현상학은 의식에 직접 영향을 주는 현상의 본질을 연구하고 기술하는 철학이다.

후설은 기존 모든 학문의 밑바닥에는 우리의 일상 경험이 쌓여 만들어진 다양하고 뿌리 깊은 선입관이 있으며, 엄밀한 학문을 정립하려면 일상의 선입관에 젖어 있는 기존 시각을 일단 멈추어야 한다고 생각했다.

일상의 선입관을 바구니에 넣고 의식의 본질을 꺼내면(현상학적 환원) 모든 원천이자 확실한 순수 의식을 발견할 수 있다고 생각했다. 이 순수 의식을 엄밀한 학문을 정립하는 데 기초로 삼으려고 했다.

후설은 이상학적 환원에 의해 파악되는 순수의식의 본질은 늘 '어떤 것에 대한 의식'이라고 했다(후설은 이 성질을 지향성이라고 불렀다). 이를테면 눈앞에 놓인 컵에 대한 의식이거나, 창밖 나무에 대한 의식이라는 식이다. 즉 세계와 늘 관계하는 셈이다.

후설은 이러한 의식의 구조를 엄밀히 분석하는 철학체계를 구상했다. 하이데거 철학은 이 영향을 받아 출발했다.

현상학에서 존재론으로

하이데거는 후설을 떠난 뒤 독자 철학(현상학적 존재론)을 완성했다. '존재하는 사물(존재자)'만을 다루는 기존 철학은 존재망각에 빠졌다고 생각하여, '존재하는 사물'이 아닌 '존재한다는 것'은 어떤 것인가, 곧 존재 자체를 문제로 삼는 존재론 철학을 제창한 것이다.

하이데거의 마지막 목표는 '존재 일반'을 규명하는 일이었다. 그 실마리로서 그는 먼저 "인간이 존재한다"는 것은 무엇인가 하는 문제를 연구했다. 인간은 자기 존재(즉 자신이 존재한다는 것은 어떤 것인가)를 고민하며 존재하는 특수한 존재자라고 생각했기 때문이다. 그는 그러한 존재자(즉 인간)를 '현존재'라고 부르고, 그 존재를 실존이라 했다.

또 《존재와 시간》에서 세계와 늘 관계하며 존재하는 인간(현존재)을 세계내존재라고 규정했다. 즉 세계와 관계를 맺으며 세계 안에 존재한다는 의미이다.

다만 이 '~안에'란 '상자 안에 돌이 있다' 같은 의미와는 다르다. 돌은 스스로 상자와 관계를 맺지 않는다. 그에 비해 인간은 스스로 세계와 관계를 맺으며 존재한다.

후설 (1589~1938)
"나는 존재한다. 그리고 나를 제외한 모든 것은 단지 현상적 관계로 되는 현상일 뿐이다."

하이데거의 실존철학

하이데거는 인간이 세계와 관계하며 존재한다는 사실에서 인간 존재의 독자성을 발견했다. 그 독자적인 존재 방식에 대한 고찰에서 출발하여 '있다', '존재한다'란 무엇인가 하는 주제로 접근했다.

하이데거는 인간이 세계와 관계하며 '존재한다'는 것은 과거에 규정된 현존이 미래에 대한 결단을 요구받으며 존재한다는 의미로 풀이했다. 곧 인간 존재(실존)는 시간성에서 본디 모습을 드러낸다.

그러나 대부분의 인간은 과거를 받아들여 미래로 연결시키는 독자적인 결단을 회피하고, 목적 없이 세상 사람들 틈에 섞여 살아간다.

즉 일상에서 인간(현존재)은 독자적인 자기 존재를 고찰하는 본래 존재 방식을 거부하고, '남들처럼' 평균화된 삶을 사는 인간으로 전락해 버렸다. 그러한 비본래적 자아에서 본래적 자아로 스스로를 회복시키는 것이 가장 큰 문제이다.

하이데거는 본래적 자아가 추구해야 할 인간 존재(현존재)의 독자성은 죽음을 코앞에 둔 존재라고 주장했다. 남이 대신해 줄 수 없는 죽음은 절대적으로 독자적인 미래이다.

죽음을 각오한 채 지금을 결단하는 것이야말로 인간에게 본래적인 삶의 방식인 셈이다.

제1차 세계대전 직후 혼란기 유럽, 특히 패전국인 독일 사회에는 불안과 불만이 팽배하여 근대 서양문명 자체가 뿌리부터 재고되었다.

그러한 와중에 불안, 무(無), 죽음, 양심, 결의, 퇴락에 대해 논한 하이데거의 철학은 많은 사람의 마음을 사로잡았으나, 권력을 쥔 나치스의 사상과 일맥상통하는 면이 있었다. 실제로 하이데거는 한때나마 나치스에 입당한 적이 있었다.

야스퍼스의 철학—좌절한 경험에서 자기 실존에 눈뜨고, 신의 체험을 주장

실존에서 초월자(신)로

키르케고르의 실존철학을 체계적으로 정리하고 실존주의로 발전시킨 철학자가 칼 야스퍼스이다. 하이데거와 나란히 독일 실존철학을 대표하는 철학자이다.

야스퍼스는 독일 북부 올덴부르크에서 태어났다. 의사 지망생이었던 그는 1913년 정신의학에 현상학적 방법을 도입한 《정신병리학 총론》을 출판하여 주목을 받았다(참고로 사르트르는 학생 시절에 이 책의 프랑스어 번역 작업에 참여했다). 그 뒤 철학에 관심이 깊어져, 1921년 이후에는 철학교수로서 키르케고르, 니체, 막스 베버의 이론을 바탕으로 철학 사색에 몰두했다.

야스퍼스에게 철학은 세계에서 출발하여 실존으로 향하다가 마침내 초월자(신)에 이르는 학문이었다.

야스퍼스의 실존은 결코 객관적이 될 수 없고 자기사색이나 행동의 근원이 되는 본래적인 것이다.

야스퍼스는 죽음, 고뇌, 다툼, 죄와 같은 인간이 피할 수 없는 '한계상황'이 실존의 자각을 재촉하는 중요한 계기라고 보았다. 한계상황에 직면한 인간은 자기의 유한성에 절망한다. 그 좌절 안에서 자기 실존에 눈뜨고, 초월자(신)와 대면한다. 초월자(신)는 우리에게 암호로 말을 걸고, 우리는 암호를 해독하여 초월자를 체험한다.

사르트르는 야스퍼스를 가리켜, 프랑스의 마르셀과 더불어 유신론적 실존주의자라 불렀다.

본질이 먼저인가 실존이 먼저인가―사르트르가 규정한 새로운 인간관

인간과 사물의 차이

"실존은 본질에 앞선다." 이것은 사르트르의 강연기록《실존주의는 휴머니즘이다》에 나오는 말이다. 실존주의를 설명한 유명한 문구이다. 본질(essence)이란 '무엇이냐'이고, 실존(existence)이란 '지금 여기에 있는' 것을 뜻한다.

강연에서 사르트르는 페이퍼나이프(종이칼)를 예로 들어 실존주의를 설명했다.

종이칼의 실존이란 각각의 종이칼이 '지금 여기에 존재하는' 것이다. 한편 나무로 만들어진 것, 철로 만들어진 것 등 저마다 재료는 다르지만, 종이칼인 한 모든 종이칼은 공통 성질(예컨대 '종이를 자를 수 있는' 성질)을 지닌다. 그것이 종이칼의 본질이다. 종이칼의 정의(종이칼이란 '무엇인가'라는 물음에 대한 답)라 해도 좋다.

한편 종이칼을 만든 장인은 그것이 '무엇인가' 하는 종이칼의 본질을 미리 이해하고서 만들었을 것이다. 종이칼이 어디에 쓰이는지, '어떤 것'인지를 이해하지 않고서는 도저히 만들 수 없다.

장인의 머릿속에 종이칼이란 '어떤 것인가' 하는 구상이 떠올라 그것을 바탕으로 만들어졌을 때 비로소 종이칼이 현실에 존재하게 된다.

그런 의미에서 종이칼과 같은 도구는 "본질이 실존에 앞선다"고 말할 수 있다.

그렇다면 인간은 어떨까?

기존에는 인간도 '본질이 실존에 앞서는' 존재라고 여겨졌다. 그리스도교는 신이 인간을 창조했다고 생각한다. 곧 신의 머릿속에 인간은 '이런 존재'라는 구상이 있었고, 신은 그에 따라 인간을 창조했다고 생각했다.

18세기에는 신의 존재를 부정하는 무신론 철학이 주류를 이루게 되는데, 그 또한 보편적 '인간성(인간의 본질)'이 개인보다 앞선다고 상정했다. 다시 말해 현실에 존재하는 개인보다 '인간이란 ~이다'라는 인간의 본질이 먼저 존재한다는 이론이다.

저마다 다른 방식으로 존재하는 개인은 모든 사람이 지닌 '인간'이라는 보편적 개념의 구체적이고 특수한 일례인 셈이다.

인간 본질은 맨 뒤에 결정된다

이러한 기존 사고방식과 반대로 사르트르는 인간은 "실존이 본질에 앞선다"고 주장했다. 개인은, 쉽게 말해 '나'는 지금 여기에 존재한다. 그런데 다양한 방식으로 지금 여기에 존재하는 인간에게 인간으로서 지닌 공통 성질, 즉 본질 또는 인간의 정의는 미리 존재하지 않는다.

인간은 '어떤 존재'이기 이전에 '아무것도 아닌 존재'로서 지금 존재한다. 종이칼의 경우, 그것이 '어떤 존재'인지 알기 전에 존재부터 한 다음 나중에 용도가 결정되는 일은 없다. 그러나 인간은 먼저 존재한 다음에 '어떤 존재임'이 결정된다.

사르트르는 그것이 인간의 존재 방식이라고 생각했다. 그는 "인간은 먼저 실존한 다음 세계 내에서 서로 만나 불쑥 모습을 드러낸 뒤 정의된다" 말했다.

앞서도 말했듯이, 실존이란 '지금 여기 있는' 것이고, 본질이란 '무엇이냐'이다. 즉 "실존은 본질에 앞선다"는 말은 "인간은 누구이기 이전에 지금 여기에 있다"는 의미이다.

자유라는 형벌에 처해졌다

이는 인간이 자기 본질을 스스로 만든다는 뜻이기도 하다. 이를테면 비겁하다는 평가를 받는 사람이 있다고 치자. 그 사람은 '비겁하다'는 본질을 타고난 것이 아니라, 비겁한 행위를 함으로써 비겁한 인간이 '된' 것이다.

즉 비겁하게 태어난 사람은 없다. 사르트르는 인간은 행동하는 가운데 조금씩 자신을 정의해 간다고 말했다.

인간이 스스로 자기 자신을 만든다는 것은 인간이 자기 모습을 자유롭게 선택한다는 의미이다. 인간의 실존이 본질에 앞선다는 것은 인간이 자유로운 존재임을 뜻한다.

동시에 이는 인간이 자기 모습에 책임을 지닌다는 의미이기도 하다. '비겁하다'는 것은 자기 자신을 비겁하게 만들었다는 뜻이며, 그 책임은 자기 자신에게 있다. 즉 "천성이 그렇다"는 변명을 할 수 없다.

자유롭다는 것은 자기 자신을 만들어 간다는 책임에서 벗어날 수 없음을 뜻한다. 사르트르는 이를 가리켜 "인간은 자유라는 형벌에 처해졌다"고 표현했다.

의식 문제—후설 현상학을 발전시킨 세계에 대한 의식

의식은 관계 자체이다.

사르트르는 하이데거의 영향을 받아 실존주의자로서 유명해졌다. 그러나 처음에는 초기 후설의 현상학을 바탕으로 철학을 전개했다.

1933년에 쓴 〈후설 현상학의 기본 이념—지향성〉이라는 짧은 논문에서, 현상학은 의식을 실체가 아닌 관계로 규정하는 철학이라고 추켜세웠다.

후설은 모든 의식은 어떤 것에 대한 의식이라고 주장했다. '의식'은 반드시 어떤 것을 대상으로 하며, 어떤 것과 관계한다. 컵을 '보는' 것은 눈앞에 놓인 '컵 자체'를 보는 행위이며, 컵을 '떠올리는' 것은 다른 방에 있는 '컵 자체'를 떠올리는 행위이다.

어떤 것을 대상으로 하고, 어떤 것과 '관계하는' '의식'이 지니는 이 성질을 지향성이라고 한다.

이런 개념에 근거하여 사르트르는 전통 철학의 의식에 대한 생각을 비판했다.

전통 철학은 의식을 사물(실체)로서, 또는 닫힌 내부로서 파악했다. 바꿔 말해 의식을 닫힌 방이나 그릇 같은 개념으로 이해했다.

예컨대 상식이나 전통 철학에서 '컵을 본다'는 것은 의식 밖에 있는 컵의 관념이나 심상이 '마음속', 즉 의식 내부에 만들어지는 것이라고 생각한다.

사르트르는 이 생각을 내재철학이라고 부르며 비판했다. 의식은 '내부'가 아니며, 오로지 '외부' 또는 '외부로 향하는 관계'라고 생각했다.

이를테면 눈앞에 놓인 컵을 보는 것은 컵과 관계하는 행위이다. 다른 방에 있는 컵을 떠올리는 것도 컵과 관계하는 행위이다. 그는 이런 컵과의 관계, 곧 세계와의 관계 자체가 의식이라고 해석했다. 의식이란 '내부'를 지닌 방이나 그릇이 아니라, 바깥세상을 향해 직접 '관계하는' 화살표 그 자체이다.

의식이 '작렬한다'는 의미

사르트르는 현상학을 가리켜 초월철학이라고 했다. 초월이란 '바깥으로 나가는' 것이다. 그는 바깥으로 나가려는 탈출 운동을 작렬이라는 심상으로 규정했다. '의식'이란 바깥으로 향하는 작렬, 폭발, 탈출 그 자체이다.

사르트르는 "모든 의식은 자기를 벗어나 바깥으로 나가는 운동이다. 의식에는 '내부'가 없다. 의식은 그 자체가 외부이다. 의식을 의식이게 하는 것은 절대적인 탈주이며, 실체임을 거부하는 것이다" 말했다. 사르트르는 '외부'로 향하는 역동적인 관계를 중시했다.

여기에서 사르트르 철학의 독자성이 드러난다. 사르트르는 "존재하는 것은 세계 안에 작렬하는 것이며, 세계와 의식의 무(無)에서 출발하여 한순간에 세계—그 내부로—로 스스로를 작렬시키는 것이다" 말했다.

이렇게 보면 사르트르 철학을 외부철학이라 해석함이 맞을 것 같다.

자아와 상상력—'나'는 어떻게 태어나며, 심상은 어떻게 생기는가

의식 안에 나는 없다

데카르트는 모든 것을 의심해도 그렇게 의심하는 내가 존재한다는 사실만큼은 의심할 수 없다고 생각하고, 내 존재를 철학의 확실한 절대 기초로 삼았다.

그런데 정말로 내 존재는 확실한 것일까? 눈앞의 컵을 볼 때 확실한 것은 '컵을 본다'는 행동, 또는 '컵이 보인다'는 사실이다. '내가 컵을 보는'지는 확실하지 않다.

'나를 잊는다' 또는 '무아지경'이라는 말이 있다. 독서에 몰두할 때나 축구공을 열심히 쫓을 때 "나는 없다." 눈앞에 놓인 컵을 볼 때도 마찬가지이다. 흔히 "나는 컵을 본다"는 식으로 말하지만, 사실 그냥 "컵이 보인다"고 표현해야 옳다. '의식'을 그때마다 변하는 대상과의 '관계' 자체로 본다면, 계속해서 변하는 의식 '안에' 동일한 존재로서 머물러 있는 '나'는 없기 때문이다. 컵을 볼 때는 '컵에 대한 의식'이 존재할 뿐이다.

반성함으로써 내가 태어난다

'무아지경'으로 책을 읽을 때 문득 '제정신이 들어', "지금 나는 책을 읽고 있다"고 생각한 적이 있을 것이다. 또는 식사 중에 문득 컵을 물끄러미 바라보며 '지금 나는 컵을 보고 있다'고 생각한 적이 있을 것이다. 이처럼 자기가 자기를 의식하는 것을 철학에서는 반성이라고 한다. 구체적으로 살펴보자.

먼저 '컵을 본다'는 의식은 '컵'을 대상으로 한다. 다음으로 '컵을 본다고 생각하는' 의식, 즉 반성하는 의식은 '보고 있다는 의식'을 대상으로 한다. 즉 반성하는 의식이란 의식 자체를 대상으로 하는 의식이다.

키르케고르 (1813~1855)
모든 사람에게 해당하는 보편적인 진리를 추구하는 것이 아니라, 자기만의 진리를 추구했다. 즉 주체성이 진리라고 주장했다.

이때 '반성되는 의식 안에서' 의식을 통일하는 주체로서의 '나(자아)'를 상정할 수 있다. 이 '나'는 반성하는 의식의 대상이 될 때 비로소 태어난다. 의식 속에 미리 존재하는 것이 아니다. '나'는 반성하는 의식의 대상인 한, 컵과 마찬가지로 의식 밖의 대상이다.

사르트르는 '나'를 반성으로써 태어나는 대상이라고 말하며, 시인 랭보의 말을 빌려 '나란 하나의 타인이다' 주장했다.

상상력과 지각의 차이

그런데 우리에게는 의식 내부를 상정하려는 경향이 있다. 즉 '의식'을 '무언가'를 넣는 방이나 그릇으로 생각해 버린다.

예를 들어 '컵'을 생각하는 사람의 의식 안에(머릿속에) 진짜 컵이 아니라 그와 비슷한 어렴풋한 무언가, 즉 '컵의 심상'이 있다고 생각해 버린다.

그런 '무언가'가 정말로 있을까? 또 의식은 그런 '무언가'를 넣는 '그릇'일까?

눈앞의 '컵을 본' 다음 눈을 감고, 지금 본 컵을 떠올릴 때, 내가 지금 '떠올린 컵'은 내가 방금 '본 컵'과 다른 컵인가? 내가 지금 본 컵과 똑같은 '바로 그 컵'을 떠올리는 것 아닌가?

나는 똑같은 컵을 두고 조금 전에는 '보는' 행위로서 관계하고, 지금은 '떠올리는' 행위로서 관계하는 것이다. 상상력과 지각의 차이는 대상의 차이가 아니라 대상과 관계하는 방식의 차이이다.

그러나 우리는 반성하는 의식 '안에' '컵의 심상'이 있다고 여겨버린다. '마음속의 심상'이란 상상하는 의식(비반성적 의식)의 대상이 아니라, 반성하는 의식으로 만들어진 반성적 의식의 대상이다. 즉 눈앞에 놓인 컵을 '볼' 때처럼, 컵을 '떠올릴' 때도 나는 마음속 컵의 심상이 아니라 컵 자체와 직접 관계하는 것이다.

대자존재와 즉자존재—인간은 세계와 관계함으로써 존재한다

세계와 관계하는 의식

《존재와 무》를 출판한 이래 사르트르는 하이데거의 실존철학을 계승하여 존재론 철학을 전개해 나갔다. 인간 존재에 대하여 '세계내존재'를 주장한 하이데거의 이론을 바탕으로 사르트르는 인간의 존재 방식을 '세계와 관계하는' 것으로써 규명했다. 다만 사르트르에게 '세계와 관계하는' 방식은 '인간' 본연의 모습임과 동시에 '의식'을 의미한다.

더 나아가 사르트르는 '세계와 관계하는' 행위를 부정이나 무(無)와 연결시켜 생각했다. 즉 인간이 세계와 '관계한다'는 것은 인간이 세계가 '아님'을 의미한다고 해석했다.

예컨대 내가 눈앞에 놓인 컵을 보는(컵을 의식하는) 것은 '내가 컵이 아님'을 의미한다. 창밖의 나무를 보는(나무를 의식하는) 것은 '내가 나무가 아님'을 뜻한다. 바꿔 말하자면 의식으로서의 인간과 세계 사이에는 '틈', '갈라진 곳', 즉 '무(無)'가 있다. 여기서 중요한 점은 의식으로서의 인간은 갈라진 어느 한쪽이 아니라 '갈라진 틈 자체', '무 자체'라는 것이다. 이 세계 안의 '갈라진 틈', '무', 의식으로서의 인간을 사르트르는 대자존재라고 불렀다.

그럼 의식이 관계하는 대상, 이를테면 눈앞에 있는 컵은 어떨까? '탁자 위의 컵'과 '탁자'에 대해 나는 '컵은 탁자가 아니다'라고 판단한다. 그러나 이것은 인간의 시각으로 판단한 것에 불과하다. '컵'과 '탁자가 아니다' 사이에는 전혀 관계가 없다. 컵과 탁자 사이에 '아니다'라는 틈새를 만든 것은 컵이 아니라 인간이다. 의식으로서의 인간은 자신과 세계 사이에 틈새를 만들 뿐 아니라 세계 안에도 틈새, 즉 '무(無)'를 만든다. 사르트르는 이를 무화(無化)라고 불렀다.

하이데거(1889~1976)
존재하는 사물이 아닌, 존재 자체를 문제로 삼는 철학을 확립하였다.

또한 컵은 스스로 탁자와 '관계'하지 않는다. 그것은 컵이 자신과 세계 사이에 '틈새'를 만들지 않음을 의미한다. 곧 컵은 인간과 전혀 다른 모습을 하고 있다. 이렇게 자신과 세상 사이에 틈새를 만들지 않는 존재를 사르트르는 즉자존재라고 불렀다.

세계 안에 틈새를 만드는 대자존재

앞서 언급했다시피 인간은 세계에 틈새를 만든다. 그런데 실은 그뿐이 아니다. 사르트르는 인간은 '자기 자신'에게도 틈새를 만든다고 했다. 인간은 내부에 틈새를 지닌 존재, 즉 '자기 자신과' 관계하는 존재이다.

다시 말해 인간은 늘 자기 자신에게서 탈주하여(탈자아) 새로운 자신으로 바뀌어가는 존재이다. 즉 인간은 자기를 뛰어넘어 미래로 자기 자신을 던진다. 사르트르는 이것을 투기(投企)라고 불렀다. 요컨대 인간은 '지금 같은 존재가 아닌' 방향으로, 또 '아직은 그렇지 않은 존재'로 만들어져가는 존재이다.

이처럼 사르트르는 인간이 존재하는 것, 인간이 '있다'는 것은 단순히 '있는' 것이 아니라 내면에 '없다'를 포함한다고 주장했다.

카페 웨이터를 연기하는 인간

더 나아가 사르트르는 앞서 언급한 탈자아에 대해 카페 웨이터를 예로 설명했다. 사르트르는 '카페에 웨이터가 있다'는 것은 '카페 웨이터를 연기하는' 것이라고 했다.

컵은 그 안에 틈새가 없기 때문에 '있는 그대로' 있을 수 있다. '컵다울' 필요가 없다. 그러나 인간은 '웨이터다움'을 열심히 연기하여 '웨이터로 있도록' 노력해야 한다. 즉 웨이터는 '웨이터가 아니기' 때문에 '웨이터로 있도록' 연기해야 한다. 이는 인간이 자기 내부에 틈새, 무(無)를 지닌 존재임을 의미한다.

대자존재로서의 인간에게 '~이다(존재한다)'는 '~가 아니다'를 포함한다. 대자존재(의식)는 '그런 존재가 아니라 그렇지 않은 존재'라고 사르트르는 말했다. 반면 즉자존재는 자기 내부에 틈새를 만들지 않고 '있는 그대로' 계속 존재한다. 컵은 '지금 같은 존재'로서 계속 존재한다. 아무리 시간이 지나도 '그렇지 않은 존재가 아닌 채'로 있다. 사르트르는 즉자존재란 '그런 존재이자, 그렇지 않은 존재가 아닌' 존재라고 말했다.

자유란 무엇인가—표리일체 관계에 있는 인간의 자유와 불안

자유에 대한 사르트르의 생각

흔히 자유란 자기 마음대로 행동하는 것이며, 훌륭한 가치라고 생각한다. 사르트르의 생각은 조금 다르다.

사르트르는 《존재와 무》에서 자유는 대자존재(인간)의 근본 모습이라고 설명했다. 사르트르에게 '자유'는 '제멋대로' 할 수 있는, 즉 "자기 본연의 모습으로 있을 수 있다"는 의미의 '자유'가 아니다. '자아의 자유'나 '의지의 자유'와는 다르다. 오히려 늘 '다른 존재가 될 가능성이 있다'는 의미에서의 '자유'이다.

사르트르는 대자존재의 자유에 대하여 이렇게 설명했다.

난간 없는 높은 절벽 길을 따라 혼자 걸으면 공포를 느낀다. 발이 미끄러질지도 모르고, 절벽이 갑자기 무너질지도 모른다. 그런 가능성(절벽에서 떨어질 가능성)에 두려워한다. 그런 가능성은 '사물'의 가능성과 같은 종류의 가능성이다. 예컨대 절벽 위의 돌도 여러 가지 조건이 겹치면 물리법칙에 따라 밑으로 떨어진다.

야스퍼스(1883~1969)
"철학은 세계에서 출발하여 실존으로 향하다가 마침내는 초월자(신)에 이르는 학문이다." 사르트르는 야스퍼스를 가리켜 유신론적 실존주의자라 하였다.

그러므로 나는 '떨어지지 않도록' 주의해서 걸으려고 노력한다. 위험을 회피하려고 조심해서 행동한다. '떨어지지 않을 가능성'을 행동을 통해 만들어내려고 하는 것이다.

자유는 불안을 불러일으킨다

절벽에서 떨어지지 않도록 주의하고 꾀함으로써 '두려움'은 사라질지 모른다. 그러나 '떨어지지 않을 가능성'은 나 자신이 만드는 것에 불과하다.

돌이 절벽에서 떨어질지 아닐지는 다양한 조건과 물리법칙으로 이미 결정되어 있다. 이에 반해 내가 떨어지지 않으려고 노력할지 말지는 결정되어 있지 않다. 내가 돌 같은 '사물'과 달리 자유롭다는 의미이다.

인간이 자유롭다는 것은 다른 시각에서 보면 몹시 귀찮은 일일 수도 있다. 이를테면 나는 주의해서 똑바로 걸으려고 노력할 수 있다. 이를 거꾸로 생각하면, 주의하지 않고 걷거나 뛰거나 딴생각을 하면서 걸을 수도 있다는 말이 된다. 극단적으로 말하자면 나는 (자신의 의지에 반하여) 절벽에서 몸을 던질 수도 있다는 뜻이다.

자유롭게 걸을 수 있다는 것은 자유롭게 몸을 던질 수 있기에 성립한다. 이런 의미에서 인간은 늘 자유롭다.

'자유'는 '불안'을 야기한다. 자유롭게 몸을 던질 수 있다는 사실에 불안을 느낀다. 반대로 말해 인간은 자유롭기에 불안을 느끼며, 불안은 인간이 '자유로움'을 증명해 준다. 불안은 어떤 행동을 할 수 있는 나 자신에 대한 불안이며, 나의 '자유'에 대한 불안이다.

인간은 자기기만에 사로잡혀 있다

그런데 인간은 평소 자유와 불안에서 눈을 돌린 채 생활한다. 그러한 태도를 사르트르는 자기기만이라고 불렀다.

바꿔 말해 자기기만은 인간이 즉자존재(사물)로서 존재하려는 것을 뜻한다.

인간은 자유로우면서도, 자유롭지 못한 사물을 동경한다고 사르트르는 생각했다. 웨이터가 '컵이 컵'인 것처럼(즉자적인 방식) 자신이 '웨이터다'라고 생각하거나, 겁쟁이가 '컵이 탁자가 아닌' 것처럼 (즉자적인) '나는 겁쟁이가 아니다'라고 생각하는 것이 자기기만이다.

타인에 대하여—"관찰하느냐 관찰당하느냐" 문제인 대인관계의 실태

타인이 내 세계의 일부를 빼앗다

지금까지는 인간과 사물의 관계를 살펴봤다. 그렇다면 사르트르는 타인을 어떻게 생각했을까?

앞서 말했듯 내가 눈앞의 컵을 보는(의식하는) 행위는 '내가 컵이 아님'을 의미한다. 즉 의식으로서의 인간과 세계 사이에는 '틈새', '갈라진 곳', 즉 '무(無)'가 있으며, 의식으로서의 인간은 세계 안에 '갈라진 틈'을 만드는 존재라는 뜻이다.

그렇다면 내가 '컵을 보는 사람'을 볼 때는 어떨까? 이때 나는 그 사람을 컵처럼 단순한 사물이 아니라 의식을 가진 '인간'으로서 본다. 타인을 인간으로 보는 것은 그 사람을 나와 똑같은 '자신과 세계 사이에 틈새를 만드는 존재'로서 본다는 뜻이다.

나는 내게는 보이지 않는 컵의 옆모습을 타인이 본다는 사실을 안다. 이는 내가 만들지 않은 틈새가 세계 안에 만들어짐을 뜻한다. 바꿔 말해 내 세계의 일부가 그 틈새로 빠져나간다는 것을 의미한다.

사르트르는 타인을 내 세계에 출현한 배수구라고 표현했다. 내 세계에 타인이 하나의 위험을 초래한 것이다.

그러나 "타인이 세계와 관계한다"는 위기는 본격적인 위기가 아니다. 진정한 위기는 '타인이 나와 관계할 때' 생긴다.

타인이 내게 가져오는 본격적인 위기

타인이 내게 본격적인 위기를 가져오는 '타인이 나와 관계하는' 경우란 어떤 것일까? 사르트르는 이런 예를 들어 설명했다.

내가 지금 열쇠구멍으로 안을 들여다보고 있다고 치자. 그야말로 '무아지경'으로 방 안을 '보고 있다.' 이때 나는 세계와 관계하고 있다.

그런데 복도에서 갑자기 무슨 소리가 들리고, 누가 나에게 시선을 주고 있음을 느꼈다고 치자. 그 순간 나는 '관찰당하는' 사물(대상)로 변한다. 세계와 관계하는 존재에서 타인에게 관계당하는 존재로 전락한 것이다.

이때 나는 심한 수치심을 느낀다. 사르트르는 이 수치심을 가리켜 대상이 된 자신을 포착한 의식이라고 했다.

타인의 눈길로써 대상이 되고 사물이 되어버린 나는 그리스 신화에 등장하는 메두사의 눈길을 받고 돌이 되어버린 모습과 비슷하다.

앞서 말했듯이 인간은 세계와 나 사이에 '관계하는' 존재, 즉 대자존재이다. 그러나 사르트르는 인간은 관계하는 존재일 뿐 아니라 관계당하는 존재, 즉 대타존재이기도 하다고 주장했다.

눈앞의 컵을 볼 때 나는 대상인 컵과 '관계한다.' 타인에게 '관찰당할' 때는 '관계당하는' 존재가 된다. 그것이야말로 내게 근본적인 위기이다.

타인의 지배에서 벗어나는 방법

타인에게 '관찰당하고' 그 시선에 지배당한 내가 거기에서 벗어나 자유를 되찾으려면 그 시선을 되받아치면 된다.

사르트르는 나와 타인의 관계는 서로 상대방을 응시함으로써 자신의 자유를 지키려는 싸움과 같은 것이 될 수밖에 없다고 생각했다.

타인의 시선을 되받아침으로써 상대방을 사물로 만들어버리면 되는 셈이다.

이러한 나와 타인의 '관찰하느냐 관찰당하느냐'의 싸움을 사르트르는 상극(相剋)이라 부르고, 이것을 대인관계의 근본이라고 해석했다.

대인관계는 늘 '관찰하느냐 관찰당하느냐'의 관계이다.

앙가주망—사회 및 시대와 어떻게 관계해야 하는가

산의 성격은 인간에 좌우된다

사르트르는 '자유'를 인간의 근본 모습이라고 생각했는데, 그 자유는 추상적인 것이 아니다. 사르트르 철학에서 그 어느 것과도 관계하지 않는 자유는 없다. 자유는 반드시 구체적인 세계 안에 있다.

눈앞에 험준하고 높은 산이 있다고 치자. 산을 낮게 만들 자유가 없는 나는 산을 오르려고 한다. 이때 나의 자유로운 '오르려는 투기'는 험준한 산이 있기에 비로소 의미를 지닌다.

나의 투기가 관계하는 '사물(여기서는 산)'을 사르트르는 상황이라고 불렀다. 즉 자유는 상황 안에서만 존재할 수 있다.

인간은 자유롭지만 상황에 구속받는다

자유와 상황에 관해 사르트르는 흥미 깊은 말을 했다. 인간은 자유로운 존재임과 동시에 누구나 자기가 살아가는 시대 상황에 구속받는다는 것이다. 얼핏 모순되는 내용이지만, 이렇게 풀이할 수 있다.

인간은 어떤 시대, 어떤 가정에 태어나느냐를 선택할 수 없다. 곧 자신이 살아갈 상황을 고를 수 없다. 그렇지만 선택할 수 없는 상황에서 어떤 태도를 취하느냐, 어떤 관계를 맺느냐 하는 것은 자유롭게 선택할 수 있다. 아니, 선택할 수밖에 없다.

전쟁 때 태어난 사람을 생각해 보자. 그 사람은 평화로운 시대에 태어나겠다는 선택을 못한 셈이다. 그러나 그런 상황에서 어떻게 살아갈 것인가는 선택할 수 있다.

어떤 사람은 군대에 지원하는 선택을 할지도 모른다. 어떤 사람은 안전한 곳으로 피난하기를 선택할지도 모른다. 어떤 사람은 데모에 참가하여 전쟁 반대를 외칠지도 모른다.

어느 쪽이건, 상황 안에서 '아무것도 고르지 않는 선택'을 할 자유가 없다는 점이 중요하다.

전쟁에서 도망치는 선택도 전쟁과 관계하는 한 방법이다. 상황과 무관하게 세계와 관계하지 않고 살 수 있다는 듯이 행동하는 사람이 있는데, 사르트르는 그것을 자기기만이라고 부르며 비판했다.

사르트르는 상황에 구속받으며 그 안에서 삶을 선택하는 방식을 앙가주망(engagement)이라고 불렀다.

앙가주망이란 본디 '계약', '구속'이라는 의미를 지니는 단어이다.

흔히 '정치'는 '어느 한쪽으로 치우진 특정 견해'를 주장하며, '일반인'은 견해를 갖지 않는 비정치적이고 '중립적인' 태도를 취한다고 생각하는데, 사르트르는 어떤 의견도 고르지 않는 선택은 불가능하다고 말했다. '정치에서 거리를 두는' 것도 '정치적' 의견 가운데 하나이다.

시대상황에서 취할 능동적 선택

인간이 시대상황 속에서 삶의 방식을 선택해야만 한다는 사실을 직시한 사르트르는 그 상황과 철저하게 '관계하는' 삶을 중시했다.

2차 세계대전 뒤 사르트르의 삶을 보면 그가 그야말로 앙가주망의 실천자였음을 알 수 있다. 1945년에 발행된 〈현대〉지 창간사에서 사르트르는 시대와 관계하는 작가의 사명을 힘 있게 역설했다.

작가란 시대에서 도망칠 수 없는 존재이며, 패션이나 음식과 마찬가지로 언젠가 시대에 뒤처질 존재가 될 것임을 자각해야 한다고 했다. 시대에서 도망칠 수 없기에 자신이 살아가는 시대와 하나가 되도록 더욱 노력해야 한다고 말하고, 시대에 뒤처지지 않는 영원한 것을 추구하는 사람들의 태도를 비판했다.

또 지금이 아무리 안 좋은 시대여도 그것이 '우리 시대'이기에 가치가 있는바, "작가는 동시대 사람들을 위해 글을 써야 한다"고 소리 높여 주장했다.

실존적 정신분석—실존을 내부로부터 이해하려는 정신분석

'기호'에서 세계와의 관계 방식을 해석하다

19세기 오스트리아의 정신의학자 지그문트 프로이트가 제창한 정신분석학은 20세기 철학과 사상에 커다란 영향을 끼쳤다. 현상학적 의식 철학을 완성한 초기 사르트르는 프로이트의 '무의식'이라는 개념에 비판적이었다. 그러나 인간의 심리현상을 내면으로부터 이해하는 방법으로서는 정신분석을 높이 평가했다.

다만 사르트르는 프로이트의 정신분석(사르트르는 '경험적 정신분석'이라 불렀다)에는 인간의 마음 '안'에 다양한 욕망이 사물처럼 존재하고 그들이 조합됨으로써 인간 행동이 결정된다는 생각이 있으며, 인간의 마음을 독립된 요소의 집합체로 보는 실체론적 경향이 보인다고 비판했다.

이에 사르트르는 인간을 전체로 파악하고, 세계에 대한 관계로 보는 독자적인 정신분석을 구축했다.

예컨대 사람마다 단 것을 좋아한다든가, 끈적끈적한 것을 싫어한다든가 하는 기호가 있다. 사르트르는 그러한 기호는 무의미하지 않으며, 그 사람의 인격 전체를 대변한다고 말했다. 바꿔 말해 그러한 기호는 그 사람의 세계에 대한 근본적인 관계 방식(사르트르는 근원적 선택이라는 표현을 썼다)을 나타낸다. 기호는 어디까지나 세계에 대한 '관계'로서 의식에 존재한다. 마음 깊은 곳에 사물처럼 존재하는 욕망이 아니다.

사르트르는 개개의 행동에서 거슬러 올라가 근원적 선택을 탐구하는 것을 실존적 정신분석이라고 불렀다.

《성 주네, 희극배우와 순교자》에서 보이는 실존적 정신분석

사르트르는 19세기 시인 보들레르, 20세기 작가 주네의 삶에 실존적 정신분석 기법을 응용한 평론을 남겼다.

주네를 논한 평론 《성 주네, 희극배우와 순교자》에서는 이항대립 도식으로 주네를 분석했다. 존재와 부재, 주체와 객체, 선과 악과 같은 시점에서 주네가 도둑에서 남창, 작가로 어떻게 변모했는가를 그렸다.

사르트르에 따르면 태어나자마자 엄마에게 버림받고 시골에 양자로 보내진 주네는 이른바 '존재하지 않는' 아이였다. 그런데 도둑질을 하다 들켜 어른에게 '너는 도둑놈이다!' 선언을 듣는 순간 갑자기 존재가 부여되었다.

세계와 타인에게 버림받고 철저한 이방인으로 살아갈 수밖에 없었던 주네는 그 상황 안에서 살아가기 위해 아주 어려운 선택을 했다. 타인에게 부여받은 존재(도둑)를 스스로 선택하는 방법이었다. 자진해서 도둑이 된 것이다. 이것이 그에게 근원적 선택이었다.

그 뒤 주네는 도둑에서 남창, 작가로 살아가기 위한 선택을 계속했다. 사르트르는 이러한 주네의 선택에서 사회질서에 대한 철저한 비판의식을 발견하고 그를 더욱 깊이 이해했다.

실존주의의 유행―2차 대전 뒤 풍속으로서 대유행한 사르트르 철학

샹제르망데프레의 실존주의자들

제2차 세계대전 뒤 철학·사상활동의 중심은 독일에서 프랑스로 옮겨왔고, 실존주의가 한 조류가 되었다. 실존주의는 철학·사상으로서만이 아니라 일반 대중 속에 파고든 풍속으로서도 크게 유행했다.

그 무렵 저널리즘은 혼란과 해방감에 넘치는 파리, 특히 샹제르망데프레로 몰려든 젊은이들의 풍속을 실존주의라 불렀다.

싸구려 호텔을 전전하며, 동굴(커브)이라 불리는 지하 바나 카바레에서 밤새 술 마시고 춤추는 장발의 젊은이들이 실존주의자라고 불렸는데, 남녀 할 것 없이 검은 터틀넥에 검은 바지를 입는 것이 특징이었다.

샹제르망데프레에는 문화인도 많이 모여들었다.

'상제르망데프레의 검은 천사'라 불린 샹송가수 쥘리에트 그레코는 '터부'라는 바에서 열창했다(사르트르는 그녀를 위해 작사를 한 적이 있다). 기술자, 배우, 가수, 화가, 소설가 등 다양한 재능을 꽃피우며 '샹제르망데프레의 왕자'로 불린 보리스 비앙은 재즈 트럼펫을 소리 높여 연주하여 많은 청중을 매료시켰다.

샹제르망데프레에는 실존주의자들이 자주 모이는 '카페 플로르'라는 곳이 있었는데, 사르트르와 보부아르는 이곳에서 원고를 쓰거나 토론을 벌이곤 했다.

그들 실존주의자의 공통점은 전쟁 뒤의 혼란한 사회에서, 어른들이 고수하던 낡은 도덕과 가치관에 반항하는 것이었다. 어른들은 그런 젊은이들을 못마땅하게 여겼다. 언론인들은 사르트르와 그 사상을 그들의 상징으로 간주하게 되었다.

사르트르와 보리스 비앙

사르트르는 보리스 비앙과도 교류가 있었다. 사르트르를 우러른 비앙은 그의 소설 《세월의 거품》에 사르트르의 이름에서 따 온 장 솔 파르트르라는 인물을 등장시켰다.

파르트르는 실제 사르트르처럼 당대를 주름잡는 인기철학자이다. 파르트르의 열렬한 팬인 주인공 중 한 명은 큰돈을 들여 그의 저작을 모조리 사들이는데, 그 가운데 등장하는 《문학과 네온》이라는 가공의 책은 사르트르의 대표작 《존재와 무》를 패러디한 것이다.

참고로 사르트르는 비앙의 첫 번째 부인 미셸과 애인관계였다. 비앙은 1959년에 39세의 나이로 갑자기 죽었는데, 사르트르와 미셸의 관계는 사르트르의 만년까지 이어졌다.

실존주의의 쇠퇴—새로운 사상의 비판으로 사르트르의 영향력 떨어지다

사르트르 혐오

1950~60년대에 세계적인 영향력을 지녔던 사르트르는 만년에 접어들어 신랄한 비판을 받게 된다. 사르트르 혐오라는 말이 등장할 정도로 사르트르를 극단적으로 싫어하거나 이상하리만치 깔보는 사람들이 적잖이 생겼다.

사르트르 혐오에는 사르트르의 영향력이 강했던 세대의 독자가 그 뒤 거부반응처럼 사르트르를 싫어하는 유형과, 그러한 사르트르 비판을 그대로 물려받은 다음 세대가 책을 읽지도 않고 무조건 싫어하는 유형이 있었다.

사르트르의 커다란 존재감을 역설적으로 증명하는 셈이지만, 어쨌거나 사르트르는 점점 무시되어갔다.

정형화도 비판받는 이유 가운데 하나였다. 사르트르 철학은 주체주의, 휴머니즘, 역사주의 철학이라는 것이다.

사르트르를 비판한 구조주의

그러한 비판을 한 것은 1960년대에 새롭게 나타난 구조주의와 그 뒤 유행한 포스트구조주의 사상이다.

구조주의는 스위스의 언어학자 페르디낭 드 소쉬르의 언어학과 문화인류학이 결합되어 탄생한 사상으로서, 대표 철학자로서는 클로드 레비 스트로스, 로랑 바틀레, 미셸 푸코, 자크 라캉 등이 있다. 실체(사물)가 아닌 관계를 중시하고, 주체(나)로서의 인간보다 언어 등 관계의 구체적인 구조가 우선한다는 개념이 특징이다.

이 구조주의는 텍스트중심주의를 제창했다. 텍스트(글자의 집합)의 배경에 변함없이 머물러 있는 실체로서의 '작가(주체)'를 규정하는 것을 근대적인 태도라고 공격했다. 또 모든 근대 유럽 철학은 인간 존재에 숭고한 가치가 있다고 생각하는 휴머니즘이라고 비난했다. 더 나아가 심층에 있는 불변의 구조를 중시한다는 점에서 마르크스주의로 대표되는 진보적 역사주의를 비판했다.

이러한 구조주의의 비판에 화살받이가 된 것이 사르트르 철학이었다. 사르트르 철학을 주체주의, 휴머니즘, 역사주의 철학을 표방하는 근대 유럽 철학의 대표로 간주한 것이다. 그 뒤 등장한 포스트구조주의도 사르트르를 근대 철학에 갇힌 고루한 철학으로서 도마에 올렸다.

그러나 사르트르를 비판하는 논리에는 여러 가지 문제가 있다.

예를 들어 사르트르의 텍스트 배경에 '근대적 주체의 철학자 사르트르'를 미리 상정하는 것은 텍스트중심주의라는 의견과 대립한다. 사르트르의 텍스트도 열린 텍스트이므로 사르트르 철학을 근대 비판 사상으로서 읽을 수도 있다. 특히 죽은 뒤에 잇달아 출판된 유고에는 기존 사르트르의 모습을 뒤집을 가능성이 담겨 있다. '자아'를 비판한 초기 철학도 반주체철학의 선구자로서 충분히 읽힐 수 있다.

애초에 사르트르보다 나중에 등장한 구조주의와 포스트구조주의가 사르트르를 "능가한다"고 규정하는 것 자체가 진보주의적이고 역사주의적인 견해이며, 그러한 비판은 모순이라 할 수 있다.

제3장 사르트르의 저작 읽기

《구토》—시대와 국경을 초월하여 꾸준히 읽히는 소설

《구토》라는 제목

1938년에 발표된 장편소설 《구토》는 사르트르의 저작 가운데 가장 유명한 작품이다.

본디 사르트르는 《인간 존재의 우연성에 관한 반박서》라는 제목으로 철학 수필을 썼다. 그런데 그것을 읽은 보부아르가 "문장이 너무 딱딱해서 읽기 어려우니 추리소설처럼 박진감을 덧붙이는 것이 어떠냐"고 조언하자 전체를 고쳐 썼다.

이때 제목은 대표적인 르네상스 화가 뒤러의 판화 제목에서 따 온 '멜랑콜리아'였지만, 출판사의 의견으로 '구토'라는 제목으로 출판되었다.

30세 연금생활자 이야기

주인공은 앙투안 로캉탱이라는 서른 살 독신남성이다. 그는 아무것도 하지 않는 삶에서 인생과 세계가 아름다워 보이는 완벽한 순간을 발견하려는 안니라는 연인과 함께 세계 각지를 여행했다.

그러나 두 사람이 파국을 맞으며 그런 생활도 끝나고, 로캉탱은 3년 전부터 부빌이라는 항구마을에서 이방인으로서 홀로 생활한다(이 음울한 마을은 사르트르가 교사로 부임했던 항구마을 르아브르가 모델이다). 일하지 않고 연금에 의존하며, 마을 도서관에 날마다 틀어박혀 롤르봉 공작이라는 역사상 인물의 전기를 쓴다.

도서관과 카페만 오가는 고독하고 단조로운 나날을 보내지만 이따금 신기한 감각을 느끼는 일이 있는데, 그는 그 감각을 '구토감'이라고 불렀다. 그것은 여느 구토감과 아주 달랐는데, 이를테면 바닷가에서 주운 조약돌을 무심코 보았을 때나 카페 점원의 멜빵을 보았을 때 느닷없이 느끼는 것이었다.

또 로캉탱은 지방도시에 사는 부르주아(시민)들의 삶을 통렬히 비판했다. 그들은 '인간들'의 세계에 안주하며, '인간'의 '권위'나 '가치'나 '의미'를 의심하지 않고 결코 반항하려 하지 않는다는 것이다.

그들이 믿는 '인간'이 로
캉탱에게는 표면적이고 하
찮은 존재로밖에 보이지
않았다. 거울을 가만히 들
여다보면 인간의 얼굴이
기묘한 생물, 또는 분화구
나 균열을 지닌 혹성 표면
처럼 보였다. 인간적인 세
계가 벗겨지고, 그 밑에
비인간적인 실존(무언가가
있다는 것)이 나타났다.

그런 나날을 보내던 로
캉탱은 도서관에서 알파벳
순으로 책을 읽는 남자와
알게 되어 이따금 대화를
나누게 된다. 로캉탱이 독
학자라고 별명을 붙인 이
남자는 휴머니즘의 이상을
열심히 이야기한다. 인간
이라는 가치 있는 존재를

뒤러 〈멜랑콜리아(우울) Ⅰ〉
신비로운 매력을 지닌 이 동판화(1514)는 고티에·네르발·위
고·미슐레 등등 수많은 작가들의 상상력을 자극했다. 처음에 사
르트르는 그의 첫 번째 소설 제목을 이 유명한 작품에서 따와서
《멜랑콜리아》라고 지었는데, 결국은 출판사의 제안에 따라 《구
토》로 바꾸었다. 구마모토 현립 미술관 소장.

사랑하는 자신을 자랑스럽게 여기는 독학자는 황홀한 듯 "목적이 하나 있습
니다. 목적이 한 가지 있는 겁니다…… 인간이 있습니다" 따위의 말을 한
다. 그러나 로캉탱에게는 그 말들이 공허하게만 느껴진다.

구토감은 로캉탱을 가끔 엄습했는데, 그가 거기에서 유일하게 해방되는
순간이 있다. 자주 가는 카페에서 틀어주는 〈Some of these days〉라는 재즈
레코드를 들을 때이다. 음악이 표현하는 것은 여기에 실제로 존재하지 않는
상상의 것이며, 그것이 현실이 불러일으키는 구토감에서 자신을 구원해 준
다고 로캉탱은 느낀다.

어느 날 로캉탱은 공원 벤치에 앉아, 눈앞에 서 있는 마로니에 나무의 뿌
리를 바라보다가 심한 구토감을 느낀다. 그 순간 그는 구토감이란 사물이 있

다는 것, 즉 사물의 실존 때문에 온다는 사실을 깨닫는다. 작품에는 다음과 같이 표현되어 있다.

"그런데 존재가 갑자기 거기에 있었다, 그것은 대낮처럼 뚜렷했다. 존재는 갑자기 베일을 벗었다. (……) 아니 그렇게 말하기보다는 나무뿌리와 공원의 철책, 벤치, 듬성듬성한 잔디밭 등 모든 것이 사라져 버린 것이었다. 사물의 다양성이나 사물의 개별성은 가상에 지나지 않았으며, 표면을 바르는 칠에 불과했다. 그 칠이 녹아버리고, 괴물처럼 물컹거리고 무질서한 덩어리, 노골적이며 무섭고 추잡한 알몸의 덩어리만 남아 있었다."

그 뒤 로캉탱은 옛 연인인 안니와 재회하는데, 예전의 생기발랄한 모습을 완전히 잃은 그녀를 보고 로캉탱은 완벽한 순간이 인생을 구원하는 일은 없다는 사실을 깨닫는다.

결국 로캉탱은 역사책 쓰기를 단념하고, 부빌을 떠나기로 한다. 마을을 떠나기 직전, 카페에서 〈Some of these days〉를 들으며 그는 소설을 쓰기로 결심한다.

구토감이 의미하는 것

앞서 이 소설은 서스펜스 형식으로 쓰였다고 밝혔으나, 사실 살인사건이나 스파이 사건 같은 사건다운 사건은 전혀 등장하지 않는다. 고독한 한 사나이의 일상과, 그의 철학적 고찰이 담담하게 이어질 뿐이다. '구토감'이라는 기묘한 감각을 둘러싸고 그가 '실존'에 대해 어떤 발견을 한다는 것이 주제이다.

구토감이란 무엇인가?

주인공 로캉탱은 구토감을 실존이 드러나는 체험이라고 생각했다. 실존이란 무언가가 여기에 실제로 존재하는 것이다. 즉 로캉탱이 구토감을 느낀 것은 단순히 나무뿌리가 기분 나쁘게 보였기 때문이 아니라, 무언가가 있다는 사실 자체가 무섭고 기분 나쁘게 다가왔기 때문이다.

로캉탱이 공원 마로니에 나무의 뿌리를 보았을 때, 나무뿌리에서 인간이 세계에 부여한 '가치'와 '의미'가 벗겨지고, 세계가 무의미하게 발가벗겨져 '지금 여기에 있다'는 감각에 사로잡혔다. 그 결과 구토감을 느꼈다. 로캉탱은 지금 여기에 무언가가 있는 것 자체에는 아무 의미가 없으며, '우연히 여기에 있다'고밖에 표현할 수 없음을 깨달았다.

의미도 이유도 없는 것을 '부조리'라고 한다. 로캉탱은 세계와 세계 사이에서 살아가는 인간을 비롯한 무언가가 있는 것 자체가 근본적으로 무의미하고 부조리하다는 사실을 깨달은 것이다.

《구토》의 실존과 '실존주의'의 실존

이처럼 《구토》라는 소설에서 실존은 대단히 중요한 주제이다. "사르트르는 실존주의 철학자니까 《구토》도 실존이 주제가 된 것일 테지." 말하는 사람이 있을지도 모르겠

마흔한 살 때의 사르트르
1946년 당시까지 사르트르의 실존주의는 젊은 과격파의 삶을 위한 모델로 인기를 끌었다.

다. 그러한 해석에는 조금 문제가 있다. 《구토》에서 문제로 삼는 실존은 모든 것이 '지금 여기에 있는' 것이고, '실존주의'에서 문제로 삼는 실존은 기본적으로 인간의 실존, 즉 '인간'이 '지금 여기에 있는' 것이기 때문이다.

《구토》를 집필한 1930년대 사르트르에게는 2차 세계대전 이후 등장한 휴머니즘으로서의 '실존주의' 개념이 아직 없었다(《구토》의 사르트르는 오히려 휴머니즘에 비판적이었다).

《존재와 무》—후설의 현상학과 하이데거의 존재론을 결합한 대작

난해하지만 읽기 쉬운 책

《존재와 무》의 부제는 〈현상학적 존재론의 시도〉이다. 여기에서 알 수 있듯이, 이 책은 후설의 영향을 받은 의식의 현상학과 하이데거의 영향을 받은

존재론을 결합한 내용이다.

700쪽짜리 대작으로서, 사실 전문가들에게도 어려운 철학서이다. 독일군 점령하인 1943년에 출판되었을 때 사람들 사이에서 전혀 화제가 되지 않았다.

이 책은 기존 철학서와는 전혀 다른 측면이 있다. 일상생활을 소재로 한 풍부하고 구체적인 예가 가득하다는 점이다. 출판 무렵 이러한 유형의 철학은 대단히 신선한 것이었다.

예컨대 연기와 존재에 대해 분석한 항목에서는 로봇 같은 동작으로 탁자 사이를 누비는 카페 웨이터를 예로 들어 해설했다. 첫 데이트에서 남성이 갑자기 손을 잡았을 때 여성이 느끼는 갈등을 예로 들어, 몸과 정신의 관계를 분석한 항목도 있다.

카페에서 쓴 철학서

사르트르는 자주 카페에서 글을 썼다. 《존재와 무》에 등장하는 풍부한 사례는 실제로 사르트르가 카페에서 보고 들은 것인지도 모른다.

물론 추상적인 논의가 끝없이 펼쳐지는 어려운 부분도 많다. 이를테면 서론 부분에는 철학의 예비지식을 필요로 하는 난해한 논의가 느닷없이 이어져 독자들을 좌절시키기도 한다. 그러나 이 책을 처음 읽을 때는 그런 부분을 건너뛰어도 좋다. 친근한 실례를 든 부분부터 읽어나가다 보면 읽기 쉬운 철학서가 될 것이다.

대자존재와 즉자존재의 차이

이 책의 기본 개념은 대자존재와 즉자존재이다.

아주 간단히 말하자면 대자존자란 의식의 존재이고, 즉자존재란 의식의 대상인 사물의 존재이다. 대자존재는 관계하는 존재이고, 즉자존재는 관계하지 않는 존재이다.

관계하는 존재인 의식(대자존재)은 대상에 관계하는 측면과 자기에 관계하는 측면 두 가지를 지닌다.

이를테면 책을 읽는 의식은 대상(책)에 관계한다. 사르트르는 이 측면을 대상에 대한 조정적 의식이라고 불렀다.

동시에, 책을 읽는 의식은 자기(읽는 의식)에도 관계한다. 우리는 책을 읽을 때, 확실히 대상화하지는 않으나 자기가 무엇을 하고 있다는 사실을 알고 있다. 그 증거로 독서 중에 누가 "지금 뭐해?" 물으면 곧바로 이렇게 대답한다. "책 읽어." 사르트르는 이 측면을 자기에 대한 비조정적 의식이라고 불렀다.

한편 책은 다른 대상이나 자기에 관계하지 않는다. 그 어떤 것에도 관계하지 않고 그저 존재한다. 즉 대상은 그 자체로 존재한다. 그것이 즉자존재이다.

우리는 책에 몰두하기를 그만두고, 자신을 밖에서 객관적으로 대상화하여 '아, 지금 나는 책을 읽고 있군'이라고 생각할 수 있다. 이때 의식은 의식 자신을 대상으로서 인식한다. 이를 반성이라고 한다. 사르트르는 '독서하는 자기를 대상화하는 것(반성)', 즉 '자기에 대한 조정적 의식'과 '책을 대상화하면서 그것을 자각하는 것', 즉 '자기에 대한 비조정적 의식'의 차이에 대하여 반복해서 주의를 준다. 이 구별은 《존재와 무》를 이해하는 데 중요한 요소이다.

〈닫힌 방〉—점령당한 파리에서 쓴 사르트르 희곡의 대표작

단 4명이 연기하는 죽은 이들의 연극

사르트르는 철학서나 소설 말고도 희곡도 많이 썼다. 1944년 6월 점령당한 파리에서 상연된 〈닫힌 방〉이 그 대표작이다. 등장인물은 세 명의 죽은 이와 웨이터뿐이다. 무대장치도 방에 벤치가 놓여 있을 뿐이다. 물자가 부족한 점령하에서 상연되었기 때문인지도 모르지만, 오히려 그 덕분에 쓸데없는 것이 모두 배제된 밀도 높은 내용이 되었다. 사르트르 철학을 이해하는 데 가장 적절한 작품일는지 모른다.

무대는 지옥이다. 갓 죽은 세 명이 웨이터(지옥 간수)에게 끌려 오래된 여관방 같은 지옥으로 들어온다.

처음에 등장하는 인물은 가르생이라는 남자이다. 살아 있을 때 브라질에서 좌익 신문기자로 일했다. 가정에서는 아내에게 폭력을 휘두르는 질 나쁜 남편이었으며, 징병을 기피했다는 이유로 총살당했다. 다음으로 등장하는 인물은 이네라는 여자이다. 동성연애자인 그녀는 사촌오빠의 애인을 빼앗았다. 사촌오빠는 자살한다. 결국 이네도 사랑을 얻지 못하고, 사촌오빠에게서 빼앗은 여성이 가스자살을 시도할 때 사건에 휘말려 죽었다. 마지막으로 등장하는 인물은 에스텔이라는 여성이다. 가난한 집안에서 태어나, 돈 때문에 늙은이와 사랑 없는 결혼을 한 그녀는 젊은 애인과 바람을 피운다. 애인과의 사이에 아이가 태어나자 그 갓난아기를 죽여 버린다. 그 사실을 안 애인이 권총자살을 하고, 그 뒤 그녀는 폐렴으로 죽는다. 이 세 명은 모두 자신이 저지른 죄로 양심의 가책을 받은 채 죽은 사람들이다.

그들은 지옥에서 벌을 받을까 봐 두려워한다. 그러나 그럴 기미는 전혀 없었다. 세 사람의 관계는 점차 복잡해지고, 서로 상대를 감시하며 생각을 읽으려고 줄다리기를 시작한다. 이윽고 그들은 타인의 시선이 자신의 존재를 결정하고 지배한다는 사실을 깨닫는다. 그런 의미에서 가장 무시무시한 지옥의 고문은 타인의 시선이었다. 가르생은 마지막으로 이렇게 외친다. "타인이 바로 지옥이다!"

죽음으로써 타인의 관념이 승리한다

이 희곡은 《존재와 무》에 등장하는 '타인과 그 시선'에 관한 사상을 극화한 것이다. 타인의 시선이 자신의 존재를 결정하는 이상 타인의 시선만큼 무서운 것은 없다는 점을 강조한다. 죽은 이가 주인공이라는 점에도 의미가 있다. 가르생은 징병을 피했다가 붙잡혀서 총살당한다. 그의 행위는 용감한 반전행위였을까, 비겁한 도망이었을까……. 그 행위의 의미는 미리 정해져 있지 않고, 그 뒤 행동에 따라 달라진다. 그러나 그가 죽은 순간부터 그 삶의 의미는 그 자신이 아니라 타인의 평가에 따라 결정된다.

사르트르는 죽음은 타인의 관점이 승리하는 것이라고 했다. 살아 있을 때는 타인에게 비추어지는 나를 부정하고 거기에서 도망칠 수 있지만, 죽으면 타인에게만 존재하도록 운명 지어져 있기 때문이다.

《실존주의는 휴머니즘이다》—사르트르 철학을 세상에 널리 알린 강연기록

강연을 단행본으로 엮은 작품

《실존주의는 휴머니즘이다》는 1945년 10월 파리의 클럽 맹트낭에서 열린 〈실존주의는 휴머니즘이다〉라는 제목의 강연을 기록한 것이다. 그 무렵 공산당과 그리스도교 단체들은 사르트르 사상을 '부도덕한 절망의 철학'이라며

강하게 비판했다. 이 강연은
그를 반론하고 실존주의를 옹
호하기 위해 열린 것이었다.

강연기록이 출판되자, 매우
알기 쉽다는 호평을 얻었고,
사르트르 철학을 정착시키는
계기가 되었다. 그러나 뒷날
사르트르는 이 책의 출판이
자신의 사상에 대한 오해를
불렀다며 후회했다.

〈닫힌 방〉(1944)
전후 사르트르는 희곡을 중심으로 창작활동을 펼쳤다. 그
가운데 〈닫힌 방〉은 "지옥은 바로 다른 사람들이다"라는
유명한 대사로 잘 알려져 있다. 타인과 어떤 갈등을 빚는지
를 묘사한 걸작이다. 《존재와 무》에 나오는 타자론(他者論)
과도 상통하는 면이 있는데, 사르트르의 비관적인 대인(對
人) 관념이 잘 드러나 있다. 1965년, 그라몽 극장에서.

실존주의 생각의 요점

사르트르는 이 책에서 실존
주의가 생각하는 '인간'은 '실
존이 본질에 앞서는' 존재라
고 주장했다. 즉 '실존(지금
여기에 있는 이 사람)'에 앞
서는 '본질(인간이란 무엇인
가)'은 없다는 것이다. 자신
이 어떻게 행동할 것인가를
결정해 주는 표식·도덕원칙은
존재하지 않는다는 뜻이기도 하다.

사르트르는 "신이 존재하지 않는다면 모든 것이 용서되리라"는 도스토옙
스키의 말을 인용하고, 이것이야말로 실존주의의 출발점이라고 말했다.

실존주의에서 '인간', 즉 '실존'은 저마다 아무런 단서도 없이 불안 속에서
고독하게 인생을 만들어 가야 한다. 그것을 사르트르는 "인간은 자유라는
형벌에 처해졌다"고 표현했다.

"무엇을 해야 하는지는 정해지지 않았다", "모든 것이 용서된다(아무거나
해도 된다)"는 말은 도덕 따위는 존재하지 않는다는 의미가 아니다. 사르트
르는 어딘가에 존재하는 기존의 도덕을 부정한다. 그러기에 인간은 저마다

아무런 단서도 없이 고독하게 도덕을 만들어 가야 하는 것이다.

사르트르는 자신의 행동을 선택하는 것은 자기 개인만의 문제가 아니라 인류 전체의 문제라고 주장했다. 이를테면 어떤 사람이 결혼을 선택했다고 치자. 그것은 인류 전체를 아주 조금 일부일처제의 방향으로 움직인 셈이다. 나는 '나는 ～이다'라는 말에 책임이 있을 뿐 아니라 '인류는 ～이다'라는 말에도 책임이 있다. 이렇듯 사르트르는 이 책에서 주체의 선택을 강조했다. 또한 실존주의는 휴머니즘임을 명확히 선언했다.

그러한 점에서 이 책을 표면적으로 읽는다면 "사르트르 철학은 주체중심주의, 인간중심주의다"라는 흔한 비판에 수긍이 갈지도 모른다. 그러나 자세히 읽어보면 사르트르가 옹호하는 '주체'나 '휴머니즘'에는 그것들을 비판하는 아주 새로운 내용이 담겨 있음을 알 수 있다.

《성 주네, 희극배우와 순교자》―작가 장 주네를 발가벗긴 사르트르의 야심작

이단의 '도둑작가'를 논평하다

장 주네는 소설 《도둑일기》, 《꽃의 노트르담》, 희곡 〈하녀들〉 등으로 유명한 프랑스의 인기 작가이다. 거지, 도둑, 남창 생활을 하며 방랑과 투옥을 경험한 것에서 '도둑작가'라고도 불렸다. 이 주네에 관한 사르트르의 평론이 1952년에 발표한 《성 주네, 희극배우와 순교자》이다.

본디 갈리마르사가 《주네 전집》 서문으로 의뢰한 일인데 사르트르가 너무 많은 양을 쓰는 바람에 전집 제1권은 주네 작품이 하나도 실리지 않고 전체가 사르트르의 《성 주네》로 구성되는 기묘한 구성이 되었다.

주네의 의도는 사회질서 비판

사생아이자 고아였던 주네는 프랑스 중부 모르방 농가에서 양아들로 자랐다. 주위 모든 것이 남의 것이었다. 다시 말해 그의 것은 아무것도 없었다. 또한 정상적인 인간사회에서 배제된 그는 "아무 존재도 아니었다." 즉 가짜 자식인 그는 "존재하지 않았다."

그러던 주네가 열 살 때 도둑질하다 들켜 "넌 도둑놈이다!"라는 말을 들는다. 어른들이 던진 이 '현기증을 불러일으킨 말'로써 '아무 존재도 아니었던' 그는 갑자기 타인에게 특정한 대상이 되었다. 존재하기 시작한 것이다.

사르트르는 '정상적인 인간사회'에 의해 타인으로서, 또 괴물로서 만들어진 주네가 자기 자신을 해방시키기 위하여 스스로 발명한 천재적인 '탈출구'를 그렸다.

그 첫걸음이 이것이다.

〈알토나의 유폐자들〉
사르트르가 쓴 희곡은 루이 주베의 연출과, 피에르 브라쇠르 같은 명배우의 연기를 통해 상연되었다. 〈알토나의 유폐자들〉 초연 당시 프란츠 역은 세르지 레지아니(왼쪽)가 맡았다.

사회는 주네를 도둑으로 '만들었다.' 그래서 그는 그것에서 자신을 해방시키기 위해 '도둑이 되었다.' '나는 범죄가 만들어낸 내가 되기로 결심했다.' '살기 불가능한' 상황을 '살기' 위해 주네가 발견한 탈출구로서, 근원적 선택이었다.

주네는 타인이 붙인 '악'이라는 꼬리표 때문에 '정상적인 인간사회'에서 쫓겨난다. '존재'에서 쫓겨난 셈이기도 했다. 주네는 '정상적인 인간사회'를 상징하는 '존재·선·진짜'가 아니라 '비존재·악·가짜'를 선택하는 삶을 추구하기 시작한다.

'존재·선·진짜'보다 '비존재·악·가짜'를 우위에 두는 주네의 선택은 '정상적인 인간들'의 질서를 뒤흔든다.

이러한 주네의 의도 속에서 사르트르는 사회질서에 대한 근본적인 비판을 발견한다. 그리고 주네 소설에서 '진짜'와 '가짜'가 이중삼중으로 역전하는 것을 회전장치라고 불렀다.

이처럼 실존적 정신분석 기법으로 주네의 반평생과 작품을 치밀하게 분석한 《성 주네》는 제2차 세계대전 뒤 사르트르의 대표작 가운데 하나이다. 이 평론으로 발가벗겨진 주네는 한동안 작품활동을 접고 말았다.

《변증법적 이성비판》—마르크스주의의 인간복권을 지향한 대작

사회문제를 해결하기 위한 생각의 보고

《변증법적 이성비판》은 《존재와 무》와 나란히 대표적인 철학서이다.

1957년 사르트르는 스탈린주의 아래 경직된 소련형 마르크스주의와는 다른 길을 모색했던 폴란드를 방문하여 마르크스주의자와 토론을 벌이고, 폴란드 잡지에 〈마르크스주의와 실존주의〉라는 논문을 발표했다.

이때의 고찰을 바탕으로 사르트르는 암페타민이라는 각성제까지 복용해가며 날마다 몇 시간을 쏟아부어 《변증법적 이성비판》을 썼다. 3년에 걸친 대장정이었다. 먼저 1960년에 〈실천적 총체 이론〉이라는 제목으로 제1권이 발표되었고, 그가 죽은 뒤인 1985년에 〈역사의 가지성〉이라는 제목으로 미완의 제2권이 유고로서 출판되었다.

길고 어려운 데다 문맥이 맞지 않아, 사르트르가 살아 있을 때부터 일부 전문가들 말고는 그다지 읽지 않았다. 또한 20세기 끝무렵 연달아 사회주의 국가가 붕괴하자, 마르크스주의 자체에 대한 평가가 전락하여, 마르크스주의를 옹호하고 재생시키려는 의도로 쓰인 이 책도 점점 읽히지 않게 되었다.

사실 이 책은 개인과 집단문제, 폭력문제 등 현대 사회를 이해하기에 유용한 생각의 보고이다.

실존주의로 마르크스주의를 보완

이 책에서 사르트르는 마르크스주의를 '우리 시대가 뛰어넘을 수 없는 철학'이라고 말했다. 다만 스탈린주의로 경직된 모습에서 다시 인간적인 본디 모습을 되찾으려면 실존주의로 보충을 해야 한다고 생각했다.

근대과학의 특징인 '부르주아적 생각'을 '분석적 이성'이라 부르고, '전체'를 '개인'의 집합으로 환원해 버리는 생각이라고 비판했다. 마르크스주의에 바탕을 둔 변증법적 이성으로 생각함으로써 진정으로 자유로운 인간을 이해(인간학)하려고 했다.

또한 인간관계의 근본 모습을 상호성, 즉 서로 똑같은 인간으로서 인정하는 관계라고 보았다(이 점은 기본적인 인간관계를 상극으로 보는 《존재와 무》와 다르다).

저서에 사인하는 사르트르

　그러나 역사를 통틀어 볼 때 인간관계에는 인간과 환경관계의 근본적 특성인 희소성으로 인해 소외가 발생한다. 희소성이란 생활에 필요한 물자가 모두에게 공급되지 못하는 상태를 말한다.

　소외상황에서 인간의 실천(행동)은 실천으로서의 성격을 잃어버리고, 물질(사물)로서의 성격(타성)을 띤다. 이 소외상황에서 인간의 집합을 사르트르는 집합체라고 불렀다. 그것은 집합이라고는 하나, 저마다 독립된 '개인'이 모인 것에 불과하다. 거기에서 구성원은 서로 분석당한다. 따라서 '집합체'에 있는 개인은 익명의, 누구와도 대체될 수 있는 '누군가'이다. 사르트르는 집합체에서 '인간관계'를 표면적으로는 자못 평화로워 보여도 '폭력'을 내재한 관계, 관계를 부정하는 관계라고 생각했다.

사르트르는 파리의 길모퉁이에서 버스를 기다리는 사람들의 행렬을 집합체의 예로 들었다. 버스를 기다리는 사람들은 서로 무관계하고 무관심한 독립된 존재로서 모여 있을 뿐이다.

한편 소외상태를 뛰어넘는 역사적 계기로서의 인간의 모임을 사르트르는 집단이라 불렀다. 가장 근원적인 모습이 용융집단이다. 폭력에 노출되고 억압받고 고독한 사람들이 역사적인 순간에 만들어 내는 인간관계이다. '누군가'가 아니라 자기 자신으로서, 누구와 바꿀 수 없는 실존으로서 존재하며, 같은 목적을 지니기에 타인과 쉽게 결탁하고 관계를 맺는다.

사르트르는 1789년 7월 14일에 자연발생하여 바스티유 감옥으로 향했던 파리 시민의 집단, 즉 혁명집단을 예로 들었다. 그러나 이런 용융상태는 오래 가지 않는다. '계약집단', '제도집단' 등으로 서서히 변질되다가 다시 소외된 '관계성'으로 전락하기 때문이다.

〈알토나의 유폐자들〉—반전 메시지가 담긴 앙가주망의 희곡

13년 동안 방에 틀어박혀 나오지 않는 전직 군인의 비밀

희곡 〈알토나의 유폐자들〉은 1959년에 처음으로 상연되었다.

주인공 프란츠는 독일 프랑크푸르트의 대부호 게를라흐 집안의 상속자이다. 제2차 세계대전 때 나치스 병사로서 싸우고, 전쟁이 끝난 직후 죽었다고 알려진 인물이다.

프란츠가 죽은 지 13년 뒤, 재벌 총수인 그의 아버지는 자신이 병에 걸려 죽을 날이 다가왔음을 깨닫고, 게를라흐 저택에서 살 것을 조건으로 프란츠의 동생 베르넬에게 회사를 물려주기로 한다. 그런 와중에 베르넬의 아내 요한나는 사실 프란츠가 죽지 않았으며, 저택 2층에 13년 동안 틀어박혀 지내고 있다는 비밀을 알게 된다. 프란츠는 식사를 가져다주는 여동생 레니하고만 만나며, 누더기 군복을 입고, 그에게만 보이는 커다란 게의 모습을 한 미래인과 대화를 나눈다.

"다가올 세기여. 여기 있는 것은 피고, 고독하고 일그러진 나의 세기이다. ……나는 살아 있다. 살아 있는 것이다. 나 프란츠 폰 게를라흐는 여기서, 이 방에서 20세기를 두 어깨에 짊어졌다. 나는 말했다. 이 책임을 지겠노라고. 오늘, 그리고 영원히."

그는 이러한 변명을 테이프리코더에 녹음하며 하루하루를 보낸다.

프란츠에게 흥미를 느낀 요한나는 그를 찾아가 밖으로 나오도록 권유한다. 이를 질투한 레니는 그의 과거를 폭로한다.

프란츠가 젊었을 때 한 유대인을 자기 방에 숨겨 주었다. 그러나 나치스와 협력관계에 있던 아버지가 밀고하여 유대인은 체포되고 죽음을 당한다. 프란츠는 처형을 면한 대신 전선으로 보내졌는데, 그곳에서 러시아인 농민을 고문한 끝에 살해하는 전쟁범죄에 가담했다는 것이다.

역사 안에서 개인의 책임이란

이 희곡에서 사르트르가 주장하고자 한 것은 알제리 전쟁 문제였다. 지금도 이라크나 아프가니스탄에서 시민 학살행위에 가담했다가 귀국 후 PTSD(외상후 스트레스장애)에 시달리는 미군이 속출하는데, 알제리 전쟁 때도 고문을 자행한 프랑스 군인이 귀국 뒤 실어증에 시달리는 예가 있었다.

사르트르는 이 희곡에 명확한 반전 메시지를 담았다. 그러나 먼 나라에서 자행되는 군대의 학살행위를 안전지대에서 비판하는 것은 아니었다.

사르트르는 이 희곡에 대해 다음과 같이 말했다.

"프랑스 사회 전체가 알제리 전쟁과 이 전쟁이 자행하는 행위(고문, 강제수용소 등)에 책임이 있습니다. 사회 전체가 말이죠. 전쟁에 처음부터 반대해 온 프랑스인도 모두 말입니다." 사르트르는 상황을 바꾸기 위한 앙가주망을 호소한 것이다.

《말》―말과 책, 어린 시절의 추억을 기록한 자서전

문학의 등급화와 제도권 내 편입에 반대하며 노벨문학상을 거부하다

1964년 《말》이 출간되고 같은 해 노벨문학상에 선정되었으나 사르트르는 수상을 거부했다.

그는 스웨덴의 한 언론과의 인터뷰를 통해 그 이유를 다음과 같이 밝혔다.

"정치적이거나 사회적 혹은 문학적으로 그 어떤 태도를 가진 작가는 자기 스스로의 수단, 즉 쓰는 말로만 행동해야 한다. 작가가 어떤 영예를 받게 될 경우 독자들을 바람직하지 않은 압력에 노출시키게 된다. '장 폴 사르트르' 라는 이름으로 인쇄된 작품과 '장 폴 사르트르 노벨문학상 수상자'라는 이름 으로 인쇄된 작품은 다르다."

이 일로 말미암아 사르트르의 명성은 더한층 높아졌다.

또한 이 작품에는 사르트르가 작가로서의 생각을 밝힌 부분이 나온다.

"나는 서른 살 때 멋진 성공을 거둔 일이 있다. 《구토》에서—매우 성실하 게, 그 점에서는 나를 믿어도 좋다—내 동류들의 정당화될 수 없고 불쾌한 존재를 묘사했으며 내 존재를 결백한 것으로 만들었다. 나는 로캉탱이었다. 나는 그를 통하여 만족스럽지는 못하나마 내 삶의 본질을 표현했다. 동시에 나는 '나'였다. 나는 선민이고 지옥의 연대기 편찬자이며, 나 자신의 원형질 액을 굽어보는 유리와 강철로 된 사진 현미경이었다. 뒤에 나는 신이 나서 인간이 불가능함을 설명했다. 나 자신도 불가능한 존재였지만, 다만 그 불가 능성을 표명화시키는 단 하나의 위임장에 의해서만 다른 사람들과 다를 뿐 이었다. 그런데 그 불가능성은 단숨에 변형되어서 나의 가장 은밀한 가능성 이 되고 사명의 목표, 그리고 내 영광의 도약판으로 변했다."

"나는 결코 내가 '재능'의 행복스런 소유자라고 생각해 본 적이 없다. 단 하나의 내 과업은 맨손, 빈 주머니로 노력과 신념을 통하여 나를 구원하려는 것이었다. 그래서 나의 순수한 선택은 나를 어느 누구의 위로도 끌어올리지 않았다. (……) 한 사람 전체는 세상 모든 사람으로써 만들어지고, 그 모든 사람만큼의 가치를 지니고 있으며, 어느 누구라도 그만큼의 가치를 지니고 있다."

외할아버지의 서재에서 새로운 세계를 만나다

《말》은 제1부 읽기와 제2부 쓰기로 나뉜다. 〈읽기〉는 말을 배우는 과정 을, 〈쓰기〉는 글을 쓰는 과정을 다루고 있다.

한 살 때 아버지를 여읜 사르트르가 외갓집에서 어머니와 함께 보낸 유년 시절로부터 시작되는 자전적 소설이다. 어린아이가 독특한 가정환경 속에서 어떻게 자랐고 그 안에서 어떤 방식으로 말을 습득하게 되는지를 보여 주 는 것이 〈읽기〉라면, 습득한 말을 토대로 그것들을 변형시킴으로써 자신만 의 이야기를 만들어 내기 시작한 것은 〈쓰기〉에 등장한다.

그의 어린 시절은 '책읽기'와 '글쓰기'를 빼놓고는 이야기할 수 없다.

"나의 인생이 시작된 것은 책 속에서였다. 물론 끝날 때도 그럴 테지만. 외할아버지의 서재는 책으로 꽉 차 있었다."

키가 작고 몸이 약한 데다 가벼운 사시였던 사르트르는 또래아이들과 잘 어울리지 못했고, 그런 그를 구원해 준 것은 바로 양서로 가득 찬 외할아버지의 서재였다. 외할아버지의 서재는, '아직 책을 읽을 줄 모르던' 어린 사르트르에게는 재미있는 놀이터이기도 했다.

혼자서 글을 깨친 사르트르는 서재에 처음 발을 들여놓은 순간 '세계'를 만났으며, 그 세계 속에서 '인류의 지혜와 씨름'하기 시작했다고 서술한다.

사르트르의 글쓰기는 일곱 살 무렵 외할아버지와 운문으로 주고받은 편지에서 시작된다. 글쓰기는 곧 산문으로 기울었고, 문학적 소양을 쌓아가는 과정에서 자신의 존재를 정당화하고 인류를 구원하려는 의지를 품게 된다.

그렇게 그는 닥치는 대로 '말'을 읽었고, 무엇이든 가능한 상상의 세계에서 허구의 글을 쓰기 시작했다.

사르트르 연보

1905년   6월 21일 파리에서 태어남. 아버지는 해군 기술장교였음. 어
                머니는 독일어 교사의 딸로, 노벨 평화상을 받은 알베르트
                슈바이처는 어머니의 사촌임. 생후 15개월 때 아버지가 열병
                으로 죽자 어머니와 함께 외할아버지가 사는 파리 근교 남서
                부 뫼동으로 이사하여 그곳에서 자람.

1911년(6세)   외가댁이 파리로 이사하면서 사르트르 모자도 함께 옮겨감.
                이때부터 책읽기와 글쓰기를 시작함.

1915년(10세)   앙리 4세 리세에 입학하여 폴 니장을 알게 됨.

1917년(12세)   어머니가 아버지와 같은 학교 출신의 조선기사와 재혼함. 의
                붓아버지의 근무지인 라로셀로 전학함.

1920년(15세)   파리로 돌아감.

1922년(17세)   6월, 제1차 대학입학 자격시험에 합격함.

1923년(18세)   6월, 제2차 대학입학 자격시험에 합격함. 단편 《병적(病的)
                인간의 천사》 발표.

1924년(19세)   6월, 파리고등사범학교(에콜 노르말 쉬페리외르)에 입학함.

1928년(23세)   교수자격시험에 떨어짐.

1929년(24세)   시몬 드 보부아르를 알게 됨. 7월, 교수자격시험에 1등으로
                합격함. 보부아르와 2년간 계약결혼을 함. 10월, 병역에 복
                무함.

1930년(25세)   톨스토이의 《나의 생애》, 생텍쥐페리의 《야간비행》, 클로델
                의 《새틴의 구두》 등을 읽음.

1931년(26세)   병역을 마침. 지난해부터 쓰기 시작했던 《진리의 전설》의 일
                부를 발표함. 프랑스 북부의 항구 마을 르아브르 고등중학교
                에 철학교수로 감.

1933년(28세) 베를린에 유학해서 후설과 하이데거를 알게 됨.

1934년(29세) 유학을 마치고 르아브르 고등중학교 철학교수가 됨.

1935년(30세) 보부아르와 함께 이탈리아, 스위스 등을 여행. 포크너의 《8월의 빛》 등을 읽음.

1936년(31세) 랑의 고등중학교로 옮김. 최초의 철학논문 〈자아의 초월〉을 〈철학연구〉지에 발표. 《상상력》을 P.U.F. 사에서 펴냄. 단편 《헤로스트라토스》를 씀.

1937년(32세) 철학서 《자아의 초월》 발표. 파리의 파스퇴르 고등중학교로 옮김. 〈NRF〉지에 단편소설 《벽》 발표.

1938년(33세) 소설 《구토》 펴냄. 《방》, 《포크너의 '사토리스'》, 《존 더스패서스와 '1919년'에 대하여》, 《어느 지도자의 유년시절》, 《자유의 길》을 쓰기 시작.

1939년(34세) 《후설 현상학의 기본 이념—지향성》, 《프랑수아 모리아크와 자유》, 《'음향과 분노'에 대하여—포크너의 시간성》을 발표. 제2차 세계대전이 일어나고, 사르트르도 동원되어 포병대에 배속받아 알자스에 주둔함.

1940년(35세) 《장 지로두와 아리스토텔레스 철학—'선민들의 선택'에 대하여》를 발표. 6월 1일, 프랑스군이 항복하고, 사르트르도 포로가 됨.

1941년(36세) 3월, 석방되어 파리로 돌아와 파스퇴르 고등중학교에 복직함. 희곡 〈파리 떼〉를 씀. 레지스탕스에 참가함. 9월, 콩도르세 고등중학교로 옮겨감.

1942년(37세) 《자유의 길》 제1부 〈철들 무렵〉을 탈고.

1943년(38세) 카뮈를 알게 되어 《이방인》에 해설을 씀. 〈닫힌 방〉 발표, 시나리오 〈내기는 끝났다〉를 씀. 대표작 《존재와 무》를 펴냄.

1944년(39세) 장 주네를 알게 됨. 〈침묵의 공화국〉을 씀.

1945년(40세) 콩도르세 고등중학교를 휴직함. 〈피가로〉지 특파원으로서 미국에 건너가 《미국의 개인주의와 순응주의》, 《미국의 도시들》을 씀. 메를로퐁티 등과 함께 월간지 〈현대〉를 펴내고 창간호에 창간사를 씀. 《데카르트적 자유》를 쓰고, 〈실존주의는 휴머니즘이다〉라는 제목으로 강연함. 《자유의 길》제1부 〈철들 무렵〉, 제2부 〈유예〉를 펴냄.

1946년(41세) 《실존주의는 휴머니즘이다》, 《유물론과 혁명》을 발표함. 다시 미국에 건너가 미국에 관한 몇 개의 논문을 발표함. 희곡 〈무덤 없는 주검〉, 〈존경할 만한 창녀〉가 초연됨. 시나리오 〈톱니바퀴〉를 씀.

1947년(42세) 《문학이란 무엇인가》를 발표. 평론집 《상황》을 펴냄.

1948년(43세) 희곡 〈더러운 손〉이 초연됨. 《절대의 탐구(자코메티론)》를 발표함. '민주혁명연합'이란 단체를 몇몇 지성인과 함께 결성. 《상황 II》, 《톱니바퀴》를 펴냄.

1949년(44세) 《자유에의 길》제3부 〈영혼 속의 죽음〉 간행. 제4부 〈최후의 기회〉는 예고만 해놓고 그 일부를 〈기묘한 우정〉이라는 제목으로 〈현대〉지에 발표, 오늘날까지 미완성으로 남아 있음. 《상황 III》를 펴냄. 루세, 로젠탈과의 공저(共著) 《정치에 관한 대담》을 펴냄. 공산당으로부터 비난받음. 사르트르도 일시적으로 참가했던 민주혁명연합이 해산함.

1950년(45세) 기고문 〈모험가의 초상〉을 씀.

1951년(46세) 희곡 〈악마와 신〉이 초연됨. 〈더러운 손〉이 영화화됨.

1952년(47세) 《공산주의자와 평화》발표. 알베르 카뮈와 논쟁함. 빈 평화회의에 출석함. 《성(聖) 주네, 희극배우와 순교자》를 발표함. 〈존경할 만한 창녀〉가 영화화됨.
반(反) 리지웨이 데모로 인해 지도자인 뒤클로 공산당 부서기장이 체포되고 항의 총파업이 행해짐. 앙리 마르탱 사건이 일어남.

1953년(48세) 《공산주의자와 평화》를 둘러싸고 르포르와 논쟁함. 《앙리 마르탱 사건》을 펴냄. 희곡 〈킨〉을 발표함.

1954년(49세) 베를린 평화회의에 참석함. 〈닫힌 방〉이 영화화됨. 보부아르와 소련 여행을 하고 《소련 예술론》을 씀. 《자코메티의 그림》을 발표함.

1955년(50세) 희곡 〈네크라소프〉가 초연됨. 보부아르와 함께 소련과 중국을 방문하고 《중국인상기》를 씀.

1956년(51세) 베네치아의 유럽 문화회의에 참석함. 헝가리 사태에 대한 소련군의 개입에 반대하는 항의성명을 지식인들과 공동으로 발표함.

1957년(52세) 기고문 〈스탈린의 망령〉, 〈방법의 문제〉를 씀.

1958년(53세) 알제리 현지 주둔군의 쿠데타에 항의. 동시에 드골 정권의 위험성을 경고함. 알제리의 독립운동 지원함.

1959년(54세) 희곡 〈알토나의 유폐자들〉이 초연됨.

1960년(55세) 카뮈가 교통사고로 죽자 추도문을 보냄. 《변증법적 이성비판》을 펴냄.

1961년(56세) 《메를로퐁티》를 씀. 이폴리트, 가로디와 토론함. 우익 테러의 표적이 됨. 알제리 독립운동의 이론적 지도자 프란츠 파농의 저서 《이 땅의 저주받은 자》에 서문을 써주고 F.L.N.의 현지 관계자들과 접촉함.

1962년(57세) 보부아르와 모스크바 평화대회에 참석하여, 우익의 플라스틱 폭탄에 의해 방을 파괴당함. 폴란드의 주간지에 지식인의 임무에 대해 이야기함.

1963년(58세) 《말》, 《상황 V》, 《상황 VI》를 펴냄.

1964년(59세) 노벨문학상 수상을 거부함.

1965년(60세) 《상황 VII》을 펴냄.

1966년(61세) 보부아르와 함께 일본을 방문함. 러셀의 제안을 받아들여 베트남 전쟁범죄 국제법정 재판장이 됨.

1968년(63세) 인터뷰 〈학생의 폭력과 체제의 부인〉, 〈'5월 혁명'의 상상〉, 〈이탈리아 학생과의 대화〉, 〈프라하 사건에 대한 인터뷰〉, 〈체코슬로바키아 문제와 유럽 좌익〉을 발표함.

1969년(64세) 인터뷰 〈덫에 걸린 청춘〉을 발표함.

1970년(65세) 노벨문학상 수상작가 솔제니친에 대한 소련정부의 탄압에 항의하여 전세계 지성인들에게 호소함. 프라하 2천어선언(二千語宣言)에 적극 동조함으로써 소련정부로부터 입국을 거절당

함. 〈인민의 소리〉를 직접 발간하여 저소득층의 권익옹호에
적극 행동으로 나섬.

1971년(66세) 《집안의 천치》 제1·2권을 펴냄.

1972년(67세) 《상황 Ⅷ》, 《상황 Ⅸ》, 《집안의 천치》 제3권을 펴냄.

1974년(69세) 《반항에 이유 있다》를 펴냄.

1975년(70세) 담화 《70세의 자화상》 펴냄.

1980년(75세) 대담 〈이제는 희망을〉을 발표함.

4월 15일, 사르트르, 파리에서 세상을 떠남.

1986년 4월 14일, 보부아르(1908년 1월 9일생), 파리에서 세상을
떠남.

이희영(李希榮)

성균관대학교 국사학과 졸업. 성균관대학교 대학원 사학과 졸업. 파리사회과학고등연구원
EHESS 역사인류학 박사과정 수학. 지은책「솔로몬 탈무드」「바빌론 탈무드」「카발라 탈무
드」, 옮긴책 베르그송「웃음」「창조적 진화」「도덕과 종교의 두 원천」시몬 베유「중력과 은
총」「철학강의」「신을 기다리며」아미엘「아미엘 일기」시몬느 드 보부아르「제2의 성」이 있다.

세계문학전집092
Jean Paul Sartre
LA NAUSÉE/LES MOTS
구토/말
사르트르/이희영 옮김
동서문화창업60주년특별출판
1판 1쇄 발행/1988. 3. 1
2판 1쇄 발행/2011. 11. 20
3판 1쇄 발행/2017. 1. 20
3판 2쇄 발행/2019. 11. 1
발행인 고정일
발행처 동서문화사
창업 1956. 12. 12. 등록 16-3799
서울 중구 다산로 12길 6(신당동 4층)
☎ 546-0331~6 Fax. 545-0331
www.dongsuhbook.com
＊
사업자등록번호 211-87-75330
ISBN 978-89-497-1557-5 04800
ISBN 978-89-497-1515-5 (세트)